中国古代小说戏剧研究

(第十九辑)

2023

兰州城市学院中国古代小说戏剧研究所　主办

学苑出版社

图书在版编目（CIP）数据

中国古代小说戏剧研究. 第十九辑 / 兰州城市学院中国古代小说戏剧研究所主办. — 北京：学苑出版社，2023.12

ISBN 978-7-5077-6839-8

Ⅰ.①中… Ⅱ.①兰… Ⅲ.①古典小说—小说研究—中国②古典戏剧—戏剧研究—中国 Ⅳ.①I206.2

中国国家版本馆CIP数据核字（2023）第247962号

出 版 人：洪文雄
策　　划：潘占伟
责任编辑：王见霞
出版发行：学苑出版社
社　　址：北京市丰台区南方庄2号院1号楼
邮政编码：100079
网　　址：www.book001.com
电子邮箱：xueyuanpress@163.com
联系电话：010-67601101（营销部）、010-67603091（总编室）
印 刷 厂：北京建宏印刷有限公司
开本尺寸：787 mm×1092 mm　1/16
印　　张：26
字　　数：518千字
版　　次：2023年12月第1版
印　　次：2023年12月第1次印刷
定　　价：128.00元

顾　问

赵逵夫　教授、博士生导师（西北师范大学、《文学遗产》顾问、《西北师大学报》《中国文学研究》编委）
张文轩　教授（兰州大学中文系前系主任、甘肃省人民政府文史研究馆馆员）
宁希元　教授（兰州大学、中国古代戏曲学会顾问）
黄　霖　教授、博士生导师（复旦大学、中国古代文学理论学会副会长）
吴新雷　教授、博士生导师（南京大学、中国古代戏曲学会顾问、中国《红楼梦》学会顾问）
曹　洁　教授、博士生导师（兰州城市学院党委书记）
莫　超　教授、博士生导师（兰州城市学院原副校长）
黄　强　编审（中国教育出版传媒集团党委委员，人民教育出版社党委书记、社长）

编　委（按姓氏汉语拼音音序排列）

伏俊琏　教授、博士生导师（西华师范大学）
龚　斌　教授（华东师范大学）
江巨荣　教授（复旦大学）
康保成　教授、博士生导师（中山大学）
李剑国　教授、博士生导师（南开大学）
麻国钧　教授、博士生导师（中央戏剧学院）
苗怀明　教授、博士生导师（南京大学）
庆振轩　教授、博士生导师（兰州大学）
王　萍　教授、博士生导师（兰州城市学院）
王志鹏　研究员（敦煌研究院）
俞为民　教授、博士生导师（温州大学）
张　兵　教授、博士生导师（西北师范大学）
张同胜　教授、博士生导师（兰州大学）
赵建新　教授（兰州大学）
赵山林　教授、博士生导师（华东师范大学）

主　编　包建强
编辑部电话　0931-5170315
编辑部邮箱　gdxsxj2010@126.com

甘肃临夏永靖傩戏（一）

①②③④⑤分别为永靖县王台镇永乐村傩戏《五将》之角色：曹操、刘备、关羽、张飞、吕布；⑥⑦⑧分别为永靖县王台镇永乐村傩戏《斩貂蝉》之角色：周仓、貂蝉、关羽。侯奇志摄。侯奇志：临夏州摄影家协会副主席、永靖县摄影家协会主席、永靖县融媒体中心记者。

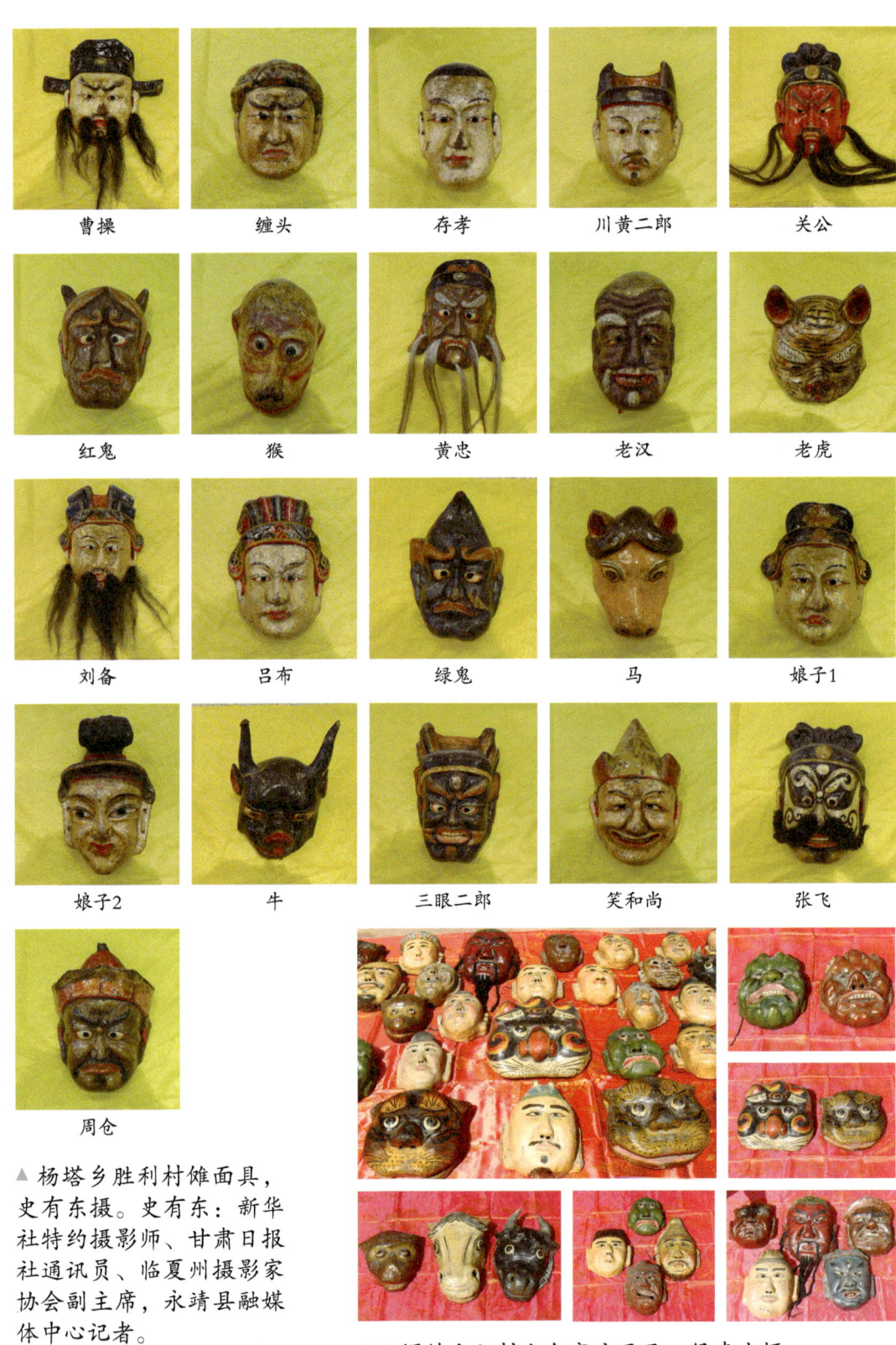

曹操	缠头	存孝	川黄二郎	关公
红鬼	猴	黄忠	老汉	老虎
刘备	吕布	绿鬼	马	娘子1
娘子2	牛	三眼二郎	笑和尚	张飞
周仓				

▲ 杨塔乡胜利村傩面具，史有东摄。史有东：新华社特约摄影师、甘肃日报社通讯员、临夏州摄影家协会副主席，永靖县融媒体中心记者。

▲ 三塬镇向阳村上金家庙面具，侯奇志摄。

目 录

【小说研究】

八仙、泰山与琉球
　　——八仙"撮（泰）山"造琉球神话考 …………………… 杜贵晨（003）
陈继儒小说评本真伪考辨 ………………………………………… 杨少伟（010）
"神魔小说"的分类及命名再探
　　——兼论"仙道文学"与"道教文学"的关系 ……………… 陈　芳（022）
世德堂百回本《西游记》乌鸡国故事的叙事功能与文本意蕴 …… 罗墨轩（031）
闲人非闲笔
　　——对绣像本《金瓶梅》中"街坊邻舍"的考察 ………… 范海芬（043）
论《封神演义》的结构 …………………………………………… 高万鹏（055）
"游"与古小说"壶天"之关系刍考 …………………………… 姜子石（068）

【红楼梦研究】

《红楼梦》书信与清代文人交际风气 ……………… 张劲松　雷庭来（083）
"鸳鸯之死"与《红楼梦》后四十回作者问题 ………………… 朱仰东（094）
论"脂批"者的妄添与抄本中的"脂批"误入、误出
　　——谈林黛玉进贾府"十三了"和巧姐大姐问题 ………… 樊志斌（103）

【戏曲研究】

清代笔记中散见戏曲史料学术价值再探
　　——《清代散见戏曲史料汇编（笔记卷·二编）》导论 …………赵兴勤（121）
戏曲研究的新机遇与新景观
　　——对当下中国古代戏曲研究的观察与思考 ……………………苗怀明（133）
论古代戏曲的"土语"运用及批评………………………………汪　超　吉　星（137）
《诈妮子调风月》中金代女性装束含义考………………………………孙改霞（153）
后南戏时代南戏主题的回流………………………………………………包建强（165）
这个欲望的可怕对象
　　——《西厢记》惊梦新释 …………………………［法］蓝　碁著　杜　磊译（179）
论施惠对杂剧《闺怨佳人拜月亭》的改编及意义………………杨志君　俞　静（195）
论苏州派剧作的评点………………………………………………………李守信（207）
试论郑之珍、张照对目连戏的文化生产…………………………………何　蓉（215）

【戏剧研究】

唐代歌舞剧《踏摇娘》与"旦"脚的形成问题……………………………孟祥笑（229）
皮影戏剧本传承问题研究…………………………………………………卜亚丽（239）

【说唱文学研究】

一部被忽视的长篇叙事吴歌
　　——《汝河山歌》考 ………………………………………………浦海涅（255）

【交叉研究】

清初遗民文人与"泰州后学"宫伟镠俗文学活动考论……………钱　成　夏志凤（267）

论果报对清代禁毁小说戏曲活动及文本形态的影响……………张天星（287）
《双凤奇缘》在越南的流传
　　——以六八体诗传为中心……………………………王　皓（305）
从《窦娥冤》看中国悲剧的特点与问题……………………李映冰（317）

【小说戏曲论著评介】

边界跨越与文本细读
　　——读蔡九迪《异史氏：蒲松龄与中国文言小说》…………王　晨（327）
鹃伶声嗽花雅源
　　——评《传播学视域下的南戏走向》………………陈文静（332）

【小说戏剧史档案】

《中国戏曲志》编纂出版年表（6）……………………………刘文峰（339）
湖南民间礼仪文献中的演剧资料汇辑……………………李跃忠　许小主（350）
陇南地区所见傩文化………………………张金生　邱雷生　张　鹏（369）

【清代陇影戏书抄本考】

陇东环县文化馆整理口传清代剧目叙考……………………赵建新（385）

投稿须知………………………………………………………………（403）

Contents

Eight Immortals, Mount Taishan and Ryukyu: A Study on the Mythology of the Eight Immortals Creating Ryukyu by "Scattering the Earth of Mountain (Taishan)"
.... Du Guichen（003）

Textual Research on the Authenticity of Chen Jiru's Novel Commentary
.... Yang Shaowei（010）

Revisiting the Classification and Naming of "Ghost Novels": Also on the Relationship Between "Fairy Literature" and "Taoist Literature" .... Chen Fang（022）

The Narrative Function and Textual Implications of "the Story of the Kingdom of Wuji" in *Journey to the West* .... Luo Moxuan（031）

Idlers as Relevant Words: The Examination of "Neighbours" in *Jin Ping Mei* ... Fan Haifen（043）

Discussing the Structure of *Feng Shen Yan Yi* .... Gao Wanpeng（055）

On the Relationship Between "You" and "Hutian" in Ancient Chinese Novels ... Jiang Zishi（068）

The Letters from *Hong Lou Meng* and the Socializing Style of Scholars in the Qing Dynasty
.... Zhang Jinsong，Lei Tinglai（083）

"The Death of Yuanyang" and the Authorship of the Last Forty Chapters of *Hong Lou Meng*
.... Zhu Yangdong（094）

On the Inappropriate Addition of "Zhi Yanzhai's Remark" and the Mistaken Input and Deletion of "Zhi Yanzhai's Remark" in Manuscripts: On the "Thirteen ends" of Lin Daiyu's Entry into Jia Mansion and the Issue of Sister Qiao .... Fan Zhibin（103）

Further Exploration of the Academic Value of Scattered Historical Materials of Traditional Chinese Opera in the Notes of the Qing Dynasty: Introduction to the Compilation of Scattered Historical Materials of Traditional Chinese Opera in the Qing Dynasty (Note Volume 2)
.... Zhao Xingqin（121）

New Opportunities and Landscape of Traditional Chinese Opera Research: Observations and Reflections on the Current Research of Ancient Chinese Opera ...... Miao Huaiming（133）

On the Application and Criticism of "Local Dialect" in Ancient Opera
.... Wang Chao，Ji Xing（137）

The Study of the Costume in *Zha Ni Zi Tiao Feng Yue* .... Sun Gaixia (153)

The Revival of Southern Opera Themes in the Post Southern Opera Era ...... Bao Jianqiang (165)

This Fearful Object of Desire: On the Interpretation of "A Bad Dream" in Wang Shifu's *Story of the Western Wing*.. Lanselle Rainier, Du Lei (179)

On the Adaptation and Significance of Shi Hui's *Miss Complaints' Worship of the Moon*
.... Yang Zhijun, Yu Jing (195)

The Commentary of Suzhou School Plays .... Li Shouxin (207)

On the Cultural Production of Mulian Opera by Zheng Zhizhen and Zhang Zhao
.... He Rong (215)

The Drama *Ta Yao Niang* in the Tang Dynasty and the Formation of "Dan" Role
.... Meng Xiangxiao (229)

Research on the Inheritance of Shadow Play Scripts .... Bu Yali (239)

A Neglected Long Narrative Song of Wu Area: A Study of *The Song of Ruhe Mountain*
.... Pu Hainie (255)

A Textual Research on the Folk Literary Activities of Gong Weiliu, the Adherent Literati of the Early Qing Dynasty and the "Latecomers of Taizhou" ...... Qian Cheng, Xia Zhifeng (267)

On the Influence of Cause and Effect on the Prohibition of Novels and Dramas in the Qing Dynasty and the Text Form .... Zhang Tianxing (287)

Spread of *Twin Phoenix's Strange Destiny* in Vietnam: Based on Six-Eight Style Poetry
.... Wang Hao (305)

On the Characteristics and Problems of Chinese Tragedy from the Perspective of *Dou E Yuan*
.... Li Yingbing (317)

The Crossing of Fundamental Boundaries and Close Readings: Review of *Historian of The Strange: Pu Songling and The Chinese Classical Tale* by Judith T. Zeitlin .... Wang Chen (327)

The Source of the Popular and Elegant Parts of Traditional Opera: A Review of *The Trend of Southern Opera from the Perspective of Communication Studies* .... Chen Wenjing (332)

Chronology of Compiling and Publishing *The Annals of Chinese Operas* (6)
.... Liu Wenfeng (339)

Compilation of Drama Materials in Hunan Folk Etiquette Literature
.... Li Yuezhong, Xu Xiaozhu (350)

Nuo Culture Seen in the Longnan Region ...... Zhang Jinsheng, Qiu Leisheng, Zhang Peng (369)

A Textual Research on Oral Drama of the Qing Dynasty Arranged by Longdong Huanxian County Cultural Museum .... Zhao Jianxin (385)

Instruction to Authors .... (403)

小说研究

八仙、泰山与琉球

——八仙"撮(泰)山"造琉球神话考

杜贵晨

摘要： 白话长篇神仙小说《八仙得道》第一百回结尾写琉球群岛为八仙"撮(泰)山塞海"而成。这个新神话与泰山景观传说和泰山神谱中"东海泰山神女"故事有关，但其直接来源是泰山"碧霞元君"与传说东海"天妃妈祖"形象的合一。这个合一的过程据说自明崇祯十三年（1640）诏封"天妃妈祖"为"碧霞元君"肇始，在明末清初中国"册封琉球"频繁的"封贡"航海活动中，由经清康熙二十一年（1682）汪楫充"册封琉球"正使记梦故事完成。有关传说在自古有关"山""海"神话传统的影响下，推动《八仙得道》写八仙"撮(泰)山塞海"而成琉球的新神话，也是晚清日本吞并琉球前夕国人忧心琉球藩属国地位不保的体现。此故事关系《八仙得道》、泰山和琉球文化，至今有现实意义，值得研究。

关键词： 《八仙得道》；碧霞元君；天妃妈祖；册封琉球

一、关于《八仙得道》

白话长篇神仙小说《八仙得道》，一名《八仙得道传》，又名《八仙全传》，共一百回。峨眉无垢道人撰。无垢道人真实姓名及生卒年不详，有关其人资料唯卷首有作者《原序》云：

> 余少孤失学，流落成都，幸遇志元师于清云观中，教以宗义，授以大道，相从二十有八年……至咸丰二年，遵志师命，游览江山之胜，自蜀中首途，历南北十余省……后乃税驾京尘，拟稍留数载，将作口外之游。不意四方贤哲，谬采虚声，千里问道者，实有其人……爰就志师所教诲启沃，与夫数年游历省悟所及，

著书若干卷……复念道统失绪……是道家之忧，亦吾身之责也。故就志祖以来，迄于近代诸仙祖得道始末，与夫修道情形，著为《八仙得道传》一书……仿稗乘体裁，用寻常方言……既为通俗，求其广博，固无取于高深也。惟是仓卒成书，校雠未竣，又有海外之行，考据容有未审，舛错在所难免。钝乖纠谬，以俟后之君子。同治七年无垢道人自序于京西白云观。

由此可知无垢道人，四川成都人。自幼入清云观从志元师修道28年。后游历南北十数省，留北京数载，讲道授徒，著道教"启蒙"之书"若干卷"与本书。其后有"海外之行"，不知所终。《原序》写于"同治七年（1868）……京西白云观"[1]，是书乃完成于此时，是作者为弘扬道教而作的一部神话题材的长篇通俗小说。小说掇拾连缀加以熔铸历代仙传中张果老、铁拐李、何仙姑、汉钟离、蓝采和、吕洞宾、韩湘子、曹国舅等八仙人修道成仙故事，穿插如秦始皇求仙、徐福入海、孟姜女哭长城、嫦娥奔月等等神话传说成书，时空背景广大，人物事体众多，情节曲折，光怪陆离，可谓集八仙故事之大成。但其中涉及泰山的，虽有铁拐李成仙和杨二郎的外甥王泰"劈山救母"等重要情节，但总体不如其前之《绿野仙踪》丰富生动，所以从来泰山文化或本书的研究，都不曾提到二者的关系。从而近读其中记"八仙撮（泰）山塞海"造琉球一回，不禁拍案惊奇，特拈出一议。

二、"八仙撮（泰）山塞海"

这个故事在《八仙得道》第一百回的结尾，说老龙王平和的两个孙子，因抢占八仙之一蓝采和失落海中的白玉花篮，被蓝采和、何仙姑二仙全力杀死。平和为孙子报仇受困，其子敖广等四海龙王为救父难，于海上大战八仙：

> 此时四海龙王敖广弟兄……各人把所辖的海水携来一半……水量放出，将八位天仙都浸洪波巨浪之中……八仙相对叹息道："孽龙劫报已到，还敢如此作威。这一下子，不知又要淹死多少人畜，冲没多少庐舍田地哩。"吕祖便道："这厮既然如此不仁，我们奉上帝诏旨，巡游三界，为民除害，也顾不得什么利害，只好用推土掩水之法，将这大海填平，方好收伏此等孽畜了。"众仙问："哪里去找这许多泥土？"吕祖笑指泰山说道："可把此山移入海中，便不能填平此海，至少可把那几个孽畜，埋在里边。"众仙鼓掌称好。吕仙便施出移山之法，伸手向泰山一撮，把全部泰山撮在手中，顺便向龙后等所在的海中，劈空压下。可怜龙后和几个王子王孙，许多虾兵蟹将，一起压在里面，死于非命。

这一段叙事的起意，除了八仙"撮山塞海"为救民于水厄之外，情节的设想应自"精卫填海""挟泰山以超北海""移山填海"等等古说的启发而来；又除了场面描写的壮观之外，整体都无甚新奇，唯其引出"琉球群岛"的由来，令人耳目一新：

> 后来泰山虽移回原处，而剩下的泥土已不在少，存积海中，成为一批小岛。那地方原有几个岛屿，地势极低，也因此等泥土掩了上去，顿成许多高地，连着新成之岛。后人传说，即是如今的琉球群岛。是否的确，因彼处海岛甚多，却也不能指定了。这是闲话。

虽然"闲话"，但作者深明艺术之道，也似乎兴趣盎然，故坚持自圆其说：

> 现在本书已要结束，不更多说。专说龙族之中遭此浩劫，只剩教广一身逃出性命，前至玉帝前泣诉去了。八仙仍把泰山收回，安置原处。按古人书中，曾说登泰山而小天下。可见古时泰山之高，可称天下第一高山。但在今日，稍明地理学者，都知道泰山并不算得十分高峻。不说世界之上，就论中国境内，比泰山更高的，也是很多很多。并非古人坐井观天，胡说瞎道，实因八仙撮山塞海，到了收回泰山之时，不免将泥土狼藉了许多，剩在海中。上文所说成为一批岛屿，要知这些岛屿，皆是泰山之土分裂出来。所以自从八仙过海之后，泰山便低了许多。这就是古今泰山不同的原因了。

叙议至此，《八仙得道》在展示八仙为救民于洪灾而"移山填海"之仁心道术的同时，也创造了一个东海琉球群岛为"八仙撮（泰）山塞海"而成的新神话。这个新神话既是八仙故事，也是泰山故事。作为泰山故事，它解释了泰山为什么"古今泰山不同的原因"，同时也就是东海中琉球群岛形成的原因，也就进一步暗示了琉球群岛自古属于中华的事实。从而其作为泰山新神话的意义，一是《八仙得道》小说可谓曲终奏雅，二是传达了作者及其明清中国人对琉球群岛归属的思考、认定与系念，三是为泰山文化开启了海外传播的又一新课题，从而有本文之作。

三、"泰山"与"东海"神话的联姻

上述《八仙得道》写东海琉球群岛为"八仙撮山塞海"而成的新神话实属作者文心雕龙、妙手偶得，但除了"精卫填海""挟泰山以超北海""移山填海"等古说的启发外，也还由于自古就有泰山与东海相望、相通的记载与传说。略举数例。

其一，泰山绝顶是登临观东海日出之地。《岱史·山水表》曰："日观峰，在岳顶东，五鼓可见海上日出。今有观海亭。"又："望海石，在日观峰东北，五鼓日初出而可见，是见海也。"[2]此两得景观，自古及今，游人趋之若鹜，皆以在游人意识中标注强化泰山与海的联系。其具体情景印象，见诸历代游记，连篇累牍，不必细述。

其二是古史泰山又称"岱山""岱岳"。而《尚书·禹贡》曰："海岱惟青州。"又曰："海岱及淮惟徐州。"[3]其所谓"海岱"者，"海"即"北（黄、渤）海"以及"东海"，岱就是泰山。以"海岱"称今山东无疑也加注并加强泰山与海的联系，给人以泰山近海的启发与感知。

其三是很早就产生了泰山神乃至"东海泰山神女"之说。顾炎武《日知录》卷二十五：

> 甚矣人之好言色也！……泰山顶碧霞元君宋真宗所封，世人多以为泰山之女。后之文人知其说之不经，而撰为黄帝遣玉女之事以附会之。不知当日所以褒封，固真以为泰山之女也。今考封号虽自宋时，而泰山女之说则晋时已有之。张华《博物志》："文王以太公为灌坛令，期年风不鸣条。文王梦见有一妇人当道而哭。问其故，曰，我东海泰山神女，嫁为西海妇，欲东归；灌坛令当吾道。太公有德，吾不敢以暴风疾雨过也。文王梦觉，明日召太公。三日三夕果有疾风骤雨自西来也！文王乃拜太公为大司马。"此一事也。[4]

虽然查今通行本张华《博物志》卷七《异闻》，以上顾氏引文中"东海泰山神女"仅作"东海神女"[5]，而无关"泰山"，但《太平广记》卷二九一引张华《博物志·太公望》，正是与顾氏引作"东海泰山神女"同。可见顾氏说"东海泰山神女"早在晋代就已经被创造出来的判断正确，而这一形象的出现注定并增强了泰山与东海有共属之"神女"的联系，进而构建起包括但不限于"八仙"与东海"龙王"的各类泰山神与东海神故事的基础。"八仙撮（泰）山塞海"以成琉球故事，即由此基础之上诞生。

四、"碧霞元君"与"册封琉球"

如果仅从泰山悠久漫长而又关系复杂的神谱考量，不能认为"东海泰山神女"直接引发了"八仙撮山塞海"故事。其直接引发者另有其神，即比张华《博物志》之"东海泰山神女"更为崇高，俗称"泰山娘娘"或"泰山老奶奶"的"碧霞元君"。唯是"碧霞元君"与"册封琉球"的联系，又通过与福建等东南沿海民俗信仰中的神女妈祖过接而来。

传说中的妈祖又作马祖，为宋代福建湄州岛（今福建省莆田市秀屿区湄洲镇辖岛，为今著名风景旅游区）林姓人家女儿林默。林默生有异禀，长成后品德高尚，灵应广大，历代屡受褒封，称"天妃""天后"，俗称"林夫人""通贤神女""海神娘娘"等，是掌管海上航运的女神。故事流传至明清间累积成书，如《天妃娘妈传》《天妃显圣录》等，影响之大，几可与北方泰山"碧霞元君"分庭抗礼，以致往来南北越洋出海者，未免有变"碧霞元君"与"天妃妈祖"信仰来回"切换"为"一卡通用"的愿望。而自明初以降，由短暂在南京后迁都北京的明及之后的清朝廷册封琉球国，历朝册封使往来不绝，自北而南，自陆而海，万里跋涉，为求神佑平安，册封使们变"切换"为"通用"的愿望尤其强烈，遂致北方主要为陆上之女神的泰山"碧霞元君"与南方海上之女神"天妃妈祖"信仰的由接触而融合，然后由无垢道人撰《八仙得道》结末神来之笔，有此"八仙撮（泰）山塞海"新神话的诞生的契机。

这一契机偶然产生的关键是清乾隆中叶册封使汪楫临行前一梦。据乾隆二十二年（1757）十二月十八日翰林院侍讲周煌奏进《琉球国志略》卷三记载，我国自隋代知有"流求（琉球）"[6]，至明太祖洪武五年（1372）"遣行人赍诏往谕，而方贡乃来。此琉球通中国之始也"，后终明之世以至清代乾隆二十二年（1757）正月，全部三百八十五年中，各种"封贡（招抚、恩赐、褒恤、入监诸事附）"往来频繁，几近每年一次。就在这连年累月、千里风波、惊涛骇浪的国使往来中，泰山"碧霞元君"与东南沿海"天妃妈祖"神话的粘接乃终于发生。《琉球国志略》卷十六《志余》记"汪楫《录》有'神异'一条"云：

> 康熙二十年九月十四日黎明，梦与同官乔莱登一山，仰瞻有碧霞元君庙，疑为泰山神，下拜。神衣饰如妃后，命坐，辞，神曰："公操爵人之柄，坐宜也。"因坐；已复赐食一器。觉以告莱。二十一年元旦，谒关帝，得签诗，有"一纸官书火速催，扁舟东下浪如雷"句。三月，与中书林麟焻同充册封琉球国使。林盖字石来、乔则字石林，乃知梦与签诗，莫非预定；独疑于泰山神无涉。行次杭州，楫时方疏请谕祭天妃，及登吴山谒天妃宫，见旛书"碧霞元君"；越日，于孩儿巷得《天妃经》一函，详书历朝封号。始知崇祯十三年加封"碧霞元君"，示梦者盖即天妃也。[7]

以上引称"汪楫《录》"即清代汪楫撰《使琉球录》。《清史稿·汪楫传》载："汪楫，字舟次，江都人，原籍休宁。……应鸿博，授检讨，入史馆……（康熙）二十一年，充册封琉球正使……归撰《使琉球录》……兼得《琉球世缵图》，参之明代事实，诠次为《中山沿革志》"，是清代琉球"封贡"史上有重要贡献的使臣。上引汪楫《使琉球录》载"崇祯十三年加封'碧霞元君'"，虽不见于正史记载，但汪楫记"登吴山谒天妃宫，见牖书'碧霞元君'；越日，于孩儿巷得《天妃经》一函，详书历朝封号。始知崇祯十三年加封'碧霞元君'"。是否有"崇祯十三年加封"事尚存争议。但此"加封"无论有无，甚至今传官书野史包括《天妃经》并未记载，但都不影响上引"汪楫《录》有'神异'一条"记事的真实性。原因也很明显，即汪楫作为朝命"册封正使"，其归来后撰《使琉球录》当无故弄此玄虚的必要，而传说随时随地，自生民间，文献中有所失载也是正常的。尤其在"册封琉球"使事中，天妃妈祖是否有"崇祯十三年加封'碧霞元君'"事并不重要，重要的是至晚康熙二十一年（1682）以后的"册封琉球"使事中有了"天妃妈祖"与"碧霞元君"称号为一而二、二而一之说的民间传播与接受之事，乃无可置疑[8]。

这就是说，至晚清康熙二十年（1681）以前，杭州民间就有了明崇祯朝曾封"天妃妈祖"以"碧霞元君"之号的传说，经"册封琉球"使汪楫记其出使前一梦等事的传播，而把"天妃妈祖""碧霞元君"与"册封琉球"事联系起来布告人间，从此至少在"册封琉球"的国使活动中，"天妃妈祖"主要作为东南民间航海护佑之女神，又担起了主要在北方保佑"国泰民安"之女神"碧霞元君"所能当的护国重任。而"碧霞元君"经此踵事增华，终于呼应张华《博物志》之说，完成了从单一泰山女神到又兼职为"东海泰山神女"的华丽升级。从而至晚清康熙二十一年（1682）后琉球"封贡"礼中，"天妃妈祖"与"碧霞元君"乃一而二、二而一，各都具有了华夏与"琉球"之间精神纽带的作用，而"碧霞元君"神宫所在之"泰山"也就在无形中被赋予或增强了镇海的异能，而潜在地完成了推动"八仙撮（泰）山塞海"新神话诞生的关键一步，使其在《八仙得道》中的化茧成蝶水到渠成。

结　语

综上所述论，经由"天妃妈祖"传说，使"碧霞元君"在"泰山"与"琉球"之间建立的联系，虽仅点到为止，意象飘忽，但不能不说颇新奇诱人，从而有参与推动传统"泰山""东海"神话传说更加丰富扩大的作用。而且这种想象的丰富与扩大，又必然在上述关乎山、海之"精卫填海""挟泰山以超北海""移山填海"等古说的影响下发生和形成，更直接的启发恐怕还是早在明吴元泰撰《东游记》中即已虚构的八仙"移泰山，筑塞东海"情节[9]，进而因历史上"册封琉球"事引发"八仙撮山塞海"为"琉球群岛"新神话的诞生，而由无垢道人"又有海外之行"之前的神来之笔，写在《八仙得道》结尾，似画蛇添足，实曲终奏雅。总之，这一新神话的诞生似偶然而实有必然，其历史的动因纵横交织，源远流长，各种合力的积聚与推动殊难穷究，更一文难尽。这里仅抛砖引玉，盼引起读者专家对此一新神话的兴趣与关注。

参考文献

[1]（清）无垢道人：《八仙得道》，春风文艺出版社，1987年版，卷首。（以下引本书均据此本，说明或括注回次。）

[2]马铭初、严澄非校注：《岱史校注》，青岛海洋大学出版社，1992年版，第35页。

[3]曾运乾注，黄曙辉校点：《尚书》，上海古籍出版社，2015年版，第46—48页。

[4]（清）顾炎武著，（清）黄汝成集释，秦克诚校点：《日知录集释》，岳麓书社，1994年版，第878页。

[5]（晋）张华：《博物志》，（宋）周日用等注，王根林校点：《汉魏六朝笔记小说大观》本，上海古籍出版社，1999年版，第213页。

[6][7]（清）周煌著，陈占彪点校：《琉球国志略》，商务印书馆，2020年版。

[8]讨论这个问题的文章颇多，参见周郢：《明崇祯朝敕封"碧霞元君"考辨——兼论泰山娘娘与妈祖信仰之关系》，《世界宗教研究》2014年第4期；孙晓天、李晓非：《妈祖与泰山女神共享"天妃""碧霞元君"称号考辨》，《福建论坛》（人文社会科学版）2014年第5期。

[9]余象斗等：《四游记》，上海古籍出版社，1986年新1版，第48—49页。

作者

杜贵晨，山东师范大学文学院教授，古代文学、文艺学博士生导师，主要研究方向：中国古代小说、诗歌。

陈继儒小说评本真伪考辨

杨少伟

摘要：万历后期至崇祯年间，伪托陈继儒之名行世的书籍层出不穷，就小说评本而言，尤以姑苏龚绍山所刊《陈眉公先生批评春秋列国志传》为甚。将其与余象斗所刊《列国志传评林》进行文本对勘，可知陈评本《列国志传》翻刻自余本；将陈评本卷首序言《叙列国志》与陈继儒《古今大账簿》一文进行比对，可知此序以此文为蓝本进行伪造。通过梳理陈评本《列国志传》中为数不少的常识性错误，可知"陈继儒重校""陈眉公先生批评"等招牌均为书贾伪托。扩展开来，万历年间《唐书志传通俗演义》《东西两晋通俗演义》《南北两宋志传》等卷首题"陈氏尺蠖斋评释"的坊刻小说评本，均与陈继儒无关。

关键词：陈继儒；《列国志传》；龚绍山；余象斗；尺蠖斋

晚明书贾在刊行章回小说之时，为扩大销路，获取更多收益，往往假托名人，封面大书"×××先生批评"字样，更有甚者，还会伪造序言置于卷首，以营造该小说确为某某名公评点过的假象。陈继儒在晚明文坛、艺苑均有很大的影响力，这种巨大的名人效应也渗透到了小说出版领域，陈继儒遂成为书贾们重点关注的对象，在托名其人的小说评本中尤以姑苏龚绍山所刊《陈眉公先生批评春秋列国志传》为甚。

一、从《列国志传》的版本谈起

由于陈评本《列国志传》与余象斗所刊《列国志传评林》有非常密切的关系，欲考辨清楚陈评本《列国志传》之真伪，则不得不先从《列国志传评林》开始谈起。现存《列国志传评林》的最早版本是万历三十四年（1606）三台馆余象斗刊本（下文简称余本），全书分为八卷，二百三十四则。牌记分为上、下两栏：上栏正中有图像一幅，两侧镌"谨依古本校/正批点无讹"；下栏正中镌"三台馆刻"四字，字下另有余文台识语小字四行，左右题"按鉴演义全/像列国评林"。卷首有余邵鱼《题全像列国志传引》及余象斗《题列国序》二序，均署"大明万历岁次丙午孟春重刊"，丙午即万历三十四年（1606）。《题列国序》后又有《列国并吞凡例》一篇。目录页题为"新锲史纲总会列国志传"，卷一首行题作"新刊京本春秋五霸七雄全像列国志传"，次行题作"后学畏斋余邵鱼编集/书林文台余象斗评梓"。书分三栏：上为批评栏，行二字；中为图像栏，每图均有六字名称；下为正文栏，半叶十三行，行二十字。每卷卷首有插图一幅。上海图书馆与日本蓬左文库各藏全帙一部，中国国家图书馆存残本三卷（卷五、卷六、卷八），大连图书馆存残本五卷（卷二至卷六）。《古本小说丛刊》第六辑以日本蓬左文库藏本为底本影印出版。

现存陈评本《列国志传》有两个版本，一为半叶十一行，一为半叶十行。因十一行的本子卷首有朱篁题词，故笔者将其称为朱本，十行的本子卷首有"姑苏龚绍山梓行"字样，笔者将其称为龚本，以示区别。

朱本全称为《新镌陈眉公先生批评春秋列国志传》，全书分为十二卷，二百二十三则，不题撰人。卷首有陈继儒《叙列国传》及朱篁《列国传题词》二序，均署"万历乙卯"，乙卯即万历四十三年（1615）。目录页题为"新镌陈眉公先生批评列国志传"，目录后有《列国源流总论》一篇，文末署"邵鱼谨志"。卷一至卷四首行题"新镌陈眉公先生批评春秋列国志传"，次行题"云间陈继儒重校/古吴朱篁参阅"。半叶十一行，行二十字。正文有双行小字注，有眉批，每节、每卷之后有批语，卷末有总评。此本并非全帙，实为配本，故只有卷一至卷四为半叶十一行，卷五至卷十二则为半叶十行，乃配补龚本所致。因此，后八卷卷首虽亦题作"新镌陈眉公先生批评春秋列国志传"，然已削去"古吴朱篁参阅"六字，仅剩"云间陈继儒重校"。此本现藏于中国国家图书馆、台湾省"国家图书馆"、美国国会图书馆等地。《古本小说集成》第三辑以中国国家图书馆藏本为底本影印出版。

龚本全称为《新镌陈眉公先生批评春秋列国志传》，全书分为十二卷，二百二十三则，不题撰人。牌记正中镌"阊门龚绍山梓"六字，钤"每部纹银一两"方印，左右题"陈眉公先生/批点列国传"。牌记上方有一长方红木戳，刊广告文云："本坊新镌春秋列国志传批评，皆出自陈眉公手阅。删繁补缺，而正讹谬。精工绘像，灿烂之观，是刻与京阁旧版不同，有玉石之分。□□之□。下顾君子幸鉴焉。"半叶十行，行二十字。句下有双行小字注，有眉批，每节、每卷之后有批语，卷末有总评。每卷首行题作"新镌陈眉公先生批评春秋列国志传"，次题"云间陈继儒重校/姑苏龚绍山梓行"。目录页题作"新镌陈眉公先生批评列国志传"。前有万历乙卯陈继儒《叙列国传》，与朱本文字完全一致。次《列国源流总论》，署名"邵鱼谨志"四字已被削去。此本现藏于日本内阁文库浅草文库，《古本小说丛刊》第四十辑以此为底本影印出版。

将龚本、朱本（前四卷）对勘，两个本子除有无朱篁题词、卷首题名偶有不同外，其他文本基本相同，甚至错误之处亦保持一致。明此可知，龚本是以朱本为底本进行翻刻，龚本有意识抹去朱篁的痕迹，不仅将其题词刈除，又将每卷卷首"古吴朱篁参阅"换为"姑苏龚绍山梓行"。但百密一疏，并没有完全抹干净，龚本第四卷卷首即留有"古吴朱篁参阅"[1]字样，当为手民之误而未改题。总而言之，朱本和龚本的版本实则同源，故笔者在下文中主要以龚本为考察对象。

二、龚本翻刻余本考

对勘龚本和余本，可以找到很多龚本翻刻余本的证据，并且在翻刻的过程中，龚绍山是有意识地抹除余邵鱼、余象斗叔侄的痕迹。笔者检索余本，发现署名"邵鱼（余）先生"的诗作有4首，署名"（余）仰止"的诗作有7首。翻检龚本，则发现诗作者的姓名被全部削去，具体如下：

（一）先说余邵鱼诗

1. 卷一《西伯侯再访子牙》，在咏姜子牙功绩的诸多诗作中，余邵鱼诗排在苏轼之后：

> 皇明余邵鱼又有一绝独题磻溪曰："夜入磻溪如入峡，照人炬火落惊猿。山头孤月耿犹在，石上寒波晓更喧。"[2]

龚本全录此诗，文本完全一致，但是将"皇明余邵鱼又有一绝独题磻溪曰"删改为"又有一律独题磻溪云"[3]。然而这一改动却露出马脚，明明是一首绝句，被龚本硬生生改成"一律"。

2. 卷一《太公遗计收五将》，在太公智擒五将之后，作者有感而发：

> 当时余邵鱼有诗为证云："姜尚神机绝世奇，商民浅见岂能知。分明设下钩鱼饵，不动枪刀破五尸。"[4]

龚本虽录此诗，却有所改动。第二句"商民"改作"商臣"，第三句"钩鱼饵"改作"钓鱼饵"，并且将"余邵鱼"三字抹去[5]。

3. 卷三《公孙枝独战六将》，余邵鱼作诗叙说战争场景：

后邵鱼先生有诗为证："秦晋交锋大象山，子桑临敌独盘桓。双枝戟动兵心落，百石弓开将胆寒。出入韩原龙滚浪，折冲晋阵虎吼山。穆公不有英雄将，怎脱重围奏凯还。"[6]

龚本迻录此诗，不过将第八句"怎脱重围奏凯还"改成"争脱重围奏凯还"[7]，"不……怎……"句式直接破坏掉，语意很不通顺，龚本应当是讹"怎"为"争"，但二者字形相差颇大，此等讹误，殊不可解。

4. 卷三《宋楚泓水大战》，余邵鱼作诗以咏子鱼：

邵鱼余先生又一绝以叹子鱼有先见之贤云："战国君臣相弑诛，谦而让位有谁知。襄公不纳当时谏，至死方知叹子鱼。"[8]

龚本全录此诗，文本完全一致，而将"邵鱼余先生"五字删去[9]。

（二）再来看余象斗诗

1. 卷一《子牙收复崇侯虎》，咏姜子牙之功：

后仰止有诗一绝云："渭水溪头一钓翁，谋谟西伯扇仁风。止凭片榜收崇邑，能显先生第一功。"[10]

龚本全录此诗，文本完全一致，然将"后仰止有诗一绝云"改为"后人有诗一绝云"[11]，删去余仰止名字。

2. 卷一《子牙收复洛阳城》，再咏姜子牙之神机妙算：

后余仰止有诗叹曰："陆地行身倚势强，横行西镇莫能当。子牙一试洪炉火，盖世英雄烂额亡。"[12]

龚本全录此诗，文本完全一致，但是将"后余仰止有诗叹曰"改为"后人有诗为证"[13]，删去余仰止名字。

3. 卷三《鲁村妇秉义全社稷》，咏村妇所作：

后仰止余先生观到此，又有诗为证："城郊顷刻丧似尘，列妇泪滴诉衷情。数言说出公私义，万古流传救国名。"[14]

4. 卷三《十英杰辅重耳》，咏申生所作：

后仰止余先生观到此，又有诗为证："申生纯孝世间夸，观此令人泪叹嗟。泣言自缢人难学，献公不久丧邦家。"[15]

5. 卷五《楚平王信谗灭伍氏》，为伍奢之死打抱不平而作：

后仰止先生观此有感："伍奢父子丧幽冥，犹比宋朝岳子形。甘心受戮天悲惨，铁石人闻也泪涟。"[16]

6. 卷五《浣纱女抱石投江》，咏浣纱女所作：

后仰止余先生观到此，留有诗断云："偶以相逢失问途，情怀比翼两俱无。何须草草捐身命，不念双亲体发肤。"[17]

7. 卷六《楚昭王奔郧入随》，咏吴国君臣所作：

后仰止余先生观到，又有诗为证："吴国君臣，惟此五人。孙武胥辈，俱皆兽禽。"[18]

上面所举五首诗，龚本将其全部删除。总的来说，余氏叔侄的诗虽不怎么高明，颇有打油诗的味道，然龚本仍部分保留，而保留下来的诗又仅对个别诗句进行改动，这有力证明了龚本以余本为底本进行翻刻。但是，龚本在翻刻的过程中，又不遗余力抹除余氏叔侄的痕迹，将其姓名全部删除，这至少可以证明龚绍山不想让他人知道自己的刻本乃承袭余本而来。此外，从龚本对余本的某些改动痕迹上来看，"陈继儒重校"不仅显得不可信，甚至显得有些荒诞了。陈继儒是晚明著名文人，诗词书画俱佳，作诗水平并不低，论诗亦颇有见地，绝不可能出现将"怎能"校改为"争能"的低级失误。关于这一点，下文还会详细论证。

三、"陈眉公重校""陈眉公先生批评"等招牌均为书贾伪托

余本的版式分为上、中、下三栏，上为批评栏，中为图像栏，下为正文栏。其中批评栏

不止有余象斗对小说相关情节的批语，亦包含大量关于地名、人名等知识性内容的注释。龚本几乎将后者全部袭用，然并不以批评栏的形式呈现，而是改为正文双行小字，紧接对应词汇之后，可读性和观赏性均有所提高。将这些袭用的内容进行对勘，也不难得出"龚本翻刻自余本"的结论。此外，通过龚本在袭用过程中存在的诸多非常低级的纰误，又可证明"陈眉公重校"实为龚氏伪托招牌，如果陈继儒真的校对过两个本子，纰误恐怕不会这么多。

先说龚本袭用余本批评栏的具体情况，为了避免行文过繁，笔者制作如下校勘表[19]：

龚本、余本校勘表

序号	余本 文本内容	页码	龚本 文本内容	页码	备注
1	"受辛"下注："纣乃谥也"	31	"受辛"下注："纣乃益也"	165	误"谥"为"益"
2	眉批"朝歌即今河南卫辉府也"	32	"朝歌"下注："朝歌即今河南卫辉府"	165	"朝歌"二字重
3	眉批"岐州今在陕西"	33	"岐州"下注"在陕西"	168	—
4	眉批"璧室二星名，天文分野属卫辉府"	38	"室壁"下注："室壁二星名，天文分野属卫辉府"	173	"室壁"二字重，且注释中误"璧"为"壁"
5	"商郊"下注："姜后之子名郊"	43	"商郊"下注："姜后之子名郊"	180	—
6	眉批"豳乃今之陕西邠州也"	44	"豳"下注"今陕西邠州"	181	—
7	眉批"古山下即今凤翔府岐山县是也"	45	"岐山之下"注"今凤翔府山县"	182	漏刻"岐"字
8	"建高台于都城"下注："高台在陕西户县"	71	"建高台于都城"下注："灵台在陕西户县"	217	误"高台"为"灵台"
9	眉批"虞芮二国即今山西平阳府绛州城东是也"	72	"虞芮二国"下注："虞芮二国名即今山西平阳府府州城东"	219	误"芮"为"芮"；误"绛州"为"府州"。龚本正文、眉批均误"芮"为"芮"
10	正文"子牙"之后接："其先祖尝为四岳，佐禹平水土，虞夏之际封为吕姓姜氏。尚，其苗裔也"	75	"子牙"后双行小字注："其先祖尝为四岳，佐禹平水士，虞夏之际封于吕姓姜氏。尚，其苗裔也"	222	改余本正文为双行小字注释；误"土"为"士"；改"封为吕姓姜氏"为"封于吕姓姜氏"

（续表）

序号	余本 文本内容	页码	龚本 文本内容	页码	备注
11	眉批"关南尧山即今陕西蒲城县是也"	85	"关南尧山之下"下注："即在陕西浦城县"	236	误"蒲城"为"浦城"
12	"国号唐"下注："后春秋之世即晋国是也"	182	"国号唐"下注："按春秋之世郡晋国是也"	372	误"即"为"郡"
13	"译者曰"下注："译者能言胡人之言，又能言中国之言语，盖通方之使也"	182	"译者曰"下注："译者能言胡人之言语，又能言中国之语，盖道番之使也"	372	误"通方之使"为"道番之使"
14	眉批"秦地即今陕西巩昌府是也"；"秦地"下注："非子即秦穆公之世祖也"	223	"秦地"下注："即今陕西巩昌府是也，此子即秦穆公之世祖也"	426	合余本眉批和正文注于一体；误"非子"为"此子"。
15	"公子冯"下注："宋穆公之子，殇公之侄，平王五十一年奔于郑国"	285	"公子冯"下注："宋之子，殇公之侄，乃平王五十一年奔于郑者"	510	"宋"字为大字，以下为小字；漏"穆公"二字
16	"十二邑之田"下注："其十二邑乃温原以其蕴郏僵茅向盟州陉隰不十三邑"	289	"十二邑之田"下注："十二邑盈温源以樊温郏贤弟句盟州陉隰怀十一邑"	527	余本、龚本之注释均误，但龚本误余本"乃温"二字为"盈"字，殊为可笑

通过以上所列16例文本差异，至少得出三个结论：

（一）龚本的校勘极为不精。例1误"谥"为"益"，例4误"璧"为"壁"，例8误"高台"为"灵台"，例9误"芮"为"芮"、误"绛州"为"府州"，且正文、眉批均误"芮"为"芮"，例11误"蒲城"为"浦城"，例12误"即"为"郡"，例16误"乃温"二字为"盈"字。这只是举了很少一部分，还有很多这样的讹误没有列举出来。这些错误大多均为常识性错误，比如"浦城"和"蒲城"，"室璧"和"室壁"，"芮"和"芮"，只要校勘时稍微用点心，这些错误是完全可以避免的。陈继儒曾言及自己的校书方法："余得古书，校过付抄，抄后复校，校过复刻，刻后复校，校过即印，印后复校。"[20]又在致友人信中说到他帮别人校书的过程："此皆择三五同志，齐集一处，彼此换阅，而某又从中一一商略研勘，务使毫无遗憾而后即安。此乃仰报台台委托之苦心耳。但每日细校一册，更得一月可完，乞先发阅过六册，命工净写别本，则某与诸生再加详校一番，而写刻亦无误矣。"[21]由此可见，陈继儒对待校书这一工作是十分严谨的。两相对比，龚本招牌"陈继儒重校"可谓不攻自破。

（二）龚本的校勘者文化水平并不高。例13误"通方之使"为"道番之使"，"通方之使"即指两国外交使者，"道番"不知何意，盖为"通方"音讹或形讹。例14误"非子"为"此子"，"非子"是秦穆公始祖，"此子"乃误。例16注释分封给苏忿生之"十二邑"时，照抄余本之错误，注释完全错误，充分说明校勘者根本就不知道这"十二邑"指的是哪些地方。《左传》"鲁隐公十一年"条有相关记载："王取邬、刘、蒍、邘之田于郑，而与郑人苏忿生之田——温、原、絺、樊、隰郕、欑茅、向、盟、州、陉、隤、怀。君子是以知桓王之失郑也。"[22]《左传》本来将十二邑说得清清楚楚，无奈校勘者文化水平太低，《左传》都没有读过，所以闹出笑话。而陈继儒的博学多通在晚明是有口皆碑的[23]，其决不至于连分封给苏忿生的十二邑为何地都不知道。

（三）既然"陈眉公重校"已经被反复证明为龚绍山欺骗消费者的招牌，"陈眉公先生批评"自然也是骗人的把戏。此外，陈继儒对坊刻小说的观感并不甚好，他的学问多在经史方面，其在致友人的信中曾谈及《水浒传》："儒不愿与乡衮叙爵，而愿以乡衮序齿，不能修史而喜劝诸君读史。今《通鉴》多束高阁，故士子全无忠孝之根；《水浒》乱行肆中，故衣冠窃有猖狂之念。"[24]陈继儒把《水浒传》这样的稗官小说作为正史《资治通鉴》的对立面，可见其并不喜欢讲史小说，而《列国志传》又是典型的历史演义，陈继儒既然对这类小说比较反感，恐怕不会去批评这样的小说。

综上可知，"陈眉公重校""陈眉公先生批评"是坊间书贾招揽顾客的惯用伎俩，陈继儒与陈评本《列国志传》并无关系。

四、陈评本卷首序言《叙列国志》非陈继儒所撰

上述证据已足以说明陈评本《列国志传》为赝本，但尚未言及卷首那篇署名陈继儒的《叙列国志》。事实上，此序也是书贾托名陈继儒的伪作。理由如下：

第一，该序不见现存陈继儒诗文集中。现存陈继儒的诗文集主要有四种：陈继儒长子陈梦莲辑纂的家刻本《陈眉公先生全集》、陈继儒友人章台鼎所辑《白石樵真稿》、陈继儒之婿汤大节所辑《晚香堂小品》、陈继儒友人史兆斗所辑《陈眉公集》。查考这四个集子，《叙列国志》均不见收录。其中，汤大节既是陈继儒的女婿，同时也是杭州书商，他收集陈继儒的诗文（特别是小品文）可谓不遗余力，如卷二十二就收录《牡丹亭题词》《花史题词》《情种题词》等文章，可见汤氏着重关注的就是这些短章小翰。其在《晚香堂小品·凡例》中说："叙系手书者，俱摹勒简端，海内不能遍恳。倘有同好，或

跋或赞，乞邮寄武林清平山之简绿居，当依宋楷，汇梓集先，共襄不朽，亦艺林一大快事也。"[25]《晚香堂小品》乃崇祯初年所刻，距万历四十三年（1615）不过十余年时间，如果此序真为陈继儒所撰，《晚香堂小品》恐怕不会将其漏收。

第二，《叙列国传》实乃化用陈继儒《古今大账簿》一文而来，此文最早收录于《狂夫之言》一书中，该书至迟在万历三十四年（1606）沈孚先刻印《宝颜堂秘笈》之前，已经有单行本流传。此文最初名称为《大账簿》，收入《陈眉公先生全集》后改名为《古今大账簿》。龚本刊刻时间为万历四十三年（1615），陈继儒诗文的流传范围颇广，所以龚氏（或其所聘之人）是有条件看到此篇文章的。此文章篇幅不大，兹节录之，以窥龚本作伪之手法：

> 天地间有一大账簿，古史旧账簿也，今史新账簿也。人间尽有聪明俊慧子弟，父师失教，专以时文课之，竟不知《通鉴》《纲目》《二十一史》为何物，所以往往有攒眉警书之苦。若教之读史，以聪明俊慧之资，遇史中可喜可愕之事，则心力自然发越；贯串治乱得失、人才邪正是非之源流与财赋兵刑礼乐、制度沿革之始末，则眼力自然高明。以古人印证今人，以古方参治今病，则胆力自然稳实。晓畅大局面、大机括、大议论、大文章，则笔力自然宏达。今子弟史学一切废搁，其有质者反教之读子书佛书，即粗粗问之作子书佛书者之姓名，出处已茫然不晓，况能得子佛之精髓乎？余尝语子弟，无论《纲目》《二十一史》，即一部《通鉴》，乃万卷书之关津，若未曾过得此关，则他书必无别路可入。或读之而不能解，解之而不能竟，竟之而不能彻首彻尾者，皆史不熟也。此旧账簿不可无也。[26]

《叙列国志》开篇即说："此世宙间一大账簿也。家将昌，主伯亚旅统于一。巨自田园庐舍，纤至器用什物，其出入登耗之数，莫不有簿，而主享其逸。不则各润私囊，人自为窟，及至厄漏源竭，家业馨然，始考先世之田园几何、庐舍几何、器用什物几何，何及哉！夫世宙何以异是？"后文接着叙述《列国志传》是一部怎样的账簿，最后总结道："《列传》亦世宙间之大账簿也"，极力称赞其"足补经史之所未赅"[27]。

两相对比即可发现，陈继儒《古今大账簿》与《叙列国志》所表达的意思完全相反。陈继儒推崇读史要读《纲目》《二十一史》这类正史，最不济也应读《资治通鉴》，其言"今子弟史学一切废搁，其有质者反教之读子书佛书，即粗粗问之作子书佛书者之姓名，出处已茫然不晓，况能得子佛之精髓乎？"明显对青年子弟读子书、佛书持强烈反对意见。如果在传统目录中硬要为《列国志传》寻一位置的话，自应属于史部下下等之列。陈继儒既然如此推崇读正史，又怎么会极力赞扬《列国志传》"足补经史之所未赅"呢？两篇文章之思想差距竟如此之大，足以证明其为伪作。

综合以上种种证据，陈评本《列国志传》实乃书贾龚绍山翻刻余象斗刊《列国志传评林》而成，为招徕顾客，获取收益，乃假托陈继儒之名行世，实际上与陈继儒本人并无丝毫关系。

余 论

陈大康《明代小说史》一书以其深厚的文献功底、富含思辨的叙写手法，获得学界一致好评。郭英德评曰："《明代小说史》一书以其独特的历史审视角度、学术研究模型和历史叙事风格，异军突起，格外令人瞩目。"[28]该书附录《明代小说编年史》资料颇为翔实，论证较为严密，其中与陈继儒相关的长篇章回小说一共有三部，分别为《唐书志传通俗演义》《东汉十二帝通俗演义》《陈眉公先生批评春秋列国志传》。《列国志传》为赝书，上文已经考辨清楚，兹不赘述。至于《东汉十二帝通俗演义》，陈大康已经言明"或疑此序为伪托"，亦不赘述。独有《唐书志传通俗演义》，陈大康著录为："陈继儒为金陵世德堂所刊《唐书志传通俗演义》作序并作评。"[29]此论尚值得进一步商榷。事实上，这不只是陈大康的观点，在此之前，由朱一玄、陈桂声、宁稼雨等人编著的《中国古代小说总目提要》在著录此小说时即写道："唐氏世德堂刊本，为题评本，题'姑孰陈氏尺蠖斋评释''绣谷唐氏世德堂校定'，尺蠖斋即明著名文学家陈继儒（1558—1639），字仲醇，号眉公，又号麋公，华亭（今上海松江）人，喜说部，除《唐书志传》外，尚批评《列国志传》等多种小说。"[30]明确指出尺蠖斋即陈继儒，但并无说明所据为何。他如谭正璧、谭寻《古本稀见小说汇考》中言此小说"撰者似即熊钟谷，而陈继儒（眉公）非'编次'者，当为评阅者，故改题以利其销售"[31]则认为陈继儒乃《唐书志传》的评阅者。相较而言，石昌渝主编的《中国古代小说总目》（白话卷）一书在著录此小说时，所论则较为稳妥："正文卷首署'姑孰陈氏尺蠖斋评释'，知题评者姓陈，余皆不详。"[32]

笔者以为尺蠖斋非陈继儒，该序非陈继儒所撰，该小说亦非陈继儒所评。

笔者采用的版本为《古本小说丛刊》影印日本静嘉堂文库所藏万历二十一年（1593）世德堂刊本。此本无封面，全书八卷，分为八十九节，不题撰人姓名。卷首《唐书演义序》署"时癸巳阳月书之尺蠖斋中"，后有《新刊唐书志传姓氏》一篇。目录页题作"新刊秦王演义"，每卷首行题"新刊出像补订参采史鉴唐书志传通俗演义题评"，次题"姑孰陈氏尺蠖斋评释/绣谷唐氏世德堂校订"。通检此书，关于评者与校者的信息仅限于此，除此之外再无有效信息。

笔者认为"陈氏尺蠖斋"与陈继儒并无关系，有如下四种依据：

第一，陈继儒是松江府华亭县人，其姓氏之前可以署"华亭"，可以署"云间"，而"姑孰"却与陈继儒没有任何关系。此外，"陈氏尺蠖斋"还见于其他小说，如世德堂本《新刊出像补订参采史鉴南北两宋志传通俗演义题评》，此本每卷卷首亦题作"姑孰陈氏尺蠖斋评释/绣谷唐氏世德堂校订"[33]，而大业堂本《新锲重订出像东西两晋通俗演义题评》每卷卷首又题作"秣陵陈氏尺蠖斋评释/绣谷周氏大业堂校梓"[34]。由此可见，"陈氏尺蠖斋"前之地名并非一成不变，但不管是"姑孰"抑或"秣陵"，均与陈继儒家乡华亭县没有任何关系。查考陈继儒长子陈梦莲为其父编纂的《眉公府君年谱》（以下简称《年谱》），陈继儒除青年时期两次赴南京参加乡试之外，不见其再去南京之记载，更不见其去姑孰之记载。第二，《年谱》中所载陈继儒之居室甚详，却不见尺蠖斋之踪影。另外，笔者遍考其挚友如王衡、董其昌、范允临、方应选等人的诗文集，也没有寻得关于"尺蠖斋"的有效信息。第三，由上文可知，陈继儒比较推崇正史，对历史演义明显有抵触情绪，恐怕不会推崇《唐书志传演义》这类小说。第四，也是最为重要的一点，万历二十一年（1593），陈继儒只有三十六岁，正值青壮年时期，还没有在江南文坛中崭露头角，也并无什么名气，重利之书贾恐怕不会请他来"评释"。查考《年谱》，陈继儒于此年正好在华亭徐元普（徐阶之孙）家里坐馆授徒，从万历十九年到二十一年（1591—1593），陈氏均在徐家坐馆授徒[35]，经济收入较为稳定，似乎亦没有以批评小说来获取收入的动机。

综上所述，不仅《唐书志传通俗演义》与陈继儒无关，《东西两晋通俗演义》《南北两宋志传》等题"陈氏尺蠖斋评释"的小说评本与陈继儒亦无关系。

参考文献

[1][3][5][7][9][11][13][27]（明）龚绍山梓行：《陈眉公批评列国志传》，《古本小说丛刊》第40辑（全5册），中华书局，1990年版，第707页、第254页、第312页、第808页、第860页、第260页、第295页、第123—132页。

[2][4][6][8][10][12][14][15][16][17][18]（明）余邵鱼编集，余象斗评：《列国志传评林》，《古本小说丛刊》第6辑（全5册），中华书局，1990年版，第99页、第144页、第493页、第533页、第103页、第130页、第410页、第470页、第866页、第896页、第971页。

[19]表格中龚本、余本的文本内容均据《古本小说丛刊》影印本，页码即影印文本所在页码。

[20]（明）陈继儒：《岩栖幽事》，《四库全书存目丛书》子部第118册，齐鲁书社，1997年版，第705页。

[21]（明）陈继儒：《复崔抑庵盐台》，《陈眉公先生全集》卷五十四，参见《明别

集丛刊》第4辑第54册,黄山书社,2013年版,第556页。

[22]杨伯峻编著:《春秋左传注》(修订本),中华书局,2016年版,第83页。

[23]如黄道周就说:"雅尚高致,博学多通,足备顾问,则臣不如华亭茂才陈继儒。"参见《黄石斋先生文集》卷一《三罪四耻七不如》,《续修四库全书》集部第1384册,上海古籍出版社,2002年版,第31页。

[24](明)陈继儒:《答吴兹勉》,《陈眉公先生全集》卷五十四,第568页。

[25](明)汤大节:《晚香堂小品·凡例》,哈佛燕京图书馆藏明崇祯刻本,第3a页。

[26](明)陈继儒:《古今大账簿》,《狂夫之言》卷二,《四库全书存目丛书》子部第94册,齐鲁书社,1997年版,第421页。

[28]郭英德:《小说史的叙述视角、叙述体例和叙述方法——兼评陈大康〈明代小说史〉》,《文学遗产》2001年第5期。

[29]陈大康:《明代小说史》附录《明代小说编年史》,人民文学出版社,2007年版,第682页。

[30]朱一玄、陈桂声、宁稼雨编著:《中国古代小说总目提要》,人民文学出版社,2005年版,第511页。

[31]谭正璧、谭寻:《古本稀见小说汇考》,浙江文艺出版社,1984年版,第231页。

[32]石昌渝主编:《中国古代小说总目》(白话卷),山西教育出版社,2004年版,第373页。

[33](明)不题撰人:《新刊出像补订参采史鉴南北两宋志传通俗演义题评》,《古本小说丛刊》第34辑第1册,中华书局,1990年版,第15页。

[34](明)不题撰人:《新锲重订出像注释通俗演义东西两晋志传题评》,《古本小说集成》第2辑第30册,上海古籍出版社,1994年版,第1页。

[35](明)陈梦莲编:《眉公府君年谱》"万历二十一年"条,参见陈广宏主编《陈继儒全集》第10册,上海人民出版社,2021年版,第5221页。

作者

杨少伟,文学博士,河南师范大学文学院讲师,主要研究方向:元明清文学与文献。

"神魔小说"的分类及命名再探
——兼论"仙道文学"与"道教文学"的关系

陈 芳

摘要： 鲁迅在《中国小说史略》中以"神魔小说"指称涵盖儒、释、道三教思想，展现斗法奇幻的作品。但是，以往归入神魔小说的部分作品，内容庞杂，其归类并不完全准确。"神魔小说"作为一种概括性称呼，其主体以神、魔为主；"道教小说"的概念系从宗教文学进行界定，所指范围较为狭窄；"仙道小说"的概念较"道教小说"略微宽泛，以仙道人物为主体进行创作皆可算入其中。由此观之，明清之际以仙道人物为主体的通俗小说多以"仙道小说"命名更为准确。

关键词： 神魔小说；仙道文学；道教文学；明清；通俗小说

引 言

明代中叶以后，受《西游记》影响，出现大量以神佛仙道被贬下凡历劫修炼为内容的作品，如《封神演义》《平妖传》《八仙出处东游记》《北方真武玄天上帝出身志传》《三宝太监西洋记通俗演义》《天妃娘妈传》《铁树记》《咒枣记》《飞剑记》等。这些作品人物众多，思想驳杂，究竟应该归为哪一种类型的小说？学界并没有统一的说法。欧阳健先生在《"神魔小说"还是"神怪小说"？——小说类名辨正之一》一文中，就提出以"神怪小说"代替"神魔小说"命名更为科学[1]。魏世民《论仙道小说与神魔小说的异同》亦指出"仙道小说，或称道教小说，是以宣扬神仙信仰、反映神仙或道士生活为主要内容的小说"，与神魔小说是两种不同类型的小说[2]。此外，道教小说和仙道小说分属于道教文学和仙道文学，二者的定义又存在诸多说法，李丰楙就曾指出："'道教文学'这一谱系，还有另一个贴切的名称即是'仙道文学'。"[3]在此基础上，本文以邓志谟《铁树记》《咒枣记》《飞剑记》，杨尔曾《韩湘子全传》等为例，对"神魔小说""道教小说"及"仙道小说"等概念的外延与内涵做进一步的厘析，试图对明清通俗小说进行更准确的分类和命名。

一

在《中国小说史略》中，鲁迅将明清小说分为神魔、人情、讽刺、才学、狭邪、侠义、谴责小说等类型，其中"神魔小说"指代明清之际以《西游记》为代表的"三教同源""妖妄之说盛行"的作品。因为这些作品"义利邪正善恶是非真妄诸端，皆混而又析之，统于二元，虽无专名，谓之神魔，盖可赅括矣"[4]，于是以"神魔小说"概称明初《平妖传》《八仙出处东游记传》《五显灵官大帝华光天王传》《北方真武玄天上帝出身志传》《西游记传》《唐三藏西天取经》等作品。而"神魔小说"的称呼"盖可赅括"，即是作为概括性称法。随着研究的深入，有学者开始质疑"神魔小说"这一称呼的准确性，如欧阳健在《"神魔小说"还是"神怪小说"？——小说类名辨正之一》一文中，对"神魔小说"与"神怪小说"两个命名进行了比较，认为从历史渊源、概念内涵、潜在观念等方面来看，前者都不如后者科学[5]。

而在具体小说的流派划分上，学界也存在不同的看法，比如邓志谟的《铁树记》《咒枣记》《飞剑记》三部小说，有将其归入以《西游记》为代表的神魔小说类，如陈大康[6]、赵益[7]、孙一珍[8]；也有不少研究者将其视为道教小说[9]、灵怪小说[10]、仙道小说[11]等。由上，仅对邓志谟的《铁树记》《咒枣记》《飞剑记》就有四种不同看法，这一时期的其他作品如《韩湘子全传》《吕祖全传》《绿野仙踪》《西洋记》《女仙外史》等，是否能用"神魔小说"来界定也值得商榷。

分类的混乱，很大程度上是因为《平妖传》《八仙出处东游记传》《西游记》等作品本就较为复杂，涉及妖魔、神怪、仙道等形象，也涉及儒释道多家思想，故很难用简短名词将其准确全面概括。鲁迅在《中国小说的历史的变迁》第五讲《明小说之两大主潮》中进一步提道："当时的思想，是极模糊的，在小说中所写的邪正，并非儒和佛，或道和佛，或儒道释和白莲教，单不过是含胡的彼此之争，我就总括起来给他们一个名目，叫做神魔小说。"[12]故神魔小说实为一个概括统称，我们仍应当为进一步研究的需要，对不同类型的作品加以细化区别。

顾名思义，"神魔"小说即描写神、仙与魔相争，斗法奇幻的作品。作品中"神""魔"所占比重相当，神、魔相斗的情节是故事主体。以《西游记》为例，《西游记》一百回中直接出现"魔"的回目就多达二十六回，另有很大一部分回目有心猿、熊罴怪、黑河妖等各类灵怪，足见其中"魔"的数量之多。从这一点上讲，同时期的《升仙传》《八仙出处东游记》《北游记》《铁树记》《咒枣记》《飞剑记》以仙道人物为主要描写对象，妖魔鬼怪形象较少，神魔相争的场面寥寥无几。《韩湘子全传》以韩湘子得道成仙并度化叔父韩愈等人为主要内容，全文几乎没有妖魔鬼怪等反面角色；《飞剑记》以吕纯阳修炼成仙后在世间度化众生为主要线索，故事多发生在世俗生活中，妖魔鬼怪形象亦相对较少，仅提到吕纯阳飞剑斩蛟精、狐精之事，称为神魔小说与内容显得不符。此类小说涉及大量仙道人物，描述神仙修炼历劫之事，或者直接从《道藏》《续仙传》《仙佛奇踪》等道教文学中的人物故事改写而来，学界或抛开鲁迅所定义的"神魔"之称，而将其界定为道教小说或仙道小说。但究竟是称呼道教小说还是仙道小说，又说法不一。概念的混乱背后，是对文本性质的理解模糊不清，因此需要进一步仔细辨析。

二

道教小说和仙道小说分属于道教文学和仙道文学，辨析二者的不同应对道教文学和仙道文学的概念进行分析。道教文学和仙道文学的名称看似相同，但定义的出发点并不相同。

《中国大百科全书》宗教卷定义"道教文学"："以宣传道教教义、神仙出世思想以及反映其宗教生活为题材内容的各种形式的文学作品。见于道藏，也散见于藏外。"[13]日本学者游佐昇《道教和文学》较早关注到道教文学这一论题，他提出从以下三点思考：一是道教对于文学的影响；二是道教徒创作的与道教相关的文章，即道教内部产生的文学；三是考察道教与文学时，如何对待道家和文学的问题[14]。游氏的观点注重考查道教与文学的关系，也引发大家对道教文学的关注。其后，不少学者论及道教文学，总体而言，可分为两类。

一类是强调其宗教属性，必须宣扬道教教义或必须产生于道教实践。詹石窗认为"道教文学是伴随着道教的出现而出现的，没有道教也就没有道教文学……它是以道教活动为题材的，其形象的塑造和意境的创造都是以道教活动为本原的"[15]。台湾学者林帅月主张从发生角度来定义道教文学，将渊源性及影响说下的文学作品排除在外，指出道教文学必须产生于道教形成之后，且必须以宣传道教活动及体道情怀的抒发为创作目的[16]。吴光正认为道教文学是道教实践即道教修持和道教弘传过程中产生的文学，其创作主体是道教徒，一部分无法确定作者或虽非道教徒创作但被道教徒用于宗教实践的作品亦可纳入道教文学范畴，主张将影响论、关系论、反映视域下的"道教与文学"层面作品切掉，从宗教实践立场探讨道教文学的本质[17]。廖斌在《唐代武夷山道教文学》指出道教文学是以宣传道教教义、神仙出世思想以及反映其宗教生活的各种文学作品[18]。余来明、黎超在《明代道教文学研究的几个问题》和吴光正持同样意见，认为明代道教文学研究的对象是在明代道教实践中产生的文学……那些具有鲜明道教色彩或者为宣扬道教思想而并非出自道教徒之手的作品，是否应当纳入明代道教文学史研究的范围，则需要进一步探讨[19]。

另一类则相对重视其文学性，受道教影响的，与道教相关的文学作品都囊括其中。伍伟民《道教文学三十谈》提到道教文学："一是道教内部的文学，一是反映道教的文学。"[20]马焯荣的观点与伍伟民相似，认为道教文学包括道藏文学和非道藏文学两大类，非道藏文学指各个阶段大量的文人创作和民间创作[21]。李小荣认为道教文学既包括与道教思想有关的文学作品，也包括在道教行仪中具体应用的各种形式的文学作品，普通信仰者弘道护教、抒发修道情怀等方面的文学作品以及反对者的批判作品都包含在内[22]。香港学者文英玲认为："道教文学作品，无论是正面或负面地表现道教精神或活动，都会呈现明显的经验性、艺术性以及感情色彩，这就是道教文学的普遍特征。"[23]

前者可视为狭义的道教文学，强调道教文学与道教教义、实践的关系。后者则是广义上的道教文学，与道教有关系的文学都纳入道教文学的范畴。本文更赞成前者，论述也采用狭义的道教文学的定义，认为道教文学应关注其宗教意义，必须宣扬道教教义或在道教实践中产生的文学才可定义为道教文学。具体到道教小说之中，笔者以为其中最重要的一点就是不能混杂其他宗教思想，应明确宣扬道教教义。其次，宗教小说的创作是严肃的，应带有对宗教的虔诚敬意，故道教小说的编创也应该相对严谨，不可游戏笔墨。正如李丰楙所说，道教小说的"改编、撰写过程应该是严肃的，而且还带有一种宗教性的虔敬心意，这是道教小说的独特之处"[24]。

仙道文学的概念，较早由李丰楙提出，在《忧与游——六朝隋唐诗论集》中，李丰楙认为以"仙道文学"称呼"道教文学"更合理，因为它是道教在吸纳和承继神仙思想的本质后对诸如神仙世界、成仙方法等文学式的铺展，故而用"仙道文学"较为贴切[25]。在《忧与游：六朝隋唐仙道文学》中，他进一步提道："'道教文学'这一谱系，还有另一个贴切的名称即是'仙道文学'。"[26]并以"仙道文学"命名。

仙道小说是仙道文学的一种，李丰楙认为："所谓的仙道小说，包括两类：一为记录、传述有关仙真传说的笔记小说；另一则指道教思想影响下所形成的作品。"[27]其后，陈辽在《中国仙道小说新论》提出仙道小说是中国小说的特产，与鲁迅、孙楷第等人提到的讲史、神魔、人情、讽刺小说不同，"中国人信神仙、信道家，反映在文学作品里，于是就有了仙道诗、神仙道化剧和仙道小说"，并将《三遂平妖传》《四游记》《韩湘子全传》《咒枣记》《飞剑记》《铁树记》《三教同原录》等视为仙道小说[28]。黄景春《中国古代小说仙道人物研究》把"以描写仙道人物、讲述仙道事迹为主的故事文本称为仙道小说"[29]。柳岳梅则认为仙道小说是指触及仙道描写内容的文本，既包括宣扬仙道思想的作品,也包括涉及某些仙道情节或仙道人物的文本[30]。

由上,仙道小说即指与神仙、仙道人物相关的作品,与"仙道"本身的意义相符,与狭义的"道教文学"相比,弱化了其宗教意义,概念所指范围较为宽泛。与"神魔小说"的概念相比,仙道小说所指对象更为具体。

三

上文重点论述了仙道小说和道教小说的含义,以上面的标准观之,明清之际出现的诸多通俗小说能否囊括在道教小说内仍需斟酌。

比如邓志谟的《铁树记》《咒枣记》《飞剑记》虽以道教四大天师之许逊、萨守坚、全真派祖师吕洞宾为主人公进行描写,可见部分道教活动,但不可否认其中混杂儒释思想,并非只有道教思想。《铁树记》第一回《总叙儒释道源流 群仙庆贺老君寿》,在开篇总述儒、释、道三教,对于儒家,作者认为是"万世文章之祖""实有圣德",释家则"无所不能,普度众生",可知邓氏对儒家和释家都较为推崇,并非一味赞同道家。在具体情节和内容上仍渗透不少儒释思想,《咒枣记》第一回叙主人公萨真人第一世是屠夫吴成,30岁时改弃前非,弃恶从善就能免受轮回之苦,颇有佛教"放下屠刀,立地成佛"的劝诫意味。《飞剑记》第五回《吕纯阳宿白牡丹 纯阳飞剑斩黄龙》吕纯阳因为"采阴补阳"被黄龙禅师擒住,后起意杀黄龙禅师却被制服并夺取雄剑。禅师是佛教禅宗一支,禅师看破吕洞宾的恶行并轻松制服,也显得佛教更胜道教一层;洞宾身穿纳头,纳头是僧人所穿衣物,道士穿的衣服应该叫作道袍。《咒枣记》第十二回《阴司立赏善行台 真人游赏善分司》分别经过"赏善行台""悌悌之府""忠节之府""信实之府""谨礼之府""尚义之府""清廉之府""纯耻之府"八所宫殿,这些深受赞赏的名人义士所具备的品质正是儒家的"孝悌""忠义""仁善"等,可知作者对儒家忠孝仁义思想的推崇。

此外,邓氏的三部小说带有明显的游戏笔墨的特点,上文提到道教小说的一个特点应该是严肃、带有虔诚敬意,但邓氏创作明显违背这一原则。《铁树记》第一回写老君设宴,仙家宴会繁盛,写道:"吕洞宾醉得一发风狂。张天师醉得睁眉露眼,玄帝祖师醉得散发飞扬。白玉蟾醉得脱衣卸膊,萨真人醉得捏诀那罡。"此回成仙主人公是许逊,东晋人,故事开端老君写到四百年后许逊降世,则设宴应在许逊出生之前。然而,作者在宴会上写到吕洞宾、萨真人的醉态,吕洞宾是唐朝人,萨真人是北宋人,白玉蟾是南宋人,其成仙时代不可能早于许逊。邓志谟分别以这三个道教人物为主人公写了三部小说,若是本人信仰道教且为了宣扬教义而创作,则应注意人物先后关系,而不应混淆基本的史实,出现如此明显的逻辑错误。《飞剑记》第二回《吕纯阳遇钟离师 钟离子五试洞宾》,回目标明是"五试",文中却写道"钟离子……怕他道心未定,于是暗暗的试他七次",而实际内容却有八试[31],这更显出邓氏创作的随意性。

反观作品选取道教人物为题材,很可能是为了谋求更多商业利益。据程国赋《明代书坊与神魔小说流派》统计,明初到万历二十年(1592)仅2部神魔题材小说,而万历二十年《西游记》刊刻后至崇祯十四年(1641)《西游补》刊刻期间就出现25部神魔小说,引发这一热潮的关键在于万历二十年问世的《西游记》[32]。《西游记》的问世让大批创作者看到新的创作题材和创作思路,出现不少模仿《西游记》之作。比如《西游唐三藏出身传》《东游记上洞八仙传》《华光天王南游志传》《北方真武祖师玄天上帝出身志传》等。这些作品选取佛教、道教人物,以变化之术、修行得道为主要故事情节,盛行一时。邓氏选取吕洞宾、许逊、萨守坚为主人公进行创作,亦可能是为了艺术虚构,编写读者青睐的通俗小说,获取更多商业利益。故《铁树记》《咒枣记》《飞剑记》等小说从性质划分为仙道小说更准确。我们不能因为作品有仙道人物就将其归入宗教文学,正如我们不会将神仙道化剧视为宗教剧一样。

这一时期出现的其他以仙道人物为题材创作的小说,如:吴元泰《八仙出处东游记》、杨尔曾《韩湘子全传》等,创作者一般是以写作谋生的通俗文学作家,选取仙道人物创作主要是为了更好地虚构,引起读者的阅读兴趣,并非从宣扬宗教教义的角度出发。《八仙出处东游记》不仅有吕洞宾戏白牡丹一事,且其中的铁拐李为了度化汉将钟汉离,竟化身老翁,为敌军蕃将出谋划策使钟汉离打败仗进而明白人生虚幻;《韩湘子全传》中的韩湘子、铁拐李为了度化韩愈和婶母亦不惜多方为难韩愈,毫无道义可言。这在某种程度上表明韩愈、钟汉离并非真正好道成仙,而是被逼迫为之。且铁拐李能够度化钟汉离,韩湘子能够度化韩愈和婶母窦氏是因为几人本是天上的神仙,钟汉离原是卜界仙子,韩愈是左卷帘大将军冲和子,窦氏原系上界圣姥,几人因犯错被贬才度化。试想,若是普通人,又怎能轻易得道升仙呢?这些内容无不警醒读者,并非人人修道就可成仙,并非人人愿意成仙。因而,创作者是否虔诚信仰道教值得怀疑,创作者的创作目的也值得考究。笔者以为,这一时期的作品多以说书人讲故事的口吻展开,特别是《韩湘子全传》每回都有一首入话诗或词,保留较强的话本说书的特色。整体而言,作品并未体现较强的宣道思想,创作态度也不够严谨认真,更像是给读者讲仙道趣味故事,其目的是满足读者的猎奇心理而非宣扬宗教教义。从小说流派上来说,都应属于仙道小说而非道教小说,应该与道教文学区分开来。

四

中国古代小说，特别是明清通俗小说中很少有能称得上宗教小说的，这主要是因为明清之际，思想相对混杂，且随着商业出版的发展，通俗小说的创作更多是为了谋取商业利益，很少是为了宣教宗教教义。赵益认为"从汉末到六朝的道教——无疑最具有'宗教'的本质"[33]。这也意味着六朝以后的道教，其宗教本质相对较弱，六朝后的与道教有关的文学作品是否为宣扬道教也值得考量。不可否认这一时期的作品如《铁树记》《咒枣记》《飞剑记》《韩湘子全传》《吕祖全传》《八仙出处东游记传》《升仙传》等，作品主人公多为道教人物，或取自《道藏》等宗教典籍，但这些作品的创作目的却不符合宗教文学宣传道义的初衷。笔者认为这类作品称为"仙道小说"更合理。

有研究者认为："中国古代小说史上确有少数作品是宗教小说，其中《二十四尊得道罗汉全传》可以算一个代表。"[34]可见中国古代真正的宗教小说确实很少，也表明《二十四尊得道罗汉全传》的特殊性。《二十四尊得道罗汉全传》中认为："所崇奉的准则或贯穿小说形象体系的线索，仅仅是一条，即如来教旨，释正法门，而排斥和否定其他一切世俗的传统的包括儒家的观念。"[35]笔者对此表示赞同，从《二十四尊得道罗汉全传》全篇内容来看，的确以佛教人物故事为主要内容，全篇推崇佛教教义，因此可以称为"佛教小说"。此外，《达摩出身传灯传》根据《景德传灯录》《续传灯录》等敷演而来，描述达摩一生得道传教的故事，也可算作佛教小说。

由上，道教小说和仙道小说的名称虽然相似，但二者实有不同，最根本的表现在于创作主旨的不同。仙道小说概念更为宽泛，涉及仙道人物即可称为仙道小说，因而作品思想驳杂，涉及儒释道三家，部分作品甚至带有浓厚的世俗色彩。道教小说则不仅以道教人物为主要内容，且要满足创作目的是为了宗教服务，具有更多宗教色彩，创作态度更为严谨。明清时期出现的大量"三教合一""妖妄邪说"混析的作品，除部分神魔形象较多的作品，如《西游记》《七曜平妖传》《西游补》《三宝太监西洋记通俗演义》《封神演义》《西游记传》《天妃娘妈传》等称为神魔小说外，其余以仙道人物为创作主体的作品，如《八仙出处东游记》《北游记》《南游记》《铁树记》《咒枣记》《飞剑记》《韩湘子全传》《升仙传》等都是仙道小说，且由于编创目的所限不应该称为道教小说。

参考文献

[1][5]欧阳健：《"神魔小说"，还是"神怪小说"？——小说类名辨正之一》，《明清小说研究》2006年第2期。

[2]魏世民：《论仙道小说与神魔小说的异同》，《甘肃社会科学》2015年第4期。

[3][27]李丰楙：《六朝隋唐仙道类小说》，台湾学生书局，1986年版，第1页。

[4]鲁迅：《中国小说史略》，中华书局，2011年版，第93页。

[6]陈大康：《明代小说史》，上海文艺出版社，2000年版，第421页。

[7]赵益：《明代通俗文学的商业化编刊与世俗宗教生活——以邓志谟"神魔小说"为中心的探讨》，《安徽大学学报》2012年第5期。

[8]孙一珍：《明代小说的艺术流变》，四川文艺出版社，1996年版，第158—159页。孙一珍将《咒枣记》《五显灵官大帝华光天王出身传》《北方真武玄天上帝出身志传》分入"幻化神魔小说"，笔者以为差别不大，可归入"神魔小说"类。

[9]小野四平、李丰楙、汪小洋、赵琨、龙文康等人将其定义为道教小说。分别参见［日］小野四平撰，陈桂声、刘红军摘译：《关于邓志谟的道教小说》，《明清小说研究》1988年第1期；李丰楙：《邓志谟道教小说的谪仙结构——兼论中国传统小说的神话结构》，《明清小说研究》1990年第Z1期；汪小洋：《一部流传福建的道教传说——邓志谟与〈铁树记〉》，《福建宗教》2000年第5期；赵琨：《邓志谟及其道教小说研究》，暨南大学2006年硕士论文；龙文康：《邓志谟道教小说研究》，湖南师范大学2009年硕士论文。

[10]金文京、孙楷第将其归为灵怪小说。参见金文京：《晚明小说、类书作家邓志谟生平初探》，辜美高、黄霖主编：《明代小说面面观：明代小说国际学术研讨会论文集》，学林出版社，2002年版，第318—329页；孙楷第：《中国通俗小说书目》，作家出版社，1957年版，第170页。

[11]陈辽将《铁树记》《咒枣记》《飞剑记》划入与《升仙传》《八仙出处东游记》等作品类似的仙道小说类，参见陈辽：《中国仙道小说新论》（上），《上海道教》1994年第1期。

[12]鲁迅：《中国小说的历史的变迁》，鲁迅著，朱正编《鲁迅选集》第4卷，岳麓书社，2020年版，第38页。

[13]中国大百科全书编委会：《中国大百科全书·宗教卷》，中国大百科全书出版社，1988年版，第71页。

[14]［日］游佐昇：《道教和文学》，［日］福井康顺等监修，朱越利等译：《道教》第2卷，上海古籍出版社，1992年版，第253—255页。

[15]詹石窗：《道教文学史》，上海文艺出版社，1992年版，第1—3页。

[16]林帅月：《道教文学一词的界定和范畴》，《中国文哲研究通讯》1996年第1期。

[17]吴光正：《民族本位、宗教本位、文体本位与历史本位：〈中国道教文学史〉导论》，《贵州社会科学》2014年第5期。

[18]廖斌：《唐代武夷山道教文学》，厦门大学出版社，2016年版，第55页。

[19]余来明、黎超：《明代道教文学研究的几个问题》，《云南大学学报》2013年第4期。

[20]伍伟民、蒋见元：《道教文学三十谈》，上海社会科学院出版社，1993年版，第1—13页。

[21]马焯荣：《中西宗教与文学》，岳麓书社，1991年版。

[22]李小荣：《敦煌道教文学研究》，巴蜀书社，2009年版，第9页。

[23]文英玲：《陶弘景与道教文学》，聚贤馆文化有限公司，1998年版，第113页。

[24]李丰楙：《邓志谟道教小说的谪仙结构——兼论中国传统小说的神话结构》，《明清小说研究》1990年第Z1期。

[25]李丰楙：《忧与游——六朝隋唐诗论集》，台湾学生书局，1996年版，第5页。

[26]李丰楙：《忧与游：六朝隋唐仙道文学》，中华书局，2010年版，第4页。

[28]陈辽：《中国仙道小说新论》（上），《上海道教》1994年第1期。

[29]黄景春：《中国古代小说仙道人物研究》，广西师范大学出版社，2006年版，第3页。

[30]柳岳梅：《尘俗回响古代仙道小说之演变》，河南人民出版社，2012年版，第1页。

[31]邓志谟：《唐代吕纯阳得道飞剑记》，刘世德主编《古本小说丛刊》第10辑，中华书局，1990年版，第2081页。

[32]程国赋：《明代书坊与神魔小说流派》，张玉春编《古文献与传统文化》，华文出版社，2008年版，第108页。

[33]赵益：《六朝南方神仙道教与文学》，上海古籍出版社，2006年版，第19页。

[34][35]方胜：《谈谈〈二十四尊罗汉全传〉》，《明清小说研究》1988年第4期。

作者

陈芳，中山大学中文系博士生，主要研究方向：元明清小说戏曲。

世德堂百回本《西游记》乌鸡国故事的叙事功能与文本意蕴

罗墨轩

摘要：世德堂本《西游记》中乌鸡国故事具有丰富的文本意涵与价值。从源流上看，至迟在元代时，乌鸡国故事已成为西游故事重要的组成部分。乌鸡国故事具有相对独立的演进线索，为其丰富的文本意蕴的产生提供了空间。在情节安排上，乌鸡国故事体现了叙事中的缓急交错，展示了调节叙事节奏的功能。在文本意涵上，乌鸡国故事反映出唐僧师徒心性考验的不同面相：因果报应、收嗔镇怒、不同人物围绕取经的内心纠葛和取经团队的矛盾核心。更加细致的文本阅读、对单一故事意义的讨论、对世本价值的再探索应当是实践去百回本中心化这一研究观念的前提。

关键词：世本《西游记》；乌鸡国故事；叙事功能；文本意蕴

世德堂本《西游记》（以下简称世本）的情节架构大致可分为闹天宫（一至七回）与取西经（八至一百回）两部分。其中取西经故事以八十一难为基本框架，学界对其中单个"难"的讨论，多集中在世本第六十四回的木仙庵谈诗，所涉问题如文献真伪、叙事技巧、思想内涵等，多能以小见大[①]。除木仙庵谈诗一节外，世本中的乌鸡国故事也同样值得我们关注，本文试作讨论。

[①] 相关研究成果如杨扬：《荆棘何况，象罔何用，心品何境？——木仙庵谈诗与全书立象追求的点题》，《东南大学学报》2008年第1期；陈宏、韦静怡：《葛藤语与荆棘岭——小议全真教观念对〈西游记〉文本的影响》，《文学与文化》2019年第4期；竺洪波：《〈西游记〉第六十四回寓意评析》，《连云港师范高等专科学校学报》2020年第4期；韩洪波：《〈西游记〉中的闲笔——从木仙庵谈诗说起》，《河西学院学报》2021年第1期；樊庆彦：《论"木仙庵谈诗"的意义》，《文学遗产》[古代小说研究论坛（2022）]，2022年11月13日。

一、渊源有自：乌鸡国故事的流变演进

关于乌鸡国故事在世本《西游记》中的由来，侯会先生有一种判断：这则故事很可能是吴承恩之后的另一位作者拟写插入的[1]。实际上，与车迟国、女儿国、火焰山、红孩儿、比丘国等故事相比，乌鸡国在早期的西游故事中的传述虽不及它们丰富，但故事中的诸多关键要素如鬼王现身、求母证亲、拯救国王、文殊收狮猁等皆有出现，亦可谓渊源有自，初具雏形。

在《大唐三藏取经诗话》中，我们已经看到有狮子林故事，其中写到林中颇有灵气的狮子："摆尾摇头，出林迎接，口衔香花，皆来供养。"[2]这里出现的更像是被驯化的狮子而非狮精，亦有学者指出狮子林的原型或为僧伽罗国，可能以狮子为图腾，与女人国故事同源[3]。不过，虽然这里出现的狮子与世本中出现的狮精相去甚远，但至少为后来更多西游故事中以狮子为原型塑造妖魔提供了素材与灵感，间接催生了乌鸡国故事中狮猁怪的出现。

《朴通事谚解》是对产生于元末的朝鲜汉语教材《朴通事》的朝语注解①，成于朝鲜中宗十年（1520），即中国的明武宗正德十五年[4]，其中保留了大量的西游故事。对于这批故事的时代，当前学界的一种主流观点认为它们是元代的作品，在元代应有一部《西游记平话》存在②。在《谚解》的西游故事中，有"师陀国界遇猛虎毒蛇之害，次遇黑熊精、黄风怪、地涌夫人、蜘蛛精、狮子怪……"[5]的说法。这里的"狮子怪"是否就是指乌鸡国的狮猁，我们不得而知，但也可以说明以狮子为原型的妖怪已经常常出现在西游故事中。

早期西游故事中第一次明确地提到乌鸡国是在宋金时期的傩戏《迎神赛社礼节传簿四十曲宫调》中，其25个乐舞哑队戏中有一舞曰"唐僧西天取经"，内容有"到乌鸡国，文殊菩萨降狮子精"[6]。这可算是世本乌鸡国故事的直接来源。文殊骑狮乃是出现很早，较为固定且深入人心的设定。文殊骑狮的造型在龙门石窟的杨大眼造像龛中已初见端倪，在敦煌则有更加明确的实物证据[7]。也就是说，至迟在唐代，文殊骑狮的造型已经基本固

---

① 关于《朴通事》的产生年代，可参看朱德熙：《〈老乞大谚解〉〈朴通事谚解〉书后》，《北京大学学报》1958年第2期；汪维辉：《〈朴通事〉的成书年代及相关问题》，《中国语文》2006年第3期。

② 认为这批西游故事为明初之前的研究，如[日]太田辰夫：《〈朴通事谚解〉所引〈西游记〉考》，见氏著《〈西游记〉研究》，王言译，复旦大学出版社2017年版；[日]矶部彰：《元本〈西游记〉中孙行者的形成》，见赵景深主编《中国古典小说戏曲论集》，上海古籍出版社1985年版；潘建国：《〈朴通事谚解〉及其所引〈西游记〉新探》，《岭南学报》复刊第六辑，2016年；赵景深：《谈〈西游记平话〉残文》，《文汇报》，1961年7月8日；徐朔方：《论〈西游记〉的成书》，《社会科学战线》1992年第2期。当然，对于是否可以将这批西游故事简单地划归为一种元代的西游记本子，学界也存在相反的意见，如石昌渝：《〈朴通事谚解〉与〈西游记〉形成史问题》，《山西大学学报》2007年第3期；熊笃：《论杨景贤〈西游记〉杂剧——兼说〈朴通事谚解〉中所引〈西游记平话〉非元代产物》，《重庆师院学报》1986年第4期。

定下来。这些都为乌鸡国故事的进一步塑造与丰满提供了可能。

另外，今韩国敬天寺石塔中有一批关于西游故事的浮雕。石塔建成于中国元代，故这批浮雕一般被认为是元代的西游故事。其中塔基第二层南侧东面有一浮雕，虽损毁较多、图像漫漶，但学者旁征圆觉寺图，考证出此图描述的应为乌鸡国故事[8]。这足可证明在元代时，乌鸡国已经成为西游故事重要的组成部分。

综合以上的诸种材料，我们可以说在宋元时期的西游故事中，狮子怪已经基本被确定为故事中出现的主要妖王，且它的主人是文殊菩萨这一设定也得到了确立。

明代还有另外两个比较重要的《西游记》本子，即所谓的阳至和本（以下简称阳本）与朱鼎臣本（以下简称朱本）。阳本、朱本和世本三者的关系自鲁迅和郑振铎提出不同的意见以来，便一直存在争议，问题核心在于三者之间的顺序以及如何对阳本和朱本进行定性。相关学术史回顾，可参看胡淳艳的《〈西游记〉传播研究》[9]，这里不再赘言，另外朱本中未曾提及乌鸡国故事，亦不作多论。如果我们认为阳本这样的简本或删本在前，世本这样的繁本在后，那么阳本中的乌鸡国故事也可视为是世本乌鸡国故事的一个早期版本。

阳本中《唐三藏梦鬼诉冤》与《孙行者收伏青狮精》两则曾谈到乌鸡国故事，虽然在故事的整体架构上，阳本的乌鸡国故事已经与世本非常相似，从国王托梦到相助太子，从医活国王到辨认妖邪，俱已有板有眼，有声有色，俨然已经是一个有始有终的故事单元，但世本较之阳本仍然多出了很多细节，比如唐僧师徒投宿宝林寺时与僧官的争执，夜半望月对谈，狮猁怪化身假唐僧，文殊菩萨交代狮猁被骗等。

在乌鸡国故事流变过程中还有一个有趣的现象，即与狮驼岭故事的混淆。狮驼岭故事最先见于《朴通事谚解》，即前引"师陀国界遇猛虎毒蛇之害"[10]。但一者"猛虎毒蛇"的形容太过模糊，是实指猛虎与毒蛇还是虚指为妖为害之物，并不清楚；二者"师陀国"与"狮子怪"还未曾成为固定在一起的故事设定。直到阳本和朱本中，狮、象、鹏三魔并立才成为狮驼岭故事的基本设定。我们看到阳本关于乌鸡国狮精的描述是："他是我座下青狮，因乌鸡国王有三年水星，青狮故去萦他三年。"[11]这不仅与阳本后文师驼国的青狮同名，描述上也没有明显区分，便加剧了前后两头狮精的迷惑性①。

---

①关于这两只狮精是否为同一只的讨论，自清代起便延续至今。比如清人黄周星在七十四回回评中指出："若文殊之青狮，即昔年乌鸡国之全真也。鼯鼠之技，已见于前事矣，兹那得复尔！"但他实在无法解释两头狮精之间出现的差异，只好用"士别三日，当刮目相待"来收场。见（清）黄周星评：《西游记》，中华书局，2009年版，第348页。今人如朱刚先生指出这两只狮精应为同一只，但他并不认为这种重复书写是成功的，而是为人诟病的败笔。见朱刚：《故事•知识•观念：百回本〈西游记〉的文本层次》，《复旦学报》2017年第1期。黄永年先生则将两只狮精的出现视为一种"欠照应的漏洞"，并在此基础上推测了《西游记》成书的一种可能：本已存在诸多孙悟空降妖的小故事，百回本《西游记》编订时，作者不忍舍弃这些故事，故此出现了前后重复、欠缺照应的现象。见黄永年：《说〈西游记〉中欠照应的漏洞》，《中国典籍与文化》2002年第2期。

但从世本的描摹来看，两只狮精的外形、能力和出现在故事中的因由都有天壤之别。如狮猁怪不擅武斗，"心头撞小鹿，面上起红云"[12]的反应又可见心理素质亦不强大；青狮精则能"与大圣斗经二十余合，不分输赢"[13]。再如狮猁怪非为争夺乌鸡国王位而来，因此为免扰乱后宫、伤化虐民，文殊菩萨将其阉割，从而让狮猁怪"似'怪'非怪"[14]。青狮精则"妖"味更浓，所居狮驼洞一派"骷髅若岭，骸骨如林"[15]的血腥景象，如来亦言"不知在那厢伤了多少生灵"[16]。可见青狮全然不似乌鸡国那只被阉割的狮子。李天飞先生指出"狮猁怪"应是"文殊师利"之"师利"二字随意捏合的名字[17]，亦可备一说。

之所以稍费笔墨论述两只狮精的差异，是为了说明虽在西游故事的演变过程中，狮猁怪与青狮精存在易混淆之处，但两只狮精终非同一个妖魔。乌鸡国故事和狮驼岭故事，应当各有一套独立的演进体系。在世本之后的西游故事中，乌鸡国更是成为广受欢迎的题材，如清宫西游大戏《昇平宝筏》中，《幻假容乌鸡失国》《沉冤诉作证留圭》《白兔引唐僧还佩》《悟能负国主重圆》《显明慧镜伏狮怪》五出都在讲乌鸡国故事，堪为其中一大单元。这些都说明乌鸡国故事应当有着丰富的文本意蕴，有待我们进一步探索。

二、张弛有度：乌鸡国故事的架构安排

世本乌鸡国故事的架构安排十分有趣。取经团队一路所遇诸"难"的发生地域各不相同，除去稀柿衕这样较为特殊的地方外，基本可分为山河湖涧、州国郡县与僧院道观三大类。这三类并非绝对割裂，而是依靠彼此之间密切的联系，共同组成完整的故事单元，比如子母河与西梁国、三清观与车迟国、碗子山与宝象国、祭赛国与碧波潭等，乌鸡国故事亦属此类，具体来说即是"僧院+王国"的类型。但在其情节架构上，乌鸡国呈现出明显的一张一弛的特点，从而与其他故事形成差异。

首先，从整体的观照视角来看，乌鸡国故事运用预叙埋下了一个情节的前后关合。故事开篇写唐僧在宝林寺被僧官刁难，后悟空使出神通，才唬住众僧。如果乌鸡国故事直接从唐僧夜遇鬼王开始，并无不妥，以此观之，寓居宝林寺的风波似为可有可无之事。但须知唐僧所经僧院庙宇，如观音院、车迟国智渊寺、祭赛国金光寺等，都未遇到如此刁难，即使是五庄观这样的太乙玄门，镇元子也特别嘱咐清风明月："却莫怠慢了他……权表旧日之情。"[18]独独宝林寺僧官先前被一众行脚僧搅扰之后，便摆出一副嫌贫爱富、欺软怕硬之态。

读罢后文，原来乌鸡国国王当年好善斋僧，文殊菩萨本欲度他归西，化成凡僧相见，不料只是几句言语相难，国王便将其捆了，浸在御水河中三天三夜。此种行为与僧官何其相似！小说写唐僧与僧官论辩，于宝林寺遭逐，正印后文文殊与国王相争，于乌鸡国被

困；两厢之下，形成前后对照。从难易程度上讲，唐僧宝林寺被逐事小，悟空稍显神通便能唬住众人，此为弛；而文殊乌鸡国被困事大，竟牵出一段三年因果报应之事，此为张。可见，小说对宝林寺风波的叙述，既是一种前后情节的关合对照，也在故事的整体排布上形成一张一弛的叙事节奏。

其次，从情节的步步推进来看，乌鸡国故事同样有一张一弛的叙事特点。小说在叙述这一篇故事时，非常注重矛盾冲突存在的位置。仔细读来，故事在一片祥和的夕阳中开篇，师徒四人发现一座庙宇："八字砖墙泥红粉，两边门上钉金钉。迭迭楼台藏岭畔，层层宫阙隐山中。"[19]可谓恢宏博大、气象万千。叫门前，悟空还调侃唐僧道："你老人家自幼为僧，须曾讲过儒书，方才去演经法；文理皆通，然后受唐王的恩宥；门上有那般大字，如何不认得？"[20]可见气氛仍然是相对轻松的。但后来唐僧求宿遇阻，与僧官发生口角，直到悟空"正在前边发狠，捣叉子乱说……将棍子变得盆来粗细，直壁壁的竖在天井里"[21]。师徒四人与僧官的矛盾逐渐激化，气氛陡然变得紧张起来。而在众人安歇后，小说又写唐僧"因感这月清光皎洁，玉宇深沉，真是一轮高照，大地分明"[22]，于是便有了师徒四人望月的一番闲谈，谈到最后，却是"楼头初鼓人烟静，野浦渔舟火灭时"[23]，方才吵吵嚷嚷的寺院仿佛一下变得沉寂，气氛又再次回到一片宁静，同时也为唐僧夜半遇鬼做好铺垫。

其后小说对师徒所经诸事的叙述亦有类似的特点。唐僧夜半遇鬼王诉冤，此为一急；惊梦而醒，此为一缓。悟空引太子与唐僧相见，方谈及国王冤情，太子未信，冲突将至，此为一急；因玉圭为证，太子持物问母，知父冤屈，两下里诉诸亲情，哀切备至，此为一缓。事既明了，取经团队与太子之间便无误解，小说遂写八戒如何负尸出井，悟空如何取宝救王，又如何将那真国王乔装打扮，此皆缓笔，意在为后文收伏妖魔张本；直至大殿当庭对质，揭穿狮猁，小说再转入急笔，随着狮猁怪混入文武百官群中，化作唐僧，小说最富戏剧性的冲突到来：狮猁怪本身功夫不济，但善能用谋，一番以假乱真之法，惹得悟空叫来诸天护法、六丁六甲、五方揭谛等神将相助，甚至险些误伤唐僧："多亏众神架住铁棒道：'大圣，那怪会腾云，先上殿去了。'"[24]无怪乎这一冲突会被单独列为一"难"。可见小说在推进乌鸡国故事情节时，也十分注意缓急交错、张弛有法。

最后，在八十一难的整体视阈中，乌鸡国故事所处的位置也体现了小说对叙事节奏所做出的有意调整。出现在世本第九十九回，作为取经故事之骨架的八十一难是世本《西游记》叙事结构的典型反应，有学者称之为珠链式结构，以串接在一起的珍珠形容之[25]，确为妙喻，但西游故事与故事之间的串接并不是一个随意排列的表格，而是有一定的章法和结构考量在其中。罗伯特·麦基指出结构的排布需要在一定的选择中体现出一定的战略意义[26]。杨义先生指出八十一难要免于重复单调，能富于变化而饶有趣味，非大想象力、大手笔不能为[27]。对此，王平先生曾探讨过其中的排布策略，如色欲当先、磨难彼此穿插及其内在联系等[28]，这是从"难"的性质入手做出的精深思考；若从节奏的变化入手，亦可见乌鸡国故事在八十一难中的位置体现出的匠心。

高明的小说家在排布故事架构时，往往会注重节奏的轻重交错、快慢互补、刚柔并济。我们会注意到，乌鸡国故事前后俱是八十一难故事中的大单元。在它之前的平顶山故事涵盖四回，有金角、银角、压龙大仙三个妖王，包含巡山、斗宝、夺宝、赌赛等多个叙事要素，出现了七星剑、紫金葫芦、羊脂玉净瓶、芭蕉扇、幌金绳等多个宝物，降妖的过程可谓一波三折、险象环生，是一段被日本学者中野美代子视为可与后文狮驼岭相媲美的故事[29]。若再往前看一则，乃是碗子山宝象国故事，作为孙悟空被赶走后取经团队遇到的第一大"难"，更可谓艰辛多灾。在乌鸡国故事之后的红孩儿故事同样也是一个占据了四"难"的大关目，悟空请龙王、变牛魔、遭火烧，吃尽苦头方才请得观音收服红孩儿。平顶山与红孩儿两个单元故事都十分热闹，所涉神祇妖魔、仙法宝物众多，读者也随之处在一个高度紧张的状态之中，此时，在中间插入一段乌鸡国故事，特别是宝林寺风波与师徒论月，便巧妙地转移了故事矛盾的中心点。

一者与前面的平顶山、碗子山以及后文的红孩儿故事不同，乌鸡国故事并不围绕唐僧的安危展开，也就是说，狮猁怪出现的目的不在于吃到唐僧肉，危难也并不直接涉及唐僧师徒本身，他们在故事中扮演的角色更像是解救乌鸡国之难的"义士"，故事的整体氛围相对轻松。二者与金角、银角、红孩儿等或以法宝取胜，或以妖火见长不同，乌鸡国故事中的狮猁怪整体实力一般。悟空降妖的过程虽也经历了一些波折，但整体来讲，替王申冤、救王再世以及助王复位才是乌鸡国故事的矛盾核心。正因如此，乌鸡国故事才与平顶山、火云洞等故事中悟空几乎全程都在与妖魔斗勇斗法斗宝的情节类型呈现出相异的面貌。

三国故事对《西游记》的影响已多为学者提及，在此毋庸赘言①，我们在此便可用毛宗岗的理论来审视乌鸡国故事在调节叙事节奏中发挥的作用。如果将乌鸡国的前后故事视为以"斗妖降妖"为主的高潮故事，那么乌鸡国故事自身更接近于这两座"山峰"之间的"峰谷"，与毛宗岗论三国时所讲的"寒冰破热，凉风扫尘……笙箫夹鼓，琴瑟闻钟"[30]有异曲同工之妙，在刚柔相济中起到转移矛盾重心、调节叙事节奏的作用。在世本《西游记》中，像子母河故事、木仙庵故事、稀柿衕故事、寇员外故事、灭法国故事等，都有着类似的功能。

---

① 相关研究可参看张强：《论三国故事对〈西游记〉的影响》，《明清小说研究》1989年第1期；李小龙：《"义激猴王"的校勘、义理与小说史语境》，《文学遗产》2020年第5期。

三、内中有意：乌鸡国故事的文本意涵

明人谢肇淛言："小说野俚诸书，稗官所不载者，虽极幻妄无当，然亦有至理存焉。"[31]《西游记》虽然极写神魔鬼怪之事，但恰恰就是这样一部在游戏笔墨中寄寓"至理"的书。吴光正先生指出："心性考验是《西游记》叙事架构的核心动力。"[32]建构八十一难的过程，实际上也是唐僧或亲历或旁观的不同类型的考验，乌鸡国故事便是典型一例。这则故事同时囊括了以下三种意涵。

首先，乌鸡国故事的核心思想在于阐释因果报应。如前所述，唐僧师徒在乌鸡国故事中扮演的是"义士"角色，以旁观者的视角参与到助王申冤复位的进程中。是故乌鸡国故事涉及的心性考验并不直接作用于唐僧师徒自身，而是着重讲述唐僧师徒如何通过参与乌鸡国事务而最终体悟因果报应的重要性。在托梦一节中，读者会意识到乌鸡国国王应当是个兴邦立业、体恤下民、事必躬亲的明主："不瞒师父说，便是朕当时创立家邦，改号乌鸡国……仿效禹王治水，与万民同受甘苦，沐浴斋戒，昼夜焚香祈祷。"[33]但到后来魔王现形、文殊伏妖时，作者才将故事的因由和盘托出："被吾几句言语相难，他不识我是个好人，把我一条绳捆了，送在那御水河中，浸了我三日三夜。多亏六甲金身救我归西，奏与如来，如来将此怪令到此处推他下井，浸他三年，以报吾三日水灾之恨。'一饮一啄，莫非前定。'今得汝等来此，成了功绩。"[34]所谓"一饮一啄，莫非前定"，正是乌鸡国故事的核心思想。不仅读者，故事中的唐僧师徒亦至此方知，原来不是魔王一心害人，而是一方面助国王明白因果必有报应之理，另一方面也助唐僧师徒成此功德。

小说还通过对女性贞节的谨守来帮助实现这次功德的圆满。乌鸡国故事与哈姆雷特故事的相似性已为学者所关注，但侧重点各有不同，比如有的学者从叙事模式或技巧的角度来欣赏西游与哈姆雷特的联系[35]，而就女性的贞节问题而言，夏志清、张乘健等都指出世本《西游记》与《哈姆雷特》采用了不同的处理方式：乌鸡国王子并不像哈姆雷特那样对母亲的不贞耿耿于怀，原因在于世本《西游记》用一种喜剧的方式（指狮精被阉割）来维护王后的贞节，而不是像《哈姆雷特》那样加以痛斥①。在当时的思想与社会环境中，世本《西游记》"阉割妖魔"的处理方式无疑增添了小说的戏剧性，但我想考虑到乌鸡国故事对"因果报应"这一总体思想的阐释需要，此处用阉割妖魔的方式来表现出对女性贞节的谨守，本质上也有助唐僧师徒实现功德圆满，从而强化发生在国王身上的"因果报应"之思想的需要。类似的手法也发生在朱紫国故事中，只不过用五彩仙衣这样的法宝来维护

---

① 可参看［美］夏志清著：《中国古典小说史论》，胡益民等译，江西人民出版社，2001年版，第141页；张乘健：《〈哈姆雷特〉与〈西游记〉里的乌鸡国》，《温州师范学院学报》2004年第4期。

女性的贞节不及"阉割妖王"更有戏剧性。

其次,世本《西游记》的重要思想之一便是"收心",孙一珍先生将此总结为"牢索心猿意马,克制七情六欲"[36]。乌鸡国故事便很好地阐释了这一观念。我们会注意到,乌鸡国故事中几次矛盾的产生皆与人之嗔怒有关,而矛盾的化解也常常与收嗔镇怒、克制情绪、冷静思索挂钩。比如乌鸡国国王因不能受文殊几句言语相难,竟直接将他浸入御水河,招致不敬佛门、入井三载之厄。再比如宝林寺众僧面对行脚僧做出的不公之事,不能克制嗔怒,竟东怒西怨,自此嫌贫爱富,不肯接待云游僧人:"看他那嘴脸,不是个诚实的,多是云游方上僧,今日天晚,想是要来借宿。我们方丈中,岂容他打搅!教他往前廊下蹲罢了,报我怎么!"[37]唐僧初到寺门时,小说特别交代了门上"又被尘垢朦胧"[38]的细节,须知宝林寺乃皇家敕建,而门上封尘,想来定是香火不盛,这恐怕也是寺中僧人不能克制私欲、嗔怒旁人所致。

乌鸡国太子的形象变化也非常有趣。小说在他甫一出场便赋予他雄姿勃发的少年意气:"隐隐君王像,昂昂帝主容。规模非小辈,行动显真龙。"[39]正因如此,太子处事也带有一种年轻人涉世未深的急躁与鲁莽。小说数次写到他的"怒",并以此作为推进情节的一大助力,比如太子先怒唐僧不拜而遭悟空念咒戏弄;再怒唐僧无父无母之言,而方知有"立帝货"这等奇物;后不信悟空道破真言而怒,遂得国王梦中所留白玉圭;再怒玉圭为悟空行骗得来,而知国王托梦之事,最终决定回国问母。可见,太子每次发怒,最终都会被悟空和唐僧以各种形式化解。试想如果太子怒不可遏,又焉能得知生父遭害、国都被占之事?在大殿对质一节,太子已经有了转变,他面对妖王没有怒而拼命,而是请求他追问唐僧师徒的来历分明,一方面保护了唐僧,另一方面也给了悟空道破真相的机会:"这一篇,原来是太子小心,恐怕来伤了唐僧,故意留住妖魔,更不知行者安排着要打。"[40]太子处事的行为变化反映出易怒冲动之害以及收嗔镇怒在心性修炼中的重要性。

最后,经过对乌鸡国故事源流的阐述,我们发现世本较之此前的西游故事的一大变化是增添了唐僧在宝林寺与三位徒弟望月咏怀的经历。这一情节非常值得注意。世本《西游记》的取经故事往往遵循着"遇妖—除妖"的一般思路,因此像这样谈诗谈禅的情节实为罕见——全书一共只有两次,一次是木仙庵谈诗,一次便是师徒宝林寺谈诗,对此,竺洪波先生曾进行过探讨,并指出师徒几人的不同诗作反映了彼此之间不同的性格[41],洵为知论。除此之外,当我们把师徒几人关于月亮的不同理解整合起来讨论时,又可发现其更加丰富的思想内涵。前述乌鸡国擒妖是唐僧帮助乌鸡国国王完成因果报应的功德,而对月谈诗可被视为唐僧师徒自身经历的心性修炼。

唐僧的诗这样写道:"皓魄当空宝镜悬,山河摇影十分全。琼楼玉宇清光满,冰鉴银盘爽气旋。万里此时同皎洁,一年今夜最明鲜。浑如霜饼离沧海,却似冰轮挂碧天。别馆寒窗孤客闷，山村野店老翁眠。乍临汉苑惊秋鬓，才到秦楼促晚奁。庾亮有诗传晋史，袁宏不寐泛江船。光浮杯面寒无力，清映庭中健有仙。处处窗轩吟白雪，家家院宇弄冰弦。今宵静玩来山寺，何日相同返故园？"[42]这首诗的写作思路非常简单，写景与抒情有着泾渭分明的界线。从开头直至"却似冰轮挂碧天"都在写景，从"别馆寒窗孤客闷"开始转入抒情。应该说，唐僧借世本《西游记》作者之笔表达的情感较为浅白直接：久离故土的苦闷与思乡之感。但从庾亮、袁宏两人吟诗典故的运用来看，唐僧仍然在淡淡的乐观中怀揣着希望。

悟空听了唐僧的诗作，便向他解释了一番月亮阴晴圆缺之理，写了一首更加精练的诗："前弦之后后弦前，药味平平气象全。采得归来炉里炼，志心功果即西天。"[43]悟空的思维一向比较简单，却又最为深刻，"简单"是指悟空从不担忧前路之艰险，"深刻"又指他能够以阳明心学的逻辑来理解取经的要义，向唐僧阐明志在灵山，则灵山自在脚下的道理。悟空不止一次地以类似的方式劝诫唐僧，在五庄观、黑水河、狮驼岭皆是如此。唐僧没有悟空这样的神通，自然会有凡人对未来不确定性的担忧，但就取经之事上来讲，他和悟空有着一样坚定的信念。

沙僧和八戒的诗作分别体现了两种不同的人生追求。沙僧诗云："水火相搀各有缘，全凭土母配如然。三家同会无争竞，水在长江月在天。"[44]沙僧的观点是对悟空的补充，道出水、火、土三家同会与融合贯通，他追求的是一种平庸中正、左右平衡的境界。八戒诗则云："缺之不久又团圆，似我生来不十全。吃饭嫌我肚子大，拿碗又说有粘涎。他都伶俐修来福，我自痴愚积下缘。我说你取经还满三涂业，摆尾摇头直上天。"[45]表面看来，诗歌写的是自己如何在生活中被嫌弃，语气带有抱怨色彩，但仔细读来又有一种人生的通达：八戒看到的是月缺后又团圆，是故人生本就不完美，虽然自己在生活中被嫌"肚子大"，又被说"有粘涎"，但他也对"痴愚积下缘"深感满足，可见他追求的更接近于一种小富即安的境界。

自第二十二回收得沙僧，取经团队正式组建，唐僧师徒很快就迎来了因三打白骨精而造成的分裂。白骨精、黄袍怪、宝象国三个故事彼此勾连，构成了取经初期的一个大关节。而这次宝林寺酬唱是取经团队在重组后，第一次较为深入的互相交流。在这个过程中，唐僧经历了由愁苦到醒悟的转变，沙僧试图补充悟空的观点，而八戒则完全跳脱出三人的思维框架，用一首歪诗提出了迥异于所有人的看法。虽然交流之后，三个徒儿均去睡觉，唐僧自己宽心复诵经文，气氛看似很和谐，但实际上很难讲师徒几人的观点达成了绝对的一致，我们看到，在乌鸡国之后，八戒常常把"散伙"挂在嘴边，唐僧遇到险山恶水，依旧常常苦恼思乡羁旅之痛以及何日能到灵山这样的问题，只有悟空和沙僧较少出现这样的怨怼。

因此，我更倾向于将师徒四人望月背后的诗性表达，视为团队中不同人物围绕取经的内心纠葛的高度浓缩与精准概括，宝林寺酬唱在宝象国故事后不久出现，巧妙地对前文团队产生分裂的内在原因做了探讨与总结，也蕴藏着只有尽力克服观念差异，在团队中求同存异，才有可能取得"真经"的哲理。这种矛盾大约在真假孙悟空故事后逐步得到消解，唐僧已绝少感叹取经之难，而常常在面对险山恶水时提醒众人提防妖魔，彼时取经团队内部的矛盾与分歧已经逐渐消解，而随着故事的不断推进，擅用法宝的妖王如金毛犼，阴狠狡诈的妖王如黄眉老佛，群妖团体如狮驼岭狮象鹏三魔、青龙山三犀牛等让取经团队饱经考验的妖魔开始大量出现。这一变化反映出世本《西游记》的矛盾核心由取经团队内部到取经团队整体安危的变化[46]，而宝林寺酬唱则可被视为前者的诗性表达。

结　语

以上，我们尝试从故事源流、叙事结构、思想内涵三个方面，对世本《西游记》中乌鸡国故事的文本意义进行了探索。放之于《西游记》研究的整体视阈下，这是一次对单一西游故事的探索。尽管现在对于《西游记》的研究需要跳脱出百回本中心化的思想羁绊，该观点也产生了很大的影响[47]，但同时不能忽略的一个基本事实是：百回本《西游记》在西游故事的演变过程中仍然具有里程碑意义。

我们希望借助对乌鸡国故事的探索，尝试以更加细致的文本解读来反映世本《西游记》高超的笔力、精心的架构安排、丰富的思想内涵以及广阔的文化阐释空间。对于《西游记》这样单元性强、呈现出明显的链条状、大多数故事之间泾渭分明①的叙事结构来说，往往每个故事单元都有其独特的价值。只有对这些故事再加探索，才有可能更进一步地认识世本《西游记》在西游故事演变中的价值。认识这样的价值并不仅作用于世本《西游记》的研究，而是要为不同西游故事之间的对比研究打下更加坚实的基础。既然在近年的西游研究中，学者尝试地提出了去百回本中心化的思想，那么从重新进入百回本开始到最终实现去百回本中心化或许也是一种可以尝试的思路。

参考文献

[1] 侯会：《〈水浒〉〈西游〉探源》，学苑出版社，2009年版，第177页。

[2]（宋）佚名：《大唐三藏取经诗话》，商务印书馆，1934年版，第12页。

---

① 世本《西游记》的取经故事中只有少数故事之间存在关联，比如红孩儿故事与火焰山故事，狮驼岭故事与隐雾山故事等，都存在情节或人物上的关联。

[3]张锦池：《西游记考论》，黑龙江教育出版社，1997年版，第71页。

[4]李伟实：《〈朴通事谚解〉与〈西游记〉平话》，《文史知识》1996年第2期。

[5][10][朝]崔世珍：《老乞大谚解·朴通事谚解》，联经出版事业公司，1978年版，第267页。

[6]（宋）佚名：《迎神赛社礼节传簿四十曲宫调》，蔡铁鹰编：《西游记资料汇编》，中华书局，2010年版，第312页。

[7]丁静：《敦煌文殊骑狮图像研究》，南京艺术学院2022年硕士学位论文，第31—32页。

[8]谢明勋：《西游记考论：从域外文献到文本诠释》，里仁书局，2015年版，第21—22页。

[9]胡淳艳：《〈西游记〉传播研究》，中国文史出版社，2013年版，第21—22页。

[11]（明）阳至和：《唐三藏出身全传》，《古本小说集成》影印本，上海古籍出版社，1994年版，第220页。

[12][13][15][16][18][19][20][21][22][23][24][33][34][37][38][39][40][42][43][44][45]（明）吴承恩：世德堂本《西游记》，人民出版社，2008年，第357页、第686页、第678页、第704页、第210页、第323页、第324页、第327页、第329页、第331页、第358页、第333页、第359页、第325页、第324页、第337页、第356页、第329—330页、第330页、第330页、第330页。

[14]竺洪波：《趣说西游人物》，上海人民出版社，2008年版，第255页。

[17]李天飞校注：《西游记》，中华书局，2014年版，第531页。

[25]石麟：《市井家庭小说的叙事结构及其他》，《明清小说研究》2009年第2期。

[26][美]罗伯特·麦基：《故事——材质、结构、风格和银幕剧作的原理》，周铁东译，天津人民出版社，2014年版，第30页。

[27]杨义：《中国古典小说史论》，中国社会科学出版社，2004年版，第448页。

[28]王平：《中国古代小说叙事研究》，河北人民出版社，2001年版，第354页。

[29][日]中野美代子：《〈西游记〉的秘密（外二种）》，王秀文等译，中华书局，2002年版，第586页。

[30]（清）毛宗岗：《读三国志法》，朱一玄、刘毓忱编：《三国演义资料汇编》，百花文艺出版社，1983年版，第304页。

[31]（明）谢肇淛：《五杂俎》，中华书局，1959年版，第446页。

[32]吴光正：《神道设教：明清章回小说叙事的民族传统》，武汉大学出版社，2012年版，第61页。

[35][美]艾瑞克·齐奥科斯基：《世界文学史的轴心时刻？——〈哈姆雷特〉〈堂吉诃德〉与〈西游记〉中的"故事套故事"》，《复旦学报》2017年第2期。

[36]孙一珍：《明代小说的艺术流变》，四川文艺出版社，1995年版，第174页。

[41]竺洪波：《西游释考录》，上海文艺出版社，2017年版，第233—235页。

[46]乐云：《论〈西游记〉的叙事结构》，《武汉大学学报》2004年第3期。

[47]胡胜：《去百回本"中心化"：新时期〈西游记〉研究的新方向》，《文学遗产》2022年第4期。

作者

罗墨轩，香港大学中文学院博士研究生，主要研究方向：宋代诗歌与明清通俗小说。

闲人非闲笔

——对绣像本《金瓶梅》中"街坊邻舍"的考察

范海芬

摘要：《金瓶梅》中出现了两类"街坊邻舍"，一类主要以发话者的身份直接参与故事，作为情节动因活跃于"'武大郎之死'故事群"中，其功能与明代另一通俗文学样式——戏曲——中的泛脚色相似，并且在全书中呈首尾遥对的态势。另一类"街坊邻舍"以假想受话者的身份间接闪现于人物对话和心理描写中，不直接影响故事进程，却反映了群体作为道德衡量者对人物行为的制约。通过采用分组分析、文本细读等研究方法，结合特定时代的文学特征与社会文化，以进一步探讨《金瓶梅》缜密的艺术手法及其所反映的时代道德观。

关键词：《金瓶梅》；街坊邻舍；文体互动；社会文化；群体观念

张竹坡在《批评第一奇书金瓶梅大纲·凡例》中提到《金瓶梅》与《水浒传》之不同："若《金瓶》乃隐大段精彩于琐碎之中，止分别字句，细心者皆可为，而反失其大段精彩也。"[1]一部一百回的长篇家庭小说，以西门庆为聚焦点辐射有名有姓的人物477人①，而以无名氏身份出场的"街坊邻舍"正是张竹坡所言"琐碎"之一，他们与主要人物共享一个特定的空间，并且与主要人物具有相对稳定的社会关系。《金瓶梅》中的"街坊邻舍"可分为两类，一类主要为发话者，直接参与到故事中且推动情节发展，是本文主要讨论的对象；另一类在人物对话或心理描写时闪现，是说话人假想的受话者，间接反映集体对个人行为的约束。这两类"街坊邻舍"实际上是同一群人，他们在不同文本情境中的表现主要源于作者对其功能的区分。"街坊邻舍"在词话本与绣像本《金瓶梅》中没有太大差异，因涉及张竹坡评语，文章以绣像本《金瓶梅》为文本依据，于必要处援引词话本。

---

① 数据来自石昌渝《〈金瓶梅〉人物表》，参看石昌渝、尹恭弘：《〈金瓶梅〉人物谱》，江苏古籍出版社，1988年版，第280页。何香久统计为八百余人，参看何香久：《金瓶梅与中国文化·引论》，河北人民出版社，1995年版，第3页。

一、两类"街坊邻舍"在全书中的分布情况

第一类"街坊邻舍"主要出现在与"武大郎之死"相关的前、中、后故事情节中，分布于第一至第十回，第八十七至第八十八回，简称为"'武大郎之死'故事群"①。武大郎的死是由王婆、西门庆和潘金莲共同策划并实施的②——武大发现奸情后被西门庆直踢心窝，便卧床不起，后在王婆的出谋划策下，潘金莲亲手将其闷死。武大死后，试图为兄报仇的武松被充配孟州，潘金莲如愿嫁与西门庆。直到第八十七回，西门庆已魂归西天，武松遇赦回家，杀了王婆与潘金莲，为兄报仇。

在整个"'武大郎之死'故事群"中，"街坊邻舍"琐碎穿插其中，又可细分为沉默的旁观者与多口的怂恿者，主要出现了以下几次，见表1：

表1 《金瓶梅》中的第一类"街坊邻舍"

编号	文本③	所在章回	备注
A	自古道：好事不出门，恶事传千里。不到半月之间，街坊邻舍，都晓的了，只瞒着武大一个不知。	第四回 赴巫山潘氏幽欢 闹茶坊郓哥义愤	【张评】以上一段，将事情一顿，即借街坊邻舍插入郓哥
B	又有一等多口人说："郓哥，你要寻他，我教你一个去处。"郓哥道："起动老叔，教我那处寻他的是？"那多口的道："我说与你罢：西门庆刮刺上卖炊饼的武大老婆，每日只在紫石街王婆茶坊里坐的。这咱晚多定只在那里。你小孩子家，只故撞进去不妨。"	同上	—
C	街上有人道，他在王婆茶坊里来，和武大娘子勾搭上了，每日只在那里行走。	第五回 捉奸情郓哥定计 饮酖药武大遭殃	出自郓哥直接引语，照应B

---

① 词话本回目标题不同，但整体分布情况基本一致。
② 间接造成武大死亡的还有郓哥、街坊邻舍、武松甚至武大本人。关于武氏兄弟对武大之死的推动，参看田晓菲：《秋水堂论金瓶梅》，广西师范大学出版社，2019年版，第37页、第52页。
③ 表1：A—M分别出自刘辉、吴敢辑校：《会评会校金瓶梅》，天地图书有限公司，2014年版，第143页、第144页、第150页、第153页、第164页、第165页、第167页、第220页、第222页、第224页、第225页、第1836页、第1842页。词话本基本一致，参看(明)兰陵笑笑生：《金瓶梅词话重校本》，梅节校订、陈诏、黄霖注释，梦梅馆，1993年版，第47页、第47页、第52页、第54页、第61页、第61页、第63页、第93页、第95页、第97页、第97页、第1213页（"无名氏"具化为"上邻姚二郎"）、第1217页。A—F亦与《水浒传》基本相同，参看(明)施耐庵：《水浒传》，人民文学出版社，1997年版，第328页、第328页、第331页、第333页、第338页、第338页。

（续表）

编号	文本	所在章回	备注
D	郓哥见势头不好，也撇了王婆，撒开跑了。街坊邻舍，都知道西门庆了得，谁敢来管事。	同上	【张评】夹写邻舍，百忙里闲笔，却是细笔
E	邻居街坊都来看望。那妇人虚掩着粉脸假哭。众街坊问道："大郎得何病患便死了？"	第六回 何九受贿瞒天 王婆帮闲遇雨	【张评】夹入邻舍
F	众邻舍明知道此人死得不明，不好只顾问他。众人尽劝道："死是死了，活的自要安稳过。娘子省烦恼，天气暄热。"	同上	【张评】二语，千古为人者，同声一哭
G	也有几个邻舍街坊，吊孝相送。	同上	【张评】步步映邻舍，为后文张本
H	那条街上，远近人家，无一人不知此事，都惧怕西门庆有钱有势，不敢来多管。只编他四句口号，说得好：堪笑西门不识羞，先奸后娶丑名留。轿内坐着浪淫妇，后边跟着老牵头。	第九回 西门庆偷娶潘金莲 武都头误打李皂隶	【张评】为后武二问人作地也
I	两边众邻舍，看见武松回来，都吃一惊，捏两把汗，说道："这番萧墙祸起了。这个太岁归来，怎肯干休？"	同上	【张评】百忙里却夹叙邻舍
J	把酒一面浇奠了，烧化冥纸，武二便放声大哭。终是一路上来的人，哭的那两边邻舍无不悚惶。	同上	【张评】我也陪他一哭，不知何故？
K	（武松）在街上访问街坊邻舍："我哥哥怎的死了？嫂嫂嫁得何人去了？"那街坊邻舍，明知此事，都惧怕西门庆，谁肯来管，只说："都头不消访问，王婆在紧隔壁住，只问王婆就知了。"有那多口的说："卖梨的郓哥儿，与仵作何九二人，最知详细。"	同上	—
L	就有人告他说："西门庆已死，你嫂子又出来了，如今还在王婆家，早晚嫁人。"	第八十七回 王婆子贪财忘祸 武都头杀嫂祭兄	—
M	那两邻明知武松凶恶，谁敢向前？	同上	【张评】又映西邻

由表1可知，除A、D、G、J、M五处外，在"'武大郎之死'故事群"中，"街坊邻舍"都是以发话者的身份出现的。他们既没有告知武大潘金莲偷情之事（A），也没有在武大捉奸被踢后插手（D），武大死后更是旁观西门庆迎娶潘金莲（H），只编口号，不管"闲"事，待武松归来，身为明人只说暗话（K），属于沉默的旁观者，在第八十七回

武松取了王、潘性命后再度登场（M）。若是站在道德制高点上来看，以上五处"街坊邻舍"的行为过于冷漠，而若借助现代社会心理学中的"责任扩散"理论①解读"街坊邻舍"的心理机制，则这实际上是人在本能驱使下的正常行为，不应过分苛责。对此，文章将在第三部分展开进一步的讨论。

如果说作为沉默的旁观者，"街坊邻舍"任由悲剧发生，那么作为多口的怂恿者，他们的行为则加快了悲剧发生的进程。

结合表1中B、C两处逆向梳理"武大郎之死"高潮的过程：

武大死←王婆、西门庆、潘金莲谋杀←武大劝金莲←武大被西门庆踢伤←武大捉奸←郓哥告密←王婆打郓哥←郓哥去王婆处找西门庆←多口人递消息

张竹坡评《金瓶梅》之"冷热"时有言"《金瓶》以冷热二字开讲，抑孰不知此二字为一部书之金钥乎"[2]，而后主要讨论"韩道国"与"温秀才"之名所反映的冷热之道。这里我们不妨借用"冷热说"对"'武大郎之死'故事群"中"街坊邻舍"的行为做进一步分析。如果说未能伸出援助之手的街坊是"冷漠"的，那么多口的"街坊邻舍"以其"热情"相告成为造成武大之死的推动者之一。"多口人递消息"与"武大死"之间穿插了过多的环节，以致作者仅以两笔带过的"多口人"易于隐藏在情节背后②。正如表1L所示，这类"多口人"在第八十七回又随复仇者武松返场。武大之死，"街坊邻舍"负有责任，对武大之死的复仇，"街坊邻舍"亦助一臂之力。

第二类"街坊邻舍"主要以受话者的身份散见于全书，见表2：

表2 《金瓶梅》中的第二类"街坊邻舍"

编号	对话内容/心理活动（人物）③	所在章回
1	休要高声，乞邻舍听见笑话。（武大）	第二回 俏潘娘帘下勾情 老王婆茶坊说技
2	他搬了去，须吃别人笑话。（武大）	同上
3	也吃邻舍家笑话，说我家怎生禁鬼。（潘金莲）	同上

---

①该理论认为：当"我"是唯一的旁观者时，会承担个人的责任，而当"我"融于一个群体当中，他人同样的旁观行为会扩散"我"的自责与内疚。参看［美］罗杰·霍克：《改变心理学的40项研究·你会伸出援手吗》，白学军等译，人民邮电出版社，2018年版，第393页。

②同样，表1K中的"多口人"虽然没有促成武大郎之死，但其多口间接导致了李皂隶的死亡。

③表2：1—8分别出自刘辉、吴敢辑校：《会评会校金瓶梅》，天地图书有限公司，2014年版，第97页、第97页、第101页、第167页、第374页、第1799页、第1818页、第1837页。

（续表）

编号	对话内容/心理活动（人物）	所在章回
4	初时西门庆恐邻舍瞧破，先到王婆那边坐一回，落后带着小厮，竟从妇人家后门而入。（西门庆）	第六回 何九受贿瞒天 王婆帮闲遇雨
5	平昔街坊邻舍，恼咱的极多，常言：机儿不快梭儿快，打着羊驹驴战。（西门庆）	第十七回 宇给事劾倒杨提督 李瓶儿许嫁蒋竹山
6	可又来，大娘差了！爹收用的恁个出色姐儿，打发他，箱笼儿也不与，又不许带一件衣服儿，只叫他磬身儿出去，邻舍也不好看的。（薛嫂）	第八十五回 吴月娘识破奸情 春梅姐不垂别泪
7	俺奶奶气头上，便是这等说。到临岐，少不的雇顶轿儿，不然街坊人家看着，抛头露面的，不吃人笑话？（小玉）	第八十六回 雪娥唆打陈敬济 金莲解渴王潮儿
8	敢烦妈妈对嫂子说，他若不嫁人便罢，若是嫁人，如今迎儿大了，娶得嫂子家去，看管迎儿，早晚招个女婿，一家一计过日子，庶不叫人笑话。（武松）	第八十七回 王婆子贪财忘祸 武都头杀嫂祭兄

如果说第一类"街坊邻舍"是《金瓶梅》故事的直接参与者，那么表2所列在对话和心理描写中出现的"街坊邻舍"则是构成制约人物行为的社会成员。无论是1、2、3、8中社会地位较低的人物，还是4—7中受街坊邻舍制约的大户人家（并非说话人），都受到群体眼光的压制。这种压制既源于个体对自身身份的重视[①]，又受社会因素的影响，关于后者，文章第三部分将继续展开讨论。

二、情节动因与遥对手法

《金瓶梅》不仅讲述西门庆琐碎的家庭生活，作者依托前代背景勾画了一幅晚明社会的众生群像——从官场与生意场上形形色色的谋利者到酒桌上称兄道弟的抽水者再到风月场上各怀鬼胎的利己者，其中不乏动态发展的立体人物。而以边缘人物出现的"街坊邻舍"难以被划入以上任何一个群体，相对静止与扁平，但绝不是作者的闲而无用之笔。由表1的A、D、E、F、G、H、I、J、M可见，当"街坊邻舍"出现时，张竹坡不惜笔墨评

---

① 这里的"身份"指个人在他人眼中的价值和重要性。参看［英］阿兰·德波顿：《身份的焦虑》，陈广兴、南治国译，上海译文出版社，2020年版，第5页。

点,其中A、H点明邻舍的功能之一是引出下文,G、M两处则反映了伏脉照应的表现手法。

除了张竹坡点评的A处外,B、C(BC实指一处)、L几处"街坊邻舍"也作为情节动因出现——虽然从情节展开的逻辑来看,街坊邻舍并无怂恿命案发生的动机。无论是武大郎的惨死毒手还是潘金莲与王婆的罪有应得,"街坊邻舍"都没有为自己的多口怂恿付出代价,作者无意对其进行"道德报复",这或许与"街坊邻舍"这类边缘人的功能有关。

英国文学批评家E.M.福斯特在《小说面面观》中以"人物"为其考察的一"面",提出小说人物有"扁平人物"与"圆形人物"之分。其中:

> 扁平人物在十七世纪被称为"谐趣人物",有时也被称为类型化人物,有时叫漫画式人物。就其最纯粹的形式来说,这类人物是围绕着单独一个的思想或者特质来塑造的:超过了一个,人物就开始向圆形人物弯曲。[3]

在福斯特的定义中,扁平人物只能有一种思想或特质,如前文所析,《金瓶梅》的作者虽然没有用过多的笔墨塑造"街坊邻舍"的人物思想与性格特征,但他们参与到小说的主要事件中,前后表现出冷热悬殊的不同态度。如果就"超过一个特质"为标准将其归类于圆形人物中,又不能从逻辑上反映其思想、性格的动态发展与立体呈现。不论是扁平人物还是圆形人物,福斯特的重点都在作者塑造人物思想与特质上,这里借鉴"扁平人物"论,是想以其"类型化人物"的特征为考察角度,探讨作为情节动因的"街坊邻舍"何以自然穿插于"'武大郎之死'故事群"中。

就小说角色的塑造而言,"类型化"多为批评家们所诟病。而在中国古典白话小说的兴盛期,另一通俗文学体裁——戏曲——中的人物由脚色扮演,以"类型化"为其主要标志。早在明清时期,东吴弄珠客与张竹坡在评价《金瓶梅》的过程中,就曾分别提到过"脚色":

> 借西门庆以描画世之大净,应伯爵以描画世之小丑,诸淫妇以描画世之丑婆、净婆,令人读之汗下。(《金瓶梅序》)[4]

> 作《金瓶梅》者,必曾于患难穷愁,人情世故,一一经历过,入世最深,方能为众脚色摹神也。(《批评第一奇书金瓶梅读法》)①

---

① 刘辉、吴敢辑校:《会评会校金瓶梅》,天地图书有限公司,2014年版,第2127页。陈昌恒有《论张竹坡关于文学典型的摹神说》一文,文章题目出于张竹坡"为众脚色摹神"一句,讨论了文学典型的相关问题,但未联系"脚色"展开论述。参看陈昌恒:《论张竹坡关于文学典型的摹神说》,《华中师院学报》(哲学社会科学版),1983年第1期。

戏曲的"脚色"指的是"演员装扮人物形象时的分类标准和舞台表演时的象征与过渡符号"[5]。除"脚色"外还有"泛脚色"和"泛杂剧色"①这两类戏曲人物类型，其中与"'武大郎之死'故事群"中作为情节动因出现的"街坊邻舍"具有相似功能的是"泛脚色"。泛脚色"具有人物类型的特征，但只有一般的人物意义且无法分化"[6]。如明代剧作家汤显祖的传奇《牡丹亭》第八出"劝农"中，"门子"将众农引出："一个小厮唱的来也"；"一对妇人唱的来也"；"又一对妇人唱的来也"[7]。这里的"门子"具有"仆役"这一人物类型的特征，无法继续分化。他的道白虽不多且重复，但却能自然将村童、采桑人、采茶人一一引出，起到过渡与连接的作用。

通过对比，"泛脚色"与《金瓶梅》中的"街坊邻舍"有以下几个共同点：他们都是可以代表某一人物类型的名称，大多情况下没有专属姓名；他们游离于故事主线之外，却毫不费力地使情节向前迈进；作家不刻意用大量笔墨塑造其人物形象，而使其能无形融于故事之中。这类人物陡然出现在读者或观众的视野中，说一两句话后又悄然隐去，于前后无痕衔接。和扁平人物塑造单一思想与特质的角色相比，具有"类型化"特征的"街坊邻舍"更多起到的是推动情节发展的作用，具有独特的功能性意义，而这一点是明代两种通俗文体——白话小说与戏曲——兴盛并相互影响产生的结果②。

由表1可知"'武大郎之死'故事群"中的"街坊邻舍"基本呈现出首尾对称的态势：A—K在第四至九回，L、M在第八十七回，而这一特征又是基于"武大郎之死"与"为武大复仇"这两个故事在一百回布局中的对称③。浦安迪在《明代小说四大奇书》中指出明代文人小说的章节结构是以十回为一个单位的，在较大的范围有"前80回和后20回的明显分界点以及开头和结尾各20回（1—20和80—100）之间的明显对称"④。从宏观上来看，《金瓶梅》前九回正如楔子一般，从西门庆家外之事写起，自第七十九回西门庆丧命后，又在西门庆家外作结，前后皆由武大、武松、潘金莲、王婆几人引出、收拢，的确反

---

①指"最早出现于唐五代杂剧演出中，后来主要出现在宋金杂剧、院本中，在后世基本消亡、却又具有一定的脚色意义"。参看元鹏飞：《古典戏曲脚色新考》，人民出版社，2012年版，第190页。

②前举例明传奇《牡丹亭》作者汤显祖也被部分学者认为是《金瓶梅》的作者。参看［美］芮效卫：《汤显祖创作〈金瓶梅〉考》，徐朔方编选校阅：《金瓶梅西方论文集》，沈亨寿等译，上海古籍出版社，1987年版，第89—136页。

③《水浒传》中的"'武大郎之死'故事群"则集中在第二十三至第二十七回，武松的复仇是即时的，没有形成《金瓶梅》中出现的隔空遥对。

④［美］浦安迪：《明代小说四大奇书》，沈亨寿译，生活·读书·新知三联书店，2015年版，第61页。其实早在三百多年前的大洋此岸，张竹坡就已提出《金瓶梅》两回间的"遥对"手法："《金瓶》一回两事作对，固矣，却又有两回作遥对者：如金莲琵琶、瓶儿象棋一对；投壶偷金作一对等，又不可枚举。"见张竹坡：《批评第一奇书金瓶梅读法》，刘辉、吴敢辑校：《会评会校金瓶梅》，天地图书有限公司，2014年版，第2112页。在这里，张竹坡举例解释的"遥对"是人物或事件的对称，而未涉及作品的整体架构。

映了中国古典长篇小说的对称美学。在这种对称的大框架结构下，"街坊邻舍"作为武大郎之死的推动者之一与复仇者之一，在"'武大郎之死'故事群"中以遥对的形式出现，前者为后者伏脉，后者与前者呼应，正是张竹坡在《批评第一奇书金瓶梅读法》中提到的"结穴发脉，关锁照应处"①，是小说对称美学在中观层面上的体现。通过文本细读，不难发现"街坊邻舍"的说话内容也具有前后照应的特征。

第四回中"那多口的道：'我说与你罢：西门庆刮剌上卖炊饼的武大老婆，每日只在紫石街王婆茶坊里坐的。这咱晚多定只在那里。你小孩子家，只故撞进去不妨'"[8]与第八十七回的"就有人告他说'西门庆已死，你嫂子又出来了，如今还在王婆家，早晚嫁人'"[9]都以邻舍之口交代了被寻找者的所在地：王婆处。不但如此，如表3所示，这两段话中信息的构成要素也异常吻合：

表3　"街坊邻舍"语言的信息构成要素

前情提要	被寻找者所在地	余波
我说与你罢：西门庆刮剌上卖炊饼的武大老婆	每日只在紫石街王婆茶坊里坐的	这咱晚多定只在那里。你小孩子家，只故撞进去不妨
西门庆已死，你嫂子又出来了	如今还在王婆家	早晚嫁人

而第五回的"街坊邻舍，都知道西门庆了得，谁敢来管事"[10]和第八十七回"那两邻明知武松凶恶，谁敢向前"[11]更像是词语替换游戏，呈现出程式化的特征②。以上分析的两组例子，落在同一空间，时间却已走了"八十余回"，以极度相似的情景遥对构成小说在微观层面上的伏应。杨义将这种前后伏应称为"结构要素之间接性联结"，强调各个结构单元和板块之间的互文性和互动性价值[12]。《金瓶梅》的作者在小说快要结束时，又将我们拉回到勾勒西门庆宅第生活之前的故事，提醒我们，关于武大郎之死与死之复仇，不能忽略"街坊邻舍"在其中的作用，而他们在对立方之间做出的相同举动也间接反映了西门庆与武松力场的转换。

对于有一百回的一部大书来说，既要于细节处"断不可成片念过去"[13]，亦要知"一百回是一回，必须放开眼光作一回读，乃知其起尽处"[14]。通过对绣像本《金瓶梅》

---

①刘辉、吴敢辑校：《会评会校金瓶梅》，天地图书有限公司，2014年版，第2128页。相关的评论还有："久之，心恒怯焉，不敢遽操管以从事，盖其书之细如牛毛，乃千万根共具一体，血脉贯通，藏针伏线，千里相牵，少有所见，不禁望洋而退。""《金瓶梅》不可零星看。如零星，便止看其淫处也。故必尽数日之间，一气看完，方知作者起伏层次，贯通气脉，为一线穿下来也。"同书第2102页、第2126页。

②"程式化"也正是戏曲的特征之一。

的宏观、中观与微观对读，可以看出在贯穿全书首尾的"'武大郎之死'故事群"中，零碎出现的无名氏群体"街坊邻舍"看似是闲笔，实际上在大结构的架构与小结构的联结方面都反映了明代文人工于缜密伏脉的高超手法。

三、道德的集体缺失与群体的道德衡量

"道德"指"一种社会意识形态，多指人的品学修养，其标准因阶级、时代而异"[15]，并且能够"通过人们的自律或通过一定的舆论对社会生活起约束作用"[16]。第一类"街坊邻舍"虽然更多地具有功能性的意义，但也在一定程度上反映了明代普通人道德集体缺失对社会及他人的影响。第二类"街坊邻舍"构成群体道德衡量的舆论场，在有形无形之中约束着他人的行为。

美国心理学家菲利普·津巴多基于"斯坦福监狱实验"得出如下结论："在特定情境下，情境力量远胜于个体力量。"[17]那么《金瓶梅》中"街坊邻舍"这一群体的出现，是否也是个体力量受制于情境力量的结果呢？

《金瓶梅》故事采用宋徽宗纪年，反映的却是明代中后期的社会百态，而我们在描述这一时期的社会风气时，不可避免地要提到在商品经济勃兴与市民阶层壮大的双重作用下导致的重利轻义之风气。这一说法虽有以偏概全之嫌，但不失为一个考察的角度。

在武大郎发现奸情前，恶事以"不到半月之间"的传播速度使"街坊邻舍，都晓的了"[18]。现在偏离作者的叙事轨道，假使在这"都晓的"的波及范围里，出现一个异于冷漠旁观者的个体英雄，他或在恶事传播之始（A）就让武大晓得奸情，或在武大直遭西门庆窝心一脚（D）时前来管事，或在武大丧命（EFGH）后为其伸张正义，最终的结果又是如何呢？

若是在恶事传播之始，武大得知潘金莲与西门庆偷情，不外乎采取两种行动。一是同第五回"郓哥定计，武大捉奸"，此时武松已前往东京，无论是从势力还是体力来看，武大的结局多半还是死于西门庆之手。二是武大不敢声言。潘金莲原为张大户收用的使女，因妻管严，张大户只好将潘金莲嫁与武大郎，私与其卖炊饼的本钱。有时武大郎也会撞见张大户与潘金莲私会，却因"原是他的行货，不敢声言"[19]。可见，武大的悲剧亦是性格悲剧。与张大户和西门庆相比，"三寸丁谷树皮"武大郎是无颜无钱无权的"三无先生"，在没有护身符武二的保护下，也许会同处理张大户与潘金莲的私情一样，不敢声言。若是在武大挨了西门庆一脚后邻舍多事，则实已于事无补，此时偷情者已经在等待"武大自死"[20]。唯一能给这个悲剧一点安慰的，便是街坊邻舍能够为武大伸张正义。可武大死后，街坊都是明知故问，反要"劝解"金莲，只有第八十七回邻舍向武松递消息才

弥补了这一遗憾。众人皆知的丑事，按理来说仵作人不可能不知道，其明眼处——"怎的脸也紫了，口唇上有牙痕，口中出血"[21]正是仵作团头何九瞎眼处——"休得胡说。两日天气十分炎热，如何不走动些"[22]。何九为官，尚屈服于西门庆的淫威①，区区一个普通的"街坊邻舍"，又能奈西门庆如何？

武大郎的死亡是偶然性与必然性的结合。偶然性是由其懦弱的性格与无权无钱的现实劣势造成的，而必然性则是由其身处的特殊社会环境造成的。②在第十三回"李瓶姐墙头密约迎春儿隙底私窥"中，同样是偷情，作者写道："两个隔墙酬和，窃玉偷香，不繇大门行走，街坊邻舍，怎的晓得。"[23]在这里，作者似乎在暗示，如果街坊邻舍知道西门庆与李瓶儿偷情，便会有所作为。而事实是否果真如此？在"'武大郎之死'故事群"外，"街坊邻舍"以非沉默者的姿态出现了三次：

第一次在第三十三回"陈敬济失钥罚唱　韩道国纵妇争风"，街坊里的浮浪子弟想挑逗与潘金莲呈镜像关系的王六儿，却总被辱骂，于是捉奸王六儿与韩二并报官。韩道国求西门庆救出兄弟，西门庆便将几位捉奸人打得皮开肉绽。最终的结果是，四个浮浪子弟的家人转托应伯爵，应伯爵又托画童与李瓶儿，使西门庆从轻处置了四位报官者。

第二次是在第六十七回"西门庆书房赏雪　李瓶儿梦诉幽情"，黄四外父孙清的伙计冯二在东昌府贩棉花，冯二的儿子冯淮外出嫖娼，丢了两大包棉花，孙清说了两句不满的话，冯二顺势打了儿子几下。冯淮又和孙清的儿子孙文发生冲突，导致两个月后冯淮因破伤风而死。冯淮的丈人白五是强盗窝主，绰号"白千金"，在童推官处使了钱，"教邻见人状供"[24]。

第三次是在第七十六回"春梅姐娇撒西门庆　画童儿哭躲温葵轩"出现的一段小插曲：西门庆回家后对月娘和潘金莲细述了一桩女婿与后丈母娘私通的案件，以照应后文潘金莲与陈敬济偷情。案件中的后丈母娘周氏责备使女，使女因此将丑事告知两邻，"才首告官"[25]。

在以上三次"街坊邻舍"的打抱不平中，第一次的街坊因挑逗有妇之夫不成而试图公报私仇，第二次的邻见人明显是被权力与金钱压制的"正义者"，而第三次西门庆口叙案件中的两邻，才能算是完全不利己的非沉默者。

---

① 何九因惧怕西门庆而受贿瞒天，听得武松回来后便不知去向。《水浒传》中的何九在武松归来后又因武松威胁而替他作证。关于明代的"仵作"，陈宝良的研究指出："仵作本从事验尸工作，但也借此诈害事主，骗取钱财；一些积年书吏，把持此行，挪移钱粮，搁火卷宗，到处打通关节，赚取贿赂。所有这些，说明吏胥已成为社会上的一大祸害，故又称为'衙蠹'。"参看陈宝良：《中国流氓史》，上海人民出版社，2013年版，第141页。

② 田晓菲在讨论韩道国兄弟与武氏兄弟的镜像关系时认为："在人的命运里，是人的性格，而不是天道的报应起到了决定性的作用；与人的性格同样重要的，便是人力所不能控制、不能干预的'偶然'。"该观点虽与本文观点有出入，但是从另一路径讨论造成武大郎悲剧命运的偶然性与必然性，陈列于此，以备参考。参看田晓菲：《秋水堂论金瓶梅》，广西师范大学出版社，2019年版，第174页。

加拿大历史学家卜正民在《明代的社会与国家》一书中认为明代社会否定了自上而下的国家权力，普通民众在与处理他们事务的国家体系打交道时，都只是通过末端的代表人来认识国家的[1]。换句话说，"末端的代表人"是普通民众想要处理他们事务必经且需经过的第一层关系，如果可能，事务就能在第一关被顺利解决。在这种"自下而上"的权力结构下，书中官官相护、唯钱是图的场景自然层见叠出，作为普通百姓的"街坊邻舍"，利用所谓知所进退的"街头智慧"，采取漠然或多事的态度，亦无可厚非。如表1第4列备注所示，张竹坡对穿插"街坊邻舍"处的评语颇多，却没有一条涉及道德评判，可能也有出于同样原因的考虑。

然而，道德在任何一个社会都不是真空的[2]，表2所示的第二类"街坊邻舍"便作为一个群体在个体心中以道德衡量者的身份出现。这些个体不受性别、社会地位、人物品格的影响，为了"不吃人笑话"，无一不将他人的道德评价作为自己行动的考虑因素之一，有时甚至为决定性因素。

就群体与个人的关系而言，西方文化的第一关注点常在个人[3]，而中国文化在传统儒家思想的浸润下，普遍更加关注群体。四大奇书中《三国演义》塑造英雄群像，《西游记》讲述"师徒四人"前往西天取经的故事，《水浒传》尽管在前七十回为个人作传，最终还是归拢到"一百单八将"这一群体。相比之下，《金瓶梅》作者将笔触转向个人，而"街坊邻舍"这类去个人化的边缘群体虽然服务于典型人物的塑造，却依旧反映的是中国文化对"群"概念的重视。由表2不难看出，书中塑造的典型人物也是活在群体中的典型人物。

从历史的大背景来看，明代在前代旧制的基础上进行了一系列革新，包括对县级下乡、都、图等级的细分，里甲制度，保甲制度以及乡约制度的实施等[26]。行政机构的重建在实际操作中不一定能够被有效实施，但或多或少会强化邻里间的关系。而"邻里"这一由空间因素凝聚的群体，其舆论有极强的针对性与扩散力，作为群体中的一员，为了维护自己在邻里间的形象，处在任何阶层的个人都不得不在邻里面前约束自己的行为。此处的邻里，虽然只以笼统的、固定的整体形象出现在人物的对话和心理活动中，却是作者塑造其他人物——尤其是典型人物的重要工具。

---

[1]［加］卜正民：《明代的社会与国家》，陈时龙译，商务印书馆，2014年版，第7页。因此作家在导言"南昌墓地案"中提出："只有真正绝望的人，才会将他们的冲突交由官方仲裁。"同书第2页。
[2] 黄仁宇认为"中国二千年来，以道德代替法制，至明代而极，这就是一切问题的症结"。参看［美］黄仁宇：《万历十五年·自序》，中华书局，2014年版，第5页。
[3] 杨义在讨论中西文化文学的对读时提到"对行原理"，指出各民族第一关注点的不同。杨义：《中国叙事学》，商务印书馆，2019年版，第40页。

结　语

基于对绣像本《金瓶梅》的文本分析，边缘群体"街坊邻舍"在一百回大书中所占比重较轻，这类人物并非作家刻意塑造的形象，而是服务于其他典型人物形象的塑造、推动情节发展的功能性人物。他们在"'武大郎之死'故事群"中首尾遥对出现，可见其实为作者细心之笔，也是整部《金瓶梅》故事大构架之对称美学的微观体现。而明代通俗文体的互动、重利轻义的社会风气、自下而上的权力结构都能够为"街坊邻舍"的行为做出合理的注解，使武大郎的死亡从个人与家庭悲剧的层面提升至社会悲剧的层面。在"'武大郎之死'故事群"外，"街坊邻舍"以其群体性压力构成社会场里无意识制约个人行为的因素，反映出特殊民族文化与时代制度影响下他者凝视对个体身份塑造产生的压力。

参考文献

[1][2][4][8][9][10][11][13][14][18][19][20][21][22][23][24][25]刘辉、吴敢辑校：《会评会校金瓶梅》，天地图书有限公司，2014年版，第2099页、第2110页、第2095页、第144页、第1836页、第153页、第1842页、第2129页、第2122页、第143页、第80页、第154页、第167页、第167页、第302页、第1349页、第1599页。

[3][英]E.M.福斯特：《小说面面观》，杨淑华译，人民文学出版社，2021年版，第48页。

[5][6]元鹏飞：《古典戏曲脚色新考》，人民出版社，2012年版，第257页、第190页。

[7]（明）汤显祖：《牡丹亭》，钱南扬校点：《汤显祖戏曲集》（上），上海古籍出版社，2012年版，第260—261页。

[12]杨义：《中国叙事学》，商务印书馆，2019年版，第94页。

[15]《古代汉语词典》编写组编：《古代汉语词典》，商务印书馆，1998年版，第297页。

[16]中国社会科学院语言研究所词典编辑室编：《现代汉语词典》（第七版），商务印书馆，2016年版，第269页。

[17][美]菲利普·津巴多：《路法西效应：好人是如何变成恶魔的·前言》，孙佩妏、陈雅馨译，生活·读书·新知三联书店，2010年版，第3页。

[26][加]卜正民：《明代的社会与国家》，陈时龙译，商务印书馆，2014年版，第25页。

作者

范海芬，西北大学文学院博士生，主要研究方向：元明戏曲、白话小说。

论《封神演义》的结构

高万鹏

摘要：作为世代累积型作品，《封神演义》作者的天才创造和决定性作用容易被忽略，尤其在小说的结构方面。其实，《封神演义》的作者对文本结构有其独特的思考与安排：其一，以武王"封国"收束全书的结构安排体现出作者力图将作品融入按鉴体历史演义体系的姿态；其二，《封神演义》的叙事结构因袭了《水浒传》，尤其是二者的"楔子"，均产生了很好的艺术效果；其三，我们可以从文本的内部结构体悟到作者的思想困境，对"死谏"的极力推崇与明代后期的政治环境密切相关。

关键词：《封神演义》；《水浒传》；结构；按鉴体；楔子

关于《封神演义》的创作，清代文人笔记中有两种说法值得我们注意。《归田琐记》云："吾乡林樾亭先生言，昔有士人，罄其家所有，嫁其长女者，次女有怨色。士人慰之曰：'无忧贫也。'乃因《尚书·武成篇》'唯尔有神，尚克相予'语，演为《封神传》，以稿授女，后其婿梓行之，竟获大利云。"[1]另一种说法："俗传王弇州作《金瓶梅》，为朝廷所知，令进呈御览。弇州惧，一夜而成《封神演义》，以此代彼，因之头白。"[2]这两种说法为《封神演义》的创作蒙上了一层戏剧性色彩，却也从侧面凸显了其创作的商业性和仓促性。这在一定程度上决定了《封神演义》文本的粗糙，因此，有学者评价"《封神演义》是一部并不完善的作品，它在创作之初，有意与《西游记》《水浒传》等名著争胜，但这位作者善于做宏观架构，细节和体例上的驾驭能力却不强"[3]。

学界很早便注意到了《封神演义》的粗糙之处，鲁迅言："《封神演义》似志在于演史，而侈谈神怪，什九虚造，实不过假商周之争，自写幻想，较《水浒》固失之架空，方《西游》又逊其雄肆，故迄今未有以鼎足视之者也。"[4]聂绀弩也直言："《封神榜》这部书，一向没有登过大雅之堂。字句粗陋，章法呆板，结构草率不说；把许多后来才有的人物、姓氏、军用器具、文章体裁……都扯到商周时代去，实在值不得博雅君子们底一笑。"[5]显然，《封神演义》并非一部精心打磨的作品，但若全盘否定其艺术创作也有以偏概全之虞，笔者认为聂氏所言"结构草率"未免有失偏颇。

宏观框架的建构是小说创作的前提，"凡作一部大书，如匠石之营宫室，必先具结构于胸中，孰为厅堂，孰为卧室，孰为书斋、灶厨，一一布置停当，然后可以兴工"[6]。《封神演义》的结构从宏观角度来说是成功的。它建构起一个具有史诗质感的故事框架，这种结构的建构与小说的成书过程密不可分，也与作者的创作主体意识、前代经典作品的示范效应及作者的思想倾向相关。

一、融入按鉴体历史演义体系的姿态

笔者根据《小说书坊录》统计，《封神演义》在明清时代一共刻印（晚清有部分铅印）十九次，虽卷数不一，但题目均含"封神演义"，回数均为一百回。小说第一百回为"武王封列国诸侯"而非"封神"，作者以武王"封国"收束全书，而非"姜子牙归国封神"，有文题不符之嫌，这样的结构安排体现出作者力图将作品融入按鉴体历史演义体系的姿态。

按鉴体历史演义的出现与时代密不可分。明代不同于宋、元。当白银成为主要货币，明代的经济发展也登上了一个前所未有的高度，市场体系进一步扩大，形成了三大市场核心区域，即"大运河沿线的中国北方核心区、长江下游核心区和东南沿海核心区"[7]，商品经济的发展也推动了教育的发展，入仕不再是读书的唯一目的，商业方面也同样需要粗通文墨之人，因为大量的商业交易合同、土地租赁合同以及一些其他的出售及购买凭证均需要识文断字的文化素养，"不仅是想入朝为官的人渴求教育，农民和做生意的人也渴求教育"[8]。

这种对教育的渴求体现在对书籍的需求之上。传统的高水平的典籍对粗通文墨的读书人来说存在一定的阅读障碍，为此，出现了一系列将典籍通俗化的过程，其中有两方面最值得我们注意，一是宗教类典籍的通俗化，如《仙佛奇踪》《三教源流搜神大全》《释氏源流》，这些书籍将神佛仙圣的事迹进行普及性地宣传，其面向的读者群并非宗教文化精英阶层；二是史书的通俗化，其中最典型的就是大量按鉴体历史演义的出现。

明代按鉴体历史演义盛行。所谓"按鉴"，即是按《通鉴》特别是《通鉴纲目》，明代成熟的章回小说是从"按鉴"开始的，用通俗的白话来讲历史故事是它的基本特征。有明一代对历史著作进行通俗化的阐释，构建起了民间历史叙述体系，随着刻书业的繁荣，对历史的深度叙事成为按鉴体演义深化与细化的必然。

按鉴体演义往往以改朝换代的战争为卖点，《封神演义》作者致力于将此书打造成按鉴体演义体系中的一环，成为民间白话历史叙事中的一部分。金阊舒载阳刻本《封神演义》右行小字标目为《批评全像武王伐纣外史》，蔚文堂复刻明本则别题为《商周列国全传》，其开篇有云："大小英灵尊位次，商周演义古今传"，可见当时其创作目标是一部讲史小说，而非一部神魔小说。百回本《封神演义》的最后一回是以"武王封列国诸侯"收尾的，这是一种要融入按鉴体历史演义体系的姿态。

这种姿态既与《封神演义》创作的市场导向相关，也与其成书过程密不可分。武王伐纣故事进入按鉴体小说的叙事体系始于明代嘉庆、隆庆年间余邵鱼创作的《列国志传》。《列国志传》共十二卷一百一十四回，该书起于商末，止于秦始皇统一天下，完整叙述了周代的兴衰，其中的第一卷（前十回）叙武王伐纣之事。虽然《列国志传》存在大量怪力乱神的情节，但余氏在自序中依旧宣称"编年取法麟经，记事一据实录"，强调其羽翼信史的史传品格。余邵鱼出自建阳书刻中的余氏一族，兼具编撰者与书坊主的双重身份，其后族余象斗见《列国志传》备受读者青睐，反复被翻印，以至于"其（刻）板蒙旧"，遂重新雕刻出版了《按鉴演义全像列国评林》，并在其题识云："《列国》一书，遁先族叔翁余邵鱼按鉴演义纂集，惟板一付，重刊数次，其板蒙旧，象斗校正重刻，全像批断，以便海内君子一览。买者须认双峰堂为记。余文台识。"[9]

《列国志传》的热销不仅促使余象斗"校正重刻"，也激发了余象斗在《列国志传》的基础上继续追述历史，因而他创作并出版了《列国前编十二朝传》，该书从盘古开天辟地讲起，叙述了三皇五帝、尧、舜、禹、夏、商等十二朝，于史无据。其创作明显是为了与《列国志传》相衔接，从而建立完整的通俗历史叙事谱系，余象斗甚至在《列国前编十二朝传》中做起了广告："至武王伐纣而有天下，《列国传》上载得明白可观，四方君子买《列国》一览尽识。"[10]

盘古开天辟地是历史的起点，也是按鉴体小说所能追述历史的终点。对历史的细化与深化必然成为按鉴体小说发展的新方向，《列国志传》"首当其冲"，冯梦龙在其基础上编纂了《新列国志》，删除了《列国志传》中的前十八回，对其余回目"重加辑演，为一百八回，始乎东迁，迄于秦帝"，详述了东周的历史；《封神演义》则在《列国志传》前十回的基础上敷衍出商周之际的兴亡史。二者虽同为对历史叙事的细化，但前者可供参考的史籍与后者不可同日而语，《新列国志》"本诸《左》《史》，旁及诸书，考核甚详，搜罗极富"，成为仅次于《三国演义》的历史演义小说，而《封神演义》"似志在于演史，而侈谈神怪"，成为仅次于《西游记》的神魔小说，由此可以看出，作者的创作意识和作品所呈现的状态并不一定同步。

《封神演义》成为神魔小说具有一定的必然性，商周之际的大战只有一场——牧野之战，史实的缺乏必然造成叙事的空白，同时也少了想象的束缚，在此基础上，要想敷衍一部大部头历史演义，必然需要增加大量的传说。虽然历史演义向来不缺乏神异性的描写，仙佛鬼怪更是各类小说中经常出现的角色，但这些仙佛鬼怪并未出现"阵营式"的对抗。《封神演义》的作者别具匠心，将商周之争的二元对立复制到两教之争，从而形成了人间"封国"、仙界"封神"的两套叙事单元，但在作者的创作意识中，是将《封神演义》作为按鉴体历史演义中的"一环"进行叙述的，这样我们就不难理解，《封神演义》的结尾是"封国"了。

这种融入按鉴体的姿态不仅决定了小说的开头和结尾，也深刻影响了《封神演义》的深层结构。学者龚鹏程在谈及历史演义小说时，曾言："中国人就喜欢把兴衰看遍。"其实大多数历史演义小说的深层叙事结构无外乎围绕"兴衰"二字。从叙事学角度看，"结构就是哲学"[1]，中国人长于二元对立共构的思维，"兴"与"衰"的对立构成了历史演义小说的基本内核，由兴—衰引发出一系列与之相关的二元对立，如治—乱、和平—战争、统一—分裂、明君—昏君、忠臣—奸臣等等，而从宏观来看，历史演义小说遵循着由兴入衰，再由衰入兴的演变过程，"话说天下大势，分久必合，合久必分"。《封神演义》的深层结构亦然，第一回纣王登场时，"坐享太平，万民乐业，风调雨顺，国泰民安；四夷拱手，八方宾服，八百镇诸侯尽朝于商"，完全是一幅治世图景，然而忽一日"反了北海七十二路诸侯袁福通等"，紧接着又"一日"纣王上香女娲宫，"衰"的迹象像裂缝一样开始出现在盛世图景之中，至一百回，天下新定，重归治世。

在具体回目的安排上，由兴亡引起的二元对立更为明显，作者分别用近十回的篇幅塑造了纣王与文王完全对立的人物形象。第一回至第十一回，重点写君王的失政，即纣王好色好淫、滥用酷刑、灭绝人伦、囚禁贤臣的恶行，天下开始由治入乱，殷商与八百诸侯国的关系、纣王与大臣的关系开始走向对立；第十九回至第二十九回则以"文王"为中心。纣王杀子是灭人伦，伯邑考救父是彰孝道；文王逃五关凸显了文王逢凶化吉，天命所归；文王求贤与纣王炮烙大臣、囚禁贤臣形成鲜明对比，尤其是纣王大兴土木，建造鹿台劳民伤财，而文王建立灵台，为民祈福，特别是恩泽枯骨的叙事，彰显了文王的仁德。

二、《封神演义》与《水浒传》在叙事结构上的因袭关系

明清是古典小说的繁荣期，小说在创作过程中，相互模仿彼此借鉴的情况比比皆是。自《西游记》盛行后，《东游记》《南游记》《北游记》便接连出现。《说岳全传》模仿《水浒传》的痕迹也相当明显。《封神演义》抄袭《水浒传》是有铁证的，"封神榜"中的三十六天罡星和七十二地煞星照搬《水浒传》，在这一点上，"抄袭"实至名归。"榜"结构的安排也是受到了《水浒传》"石碣"的启发，这些学界均有论述，笔者无须赘言，下面主要谈谈二者的"楔子"。

明清章回体小说的开篇多由神话传说故事而始，类似元杂剧之"楔子"。百回本《水浒传》卷首有一引首，简叙北宋皇帝承继，回顾北宋鼎盛之际，并直言明君仁宗乃上界赤脚大仙降生。金圣叹将其与"第一回　张天师祈禳瘟疫　洪太尉误走妖魔"合二为一，作为楔子，并言：

以瘟疫为楔，楔出祈禳；以祈禳为楔，楔出天师；以天师为楔，楔出洪信；以洪信为楔，楔出游山；以游山为楔，楔出开碣；以开碣为楔，楔出三十六天罡、七十二地煞，此所谓正楔也。[12]

楔子承担着引出故事的叙事功能，并往往与正文具有因果关系。这种因果关系的叙事框架具有较强的民间性，如《三国志平话》的开篇先写司马仲相阴间审案。司马仲相审案成为三国争雄的因，从而使三国争雄成为一个有始有终、有因有果的封闭性结构。用因果报应简化复杂的历史纷争，用宿命来解释历史人物的恩怨情仇，这比较符合底层百姓的审美，但荒诞的因果报应思维削弱了历史故事原有的严肃性，与"羽翼信史"的历史演义创作观不符，因此到了《三国演义》，此部分便被删除了。

但这种楔子式的开头还是被一些白话小说继承并发扬光大。金圣叹将楔子纳入小说评论术语体系，此后很多章回体小说在主体故事之前，都会设置一个"楔子"，"楔子"一词甚至被嵌入回目之中，如《儒林外史》第一回"说楔子敷陈大义　借名流隐括全文"，《九尾狐》第一回"谈楔子演说九尾狐　偿孽债原为比翼"。此外，有的章回体小说虽没有在回目上标明"楔子"二字，但第一回或前几回也可能承担"楔子"的功能。

楔子式的开头是指"在小说开头借助于神话、故事等叙述方式来阐释作品的主旨或寓意的一类开头"[13]。如何界定楔子式开头的范围因具体作品而有所不同，《封神演义》的楔子即第一回"纣王女娲宫进香"。《封神演义》是世代累积型作品，在其成书的历史脉络中，先后经历了从《武王伐纣平话》到《列国志传》再到《封神演义》的过程。《封神演义》的"楔子"也有一个演化的过程。

《武王伐纣平话》的楔子是纣王与玉女的故事，虽然其中有些元素被《封神演义》所继承，如纣王因见玉女塑像而起色心，但整体上看，这个故事还是传统的人神相恋的模式，在这一部分，纣王与其说是昏君不如说是一个情种。纣王与玉女之事到了《列国志传》则被删除，究其原因，其过于荒诞不经，与《列国志传》的创作风格与创作目的背道而驰，此外玉女之事与后文故事并无多大联系，这也是被删除的原因之一，从另一个角度来看，也证明了纣王与玉女之事具有相对独立性，删去并不影响武王伐纣故事的主体性。

《封神演义》则将纣王对玉女的恋慕改成了纣王对女娲的亵渎。这样的改写凸显了以下两点：第一，增强了楔子与后文故事的联系。纣王因在女娲宫起了色心，写下淫诗，亵渎女娲，因而女娲招来了轩辕坟三妖，才有了狐妖寄身于妲己迷惑纣王的情节。这种因果关系的建立，让原本游离于武王伐纣故事的玉女故事，成为全书的有机组成部分，并解释了妲己变成狐狸精的前因后果，交代了狐狸精的行为动机。楔子中的女娲在第一回招来轩辕坟三妖，又在第九十七回亲自收缚了三妖，同样在此回中纣王自焚，这标志着伐纣大功告成，从而使全篇形成有始有终的封闭结构。第二，与《封神演义》整体风格更加契合。《封神演义》不同于讲史话本《武王伐纣平话》，亦不同于历史演义《列国志传》，其阐截二教斗法才是全书核心所在，只不过假借了商周之争这个历史背景而已，阐截二教斗法是作者"自写幻想"，楔子写女娲之怒，将人间兴亡与上古正神发生关联，从而更凸显了天命归周的主题。由此可见，《封神演义》虽借鉴了《武王伐纣平话》的开头，但却进行了化腐朽为神奇的改编。

笔者认为这种改编是建立在对《水浒传》楔子的模仿上的。二者有很大的内在相似性。首先都包含"乱自上作"的寓意，《水浒传》的楔子中的主要人物是洪太尉，太尉乃三公之一，北宋时期太尉一度成为武阶官之首，就这样的一位武官，在见到山中猛虎后的反应却让人大跌眼镜：

> 洪太尉倒在树根底下，嚇的三十六个牙齿捉对儿厮打，那心头一似十五个吊桶，七上八落的响，浑身却如重风麻木，两腿一似斗败公鸡，口里连声叫苦。大虫去了一盏茶时，方才爬将起来，再收拾地上香炉，还把龙香烧着，再上山来，务要寻见天师。又行过三五十步，口里叹了数口气，怨道："皇帝御限，差俺来这里，教我受这场惊恐。"[14]

这哪有武将风范，堂堂太尉竟然与布衣武松有着云泥之别，胆小懦弱的洪太尉高居庙堂之上，勇武有力的打虎英雄却处江湖之远，管中窥豹，可见一斑。可以想见一下，纵被称颂的明君仁宗皇帝，庙堂之上德不配位者不在少数，这就也难怪英雄好汉被逼上梁山了。

如果《水浒传》的楔子写的是无能昏庸的臣，那么《封神演义》的楔子写的就是荒淫无道的君。纣王有万夫不当之勇，贤臣忠将辅佐，商容奏请纣王女娲宫进香，纣王纳谏如流，满口答应，也绝非闭塞专断之君，这样的纣王本可以成为一代明君，然而他在女娲宫见女娲圣像"神魂飘荡，陡起淫心"，淫心一起，仿佛多米诺骨牌效应，纣王就再也听不进去忠臣良将的谏言。正是因为"色"，纣王大兴土木，建造鹿台与摘星楼；也是因为"色"，听信妲己之言，治炮烙，设虿盆。商的忠臣良将只有两条路可以走，一种是"死谏"，另一种是"另择明君"。商臣另择明君的导火索也是因为纣王的"色"，纣王听苏妲己说黄飞虎夫人贾氏"天姿国色，万分妖娆"顿时心中大喜，最后导致黄飞虎反出五关。"红颜祸水"自然有"红颜"的谄媚，但归根结底是君王的"荒淫"，君王荒淫成为国家衰亡的导火索。

此外《封神演义》的楔子还借鉴了《水浒传》逆转的手法。纣王去女娲宫本意是祈福：

> 商容奏曰："女娲娘娘乃上帝神女，生有圣德。那时共工氏头触不周山，天倾西北，地陷东南，女娲乃采五色石之，以补青天，故有功于百姓，黎庶立祀以报之。今朝歌祀此福神，则四时康泰，国祚绵长，风调雨顺，灾害潜消。此福国庇民之正神，陛下当往行香！"王曰："准卿奏章！"[15]

但结果事与愿违，"只因进香，惹得四海荒荒，生民失业"。原为祈福，最终却引出祸事，这与洪太尉何其相似。洪太尉本意是禳灾，最后却惹出天罡地煞星，撼动赵家天下，正如"自来无事多生事，本为禳灾却惹灾"。这样的构思远在很多明清小说的楔子之上。无论是《说岳全传》还是《女仙外史》，它们的楔子往往交代的是主人公的前世纠葛，从而为后文埋下因果，是简单的宿命论思维，但《水浒传》和《封神演义》不同，这里面有"祸兮福所倚，福兮祸所伏"的哲学思辨，虽说难敌《红楼梦》"假作真时真亦假，无为有处有还无"的寓意，但也可以算是匠心独运之举。

三、《封神演义》结构与作者思想态度的关系

鲁迅认为《封神演义》"其间时出佛名，偶说名教，混合三教，略如《西游》，然其根底，则方士之见而已"[16]。子不语怪力乱神，而《封神演义》以"怪力乱神"为审美追求，小说虽崇尚道教，但对道教知识也存在常识性错误或者没有严格意义上的宗教观，如在正统的道教神仙体系中，以元始天尊为首的三清天尊，才是道教的最高神，且元始天尊在太上老君之上，而《封神演义》却将太上老君置于元始天尊之上，并凭空杜撰了道教最高神祇鸿钧老祖，一个虔诚的宗教徒是不太可能对自己所信仰的宗教的最高神祇进行替换与改编的。作者在元始天尊之上，设置鸿钧老祖，是为了提高通天教主的地位，只有通天教主与元始天尊为同辈，两者所代表的截教与阐教才有一争高下的可能性，元始天尊与通天教主的斗法则标志着阐截之争乃至商周之战到了最激烈的高潮。全书的结构也是按照阐教出场神仙地位的高低而铺展的。

第四十三回至五十一回主要是围绕十绝阵而展开的。十绝阵,即"天绝阵""地烈阵""风吼阵""寒冰阵""金光阵""化血阵""烈焰阵""落魂阵""红水阵""红砂阵"。此十阵,姜子牙一人之力难以破除,故而其师兄先后前来辅助破阵,依次为文殊广法天尊、惧留孙、慈航真人、普贤真人、广成子、太乙真人、赤精子、清虚道德真君、陆压道人、南极仙翁和白鹤童子,这些都是姜子牙的同辈。

十绝阵的叙事程式化描写突出,为了避免叙述太长"累赘",采用"横云断山法",在第五十回插入九曲黄河阵。金圣叹《读〈第五才子书〉法》评道:"如两打祝家庄后,忽插出解珍、解宝争虎越狱事;又正打大名府时,忽插出截江鬼、油里鳅谋财倾命事等是也。只为文字太长了,便恐累坠,故从半腰间暂时闪出,以间隔之。"[17]只不过《封神演义》在使用"横云断山法"时略显生硬,难以与《水浒传》匹敌。

第五十回以九曲黄河阵展开,此阵由云霄、琼霄、碧霄所布,元始天尊与老子登场破阵,通天教主并未出场。第七十三回诛仙阵由通天教主所摆。老子、元始天尊、接引道人、准提道人合力而破,此回是阐截两教教主斗法,也是全书的第一个斗法高潮。全书阐截两教斗法的第二个高潮是"万仙阵"单元,第八十二回万仙阵由通天教主所布,集合截教所有门人弟子。如果说诛仙阵是阐截两教教主斗法,那万仙阵就是阐截两教的混战,最后的结果是太上老君、元始天尊、接引道人、准提道人合力打败通天教主,最后鸿钧老祖出场,亲自"解释冤愆",至此阐教截教之争告一段落,可见百回本《封神演义》近四十回的内容是按照助姜子牙破阵的辈分而次第排列的。作者有意打破正统道教神祇的辈分并引入大量佛教神祇,是为了更好地安排小说的情节,这些改动与安排均建立在作者并不严格的宗教观的基础上。

如果说作者对宗教的思想态度是不严格的,那么对传统的君臣观念,则是力图左右逢源。《封神演义》的故事依傍于"武王伐纣"这一真实的历史事件。后世对"武王伐纣"有两种鲜明的态度,即使是同为儒家的荀子与孟子对其态度也相互抵牾。"世俗之为说者曰:'桀纣有天下,汤武篡而夺之。'"(《荀子·正论》)"篡夺"两字清晰地表现出后人对"武王伐纣"否定的态度,而《孟子》中记载齐宣王曾问孟子:"汤放桀,武王伐纣,有诸?"孟子对曰:"于传有之。"曰:"臣弑其君,可乎?"曰:"贼仁者谓之贼,贼义者谓之残。残贼之人,谓之一夫。闻诛一夫纣矣,未闻弑君也。"[18]"诛"表明在孟子看来武王伐纣是正义之举。对同一历史事件产生两种截然相反态度的原因在于立场不同。前者的态度是站在儒家君臣观念上的,而以孟子为代表肯定武王伐纣的态度更多的是站在百姓的立场上。

《封神演义》成书于明朝中晚期,作者基本上是站在人民立场上,赞扬"以有道伐无道",但并没有"孟子式"的决绝。纣王虽暴虐,但终究是君,这就形成了作者的最突出的思想困境——忠君思想与"以有道伐无道"的摇摆。作者在这种思想摇摆中，试图达到一种"中庸"——既宣扬了忠君思想，又肯定武王伐纣的正义性。为此，他采取了一系列措施，首先是不完全否定纣王阵营，书中那些为纣王而牺牲的臣子，特别是为纣王伐西岐而死的将士，如张桂芳、闻太师等，作者无一不赞扬他们"留的芳名万载传"，就连追随纣王主动跳入火海的宦竖朱升，作者还专门赞曰："摘星楼下火初红，烟卷乌云四面风。今日成场倾社稷，朱升原自尽孤忠。"后被姜子牙封为"寡宿星"。此外，作者还将武王伐纣的态度和目的进行了调整，武王反对伐纣，他答应姜子牙出兵，是为了要观政于商，并没有打算铲除纣王，而是希望纣王能改过自新，这样就弱化武王作为臣子讨伐纣王的不正当性。作者极力美化武王，在塑造武王明君形象的同时，也尽力为其披上"汤之忠臣"的外衣。两种思想间的摇摆除了体现在人物塑造上，也对全书的整体结构产生了巨大的影响。

全书共一百回，可以分为四个部分。第一回至第二十七回是第一部分，主要是以朝歌为背景，以纣王、妲己为主体，重点渲染了纣王之"无道"，使纣王基本上集齐了昏君所有特征：好色荒淫，听信佞臣，闭塞言路，滥施酷刑等。这些特征都是通过一个个忠臣的死谏和遭厄来体现的，所以小说的第一部分主要为单线结构，环环相扣，类似于《水浒传》的"珠串式线性结构"，即逼反苏护—枭首杜元铣—炮烙梅伯—商容辞官—废姜皇后—追杀二殿下—商容死谏—囚西伯侯—宫人虿盆—伯邑考被杀—比干被杀。这样的结构将纣王的暴行渲染得无以复加，反复铺陈的背后是为小说武王伐纣的正义性做铺垫。

哪吒和姜子牙是伐纣的主力，他们如何出场？什么时候出场？作者显然进行了一些巧妙构思。《武王伐纣平话》中姜子牙的出场是在"卷中"，基本上在平话的中间位置。《封神演义》的作者充分利用"西伯侯被囚七载"这个时间空隙，插入哪吒与姜子牙的事迹，既可以保证小说叙事时间的连贯，也使得叙事内容紧凑，还可以为下文哪吒与姜子牙伐纣做足铺垫。

第十一回"羑里城囚西伯侯"，因西伯侯被囚七载，作者"此话不表。且言……"自然而言引出了哪吒来（第十二回至第十四回），作者在第十二回陈塘关哪吒出世写道：

> 话说李靖在关上无事，忽闻报天下反了四百诸侯。忙传令出，把守关隘，操演三军，训练士卒，谨提防野马岭要地。乌飞兔走，瞬息光阴，暑往寒来，不觉七载。哪吒年方七岁，身长六尺。时逢五月，天气炎热，李靖因东伯侯姜文焕反了，在游魂关大战窦荣，因此每日操练三军，教练士卒。不表。[19]

纣王杀死姜桓楚、鄂崇禹二侯之后，姜桓楚之子姜文焕反了纣王，西伯侯被囚在羑里城,这时的哪吒恰巧是七岁,之后哪吒打死龙王三太子,射死石矶娘娘的徒儿碧云,在陈塘关被围,剔骨还父,莲花化身,追杀李靖等,都是在西伯侯被囚七载中发生的事。李靖被哪吒追杀,后遇燃灯道人相救,无论是燃灯道人还是太乙真人都属于玉虚宫,从玉虚宫引出姜子牙再自然不过。

第十五回姜子牙下山,作者的叙事视角也随着姜子牙从陈塘关到了朝歌。姜子牙经历娶妻,火烧琵琶精,最后劝谏纣王不成逃至西岐隐居磻溪。作者将姜子牙按下不表,由西岐引出伯邑考进贡赎罪。伯邑考进贡之时,曾言:"父王囚羑里七年,孤欲自往朝歌,代父赎罪。"由此可知,伯邑考出场时,西伯侯已经被囚七年,作者巧妙利用这七年给读者穿插叙述了哪吒和姜子牙二人的故事,使第一部分"珠串式线性结构"出现了一些变化。

第一部分以第二十七回"太师回兵陈十策"作结,这一回作者借闻太师之口,名为谏言,实则是对第一部分纣王暴虐失德的总结。从第二十八回至第六十六回是小说的第二部分,主要叙述了纣王征周,故事的舞台从朝歌转到了西岐,对阵的双方已经由暴君与忠臣转变为阐教与截教。第二部分是在第一部分基础上,继续为武王伐纣的正当性做铺垫。第二部分是以"子牙兵伐崇侯虎"开始的,西伯侯有"节钺之权",崇侯虎乃是奸臣,所以西伯侯讨伐崇侯虎是合乎体统,本质上也是在为纣王除害,而纣王紧接着派遣多方兵马征讨西岐,西岐阵营一直是处于防守的状态。小说一共一百回,六十六回的篇目在写纣王失德与对周的围剿,为第三部分西周的反抗做足了铺垫,也为武王伐纣的正当性做足了铺垫。

第三部分是从第六十七回至第九十八回,第六十七回姜子牙金台拜将标志着武王伐纣正式拉开序幕,也标志着商攻周守的形势出现了根本的变化,变为商守周攻,以青龙关、汜水关、穿云关、临潼关、游魂关为主要战场。就在武王伐纣之师即将到达朝歌最后的屏障——游魂关时,作者再次为了凸显伐纣的正义性,特意穿插了与对战无关的两回《第八十八回 武王白鱼跳龙舟》与《第八十九回 纣王敲骨剖孕妇》,武王见鱼跃舟中,尚怀怜悯之心;纣王却敲骨剖孕,枉杀平民百姓。两相对比,明君与暴君形象跃然纸上。第八十八回白鱼跳龙舟,武王命放生,姜子牙却曰:"既入王舟,岂可舍此,正谓'天赐不取,反受其咎',理宜食之,不可轻弃。"左右领子牙令,速命庖人烹来。不一时献上,子牙命赐诸将。

在这里,作者将江山比喻成白鱼,白鱼落入舟中是上天所授,正如天下归于武王,亦是天数。作者再次强调武王不是从纣王手里夺取了天下,而是纣王丢了天下,天命归周。白鱼入舟之事见于《史记》,《史记》中记载纣王的结局是"以黄钺斩纣头,县大白之旗",《封神演义》为了避免让武王背上弑君的罪名,作者给纣王安排了自焚的结局,并且纣王自焚时,"武王闻言,掩面不忍看视,兜马回营。那子牙忙上前启曰:'大王为何掩面而回？'武王曰：'纣王虽则无道，得罪于天地鬼神，今日自焚，甚为业障。但你我皆为臣下，曾北面事之，何忍目睹其死，而蒙君之罪哉？不若回营为便。'"[20]武王打到朝歌城下，依旧没忘记自己是"臣下"的身份，其实这是作者还处在思想困境之中的体现——在伐纣封神大战尾声，依旧不断渲染伐纣的正当性，同时又在精心描补不容侵犯的"君臣纲常"。

《封神演义》第四部分是为尾声，包含两回：第九十九回姜子牙归国封神和第一百回武王封列国诸侯，这两回建立起神界与人间的新秩序。虽然小说名为《封神演义》，但是作者将武王封列国诸侯的情节作为全书的收尾，小说的最后，作者甚至是用一首诗来赞美周公辅助成王来结束的。由此可见，作者虽是底层文人，却始终是站在儒家的立场，关怀百姓疾苦，怀揣着明君贤相的政治理想。

结　语

关于《封神演义》的文本创作，学界一般归入"世代累积型"之列。徐朔方先生称其为"中国长篇小说在世代流传中累积成型的最为典型的一例"[21]，值得我们注意的是，世代累积型的作品并非只是简单的"量"的累积，作品的写定者是在继承前代"素材"的基础上，实现了"质"的飞跃。《封神演义》全书共一百回，而《列国志传》涉及武王伐纣故事的只有十回，从体量而言，二者是不可同日而语的。《封神演义》所描写的人物数量也远超过《武王伐纣平话》和《列国志传》，并建构起阐截二教对立的神仙体系，营造出仙凡两界的宏大叙事背景。在这一点上，《封神演义》的成书过程与《金瓶梅》有其相似之处。《金瓶梅》从《水浒传》的母本中衍生而来，嫁接而来，其前十回出自《水浒传》第二十三回至二十六回，其后自写了一个世态炎凉、物欲横流的世界。《封神演义》以《列国志传》前十回为母本，"自写幻想"，将商周之争扩充为阐截之争。相比较"累积"一词，笔者认为"嫁接"一词更能凸显《封神演义》与《列国志传》之关系。描写英雄传奇的《水浒传》经兰陵笑笑生的"嫁接"，结出了世情小说《金瓶梅》；历史演义小说《列国志传》经《封神演义》写定者的"嫁接"，结出了一部神魔小说。

我们面对世代累积型作品时，容易忽视了小说创作过程中小说写定者的天才创造和决定性作用，甚至认为小说的结构是承继了前代作品的结果，从而忽视了小说作者对文本结构独特的思考与安排。虽然学界对《封神演义》作者的争论未形成统一意见，但这并不妨碍我们对文本结构的深层次探讨。《封神演义》的结构折射出作者的创作初衷，设想其作品能成为历史演义的一环，展现出一种融入畅销书系列（按鉴体历史演义）的姿态，但最后却成为"神怪小说中之杰作"（解弢《小说话》）。《封神演义》具有很强的商业色彩，"梓行获利"是它的最初使命，模仿借鉴经典作品变成了一条终南捷径，学界常讨论《西游记》与之关联，其实从谋篇布局的角度而言，《封神演义》借鉴最多的应该是《水浒传》，尤其是二者的"楔子"，均产生了很好的艺术效果，二者在民间传播影响方面也能分庭抗礼，陶成章曾言："凡山东、山西、河南一带，无不尊信《封神》之传；凡江浙、闽广一带，无不崇拜《水浒》之书。"[22]至于文本的内部结构，可以体悟到作者思想的左右摇摆之，作者极力推崇"忠君"思想，赞美文臣死谏、武将死战的精神，这与明代后期的政治环境密切相关，如嘉靖时期的左顺门哭谏。虽"自写幻想"，但终究有社会现实的影子，这样我们就能理解作者在肯定"以有道伐无道"的同时，对维护商纣的忠臣进行讴歌与赞美的原因了。

参考文献

[1][2]朱一玄：《明清小说资料汇编》（上），南开大学出版社，2012年版，第482页、第489页。

[3]李天飞：《号令群神》，江苏凤凰文艺出版社，2020年版，第3页。

[4][16]鲁迅：《中国小说史略》，上海古籍出版社，1998年版，第117页、第117页。

[5]聂绀弩：《二鸦杂文》，香港求实出版社，1949年版，第13页。

[6]潘建国：《关于章回小说结构及其研究之反思》，《北京大学学报》（哲学社会科学版），2013年第3期。

[7][8]［美］罗友枝、黎安友、姜士彬：《中华帝国晚期的大众文化》，赵世玲译，北京师范大学出版社，2022年版，第5页、第13页。

[9]潘建国：《中国古代小说书目研究》，上海古籍出版社，2005年版，第215页。

[10]段启明、张平仁：《历史小说简史》，山西人民出版社，2005年版，第62页。

[11]杨义：《中国叙事学》，商务印书馆，2019年版，第59页。

[12]（明）施耐庵、金圣叹：《金圣叹批评本水浒传》，岳麓书社，2015年版，第2页。

[13]李小菊：《明清章回小说开头研究》，郑州大学2000年硕士论文，第5页。

[14]（明）施耐庵《水浒传》，人民文学出版社，1975年版，第9页。

[15][19][20]（明）许仲琳：《封神演义》，人民文学出版社，1973年版，第5页、第89页、第767页。

[17]黄霖、罗书华：《中国历代小说批评史料汇编校释》，百花洲文艺出版社，2009年版，第125页。

[18]（战国）《孟子》，青海人民出版社，2004年版，第27页。

[21]徐朔方：《论〈封神演义〉的成书》，《中华文史论丛》1994年第53辑。

[22]王思涛：《古代文学知识》，四川教育出版社，1985年版，第136页。

作者

高万鹏，天津师范大学文学院博士生，主要研究方向：中国古代小说。

"游"与古小说"壶天"之关系刍考

姜子石

摘要： "壶天"是吾国小说中非常常见的一个意象。有学者认为，"壶天"来源于佛教《旧杂譬喻经》等典籍。而吾国先秦诸子中"游"的思想无疑亦与"壶天"有着深刻的联系，同时通过方士的催化剂作用，最终在两晋之交的葛洪手中深刻影响了古小说中的"壶天"观念的形成。

关键词： 游；古小说；壶天

所谓"壶天"，就是在壶中形成自足的小宇宙，虽然壶仅"如五升大"，但是"化为天地，中有日月"[1]。《后汉书》对于费长房有一段记载：

> 费长房者，汝南人也。曾为市掾。市中有老翁卖药，悬一壶于肆头，及市罢，辄跳入壶中。[2]

东晋葛洪《神仙传》卷九《壶公》更加详细：

> 壶公者，不知其姓名。……常悬一空壶于坐上，日入之后，公辄转足跳入壶中，人莫知所在，唯长房于楼上见之。知其非常人也。长房乃日日自扫除公座前地，及供馔物。公受而不谢。如此积久，长房不懈，亦不敢有所求。公知长房笃信，语长房曰："至暮无人时更来。"长房如其言而往。公语长房曰："卿见我跳入壶中时，卿便可效我跳，自当得入。"长房依言果不觉已入，入后不复是壶，唯见仙宫世界，楼观重门阁道宫，左右侍者数十人。[3]

后即谓之为"壶天"，"壶天"的观念在古小说中颇为常见。《灵鬼志》中道人入笼事、《搜神记》中的白水素女事、《续齐谐记》中阳羡鹅笼事，皆与此相类。鲁迅先生

《中国小说史略》认为"此类思想,盖非中国所故有","魏晋以来,渐译释典,天竺故事亦流传世间,文人喜其颖异,于有意或无意中用之,遂蜕化为国有"[4]。李剑国先生认为与"我国许多少数民族的葫芦神话有关"[5]。时贤的观点亦大多不出此两家范围。笔者以为"壶天"的这种空间特征与吾国道家"游"的思想亦有很大的关系,"游"对于空间的超越性通过哲人之"游"、方士之"游"与神仙之"游"三个阶段的发展不断丰富着古代小说中的"壶天"内涵。现试论如下,以求抛砖引玉。

一、哲人之"游"与前"壶天"寓言

"游"是我国古代非常重要的哲学概念。《论语》中就有"志于道,据于德,依于仁,游于艺"的说法,而在先秦诸子中,对"游"阐释最为深刻的无疑是庄子。

晋人郭象说:"夫庄子之大意,在乎逍遥游放。"[6]"游"的哲学内涵极其丰富,前哲时贤论述甚夥。而尤为让人注意的,《庄子》中的"游"作为一种哲学概念具有对于自然空间的超越性。刘笑敢先生指出,在《庄子》中,"游"往往与"逍遥"意义相当,都表达了"庄子对精神自由的憧憬与追求","逍遥游的实质即思想在心灵的无穷宇宙中遨游飞翔"[7]。在这个意义上,"游""逍遥""逍遥游"往往有着相同的概念内涵。

在《庄子》中,最常见的"游"是对巨大空间的超越,也就是能够突破巨大的距离阻碍,超越有限的视野,从而实现在广袤无垠的空间中无拘无束的自由穿越:

> 若夫乘天地之正,而御六气之辩,以游无穷者,彼且恶乎待哉![8]

不过,有人单以"大"字为庄子"逍遥游"的字眼,这是很不全面的认识。现在通行的郭本《庄子》的文本本身存在大量的羼入与错简,郭本《庄子》"即一篇之中,亦往往真伪杂糅"[9]。《逍遥游》末章庄子与惠施的寓言兀自斤斤于"大"的功用,意思殊与前文枘凿,"最末一章,完全是抄袭本篇各章而成。"[10]。正如邓联合先生指出的,"篇中的'此小大之辩也'一语,已经把大鹏喻象顺手抛开了"[11]。

笔者认为《外物》篇有一段文字尤其值得引起注意,或许该段文字对后世"壶天"观念的影响更大:

> 目彻为明,耳彻为聪,鼻彻为颤,口彻为甘,心彻为知,知彻为德,凡道不欲壅,壅则哽,哽而不止则跈,跈则众害生。物之有知者恃息,其不殷,非天之罪。天之穿之,日夜无降,人则顾塞其窦。胞有重阆,心有天游。[12]

陆德明释曰:"胞,普交反,腹中胎。"郭象注曰:"阆,空旷也。""游,不系也。"[13]在这里,庄子把"胞"与"心"对举,把"阆"与"游"对举。"游"就有了"阆"的特性,在很小的空间内获得自由的状态,从而实现对自然空间的超越,正如人腹有很多空旷之处,因而能够容受五脏、怀藏胎儿,人的心灵通彻虚空就会顺应自然而没有拘束。庄子接下来说:

> 室无空虚,则妇姑勃谿;心无天游,则六凿相攘。大林丘山之善于人也,亦神者不胜。[14]

如果房屋里没有虚空感,婆媳之间就会争吵不休。而人的内心如果缺失了"游"的状态,那么六种器官就会出现纷乱。而森林与山丘之所以适宜于人,只是因为人们平日心神不宁的缘故。"大林丘山之善于人也,亦神者不胜",我们换一种说法,就是说对于那些心神安宁的人,他们可以做到"心有天游",就没有必要专门去"大林丘山",所以清人宣颖说:"夫心有天,则方寸之内,逍遥无际,何假清旷之处而后适哉?"[15]

实际上,庄子"逍遥游"的思想与其"齐物"思想紧密联系,庄子的本意则是从大与小的区别中跳出来,站在更高的层次上看问题。"《逍遥游》是要超越事物大小的局限,《齐物论》是要超越事物区别的局限。最终的目的一致,使人的精神达到绝对自由,不受具体事物和一般常识的束缚。"[16]也就是说,《庄子》中的"游"实际上仅仅是一种形而上的哲学观念。《齐物论》中说:"夫天下莫大于秋毫之末,而太山为小;莫寿于殇子,而彭祖为夭。天地与我并生,而万物与我为一。"可以视作"游"超越空间的一个好注脚。兹引《庄子》中一则寓言:

> 戴晋人曰:"有所谓蜗者,君知之乎?"曰:"然。""有国于蜗之左角者,曰触氏;有国于蜗之右角者,曰蛮氏。时相与争地而战,伏尸数万,逐北旬有五日而后反。"君曰:"噫!其虚言与?"曰:"臣请为君实之。君以意在四方上下有穷乎?"君曰:"无穷。"曰:"知游心于无穷,而反在通达之国,若存若亡乎?"君曰:"然。"曰:"通达之中有魏,于魏中有梁,于梁中有王,王与蛮氏有辩乎?"君曰:"无辩。"客出而君惝然若有亡也。[17]

蜗牛的两角是非常微小的了,但是在这么小的空间内,却有触氏、蛮氏两个国家。而两个国家相互之间的战争,则有"伏尸数万"的惨烈场景!这则故事虽然不是真的,却有自己真实的哲学道理。而庄子借戴晋人之口则点明,由虚到实的关键就在于"游":站在"游心于无穷"的角度来关照"通达之国",那么"通达之国"也就非常微小("若存若亡")了,而在这"通达之国"内部的"魏""梁"和"王",自然会更加渺小。对于空间的微小而言,"魏""梁"和"王"与蜗牛的两角也就没有什么不同("无辩")了。面对晚周的战国纷争,庄子的言外之意还在于,"魏""梁"和"王"能够"争地而战,伏尸数万","蜗角触蛮"又有何不可呢?于是现实中十分微小的蜗牛两角就有了同"魏"和"梁"一样广阔的空间。这样一来,"魏""梁"和"王"与蜗牛的两角在抽象空间(非真实空间)上的一样小就变成了蜗牛的两角与"魏""梁"和"王"在抽象空间上的一样大。也就是宋人苏轼《超然台记》中说的,"物非有大小也,自其内而观之,未有不高且大者也"[18]。很明显,这样的寓言本身与庄子的"逍遥""齐物"等哲学思想紧密关联,所谓"寓言十九,藉外论之"[19],这只是伟大哲人对于"游"对空间超越性的逻辑推演。

"蜗角触蛮"的寓言把两个国家放在蜗牛的两角之上,已经颇有后世小说"壶天"的意味。但是,一方面,庄子的哲人之"游"高度抽象,"魏""梁"和"王"与蜗牛两角的同一性并非存在于现实空间:这与后世"壶天"在小说文本内部的真实性很不相同。另一方面,庄子寓言从形式与内容两方面都依附于庄子的哲学思想,只是庄子论说思想的手段之一,缺少文体上的独立性。鉴于此,笔者也只把"蜗角触蛮"作前"壶天"寓言,以区别于后世古小说中的"壶天"。

二、方士之"游"与"壶天"小说发轫

《庄子》之后,《淮南子》则进一步改造和发展了"游"的概念。《淮南子》其书成于众手,体例颇采《吕氏春秋》,《汉书·艺文志》列为杂家。然而其内核思想更近道家,更准确来说,应该是与老庄道家相对应的黄老道家,与老庄道家的出世态度不同,黄老道家积极入世,"此君人南面之术也"(《汉书·艺文志》),有些学者称之为"新道家"[20]。以《淮南子》为代表的黄老道家与老庄道家有很深的联系,王叔岷先生认为"其旨尤近《庄子》"[21],我们说《淮南子》与《庄子》的关系密不可分,应该是没有疑义的。

同时,淮南地处楚地,颇受到楚地巫祝文化的熏陶。《汉书·地理志下》载楚人"信巫鬼,重淫祀"[22],这种风俗很容易发展成为方士的活动,《韩非子·说林上》就有"有献不死之药于荆王者"的记载[23],而不死之药正是战国至秦汉之间最常见的方术。

与老庄那样的"出世"思想不同,方士往往是一群汲汲于富贵的人,《史记》载:

骘衍以阴阳主运显于诸侯，而燕齐海上之方士传其术不能通，然则怪迂阿谀苟合之徒自此兴，不可胜数也。[24]

与《淮南子》中表现出来积极入世的黄老思想亲和度非常高。魏人邯郸淳《笑林》中载有这么一则故事：

> 楚人居贫，读《淮南》，得"螳螂伺蝉自障叶可以隐形"，遂于树下仰取叶，螳螂执叶伺蝉，以摘之。叶落树下，树下先有落叶，不能复分别。扫取数斗归，一一以叶自障，问其妻曰："汝见我不？"妻始时恒答言"见"，经日，乃厌倦不堪，绐云："不见。"嘿然大喜，赍叶入市，对面取人物。吏遂缚诣县。县官受辞，自说本末，官大笑，放而不治。[25]

这里记载的"螳螂伺蝉自障叶可以隐形"已不见今本《淮南子》。但是这则笑话给我们两个启示：一是《淮南子》的编写确有如"八公"之类方士的参与，甚至还会记载有具体施行方术的办法。二是这里的楚人不过是一位下层笨伯，可见《淮南子》至少在当时的楚地是极其易读到的一本书，正如"四大奇书"在明清之际的传播一般。而"游"的思想也受到了方士的改造，《庄子》中的哲人之"游"也就变成了《淮南子》中的方士之"游"：

> 古之真人，立于天地之本，中至优游，抱德炀和，而万物杂累焉，孰肯解构人间之事，以物烦其性命乎！[26]

很明显，《淮南子》里的"真人"，不是哲学意义上的超验存在，他们往往有着非凡的神通，"烛十日而使风雨，臣雷公，役夸父，妾宓妃，妻织女"，"出入无间，役使鬼神"，这种超越性的生命状态，往往还兼具"中至优游，抱德炀和"的心理状态，与《庄子》形成了鲜明的对比：生于乱世，庄子表面"高情远趣"，但是内心"却尤其沉痛处"，"以求彷徨逍遥的心情，真可谓寄沉痛于悠闲了"[27]，这与《淮南子》欣欣然式"抱德炀和"的心态大相径庭。从根本上来说，这也是方士与哲人的区别在"游"对空间超越性上的具体体现。而方士的参与，正是"游"的概念进入秦汉小说过程中的催化剂。

秦汉是我国小说的发轫期，"小说"的起源本身是个非常复杂的问题。《汉书·艺文志》载："小说者流，盖出于稗官。"王枝忠先生则指出汉代小说"大多与方士、方术有着千丝万缕的联系"[28]。笔者并不完全认为吾国小说就源于方士，也不否认《汉书·艺文志》的说法，但是秦汉小说和淮南子"八公"一类的方士关系密不可分，大致不会有错。这样来说，或许王瑶先生的观点更为通透："汉人所谓小说家者，即指的是方士之言；而且这和《后叙》中小说家出于稗官的说法，也并不冲突。"[29]

汉代小说《洞冥记》卷四的记载：

> 唯有一女人爱悦于帝，名曰"巨灵"，帝旁有青珉唾壶，巨灵乍出入其中。[30]

《洞冥记》，又名《汉武洞冥记》《汉武帝列国洞冥记》《汉武帝别国洞冥记》《别国洞冥记》，《隋书·经籍志》杂传类著录一卷，题郭氏撰。《旧唐书·经籍志》杂传类著录四卷，题郭宪撰。前人多有疑是书乃东晋人郭璞所著者。然皆为揣测之言，缺乏坚实证据，郭宪本人就是汉代著名的方士，与其书主旨合，书中所记汉武帝、东方朔诸人事迹多不见他人手笔，实难为后人杜撰。李剑国先生《唐前志怪小说史》以为郭宪著《洞冥记》不应有疑[31]，良是。值得注意的是，女人以"巨灵"为名而出入唾壶，亦颇类似于《庄子·逍遥游》篇里对于鲲的命名，"鲲"本身是鱼子的意思，明人方以智云："鲲本小鱼，庄子用为大鱼之名。"[32]也就是说，"巨灵""鲲"式的命名方式本身就蕴含着道家思想中"游"对于事物大小的超越。《后汉书》就记载了郭宪这么一个故事：

> 从驾南郊。宪在位，忽回向东北，含酒三潠。执法奏为不敬。诏问其故，宪对曰："齐国失火，故以此厌之。"后齐果上火灾，与郊同日。[33]

巨灵人壶和郭宪灭火看似相异，但是在内核上两者都是对空间的超越，是同一类法术的两面，《洞冥记》中巨灵出入壶中，把小的空间变大，近于"胞有重阆，心有天游"，而《后汉书》中所载郭宪作法，把大的空间变小，则近于"出入六合，游乎九州"。笔者并非说郭宪直接从《庄子》或者《淮南子》中提取了"游"的概念而作书、作法。但是郭氏作为两汉之交楚地（汝南）的著名方士兼小说家，不论对《庄子》还是《淮南子》都非常熟悉，其受到此二书潜移默化的影响应该是自然而然的过程。不过相比较而言，其无疑更接近《淮南子》：郭氏作《洞冥记》，怕是亦有自炫其技的想法。于是，《洞冥记》"巨灵人壶"也就褪去了庄子的寓言底色，消解了"游"超越事物大小局限的思想内涵，具有了小说逻辑的真实。同样，费长房与郭宪同列《后汉书·方术传》：

> 费长房者，汝南人也。曾为市掾。市中有老翁卖药，悬一壶于肆头，及市罢，辄跳入壶中。市人莫之见，唯长房于楼上睹之，异焉，因往再拜奉酒脯。翁

知长房之意其神也，谓之曰："子明日可更来。"长房旦日复诣翁，翁乃与俱入壶中。唯见玉堂严丽，旨酒甘肴，盈衍其中，共饮毕而出。翁约不听与人言之。后乃就楼上候长房曰："我神仙之人，以过见责，今事毕当去，子宁能相随乎？楼下有少酒，与卿与别。"长房使人取之，不能胜，又令十人扛之，犹不举。翁闻，笑而下楼，以一指提之而上。视器如一升许，而二人饮之终日不尽。[34]

可见郭、费两位方士皆是楚人（汝南人），同样也受到楚地巫祝文化、《庄子》、《淮南子》的影响。费长房所见老翁入壶与巨灵入壶亦颇相似，不难看出壶公的传说有郭氏《洞冥记》的影子。然而不管是《洞冥记》还是《后汉书》，都只能算是"壶天"的发轫阶段，"壶天"观念本身所具有的丰富文化内涵只有到了葛洪《神仙传》中才真正完成。

三、神仙之"游"与古小说"壶天"观念

葛洪生活在两晋之交，据《抱朴子外篇·自叙》，葛洪的"曩祖"曾为荆州刺史，先祖葛浦庐官至骠骑大将军，祖父葛系任吴国礼部侍郎、御史中丞诸职，父葛悌任吴国五官郎、中正诸职，入晋后又任郎中、大中大夫诸职，可谓世代奉儒之家。葛氏《抱朴子·自叙》中说自己"少有定志，绝不出山"，但是观其所为，则多次出仕，葛洪自己也因为平定石冰之叛迁伏波将军，曾在嵇含帐下任参军，琅琊王司马睿即皇帝位后又被封为关中侯，晚年欲往交阯求丹，则有勾漏令之选，后隐居于罗浮山时，依旧和广州刺史邓岳颇有来往。可见葛氏一生徘徊于出处之间，王明先生说，葛洪的思想"前期的绝非纯儒，后期的也绝非纯道"[35]，洵为的论。

而作为葛洪一生思想的总结，《抱朴子》一书也自然分成了两个部分：《内篇》属道家，《外篇》属儒家。《神仙传》书弁就强调"洪著《内篇》论神仙之事凡二十卷"，事实上，葛氏《抱朴子外篇》作于《内篇》之前[36]，《神仙传》当然"是《抱朴子内篇》的形象化辅教之作，是道教神仙思想的生动材料"[37]。但是也不可能不同时受到《抱朴子外篇》的影响。笔者试以《抱朴子》内、外篇为切入点来试说明《神仙传·壶公》篇所反映的"壶天"思想的丰富内涵。

《抱朴子内篇》的首篇名曰"畅玄"，在《畅玄》篇中，首先提出了"玄"的概念，"玄"的概念近似于"道"，是至高无上的万物之母：

玄者，自然之始祖，而万殊之大宗也。[38]

与此同时，葛氏告诫我们并不值得去追求富贵，而应该把精力放在追寻"玄"上，以期达到"畅玄"的最终目的：

> 夫玄道者，得之乎内，守之者外，用之者神，忘之者器……乘流光，策飞景，凌六虚，贯涵溶。出乎无上，入乎无下。经乎汗漫之门，游乎窈眇之野。逍遥恍惚之中，倘佯彷彿之表。徘徊茫昧，翱翔希微，履略蜿虹，践跚旋玑，此得之者也。[39]

"畅玄"的表现则是"出乎无上，入乎无下"。一方面能够"逍遥恍惚之中，倘佯彷彿之表"超越大空间；另一方面能够"徘徊茫昧，翱翔希微"超越小空间，最终实现"对有限的超越"[40]。很容易看到"畅玄"与先秦西汉道家的"游"有很强的关联。

然而，相比较而言，《抱朴子》中的"游"已经与《庄子》大有不同：前面已经说过，庄子之"游"所体现的超越性与他的齐物思想有着相当的同一性，但是葛洪却是明确反对"齐物"思想的：

> 夫存亡终始，诚是大体。其异同参差，或然或否，变化万品，奇怪无方，物是事非，本钧末乖，未可一也。夫言始者必有终者多矣，混而齐之，非通理矣。[41]

事实上，"齐物"与葛氏"长生可学，神仙可致"的思想甚为扞格。不难想象，如果承认了庄子"齐死生"的观点，那么何必去求长生呢？质言之，葛氏消解了庄子思想本身的思辨性与抽象性，《抱朴子》中的"畅玄""逍遥""游"诸概念是道士们得道成仙之后的种种神迹，较庄子所论充满了更加具体也更加丰富的想象。而《神仙传》则是记录已经步入超越时空界限，获得无上自由的神仙们"畅玄""逍遥""游"的具体事例。

就葛洪写作《抱朴子》的西晋末年而言，以老子、庄子与《易经》思想为根基的玄学确实在洛阳等地颇为流行，但是葛洪长期居住在吴地，与北方新学接触甚少，不管是《外篇》的儒家还是《内篇》的道家，葛洪多承续两汉学统，"他的学问纯为汉学之旧"[42]。清人方维甸云："葛氏之书，不矜妙语。譬诸儒者说经，其神仙家之汉学乎！"[43]因此，葛氏对当时放荡奢靡的玄学末流颇为不满，这不仅仅采取儒家的标准，也有直接汉代"君人南面之术"的"黄老"新道家的因素在，"以黄老为宗"[44]的《抱朴子》之"游"自然与《淮南子》中方士之"游"联系更加密切。

与淮南子又有所不同，葛洪身处衰世，"游"也产生了新变。魏晋时期是继先秦之后又一个大分裂大变革的时代，汉末的战乱，三国的纷争，紧接着"八王之乱"和"五胡乱华"，战乱之频繁为历史上所少有。曹操《蒿里行》诗云"生民百遗一，念之断人肠"。洵为"实录"。手无缚鸡之力的方士更是在这个时代举步维艰，要么他们与起义的道众一起被剿灭，要么与"建安七子""竹林七贤"等诸多文人一样，不得不依附于当时相对强大的曹氏父子和司马氏父子。魏晋之际政局波诡云谲，方士一不小心就会因卷入政治斗争而丧命。根据《三国志·方技传》和《晋书·艺术传》的记载，则先后就有华佗、朱建平、淳于智、步熊、卜珝等多位方士死于非命。葛洪之学源出左慈，而左慈就多次遭遇曹操的迫害。

世道的难测、社会的不安让当时的文人方士用世之心顿减，从而生出隐逸自保之意，这与《淮南子》写作时的西汉方士形成多么强烈的对比！这时候，"游"就成了士人对抗残酷现实的堡垒。反映在小说中，就是当时大量出现的"壶天"与"洞天"的传说。不管是"壶天"还是"洞天"，都是一种异质性的空间，人们可以在这个地方获得一个暂时的栖身之所，然后屏蔽掉现实中那个尔虞我诈、血肉横飞的悲惨世界。壶公所携之壶便是如此：

>……公知长房笃信，谓房曰："至暮无人时更来。"长房如其言即往，公语房曰："见我跳入壶中时，卿便可效我跳，自当得入。"长房依言，果不觉已入。入后不复是壶，唯见仙宫世界，楼观重门阁道，公左右侍者数十人。公语房曰："我仙人也，昔处天曹，以公事不勤见责，因谪人间耳。卿可教，故得见我。"[45]

《后汉书·方术传》和《神仙传·壶公》皆未云费长房具体是何时人，然考晋人张华《博物志》，则费长房列于"魏王（即曹操，引者注）所集方士名"[46]中，可见费长房的老师壶公正是汉末时人。而在葛洪的眼中，汉末正是一个黑白颠倒、民不聊生的时代，《抱朴子外篇》的宏文《汉过》以无比的悲痛惋惜斥责着汉末的种种乱象。在这个时代里：

>明哲色斯而幽遁，高俊括囊而佯愚，疏贱者奋飞以择木，絷制者曲从而朝隐，知者不肯吐其秘算，勇者不为致其果毅，忠謇离退，奸凶得志，邪流溢而不可遏也，伪途辟而不可杜也。[47]

壶公正是这样的一位"明哲"与"高俊"。但是与一般的隐士又不一样，壶中没有一丝寻常隐士的贫寒之气，反倒是"仙宫世界，楼观重门阁道"，而且有"左右侍者数十人"。

虽然说壶公自陈"以公事不勤见责，因谪人间"，但是观其华贵优游之状，则活脱脱是一名"地仙"。《抱朴子内篇·论仙》据《仙经》云："上士举形升虚，谓之天仙。中士游于名山，谓之地仙。下士先死后蜕，谓之尸解仙。"三仙之中，除去品级最卑的尸解仙，葛氏却更加看重较天仙为低的地仙，似乎颇不可解。在《抱朴子内篇·对俗》中，就有人对抱朴子提出这样的疑问，而葛氏借彭祖之口道出玄机，一者由于"天上多尊官大神，新仙者位卑，所奉事者非一，但更劳苦"，二者在于成仙之人或者"身生羽翼"，或者"更受异形"都不是"人道"，而"人道当食甘旨，服轻暖，通阴阳，处官秩，耳目聪明，骨节坚强，颜色悦怿……五兵百毒不能中，忧喜毁誉不为累，乃为贵耳"。因此，地仙往往"但服半剂而录其半"，以求常驻人间，以获取最大程度的自由和世俗享受。通过这种方式，葛洪"解决了士族名流既贪恋世俗生活又想修道成仙的矛盾"[48]。《神仙传》中此类地仙甚多，马鸣生、张陵、阴长生都如此。这样一来，汉代的方士之"游"则变成了葛洪的神仙之"游"了。

可见葛洪一方面在《抱朴子外篇·疾谬》诸篇中以黄老新道家与传统汉学儒家的双重视角奋力遣责西晋玄风末流所导致的荒淫奢靡，但是另一方面却在不知不觉中受到它的影响。《晋书·石崇传》记载了这样一件事：

> （石崇）尝与王敦入太学，见颜回、原宪之象，顾而叹曰："若与之同升孔堂，去人何必有间。"敦曰："不知余人云何，子贡去卿差近。"崇正色曰："士当身名俱泰，何至瓮牖哉！"其立意类此。[49]

石崇其人的奢侈，《世说新语》《晋书》多有表现，在整个中国古代史怕是都难逢其匹。以"身名俱泰"为一生座右铭，实在是整个西晋士人的共同心理[50]。而葛洪则有"身名并全，谓之为上"[51]"是以身名并全者甚稀，而先笑后号者多有也"[52]"是以身名并全者甚稀，而折足覆餗者不乏也"[53]的说法，"身名并全"从"身名俱泰"而来，成为葛氏的最高人生准则。然而葛氏标榜"并全"，却对富贵并未完全放弃，当然这本身建立在全身立命的基础之上："凡人之所汲汲者，势利嗜欲也。苟我身之不全，虽高官重权，金玉成山，妍艳万计，非我有也。"[54]也与石崇之徒嗜利无度有着根本的区别。考《晋书》本传，葛洪自己在罗浮山隐居的时候也是"优游闲养，著述不辍"[55]，这自然算是现实生活中的"壶天"境界了。

结　论

"游"从先秦哲人之"游"经过两汉方士之"游"发展成魏晋神仙之"游",一直与古小说中的"壶天"有着很密切的关联。现以时代为顺序总结如下,以见流变:

(一)先秦:《庄子》中的哲人之"游"本身与庄子的"齐物"思想相联系,因而在思想上表现出对空间具有超越性,《庄子·则阳》篇的"蜗角触蛮"寓言正是这种哲人之"游"的逻辑推演。

(二)两汉:《淮南子》中所表现的方士之"游"往往强调在"抱德炀和"心态下的非凡神通,而身为方士的郭宪则赋予"游"对于空间超越的现实感,于是《洞冥记》"巨灵入壶"也就褪去了寓言的底色,具有了小说逻辑的真实。

(三)魏晋:相比于《淮南子》,《抱朴子》中的神仙之"游"变成了对抗残酷世界的堡垒,同时葛洪不自觉地吸收了西晋时期的优游奢华之风,最终形成了后世"地仙"式的"壶天"观念。

(拙文在写作、修订过程中,承李小龙老师指导,井玉贵先生赐正,谨申谢忱!)

参考文献

[1](宋)张君房纂辑,蒋力生等校注:《云笈七签》,华夏出版社,1996年版,第160页。

[2][33][34](南朝宋)范晔撰,(唐)李贤等注:《后汉书》,中华书局,1965年版,第2743页、第2709页、第2743页。

[3][45]胡守为校释:《神仙传校释》,中华书局,2010年版,第307页、第307页。

[4]鲁迅:《中国小说史略》,商务印书馆,2011年版,第45页。

[5][31][37]李剑国:《唐前志怪小说史》,人民文学出版社,2011年版,第415页、第186页、第416页。

[6](晋)郭象注,(唐)成玄英疏,曹础基、黄兰发点校:《庄子注疏》,中华书局,2010年版,第2页。

[7]刘笑敢:《庄子哲学及其演变》,中国社会科学出版社,1987年版,第154—155页。

[8][12][14][15][17][19][23][32](清)王先谦:《庄子集解》(与刘武著、沈啸寰点校《庄子集解内篇补正》合刊),中华书局,1987年版,第4页、第242页、第242页、242页、第228页、第245页、第176页、第1页。

[9]王叔岷：《庄子校诠》，台湾"中央研究院"历史语言研究所，1994年版，第1438页。

[10]张恒寿：《庄子新探》，湖北人民出版社，1983年版，第51页。

[11]邓联合：《"逍遥游"释论》，北京大学2008年博士论文，第33页。

[13]（清）郭庆藩撰，王孝鱼点校：《庄子集释》，中华书局，1961年版，第941页。

[16]熊铁基主编：《中国庄学史》，福建人民出版社，2009年版，第23页。

[18]孔凡礼点校：《苏轼文集》，中华书局，1986年版，第351页。

[20]熊铁基：《秦汉新道家》，上海人民出版社，2001年版，第104—129页。

[21]陈新雄、于大成主编：《淮南子论文集》，西南书局，1979年版，第59页。

[22]（汉）班固撰，（唐）颜师古注：《汉书》，中华书局，1962年版，第1666页。

[24]（汉）司马迁：《史记》，中华书局，1959年版，第1369页。

[25]鲁迅校录：《古小说钩沉》，齐鲁书社，1997年版，第39页。

[26]何宁：《淮南子集释》，中华书局，1998年版，第106页。

[27]陈鼓应：《老庄新论》（修订版），商务印书馆，2008年版，第209页。

[28]王枝忠：《汉魏六朝小说史》，浙江古籍出版社，1997年版，第21页。

[29]王瑶：《中古文学史论》，商务印书馆，2011年版，第114页。

[30]王根林、黄益元、曹光甫校点：《汉魏六朝笔记小说大观》，上海古籍出版社，1999年版，第136页。

[35]王明：《道家和道教思想研究》，中国社会科学出版社，1984年版，第56页。

[36][48]胡孚琛：《魏晋神仙道教——〈抱朴子内篇〉研究》，人民出版社，1989年版，第107页、第139页。

[38][39][41][43][54]王明：《抱朴子内篇校释》，中华书局，1985年版，第1页、第2页、第13页、第389页、第254页。

[40]刘敏：《从畅玄到畅神：道教对魏晋审美精神自觉的推动作用》，《四川师范大学学报》（社会科学版），2017年第5期，第41页。

[42]唐长孺：《魏晋南北朝史论丛》，河北教育出版社，2000年版，第363页。

[44]（清）永瑢等：《四库全书总目提要》，中华书局，1965年版，第1250页。

[46]（晋）张华撰，范宁校证：《博物志校证》，中华书局，1980年版，第62页。

[47][53]杨明照：《抱朴子外篇校笺》（下），中华书局，1997年版，第132页、第611页。

[49][55]（唐）房玄龄等：《晋书》，中华书局，2012年版，第1007页、第1912页。

[50]罗宗强：《玄学与魏晋士人心态》，浙江人民出版社，1991年版，第211页。

[51][52]杨明照：《抱朴子外篇校笺》（上），中华书局，1991年版，第87页、第42页。

作者

姜子石，河北大学博士研究生，主要研究方向：古代文言小说、明清小说。

红楼梦研究

《红楼梦》书信与清代文人交际风气

张劲松　雷庭来

摘要：曹雪芹的《红楼梦》是清代文人的经典家庭小说，也是文人雅致生活的真实写照。而书信作为古代重要的交际工具以及文学性体裁的重要类型，在小说中自然不可避免有所涉及。《红楼梦》中书信的种类极其繁多，它巧妙地融合在小说的叙述中，表现人物性情，推动情节发展。红楼书信的讲究与清代文人习惯相合，其规范较为繁复。这些书信除了是小说中的点睛之笔外，更是明清文人交际风气的艺术写照。

关键词：《红楼梦》；书信；清代；文人交际；社会风气

书信往来是人类极其重要的交际方式。在没有现代社会的电报、电话、网络等通讯工具之前，书信是信息传播的重要工具。中国写信传统历史悠久，最早可追溯于先秦时期。据《左传·文公十七年》记载："于是晋侯不见郑伯，以为贰于楚也。郑子家使执讯而与之书，以告赵宣子。"[1]又《成公七年》："巫臣自晋遗二子书。"[2]又《襄公二十四年》："郑伯如晋，子产寓书于子西，以告宣子。"[3]此三处所提到的"书"，历来均被看作中国关于书信最早的历史记载。而此时的书信还是以公函为内容，而随着时代的发展，书信渐渐演变出除通讯工具以外的作用，经过两汉的不断嬗变，书信开始成为散文、诗歌的文学载体。诸如西汉司马迁的《报任少卿书》、东汉窦玄妻的《与窦玄书》等书信，都是蕴含极高文学和艺术价值的代表作品。魏晋时期，书信体散文已趋于完善，加之钟繇、王羲之等大书法家对书体进行变革，使得书信也成为书法的重要载体。著名词学家龙榆生评价"这一时期的书牍，可说完全美术化了！"[4]由于书信的文化内涵丰富多彩，所以古人对书信的称谓也尤其之多。诸如：牍（尺牍）、简（书简）、素（尺素）、笺（笺启）、函（信函）、札（书札）等等都可以指代书信。

一、《红楼梦》的书信种类

《红楼梦》作为清代士大夫与文人阶层的生活写照，自然会有许多地方免不了提到书信以及那些和通信有关的交际日常。有趣的是"红楼书信"却一直不太引起研究者的重视。而明清虽有不少书信实物流传至今，但通过文学作品去了解时人的通信之风，亦不失为一种研究考古的渠道和解读方法。而《红楼梦》中的书信文体五花八门，大致可以分为以下五类。

（一）家书

据1975年在湖北省云梦县睡虎地秦墓中出土的木牍中显示，其中有两封家书。一件是"黑夫"和"惊"两名士兵共同写给兄长"衷"的，另一件则是"惊"单独写给"衷"的家书。据专家考证这两封家书的年代是秦始皇二十四年（即公元前223年）[5]。这是中国目前已知最早的家书与书写年代。而在中国古代家族制的文化氛围下，家书是沟通亲情与信息的重要工具。故唐代大诗人杜甫才能吟出"烽火连三月，家书抵万金"这样的诗句。《红楼梦》是以相互联姻的四大家族成员为主要群体进行故事活动，家书自然是他们交流必不可少的一部分。由于贾政时常外放做官，所以《红楼梦》中家书写得最多的人也就是他了。书中虽然多次提及贾政写的家书，但通常一笔带过，整本小说仅有一次完完整整记载家书的内容，出现在第一百一十八回。

> 近因沿途俱系海疆凯旋船只，不能迅速前行。闻探姐随翁婿来都，不知曾有信否？前接到琏侄手禀，知大老爷身体欠安，亦不知已有确信否？宝玉兰哥场期已近，务须实心用功，不可怠惰。老太太灵柩抵家，尚需日时。我身体平善，不必挂念。此谕宝玉等知道。月日手书。[6]

信中主要提及了探春与镇海统制周家回京（关于探春远嫁，众说纷纭，本文依程本"镇海统制周家"一说。），此时贾政父母俱亡，唯有兄长贾赦仍在，所以先问候兄长，然后关心宝玉与贾兰的科考、学业事宜，最后也就是客套话的提一下自己的近况。贾政喜读书，小说没有他的诗文展现，此处算是露其儒者孝悌之本色了。龙榆生先生在评价曾国藩家书时尝云："差不多句句都是'药石之言'，处处可以看出他'律己之严'，处处可以看出他'待人之厚'，这就是所谓儒者的真精神，也就是我们先圣先贤遗留下来的固有美德。"[7]

虽然贾政的家书不能做到像曾国藩那般微言大义、尽善尽美。但是他身上遗留的"儒者的真精神"我们是可以从这封家书中感受到的。《红楼梦》提及家书还有一处精彩的地方，那就是宝玉与茫茫大士、渺渺真人拜别贾政之时，贾政收到家里书信提到宝玉出家之事，正巧正在舟中回信。写到宝玉的事，便停笔。抬头忽见船头上微微的雪影里面一个人，光着头，赤着脚，身上披着一领大红猩猩毡的斗篷。当贾政追了出去，没有看见宝玉，只是"白茫茫一片旷野"，只得坐下对众人道："你们那里知道，大凡天上星宿，山中老僧，洞里的精灵，他自有一种性情。你看宝玉何尝肯念书，他若略一经心，无有不能的。他那一种脾气也是各别另样。"这番话可以看出父子多年嫌隙其实已然冰释，而贾政并不是痴愚之辈，他已然看透宝玉了。正应了"知子莫若父"这句古训。

不少学者认为《红楼梦》是反传统儒家的，但私以为小说描写贾政船上写家书一节，"出家"与"家书"同时出现是恰好且融洽的，这一点意味很是悠长，值得品味。

（二）书简

古汉语中"简"与"柬"相通，故而书简也称书柬，是书信、名片、名刺、帖子等的代称。《红楼梦》中通常使用"帖子"这个称谓。古人礼制严明，客人拜访主人须投拜帖，主人邀请客人须下请帖。明人张萱在其笔记《疑耀》中提道："古人书启往来及姓名相通，皆以竹木为之，所谓刺也……今之拜帖用纸，盖起于熙宁也。"[8]

其实名帖自古有之，没有纸之前，人们竹木刻字当作名帖，而唐朝时由于科举制的盛行，便已经开始有人以红纸书写名帖。宋人苏易简《文房四谱》曾载："（唐）宣宗雅好文儒。郑镐知贡举，忽以红笺笔札一名纸曰'乡贡进士李御名'以赐之。"[9]清人名帖通常使用长三寸、宽二寸的红色笺纸，红纸正中书写持有人的姓名。《红楼梦》第一次出现名帖，是在第三回贾雨村通过林如海的荐书拜访贾府时，贾雨村向贾政投递的拜帖。如果没有林如海推荐的这封书信，雨村应该不会这么顺利地见到贾政。书中话语显得很有意味，"彼时贾政看了妹丈之书，即忙请入相会"。贾政见雨村"言谈不俗"，他又喜欢读书人，礼贤下士，于是极力相助其复职之事便顺理成章。

不过，《红楼梦》中最有名，最有深意的一封名帖，就要属宝玉生辰时，妙玉对他投递的那封"帖子"了。妙玉这个"帖子"是精心准备的，犹如栊翠庵给老太太精心预备的茶水。她的纸是"一张粉红色笺纸"，留的款也异常独特，独特是为了让宝玉印象深刻。所以她仅仅只在帖子上写了"槛外人妙玉恭肃遥叩芳辰"十一个字。这便将妙玉标新立异、自诩超然物外的"槛外人"形象和微妙心态勾勒而出，难怪宝玉一直称其为"妙公"。由于这个拜帖的称谓太过新奇，弄得宝玉看毕，"直跳起来"，忙问是谁接了来？回帖时，都不知如何落款。直到碰到邢岫烟，才将"槛外"和"槛内"的道理说明，始解其惑。宝玉方才写下"槛内人宝玉熏沐谨拜"，这一拜一回的两封帖子，将明清文人礼尚往来的风气体现得淋漓尽致。

除了士大夫文人阶层，《红楼梦》描述的下层人物也有投递拜帖的习俗，可见当时风气,无论身份高低贵贱,都不能免俗。第五十三回贾府的庄头(田庄管理员)乌进孝,到贾府交租时,就给宁府的贾珍投了封拜帖。

> 门下庄头乌进孝叩请爷奶奶万福金安,并公子小姐金安,新春大喜大福,荣贵平安,加官进禄,万事如意。[10]

乌进孝的这封拜帖,正好与妙玉的帖子形成了鲜明对比。庄头装文雅的怪异,反而让贾珍却觉得有些好笑,故而说道:"庄家人有些意思。"贾蓉在旁也笑道:"别看文法,只取个吉利罢了。"

(三)尺牍

在上文的论述中,笔者将"书简"和"尺牍"进行一个简单的分类。但凡文法粗糙,字数简短的都归于"书简"一类,而那些篇幅较长,内容丰富,又富有可读性和有一定文采的,皆归类于"尺牍"。

当魏晋之时,尺牍类散文流于滥觞,许多名篇都是此类文体。诸如《答谢中书书》《与朱元思书》《与山巨源绝交书》比比皆是。后世之中,苏东坡、黄庭坚也尤其爱使用此种文体,明代的公安三袁、竟陵派和汤显祖的《玉茗堂尺牍》也多此类小品,清代的袁枚甚至还著有《小仓山房尺牍》。因此这类文学性特强的散文体书信,是中国文学史上不可多得的艺术瑰宝。《红楼梦》也恰好借三姑娘敏探春之手,为读者献上了一封这样满蕴诗意的散文体书信。在第三十七回开头之时,探春给宝玉写来这封尺牍,让我们安住细读一下。

妹探谨启

> 二兄文几:前夕新霁,月色如洗,因惜清景难逢,未忍就卧,漏已三转,犹徘徊桐槛之下,竟为风露所欺,致获采薪之患。昨亲劳抚嘱,已复遣侍儿问切,兼以鲜荔并真卿墨迹见赐,抑何惠爱之深耶!今因伏几处默,忽思历来古人,处名攻利夺之场,犹置些山滴水之区,远招近揖,投辖攀辕,务结二三同志,盘桓其中,或竖词坛,或开吟社,虽因一时之偶兴,每成千古之佳谈。妹虽不才,幸叨陪泉石之间,兼慕薛林雅调。风庭月榭,惜未宴集诗人;帘杏溪桃,或可醉飞吟盏。孰谓雄才莲社,独许须眉,不教雅会东山,让余脂粉耶?若蒙造雪而来,敢请扫花以俟。谨启。[11]

护花主人在这封尺牍之后评价道:"一札颇好,开出无限文情诗思也。"[12]这也可看出探春的文学素养与才华禀赋。其文字很有斟酌，白先勇赞赏结尾"敢请扫花以俟"之"敢请"两个字用得好。谦逊中颇为豪迈。"这封信一方面看出探春的才，同时铿锵有声，看出她的志。她说：'孰谓雄才莲社，独许须眉；不教雅会东山，让余脂粉耶。'这几句显示出了她有这种不让须眉的胸怀。"[13]或许是为了凸显这封尺牍，凸显探春才情，作者还安排了一种平行叙述——贾芸的那封"尺牍"也同时出场，也是给宝玉的。然而，称贾芸的这封信为尺牍，好像是有些不尽如人意。

不肖男芸恭请

  父亲大人万福金安：男思自蒙天恩，认于膝下，日夜思一孝顺，竟无可孝顺之处。前因买办花草，上托大人金福，竟认得许多花匠，并认得许多名园。因忽见有白海棠一种，不可多得。故变尽方法，只弄得两盆。大人若视男是亲男一般，便留下赏玩。因天气暑热，恐园中姑娘们不便，故不敢见面。奉书恭启，并叩台安。男芸跪书。一笑。[14]

  贾芸的这封"尺牍"的文笔和探春比起来，简直是天壤之别，"探春札甚雅，芸儿字极俗，映衬好看"[15]。而最精彩的地方就在于贾芸结尾处那"一笑"两个字，这两个字"戚序本"之前皆无，"戚序本"引为批语，"程高本"却引为正文。王伯沆先生眼光独到，他对此评价道："写来似通似不通，末一句令人绝倒。"[16]看来，贾芸的尺牍，就是让宝玉绝倒的，他认宝玉为父不就已经让人喷饭了吗？贾芸这封信是作者故意捉弄人的幽默，让他出个洋相。"两个一比，一雅一俗。就像贾宝玉跟薛蟠一比，一雅一俗。"[17]

  第三十七回探春与贾芸前后两函，笔法虽不同，却甚合二人心意。探春的尺牍点出欲结诗社之意，贾芸的"尺牍"顺势引出海棠花，故而这两封完完整整的书信，才勾勒出了"海棠诗社"的诞生故事，也为《红楼梦》中后文的多次诗社，做了个开端。或许安排贾芸拜宝玉为父，早就是预先的伏笔。

（四）诗笺

  前文已分析过，至汉始，古人将书信与诗歌相结合。及至唐代，以诗歌为赠答、酬和之用已蔚然壮观，很多时候一首诗便是一封信。而为了便于写诗，甚至为了起到美观的作用，如唐代才女薛涛发明了"薛涛笺"。

  清代之时，顾贞观的《弹指词》中便以《金缕曲》这一词牌写下了"季子平安否""我亦飘零久"两首词作代替书信，寄给友人吴兆骞，一时传为佳话："寄吴汉槎宁古塔，以词代书，丙辰冬寓京师千佛寺，冰雪中作。"[18]而以诗笺代书信本就是极其风雅之事。《红楼梦》第八十九回贾宝玉填了一首词悼念他心爱的宠婢晴雯，他将词写好，后为祭奠晴雯焚烧了去，不也相当于以诗词作书信，聊慰痛惜相思之情吗？

> 怡红主人焚付晴姐知之：酌茗清香，庶几来飨！其词云：随身伴，独自意绸缪。谁料风波平地起，顿教躯命即时休；孰与话轻柔？东逝水，无复向西流。想象更无怀梦草，添衣还见翠云裘；脉脉使人愁！[19]

这首词小说中虽未言明词牌名，但只要熟悉词谱均可知其为《忆江南》。此曲又名《望江南》《梦江南》《江南好》等。据段安节《乐府杂录》记载："《望江南》始自朱崖李太尉（德裕）镇浙日，为亡妓谢秋娘所撰，本名《谢秋娘》，后改此名。"[20]李德裕用此曲牌悼念其亡妓谢秋娘，贾宝玉用以悼念忠贞的晴雯，作者的用心，不可谓不深思熟虑。宝玉词中诉说的情谊与顾贞观《金缕曲》的表现方式是完全相通的。明清小说中，深受《红楼梦》影响的小说《花月痕》中便存在大量的诗笺，这些诗笺大多传递了男女主人公的相思情爱，与宝玉之作，其实异曲同工。例如清代小说《花月痕》第十三回，男主人公韩荷生用"薛涛笺"写了一封七言律诗寄给女主人公杜采秋，并用信封封好后，写上"愉园主人玉展"六个字[21]。

由此而论，在中国古代书信中，诗笺绝对占有很重要的一席之地。

（五）情书

情书乃表达男女情爱之书信，然诗笺亦可传情。可是诗笺有情书的功能，但诗笺却不能涵盖所有情书的内容。如唐传奇元稹的《莺莺传》中崔莺莺写给张生的花笺："待月西厢下，迎风户半开。拂墙花影动，疑是玉人来。"[22]这算是诗笺，而元代王实甫的《西厢记》中张生写给崔莺莺的信内容更为丰富，这便可归入为情书一类。

> 珙百拜奉书芳卿可人妆次：自别颜范，鸿稀鳞绝，悲怆不胜。孰料夫人以恩成怨，变易前姻，岂得不为失信乎？使小生目视东墙，恨不得腋生双翅飞于妆台左右；患成思渴，垂命有日。因红娘至，聊奉数字，以表寸心。万一有见怜之意，书以掷下，庶几尚可保养。造次不谨，伏乞情恕！后成五言诗一首，就书录呈：相思恨转添，谩把瑶琴弄。乐事又逢春，芳心尔亦动。此情不可违，虚誉何须奉？莫负月华明，且怜花影重。[23]

清代著名文士李渔的《合影楼》中，男主屠珍生与女主管玉娟的书信往来中也是诗笺与情书兼具[24]。所以本文单列一个章节，独论情书。而明清小说中，出现情书的故事情节不胜枚举。《红楼梦》则因立意在反对男女偷情"幽会"，故情书几乎绝迹，仅有一则情书，乃是第七十四回抄检大观园时搜出来的潘又安写给迎春的大丫鬟司棋的。

> 上月你来家后，父母已觉察了，但姑娘未出阁，尚不能完我心愿。若园内可以相见，你可托张妈给一信。若得在园内一见，倒比来家好说话。千万，千万！再所赐香珠二串，今已查收。外特寄香袋一个，略表我心。千万收好！表弟潘又安具。[25]

潘又安虽然只是贾府的一个小厮，性格懦弱，胆小怕事。然而这封情书之中，那三次出现"千万"一词，连用的"千万，千万"四字重复又简简单单的叮嘱，却不难看出他对司棋的真心实意。两人互寄之"香袋"和"香珠"，亦可见情人之间的念念不忘，绵绵情意。尽管潘又安因和司棋幽会被鸳鸯撞见后，他吓得逃走了。可当他挣了钱后，还是鼓足勇气，想着回来迎娶司棋，足见其亦是情痴之人。在司棋撞墙死后，他竟然买了两口棺材，随即为司棋自杀殉情。赵之谦《章安杂说》评"尤三姐、鸳鸯不如司棋，柳湘莲、贾宝玉不如潘又安"，似可为潘又安的论[26]。

结合小说中潘又安给司棋的情书内容，可看出他用情是很专一的。只可惜两人"青梅竹马"的情感，在那个礼教父母之命的时代下，最终成为一对悲剧鸳鸯。司棋这一对情侣的命运其实映照了宝黛未来的不好的结局。

二、明清书信的讲究与交际风气

（一）称谓落款的讲究

书信本就是礼尚往来的见证，这自不必赘言。然而清代时期文人雅士的通信，往往在称谓落款上极其繁复、讲究，这是传统礼仪的书写规范。

贾雨村第一次拜见贾政时，便是以"宗侄"的名义在拜帖上落款，来衬托贾政之地位，以及表达内心的尊崇，从而达到自己套交情的目的。在流传下来的许多清人名帖实物中，我们不难看到这种注重称谓落款的风气。这些称谓落款严格体现出亲疏、尊卑、辈分、官职等身份关系。例如李鸿章与张佩纶有师生之谊，又有翁婿之情，两人书信往来的落款就极其繁琐。李鸿章通常称呼张佩纶："幼樵世仁弟馆丈大人阁下""幼樵世仁弟大人左右""蒉斋老先生左右"[27]等等。张佩纶则通常称呼李鸿章："宫太傅夫子函丈""宫太傅相国肃毅伯夫子座下""省心吾师阁下"等等。

而妙玉与宝玉之间本就没有直接的关系，她不像探春那样有兄妹的血缘关系，也不像贾芸那般可以厚着脸皮认人为父攀关系。虽然她自称"槛外人"，看似别出心裁，但其实依旧不能免俗,流于当时人们注重称谓落款的风气之中。而"槛外人"这个称谓,看似标榜自己超脱凡俗,不食人间烟火,恰好让我们看出了妙玉内心那种欲盖弥彰,对宝玉感情暧昧不清的心意。

(二)纸张书笺的讲究

造纸术作为中国四大发明之一,为文化流传起到了至关重要的作用。从蔡伦以来,中国人不断对造纸法进行改进改良。故而中国纸类品种极其之多,可从原料分类、产地分类、外观分类等等。诸如竹纸以竹为原材料,故名之;宣纸最早产于宣州一代,故名之;玉扣纸颜色淡黄、类似古玉,故名之。

《红楼梦》中明确提到的纸张名称有"竹纸""雪浪纸"。探春的尺牍用的是"花笺",写菊花诗时用的"雪浪笺",妙玉的帖子用的是"粉笺",潘又安的情书用的"大红双喜笺",宝玉悼念晴雯时用的"泥金角花的粉红笺",黛玉用过"紫墨色泥金云龙笺"。甚至在"木樨清露"与"玫瑰清露"的玻璃瓶子上都贴着"鹅黄笺"。

《红楼梦》中的这些笺纸或有据可考,或是作者自己杜撰,但是我们都可以从这些纷繁的纸笺种类中看出,当时文人对于笺纸的喜爱以及珍视。在明代高濂的《遵生八笺》与屠隆的《考槃馀事》中,不仅记录了十余种笺纸名称,更详细介绍了许多笺纸的制作方法。而明代开始便出现了《萝轩变古笺谱》《十竹斋笺谱》等文人书房雅玩。及至清代,仍然沿袭明代风气,笺纸之风依旧盛行不衰。清初李渔于南京筑芥子园,随之"芥子园名笺"问世。李渔的"芥子园名笺"中便有八种"韵事笺",十种"织锦笺"。在《闲情偶寄》中李渔专门在"笺简"篇中描绘了八种"韵事笺":题石、题轴、便面、书卷、剖竹、雪蕉、卷子、册子[28]。至于"织锦笺"就是效法的魏晋时期苏蕙的"织锦图"。探春尺牍用的是"花笺",即"金花笺",北京习惯称"描金花笺"。据沈从文考证,"比较旧的称呼应当是'泥金银画绢'或'泥金银粉蜡笺',原材料包括有绢和纸,一般多原大六尺幅或八尺幅,仿澄心堂的一种则是斗方式,大小在二尺内。制作时代多在十七世纪后期和十八世纪前期"[29]。而《红楼梦》正是这个时期诞生的。

除却文人阶层,贵族阶层对笺纸也是趋之若鹜。清代乾隆年间,怡亲王府所制作的"角花笺"一时之间被士大夫珍视,直至清末士族文人皆对此种花笺趋之若鹜。瞿蜕园所著《杶庐所闻录》内《信笺》一文谈到此种花笺:"乾隆中,怡王府制角花笺,压花于纸之左下角,套板着色,雅澹精妍,得者宝之。光绪中,怡府出数十箱,归琉璃厂。一时京外士大夫争先分购,不久遂罄。"[30]

所以精美的笺纸在明清时期受到的广泛追捧,由此可见一斑。除了作为文房清供外,人们还将笺纸作为馈赠亲友的礼物,隆重对待。《红楼梦》中将笺纸作为礼物送人的故事情节也比比皆是。例如第十六回"黛玉又带了许多书籍来,忙着打扫卧室,安插器具,又将些纸笔等物分送宝钗，迎春，宝玉等人"。第六十七回"薛蟠笑着道：'那一箱是给妹妹带的。'亲自来开。母女二人看时，却是些笔，墨，纸，砚，各色笺纸，香袋，香珠，扇子，扇坠，花粉，胭脂等物"。

这些生活细节的描述无不体现出笺纸在贾府生活中的重要性，以及时人对笺纸的重视程度。

（三）女子书信不得外传

明清时期封建礼教束缚达到顶峰，而礼教的约束最主要体现在女子身上。虽然没有任何一部作品提到过"女子书信不得外传"这条"禁令"，但从《红楼梦》的故事情节中，我们不难发现这一时代潜藏的惯习。

小说第四十八回，宝玉将家里姐妹的诗稿给了"外边的相公"看后，当探春与黛玉齐齐听闻闺阁流传了出去，竟然齐齐问到此事真假，然后又一起责备宝玉："你真真胡闹！且别说那不成诗，便是成诗，我们的笔墨也不该传到外头去。"

可见探春与黛玉二人虽然才华横溢、心思独立，但在那个时代风气的影响下，也是不想与礼教束缚相对抗的。再看《红楼梦》第六十四回，黛玉写了"五美吟"组诗后，准备藏起来不给宝玉看，生怕宝玉将自己的诗作传扬出去。宝玉连忙说道："我多早晚给人看来呢？昨日那把扇子，原是我爱那几首白海棠的诗，所以我自己用小楷写了，不过为的是拿在手中看着便易。我岂不知闺阁中诗词字迹是轻易往外传诵不得的。自从你说了，我总没拿出园子去。"

由诗亦可观文，故而《红楼梦》中女子的文字、文章也是不便外传的。所以像探春这般"才自精明志自高"的女子，未出阁前，寄信对象也只能是自己的兄长宝玉，借此来表达自己的文人意趣。否则将书信写给外边的男子，恐怕终究会落下一个私相授受的嫌疑。而且流入外人手中，还会被评品，与闺阁自在得趣不符。如探春那封尺牍，尚被清代批者认为是"尺牍欠佳"，足可证明[31]。

而黛玉临死前，将其一直珍藏的诗稿与绣诗的手绢焚毁，除了不让宝玉睹物思人外，恐怕更多的是想在自己生前将诗稿处理干净，省得去世以后其作品不小心流出闺阁之外去。

三、《红楼梦》书信的文学价值

《红楼梦》中的诗歌历来被不少读者深度解析了，甚至文章也不乏各类解读。然而书信作为文章的一个重要门类，在学术界却鲜少被人们进行深度挖掘研究。而本文除列举了《红楼梦》的书信体裁，以及这些书信折射出的明清文人的交际风气外，自然免不了谈谈这些书信的价值意义。

首先，《红楼梦》的书信是为了服务人物而存在，展现其特有的性情而出现，是人物间情感交流的重要桥梁。例如探春的尺牍，是为了体现她的文学素养及书法涵养。妙玉的拜帖是为了彰显自己"槛外人"清高的形象，同时也暗含她对宝玉那种欲说还休、欲盖弥彰的奇妙关系。而贾芸的帖子，更是将他伶俐的带有市侩、厚颜无耻的形象描摹得淋漓尽致。诸如此类，每个人的书信都是根据这个人物而创造出来，都是为了丰富各自人物形象的重要体现。

其次，《红楼梦》的书信还为小说故事情节的发展做出了重大贡献。每一封书信的出现，以及该在什么地方出现，其实作者都是有其独特用意的。例如前文提到的宝玉出家后拜别贾政，而贾政正在舟中写家书，宝玉拜别，好似对贾政家书的回应，细味之，便是极其精美的行文布局。贾政宝玉父子二人历来是矛盾重重、误会半生，临到最后了，一个继续恪守他的儒家礼义、一个割舍掉儒家的君臣父子，无形之中，竟然有一种彼此相知的别样意味。中国人的亲情、爱情、友情，许多不能宣之于口的情深意切，最后都付诸一封鱼传尺素。

再次，《红楼梦》的书信更是为整部小说增添了许多阅读趣味。《红楼梦》是文人士大夫生活的写照。中国古典小说的经典作品都有其吸引读者的独特之处，《西游记》可以靠神仙鬼怪，《三国》则多靠智谋英豪，《水浒》可以靠江湖侠义，然而《红楼梦》却不得不从文人那些点点滴滴的志趣与生活着手。书信便是最能体现中国古代文人独有浪漫与情怀的表现形式。

文人士大夫们可以在书信中宣泄心中的抱负与怨言，倾诉自己生活的困苦与艰难，抑或分享自己的快乐与喜悦。它可以是宏观的，也可以是琐碎的，更重要的是，一封尺牍，是双方你来我往的情谊见证，虽寥寥数行，但言浅情深。

综上所论，《红楼梦》书信的价值意义便在于，见字如晤、文如其人，辅助故事情节的推演，增添人事妙趣等诸多方面。当然这本伟大著作的价值意义，更在于对后世小说艺术的影响。例如晚清的《花月痕》便是重要代表，此书更是将书信交流细化，在其模仿《红楼梦》书信的同时，更是将书信交流日常化，占据其小说篇幅的极多内容，在将小说文体与书信文体的结合中，较之《红楼梦》自是有过之而无不及，更显淋漓尽致。

参考文献

[1][2][3]杨伯峻：《春秋左传注》，中华书局，2014年版，第625页、第834页、第1089页。

[4]龙榆生：《古今名人尺牍选》，上海古籍出版社，2016年版，第5页。

[5]黄盛璋：《云梦秦墓两封家信中有关历史地理的问题》，《文物》1980年第8期。

[6]（清）曹雪芹：《程甲本红楼梦》，沈阳出版社，2006年版，第3206页。

[7]龙榆生：《曾国藩家书选》，中华书局，2016年版，第9页。

[8]（明）张萱：《疑耀》，文物出版社，2019年版，第175页。

[9]（宋）苏易简：《文房四谱》，浙江人民美术出版社，2016年版，第96页。

[10][11][14][19][25]（清）曹雪芹、高鹗：《红楼梦》，人民文学出版社，1964年第3版，第665页、第443—444页、第444页、第1165页、第969页。

[12]（清）曹雪芹、高鹗：《三家评本红楼梦》，南京大学出版社，2015年版，第580页。

[13]白先勇：《白先勇细说红楼梦》，广西师范大学出版社，2017年版，第289页。

[15][16][17]（清）曹雪芹著，王伯沆批校：《王伯沆批校红楼梦》，南京大学出版社，2010年版，第502页、第595页、第289页。

[18]（清）顾贞观：《弹指词笺注》，文津出版社，2017年版，第579页。

[20]龙榆生：《唐宋词格律》，上海古籍出版社，2014年版，第3页。

[21]（清）魏秀仁：《花月痕》，人民文学出版社，2006年版，第86页。

[22]汪辟疆：《唐人小说》，上海古籍出版社，1978年版，第136页。

[23]（元）王实甫：《西厢记》，上海古籍出版社，1978年版，第95页。

[24]（清）李渔：《李笠翁小说十五种》，浙江人民出版社，1983年版，第154页。

[26]（清）赵之谦：《章安杂说》，上海人民美术出版社，1989年版，第18页。

[27]姜鸣：《李鸿章张佩纶往来书信》，上海人民出版社，2018年版，第152—266页。

[28]（清）李渔：《闲情偶寄》，云南人民出版社，2016年版，第261页。

[29]沈从文：《龙凤艺术》，北京十月文艺出版社，2010年版，第72页。

[30]瞿兑之：《杶庐所闻录》，辽宁教育出版社，1996年版，第57页。

[31][美]浦安迪：《红楼梦批语偏全》，南天书局，1975年版，第226页。

作者

张劲松，文学博士，贵州大学阳明学院副教授，贵州省红楼梦研究学会副会长，主要研究方向：明清小说。

雷庭来，贵州省红楼梦研究学会理事，贵州大学阳明学院特聘研究员，主要研究方向：明清小说。

"鸳鸯之死"与《红楼梦》后四十回作者问题

朱仰东

摘要：《红楼梦》后四十回作者问题聚讼纷纭，其写"鸳鸯之死"并及秦可卿教以自缢之法、风月情债等事，与前八十回写秦可卿判词、图画相呼应，与秦氏病亡情节相矛盾。如为高鹗续作，似不应顾此失彼，留下明显破绽。秦氏病亡系因脂砚斋建议曹雪芹删改"天香楼"一节而成，并于文中留下"删却未尽"的痕迹。"天香楼"一节与图画、判词及此后"鸳鸯之死"相照应，叙事逻辑严谨，当同出曹氏原稿"遗墨"。程、高序称后四十回搜罗、整理过程以及学界成果可证。甲戌本为目下所知最早"古本"，脂砚斋所谓"天香楼"删改等信息始见于此。曹氏自言"批阅十载，增删五次"，略知"天香楼"一节当为甲戌本底本原有，后四十回"鸳鸯之死"并涉秦可卿一节或据此本整理。

关键词：《红楼梦》；鸳鸯之死；曹雪芹；后四十回

一、关于后四十回作者问题的争议

纪录片《曹雪芹与〈红楼梦〉》的热播，有关《红楼梦》后四十回的作者问题再度引起热议。事实上，后四十回是高鹗续作，还是依据底本整理而成？学界存在不同的看法。特别是随着作为"完璧"的百二十回本成为最为通行的本子，这一问题也就越发难以回避，"因为这关系到《红楼梦》的著作权和对整部小说评价的问题，自然也影响广大读者对《红楼梦》的理解和认识"[1]。

众所周知，《红楼梦》"合成完璧"始于乾隆五十六年（1791）的程甲本，有关后四十回"失而复得"的信息也以程伟元、高鹗为该本所作序言最早。据程序：

> 不佞以是书既有百廿卷之目，岂无全璧？爰为竭力搜罗，自藏书家甚至故纸堆中无不留心，数年以来，仅积有廿余卷。一日偶于鼓担上得十余卷，遂重价购

之，欣然翻阅，见其前后起伏，尚属接榫，然漶漫殆不可收拾。乃同友人细加厘剔，截长补短，抄成全部，复为镌板，以公同好。《红楼梦》全书始至成矣。[2]

程伟元痴迷"红楼"，为使全书"抄成全部""以公同好"，可谓竭尽所能，颇为不易。在程氏看来，后四十回虽残缺不全，但毫无疑问却是曹氏迷失多年的原本。程甲本以及相隔不过数月的程乙本，都是在曹雪芹残本基础上厘剔修补而成。高鹗称程氏以"所购全书见示"（高鹗《程甲本叙》），并受邀共襄其事。言之凿凿，似无可疑。

然令程、高二人始料未及的是，不同学者在此后研究和接受过程中，却有着不一样的看法。20世纪初期，胡适对程、高二人序文内容的真实性提出质疑。在对高鹗生平以及与之交往密切的张问陶《船山诗草》所收"赠高兰墅同年"一诗并注等文献考察后，认为"程序说先得二十余卷，后又在鼓担上得十余卷。此话便是作伪的铁证"，"后四十回是高鹗补的，这话自无可疑"[3]。并在给友人的信中，反复提起这一问题。作"为'新红学'的开创者和奠基人"[4]，胡适于红学研究领域有着极高的地位及影响，"高鹗续书说"遂于此后"逐渐被大部分学者接受，甚至一度成为学术界的主流认识"[5]。

但否认"续作"，认同程、高二人序文内容的学者，自20世纪初期也不乏其人，如容庚据所藏抄本第九十二回两段异文证明，"不但后四十回的回目是曹雪芹原稿有的，并且后四十回的全文也是曹雪芹的原文"[6]。此后如周绍良先生通过对后四十回逐一检索、考察，认为后四十回"主要故事显然是有曹雪芹原稿作根据的，不是他人续补得出来的"[7]。21世纪以来，质疑高续的看法渐多，并成为学界持续关注的问题，比如张庆善先生依据脂砚斋批语"已经透露出八十回以后的情节"，以及"程伟元、高鹗为程甲本、程乙本出版时写的序和引言"等，认为"高鹗并非后四十回的作者"[8]。虽然否认高续，认同程、高序文内容可靠的看法，前期尚难与胡适等人持论及其影响比肩，但因此说内外互证，更为严谨，故此说之影响于近几年渐趋扩大。一个典型的例子，便是目前最为流行的中国艺术研究院"《红楼梦》研究所"校注的《红楼梦》，其作者题署便由最初的"曹雪芹、高鹗著"，修正为"曹雪芹著，无名氏续，程伟元、高鹗整理"[9]。因为参与校注者皆为国内红学名家，故这一改动已不是简单的"署名"问题。某种程度上意味着，影响日久的高鹗续作说，随着研究的深入而遭到更多质疑。但同时将后四十回题作"无名氏续"则在非此即彼的两家之外增添了新的学术命题。

平心而论，正如任何学说都有一个渐趋完善的过程，后四十回争议既然迄今尚未达成共识，自然也有进一步申说的余地。然正如张庆善先生所言："《红楼梦》后四十回作者，一要靠文献的考证，二要靠版本的校勘比较研究，三要靠内容分析，四要靠文笔、笔法、风格的比较研究。"[10]目前来看，张先生所说的四个方面，学界多有涉及，也大都进行过较为充分的论证。在现有文献不足，新的证据尚难发现前提下，"内容分析"仍不失释疑补阙的有效途径。

二、"鸳鸯之死"当非高鹗，抑或"无名氏"续作

相对为学界注意且不乏争论的曹氏所拟后四十回回目，以及通过甄别后四十回内容认为如"苦绛珠魂归离恨天""死缠绵潇湘闻鬼哭"等情节尚存曹氏"遗墨"，等等。后四十回"鸳鸯之死"一节则较少为人注意，或虽注意也多止于对人物形象等其他层面的分析，而少有人将其与后四十回成书或作者问题联系在一起。

事实上，"鸳鸯之死"为进一步佐证后四十回成书具有颇为重要的参考价值。据小说第一百十一回"鸳鸯女殉主登太虚，狗彘奴欺天招伙盗"，知贾母死后，鸳鸯哭了一场，想到"自己跟着老太太一辈子，身子也没有着落"，"谁收在屋子里，谁配小子，我是受不得这样折磨的，倒不如死了干净"。学者指出，《红楼梦》意在借"怀金悼玉"写大观园一众女儿的"青春悲歌"[11]，故包括金陵十二钗正副册在内的青年女性，都很少有较好的命运，非正常死亡者更不止一二，如晴雯之死、金钏儿之死，以及讳莫如深的元妃之薨等。鸳鸯之死虽由贾母之死引出，而以何种方式了结则源于秦可卿的引导。小说写鸳鸯决心已定，便走回贾母的套间屋内，"刚跨进门，只见灯光惨淡，隐隐有个女人拿着汗巾子好似要上吊的样子"。"鸳鸯呆了一呆，退出在炕沿上坐下，细细一想道：'哦，是了，这是东府里的小蓉大奶奶啊！他早死了的了，怎么到这里来？必是来叫我来了。他怎么又上吊呢？'想了一想道：'是了，必是教给我死的法儿。'"鸳鸯口中所谓的"东府里的小蓉大奶奶"，正是宁国府贾蓉之妻秦可卿；"他怎么又上吊"云云，意即秦氏原本自缢而亡。"得益"于秦可卿的诱导，鸳鸯"一面哭，一面开了妆匣，取出那年绞的一绺头发，揣在怀里，就在身上解下一条汗巾，按着秦氏方才比的地方拴上"。"然后端了一个脚凳自己站上，把汗巾拴上扣儿套在咽喉，便把脚凳蹬开"，结束了自己年轻的生命。

问题是，鸳鸯如要"自尽"，可供选择的方式有多种，何以偏偏牵扯到秦氏？其原因，在秦氏看来：

> 这也有个缘故，待我告诉你，你自然明白了。我在警幻宫中原是个钟情的首坐，管的是风情月债，降临尘世，自当为第一情人，引这些痴情怨女早早归入情司，所以该当悬梁自尽的。因我看破凡情，超出情海，归入情天，所以太虚幻境痴情一司竟自无人掌管。今警幻仙子已经将你补入，替我掌管此司，所以命我来引你前去的。（第一一一回）

按照秦氏的意思，其本为"警幻宫中""钟情的首坐"，管的是风情月债，降临尘世，自当为第一情人，"悬梁自尽"的结局虽意在表明"痴情怨女"最终的归宿，但相同的结局则以"不写之写"的方式暗示秦氏本人也在其中。或者说，作为第一情人，秦氏可谓"痴情怨女"之最。鸳鸯以同样的方式赴死，与秦氏俨然为同类人物。秦氏归入情天，鸳鸯便顺理成章成了太虚幻境"痴情司"的新晋主人。值得玩味的是，鸳鸯自言"我是个最无情的，怎么算我是个有情的人呢？"于是便引发了秦氏一番有关"情"的论说，谓：

> 世人都把那淫欲之事当作"情"字，所以作出伤风败化的事来，还自谓风月多情，无关紧要。不知"情"之一字，喜怒哀乐未发之时便是个性，喜怒哀乐已发便是情了。（第一一一回）

作为痴情怨女，秦氏最终以"悬梁自尽"的方式结束了尘世生活，此番却说世人误将"淫欲之事"视为"风月多情"，颇有"过来人"现身说法的意味。而将鸳鸯所认为的"最无情"视作最有情，似乎其本人与鸳鸯都可称作"如那花的含苞一样"的"未发之情"。但"所以作出伤风败化的事来"，某种程度上正是"痴情怨女"的具化，秦氏巧为饰词，却也很难自圆其说，故王希廉《石头记分评》谓秦氏"多情而淫，何能超出痴情司，归入仙境？慧心人须将册中题画及当悬梁等语细参作者隐意深文"[12]。可见，作者借"鸳鸯之死"引出秦氏，显然有着更为深层的考虑。

正如脂砚斋所批且为学界周知的那样，前八十回，曹氏为达到情节结构上"前找后伏"、逻辑严密的艺术效果，创作上一个非常突出的特点，便是"预伏"笔法的大量运用。后四十回将"鸳鸯之死"与秦可卿联系起来也当服务于这一创作需要。问题是，后四十回如为高鹗续作，这一可能是否存在？也即是说，高鹗是否也如曹氏那样，出于照应前文需要而特意如此。作为续书，续作者首先要对原文也即原作者的创作思路、叙事策略等仔细斟酌、再三推敲。只有在前期工作准备充足的情况下，才有可能将所续情节与原作统一起来而无生硬、割裂之感。如后四十回为高鹗所续，那么首先必须注意的是，前八十回与秦可卿相关的情节。

考现今所见《红楼梦》各版本，除甲戌本为残本，第八回与第十三回之间缺失，唯存第十三回写秦氏葬礼之盛，有关秦氏死前情节，已散佚不见，难知其详。其他版本如己卯本、庚辰本、戚序本等脂评本系统，抑或程甲本、程乙本等所谓程高本系统，皆写秦可卿病亡，并对其病亡过程有着翔实的描写。后四十回如为高鹗续作，高鹗似乎不太可能无视这一在小说结构中具有显赫地位且被视为最为关键的情节之一，反去留意那幅高楼之上"有一美人悬梁自尽"的图画及其判词。顾颉刚谓，"高鹗所以写鸳鸯死时，秦氏作缢鬼状领导上吊的缘故，正是要圆满册子上一诗一画"[13]。虽然此图连同判词暗伏相关人物此后命运，但与秦氏之死及死后葬礼之盛等情节相比，则隐晦幽深得多，如非经过一番斟酌，确难推知明白。后四十回如出自高鹗手笔，颇为棘手的是，如何权衡图画、判词与病亡情节方底圆盖、不相照应的矛盾。如仅为"圆满册子上一诗一画"计，则又置秦氏病亡等情节于何地？因为秦氏病亡加之死后殡葬等情节占了将近四回笔墨，这对一位续作者而言，不可能不引起重视。否则也就很难做到情节前后的照应与统一。除非鸳鸯有别的"死的法儿"不牵连秦氏。

何况，在秦氏，虽则其病亡及死后托梦凤姐，要其"能于荣时筹画下将来衰时的世业，亦可谓常保永全了"（第十三回）等等，其情可悯可叹。但因此节暗伏后之贾府势败被抄命运，实与"鸳鸯之死"关系不大。秦氏以自缢方式引导鸳鸯，以及鸳鸯死后与之一番有关"风情月债"的论说，与此也并无明显的联系。由此可见，前文写秦氏患病、病亡及死后托梦诸节与后四十回写秦氏以自缢方式诱导鸳鸯等情节，并不存在"前找后伏"等必然的叙事逻辑。顾此失彼如此，对于续作者而言实难想象。同样的道理，似乎也很难说出自其他作者手笔。在此前提下，如将后四十回径直题作"无名氏续"，也同样存在情节上照应不周而难以为据的问题。

三、"鸳鸯之死"为曹雪芹原稿"遗墨"辨疑

既然"鸳鸯之死"并非高鹗或其他文人续作，也即意味着此节当为曹氏原作。如为原作，这一尴尬的情节同样难以回避。然如联系小说作者"于悼红轩中披阅十载，增删五次"。耗时十年，专注于一件事情，所谓"增删"，当非简单的修补。每次增删都会有新的版本产生。虽然己卯本、庚辰本、戚序本等多个版本皆坐实为秦可卿病亡，但据甲戌本第十三回回末批语：

"秦可卿淫丧天香楼"，作者用史笔也。老朽因有魂托凤姐贾家后事二件，嫡是安富尊荣坐享人不能想得到处。其事虽未漏，其言其意则令人悲切感服，姑赦之，因命芹溪删去。[14]

据收藏甲戌本的胡适先生考证，该本在《红楼梦》众多版本中"为最早写本，故最近于曹雪芹原稿，最可宝贵"[15]。脂砚斋与曹雪芹之关系，虽因文献不足，已难详考，但由以上称云"其事虽未漏，其言其意则令人悲切感服，姑赦之，因命芹溪删去"以及散见于脂砚斋其他批语中的信息可知，脂砚斋与曹雪芹非常熟悉，关系密切，"对《红楼梦》的

创作过程十分了解，研究者在这一点上是存在着共识的"[16]。甲戌本较早收藏者刘铨福在为该本所作跋语中称脂砚斋"批笔从不臆度"，故此处批语当是最知曹氏创作始末的肯綮之言。

依据脂批，秦可卿病亡并非原稿所有，而是在"秦可卿淫丧天香楼"基础上删改而成。证据不仅在于目前所存版本仍有诸如"彼时合家皆知，无不纳罕，都有些疑心"（庚辰本《脂砚斋重评石头记》第十三回）①等删改不尽的地方，亦且可知因贾瑞垂涎凤姐美貌而引发的"风月宝鉴"一节也是后来插增[17]。结果是，"最近于"原稿的甲戌本，则因"天香楼"一节删去，而如脂砚斋第十三回回末眉批所示："此回只十页，因删去天香楼一节，少却四五页也"，加之中间回目、文字散佚，从而使这一保留曹氏原作原貌的版本在有关秦可卿死因、过程等方面显得有些晦涩不清。这也即是说，"秦可卿淫丧天香楼"为小说原有情节，依据这一情节，正照应了那幅高楼大厦美人悬梁自缢的图画及其判词"情天恨海幻情深，情既相逢必主淫。漫言不肖皆荣出，造衅开端实在宁"的寓意。胡文彬先生考《左传》昭公七年子产言"匹夫匹妇强死，其魂魄犹冯（凭）依于人，以为淫厉"时指出，"秦可卿'魂托凤姐'和为鸳鸯自缢'引路'的描写，正是作者有意以此类故典，暗隐着秦可卿非死于病，而是'强死'，给读者留下一个'追踪觅迹'的线索"[18]。沿此线索"追踪觅迹"，结果则唯"淫丧天香楼"情节与之相合。照此，后四十回写鸳鸯按照秦可卿所教的"自缢法儿"了结性命才水到渠成，不致突兀。如此浑然圆融的叙事结构、缜密周严的叙事逻辑断不会出自两位彼此不相干的作者之手。

胡适不认可程氏所言，认为"一日偶于鼓担上得十余卷"过于巧合，有作伪嫌疑。程氏喜爱《红楼梦》，竭力搜罗，数年之中，先得二十余卷，后于鼓担上又得十余卷，这样机缘巧合的事情，在生活中并不鲜见，不能作为怀疑程伟元作伪的依据。所谓"前后起伏""漶漫殆不可收拾"，却正说明程氏所得为曹氏原作残本，耗时多年并于"鼓担上得十余卷"云云，可见所得残本早已散佚，不会得到很好的保存，残破不堪，以致漫漶不清都在情理之中。程氏既云"前后起伏，尚属接榫"（程伟元《程甲本序》），故也不至于残存到十存一二的程度，其与高鹗所进行的"细加厘剔，截长补短"等工作，也即在原作基础上整理补葺，与所谓"续作"本质有别。且据高序：

> 予闻《红楼梦》脍炙人口者，几廿余年，然无全璧，无定本。向从友人借观，窃以染指尝鼎为憾。今年春，友人程子小泉过予，以其所购全书见示，且曰："此仆数年铢积寸累之苦心，将付剞劂，公同好。子闲且惫矣，盍分任

---

① 甲戌本此句眉批："九个字写尽天香楼事，是不写之写。"另同回写贾珍单请一百单八众禅僧在大厅上做四十九日拜大悲忏，"另设一坛于天香楼上"。脂砚斋夹批："删却，是未删之笔。"凡此可见秦可卿之死一节虽经删除，却也留下了不少蛛丝马迹。

之？"予以是书虽稗官野史之流，然尚不谬于名教，欣然拜诺。[19]

如排除程、高作伪的嫌疑，则由高序可知，后四十回确系高鹗受程伟元邀请"遂襄其役"，共同整理而成。既然以曹氏残本为底本，后四十回势必掺杂程、高与曹氏两种笔墨，这也是后世学者、读者评价褒贬不一的原因。但不可因此否认后四十回基本情节为底本原有。事实上，唯承认"鸳鸯之死"为底本所有，前文写秦可卿图画、判词经由"淫丧天香楼"及至后四十回写秦氏以自缢方式助鸳鸯了结性命才一以贯之。更重要的是，正如脂砚斋隐约透露并为学界所揭示的那样，秦可卿淫丧天香楼起于与贾珍通奸，秦氏丫鬟瑞珠则因撞见二人奸情，惶恐不安，最后只好触柱而亡，甲戌本脂砚斋于此批曰"补天香楼未删之文"，颇有隐含针砭的用意。足见，贾珍与秦氏的乱伦行为已逾越正常的纲常人伦，正应入"皮肤滥淫"的轻薄之流，这与后四十回秦氏对死后鸳鸯反复言说的"把那淫欲之事当作'情'字，所以作出伤风败化的事来"等"风情月债"可谓桴鼓相应。如果将图画及其判词、淫丧天香楼以及鸳鸯之死视作一条串联人物命运归宿的明线，其背后所蕴含的"风月情事"则无疑是推动人物命运发展的一条暗线。明暗交织如此巧妙的创作理路实非原作者不能。

四、"鸳鸯之死"与程伟元、高鹗整理所依底本之可能

承认后四十回确系程、高二人"细加厘剔，截长补短，抄成全部，复为镌板"的整理之作，那么这由程氏苦心搜罗并作为底本的"残本"又是曹氏增删过程中的哪一部呢？"鸳鸯之死"一节或可提供有益的参考。

按照目前所知最早的甲戌本，其第一回作者自云，是书"于悼红轩中披阅十载，增删五次，纂成目录，分出章回"，及至"脂砚斋甲戌抄阅再评，仍用《石头记》"云云，可见小说历经多次修改，几易其名。甲戌本之前，至少做过五次增删，《石头记》便是诸多题目中的一个。"秦可卿淫丧天香楼"便是在这次"抄阅再评"过程中建议曹雪芹"删去"的，并对删而未尽的地方作了批示。在此之前，或者经由作者增删的五个版本中是否都有"天香楼"一节不得而知，但至少甲戌本"抄阅再评"的底本是无可怀疑的。脂砚斋建议曹氏将"天香楼"一节删除的版本，即是针对"抄阅再评"的底本而言的。曹氏声言"纂成目录，分出章回"，情理上看，目录章回当为全书总目。曹氏是在目录章回业已纂成分好的前提下作具体修改的，而不是相反，"所谓后四十回回目，亦程高二人所定，并无依据"[20]。学者认为，"既然有后四十回回目，就一定有后四十回的文字。除非有人能够证明，根本没有那些回目"[21]。所论或可商榷，但同样揭示了"后四十回并非高鹗续

作"的可能。推敲作者所言，连同回目及相关文字在这五次增删过程中，或者说至第五次增删时似乎都已完成。

可以证明的是，甲戌本同回于"披阅十载"一句后所存那首脍炙人口的绝句："满纸荒唐言，一把辛酸泪！都云作者痴，谁解其中味。"诗后脂批："壬午除夕，书未成，芹为泪尽而逝。"既然此前曹氏已"增删五次"，此诗又紧承"披阅十载，增删五次，纂成目录，分出章回"一句之后，故脂砚斋抄阅再评，所谓"书未成"显然是承"批阅增删"而来的，意即曹氏生前未能完成再次"增删"的夙愿，断非指其草创未完。曹氏自言"于悼红轩中披阅十载"，如小说草创未完，便作增删工作，且凡五次之多，也有违常理。由此"说明曹雪芹生前没有完成他的《红楼梦》"[22]显然忽略了此诗意承及脂批指向。在此基础上，如结合学界相关成果，可知：供甲戌本"增删"的底本当是包含"秦可卿淫丧天香楼"等情节的全本。

一般说来，一部书稿的修改，大都遵循由前及后、逐步推进的程序，反向而行的可能性很小。唯如此，才可保证人物性格、行为逻辑的和谐统一，情节结构的合理完整。曹雪芹泪尽而逝，并未来得及对后四十回作全面的增删修改，加之生前穷困潦倒，遂致很早便于转借过程中流出散佚。后四十回虽得非一处，得之也艰，但由"鸳鸯之死"并涉秦可卿一节来看，其基本情节当为曹氏"遗稿"原有，而如联系前后照应绵密的逻辑关系，以及自甲戌本始遵脂砚斋建议删除"天香楼"一节的事实，也唯有前此也即"增删五次"的最后一次最有可能。此虽就"鸳鸯之死"一节而言的，但其作为后四十回中一个有机组成，似也不可能脱离整体而成为"特例"。周文康先生考察《红楼梦》前后某些情节不合现象后，认为其可能有二："其一，后四十回成于前八十回之后，惟此才存在作伪之可能；其二，前八十回成于后四十回之后，则即无续作之说。"[23]并由内证即贾母年龄"前后抵牾"现象说明彼此成稿时间先后有别，后四十回与前八十回不合，实因第二种可能使然。需要补充的是，"前八十回成于后四十回之后"仍是就"增删"而言的，相对前八十回，后四十回在作者生前未遑修订便撒手人寰。"鸳鸯之死"亦复如是，且更具典型。这也为"甲戌"重评本所据"底本"很有可能为后四十回"底本"的结论提供了现实可能，至少这一可能在没有确凿证据证明其非之前是不应规避的。

参考文献

[1]陈继征：《〈红楼梦〉后四十回非高鹗续作》，《西安交通大学学报》1997年第2期。

[2][19]（清）曹雪芹著，（清）程伟元、高鹗整理：《红楼梦》（程甲本），中国书店影印，2014年版。

[3][6][15]胡适：《红楼梦考证》（改定稿）、《重印乾隆壬子（一七九二）本〈红

楼梦〉序》、《乾隆甲戌本〈脂砚斋重评石头记〉题记（四则）》，见《胡适论〈红楼梦〉》，宋广平编校，商务印书馆，2021年版，第178页、第234页、第352页。

[4]吕启祥：《红楼梦会心录》，商务印书馆，2015年版，第350页。

[5]朱田艳：《〈红楼梦〉后四十回研究论文述要（1978—2010）》，《浙江师范大学学报》2011年第3期。

[7]周绍良：《略谈〈红楼梦〉后四十回哪些是曹雪芹的原稿》，见《周绍良论〈红楼梦〉》，文化艺术出版社，2006年版，第100页。

[8][10]张庆善：《〈红楼梦〉后四十回的作者是谁》，《光明日报》，2018年7月10日"光明悦读"。

[9]（清）曹雪芹著，（清）无名氏续，（清）程伟元、高鹗整理：《红楼梦》，人民文学出版社，2016年版。

[11]张锦池：《论〈红楼梦〉悲剧主题的多层次性》，《〈红楼梦〉考论》，黑龙江教育出版社，2009年版，第181页。

[12]（清）曹雪芹著，陈文新、王炜辑评《红楼梦：百家精评本》，崇文书局，2019年版，第875页。

[13]顾颉刚：《顾颉刚1921年6月24日致俞平伯信》，见俞平伯：《〈红楼梦〉研究》，上海古籍出版社，2015年版，第136页。

[14]（清）曹雪芹：《脂砚斋重评〈石头记〉》（甲戌本），人民文学出版社影印，2017年版。

[16]苗怀明：《话说〈红楼梦〉》，江苏人民出版社，2012年版，第109页。

[17]周绍良：《细说红楼》，北京出版社，2016年版，第188页。

[18]胡文彬：《红边脞语》，辽宁人民出版社，1986年版，第24页。

[20]浦江清：《浦江清中国文学史讲义》（明清部分），天津古籍出版社，2008年版，第263页。

[21]克非：《红坛伪学：全面透析考证派新红学》，团结出版社，2012年版，第156页。

[22]郭豫衡主编：《中国古代文学史》（第四卷），上海古籍出版社，1998年版，第361页。

[23]周文康：《〈红楼梦〉后四十回非后人续作的内证及其作者生年月日考辨》，《红楼梦学刊》1990年第3期。

作者

朱仰东，文学博士，新疆大学中国语言文学学院副教授，新疆大学新疆文献研究中心研究人员，主要研究方向：中国古代小说戏曲。

论"脂批"者的妄添与抄本中的 "脂批"误入、误出

——谈林黛玉进贾府"十三了"和巧姐大姐问题

樊志斌

摘要：己卯本、梦稿本《红楼梦》第四回林黛玉进贾府，面对王熙凤询问年龄，林黛玉有"十三了"的说法，而其他早期抄本皆无此语，程乙本则云黛玉"都一一答应了"。本文在樊志斌对《红楼梦》中时间、年龄进行系统梳理基础上，结合林黛玉进贾府时王熙凤的年龄，考察曹雪芹书写王熙凤出场言行的立意与人物塑造；同时，考察抄本上的大姐、巧姐现象，结合抄手抄录过程中出现的"脂批"误入正文、正文误出为批语等现象，指出《红楼梦》早期抄本上存在抄手妄改、误看，脂批抄录误入、误出、误读现象，《红楼梦》早期抄本的异文与脂批使用应该坚持全本信息系统的考察原则。

关键词：抄录；妄改；脂批误读；脂批误入；脂批误出；全本信息系统

一、从己卯本、梦稿本对林黛玉进贾府"十三了"说起

《红楼梦》第三回《金陵城起复贾雨村，荣国府收养林黛玉》写王熙凤出场与黛玉相见：

> 这熙凤……忙携黛玉之手，问："妹妹几岁了？可也上过学？现吃什么药？在这里不要想家，想要什么吃的，什么玩的，只管告诉我，丫头老婆们不好了，也只管告诉我。"[1]

此部分内容各本基本如此，惟己卯本、梦稿本第三回本处有黛玉回答"十三了"[2]。

因己卯本、梦稿本二本此处黛玉回答"十三了",学界在讨论《红楼梦》的时间与年龄叙述是否正确时,或者以此为基准。

不过,第二回《贾夫人仙逝扬州城,冷子兴演说荣国府》写林如海到扬州任两淮盐政,"到任方一月有余";而林黛玉"年方五岁"。不久,贾雨村进入林府,为黛玉老师。

按,曹雪芹写《红楼梦》以明清之交为背景(贾雨村所谓"近日之倪云林、唐伯虎、祝枝山"),则写林如海之两淮盐政接任当亦以明清之交为借鉴。明代始设两淮盐政,清代两淮盐政于十月十五日上任,考虑雨村病卧旅馆近一月,则贾雨村入林府当在次年一月。

其后,"堪堪又是一载的光阴,谁知女学生之母贾氏夫人一疾而终。女学生侍汤奉药,守丧尽哀,遂又将辞馆别图。林如海意欲令女学生守制读书,故又将他留下"。不久,贾雨村听得林如圭朝廷起复废员消息,向林如海讨情,与林黛玉一起舟行进京,到贾府拜谒。

第三回《金陵城起复贾雨村,荣国府收养林黛玉》中写"奶娘来请问黛玉之房舍":

> 贾母说:"今将宝玉挪出来,同我在套间暖阁儿里,把你林姑娘暂安置纱橱里。等过了残冬,春天再与他们收拾房屋,另作一番安置罢。"

则本年林黛玉六岁,林黛玉、贾雨村入京时间当在本年年底[3],即一路舟行月余。因此,无论如何,林黛玉在回答王熙凤的年龄问询时,都不会答"十三了"的;否则,林黛玉从扬州到北京就得在路上行走八年,而这一点无论如何都是讲不通的。

二、己卯本、梦稿本、程乙本的书写承袭与修正

在《红楼梦》第三回中,王熙凤问黛玉多大了,程甲本、其他早期抄本俱无黛玉答话文字,而己卯本、梦稿本有黛玉答"十三了"的句子,程乙本作"一一答应了"。

己卯本(书目处有"己卯冬月定本"字样,故名)出自怡亲王弘晓组织的抄写。吴恩裕、冯其庸先生目验"己卯本"《脂砚斋重评石头记》,指出该本不仅避康熙皇帝的"玄"字、雍正皇帝的"禛"字,更避两代怡亲王胤祥、弘晓的"祥"字和"晓"字,但有两人书法不避"晓"字。这就证明该本系怡王府抄录——书不避讳,可能因为避讳有多种讲究,避讳,尤其是避"私讳"(避家族长辈名讳)则一定与被避讳者有直接的原因[4]。同时,吴恩裕认为:

弘晓的《明善堂集》有两篇他自己手写后付刻的自序,特别是末署"乾隆五年庚申二月夏浣,冰玉主人自序"那篇序文中,其笔迹同现存己卯本《石头记》《怡府书目》中的抄者丙的笔迹都是工整小楷,由字体和用笔上看,一望而知是出自一人之手。[5]

该本是当年所知署年最早的《红楼梦》原抄本(甲戌本为过录本,己卯本上有己卯以后署年,此为后人书写,不足推翻己卯本上弘晓笔迹、己卯本为原抄本的结论),堪为《红楼梦》曹雪芹原本和《红楼梦》传抄研究的重要参考;而此处林黛玉"十三了"的回答,却明显是错误的。

咸丰五年(1855)杨继振收藏的梦稿本《红楼梦》,第七十八回回末有"兰墅阅过"字样,杨继振于卷首题记:"兰墅太史手定《红楼梦稿》百廿卷,内阙四十一至五十卷,据摆字本抄足。"[6]该本一百二十回,书上有大量在原文上进行的勾圈修订,勾圈改定后文字与乾隆五十七年《新镌全部绣像红楼梦》文字基本相同[7]。该本第三回王熙凤询问林黛玉年龄处,亦有林黛玉答"十三了"字样,可见其与己卯本存在特别的关系。

据国家图书馆于鹏先生考察,梦稿本原初抄写文字(即未勾改前)前面类似己卯,后面抄写文字类似舒序、列藏,还有两三回完全抄程乙本;其勾改之后几乎全同程乙。程乙本第三回处,王熙凤问话处,却写作"黛玉一一答应了"[8]。此处,三本异于他本的书写到底意味着什么呢?

第三回王熙凤问话处,冯其庸主编的《脂砚斋重评石头记汇校汇评》按语云:

> 己卯、杨藏本上"黛玉答道:'十三岁了,又问道'"十一字为曹雪芹早期文字的孑遗,故直录。校者。

那么,第三回黛玉云"十三了",到底是像冯其庸认为的是"曹雪芹早期文字的孑遗"[9],还是后来抄手的妄加呢?

三、《红楼梦》中时间、年龄叙述不误

《红楼梦》中,涉及诸多时间、年龄,表面看来,似乎多有矛盾。以往学界往往把这种现象归结为《红楼梦》规模宏大、作者考虑不周所致。樊志斌《〈红楼梦〉中年龄、时间叙述不误——兼谈〈红楼梦〉传抄中出现的"数字错讹"与故事讲述的"模糊化书写"》一文,以《红楼梦》中明确的时间、年龄(如贾雨村入林府,黛玉六岁;宝玉大黛

玉一岁等；香菱、袭人、宝钗、晴雯同庚）书写为基准，系统考察全书时间、年龄书写（各人自云、相应时间年龄书写的民间用法、事件书写倒叙），在辨析各本异同、考察抄手抄录误读基础上，指出曹雪芹《红楼梦》中时间、年龄书写不误，林黛玉进贾府六岁，次年宝钗进贾府，十岁（长宝玉二岁，长黛玉三岁）；之所以读者认为《红楼梦》中时间、年龄书写或有错误，或者未理解文本书写中的倒叙手法，或者未能辨析早期抄手抄录过程中进行的擅改、擅增文字。《红楼梦》年表如下：

元年

宝玉一岁，宝钗三岁（英莲三岁）
四月，石头下世，宝玉降生，一岁

二年

黛玉一岁，宝玉二岁，宝钗四岁（英莲四岁）
正月十五，英莲丢失
三月十五，甄家大火，甄士隐投奔封肃
八月，贾雨村秋试，中举

三年

黛玉二岁，宝玉三岁，宝钗五岁（甄英莲五岁）
本年，甄士隐出家；贾敏生子
本年三月间，贾雨村中进士，外放知县

四年

黛玉三岁，癞头和尚来；宝玉四岁，宝钗六岁
贾雨村升大如州上管知府，娶娇杏

五年

黛玉四岁，宝玉五岁，宝钗七岁
娇杏生子，雨村去职
黛玉四岁，弟弟三岁（亡）

六年

黛玉五岁,宝玉六岁,宝钗八岁,王熙凤十三岁

雨村在金陵甄家为西席,辞别,十一月到扬州

是年,贾琏娶王熙凤

七年

黛玉六岁,宝玉七岁,宝钗九岁;王熙凤十四岁

年初,雨村入林府,教授黛玉。雨村到林府近一年,贾敏死,一月后,雨村出外,逢冷子兴。冷谓:"凤姐已娶了两年。"

年底,黛玉离开扬州,入京师贾府

本年薛蟠打死冯渊

八年

黛玉七岁,宝玉八岁,宝钗十岁,王熙凤十五岁

三月底,贾雨村赴任应天府

四月中,贾雨村到任应天府,受理冯家告薛蟠案

本年,薛蟠时年十五岁

本年五月,薛宝钗入贾府

九年

黛玉八岁,宝玉九岁,宝钗十一岁,王熙凤十六岁

宝玉、黛玉因亲近,时有不虞

十年

黛玉九岁,宝玉十岁,宝钗十二岁

二月,梅花盛开,宝玉神游太虚境

九月,林如海死

年底,贾琏护送黛玉回扬州

十一月三十日冬至,前后数天,贾母、凤姐等常看望可卿

十一年

黛玉十岁,宝玉十一岁,宝钗十三岁,王熙凤十八岁

春，可卿死，王熙凤协理宁国府

十一月间，贾琏、黛玉回贾府

本年，贾府设计、筹建大观园，迎接元妃省亲

十二年

黛玉十一岁，宝玉十二岁，宝钗十四岁

二月，大观园主体建筑建造完毕，贾政、宝玉游园，杏花盛开

十月将近，贾政上本，皇帝准许来年上元元妃省亲

十三年

黛玉十二岁，宝玉十三岁，宝钗十五岁

正月十五，元妃省亲

正月二十一，宝钗十五岁生日

三月下旬，黛玉葬桃花

三月底，宝玉、凤姐逢五鬼，第四日，茫茫大士来，称石头下世"十三载"

五月初三，薛蟠生日

九月初二，凤姐生日

除夕，祭宗祠

十四年

黛玉十三岁，宝玉十四岁，宝钗十六岁

四月，宝玉生日，湘云醉卧芍药裀

八月，柳湘莲来，尤三姐死

腊月十二日，贾珍扶贾敬灵柩回南

十五年

黛玉十四岁，宝玉十五岁，宝钗十七岁

三月初二，探春生日，初五，开办桃花社

八月初三，贾母八旬大庆（七十九岁，民间老人过寿，过九不过十）

秋，抄检大观园

中秋后，贾宝玉作《芙蓉女儿诔》

秋，迎春远嫁；薛蟠娶妻；四美钓游鱼

十六年

黛玉十五岁，宝玉十六岁，宝钗十八岁

二月十二日，黛玉生日

十二月十八日，立春；十九日，元妃薨

十七年

黛玉十六岁，宝玉十七岁，宝钗十九岁，王熙凤二十四岁

二月，二宝婚姻，黛玉离世

随后，宝玉搬离大观园

秋，王熙凤进大观园，自谓"活了二十五岁"

十八年

宝玉十八岁，宝钗二十岁

年初，宝玉重游大观园

正月，贾母逝世

是年冬，妙玉遭劫、赵姨娘死，王熙凤病重

十九年

宝玉十九岁，宝钗二十一岁，王熙凤二十六岁

本年初，王熙凤死

二月间，贾、甄宝玉相会

二月间，贾宝玉神游太虚境

二、三月间，贾政带贾母、黛玉、秦可卿灵柩回金陵

八月，甄、贾宝玉并贾兰与乡试

冬，宝玉别贾政

二十年

宝钗二十二岁、香菱二十二岁

四月间，香菱为薛蟠生一子，难产而死，宝钗尚未生育，甄士隐度化香菱，石头归大荒

既然在曹雪芹书写中，时间、年龄叙述极其明确清晰，曹雪芹在故事书写中，当有

此年表作为参考。那么，林黛玉进贾府明明只有六岁，何以己卯本、梦稿本中林黛玉会有"十三了"的回答呢？

四、《红楼梦》第四回写王熙凤问询林黛玉年龄的目的

（一）黛玉回答"十三了"是己卯本抄手的妄添

《红楼梦》在早期传播中，依靠抄手抄录。这种传播存在极大的问题，既存在无意的看错、听错（有的抄写采取一人读诵、一人或多人抄写的方式）导致的异文，也存在抄手"自作聪明"而进行的妄改、妄添。此处林黛玉的答语就属于后者。

在《红楼梦》第三回中，作者写林黛玉入贾府颇显成熟庄重，给人的印象是十二三上下，不似六岁童稚应有的反应。抄手又见王熙凤问话，曹雪芹原本中未有回答，认为黛玉似乎不该没有回应，此处书写当为曹雪芹疏忽，遂擅自进行添加"黛玉答道：'十三岁了，又问道'"等十一字。此添加并非冯其庸先生所谓"为曹雪芹早期文字的孑遗"。

（二）《红楼梦》第四回写王熙凤问询林黛玉的目的

实际上，此十一字的添加，不仅忽视了前文对林黛玉年龄的明确书写，且打破了原来文本书写所要表达的意义：王熙凤在荣府二房代王夫人管理内政、性格大包大揽。一语，纯粹是画蛇添足。

此处，曹雪芹先写王熙凤笑着说"我来迟了，不曾迎接远客！"（除贾母外，他人皆安静，此王熙凤之与众不同），又写王熙凤"打扮与众姑娘不同"，再写林黛玉听母亲贾敏说王熙凤"自幼假充男儿教养的"，先将王熙凤的性格、在荣府二房的地位渲染再三，才仔细写王熙凤在众人前（主要是在贾母前）的言语：

> 这熙凤携着黛玉的手，上下细细打谅了一回，仍送至贾母身边坐下，因笑道："天下真有这样标致的人物，我今儿才算见了！况且这通身的气派，竟不象老祖宗的外孙女儿，竟是个嫡亲的孙女，怨不得老祖宗天天口头心头一时不忘。只可怜我这妹妹这样命苦，怎么姑妈偏就去世了！"说着，便用帕拭泪。
>
> 贾母笑道："我才好了，你倒来招我。你妹妹远路才来，身子又弱，也才劝住了，快再休提前话！"这熙凤听了，忙转悲为喜道："正是呢！我一见了妹妹，一心都在他身上了，又是喜欢，又是伤心，竟忘记了老祖宗。该打，该打！"
>
> 又忙携黛玉之手，问："妹妹几岁了？可也上过学？现吃什么药？在这里不要想家，想要什么吃的，什么玩的，只管告诉我，丫头老婆们不好了，也只管告

诉我。"一面又问婆子们："林姑娘的行李东西可搬进来了？带了几个人来？你们赶早打扫两间下房，让他们去歇歇。"

王熙凤这一段"携着黛玉的手，上下细细打谅了一回……因笑道""忙转悲为喜""又忙""一面"，与其说是见黛玉、作问候，不如说是在最爱贾敏的贾母面前进行的对贾敏女儿的特别关怀表演：王熙凤只是要在贾母面前表现她对黛玉的关怀，根本不需要黛玉回答什么。

之所以如此，一来是王熙凤天性如此，二来与王熙凤此时的年龄尚幼和在荣府二房中地位的并不稳固也有关系。

五、王熙凤执掌贾府的年龄与地位的变动

谈及此处王熙凤的年龄，首先要解决的问题是她与薛蟠的大小与薛蟠的年龄。之所以如此，是因为书中并未明确写及王熙凤的年龄，但写到了她与薛蟠的长幼，写到了薛蟠的年龄。

《红楼梦》第二十八回《蒋玉菡情赠茜香罗，薛宝钗羞笼红麝串》中，凤姐说："上日薛大哥亲自和我来寻珍珠"；第六十六回《情小妹耻情归地府，冷二郎一冷入空门》中，薛蟠对柳湘莲说："早该如此，这都是舍表妹之过。"可见，王熙凤比薛蟠小。

（一）《红楼梦》第四回薛蟠的年龄问题

《红楼梦》第四回《薄命女偏逢薄命郎，葫芦僧乱判葫芦案》写薛蟠、宝钗姊妹情形云：

> 这薛公子学名薛蟠，表字文龙，五岁上就性情奢侈，言语傲慢……寡母王氏……还有一女，比薛蟠小两岁，乳名宝钗。

此处，各本并未指明薛蟠此时年龄，惟有"蒙古王府藏"《石头记》写道："文起年方一十七岁"[10]；"甲戌本"第四回则称："这薛公子学名薛蟠，表字文龙，今年方十有五岁"（见图1）。那么，本年薛蟠的年龄到底是多少，何以各本记录不同呢？

上文中，我们已经通过文本的系统辨析，知道薛蟠入京时十五岁、薛宝钗十岁。因此，蒙古王府藏本与甲戌本此处对薛蟠的年龄书写差异，甲戌本正确，庚辰本及以后抄本的"五岁"实际上是脱了一个"十"字。至于蒙古王府藏本上的"十七"二字，以笔者之见，概与抄手"误读"有关，草书的"五"字乍看颇有些像"七"。

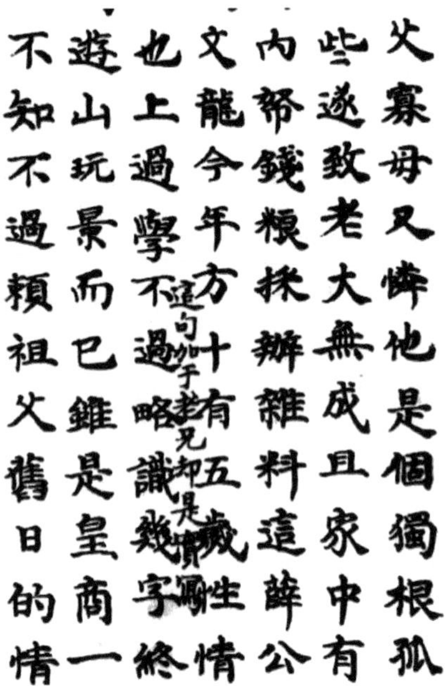

至于薛蟠比宝钗大两岁中"两"字的使用，与民间语言民俗有关，并不一定指"二"，有些时候则用以表述"大略"，如小两岁、过了没两年、没两个钱等。

由此亦可见，甲戌本的母本确实是从曹雪芹稿本抄录而来，保持了曹本较原始的信息，而他本的修正或者看误，或者忽略。

（二）林黛玉进贾府时王熙凤十四岁

《红楼梦》一零一回《大观园月夜感幽魂，散花寺神签惊异兆》中，王熙凤自称："我活了二十五岁。"[11]

不过，按照《红楼梦》中的时间演化，本年，薛蟠二十四岁。这就与王熙凤称薛蟠为哥产生了矛盾。

图1 甲戌本薛蟠"十有五岁"

实际上，王熙凤一零一回"我活了二十五岁"的说法，与贾母八十二岁辞世而称八十三岁一样，都是传统时代人们叙述年龄"多说一岁"的习惯。亦即一百零一回时，王熙凤实在年龄为"二十四岁"。如此，贾雨村金陵审薛蟠案时，薛蟠、王熙凤同是十五岁；不过，薛蟠生日是五月三日，王熙凤生日是九月初二，所以王熙凤才称薛蟠为"薛大哥"。

林黛玉六岁时（宝钗与香菱同岁，大黛玉三岁、大宝玉二岁），冷子兴对贾雨村说，贾蓉十六、贾琏二十多岁，贾琏娶王熙凤已经"娶了两年"，则林黛玉五岁、林如海任两淮盐政时，王熙凤嫁贾琏，时年十三岁。林黛玉进贾府时，王熙凤十四岁，贾兰五岁（也即贾宝玉只大贾兰两岁）。待到次年，贾雨村补授应天府时，王熙凤才十五岁。

之所以王夫人要将荣府二房内政交给王熙凤打理，是因为本身四十余岁，体弱多病，精力不及；当然，与王熙凤自幼长于杀伐决断、足以应付内政亦有关系。

（三）第四回对王熙凤的特别书写

正是因为十三四岁管理荣府二房内政，各管家婆子都是饱经世事之人，各染为人恶习。正如第十六回《贾元春才选凤藻宫，秦鲸卿夭逝黄泉路》王熙凤倾诉的那样：

> 你是知道的，咱们家所有的这些管家奶奶们，那一位是好缠的？错一点儿他们就笑话打趣，偏一点儿他们就指桑骂槐的抱怨。"坐山观虎斗""借剑杀人""引风吹火""站干岸儿""推倒油瓶儿不扶"，都是全挂子的武艺。况且

我年纪轻,头等不压众,怨不得不放我在眼里。

在这种情况下,王熙凤一方面以自己的机灵得到贾母、王夫人的绝对支持,一方面以自己超强的管理能力,保证了荣府二房内政的协调;但是,她自己也知道,自己年轻,管家奶奶们内心未必真正心服,那么,相当场合的"炫才"也是必要的。

在《红楼梦》第四回中,面对贾母最爱女儿贾敏之女林黛玉来府,王熙凤便以最隆重的装饰出场,以最细致的照应(询问黛玉年龄、吃什么药之类,只是询问,并未想得到林的回应),赢得林黛玉、贾母的欢心。

(四)王熙凤协理宁国府与在荣府地位的巩固

秦可卿得病,次年病亡,宁府夫人尤氏患病,不能主理内室丧事,贾珍请十八岁的王熙凤帮忙打理。

此时,王夫人尚且担心王熙凤年幼不能。且看第十三回《秦可卿死封龙禁尉,王熙凤协理宁国府》中的描写:

> 王夫人忙道:"他一个小孩子家何曾经过这样事,倘或料理不清,反叫人笑话,倒是再烦别人好。"……王夫人心中怕的是凤姐未经过丧事,怕他料理不清,惹人耻笑。今见贾珍苦苦的说到这步田地,心中已活了几分,却又眼看着凤姐出神。
>
> 那凤姐素日最喜揽事办,好卖弄才干,虽然当家妥当,也因未办过婚丧大事,恐人还不伏,巴不得遇见这事。今见贾珍如此一来,他心中早已欢喜。先见王夫人不允,后见贾珍说的情真,王夫人有活动之意,便向王夫人道:"大哥哥说的这么恳切,太太就依了罢。"王夫人悄悄的道:"你可能么?"凤姐道:"有什么不能的。外面的大事已经大哥哥料理清了,不过是里头照管照管,便是我有不知道的,问问太太就是了。"王夫人见说的有理,便不作声。

王熙凤协理宁国府,明确了规矩,率先示范,各人严格执行任务,保证了秦可卿丧仪的完成,管家能力也彻底征服了贾府各人。

六、从宝钗十五岁到黛玉"十五岁":黛玉十五岁系"十二岁"传抄错讹

按,宝钗长黛玉三岁,则宝钗十五岁时,黛玉十二岁。

《红楼梦》第四十五回《金兰契互剖金兰语,风雨夕闷制风雨词》中,黛玉针对宝钗

的心结解开，感动不已，对宝钗道：

> 细细算来，我母亲去世的早，又无姊妹兄弟，我长了今年十五岁，竟没一个人象你前日的话教导我。

庚辰双行夹批："黛玉才十五岁，记清。"

乍看起来，自元妃省亲、宝钗过十五岁生日，至此，时间"似乎"已经过去了三年。那么，我们梳理文本叙述的节点，看是不是这样呢？

> 一月十五，元妃省亲（十八回）
> 一月二十一，宝钗十五岁生日（二十二回）
> 二月二十二日，宝玉并诸钗搬进大观园；三月中，黛玉葬花（二十三回）
> 宝玉、凤姐逢五鬼，一僧一道临贾府，云石头下世"十三载"（二十五回）
> 四月二十六日，未时，交芒种节（二十七回）
> 五月初三日，薛蟠生日（二十六回）
> 五月五日端阳佳节，晴雯撕扇（三十一回）
> 贾政又点了学差，择于八月二十日起身；海棠诗社（三十七回）
> 九月初二，凤姐生日（四十三回）
> 秋，宝钗替黛玉筹"燕窝粥"，黛玉称自己活了十五岁（四十五回）

可见，宝钗之十五岁和黛玉自称活了十五岁是在一年，黛玉自称十五岁时，距离宝钗过十五岁生日才过了九个月的时间而已。其时，黛玉只有十二岁。

很明显，此处之"活了十五岁"中的"五"字，《红楼梦》早期传抄过程中，抄手将曹雪芹的"二"字错抄为"五"，而做批者不查，径做"黛玉才十五岁，记清"的批语。

七、抄录过程中脂批"滥入"正文：巧姐、大姐辨

《红楼梦》中王熙凤生有一女，初称"大姐"，后刘姥姥二进荣国府，为起名为"巧哥"（即判词中出现的巧姐），而某些早期抄本上则有大姐、巧姐并称的现象，学界或者以为曹雪芹早期书写中王熙凤生有二女。

大姐、巧姐并存文字见于《红楼梦》第二十七回《滴翠亭杨妃戏彩蝶，埋香冢飞燕泣残红》："且说宝钗、迎春、探春、惜春、李纨、凤姐等并巧姐大姐、香菱与众丫鬟们在

园内玩耍，独不见林黛玉"（见图2）；又见于第二十九回《享福人福深还祷福，痴情女情重愈斟情》："凤姐儿的丫头平儿、丰儿、小红，并王夫人两个丫头也要跟了凤姐儿去的金钏、彩云，奶子抱着大姐儿带着巧姐儿另在一车。"

关于大姐即巧姐文字，一见于第六回《贾宝玉初试云雨情，刘姥姥一进荣国府》："来至东边这间屋内，乃是贾琏的女儿大姐儿睡觉之所"；一见于第四十回《史太君两宴大观园，金鸳鸯三宣牙牌令》：

> 凤姐儿笑道："到底是你们有年纪的人经历的多。我这大姐儿时常肯病，也不知是个什么原故。"刘姥姥道："这也有的事。富贵人家养的孩子多太娇嫩，自然禁不得一些儿委曲；再他小人儿家，过于尊贵了，也禁不起。以后姑奶奶少疼他些就好了。"
>
> 凤姐儿道："这也有理。我想起来，他还没个名字，你就给他起个名字。一则借借你的寿；二则你们是庄家人，不怕你恼，到底贫苦些，你贫苦人起个名字，只怕压的住他。"
>
> 刘姥姥听说，便想了一想，笑道："不知他几时生的？"凤姐儿道："正是生日的日子不好呢，可巧是七月初七日。"刘姥姥忙笑道："这个正好，就叫他是'巧哥儿'。这叫作'以毒攻毒，以火攻火'的法子。"

图2 甲戌本"巧姐大姐"

凤姐称，她的女儿"大姐儿"还没有名字，可知"大姐儿"是凤姐女儿的日常代称，因其是凤姐的第一个孩子，刘姥姥为起名"巧哥儿"（对男女小孩的昵称），是因为"大姐儿"生于七月初七（传统认为阳数双叠不佳），可知大姐儿就是巧姐。

那么，如此一来，第二十六、二十九回出现的大姐、巧姐就一定有问题了：也即在四十回刘姥姥为大姐儿取名巧姐儿前，第二十六、第二十九回绝对不应出现"巧姐"二字。之所以出现四十回前有"巧姐"二字，只有一个原因，那就是在《红楼梦》的再抄录过程中，早期"脂批"被抄手误抄入正文。

也就是说，在早期的本子中，在第二十六、二十九回写及凤姐的女儿大姐时，有批者旁批"巧姐"二字，后来抄手抄录时，将"巧姐"二字抄入正文，在抄至二十九回时，还

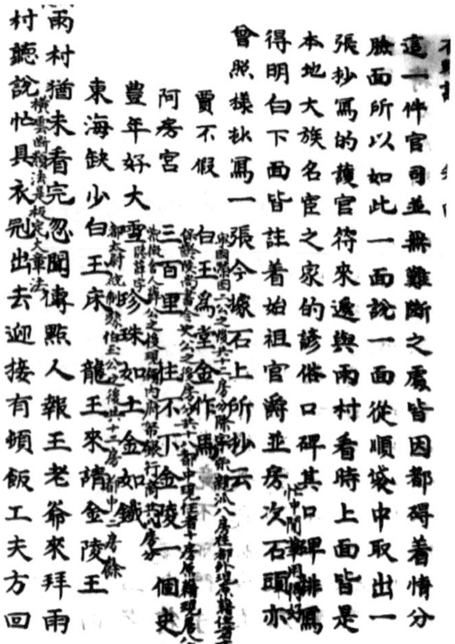
這一件官司並無難斷之處皆因都礙着情分
臉面所以如此一面說一面從順袋中取出一
張抄寫的護官符來遞與雨村看時上面皆是
本地大族名宦之家的諺俗口碑其口碑排寫
得明白下面皆註着始祖官爵並房次石頭亦
曾照樣抄寫一張今據石上所抄云
賈不假白玉為堂金作馬
阿房宮三百里住不下金陵一個史
豐年好大雪珍珠如土金如鐵
東海缺少白玉床龍王來請金陵王
雨村猶未看完忽聞傳點人報王老爺來拜雨
村聽說忙具衣冠出去迎接有頓飯工夫方回

图3　甲戌本正文小字被抄作批语

自作聪明的添入数字，将文字改作“奶子抱着大姐儿带着巧姐儿另在一车”。

不仅有这种将批语抄入正文的情况，还有相反的情况，即将曹雪芹的原文抄作批注。（见图3）《红楼梦》第四回《薄命女偏逢薄命郎，葫芦僧乱判葫芦案》介绍贾王史薛四大家族时，写道：

贾不假，白玉为堂金作马。［甲戌侧批：宁国、荣国二公之后，共二十房分，除宁、荣亲派八房在都外，现原籍住者十二房。］

阿房宫，三百里，住不下金陵一个史。［甲戌侧批：保龄侯尚书令史公之后，房分共十八。都中现住者十房，原籍现居八房。］

东海缺少白玉床，龙王来请金陵王。［甲戌侧批：都太尉统制县伯王公之后，共十二房。都中二房，余皆在籍。］

丰年好大雪，［甲夹批：隐“薛”字。］珍珠如土金如铁。［甲戌侧批：紫薇舍人薛公之后，现领内府帑银行商，共八房分。］

甲戌本中关于四大家族京师、原籍房分的文字只能是曹雪芹写作时用作说明的小字（相对于正文字号而言），不可能是早期读者的评点——不可能作者不写的信息，评点者却能写得清清楚楚，但是后来抄手抄录时将其看作批注，遂抄成如今模样。

八、结语：考察抄本文字异同与脂批需要从全书书写系统考察

综上分析，可知我们在利用《红楼梦》的抄本和程本时有三点可以注意：

（一）不唯现存《红楼梦》早期抄本的过录本子上多有错讹，即曹雪芹亲友的《红楼梦》抄本也不乏错讹、妄改，而这些错误不仅误导了阅读，甚至也导致了“脂批”批评上的错误。由此，在《红楼梦》诸多问题的考察上，需要全本系统辨析，而不能径直引录抄本、“脂批”，作为立论的基础。

（二）通过对《红楼梦》中年龄、时间的梳理，亦可知今《红楼梦》八十回后年龄、

时间书写与八十回前皆能一致，此可以从一个侧面支撑《新镌全部绣像红楼梦》程伟元序"原目一百廿卷，今所传只八十卷……不妄以是书既有百廿卷之目，岂无全璧？爰为竭力搜罗，自藏书家甚至故纸堆中无不留心，数年以来，仅积有廿余卷。一日偶于鼓担上得十余卷，遂重价购之，欣然翻阅，见起前后起伏，尚属接榫，然漶漫不可收拾。及同友人细加厘剔，截长补短，抄成全部，复为镌板，以公同好，红楼全书始自是告成"的说法[12]。

（三）在面对己卯本第四回林黛玉回答"十三了"这段文字，程甲本、程乙本态度不同，进而导致取舍、应对举措不同，程甲本直接从各本，没有此句，而程乙本则直面己卯本"十三了"的回答，但又考虑林黛玉六岁进京，不可能十三了的情况，将其修改为"一一答应了"，表现出极为审慎的态度。

（四）由程甲本、程乙本对待己卯本林黛玉"十三了"的回答，再考虑程甲本、程乙本出版仅有七十余天，字数差异近三万的现实，颇疑程甲本、程乙本是高鹗、程伟元各自整理的本子，而梦稿本很可能是程乙本的整理用本，其上"兰墅阅过"或为程伟元手迹。

参考文献

[1]黄霖校点：《红楼梦》，齐鲁书社，1994年版。本文《红楼梦》引文未特别注明者，皆据黄霖点校本。

[2][3]樊志斌：《从〈红楼梦〉对北京的暗写明书谈其著作权问题及其他》，《明清小说研究》2021年第1期。

[4]吴、冯合作撰有《己卯本〈石头记〉散失部分的发现及其意义》一文，刊于《光明日报》1975年3月24日。吴恩裕：《己卯本〈石头记〉新探》，南京师范学院中文系资料室编：《红楼梦版本论丛》，1976年版。

[5]吴恩裕：《弘晓过录己卯本〈石头记〉时的一些情况及其反映的问题》，《曹雪芹丛考》，上海古籍出版社，1980年版，第249页。侯印国《〈影堂陈设书目录〉与怡府藏本〈红楼梦〉》（《红楼梦学刊》2013年第4辑）认为国家图书馆藏《怡府书目》为弘晓次子、第三代怡亲王永琅在乾隆末年主持编订，而南京图书馆藏《影堂陈设书目》为怡亲王府藏书目，著录图书较《怡府书目》多出近千种，大都为说部之书。实际上，根据吴恩裕的考察，可知《怡府书目》非形成于一时，书目上某些弘晓死后出现的书目、印章，当系永琅或下属添加。

[6]1959年，发现于北京，曾藏中国社会科学院文学研究所，现藏中国国家博物馆。1963年影印行世，题名《乾隆抄本百廿回红楼梦稿》，简称《梦稿本》。

[7]冯其庸主编：《脂砚斋重评石头记汇校汇评》，北京图书馆出版社，2008年版，第1457页。

[8]《古本红楼梦》（第8版），广益书局，1949年版，第17页。

[9]樊志斌：《〈红楼梦〉中年龄、时间叙述不误——兼谈〈红楼梦〉传抄中出现的"数字错讹"与故事讲述的"模糊化书写"》，《曹雪芹研究》2020年第2期。

[10]林冠夫：《梅权楼文集》，北京时代华文书局，2016年版，第262页。

[11]（清）曹雪芹著：《红楼梦》，北京时代华文书局，2014年版，第178页。

[12]尹衍桐、付晓编：《诗化小说的诗化翻译》，中国戏剧出版社，2019年版，第11页。

作者

樊志斌，曹雪芹纪念馆研究馆员，主要研究方向：红学、北京史地。

戏曲研究

清代笔记中散见戏曲史料学术价值再探

——《清代散见戏曲史料汇编（笔记卷·二编）》导论

赵兴勤

摘要：《清代散见戏曲史料汇编（笔记卷·二编）》从清代130余种笔记中钩稽出900余则与戏曲史相关之史料，涉及各色伶人280余人、各类性质的戏班六七十家、各类剧目四五百种，为研究戏曲演出史嬗变的绝佳史料。本编所辑散见戏曲史料的学术价值，主要体现在如下几个方面：一是史料所反映的戏曲生态。二是史料所载戏曲声腔的竞相争胜。涉及的戏曲，除宋、金、元杂剧（或院本）外，主要有弋阳腔、四平腔、昆腔、弋腔、西腔、秦腔、乱弹、二黄（或皮黄）、梆子、花鼓、落子、影戏等。三是史料涉及场上演出者甚多。对北京、上海、天津、广州、南京等地伶人的戏曲活动及场上演出状况均有载述。四是史料载有不少稀见剧目，如《宋龙图》《梅玉簪》等，为我们考证剧目存佚提供了直接证据。

关键词：清代笔记；散见戏曲史料；学术价值

作为以杂录、随笔形式呈现的一种文体——笔记，"纪述事迹或通于史"，且在载述见闻时，又"无所回忌"，带有很大的随意性、写实性，故而，"其善者足以备经解之异同、存史官之讨核"[1]，具有重要的文献价值和认识价值。

《清代散见戏曲史料汇编（笔记卷·二编）》（以下简称"本编"），从清代130余家笔记中，钩稽出900余则与戏曲史相关之史料，涉及各色伶人280余人。各类性质的戏班不下六七十家，其中不乏姑苏四大昆班（大章、大雅、鸿福、全福），为《昆剧志》所漏收者亦不在少数。涉及剧目四五百种，既有宋、金杂剧名目，也有明、清传奇剧目，又有如《琴挑》《楼会》《偷诗》《闹简》《哭宴》《拷红》《乔醋》《佳期》《题曲》《惊梦》《劝农》《阳告》《赐环》《戏叔》《赏荷》《谏父》《借扇》之类常演于场上的折子戏。尤以花部剧目居多，为研究戏曲演出史嬗变的绝佳史料。并涉及曲家生平、本事考证、演出习俗、传播场域等多方面的内容。下面，对本编辑录的戏曲史料之学术价值略加论述。限于篇幅，笔者另撰专文对史料所载稀见剧目进行考述。

一、史料所反映的戏曲生态

中国是一个农业社会，自然界的阴晴旱涝、风雨雷电，都与"仰借天时"的百姓之饥寒饱暖息息相关。收成好时，日子还好过，一遇灾荒，庄稼歉收，百姓自然室如悬磬，饥寒临身。所以，无论官方还是民间，历来对天地神祇充满敬畏之情。民间四时八节的各种风俗，都与祈求平安、趋避灾难、渴望温饱、切盼丰年有关。正月初一的占风云、卜岁时，立春的执彩仗、鞭春牛，元宵节前后的占岁灯、走百病，二月二的围仓、吃炒豆，端午节的插艾枝、系长命缕、戴彩符艾虎、饮雄黄酒，七月七的乞巧，中秋的拜月，十二月八日的腊八粥，十二月二十三日的祀灶，除夕的易门神、换桃符，清明节、七月十五、十月初一的城隍出巡，其用意大都如此。

人们基于对自然界万物的畏惧心理，希求神灵在方方面面都给予庇佑，于是，就想象出诸多的神，神仙家族的队伍愈来愈庞大。在西汉沛人刘向的《列仙传》中，70人被尊为神。到了晋人葛洪的《神仙传》，已扩大至84人。再到元代道士赵道一编修的《历世真仙体道通鉴》，已扩展为745人，且又有《续编》《后集》陆续推出，继续扩大了这一族群。加之《三洞群仙录》《仙苑编珠》等神仙谱籍的出现，使这一队伍更加庞杂。当然，民间信仰中的神灵远远超出道家所载述的范围，历史名人、传说中的人物、有德于地方者，乃至山川河流、怪鸟异兽、风雨雷电、树木花草、飞虫爬物，皆可能成为神。如门神、灶神、厕神、土地、城隍、山神、水神等皆是。有些神，是出于统治阶级驾驭天下的需要而产生，有的是直接服务于道教徒的传法布道，但更多则是百姓祈求平安的心灵造影。供奉神灵，除俎豆三牲外，以戏娱神无疑是最佳表达方式，故有"是村皆有庙、有庙即有神、有神即演戏"之说。

本编所辑录的文献，对此乃是最好的证明。浙江嘉善东北十八里的枫泾镇，与江苏松江毗邻，乃江、浙的交界处，"商贾丛集，每上巳赛神最盛。以重价雇八九岁小儿，擎以铁柱，高十许丈，竞出珍宝以饰之，鼓乐前导，沿街迎三日乃止。舟车填咽，游人接踵。又架高台，邀梨园数部歌舞达曙，曰：'神非是不乐也。'"[2]。则准确传示出时人的心态。上巳，本指农历三月上旬的巳日，古人于此日在水上"洗濯祓除，去宿垢疢"[3]。魏晋之后，则改为三月三。此日，又是俗传北极佑圣真君诞日，故格外热闹。除鼓乐前导，抬阁出游外，还搭高台演戏以娱神。在杭州临安，还有"雀竿"之戏，即树长竿于佑圣观院中，竿高三丈，"一人攀缘而上，舞蹈其颠，盘旋上下，有鹞子翻身、金鸡独立、钟馗抹额、玉兔捣药之类，变态多端"[4]。安徽泾县东乡的目连戏演出，也有这类表演伎艺，名之曰"盘戳"。同样，在江苏梆子戏的早年表演中亦有此特技，名伶王志标在《反云南》一剧中，就表演了难度甚大的爬竿戏，博得台下雷鸣般掌声。泾县、临安均在江南，与苏北悬隔千里，却有着面目相似之伎艺，究竟是谁影响了谁，一时难以探究。但是，有一点却得到证实，即表演艺术潜存有极大的发展张力，它们虽然都是脱胎于汉代的缘橦伎艺，但在具体的演出实践中又自觉地与后来相关表演艺术融合，朝着各自的发展路向前行，从而形成不同的表演格局，这是艺术发展的普遍规律，戏曲也不例外。

其他如，在上海附近的青浦，于每年的农历八月十六，为"报赛祈谷"，连续演戏三天。城隍庙演戏，人们争先占楼上座位，以至两楼皆满。三月十八日，民间传说为当地土地向玉皇输送粮饷之日，百姓视之为盛会，"悬彩演剧"。人烟凑集，蔚为大观。浙江萧山，棉花丰收，连演十天大戏以庆贺。四川一带，每当春日乡村报赛，所演多为由《三国》《水浒》《西游》诸小说改编而来的剧目。湖州乡间，"演社戏五昼夜"[5]。在绍兴，"社戏极盛"，"田稼将登，必演戏酬神"。有的地方官，命搭戏台于公生明坊，"大堂下搭席篷"，设一二百席，"令城内士民，邀之入座饮酒听戏"[6]。春酬秋报，浸淫成风。榕树树身粗壮，须三人合抱，以为有神灵附焉，建庙以祀，朔望演剧。有虎大极，百姓惧甚，便酬神演剧，答谢力士。邻家失火，"凡幸免之家，必敛银演戏，名曰谢火安神"[7]。瘟疫流行，"各家设香案，燃天镫，演剧赛会"[8]。运河水浅，"粮艘衔尾不能进，共演剧赛神"[9]。求子得子，演剧酬神。新建庙宇，"演剧竟无虚日。士女祈祷，举国若狂"[10]。"江南诸生某新中解元，门前演剧。"[11]老人去世，孝子行招魂礼，灯笼高悬，鼓乐喧阗，"优伶唱戏文，以媚亡者"。丧事毕，"开筵款客，堂下演剧"[12]。商家外出贸易，会面临种种风险，往往抱团取暖，以抵御地方恶势力的欺凌，故各种商会应运而生。"湘潭居交广江湖间，商贾汇集，而江西人尤多。江西会馆曰万寿宫，岁时演剧饮宴"[13]，以联络感情。

闽人舶中敬奉天妃，并建天妃庙于沪上舶船之处。"海舶抵沪，例必斩牲演剧，香火之盛，甲于一方"，"灯彩辉煌，笙歌喧聒，虽远乡僻处，咸结队往观"[14]。至于运河沿岸，河神庙、金龙四大王庙、天妃庙、安澜庙更随处可见，官民虔诚供奉，梨园演剧。九秋霜降，水患减退，人们为庆安澜，演剧酬神。河臣冠带盛服焚香祭拜，百姓观者如堵。清道光之时，"南河河道总督驻扎清江浦，道员及厅汛各官环峙而居，物力丰厚。每岁经费银数百万两，实用之工程者十不及一，其余以供文武员弁之挥霍、大小衙门之酬应、过客游士之余润。凡饮食衣服车马玩好之类，莫不斗奇竞巧，务极奢侈。……各厅署内，自元旦至除夕，无日不演剧。自黎明至夜分，虽观剧无人，而演者自若也"[15]。

本来，父师与地方官唯恐荒废了学业，是不允许学生看戏的。但是到了后来，情况则有变，有的地方官在新生入学前，"命役于明伦堂下搭戏台"[16]。事毕，再传新生早来入学，"侍学师燕"。届时，地方官亲临戏场，与学师并坐，令学生两旁作陪，边饮酒食肉，边欣赏戏曲表演，且不让师生掏一文钱。师生自然欢快无比。还有一位名叫牛运震的官员，每当为县学学生考课，则"张盛宴演剧"[17]，先交卷者得以入座。文章未写就，则不得赴宴赏戏。其观念不可谓不趋时。

各类行会组织，则奉祀与本行业关联性甚强的神。如古代能工巧匠鲁班（又称公输班），就被木工、泥瓦工奉为神祇。上海青浦棣华桥南有鲁班祠，为当地匠人的拜祀之所。清嘉庆六年（1801），因祠堂倾圮，当地匠人敛钱演剧，并将神像抬至城隍庙后楼供奉。其他如二月十二日城隍诞辰、二月十九日观音诞辰、三月廿三日天后诞辰、六月初岳飞诞辰、七月十五日盂兰盆会等等，甚夥。"每赛会必须演戏，与会乡村轮年而值之。先一二日开演，即迎神来戏场观剧，出巡回来，必抬神在戏场疾行四五周，谓之扛神。""赛会之夜戏必以通宵，以便远来之观者。就近人家，必接亲戚故旧来家看会，非待戏演完不去。"[18]人们对戏曲的狂热追捧，由此可见。

戏曲艺术对现实生活的渗透，体现在方方面面。江南名妓柳如是，在南明小王朝初立之时，随钱谦益入都，其装扮一如戏场上昭君出塞状，"戎服控马，插装雉尾"[19]。阮大铖巡行江上，也一如梨园装束。民间放风筝，其上描绘戏曲人物、《西游》故事图像。早在明嘉靖年间，磁窑就烧制"耍戏娃娃""耍戏鲍老"青花白地花罐。至清，天津城西泥人张，擅长捏塑"戏出人物，各班角色，形象逼真"[20]，远近驰名，西洋人以重金购之。李香君以《桃花扇》驰名天下，商丘地方遂将城南李姓养鸡、斗鸡场指认作香君别业、香君塚，引得许多文人前往游赏。还有市井灯谜及文人雅集之时的酒筹、酒令，也注入了戏曲的元素，如唱词、曲牌、剧中人物等，恰说明人们对戏曲的熟谙程度。甚至以"四书题点戏"，如"前以士，后以大夫"，出自《孟子·梁惠王下》，由"士"而升"大夫"，是"加官"。旧时舞台，正戏演出前往往加一段预示吉祥的歌舞短戏，名曰"跳加官"。此句隐指加官戏。"适蔡"，由《论语·先进》"从我于陈、蔡者"化出。《琵琶记》中牛小姐嫁与蔡伯喈。"适"，旧指女子出嫁。盖此句隐指《琵琶记》之《请郎》《花烛》（汲古阁本作"强就鸾凰"）二出。"后稷教民稼穑"，语出《孟子·滕文公上》，隐指《牡丹亭》中《劝农》一出。"激而行之，可使在山"，语出《孟子·告子上》，隐指《水漫金山》一剧。如此等等，大多类此。从"四书"中摘句，隐含某剧名，点戏者自然是饱读诗书，且又对戏曲相当熟悉，真有些出人意料。这已超出了一般文字游戏的范畴，可谓"点戏"之一大发明。同时可知，接下戏单的人若非具备较好的文学修养，也难以明了所点者何？真难以想象，雅、俗文化竟然在"点戏"这一小小环节上出现了碰撞与交融，这自然是文人深度参与戏曲活动的结果。

不唯民间，宫中帝妃、内监对戏曲同样追捧。每逢帝、后寿辰，例须演戏致贺，允许王公大臣入座听戏。据曾任封疆大吏的陈夔龙《梦蕉亭杂记》载述，清光绪二十九年（1903）六月，他以河南巡抚入京觐见，恰值光绪帝寿辰，特准入颐和园内德和园看大戏。两宫和近支王、贝勒、贝子、公、满汉一品大臣、内廷行走以及在外将军、督抚、提镇等入京者，皆得以前来。当时所演剧目乃《吴越春秋》（即《浣纱记》）。演到范蠡谒见伯嚭，报门两次，门官不理，"嗣用门敬二千金，阍者即为转达"。此时，正在看戏的重臣张之洞突然失声狂笑道："太恶作剧，直是今日京师现形记耳！"[21]声震殿角，并不顾忌座位距此不远的帝后权贵能否听到，恰反映出晚清政治的混乱不堪及清廷政治掌控力的缺失。

又据美国女画师凯瑟琳·卡尔（Cathleen Carl）《清宫见闻杂记》载述，清光绪帝寿诞典礼，慈禧一手操持，"内廷供奉，则练习新排之脚本，日夜无倦。宫监蹀躞往来于太后之前，以各种陈设及点缀之事情请训。而排戏者则又时时以底稿进呈太后。太后亲自裁正之。总之，是时凡百诸事，无不待命于太后"。一旦开演，慈禧坐于戏楼，逐一仔细推敲，"见有应当改正之处，则即刻饬太监，传知后台。一经改正，则自觉立添生色不少"。该书还称，慈禧喜顾曲，"尤善编剧本"，"曾自出心裁，编出新剧本多种，情节离奇，唱片高雅可喜，较之俗本，大有霄壤之判"[22]。这些细节，恰说明慈禧对醇亲王奕譞和她胞妹那拉氏所生的经她提议入继大统的载湉控制极严，连内廷演戏这类小事也要亲自过问，其霸道与强权可想而知。但也透露出另一信息，即慈禧终日看戏，的确也看出了一些门道，对台上表演发表的意见或有可取之处。如场上角色不能太胖，影响美感；在场上演出时应穿彩裤，女色应着彩鞋；男色台上站立，两腿不宜叉得太开；开演后入戏要快，不应拖沓，等等，还是有一定的合理因素的。

在各个社会阶层，都有戏曲的狂热追捧者。述及明代，人们最常提起的是剧作家张凤翼与次子合演《琵琶记》，吸引得观者填门之事。岂不知此类人物大有人在。太仓王氏，乃名门望族，王忬为少司马，其子世贞、世懋，一为南京刑部主事，一为南京太常少卿，然其后辈"两人为优，以歌舞自活"。每当登场，"大为时赏"[23]。明崇祯时，包耕农一家皆酷嗜戏曲，曾共演《西厢记》，"子妇及女分扮张生、红娘、莺莺等人；令季女率婢仆扮孙飞虎；己则僧衣短棍，作惠明状"[24]。其友某翁新捐得一官，前来辞行，他则僧服相见，令来客错愕不已。兰阳王屏，明崇祯辛未（1631）进士，曾任滋阳令，与包耕农关系甚笃，更为戏痴。"其姻家尝招饮，屏戴金冠而往，凝坐不一语。酒半忽起，入优舍，装巾帼如妇人，登场歌旦曲二阕而去。"[25]王屏家居时，地方官前来拜访。当时他正面敷胭脂，"衣妇人服登场"演剧。当县令问其家人"尔主人何在"时，屏则径前回答"奴家王屏是也"，搞得县令不知所措。女儿出嫁，女婿设宴款待。他则面涂赤红色，着绿袍，扮作关羽状，骑马前往。女婿出门相迎，他不予理会，"下马胡旋，口唱'大江东'一曲而入。座中皆骇匿。引满叵罗而归"[26]。钱塘周诗，以明嘉靖乙酉（二十八年，1549）领浙闱。榜发前一夜，别人皆奔往省城等候发榜，他却深夜登场歌《范蠡寻春》。

到了清代，仍不乏其例。书生朱淦，乃名臣朱珪之后，却"性爱优伶"，是典型的追星一族。"四大名班"中名伶，"某伶某日在某园演某剧，烂熟胸中。贫无缠头，伶上车，尾其后，至园看某剧后，又易一园。伶卸装，又尾车送至寓，始归。每日如之"[27]。还有因习戏而挨责打者。吴江周某，喜唱昆曲，父屡加斥责仍如故。一日，城外演剧，他潜入戏班，在《长生殿》中客串唐明皇。为父所知，遂"从台上一跃，疾趋而避"[28]。人以"逃走的唐明皇"相呼。追星一族纷纷出现，恰说明戏曲艺术潜在的魅力。它已直接影响到不同阶层人们的生活态度、处世方式乃至人生道路的选择，所谓风习移人，殆不虚言。

至于戏曲演出场所，就城市而言，也大都是在人口较为稠密之处。如江宁府（今江苏南京）夫子庙一带，从府学到贡院，每当天气晴好之时，便"百戏具陈，如解马、奇虫、透飞梯、打筋斗、吐火吞刀、挂跟旋腹、三棒鼓、十不闲、投狭、相声、鼻吹口歌、陶真撮弄，凡可以娱视听者，翘首伸颈，围如堵墙，评驳优劣，啧啧有言"[29]。这一带，还聚拢了不少清音戏班，如九松、四松、庆福、吉庆、余庆等，时有登场大戏搬演。时尚小调《绣荷包》，坊市妇稚、担夫负贩、卑田院乞儿，皆能歌唱，流布甚广，还有的因演唱此野调小曲，不仅生活大为改善，还娶上了媳妇。在报国寺，清道光戊子（八年，1828），江西来一会缩骨术者在此表演，"围棚树竿，挂一皮。候其人坐地，一足持弓，一足取箭向上而射，有发必中，且能掷骰子，呼么喝六，无不如意"[30]。清嘉庆年间，庆余班最为知名，艺人各擅其技，不可方物。

回溯中国表演伎艺乃至古代戏曲发展史，无论何种大型表演，皆是各种伎艺竞相登场、各显绝技的大比拼。在这种"多种文化杂存的外在环境下从事演出活动，与各类艺人的交往势所难免，对相邻伎艺表演的观摩、揣摩、思考、效仿、吸纳、融合，则又在情理之中"[31]。这一情状，进一步催化了戏曲艺术与其他表演伎艺的碰撞与融合，最终走向成熟，这是一个不容忽略的问题。

二、史料所载戏曲声腔的竞相争胜

本编所辑史料涉及的戏曲，除宋、金、元杂剧（或院本）外，主要有弋阳腔、四平腔、昆腔、弋腔、西腔、秦腔、乱弹、二黄（或皮黄）、梆子、花鼓、落子、影戏等。

弋阳腔，为南戏主要声腔之一，以其源于江西弋阳，故名。至于弋阳腔在明末清初的流播，廖奔的《中国戏曲声腔源流史》（台湾贯雅文化事业有限公司1992年版）叙述较为详细。该书曾列举沈德符《万历野获编》、袁宏道《瓶史》、袁于令《西楼记》、冯梦祯《快雪堂日记》、据梧子《笔梦》、王骥德《曲律》、凌濛初《谭曲杂劄》、冒襄《影梅庵忆语》中相关史料，对弋阳腔传播以及接受者态度做了较系统论述。笔者在《清代方志中散见戏曲史料的学术价值》一文中，亦曾结合清人樊度中《东岳庙赛神曲五首》（之五）一诗，论述了弋阳腔在清代康熙时仍流行于山西泽州这一事实，并进而认为，汤显祖所谓"至嘉靖而弋阳调绝"，是不符合客观实际的。

据吴伟业《鹿樵纪闻》载述，南明弘光王朝覆亡后，已降清军的阮大铖极尽谄媚之事，不仅罗列肥鲜，让清将畅其口腹，还自"起执板，顿足而唱"昆腔。虽说昆腔后来也曾传入地处辽河口的东北营口一带，但是当地人更崇尚北方艺术，对于南方昆曲仅仅停留在"略知"这一层面。清将大都为北人，阮大铖见他们"不省吴音，则改唱弋阳腔"[32]，果大得其欢心。这则史料说明，家中蓄有戏班且长于编剧的阮大铖，既熟谙昆山腔，能当即执板演唱，就连弋阳腔也同样能唱。这反映出入乡随俗、"随心入腔"的弋阳腔适用面甚广，优长之处在于"错用乡语"，故博得"四方士客喜阅之"[33]。即使在笔记体小说中，也时而出现弋阳腔，如小说所叙马骥"婆娑歌'弋阳曲'，一座无不倾倒"[34]。苏绪外出多年返家，"闻宅第中金鼓大作，如演弋阳剧焉"，"箫管敖曹，间以笑语"[35]。虽是小说家言，但亦证明弋阳腔一直有其演出市场。

"四平腔"，一般认为是由弋阳腔发展而来，即所谓"稍变弋阳"，大概产生于明嘉靖末至万历之时。然而，关于这一戏曲声腔的演唱却记载较少。笔者曾在《清代方志中散见戏曲史料的学术价值》一文中，叙及清康熙年间的江西南城，"鼓挝高唱四平腔"之事。南城，在江西省的东南部，宜黄之东，与福建邵武相去不足二百里。四平腔源于何地，学界说法不一，但赣、闽交界处竟然也高唱四平腔，恰说明在明清之交，该声腔仍非常活跃。然而，在我国北方有无流传却极少有文献叙及，未免有些遗憾。令人意想不到的是，生当明末清初的计六奇，在《明季南略》中，记载有四平腔流播至远在东北的辽阳之事，谓清兵攻破辽东，大肆杀戮百姓，辽阳生员杨某因能"唱四平腔一曲，始得释"[36]。李渔的《闲情偶寄》卷二"音律"谓弋阳、四平等腔，字多音少，一泄而尽，且称演唱弋阳、四平者为"俗优"，可见其对这类地方声腔有不屑之意，但亦未叙及四平腔流播状况。而《明季南略》之成书，采自多种文献，并走访各色人等，或考索遗闻，或亲自探访，将散见史料抄撮成编，具有较为可信的史料价值。所以，该书对四平腔的记载弥足珍贵，为我们研究四平腔在北方的流播提供了有力的文献支撑。

然而，更多的史料所表述的乃是花部的崛起以及花雅争胜之事。我们知道，入清后未久，昆山腔的"官腔"地位逐渐受到来自不同方面的挑战。尤其是至乾隆之时，因其文字过雅，节奏太慢，已不大为人们所欢迎，以致出现"若唱昆腔，人人厌听，辄散去"[37]的尴尬局面。与之相对的是，兴起未久的地方戏声腔却越来越受到人们的广泛追捧。本编所收史料，就反映了这一客观现实。

署名箇中生的《吴门画舫续录》载述，清嘉庆之时苏州豪门或文人雅聚，初时，开宴前"先唱昆曲一二出,合以丝竹鼓板,五音和协,豪迈者令人吐气扬眉,凄婉者亦足魂销魄荡","今则略唱昆曲,随继以【马头调】【倒扳桨】诸小曲,且以此为格外殷勤,醉客断不能少,听者亦每乐而忘反"[38]。往日被尊为正声的昆腔,而今却排斥于堂会演出之外,反而为【倒扳桨】【马头调】之类的流行小曲所替代。由于民间小调的盛行,"硁硁论昆曲者,或窃笑为河汉也"[39]。在昆曲的发源地尚且如此,其他地方则可想而知。

而晚清的上海,"昆山曲子,几如广陵散"[40]。沪上尽管有四大昆班(大章、大雅、鸿福、集秀)撑持门面,"鸿福班中之荣桂,集秀班中之三多,俱称领袖"[41],一旦登场,也吸引得观众倾耳注目、击节叹赏,但毕竟阳春白雪,听者渐稀。沪人观剧,实"不喜昆腔"[42]。管理河道之大臣,竟然径称河神"雅好秦腔,昆山、弋阳等调,非其所嗜"[43],在庆安澜演剧酬神时,只备秦腔戏班一部。说到底,是他们不喜昆腔、弋阳腔,而借口神所不喜,恰反映出黄河沿岸人们对戏曲欣赏的态度。

北京是个尊重传统、讲究规矩的大都市。但在戏曲欣赏方面,却有趋新厌旧之倾向。往昔,昆腔在北京剧坛占重要地位。清乾隆四十四年(1779),秦腔(又名"琴腔""西秦腔""甘肃调")名伶魏长生入京,归双庆部,以演《滚楼》一剧,名动京城,"一时歌楼,观者如堵。而六大班几无人过问,或至散去"[44]。在成书于清乾隆五十年(1785)安乐山樵所著《燕兰小谱》中,就收有花部名伶44人。而在所收20名昆腔艺人中,四喜官兼唱乱弹,周四官三弦弹词"娓娓动人",得发儿、孙秀林,本为雅部中之佼佼者,后均弃所业。张发官,所隶保和部,本演昆曲,后遂杂演乱弹等。昆腔之衰,可以想见。

清嘉、道间,活跃于京师舞台的,有乾隆末陆续来京的四喜、三庆、春台、和春四大徽班,又有重庆、金钰、嵩祝后起诸班,一时声名鹊起,几乎占领了京师的绝大多数戏庄,如广德楼、广和楼、三庆园、庆乐园等,"演剧必徽班"。当时的四大徽班,主要演唱的是徽调的二黄和汉调的西皮。同时,又是与昆腔、吹腔、罗罗、高拨子等声腔夹杂着同台演出。昆腔的发展空间受到很大限制。专唱昆曲的集芳班,在上述各戏庄演出的机会很少,而"京腔、弋腔、西腔、秦腔,音节既异,装束迥殊"[45],为一般文人所鄙视,但"赵北新音,秦西变调"[46],照样为市井群体所欢迎。正如有人所称:"近日盛行京腔,弋阳腔、徽班次之,至昆曲,则几如广陵散矣。"[47]

在天津,有庆芳、金声、协盛、袭胜诸戏园,"所有戏班向系轮演,有京二簧,有梆子腔。生旦净丑,色艺俱佳"[48]。还时而有花鼓、影戏、落子、莲花落、弦子书、大鼓书、京子弟、八角鼓、相声、时调小曲等,演出于茶馆酒肆或街头大篷等处所。而昆腔,也在某种程度上受到冷落。这一客观形势,使得艺人不得不拓展自己的发展路径,以争得更大的生存空间。如名伶田际云(艺名响九霄),幼习直隶梆子,随师至上海,则改习秦腔。后回京师,他主持的玉成班,则梆子、皮黄两下锅。花雅争胜之状,由此可见一斑。

三、史料所载场上演出及其他

本编所辑录的史料,涉及场上演出者甚多。除乡村花鼓戏之类的地方小戏外,对北京、上海、天津、广州、南京等地伶人的戏曲活动及场上演出状况均有载述,不一一赘述。这里仅择取少有人论及者略加表述:

其一是表演之灵活。主要体现为伶人演出之时,临时起意,将日常细事穿插入剧予以表演。清宋永岳《志异续编》(卷二)载:

> 一县令,上房啖饼,未熟,怒与夫人口角,甚至挥拳。阅数日,署中演戏,幕友以此事说与优人曰:"能谈言微中,格外赏钱。"优人曰:"诺。"少停,演《烂柯山记》。至朱买臣上任,要打地保。地保求曰:"小人年纪大,打不起了。"买臣曰:"你今几多岁数?"地保曰:"小人丁丑生。"买臣曰:"前日丙子生,也打过了。何况丁丑?"幕友纠金赏之。[49]

四卷本的《志异续编》,实即八卷本的《亦复如是》的节本,作者都署青城子(宋永岳)。宋氏此作,多得自亲身见闻,"全书偏重写实,大半直书耳闻目睹之事"[50]。如"嘉庆五年,余分篆之地,询其种植之术"[51],"嘉庆五年,余分篆香山"[52],"惟落菊之说,余尝至黄,适值菊月,正欲一验其落,遂停居月余"[53],"李公尧臣,安徽人。余游吴门时,日以诗酒相娱者也"[54],"嘉庆十三年九月,舟过小姑山记此"[55],如此之类甚多,故知此书虽是小说家言,亦有据实而载述者。伶人演《烂柯山记》而穿插搬演身旁生活细事之记载,当可信。另,清车持谦《画舫余谭》亦载:

> 吴下某君,假伴竹轩演剧,并邀诸姬之有名者往观,以悦其所识之某姬也。某姬乃垂帘障客,而屏招来诸姬于帘外,若不屑与之杂坐者。诸姬已不豫。演未半,伶人以小故迕主人,主人诮让之。伶人暗于宾白中事嘲讽,主人怒甚,几至用武,竟不欢而散。[56]

则是将眼前发生之事临时编入剧中,"暗于宾白中事嘲讽",与宋杂剧中的"三十六髻(计)""二圣环(还)""取三秦""烦恼自取"何其相似!可见,就地取材、穿插演出,乃是相沿已久之风气。如晚清之时,海内尚新学,名丑赵仙舫(大鼻子)则趋于时好,"专以新名词见长。每登台,改良、进化诸名词,满口皆是"[57]。另一名丑刘赶三,禁中演戏,竟借剧中鸨母唤妓之机,将排行五、六、七的惇、恭、醇三家亲王直呼为"老

五、老六、老七"[58],以此相戏。

其二是角色之扮饰。对于场上人物之扮饰,本编所辑史料多所涉及。这里仅举一例。据美国女画师凯瑟琳·卡尔《清宫见闻杂记》,皇家苑囿中演戏,恶人皆黄发,谓:"中国女子,以发转黄色为忌。……予见剧中人物,其凶恶之人,往往饰以黄色之发,其发愈黄,则其人愈恶。"[59]所言值得关注。江苏梆子戏早年演出,即是以黄发暗示女子凶恶、蛮横、暴躁、狠毒或勇猛、粗莽、彪悍、泼辣之性格。据笔者记忆,幼时所观梆子戏,如《小姑贤》中恶婆婆焦氏、《反徐州》中花母等,皆是黄发。稍微不同的是,焦氏之发深黄近红,花母则为黄色。民间旧时认为,黄头发者一般都很"柴"(方言,意谓不好惹)。舞台上的人物装扮,盖与民众心理相关。至于宫廷演剧亦以黄发隐指"凶恶之人",无非是顺从民俗而已。既然清宫演戏如此扮饰,恰说明当时各地风俗大致趋同,非江苏梆子戏一家也。当然,随着时代的发展变化,今人有以染黄发为时髦,而舞台上的黄发老妇则很少见了。

其三是名伶之身价。习学戏曲表演是非常艰苦之事。师父非打即骂,视同奴婢,甚至伶僮家长还要与师父订立生死合同。既入师门,出任何事情,师父不必担责。尽管条件如此不平等,不少人仍乐意送子女学戏,以苏、皖、浙为最。除生活所迫外,也与这一行当挣钱较快有很大关系。然而,收入的关键不在于入行与否,而在于是否能够成角。京师伶僮,大都是苏、扬一带穷人家的孩子,跟从运粮船来到北方,师从老伶学习歌舞,希图日后挣得大钱。佚名《燕京杂记》谓:"京师优僮甲于天下,一部中多者近百,少者亦数十。其色艺甚绝者,名噪一时,岁入十万。"若业师或门下徒弟有名,新入行者是某优之徒,某僮之师弟,"便增声价,有如父兄之达官,子弟易得科名者"[60]。他们或往酒楼,为达官贵人、商贾阔少侍宴,每次皆有额外赏赐。既享盛名,所居则"拟于豪门贵宅"。室内陈设,周彝汉鼎、衣镜壁钟,无所不有。出门则裘服翩翩,绣衣楚楚。当然,前提是必须有名,且须色艺俱佳。而因演艺不精穷饿而死者也不在少数。正如有人所说:作为伶人,"一一俱有父母妻儿,一一俱要养父母、活妻儿",必须"拿定一戏场戏具、戏本戏腔,至五脏六腑全为戏用"[61]。即便如此,也未必挣得养家糊口之赀。身世之可悲,可以想见。

当然,本编所辑录的戏曲史料的文献价值远不止此。诸如场上表演伎艺理论、清人对戏曲价值的多重认知、清代中后期人们对金圣叹的同情与理解、中西表演伎艺的碰撞与融合、京沪两地秦腔艺人的活动场域与创作实践、大运河与戏曲的传播等,皆有待进一步探索。

参考文献

[1]（明）胡应麟：《少室山房笔丛》，上海书店出版社，2009年版，第283页。

[2]（清）董含：《莼乡赘笔》（卷中），《丛书集成续编》本。

[3]（南朝宋）范晔：《后汉书》，《二十五史》第2册，上海古籍出版社、上海书店，1986年版，第808页。

[4][18]胡朴安编著：《中国风俗》上编，九州出版社，2007年版，第174页、第207页。

[5]（清）程岱葊：《野语》（卷四），清道光二十三年刻本。

[6][16]（清）厉秀芳：《梦谈随录》（卷下、卷上），台湾《笔记小说大观》本。

[7]（清）温汝适：《咫闻录》（卷八），清道光二十三年刻本。

[8]（清）朱翊清：《埋忧集》（卷三），《续修四库全书》本。

[9]（清）纪昀：《阅微草堂笔记》（卷十五），台湾《笔记小说大观》本。

[10][30]（清）甘熙：《白下琐言》（卷八、卷四），清光绪十六年江宁傅氏筑野堂刻本。

[11]（清）许汶澜：《闻见异辞》（卷二），台湾《笔记小说大观》本。

[12]（清）宣鼎：《夜雨秋灯录》（卷五），清光绪三年《申报馆丛书》铅印本。

[13]（清）朱克敬：《瞑庵杂识》（卷一），台湾《笔记小说大观》本。

[14]（清）王韬：《瀛壖杂志》（卷二），台湾《笔记小说大观》本。

[15]（清）薛福成：《庸庵笔记》（卷三），清光绪丁酉年刻本。

[17]（清）俞樾：《荟蕞编》（卷十三），台湾《笔记小说大观》本。

[19][32]（清）吴伟业：《鹿樵纪闻》（卷上），台湾《笔记小说大观》本。

[20][48]（清）张焘：《津门杂记》（卷中、卷下），清光绪十年梓行本。

[21]（清）陈夔龙：《梦蕉亭杂记》（卷二），台湾《笔记小说大观》本。

[22][59]［美］凯瑟琳·卡尔：《清宫见闻杂记》，台湾《笔记小说大观》本。

[23]（明）王家祯：《研堂见闻杂录》，台湾《笔记小说大观》本。

[24][26]（清）邹弢：《三借庐笔谈》（卷八），台湾《笔记小说大观》本。

[25]（清）谈迁：《北游录》，中华书局，1960年版，第325页。

[27]（清）高继珩：《正续蜨阶外史》，大达图书供应社，1934年版，第107页。

[28]（清）陆长春：《香饮楼宾谈》（卷二），台湾《笔记小说大观》本。

[29][56]（清）捧花生：《画舫余谭》，（清）虫天子编：《香艳丛书》第5册，人民文学出版社，1992年版，第4961页、第4965页。

[31]赵兴勤、赵韡：《江苏梆子戏史论》，台湾花木兰文化事业有限公司，2020年

版，第122页。

[33]（明）顾起元：《客座赘语》（卷九），中华书局，1987年版，第303页。

[34]（清）蒲松龄著，张友鹤辑校：《聊斋志异（会校会注会评本）》第二册，上海古籍出版社，1978年版，第457页。

[35]（清）长白浩歌子：《萤窗异草》，齐鲁书社，1985年版，第128页。

[36]（清）计六奇：《明季北略》（卷二），中华书局，1984年版，第29页。

[37]（清）周硕勋：《（乾隆）潮州府志》（卷十二），清光绪十九年重刊本。

[38][39]（清）箇中生：《吴门画舫续录》，（清）虫天子编：《香艳丛书》第5册，人民文学出版社，1992年版，第4840页、第4844页。

[40]（清）王韬：《淞滨琐话》（卷十二），台湾《笔记小说大观》本。

[41][47]（清）王韬：《淞隐漫录》，人民文学出版社，1983年版，第531页、第531页。

[42]（清）王韬：《瓮牖余谈》（卷一），清光绪元年申报馆铅印本。

[43]（清）王济宏：《筹廊琐记》（卷一），清咸丰四年晋文斋刊本。

[44]（清）安乐山樵：《燕兰小谱》（卷三），张次溪编纂：《清代燕都梨园史料》上册，中国戏剧出版社，1988年版，第32页。

[45][46]（清）梁绍壬：《两般秋雨庵随笔》，上海古籍出版社，2012年版，第93页、第94页。

[49]（清）宋永岳：《志异续编》，台湾《笔记小说大观》本。

[50]于志斌：《亦复如是》"前言"，《亦复如是》，重庆出版社，1999年版，第2页。

[51][52][53][54][55]（清）青城子：《亦复如是》，重庆出版社，1999年版，第37页、第69页、第76页、第83页、第105页。

[57]徐珂编撰：《清稗类钞》第十一册，中华书局，1986年版，第5143页。

[58]孙寰镜：《栖霞阁野乘》（卷下），北京古籍出版社，1999年版，第128页。

[60]（清）佚名：《燕京杂记》，台湾《笔记小说大观》本。

[61]（清）钱德苍：《增订解人颐广集》（卷七），清光绪乙酉年刊本。

作者

赵兴勤，江苏师范大学文学院教授，主要研究方向：戏曲研究、中国古代小说研究。

戏曲研究的新机遇与新景观
——对当下中国古代戏曲研究的观察与思考

苗怀明

摘要：当下学术整体上显得比较浮躁，但总体上还是在前进，主要体现在两个方面。一是近二十年来最为基础的文献资料的搜集、整理与研究取得的成果是以往各个历史时期都无法相比的；二是戏曲观念及研究方法也发生了很大的转变。进入21世纪，随着世界范围内非物质文化遗产观念的引入及国家层面相关保护、研究措施的实施，戏曲研究由此出现了一系列新的变化，这主要体现在：戏曲观念改变、伴随着观念改变的是研究方法的变革、观念和方法的改变扩大了研究视野，由此带来许多新的领域和课题。

关键词：戏曲研究；新机遇；新景观

2003年，笔者曾受邀写过一篇小文章《从文学的、平面的到文化的、立体的——20世纪80年代以来中国戏曲研究方法变革之探讨》，该文着眼于新旧世纪的更替，探讨20世纪80年代以来戏曲研究发展的变化与趋势。这个题目基本上代表了笔者对这一时期戏曲研究的认知。转眼间二十多年过去了，如果将二十年间的戏曲研究放在整个戏曲研究史上进行观照，又该做出怎样的判断和评价呢？

笔者前后用了十几年编制历年戏曲研究论著书目，从20世纪初一直编到当下，不断增补，对各个时期的戏曲研究还算比较了解。就笔者的感受而言，相比以往各个历史时期，最近二十年间戏曲研究的进展还是相当可观的。尽管当下学术体制及评价机制出现了一些问题，学界整体上显得比较浮躁，但总体上还是在前进，戏曲研究的进展主要体现在如下两个方面：

首先从最为基础的文献资料的搜集、整理与研究来说，近二十年间取得的成果是以往各个历史时期都无法相比的。尽管这一时期很难再有《元刊杂剧三十种》《永乐大典戏文三种》《脉望馆钞校本古今杂剧》《车王府曲本》这样重大的发现，但文献搜集整理研究的成就则是以往无法相比的。

就文献搜罗的范围而言，随着资讯的发达、文献的数字化以及中外学术交流的不断深化，研究者可以轻松查阅世界范围内公私图书机构的戏曲文献，不再像20世纪的研究者那样辛苦地到日本、到欧美访书了。大量戏曲文献以影印或校勘的方式整理出版，一些专业数据库上线，还有不少图书馆如中国国家图书馆、哈佛燕京图书馆，日本东京大学图书馆、早稻田大学图书馆等将其所藏珍贵古籍扫描上线，免费查阅，所有这些都构成了良好的学术积累，研究者掌握文献的数量大大超过前贤。

从文献研究的角度来看，近二十年无疑是研究戏曲的最好时期。掌握最为全备的文献意味着校勘整理时可以选择更好的底本和校本，意味着可以进行集大成的工作，意味着质量的精良，将学术研究中的后出转精精神落到实处。

文献的数字化使戏曲文献研究如虎添翼，它所提供的便利和功能是以往其他任何工具都无法取代的，如今查阅数据库、利用网络已成为一种基本的研究方法。尽管其中还存在一些弊端，但其作用是正面的。

戏曲文献的巨大进展不仅推动了戏曲研究的不断深化，而且对戏曲文献自身的研究也是一种促进。学界近年来提出梨园戏曲文献、花部戏曲文献、戏曲文物学等概念，都可以看作是戏曲文献研究不断深化的一种体现。

如今学界所掌握戏曲文献的种类和形态之复杂之丰富已非过去的文献学所能涵盖，笔者数年前曾提出这一问题，实践证明了笔者的这一看法。随着戏曲研究的不断深入，应建立学科文献学，比如戏曲文献学乃至通俗文学文献学，这是戏曲文献研究不断演进的结果，也是学科发展的内在要求。已有一些学人做出尝试，如孙崇涛出版《戏曲文献学》，黄竹三、延保全出版《中国戏曲文物通论》等，但这一领域还有很大的学术空间等待开掘。

其次从戏曲观念及研究方法来说，近二十年间也发生了很大的转变。戏曲文献研究的巨大进展推动整个戏曲研究的持续深入，也改变着人们对戏曲的认知。以往对戏曲的认知，主要停留在文学层面，实际上是将戏曲作为押韵或有声的小说进行探讨的，研究模式单一。如今学界对戏曲的认知已远非文学所能涵盖，研究的方法也早已突破王国维的二重证据法。

进入21世纪，随着世界范围内非物质文化遗产观念的引入及国家层面相关保护、研究措施的实施，戏曲研究由此出现了一系列新的变化，这主要体现在如下三个方面：

一、戏曲观念的改变

从非物质文化遗产的角度来观照，戏曲不再仅仅是文学作品乃至艺术作品，而且还是整个人类共同拥有的文化遗产，尤其需要强调的是，这种文化遗产是口头的、非物质的，与以往人们熟知的经史、诗文等文化遗产有着显著的不同。

这种对文化遗产口头性、非物质属性的强调潜在地改变着人们对戏曲的认知，也就是说，戏曲的价值不仅仅体现在剧本的字里行间，更体现为唱腔、扮相、身段这类无形、非文字的技艺中，这些在过去并没有受到充分的重视。

这种观念的改变与戏曲研究自身的发展有着内在的一致。前文谈道，随着研究的深入，人们逐渐从单一的文学研究模式走出，从多个层面探讨，戏曲逐渐立体化。非物质文化遗产观念的引入和强化推动了人们的这一认识，并因此获得新的观照角度。

2002年，昆曲入选人类非物质文化遗产代表作名录，成为中国第一项世界级的非物质文化遗产，这是一个标志，随后粤剧、藏戏、京剧相继入选世界级人类非物质文化遗产名录。在随后公布的四批国家级非物质文化遗产中，传统戏剧作为单独一类，可见受重视程度，那些历史悠久、影响范围广的地方剧种大多入选。此外还有省市各级非物质文化遗产名录，其中入选的戏曲剧种更多。

二、伴随着观念改变的是研究方法的变革

其中影响最为直接的是戏曲文献研究，从文献的角度来看，这无疑是一场革命，那些非物质的、非文字的文献资料受到前所未有的重视，此前它们被视作边角余料，只是作为文献资料的点缀而已。

非物质文化遗产特别注重传承与保护，这无疑会潜在地改变戏曲研究的格局，带来戏曲研究中心的转移。从非物质文化遗产的角度来看，对戏曲的研究本身就是一种特殊形式的传承和保护，更为重要的是戏曲的研究要着眼于传承、保护，并将两者结合起来，这样就使戏曲研究增加了一些使命感和现实感，使戏曲研究走出象牙塔。

受此影响，除了进行文本的解读分析，越来越多的研究者开始将目光投向田野，进行实地考察。王国维20世纪初提出的二重证据法，一直被人们奉作经典。就戏曲研究在当下的发展而言，二重证据已经满足不了研究的需要，还有第三重证据，那就是田野调查资料。这种重视不仅仅体现在戏曲研究上，说唱文学的研究也由此发生了很大的改变。

三、观念和方法的改变扩大了研究视野，由此带来许多新的领域和课题

以往研究者关注的多是雅部戏曲，即传统的杂剧传奇，对花部戏曲则有意或无意地忽视了。受非物质文化遗产保护理念的影响，许多地方剧种被收入各级非物质文化遗产名

录，受到重视，并得到人力、物力乃至制度上的切实保障。地方戏曲研究从过去的剧评写作转变为严谨的学术探讨，这对整个戏曲研究无疑是个实实在在的推动。

近年来，戏曲研究出现了一些学术热点，比如对宫廷戏曲的研究，对戏曲脸谱、图像的研究，对戏曲文物包括戏台、碑刻、木雕、瓦当等的研究，对戏曲期刊画报的研究，对戏曲唱片、戏单、海报的研究，等等，这些热点的形成都不同程度地与戏曲观念、研究方法的转变有关。

除了史的纵向的梳理，如果横向与诗文、小说等领域相比，近二十年间戏曲研究从观念到方法一系列的变化要更为明显和突出一些。如今人们对戏曲乃至戏曲研究的认识与以往各个时期相比，可以说是发生了巨大的改变。戏曲研究已经发展成为一个立体的学科，不仅涉及范围几乎涵盖人们物质文化生活的各个方面，而且需要多个学科的参与，包括文学、史学、建筑学、音乐学、民俗学、宗教学等多个门类。

即便是传统的戏曲文本研究，也随着所掌握文献资料的丰富多元发生了明显的改变，这些改变实际上也体现着整个通俗文学研究领域的进展。在这近二十年间，既产生了很多学术泡沫，但也有实实在在的进展，这是笔者对近二十年间戏曲研究的整体认知。

就戏曲研究发展的态势而言，其前景还是值得期待的，笔者持乐观态度。许多新的领域和课题刚开始起步，尚有待拓展，有着较大的学术空间。毫无疑问，未来还将会出现一些新的领域和话题。戏曲研究到底该如何发展，这是一项集体参与的浩大工程，一切都还在进行中，我们不妨拭目以待。

作者

苗怀明，博士，南京大学文学院教授，博士生导师，古代小说网微信公众号创办者与主持人，中国红楼梦学会副会长，主要研究方向：中国古代小说戏曲。

论古代戏曲的"土语"运用及批评

汪 超 吉 星

摘要：古代曲家创作戏曲文本善用"土语"，并成为古代戏曲批评的突出话题。其衍生出"错用乡语"的是非之辨，既凸显戏曲人物的性格特征，又促成活泼闹热的舞台效果，甚至成为戏曲声腔及表演艺术的特色之一。而以吴中地区为核心的南方曲家，又围绕"土音"对张凤翼与汤显祖等曲家展开批评，进而辨析戏曲创作的"词""意"问题。"土语"作为古代戏曲批评的关键切入口，对重新审视戏曲艺术启示深远。

关键词：戏曲；土语；乡语；土音

古代文人批评戏曲文体注重围绕关键术语展开论述，如"事""词"等核心概念。吕天成《曲品》就多依此展开评点，如评《杀狗》"事俚词质。词多可味，此等直写，事透彻，正不落恶腐境，所以为佳"[1]。又评《断发》"事重节烈，词亦佳，非草草者"等[2]，基本代表了明代曲家品评作品的重要内容。就"词"而言还体现在对藻饰与本色的批评，或以此展开戏曲作品整体风貌的阐述，或落实到具体层面集中于方言的讨论，这又主要表现在或围绕张凤翼等重要曲家，或围绕《牡丹亭》等重要作品，或围绕某些地域的特殊方言等。可见，古代文人创作戏曲时运用"土语"已是较为突出的现象，然而对其宏观研究却显得不够深入，目前学界相关研究成果如《明清戏曲作品中的苏白概论》等，所以本文主要围绕"土语"这一特殊现象，对古代戏曲创作进行深入辨析。

一、"土语"的概念辨析

所谓"土语"，《古汉语知识辞典》解释为："仅流行于某地的民族共同语的地方变体。梁章钜《浪迹续谈》云：'温州土语凡小儿退热谓之痊夏。'"[3]《辞海》则直接将其视为"地点方言"，"即一个大方言区里的许多土话。如吴语包含上海、宁波、苏州等地点方言"[4]。然而"土语"与"方言"所指应有差别："方言"受到时代与地域等因素的影响，存在与"通语"重合或变异的可能，其中历代方言的界定就受到政治中心的影响，如元代以大都为中心的语言为基础，明代以南京地区的语言为基础，现代普通话又以北京话为代表的北方方言为基础等。"土语"则受到自然环境、风俗习性、文化传统等影响，形成了某些约定俗成的固定词汇，或称为特征词，从而附着了鲜明的地域特色。"土语，俗称'土话'，对地域方言作层次分析时，低于次方言的层次。它既可用于指'方言小片'，即根据同一次方言的内部差异所划分的更低方言层次；也可用于指'方言点'，即根据同一小片内的方言差异所划分的地点方言。……不过，在一般谈话时，即不对方言作层次分析时，方言、土语常常不加区分。"[5]可见"土语"更加强调不同地点的层次差别。

所以，针对古代戏曲的语言研究而言，"方言"是作为语言学研究的内容，"土语"则要纳入文体学研究的范畴，涉及戏曲创作、格律声腔、舞台表演、地域文化、文本传播等环节，成为审视戏曲文体演变的关键切入口。

"土语"出现在戏曲作品大致有三种情形：一是地域因素。如前所述呈现出与大片方言区不同，"土语"仅限于小片流通且附带地域性色彩浓郁的词汇。清代曲家蒋士铨就自觉将江西"土语"填入戏曲，如《雪中人》第十一出《脱网》："（副净急上）方才去解手，不想官人就进去了。"[6]"解手"一词则为"上厕所"之意。《一片石》第二出《访墓》："（净）哎哟哟！我把你这狗才，又不赶死，孟子说：疾行先长者，谓之不弟。"[7]"赶死"是南昌一带典型的骂人土语，为"着急忙慌"之意。这些"土语"的使用如点睛之笔，赋予蒋士铨戏曲以独特魅力。

二是历史因素。祝允明《猥谈》专论"土语"云："生净旦末等名，有谓反其事而称，又或托之唐庄宗，皆谬云也。此本金元阛阓谈吐，所谓鹘伶声嗽，今所谓'市语'也。生即男子，旦曰妆旦色，净曰净儿，末曰末尼，孤乃官人，即其土音，何义理之有！太和谱略言之，词曲中用土语何限，亦有聚为书者，一览可知。"[8]认为要结合不同的时代背景，仔细斟酌"市语"与"土音"的界定，其佐以为证的朱权《太和正音谱》也认为："正末，当场男子谓之'末'。末，指事也。俗为之'末泥'。"[9]充分尊重历史时期的特定称谓，肯定约定俗成的既定说法，不应纳入"野"的范畴而加以否定。

三是民族因素。元代文人为了表现丰富的底层人物形象，说白夹杂各地"土语"自在情理之间。比如，"把都儿""巴都"意为英雄勇士，就多次出现于元代的戏曲作品，如马致远《汉宫秋》"把都儿，将毛延寿拿下，解送汉朝处治，我依旧与汉朝结和，永为甥舅，却不是好"等[10]，使得元曲的蛤蜊风味尤为浓郁。而有些词汇流传很广甚至成为"通语"，如"歪刺骨"一词，"在元明戏曲或小说中是对某些妇女一种轻薄兼侮辱性的称呼，多见"[11]，就出现于关汉卿《救风尘》："这歪刺骨好歹嘴也！我已成了事，不索央你。"[12]该词又写作"瓦剌姑"，同样出现于明代文人戏曲作品如徐渭《狂鼓史渔阳三弄》【那吒令】："他若讨吃么？你与他几块歪剌。"又汤显祖《牡丹亭》第三十出【尾声】："［生笑介］一天好事，两个瓦剌姑，扫兴！扫兴！"[13]这也引起明代沈德符的重点关注，其《万历野获篇》卷二五"俚语"条专释"歪剌骨"："又北人詈妇之下劣者曰歪剌骨，询其故，则云牛身自毛骨皮肉以至通体无一弃物，惟两角内有天顶肉少许，其秽逼人，最为贱恶，以此比之粗婢。后又问京师熟谙市语者，则又不然，云往时宣德间，瓦剌为中国频征，衰弱贫苦，以其妇女售与边人，每口不过酬几百钱，名曰瓦剌姑，以其貌寝而价廉也，二说未知孰是。"[14]

然而，"土语"大量存在于戏曲文本的客观事实，并未得到文人曲家的正面认可。周德清《中原音韵序》就感慨"五方言语，又复不类"的困扰，并在理论批评上明确强调"作词十法"："一、造语。可作：乐府语、经史语、天下通语。……造语必俊，用字必熟。……不可作：俗语、蛮语、谑语、嗑语、市语、方语（各处乡谈也）。"[15]围绕填曲用语"俊""熟"的标准，明确指出"天下通语"的重要性，而"方语"则被纳入不可入曲的范围。《中原音韵》确立的重要标准也得到明清曲家的认同，明代魏良辅肯定"中州韵词意高古，音韵精绝，诸词之纲领"[16]，这一标准也成为沈璟等曲家期冀廓清的核心标准，以及实现曲坛创作统一的重要参照。

同时，王骥德《曲律》"论曲禁第二十三"云："'方言'（他方人不晓。）"，并认为"右诸禁，凡四十条。在知音高手，自然不犯。如不能尽免，须检点去其甚者，令不碍眼；不尔终难为识者，非法家曲也"[17]。明确表示文人创作戏曲禁用"土语"的态度。祁彪佳《远山堂曲品》"杂调"所列四十六种，大多是弋阳腔系统的民间戏曲，其间也涉及对"土语"的批评，如评《感虎》："满纸荒秽，令人愤懑欲绝。内叠用【五圣林梢月歌】，皆土语也，尤可笑。"[18]评《易鞋》："大意与涅川之分鞋不远，但音调既疏，构词转多俗语。"[19]可见其颇为优越的文人心态与身份立场，流露出对民间戏曲的轻视态度。而吴梅《曲学通论》同样反对使用"土语"，其"宾白"一节结合我国地域辽阔的特点，详细指出各地"土语"的不同，并得出"宾白之方言宜少"的结论[20]。

由此可见，一方面是元明清时期戏曲作品客观存在"土语"入曲的普遍现象，另一方面又反过来促成文人曲家从理论批评角度强调规范，"土语"成为古代戏曲批评的突出话题，其后又衍生并围绕"乡语""土音"等概念，形成古代文人展开戏曲批评的重要内容，同时也构成较为丰富的批评体系。

二、"错用乡语"的是非之辨

与"土语"出现在各种戏曲文本相近，"乡语"也经常进入曲家评点的视野，被视为该剧语言呈现的独特之处，如祁彪佳品评"《余慈相会》南一折，顾名思义。从锦笺中之争馆讨出神情，乡语酷肖；而曲之致趣，亦自亹亹"[21]，就认为"乡语"的恰当使用有助于增添作品的神采。这在元代《西厢记》则表现得更为突出，王骥德《新校注古本西厢记自序》云："盖实甫之词稍难诠释者，在用意宛委、遣辞引带，及隐语方言，不易强合。"[22]并指出《西厢记》："记中有成语，有经语，有方语（如"颠不刺"之类），有调侃语，有隐语，有反语，有歇后语，有掉文语，有拆白语，皆当以意理会。"[23]如"【粉蝶儿】首二句，反词。'周方'，即周旋方便之意，北人歇后隐语。"[24]"【斗鹌鹑】'和光'，用老子语。"[25]这些"乡语"虽然导致难以清楚解释的弊端，但也构成了丰富多彩的语言形式。

"乡语"和"方言"的常见使用，在王骥德等人看来多为"北人"专属，其评点《西厢记》多达十处可见"北人乡语"的表述，如：

【四煞】[正尾]聘定之礼必以红，即上"红线"之谓。（关汉卿《风月救风尘》剧白："你受我的红定来。"）（石君宝《秋胡戏妻》剧："这个是红定。"）（《鸳鸯被》剧："当初也无红定，可也无媒证。"）盖北人乡语也。

【乔牌儿】"黑阁落"，北人乡语，谓屋角暗处；今犹谓屋角为阁落子。

【四边静】"人家"，指张生，犹他家、伊家之类，今北人乡语犹然。[26]

这里将"乡语"与"北人"结合表述，足以体现王骥德作为南人的叙述立场，既有基于不同地域的语言认同，又存在南北曲不同风格的文体辨析。王骥德指出《西厢记》同样多处使用"方言"：

【元和令】"颠"，轻佻也。"不刺"，方言，助语词。元词用之最多，不必其着"颠"字，如（《举案齐眉》剧，"破不剌碗内，吃了些淡不淡白粥"之类）。

【满庭芳】"风欠"，呆也，痴也，北人方言。犹今俗语说人之呆者为欠气，欠气即呆气之谓。[27]

王骥德还对《西厢记》的"乡语""方言"进行解释。其中"颠不刺"，为"最好，风流。不刺，语助词"[28]。且成为后世戏曲较为常用的词汇，如《牡丹亭》五十五出"圆驾"："颠不刺俏魂灵立化。"[29]又《长生殿》三十八出"弹词"："直弄得个伶俐的官家颠不刺、憎不刺，撇不下心儿上。"[30]从王骥德的细致评论角度而言，使用"乡语"反而构成《西厢记》语词呈现的亮点之一。

仔细辨析王骥德的其他批评用语，也可见对"乡语"的态度立场，如"【小桃红】前既曰'长吁了两三声'，又曰'喟愁声'。重叠如此，又皆张打油语，鄙猥可恨。知决为贫子窜入无疑，今直删去"[31]。对"张打油语"明确表示"删去"的观点，与"乡语"的措辞形成鲜明对比，足以见出王骥德对其肯定的立场。毛声山评点《琵琶记》的观点也与此相近，其"自序"认为《琵琶记》胜于《西厢记》在于"一曰情胜，一曰文胜"。其中"所谓文胜者何也？曰：《西厢》为妙文，《琵琶》亦为妙文。然《西厢》文中，往往杂用方言土语，如呼美人为颠不剌，呼僧人为老洁郎之类，而《琵琶》无之。……是以同一文也，而《西厢》之文艳，乃艳不离野者，读之反觉其文不胜质；《琵琶》之文真，乃真而能典者，读之自觉其质极而文"[32]。指出《西厢记》表现出"艳不离野，文不胜质"的文辞特点，就在于采用了"土语"的特殊形式。

但是，"乡语"的使用又呈现出"杂用"的状态，如臧懋循批评元曲时就指出："大抵元曲妙在不工而工，其精者采之乐府，而粗者杂以方言。"[33]这又集中体现在两个层面进行理解：一是根据不同角色人物身份交错使用"乡语"，多集中于丑、净等角色的宾白，如昆剧里的苏白等；二是结合不同声腔传播的地域文化、语言等特色，交错使用"乡语"以适应新的演出生态环境。

就第一个层面而言，流行于南方地区的南戏《张协状元》早就表现如此，戏本包含有不少方言词汇，有表动作类、状态和性质类、名物类等[34]，如第五出"（外）善哉，善哉！（净）学你只会吃死饭"。其中"喫死饭，谓不会赚钱，靠旧有的家产过日子"[35]。还有表示蝌蚪的"蛇蚪"，脚步的"脚头"，有趣的"忔戏"等，都是流行于吴地的"乡语"。结合戏曲传播自身的特点就会发现，经过不同戏班或艺人的表演，剧本也呈现出动态变化的特殊性，艺人或缘于自身所在地区的语言习惯，或根据自身表演的实际需要等，所以"杂错乡语"更为突出地体现在：不是重要的唱词而是宾白，不是主要的生旦而是丑净角色。

首先，宾白在戏曲作品中处于尴尬且变动的地位，如臧懋循《元曲选序》提及"其宾白则演剧时伶人自为之，故多鄙俚蹈袭之语"[36]。但也有文人明确提出"我家"的立场，如孔尚任《桃花扇凡例》强调"旧本说白，只作三分；优人登场，自增七分；俗态恶谑，往往点铁成金，为文笔之累。今说白详备，不容再添一字"[37]。体现出文人曲家的主体心态和自我立场。李渔同样指出"自来作传奇者，止重填词，视宾白为末着，常有白雪阳春其调而巴人下里其言者"，但又结合自身的创作与舞台经验认为"词曲一道，止能传声，不能传情。欲观者悉其颠末，洞其幽微单靠宾白一着"[38]。高度肯定宾白在戏曲结构的重要作用。而如何更为精彩地予以呈现，"乡语"的置入就成为巧妙的选择，如《缀白裘》

所收昆剧作品的宾白，就包含有扬州白（《儿孙福》的势力和尚）、京白（《琵琶记》的李旺）、山西白（《水浒记》的刘唐）、徽州白（《倒鸳鸯》的徽州朝奉）、无锡白（《十五贯》的娄阿鼠）、常熟白（《南楼记》的许婆）等，大大地丰富了昆曲艺术的表现魅力。

明清之际苏州地区的文人喜以"苏白"入曲，但也是偶有为之并特意标明，如沈嵊《绾春园》第三十二出《贻诗》"杂作苏语白"[39]，明确标注只于此处采用"苏语"，与清代《缀白裘》所收演出本的普遍增加明显不同。屠隆《修文记》等也是净丑等角偶用"苏白"，并特意标明发音声调，《修文记》第十六出《鬼趣》："（丑上）自家愚痴鬼是也。生我一向痴迷，不（音补）懂些儿关窍。男女只爱肥胖，滋味（音会）酷（音苦）喜蒜酪（音潦）。如今肚里少书，只（音止）为从前失学（音效）。"[40]地域色彩浓郁的苏州"乡语"穿插其间，颇具特色的语言表达往往引起观者的心灵共鸣，恰到好处的点缀也极大增强了舞台演出的效果。

文人创作剧本杂用苏州"乡语"的现象，经过伶人的窜改而得到放大，他们根据舞台演出的实际需要，以满足各地观者的审美需求，"苏白"的使用变成非常普遍的现象，这可见于清代《缀白裘》选录的曲本。胡适《缀白裘序》指出："《缀白裘》是苏州人编纂的，苏州是昆曲的中心，所以里面的戏文是当时苏州戏班里通行的修改本，其中'科范'和'道白'都有很大胆的修改，有一大部分的说白都改成苏州话了。"[41]如明代《六十种曲》所选沈璟《义侠记》的宾白多是官话，而《缀白裘》选录《戏叔》《别兄》《挑帘》等出，武大与西门庆的宾白则变成典型的吴地"乡语"，如"（丑）罗个说哓，要哓来虱冷膨毡咳嗽！唅，兄弟！敢是嫂嫂跟前慢憎着你？""（丑）呢！呢！呢！五个贼狗腿，狗骨头，欺老个，嚇小个！……"[42]类似大篇幅的口语且是土语化的宾白，占据了人物对话的较大篇幅。

其次，宾白部分杂用"乡语"多来自净、丑、付等所扮的非主要人物，胡适《缀白裘序》同样指出这点："改说苏白的都是'丑'和'付'，都是戏里的坏人或可笑的人。《一捧雪》的汤北溪说苏白觉得他更可恶；《义侠记》的武大郎说苏白使人觉得他更可笑可怜。这样大胆地用苏州土话来改旧本的官话，是当时戏台风气的最值得注意的一件事。"[43]这一现象自然引起文人的关注，并就过度使用的情况提出批评："至于副净、小丑宾白多用苏州乡谈，不知何本？始于何年？李笠翁亦深恶之，极力诋毁，无奈习焉不察。然而副净、小丑，原取发科打诨以博听者之一笑。苏州近地人皆通晓，用之可也。施于他省外郡，语音尚然不解，亦何发笑之有？副净小丑所扮皆下品人物，独用苏州乡谈，而生旦外末，从无用之者，何苏人自甘于为副净小丑也耶？"[44]尤其是苏州派曲家所作的戏曲作品，描写穿行于市井街巷的普通市民，如叶稚斐《琥珀匙》里所扮媒婆、行商、行童、贾瞎子等，所说"苏白"既活脱脱地勾勒出人物形象的典型特征，又成为戏曲人物和观演市民之间的独特桥梁，亲近熟悉的人物形象与语言交流，是拉近审美距离的最好载体。

明清曲家安排净、丑等角色"杂用乡语"，凸显戏曲人物性格特征的同时，又促进了活泼闹热的舞台效果。其中，祁彪佳评《完贞记》云："说白极肖口吻，亦是词场所难。"[45]明确指出说白对塑造人物性格的重要性，如阮大铖《燕子笺·狗洞》对鲜于佶的人物刻画，就充分利用了官白与苏白的错用。其中将请帖上"恭维大驾"错念成"恭维大笃"，由此讽刺了堂堂状元的无知，紧接着其又唠唠叨叨："啥字价？价、价、价……恭维大驾！"因为"价"与吴语"介"字同音，巧妙地利用吴语的独特发音进行处理，从而勾勒出鲜于佶作为伪君子的形象。此外，李渔论及戏曲创作"于嬉笑诙谐之处，包含绝大文章""总以可发人笑为主""取悦乡人之耳"等[46]，都反映出以李渔为代表的曲家对戏曲舞台效果的极力追求。吴太初《燕兰小谱》记载周二官演朱佐朝《渔家乐·渔钱》云："其《卖鱼》一出，摹写网船嫩妇，形容曲肖，吴音调谑，如在金阊牙市中，令人叫绝。"[47]其中就充分利用"吴音调谑"的特点，最终达到"令人叫绝"的舞台效果。又吕天成评议沈璟《四异记》云："旧传吴下有搜奸事，今演之，快然。丑、净用苏人乡语，亦足笑也。"[48]祁彪佳也评曰："净、丑白用苏人乡语，谐笑杂出，口角逼肖。"[49]观者是否"笑"成为评判舞台演出效果的重要标准之一。由此可见，明清曲家不断认识到"乡语"的独特魅力，从而充分利用并成为舞台效果的活力源头。

就第二个层面而言，"错用乡语"成为戏曲声腔及舞台表演的特色之一。顾起元《客座赘语》云："南都万历以前，公侯与缙绅及富家，凡有宴会，……大会则用南戏，其始止二腔，一为弋阳，一为海盐。弋阳则错用乡语，四方土客喜闻之。海盐多官语，两京人用之。后则又有四平，乃稍变弋阳，而令人可通者。"[50]虽是说明万历以前的戏曲演出状况，实则透露出弋阳腔"错用乡语"的艺术特点，流传甚广的同时也沦为曲家争议的焦点。如前所述，"乡语"在元杂剧和南戏作品并非少见，缘何能够成为弋阳腔的特点，并能流播全国各地而获得认同？这就要认真辨析"错用"的概念及其呈现的状态，王古鲁《中国近世戏曲史》曾解释"错用乡语"："从顾起元《客座赘语》了解了弋阳腔的特点是'错用乡语，四方土客喜阅之'，所以徐渭《南词叙录》提及它流布地域比较其他腔调为广。"并在"错用"之后用小字特别注明："错用是'杂用'之意。"[51]

"错用"即是"杂用"旨在说明弋阳腔并非仅以弋阳当地方言为主，而是保留其语言体系的灵活性和包容性，能够适应并杂用其他地区的"乡语"，从而满足不同地域的演出需要。弋阳腔作为流播甚广的声腔，"今唱家称'弋阳腔'，则出于江西，两京、湖南、闽、广用之……"[52]徐渭所言早于顾起元之论，说明其传播经历"官语"化的过程，并与海盐腔一样得到"两京"的认可。而魏良辅同样提出:"自徽州、江西、福建俱作弋阳腔;永乐间,云、贵二省皆作之;会唱者颇入耳。"[53]再次印证了弋阳腔虽然出自江西弋阳一带,但又流播全国各地的实际情况,并形成相对稳定的声腔体系,同时依旧保留着"错用"的灵活特点。凌濛初《谭曲杂札》又云:"江西弋阳土曲,句调长短,声音高下,可以随心入腔,故总不必合调,而终不悟矣。"[54]原本仅限于江西弋阳一地的土曲,正是因为"错用"的独特魅力,出现流播一地即生根一地并形成一地特色的可能,而传唱于云南、贵州、安徽等地,"土"可能只是江西弋阳一地的微观概念,并非作为声腔体系的整体特性。

"错用乡语"是否决定弋阳腔"土"的声腔特色,并围绕汤显祖《牡丹亭》形成较大争议。范文若《梦花酣序》指出:"且临川多宜黄土音,腔板绝不分辨,衬字衬句,凑插乖舛,未免'拗折天下人嗓子'。"[55]此处所论汤显祖弃官临川时所作《牡丹亭》,生旦两角的唱词尚属典雅范畴,只是在净、贴、丑等角色处"错用乡语",如《牡丹亭》第八出《劝农》【普贤歌】[丑老旦扮公人扛酒提花上]:"俺天生的已然手贼无过,衙舍里消消没的睃,扛酒去前坡。[做跌介]几乎破了哥,摔破了花花你赖不的我。"[56]其中"你赖不的我"就是临川方言,表示你不能怪我的意思,该曲牌所用"歌戈韵",以"我"结尾就充分利用"乡语"来方便押韵。

"错用乡语"不仅可以便于押韵,而且还能体现神趣。《牡丹亭》第九出《肃苑》春香受托去后花园请花郎打扫,【梨花儿】"小花郎看尽了花成浪,春姐花沁的水洸浪,和你这日高头偷眼眼。嗏,好花枝干鳖了作么朗",其中"洸浪"是临川方言,表示漂亮的意思,暗喻春香虽然美丽但像花一样容易干枯。又"偷眼眼"也是临川方言,表示光彩照人的样子,这两个词都明显可见花郎调笑的语气,既契合该曲牌所用的"江阳韵",又鲜明地勾勒出花郎的神情,这些恰是"错用乡语"赋予的独特魅力,并与汤显祖《答吕姜山》倡导"凡文以意趣神色为主。四者到时,或有丽词俊音可用。尔时能一一顾九宫四声否?如必按字模声,即有窒滞迸拽之苦,恐不能成句矣"的思想保持一致[57]。

这种错用的现象也遭到晚明曲家的批评,如凌濛初批评"填词不谐,用韵庞杂。而又忽用乡音"[58]。臧懋循评改汤显祖戏曲同样如此,如评《牡丹亭》第六折针对"既逢南土之珍,何惜西昆之秘"眉批"土音度"[59]。《南柯梦》第二十七折,评【集贤宾】"此曲有'奴家并不曾亏了驸马'等白,此弋阳也,削之",又评【皂莺儿】:"此下白又作弋阳语,削之。"等[60],都表现出其曲坛主流的核心意识。需要特别注意的就是,汤显祖前期客居南京、浙江等曲坛核心地带,且创作《紫钗记》基本符合曲律规范,《牡丹亭·惊梦》中【绕池游】【步步娇】【醉扶归】【皂罗袍】【老姐姐】【隔尾】【山坡羊】【山桃红】等组成套曲也是完整的"先天韵"用韵规范等,都说明其熟悉吴中地区以昆腔为代表的戏曲生态。

可见，汤显祖填制戏曲自有其鲜明的戏曲思想，既有宏观层面将其纳入文章体系腔调"意趣神色"的宗旨，又有微观层面创作实践多种因素的综合考虑：尊重本地声腔依字行腔的特点，合理借用乡语便于押韵的优势，充分发挥乡语点缀神情、塑造人物性格的特点，适当考虑宜伶等表演者的表演特长，综合考虑各地观者欣赏的审美趣味和舞台效果等，其间"错用乡语"的考察就是以小见大，意味深长。

三、"土音"的区分审视

辨析"土语"还要拆分为词汇和语音两方面：词汇角度如前所述"方言""乡语"之属，形成与"通语"对应的概念；语音角度则与发音、声调的关联更为直接，是"流行于某地的、有异于标准音的方言土语音。清代方以智《通雅·音义杂论》云：'自服、郑、应、许之时，已变古音。及沈韵出，特取汉晋之音填入耳。挺斋尽恨休文用四明土音，能无诬乎？'"[61]形成与"正音"对应的概念，如朱权《太和正音谱》也说"大抵先要明腔，后要识谱，审其音而作之"[62]，从而实现"依声定调，按名分谱"[63]。

我国地域辽阔、交通不利等因素促成了南北语音的差异，王骥德指出："北曲方言时用，而南曲不得用者，以北语所被者广，大略相通，而南则土音各省、郡不同，入曲不能通晓故也。"[64]并且在南方各地也无法共融，"土音"成为语言沟通的较大障碍，沈宠绥辨析"俗讹因革"云："又有'万'字唱'患'，'望'字唱'旺'，……北方认为正音，江南疑为土音，其间孰非孰是，断案别详瓴说，兹姑不赘。"[65]南北各地不同的吐字和发音方式，造成同一个字的音调不尽相同，沈宠绥也认为其间对错难以断案。

"土音"在南方表现得尤为突出并引起文人关注，徐复祚《曲论》专辟"五方之音"进行讨论："今天下音韵之谬者，无如闽人，即其呼父为郎罢，已可笑矣；而二音复无正字，正如梵咒中二合、三合之类，而收之以鼻音。又用土语读书唱曲，听之真同燕雀竞噪，令人不复可译，唯有睁目捧腹而已。粤人亦然。至苏语王、黄不辨，已见笑于北人。"[66]其详细罗列各地"土音"的发音特点，最后总结："若夫作曲，则断断当从中原音韵，一入沈约四声。"[67]只有如此才能形成相对统一的规范与均衡。

而吴中地区作为南方戏曲的核心地带，"土音"也自然成为争议的焦点。魏良辅《南词引正》指出："苏人惯多唇音，如冰、明、娉、清、亭之类。松人病齿音，如知、之、至、使之类；又多撮口字，如朱、如、书、厨、徐、胥。此土音一时不能除去，须平旦气清时渐改之。如改不去，与能歌者讲之，自然化矣。殊方亦然。"[68]发音方式的差别也造成曲调风格的迥异，"北曲与南曲大相悬绝，无南腔南字者佳；要顿挫，要数等。五方言语不一,有中州调、冀州调、古黄州调"[69]。王骥德《曲律》"论腔调第十"同样认为:"今自苏州而太仓、松江,以及浙之杭、嘉、湖,声各小变,腔调略同,惟字泥土音,开闭不辨,反讥越人呼字不明确者为'浙气',大为词隐所疵。"[70]造成南方声腔不同的重要元素就是各地"土音"的限制,开闭不辨、平翘不分、前后不明等发音情况,直接影响曲牌平仄、声调、押韵等问题,这又围绕张凤翼和汤显祖得以集中体现。

首先,苏州曲家张凤翼成为争议的焦点之一。徐复祚批评其"佳曲甚多,骨肉匀称,但用吴音,先天、簾纤随口乱押,开闭罔辨,不复知有周韵矣"[71]。而且还影响到吴江顾大典的戏曲创作,"皆起流派,操吴音以乱押者"[72]。明代文人批评张凤翼戏曲语言的得失主要在两个方面:一是乱押"土音"。徐复祚批评如是,沈德符同样指出"张则以意用韵,便俗唱而已。余每问之,答云:'子见高则诚琵琶记否?余用此例,奈何讶之?'"[73]如"丫枝、丫叉、丫头之类俗呼别有土音,即是药韵之音"。张凤翼采用吴地土音的现象较为普遍,所以刘禧延也说:"车遮,吴语呼此韵字,与家麻无别。'车'如'差','遮'如'渣','赊'如'沙',弹唱家或因二韵通用,竟读此韵作家麻,以为通融借叶,杂吴语于中原雅音,不又儒衣僧帽道人鞋乎?"[74]坚持"以意用韵"的填曲方法,实际代表了南方曲家立足南方地域的立场,同时又成为沈璟等曲家立足全国曲坛的批评对象。二是夹杂"土语"。凌濛初批评"张伯起小有俊才,而无长料。其不用意修词处,不甚为词掩,颇有一二真语、土语,气亦疏通"[75]。如《灌园记》第二十六出《迎立世子》:"【山歌】(丑扮牧童上)牧童路上撞娇娘,撞着子娇娘就无主张。便要替渠树荫下党介一党,荒草地上横他一横……"[76]又《祝发记》第十六折同样穿插吴歌,如:"(众吴歌科)坐册将军也会征,如今那了忒无情。弗是将军不肯斗,只因不曾贴得个零。"[77]引入吴地民歌和土语穿插其间,正是基于自我地域认同的声韵传统,以及戏曲艺术鲜明的地域色彩。

其次,江西文人汤显祖及其《牡丹亭》则为焦点之二。袁宏道评《玉茗堂传奇》云:"词家最忌弋阳诸本,俗所谓'过江曲子'是也。《紫钗》虽有文采,其骨格却染'过江曲子'风味,此临川不生吴中之故耳。"[78]所谓"过江曲子"风味是指声腔板眼为"流水板"的形式,如江水一样节奏较快,保持早期民歌小调的特点,因而在文人批评视野里被纳入鄙俗之列,如袁宏道《与沈伯函水部》云:"歌儿皆青阳过江,字眼既讹音复乾硬。"[79]又范濂《云间剧目抄》卷二"记风俗"云:"戏子在嘉隆交会时,有弋阳人入郡为戏,一时翕然崇高。弋阳人遂有家于松者,其后渐觉丑恶,弋阳人受学为太平腔、海盐腔以求佳,而听者愈觉恶俗,故万历四五年来,遂屏迹,仍尚土戏。"[80]可见弋阳腔在某些文人或流通地域成为被鄙薄的对象。

《牡丹亭》也因此受到牵连而遭到批评:"近世作家如汤义仍,颇能模仿元人,运以俏思，尽有酷肖处，而尾声尤佳，惜其使才自造，句脚、韵脚所限，便尔随心胡凑，尚乖大雅。至于填调不谐，用韵庞杂，而又忽用乡音，如'子'与'宰'叶之类，则乃拘于方土，不足深沦，止作文字观，犹胜依样画葫芦而类书填满者也。义仍自云：'跅荡淫夷，转在笔墨之外，佳处在此，病处亦在此。'彼未尝不自知。只以才足以逞而律实未谙，不耐检核，悍然为之，未免护前，况江西弋阳土曲，句调长短，声音高下，可以随心入腔，故总不必合调，而终不悟矣。而一时改手，又未免有斫小巨木、规圆方竹之意，宜乎不足以服其心也。如'留一道画不了的愁眉待张敞'，改为'留着双眉待敞'之类。"[81]汤显祖填曲出现"子"与"宰"同叶的情况，这些土音的确是造成"填调不谐，用韵庞杂"的客观原因之一，稍后臧懋循改评本多处就字进行正音，如第三十五折【南画眉序】眉批："以下杂用'戈''春'二韵，句字亦多不妥者，今改正。"[82]有趣的是王骥德委婉辩护弋阳曲"随心入腔"，与张凤翼所言"以意用韵"较为贴近，恰恰再次体现出汤显祖着意的"跅荡淫夷"之趣，从而构成文人填曲的另一审美追求。

　　面对各地"土音"不同的客观现状，沈宠绥《度曲须知》"方音洗冤考"所论中肯，认为一方面要秉持学术研究的态度，对"土音"进行客观辨析，如"尝考'宁''年''娘''女'数音，其字端皆舌舐上颚而出，吴中疑为北方土音，所唱口法，绝不相侔，幸词隐追始正韵，直穷到底，奴经一切，昭然左证，而土音之嘲始解"[83]，指出沈璟根据《中原音韵》和《洪武正韵》等比照、校勘，从而解决具体词汇与是否"土音"的界定问题。王骥德更是提出"论须识字第十二"之"反切"说："识字之法，须先习反切。盖四方土音不同，其呼字亦异，故须本之中州，而中州之音，复以土音呼之，字仍不正。……而汪南溟高唐记，与'雪''灭'同押；至以'纤''奸''盐'三字并押车遮韵中，是徽州土音也。……伯龙又以'尽道轻盈略作胖些'，与'三尺小脚走如飞'同押，盖认'些'字作'西'字音，又苏州土音矣！"[84]

　　另一方面从宏观层面要正视"土音"的客观现象，"此笑彼为土语，彼嗤此为方言。……为今日堪凭之公案，以故北既无以难南，南亦不能服北，而方音、正音，终成聚讼者此耳。愚窃谓音声以中原为准，实五方之所悕宗"[85]。但是为避免各不相容的情形，还得把持相对客观的标准，以沈宠绥为代表的曲家都将其指向周德清《中原音韵》，基本构成了明代后期多数曲家的共识，尤其是经过沈璟等人的艰辛努力，对"土音"的纠正得到很大改观，"其廉纤、监咸、侵寻闭口三韵，旧曲原未尝轻借。今会稽、毗陵二郡，土音犹严，皆自然出之，非待学而能者；独东西吴人懵然，亦莫可解。近来知用韵者渐多，则沈伯英之力不可诬也"[86]。直至清代曲家同样认同规范的必要，如徐大椿《乐府传声·北字》云："况南人以土音杂之，只可施之一方，不能通之天下；同此一曲，而一乡有一乡之唱法，其弊不胜穷矣。……譬之南北两人，相遇谈心，各操土音，则两不相通，必各遵相通之正音，方能理会，此人情之常，何不可通于度曲耶？但不可以土音改北音耳。"[87]

结　语

基于王骥德、王世贞等普遍倡议"丽语""本色语"的写作背景，明代戏曲关于"土语"的关注似乎不入主流，多数情况下都处于被批评甚至排斥的状态，直至清代王德晖、徐沅澂《顾误录》仍视"方音"为"度曲十病"之一，"天下之大，百里殊音，绝少无病之方，往往此笑彼为方言，彼嗤此为土语，实因方音乃其天成，苦于不自知耳。入门须先正其所犯之土音，然后可与言曲。西北方音之陋，犯字固不可更仆数；南方吴音，所称犯字最少，而庚青尽犯真文。其余各处土音，亦难枚举。愚窃谓中原实五方之所宗，使之悉归中原音韵，当无僻陋之诮矣"[88]。但是仔细梳理又会发现诸多耐人寻味的地方：

一是从戏曲文本创作的角度而言。文人曲家创作戏曲文本需要综合多重因素，比如：如何传神地塑造人物的性格特点，如何协调戏曲格律与文辞的关系，如何拉近与各地观众之间的观演距离，如何增强舞台演出的效果氛围，如何兼顾不同地域演员的表演习惯等。黄周星认为作曲有"三难"的同时也有"三易"，其中"方言俚语，皆可驱使"，就是"诗文所无而曲所有也"[89]，体现出使用方言的优势所在。有时恰当运用还会达到事半功倍的效果，如"嬲"字作为"土语"流行于不同地区，在江淮方言区（音niāo）时意为好看、爱美及大方等意，我们发现"嬲"也多出现在流行于安庆地区的黄梅戏里，用来形容女孩子的形象特征时可谓一字见神。所以，在戏曲文本里如何权衡"土语"的使用值得思考，过于浓郁使得难以广泛传播，过于官话又使得地域特色缺失，而"错用乡语"成为诸多地方剧种的较好选择，保持通俗与高雅、地域与全国等各种因素的平衡。

二是从戏曲文本传播的角度而言。戏曲艺术既流行于文人活动圈，又传播于广大的民间舞台，在各地艺人、观众等主体的参与下，在各地习性、文化等因素的渗透下，戏曲文本的传播呈现出既有相对稳定的文本形态，又有不断演变的流动形态。从语言学研究的角度而言，甚至可以考察某一戏剧的流动轨迹，如宣德本《金钗记》就包含有多地的土语方言[90]，有蒙古语词如"达歹"即人的意思（第四十出"达歹吵哩哒歹答剌速"），温州方言词如"觑了"（见了）、"恁地"（这样）等，客家方言如"阿屎阿尿"（拉大小便）等，寻索这些不断跳跃变化的"土语"，完全可见其文本流传多地的传播痕迹，以及剧本自身强大的包容性和多彩性，这与文人曲家强调统一的理论迥然有别，这或许也是需要从"土语"角度审视古代戏曲的原因所在。

参考文献

[1][2][48]（明）吕天成撰，吴书荫校注：《曲品校注》卷上，中华书局，2006年版，第189页、第117页、第212页。

[3]马文熙、张归璧等编著：《古汉语知识辞典》，中华书局，2004年版，第434页。

[4]中华书局辞海编辑所：《辞海》，中华书局，1961年版，第208页。

[5]张清源、张一舟等编：《现代汉语知识辞典》，四川人民出版社，1992年版，第6页。

[6][7]（清）蒋士铨撰，周妙中点校：《蒋士铨戏曲集》，中华书局，1993年版，第321页、第362页。

[8]（明）祝允明：《猥谈》，俞为民等编：《历代曲话汇编·明代编》第三集，黄山书社，2009年版，第226页。

[9][62][63]（明）朱权：《太和正音谱》，俞为民等编：《历代曲话汇编·明代编》第三集，黄山书社，2009年版，第66页、第39页、第29页。

[10][12]王季思：《全元戏曲》卷二，人民文学出版社，1999年版，第124页、第92页。

[11]言龄贵：《古典戏曲外来语考释词典》，汉语大词典出版社、云南大学出版社，2001年版，第289页。

[13][56][57]（明）汤显祖撰，徐朔方笺校：《汤显祖全集》，北京古籍出版社，1999年版，第2177页、第2088—2089页、第1302页。

[14]（明）沈德符：《万历野获篇》（中），中华书局，1959年版，第650—651页。

[15]（明）周德清：《中原音韵》，俞为民等编：《历代曲话汇编·唐宋元编》，黄山书社，2006年版，第289页。

[16][53][68][69]（明）魏良辅：《南词引正》，俞为民等编：《历代曲话汇编·明代编》第一集，黄山书社，2009年版，第527页、第526页、第528页、第527页。

[17][22][64][70][84]（明）王骥德撰，陈多、叶长海注释：《曲律注释》，上海古籍出版社，2012年版，第179—181页、第444页、第246页、第133页、第145页。

[18][19][21][45][49]（明）祁彪佳：《远山堂曲品》，俞为民等编：《历代曲话汇编·明代编》第三集，黄山书社，2009年版，第618页、第622页、第655页、第555页、第540页。

[20]吴梅：《曲学通论》，时代文艺出版社，2009年版，第156页。

[23]（明）王骥德：《新校注古本西厢记凡例》，俞为民等编：《历代曲话汇编·明代编》第二集，黄山书社，2009年版，第158页。

[24][25][26][27][31]杨绪容整理：《王实甫〈西厢记〉汇评》，人民出版社，2014年版，第50页、第51页、第141—223页、第24—68页、第69页。

[28]岳国钧：《元明清文学方言俗语辞典》，贵州人民出版社，1998年版，第1563页。严敦易：《元明清戏曲论集》专论"颠不剌的"，中州书画社，1982年版，第91页。

[29]（明）汤显祖撰，吴书荫校点：《牡丹亭》，辽宁教育出版社，1997年版，第155页。

[30]（清）洪昇撰，任少东校点：《长生殿》，辽宁教育出版社，1997年版，第110页。

[32]侯百朋编：《〈琵琶记〉资料汇编》，书目文献出版社，1989年版，第275页。

[33][36]（明）臧懋循：《元曲选序》，俞为民等编：《历代曲话汇编·明代编》第一集，黄山书社，2009年版，第619页、第619页。

[34]郭作飞：《张协状元词汇研究》，巴蜀书社，2008年版，第363—364页。

[35]吴连生等编：《吴方言辞典》，汉语大词典出版社，1995年版，第156页。

[37]（清）孔尚任撰，吴书荫校点：《桃花扇》，辽宁教育出版社，1997年版，第9页。

[38][46]（清）李渔：《闲情偶寄》，中国戏曲研究院编：《中国古代戏曲论著集成》（七），中国戏剧出版社，1959年版，第55页、第63页。

[39]（明）沈嵊：《谭友夏钟伯敬批评绾春园传奇》，《古本戏曲丛刊》二集，上海印书馆，1955年版，第157页。

[40]（明）屠隆著，汪超宏主编：《屠隆集》第十一册，浙江古籍出版社，2012年版，第402页。

[41][43]（清）钱得苍编撰，汪协如点校：《缀白裘》第一集，中华书局，1955年版，第7页、第8页。

[42]（清）钱得苍编撰，汪协如点校：《缀白裘》第四集，中华书局，1955年版，第177—179页。

[44]（清）刘廷玑：《在园杂志》卷三，上海古籍出版社，2012年版，第127页。

[47]（清）吴长元：《燕兰小谱》，台湾明文书局，1985年版，第74页。

[50]（明）顾起元撰，孔一校点：《客座赘语》，《历代笔记小说大观》，上海古籍出版社，2012年版，第204页。

[51]王古鲁：《译著者叙言》，《中国近世戏曲史》（上），作家出版社，1958年版，第7页。

[52]（明）徐渭：《南词叙录》，俞为民等编：《历代曲话汇编·明代编》第一集，

黄山书社，2009年版，第485页。

[54][58][75]（明）凌濛初：《谭曲杂札》，俞为民等编：《历代曲话汇编·明代编》第三集，黄山书社，2009年版，第189页、第189页、第190页。

[55]（明）范文若：《梦花酣序》，俞为民等编：《历代曲话汇编·明代编》第三集，黄山书社，2009年版，第454页。

[59][60][82]周锡山编著：《〈牡丹亭〉注释汇评》（中），上海人民出版社，2017年版，第970页、第1692页、第989页。

[61]马文熙等编：《古汉语知识辞典》，中华书局，2004年版，第438页。

[65][83][85]（明）沈宠绥：《度曲须知》，俞为民等编：《历代曲话汇编·明代编》第二集，黄山书社，2009年版，第651页、第732页、第733页。

[66][67][71][72]（明）徐复祚：《曲论》，俞为民等编：《历代曲话汇编·明代编》第二集，黄山书社，2009年版，第271—272页、第274页、第258页、第258页。

[73][81][86]（明）沈德符：《顾曲杂言》，俞为民等编：《历代曲话汇编·明代编》第三集，黄山书社，2009年版，第65页、第189页、第194页。

[74]（清）刘禧延：《中州切音谱赘论》，任讷：《新曲苑》第三十种，中华书局，1940年版，第12页。

[76][77]（明）张凤翼撰，隋树森等校点：《张凤翼戏曲集》，中华书局，1994年版，第225页、第124页。

[78]徐扶明：《牡丹亭研究资料考释》，上海古籍出版社，1987年版，第83—84页。

[79]（明）袁宏道：《与沈伯函水部》，钱伯城笺校：《袁宏道集笺校》，上海古籍出版社，2008年版，第757页。

[80]（明）范濂：《云间剧目抄》，《笔记小说大观》（13），广陵古籍刻印社，1983年版，第111页。

[87]（清）徐大椿著：《乐府传声译注》，吴同宾、李光译，中国戏剧出版社，1982年版，第41页。

[88]（清）王德晖、徐沅澂：《顾误录》，中国戏曲研究院编：《中国古典戏剧论著集成》（九），中国戏剧出版社，1959年版，第56页。

[89]（清）黄周星：《制曲枝语》，俞为民等编：《历代曲话汇编·清代编》第一集，黄山书社，2008年版，第223页。

[90]陈历明：《潮州出图戏文珍本〈金钗记〉》，广东人民出版社，2012年版，第147—150页。

作者

汪超，博士，安庆师范大学人文学院教授，主要研究方向：古代戏曲理论。

吉星，安庆师范大学人文学院硕士研究生。

《诈妮子调风月》中金代女性装束含义考

孙改霞

摘要： 元杂剧《诈妮子调风月》中多次出现金代妇女装束"包髻、团衫、腰裙、绸手巾"，学者对这一装束所体现的意义多有争议。但据文献记载，这一装束本身并不能体现人物等级身份，能体现等级身份的是这一装束所使用的材料以及装束上的饰品。除此之外，这一装束还有更深层的象征意义，即象征着"婚约"，因为金人妇女在结婚时多穿这一装束，这在元杂剧《谢天香》《望江亭》两剧中亦能得到证明。

关键词： 调风月；包髻；团衫；绸手巾

一、《诈妮子调风月》中的装束以及对装束与身份的争议

元杂剧《诈妮子调风月》（以下简称《调风月》）演绎的是金代贵族小千户与侍女燕燕之间的风月故事，其中多次提到金代妇女的装束，尤其是"包髻、团衫、腰裙、绸手巾"这一装束，在剧中多次提到。见下表：

《调风月》中装束名称及出现频率一览表

裹头巾 1次	第一折：【仙吕】【点绛唇】半世为人，不曾交大人心困。虽是搽胭粉，子争不裹头巾，将那等不做人的婆娘恨。
腰裙 2次	第一折：【赚煞】过今春，先交我不系腰裙，便是半簸箕头钱扑个复纯。交人道眼里有珍，你可休言而无信！ 第二折：【尾】呆歆才，呆歆才休怨天，死贱人、死贱人自骂你！本待要皂腰裙，刚待要蓝包髻，则这的是接贵攀高落得的！
包髻 6次	第一折：（带云）许下我包髻、团衫、绸手巾！（唱）专等你世袭千户的小夫人！ 第二折：【尾】呆歆才，呆歆才休怨天，死贱人、死贱人自骂你！本待要皂腰裙，刚待要蓝包髻，则这的是接贵攀高落得的！

包髻 6次	第二折：【四煞】待争来怎地争？待悔来怎地悔？怎补得我这有气分全身体？打也阿儿包髻真加要带，与别人成美况团衫怎能够披？ 第三折：【紫花儿序】见一个耍蛾儿来往向烈焰上飞腾，正撞着银灯，拦头送了性命。咱两个堪为比并：我为那包髻白身，你为这灯火青荧。 第四折：【驻马听】官人石碾连珠，满腰背无瑕玉兔鹘；夫人每是依时按序，细撚绒全套绣衣服，包髻是缨络大真珠，额花是秋色玲珑玉。悠悠的品着鹧鸪，雁行般但举手都能舞。 第四折：【折桂令】他是不曾惯傅粉施朱，包髻不仰不合，堪画堪图。你看三插花枝，颤巍巍稳当扶疏。则道是烟雾内初生月兔，元来是云鬟后半露琼梳。百般的观觑，一划的全无市井尘俗，压尽其余。	
团衫 2次	第一折：许下我包髻、团衫、绸手巾！（唱）专等你世袭千户的小夫人！ 第二折：【四煞】待争来怎地争？待悔来怎地悔？怎补得我这有气分全身体？打也阿儿包髻真加要带，与别人成美况团衫怎能够披？他若不在俺宅司内，便大家南北，各自东西！	
绸手巾 1次	第一折（带云）许下我包髻、团衫、绸手巾！（唱）专等你世袭千户的小夫人！	

此表格反映出金代妇女的装束：包髻、团衫、腰裙、绸手巾（"裹头巾"只是对"包髻"的另外一种说法）。而"包髻"这一装束词语在该剧中出现次数最多，共计6次。"包髻"不仅仅是侍女燕燕心中所期盼的，而且剧中的贵夫人与另一女主莺莺的装束也都着有"包髻"，因此，探析"包髻"或者是"裹头巾"的意义，有助于深刻理解燕燕这一人物形象。

关于"包髻"或"裹头巾"的意义，不同学者有不同的解释。

一种认为是"侍妾"的服装。代表人物是王季思先生。王先生认为"包髻"是"侍妾"的服装，他在《〈诈妮子调风月〉写定本说明》第二十二条中说：

> 腰裙是婢女系的半边裙子。……"包髻团衫绸手巾"，是侍妾的服装，也见《谢天香》《望江亭》二剧。[1]

他在《中国戏曲选》所选的《诈妮子调风月》一剧第［四○］条注文中也说：

> 皂腰裙与蓝包髻同为侍妾服饰。[2]

可见，王先生不仅将"包髻"看成是"侍妾"的装束，连同"团衫绸手巾"这两种物品也被认为是"侍妾"的装束。

另一种认为是"小夫人"的装束。代表人物是徐沁君先生、龙潜庵先生。

徐沁君先生对王季思先生"包髻团衫绸手巾是侍妾的服装"这一说法不认同，他认为当是"小夫人"的装束，同时也指出尚有人认为是"夫人"装束的：

> 定本说明："包髻、团衫、绸手巾，是侍婢的服装。"恐非是。定本说明又说："也见《谢天香》《望江亭》二剧。"《谢天香》说的是"第二个夫人"的服装，《望江亭》说的是"小夫人"的服装，这正和本剧一样，本剧第一折说是"小夫人"，第四折说是"第二个夫人"，均非"侍婢"身分。《乐府新声》卷中无名氏【喜春来】小令："冠儿褙子多风韵，包髻团衫也不村，画堂歌舞两般春。伊自忖：为烟月？为夫人？"也说包髻团衫为"夫人"的服装。[3]

龙潜庵先生也认为是"小夫人"的服饰。他在《宋元语言词典》中说：

> 包髻团衫：小夫人（妾侍）的服饰。[4]

徐先生的怀疑很有道理。"包髻、团衫、绸手巾"并非"侍妾"的专用服装，因为第一折末尾燕燕说"许下我包髻、团衫、绸手巾！（唱）专等你世袭千户的小夫人！"其中明确提到了"包髻、团衫、绸手巾"对应的是"小夫人"，可见，"包髻、团衫、绸手巾"不应是"侍妾"的装束。如此一来，"包髻、团衫、绸手巾"似乎应为"小夫人"的标配。但事实并非如此。

首先，"包髻"不仅是"小夫人"的装束，也是"夫人"的装束。《调风月》第四折描写"夫人"的着装时，说"夫人每是依时按序，细揍绒全套绣衣服，包髻是缨络大真珠，额花是秋色玲珑玉"，可见，"夫人"也"包髻"。在描写莺莺为结婚而梳妆时，说"包髻不仰不合，堪画堪图"，莺莺是以"正夫人"的身份嫁给小千户的，可见，"包髻"不应单单为"小夫人"的装束，"夫人"们也要包髻。

其次，"手巾"一物，虽然没有单独提到"夫人"使用，但《调风月》第二折在提到小千户背着燕燕收取贵族女子莺莺定情物时，明显提到莺莺用"手帕"作定情物："将手帕撇漾在田地"，说明"手帕（即手巾）"并非"小夫人"的装束，未婚女子也可使用。

再次，剧中出现的"腰裙"并非如王季思先生所云"是侍妾的服装"。这从燕燕的两次唱词中可得到明证。第一次，当燕燕还是侍女、婢女时，唱道"过今春，先交我不系腰裙"，从此句可看出，目前燕燕还穿着腰裙，可见侍女、婢女也穿腰裙，因此她期待成为小千户的"小夫人"后，可以脱去现在穿的这身"腰裙"。那是否"小夫人"就不穿腰裙呢？其实"小夫人"也穿腰裙。燕燕第二次唱词道："本待要皂腰裙，刚待要蓝包髻，则这的是接贵攀高落得的！"从此句可看出，燕燕期待着"皂腰裙"，说明"小夫人"也穿"腰裙"。可见，腰裙侍女、婢女可以穿，小夫人也可以穿。

另外，"团衫"在文中出现两次，并不能充分说明"团衫"是小夫人专用。第一次"许下我包髻、团衫、绸手巾，专等你世袭千户的小夫人"，只能说明小夫人可以穿"团衫"，但不能由此否定其他阶层的人穿"团衫"。第二次"与别人成美况团衫怎能够披"，从中可看出"团衫"似乎是结婚时穿的。由此可看出，"团衫"并非"小夫人"装束，而应是结婚服装。

如此一来，《调风月》中的"包髻、腰裙、绸手巾"这些装束，婢女、侍妾、小夫人、夫人均可穿用，并不能体现人物身份；而"团衫"似应为结婚服装。

二、反映身份等级的是衣物材质及饰品而非衣物本身

既然"包髻、团衫、绸手巾"以及"腰裙"，婢女、侍妾、小夫人、夫人均可穿用，那下层百姓是否也可穿用呢？答案是肯定的。

首先，"包髻"这一装束本身并不能反映金人妇女的身份等级。

"包髻"本不是女真妇女的原有装束，而是灭辽侵宋后，学习辽宋妇女而来的。在学辽宋"包髻"时，金人妇女的"包髻"并非如辽宋妇女般体现身份等级。宋人宇文懋昭《大金国志》卷三十九"男女冠服"条：

> 金俗好衣白，辫发垂肩。与契丹异。垂金环，留颅后发，系以色丝。富人用金珠饰，妇人辫发盘髻，亦无冠。自灭辽侵宋，渐有文饰：妇人或裹"逍遥巾"，或裹头巾，随其所好。至于衣服，尚如旧俗。[5]

《金史·卷四十三·志第二十四·舆服下》亦云：

> 年老者以皂纱笼髻如巾状，散缀玉钿于上，谓之玉逍遥。此皆辽服也，金亦袭之。[6]

从"妇人辫发盘髻，亦无冠，自灭辽侵宋，渐有文饰"以及"此皆辽服也，金亦袭之"等句可看出，金人妇女一开始并不"裹头巾"、不"包髻"，金人妇女"裹头巾"是在灭辽侵宋后学习辽宋的。从"随其所好"一语中可看出，金人妇女裹头巾并没有等级限

制，而是根据兴趣爱好。

可见，"包髻"本身并不能反映金人妇女的等级，因为"包髻"对金人妇女来说，完全是"随其所好"，人人皆可包髻，亦可不包髻。

其次，是否着"团衫"也不能反映金人妇女的身份与地位。"团衫"是金人妇女原有的装束。因人人皆可服"团衫"，所以"团衫"本身并不反映等级。《金史·舆服下》：

> 妇人服襜裙，多以黑紫，上编绣全枝花，周身六襞积。上衣谓之团衫，用黑紫或皂及绀，直领、左衽，掖缝，两傍复为双襞积，前拂地，后曳地尺余。[7]

从"上衣谓之团衫"一句可知，金人妇女所云"团衫"即上衣，为妇女常服之衣物，是否着"团衫"，并不能反映出身份等级。元人陶宗仪在《南村辍耕录》卷十一"贤孝"条中也指出了这一点：

> 国朝妇人礼服，达旦曰袍，汉人曰团衫，南人曰大衣，无贵贱皆如之。服章但有金素之别耳，惟处子则不得衣焉。[8]

陶宗仪指出"团衫"为"无贵贱皆如之"，说明"团衫"为人人皆服之衣，因而并不能反映身份等级。"团衫"只有"金素之别"，即华丽与朴素之别。尤为重要的是，"（团衫）惟处子则不得衣"，说明，"团衫"是已婚妇女所穿的衣服，未婚女子则不可穿。

由此可知，"团衫"是金人已婚妇女所服之衣，未婚女子不得穿，它只有华丽与朴素之别，并无身份等级之别。

再次，腰裙如上文所言，燕燕在做婢女时，以及期待成为小夫人后，均可穿腰裙。可见腰裙并不能反映身份等级。而手巾为妇女随身携带之物，用于擦汗或拭鼻，人人皆可用，更是不能反映人物的身份与等级。

如此一来，"包髻、团衫、绸手巾"以及"腰裙"这一金人妇女惯有的装束，本身并不能反映等级，只因人人皆可服。

虽然"包髻、团衫、绸手巾"以及"腰裙"这一装束不能反映金人妇女身份等级，但这些装束的材质却可以反映人物的等级身份。宋人宇文懋昭《大金国志》卷三十九"男女冠服"条：

> 土产无桑蚕，惟多织布，贵贱以布之粗细为别。又以化外不毛之地，非皮不

可御寒，所以无贫富皆服之。富人春夏多以纻丝绵绸为衫裳，亦间用细布；秋冬以貂鼠、青鼠、狐貉皮或羔皮为裘，或作纻丝、䌷绸。贫者春夏并用布为衫裳，秋冬亦衣牛、马、猪、羊、猫、犬、鱼、蛇之皮，或獐、鹿皮为衫。裤袜皆以皮。[9]

从"贵贱以布之粗细为别"可知，能反映人物身份等级的不在于着什么样的服装，而在于服装的材质。富人春夏用"纻丝、绵绸"做衫裳，秋冬除衣裘外，尚用"纻丝、䌷绸"做衣服，而穷苦人家只能用"布"；富人秋冬穿的裘衣皆为貂皮、狐皮、貉皮或羔皮等珍贵的皮毛，而穷人只能穿一般动物牛、马、猪、羊、猫、犬甚至是鱼、蛇之皮。其实，富人用的"纻丝、绵绸、䌷绸"并非什么上等丝，因为金地无桑蚕，所用盖皆为中原下等蚕丝，如"纻丝"即"缎子"，是用苎麻做成的质地厚密而有光泽的丝织品，其实说到底依然是麻，只是做工更精细一些；"绵绸"是指"用残次茧丝经过加工处理纺成绸丝所织的平纹绸，织物表面不光整，但厚实坚牢"，显然不是上等蚕丝；"䌷绸"指粗质的丝织品。可见，金地由于无桑蚕，即使是富人也只能穿中原下等丝织品。

《大金国志》中关于女真人服装的记载只有寥寥数语，因此不能准确而细致地反映金人衣物材质的等级，只能粗略反映出材质的优劣与人物身份等级有一定的关系，而《金史》的记载就比《大金国志》详细多了，《金史·舆服下》：

> 大定十三年，太常寺拟士人及僧尼道女冠有师号、并良闲官八品以上，许服花纱绫罗丝绸，在官承应有出身人、带八品以下官，未带官亦同，许服花纱绫罗纻丝丝绸，家属同，妇人许用珠为首饰。其都孔目与八品良闲官同，京府州县司吏皆与庶人同。
> 庶人止许服䌷绸、绢布、毛褐、花纱、无纹素罗、丝绵，其头巾、系腰、领帕，许用芝麻罗、绦用绒织成者，不得以金玉犀象诸宝玛瑙玻璃之类为器皿，及装饰刀把鞘、并银装钉床榻之类。
> 妇人首饰不许用珠翠钿子等物，翠毛除许装饰花环冠子，余外并禁。
> 兵卒许服无纹压罗、䌷绸、绢布、毛褐。
> 奴婢止许服䌷绸、绢布、毛褐。
> 倡优遇迎接公筵承应，许暂服绘画之服，其私服与庶人同。[10]

《金史》提道，仅比普通百姓身份高一些的士人（读书人）、良闲官八品以上、在职官员有出身（科举考试中选者的身份与资格）并承担八品以下的官员或未带官者，均许服由"花纱、绫罗、丝绸"等相对较好的布料、丝料所做的衣服,其家属女眷"许用珠为首饰";而身份略低一等的在衙门办理文书的小吏与庶民所着衣服就差一些,只许服"绌绸、绢布、毛褐、花纱、无纹素罗、丝绵"等粗劣布料或无花纹的布料所做的衣服,而且普通妇女不得用珠玉作首饰;而奴婢则只能服"绌绸(粗劣的丝)、绢布(丝麻)、毛褐(兽毛或粗麻制成的短衣)"地位更为低下的倡优只有在承接官府的筵席时,才可暂时穿有纹饰的衣服,平时是不可以穿的。

可见,金人服饰的等级主要体现在布料的粗细、布料的材质以及装饰上,而不是衣服本身的样式、款式上。

三、《调风月》中衣物的象征意义

《调风月》中燕燕所求的"包髻、团衫、腰裙、绸手巾"这些衣物,有的燕燕本来就用着,比如"腰裙",燕燕一直在穿,不然燕燕也不会说"过今春,先交我不系腰裙"与"裙腰儿空闲里偷提;见我这般气丝丝偏斜了髽髻,汗浸浸折皱了罗衣"(第二折),可见燕燕目前就穿着腰裙。所以,燕燕所求,不应是物品本身,而应是物品所反映的深层次的象征意义。燕燕所求应该是用更高档的材料所制成的"包髻、团衫、绸手巾、腰裙"这些衣物,而这些高档材料制成的衣物主要是用于结婚场合的,所以说,燕燕所求的是婚嫁时的高档着装。可以说,燕燕所求的衣物含义有二:一为身份(身份主要通过衣物的装饰、材质、颜色来体现);二为婚约(这是最主要的)。

首先,《调风月》中的装束象征着金代妇女"贵族"的身份。而这一贵族身份,主要是通过衣物的材质、装饰、颜色来体现。

第一次体现。通过莺莺给小千户的定情物"纳子"上装饰着贵重的"玳瑁"饰品,间接说明金人妇女高贵的身份:

> 第二折【上小楼】我敢摔碎这盒子,玳瑁纳子交石头砸碎。……(正末云了)(正旦云)直恁值钱?

贵族妇女莺莺送给小千户的"纳子"上装饰着珍贵的饰品"玳瑁"。以至于被燕燕发现后,气得想摔碎时,小千户直言"很值钱",燕燕惊讶地说"直恁值钱?"可见,燕燕对玳瑁这一珍贵饰品从来没有使用过。玳瑁虽然是莺莺给小千户用,不是莺莺自己用,但至少说明莺莺家里是有玳瑁这种珍贵的饰品的,因而可以间接反映出莺莺这一金人妇女贵族的身份的。

第二次体现。通过莺莺结婚时，包髻上的装饰说明金人妇女身份的高贵：

> 第四折：【折桂令】他是不曾惯傅粉施朱，包髻不仰不合，堪画堪图。你看三插花枝，颤巍巍稳当扶疏。则道是烟雾内初生月兔，元来是云鬟后半露琼梳。百般的观觑，一划的全无市井尘俗，压尽其余。

莺莺头上的包髻上插着"三枝花枝"，还插着"琼梳"，即玉做的梳子。"包髻"上这些昂贵的饰品连燕燕也赞叹是"堪画堪图""全无市井尘俗，压尽其余"。可见，"包髻"本身并不能反映人物的身份等级，反映人物身份等级的是装束上的饰品。

第三次体现。《调风月》还通过对贵族妇女衣物上的豪华装饰、珍贵的布料来反映人物的身份：

> 第四折：【驻马听】官人石碾连珠，满腰背无瑕玉兔鹘；夫人每是依时按序，细撚绒全套绣衣服，包髻是缨络大真珠，额花是秋色玲珑玉。悠悠的品着鹧鸪，雁行般但举手都能舞。

【驻马听】的内容是描写参加莺莺婚宴贵族人士的服装。其中"细撚绒全套绣衣服，包髻是缨络大真珠，额花是秋色玲珑玉"，描写了贵族妇女衣物的华丽，衣服上全是"细撚绒"（应为高档材料）所绣，包髻上缀着用璎珞连缀的大珍珠，额花上点缀着珍贵的美玉，这些材质、饰品的价值不菲，很能说明人物高贵的身份。这充分印证了《金史·舆服下》所说的庶人不准用珠翠钿子等物装饰，只有有官位身份的女眷才可用珠玉来装饰：

> 在官承应有出身人、带八品以下官，未带官亦同，许服花纱绫罗纻丝丝绸，家属同，妇人许用珠为首饰。……庶人止许服绝绸、绢布、毛褐、花纱、无纹素罗、丝绵……妇人首饰不许用珠翠钿子等物，翠毛除许装饰花环冠子，余外并禁。[11]

可见，普通妇女是不可以用珠玉金银来装饰的，只有有官位的贵族女眷才可用。燕燕是很清楚这一点的，所以她所要的衣物都没有提到豪华的饰品，仅仅是要"皂腰裙、蓝包髻、绸手巾"。

第四次体现。通过衣物的颜色来体现。燕燕在做侍女期间，本身就穿着"腰裙"，所以，燕燕向小千户索要的绝不是与自己现在身上所穿的一模一样的"腰裙"，根据内容可知，燕燕要的是"皂腰裙、蓝包髻"：

> 第二折：【尾】呆敲才，呆敲才休怨天，死贱人、死贱人自骂你！本待要皂腰裙，刚待要蓝包髻，则这的是接贵攀高落得的！

之所以要"皂腰裙"，是因为"皂"这一颜色代表着身份。《金史·舆服制下》：

> 其衣色多白，三品以皂……妇人服襜裙，多以黑紫，上编绣全枝花，周身六襞积。上衣谓之团衫，用黑紫或皂及绀，直领、左衽……奴婢止许服䌷绸、绢布、毛褐。[12]

金人服装多白色，三品官员才可服"皂"，可见，"皂"这一颜色是可以体现身份的，虽然此处说的是男性官员，但对女性应该是适用的，即使是妇人所穿"腰裙"，也是多以"黑紫"，而非"皂"。所以燕燕所求的"皂腰裙"应该是能体现身份的。庶人"包髻"的颜色，《金史·舆服制下》仅云"年老者以皂纱笼髻"，大概因为"包髻"是沿袭辽金之故，故所载甚简，不甚明了。但据文意推测，亦当不同于常制，否则燕燕不会说"则这的是接贵攀高落得的"。

这就说明"皂腰裙、蓝包髻"中的"皂"与"蓝"是可以抬高身份的，可抬高至"贵"的阶层。所以，燕燕所云自己"只争不裹头巾"的意义应为"很遗憾自己没有一个高贵的身份"。

而燕燕所求的"团衫"当为前文提到的陶宗仪所说的"服章但有金素之别"的"金团衫"（即华丽的团衫）。虽然"团衫"本身无贵贱之别，但一旦有了"金素之别"，"金团衫"往往为富贵人家所服，而穷苦人家只能服"素团衫"。所以，此处燕燕当求的是"金团衫"，而"金团衫"是可以抬高燕燕的身份与地位的。

另外燕燕所求的"绸手巾"，显然表明手巾是用"丝绸"这一高档丝织品做的，上述材料明言奴婢只许服"䌷绸"（粗劣的丝绸），不可用丝绸，燕燕此处所求的"绸手巾"，当为用贵族阶层才能使用的高档"丝绸"所做的手巾。

所以，燕燕所求的"皂腰裙、蓝包髻、绸手巾"以及（金）团衫，对燕燕目前侍婢的身份来说，的确是尊贵了些，所以燕燕也认为自己是"接贵攀高"。

综上，《调风月》中通过装束上的珍贵饰品、衣物的材质、衣物的颜色等来反映出金人妇女高贵的身份。

其次，《调风月》中的装束还象征着婚约。

根据上述元人陶宗仪在《南村辍耕录》中所云"汉人曰团衫……惟处子则不得衣焉"一句可知,"团衫"应为已婚妇女的装束,可以说,女子在结婚的那一天是可以穿"团衫"的,所以《调风月》中的"团衫"应该是燕燕所求的婚服,代表了婚约,这应该是燕燕最为看重的。因此燕燕说:

> 第二折:【四煞】待争来怎地争?待悔来怎地悔?怎补得我这有气分全身体?打也阿儿包髻真加要带,与别人成美况团衫怎能够披?

燕燕说小千户要与莺莺结婚,所求的"团衫"怎能够披,说明"团衫"为结婚的服装,犹如今之婚纱,若婚约不在,婚纱又如何穿得?从侧面说明"团衫"为结婚专用之服。

就连燕燕也认为"包髻团衫绸手巾"之类的装束,象征着婚约。与小千户结婚,是燕燕脱离侍婢成为贵族,至少可以成为"平民"的一次很好的机会:

> 第三折:【紫花儿序】见一个耍蛾儿来往向烈焰上飞腾,正撞着银灯,拦头送了性命。咱两个堪为比并:我为那包髻白身,你为这灯火青荧。

燕燕说"我为那包髻白身"(此处的"包髻"当为燕燕前面所云"蓝包髻"),显然,燕燕认为只有通过嫁给小千户,才能脱离"侍婢"的身份,成为"白身"(即平民),而这些衣物是必须借助结婚这一仪式才能体现其所隐藏的身份价值,若无婚约,这些衣物便失去了身份价值。

"包髻团衫绸手巾"跟婚约连在一起,在元杂剧中有广泛体现。除《调风月》之外,尚有《谢天香》与《望江亭》两剧也提到了"包髻团衫绸手巾",尤其是《谢天香》一剧,明确提到了婚约。

> (钱大尹云)你对谢天香说:"大夫人不与你,与你做个小夫人咱。"则今日乐籍里除了名字,与他包髻、团衫、绸手巾。(《谢天香》第二折)

谢天香身份为乐人,是贱户,所以在听到钱大尹这番言辞后,便知钱大尹给她许下了婚约,以致钱大尹将她带进家中,三年未举行婚礼时,谢天香言语之中多哀怨:

> (正旦云)诗有了。(诗云)一把低微骨,置君掌握中。料应嫌点涴,抛掷

任东风！（《谢天香》第三折）

谢天香所说的"抛掷任东风"，显然是说钱大尹将自己放置钱府三年，虽然衣食起居比以前好多了，但三年没有举行婚礼，没有给自己名分，想来不禁懊恼，可见，"包髻团衫绸手巾"意味着婚约。就连钱大尹在听到谢天香的哀怨后，直接许诺"拣良辰吉日"举行婚礼，给谢天香正式名分：

天香，你在我家三年也，你心中休烦恼，我拣个吉日良辰，则在这两日内立你做个小夫人，你心下如何？

其中的"拣个吉日良辰"显然是要举行婚礼，以实践当日所许下的"包髻团衫绸手巾"。所以，《谢天香》一剧中的"包髻团衫绸手巾"从侧面说明了《调风月》中的"包髻团衫绸手巾"象征着婚约。

而《望江亭》第三折中，由于谭记儿使计假意勾引杨衙内，诱使杨衙内许诺谭记儿"包髻团衫绸手巾"，所以最终自然是没有结成婚的，但杨衙内的本意却是要与谭记儿成婚的。

综上，《调风月》中的装束"包髻、团衫、腰裙、绸手巾"，有两层象征意义：一象征着贵族身份，而这一贵族身份是通过装束上的饰品与衣物材质、颜色来体现的；二象征着婚约，因金人妇女在结婚时多穿这一装束。

参考文献

[1] 康保成编：《王季思文集》，中山大学出版社，2004年版，第253页。

[2] 王起主编：《中国戏曲选》（上），人民文学出版社，1984年版，第73页。

[3] 徐沁君：《新校元刊杂剧三十种》（上），中华书局，1980年版，第99页。

[4] 龙潜庵：《宋元语言词典》，上海辞书出版社，1985年版，第249页。

[5][9]（宋）宇文懋昭著，崔文印校证：《大金国志校证》（下），中华书局，1988年版，第552页、第553页。

[6][7][11][12]（元）脱脱等：《金史》，中华书局，1997年版，第260页。

[8]（元）陶宗仪撰，文灏点校：《南村辍耕录》，文化艺术出版社，1998年版，第159页。

[10]（元）脱脱等撰：《金史》，《二十四史》（第17册），中华书局1997年版，第260—261页。

作者

孙改霞，文艺学博士，山西师范大学文学院副教授，硕士生导师，主要研究方向：古典文献。

后南戏时代南戏主题的回流

包建强

摘要：南戏历经四个不同的发展阶段，思想主题不断演变。在雅俗共存阶段，南戏四大主题"忠""孝""节""义"曾被士大夫建功立业的雄心抱负和自怨自艾所取代。进入后南戏时代，南戏的四大主题回流。四大主题回流的动力是深厚的民间文化传统。

关键词：后南戏时代；南戏四大主题；"忠""孝""节""义"；回流

宋元时期，南戏一直在民间传播，形成由多种声腔演唱的格局，人们虽以某某腔呼之以区分，但总体目之为南戏。自明初文人染指南戏始，南戏逐渐进入精英文化圈，开启了其在雅、俗两个文化圈中传播的历史。明中叶，经魏良辅改良昆山腔和《浣纱记》《鸣凤记》《宝剑记》三大剧本诞生，雅文化圈中流传的南戏褪尽了民间特征变为精英文化被称为传奇。继清康熙朝"南洪北孔"的剧本创作之后，传奇剧本创作式微。至清中叶虽出现了唐英和蒋士铨的传奇创作，但他们的传奇已与俗一途的民间戏曲接轨，"大部分剧目是依照民间戏曲改编，个别保留了民间戏曲的优点"[1]，自兹，南戏的历史进入后南戏时代。在后南戏时代，南戏出现许多返祖现象，主题返祖乃其中之一。

一、回流之源：宋元南戏主题

宋元南戏取材很广，钱南扬曾对宋元南戏题材来源做过全面概括[2]，彭隆兴也有论述[3]。综合二家之说，宋元南戏的题材来源大致如下：

（一）出于民间传说与民间说唱者，有《孟姜女》《祝英台》《刘锡沉香太子》《董秀才遇仙记》《赵贞女蔡二郎》等；

（二）出于道教佛典故事者，有《吕洞宾三醉岳阳楼》《西王母蟠桃会》《西池王母瑶台会》《鬼子揭钵》之类；

（三）出于唐宋传奇者，有《王仙客》《李亚仙》《章台柳》《磨勒盗红绡》之类；

（四）出于宋金杂剧者，有《裴少俊》《刘盼盼》《红梨花》《船子和尚》之类；

（五）出于宋元话本小说者，有《王魁负桂英》《崔护觅水》《卓文君》《李亚仙》《宣和遗事》《柳耆卿诗酒玩江楼》《陈巡检梅岭失妻》《洪和尚错下书》《何推官错认尸》等；

（六）吸收元杂剧题材者，有《单刀会》《拜月亭》《调风月》《杀狗劝夫》《赵氏孤儿》《西厢记》等；

（七）出于正史者，有《苏武》《朱买臣》《司马相如》《鲍宣少君》之类；

（八）出于时事者，有《祖杰戏文》《黄孝子》《兰蕙联芳楼》《邹知县》之类。

宋元南戏题材来源相当广泛，唐宋以来的歌舞、说唱、杂剧之途属于传承，从当时的社会时事新闻中选材属于创新。

《太和正音谱》卷首《杂剧十二科》将杂剧分为：神仙道化、隐居乐道、披袍秉笏、忠臣烈士、孝义廉节、叱奸骂谗、逐臣孤子、钹刀赶棒、风花雪月、悲欢离合、烟花粉黛、神头鬼面十二类[4]。吕天成《曲品》借鉴此作法，将宋元南戏题材归纳为"六门"：忠孝、节义、仙佛、功名、豪侠、风情[5]。《太和正音谱》的分类标准与界限不明确，《曲品》的分类标准是其主题。若按此分类，将宋元南戏的任一剧目归于其任一门类下，便将该剧目的内容做了简单化的理解而抹杀了其主题的丰富性。宋元南戏的内容主题并不是单一的，"忠孝"与"节义"往往孪生，同时掺杂着"功名"与"风情"。"功名"剧未必单纯张扬功名，"风情"剧也未必全为男欢女爱，而是多种主题复合；"仙佛"剧多掺杂着"豪侠"主题；"豪侠"剧往往兼有"风情"姿态。如《琵琶记》，蔡伯喈形象宣扬忠孝，赵五娘与牛小姐是"节义"化身，"忠孝""节义"又皆围绕男女风情之事展开，悲剧的形成又与剧本追求功名的思想分不开。显然，将《琵琶记》归于上述任何一门均不妥。再如《张协状元》，张协与王贫女之间形成"风情"变故，而李大公、王德用夫妇宣扬了"侠义"主题，剧中几乎所有的人物均带有浓厚的"功名"思想。又如《白兔记》，刘智远招赘李家与李三娘结为夫妻。李父死后，遭兄、嫂妒害，刘智远邠州投军。李三娘受尽兄嫂虐待，于磨房诞下一子，在太白金星帮助下送往邠州，16年后一家团聚。该剧兼风情、节义、仙佛、功名数种主题。诸多案例显示，宋元南戏剧目的主题是复合型、多层次的。周贻白不同意吕天成的分类法："南戏的篇幅，冗长者居多，关目较繁，自不能单纯地把一个剧本分在某一类。比方'风情'一门，便多数夹有'功名'，这是每一个恋爱故事的戏文的熟套。所谓'门类'，不过是明代人的看法而已。"[6]明人分类是厘定南戏主题的一种做法，后世不能单纯以类属裁定南戏剧目的主题，而应认识到剧目主题的复杂性。

宋元南戏取材广泛，其内容主题自然也很丰富。周贻白指出："宋元南戏的故事取材，虽似没有限制，大抵就历史及传说的原有的情节稍加剪裁。平空结撰地特为编作戏文而创造故事，比较少些。换一句话说，凡一篇戏文的本事，必当具有来历，纵令羌无故实，亦必有其传说，这是在今存许多南戏名目里也可以看出的。至于当时有否规律或范围，今虽不能全知，比较着看来，好像一般题材，颇偏重于写恋爱故事。而且多写男子的负心，或女子的薄命。虽然多半是始离终合地以团圆结局，未始不即为南戏在故事取材上的一种倾向。"[7]钱南扬也认为，宋元南戏反映婚姻问题的主题最突出，大约有三分之一的数量是关于婚姻问题，而婚姻问题的南戏又分为两种：一类是争取婚姻自由的；一类是婚变戏。另外还有对历史故事中的英雄、水浒好汉、爱国者、文学家、清官、下层妇女进行歌颂的，对反抗者、弱者表示同情的，对奸相、酷吏加以无情批判的[8]。张庚、郭汉城也说，宋元南戏"几乎有一半是描写爱情、婚姻或家庭故事的。这些作品通过描写爱情、婚姻的种种矛盾，揭示了封建社会中妇女的悲惨遭遇，反映了不同阶级间道德观念的冲突。"[9]金宁芬将宋元南戏分为四大主题类型。（一）叙述爱情、婚姻、家庭生活，这类数量最多，具体包括：1.写男子负心而造成的婚姻悲剧。如《赵贞女蔡二郎》《王魁负桂英》《张协状元》《李勉》《三负心陈叔文》《崔君瑞江天暮雪》《张琼莲》等。2.写青年男女追求爱情、争取婚姻自由的。如《王焕》《赛金莲》《韩寿窃香记》《杨实锦香囊》《朱文太平钱》《司马相如题桥记》《宦门子弟错立身》《裴少俊墙头马上》等。（二）反映战争动乱、社会黑暗给人民带来的苦难。《乐昌公主破镜重圆》《王仙客》《柳颖》《陈光蕊江流和尚》《洪和尚错下书》《何推官错认尸》《林招得》《小孙屠》《孟姜女送寒衣》均属此类。（三）表现朝廷忠与奸、爱国与卖国的斗争，如《东窗记》《苏武牧羊》《赵氏孤儿》《贾似道木绵庵记》等。（四）进行封建道德说教、宣扬因果报应的迷信思想。如《冯京三元记》《黄孝子寻亲记》《看钱奴买冤家债主》《王母蟠桃会》《金童玉女》《吕洞宾三醉岳阳楼》等[10]。俞为民进一步指出，宋元南戏的题材内容充满着市民性，男女双方的婚姻爱情结合，是双方为了共同跻身于上层社会，形成的一种经济与才华之间的借贷关系。至于宋元南戏题材中反映战乱、社会黑暗，描写民族矛盾、褒扬忠义与爱国、抨击奸佞与误国，是元蒙统治统一后，民族矛盾上升才出现的[11]。揭示出宋元南戏的市民思想。

宋元南戏在雅、俗两途的长期传播过程中，由于受精英文化的影响，俗文化一途的民间南戏的主题不断发生着变化。进入后南戏时期，南戏淡出精英文化圈，南戏主题出现向宋元时期回归的现象。

二、回流主体：南戏四大主题

经过明清文人洗髓伐骨，雅文化圈中传播的南戏的主题转向士大夫情怀的倾诉，并反哺俗文化圈中传播的南戏。进入后南戏时代，南戏旧有的主题开始回归，最明显的是忠、孝、节、义四大主题。

"忠"的思想源于儒家经典，本是儒家所追求的个体精神层面的修养境界，后来逐渐成为一种社会道德规范。宋元南戏很注重对"忠"的宣扬，并且从两个层面宣扬：其一，提倡对皇帝、对他人无条件的负责，《忠孝蔡伯喈琵琶记》《乔风魔豫让吞炭》宣扬的"忠"即属此类；其二，宣扬捍卫国家、民族、事业的完整，《席雪飡毡忠节苏武传》《张巡许远双忠记》等宣扬的"忠"即属此类。

后南戏时代，各地方戏中流传的南戏剧目开始重视"忠"的思想传统，主要表现在两个方面。一是重视对宣扬"忠"思想的宋元南戏剧目的传播。《赵普进梅谏》《丙吉教子立宣帝》《包待制陈州粜米》《苏武牧羊记》《忠孝蔡伯喈琵琶记》《韩文公风雪阻蓝关》《投笔记》《豫让吞炭》《孙武子》《王阳明平逆记》《张巡许远双忠记》在各地方戏中盛演，体现出民众对宣扬"忠"思想的宋元南戏剧目的欢迎。二是对宋元南戏剧目的题材内容加以增删与适度改编，或者变更剧中主角，以加大表现"忠"的题材内容。题材内容或主角的变更，引起宋元南戏中复合型主题各成分的地位变动，"忠"的思想成分得以强调成为流传南戏最突出的主题。宋元南戏《秦太师东窗事犯》本是斥奸骂贪、讽刺奸佞为主，主角是反面人物秦太师。进入后南戏时代，醒感戏将之更名为《精忠殇》，主角变为岳飞，思想主题随之变为歌颂民族忠魂。宋元南戏《苏英皇后鹦鹉记》演嫔妃们在后宫为争地位而勾心斗角之事，绍兴文戏、秦腔、婺剧侯阳高腔、赣剧弋阳腔、都昌高腔、麻城高腔、正字戏、襄阳青戏等戏均重视对该剧目的传播，且情节均有不同程度的删改，但皆将《潘葛思妻》一出增容加以强调潘葛忠于职守、为存国母而舍妻的主题。湘剧高腔直接将之更名为《一品忠》，强调潘葛之"忠"，剧情页增加了潘葛尽忠的内容。宋元南戏《林招得》演青年男女为争取真挚的爱情而抗争之事。茂腔、柳腔等地方戏将之更名为《西京》，剧情增删变为：男主角李彦贵蒙冤收监判斩，其嫂裴秀英千里迢迢赶至西京为他喊冤，连告四状：一告黄延珍诬良为盗；二告郭子春贪赃枉法；三告兄弟图财害命；四告丈夫不忠不孝，家有糟糠招驸马，母亲丧期穿大红。通过强调，"忠"成为该剧宣扬的重要思想。宋元南戏《豫让吞炭》演门客为报主人的知遇之恩、竭死为主报仇之事，愚忠性质较浓。川剧胡琴戏将之更名为《豫让桥》，京剧更名为《国士桥》，均将表现私人间的恩仇提升为对国家的忠诚。

后南戏时代回归的第二大南戏主题是"孝"。"孝"亦源于儒家思想，孔子、孟子、曾子、荀子等诸贤均有过论述，并结集为专门的著作《孝经》。中国民间很早就有许多孝子行孝的传说，元代郭居敬辑录古代24个孝子的故事，编成《二十四孝》，以诗叙之，用以童蒙之训，遂成宣传孝道的通俗读物[①]。二十四孝故事为：孝感动天、戏彩娱亲、鹿乳奉亲、百里负米、啮指痛心、芦衣顺母、亲尝汤药、拾葚异器、埋儿奉母、卖身葬父、刻木事亲、涌泉跃鲤、怀橘遗亲、扇枕温衾、行佣供母、闻雷泣墓、哭竹生笋、卧冰求鲤、扼虎救父、恣蚊饱血、尝粪忧心、乳姑不怠、涤亲溺器、弃官寻母。此后，又有人刊行《二十四孝图诗》《女二十四孝图》等，流传甚广，孝道逐渐成为古老中国的伦理道德之一。在古代的木雕、砖雕和刺绣上，常有二十四孝题材的图案。宣扬孝道也成为民间丧葬礼俗，按亡者生前事迹，灵柩上绘制符合亡者身份的二十四孝图，颂赞亡者的功德，彰显父母抚养子女的不易、劝勉后人尽孝父母。南戏诞生于民间、流传于民间，受民间伦理道德的浸染，宣传孝道成为其主题之一，还选取二十四孝传说构筑剧情关目宣扬孝道思想。现可考的二十四孝南戏剧目有：

　　戏彩娱亲：有《老莱子》，宋元南戏

　　卖身葬父：有《董秀才遇仙记》，宋元南戏

　　芦衣顺母：有《闵子骞单衣记》，宋元南戏

　　扼虎救父：有《杨香跨虎》，宋元南戏

　　卧冰求鲤：有《王祥行孝》，宋元南戏

　　哭竹生笋：有《孟宗泣竹》，明代南戏

　　涌泉跃鲤：有《姜诗跃鲤》，明代南戏

以上七种南戏剧目，有五种属于宋元南戏，在宋、元时代就已经在广泛传演。另外两种是明代增入的南戏剧目。后南戏时代，二十四孝题材的南戏剧目在各地方戏中广泛传演：

　　戏彩娱亲：莆仙戏有《老莱子》。

　　卖身葬父：岳西高腔、琼剧有《槐荫记》，梨园戏、莆仙戏有《董永》，西安高腔有《槐荫树》，闽剧有《云头接子》，黄梅戏有《天仙配》，楚剧有《董永分别》，川剧有《槐荫记》。

　　芦衣顺母：绍剧、婺剧、调腔、松阳高腔、河北梆子、秦腔、中路梆子有

[①] 另说是其弟郭守正辑录，第三说是郭启业撰。

《芦花记》，西吴高腔有《芦花雪》，莆仙戏、山西中路梆子有《闵子骞》，闽剧有《辨芦花》，闽西木偶有《芦花衣》，河南梆子有《推车接父》，粤剧、桂剧有《闵子御车》，庐剧有《打芦花》，京剧有《鞭打芦花》，秦腔有《闵子骞接鹿奶》。①

扼虎救父：莆仙戏有《杨香打虎》。

卧冰求鲤：辰河高腔有《王祥卧冰》，莆仙戏、梨园戏有《王祥》，闽剧、秦腔有《王祥卧冰》。

哭竹生笋：莆仙戏有《孟宗哭竹》。

涌泉跃鲤：芗剧有《面线冤》，婺剧、潮剧有《芦林相会》，川剧有《三孝记》，莆仙戏、梨园戏有《姜诗》，闽剧、闽西木偶、梨簧戏、庐剧、山东五音戏、吕剧、两夹弦、西府秦腔皆有《安安送米》，瑞河戏有《芦林会》。

二十四孝故事属于民间传说，民间传说是南戏取材的主要渠道。二十四孝故事有可能全部被南戏取材编成剧目，只是有些剧目未被文献记录，但民间舞台一直在传演。除上述文献见载的二十四孝题材剧目外，在地方戏中还能考察到其他的二十四孝题材剧目：

埋儿奉母：莆仙戏有《郭巨埋儿》。

啮指痛心：莆仙戏有《曾参》。

刻木事亲：闽剧有《丁兰刻木》。

鹿乳奉亲：莆仙戏有《老莱子》，共六场，其中《披鹿求乳》《打鹿得婿》即演此事；秦腔有《闵子骞接鹿奶》。

此四种题材的南戏剧目不见有著录，亦不见有明代文人创作的传奇存世，但在后南戏时代的古老声腔剧种中传演，说明这些题材很早就已成为南戏剧目在民间传播，只是没被著录，属于佚失南戏剧目。二十四孝故事在地方戏中盛演反映出后南戏时代各地方戏对孝道的重视和宣扬。

各地方戏传演二十四孝题材的南戏剧目时，对南戏剧目做了一些改变。一是剧目更名。明代南戏《姜诗跃鲤》，川剧将之更名为《三孝记》，辰河戏将之更名为《三孝堂》。剧名皆围绕"孝"的主题，表现儿子、媳妇与孙子之孝。宋元南戏《闵子骞单衣记》被婺剧西安高腔、绍剧更名为《三孝子》，剧名增入"孝"字，强调"孝"的主题。

① 此戏糅合了"芦衣顺母"和"鹿乳奉亲"的内容。甘肃省文化艺术研究所藏有丁希贵口述抄录本。

有些更名不带"孝"字，而以描述中心事件为主。如宋元南戏《闵子骞单衣记》被河南梆子更名为《推车接父》，被秦腔更名为《闵子骞接鹿奶》，剧名均不带"孝"字，而以描述主人公实际孝行的陈述句作为剧名，来表明"孝"的主题。

二是删减情节，保留"孝"的内容。明代南戏《姜诗跃鲤》在各地方戏中剧情均有不同程度的删减，但皆保留了"安安攒米送母"的情节，芗剧、滩簧、婺剧、莆仙戏等即是如此，闽剧、闽西木偶、梨簧戏、庐剧、山东五音戏、秦腔、甘肃曲子戏等皆以《安安送米》为其剧目名，张扬孝道思想很明显。各地方戏在保存古南戏原有"孝"的情节成分的同时，还增加许多细节性情节，使孝的内容更丰腴。婺剧《送米记》第四场为《安安送米》，有段母子二人对话的情节：

> （安安）母亲不肯回家而去，我安安也不回去了。（庞三春）你不回去，在庵堂做甚？（安安）白日孩儿相帮母亲扫地点灯，捡柴烧饭，晚上也好陪伴母亲纺线织布呀！（庞三春）儿啊，娘在庵堂尚难度日，你在庵堂，无有粮米，怎能为生？（安安）米？有！有！（拿米）娘！你看这不是米么？（庞三春）米！是你婆婆叫你送来的，还是爹爹叫你送来的？（安安）不是的，是安安自己要送来的。（庞三春）（唱）你自己那有这许多米？（安安）是孩儿一天一天积起来的。（庞三春）胡说！（唱）分明是，背着婆婆私偷窃。（老尼上）（安安）不是偷来的，是孩儿自己的米啊！（庞三春）（唱）没娘的孩儿，谁叫你做出这等糊涂事？（安安）娘！（庞三春）畜生！（欲打）（安安）娘，你不要打，这米不是偷来的。（庞三春）（举棍又手软）唉！（唱）还不快快背回去。（老尼）你自己的儿子，好心前来送米，就是偷来的，收下何妨？（庞三春）有道是宁可清饥，不可浊饱。（唱）我若收下婆得知，一顿毒打，叫他怎生受得起？（安安）姑婆！孩儿在学堂里吃饭，婆婆每日给我七合米，孩儿只吃四合，便每日积下三合，这米呀！（唱）每日三餐积下的，娘亲收下好防饥。（老尼）有道积下的米，定然是早米、晚米、红米、白米掺杂在一起的，你我不妨看来。（二人看米）（庞三春）啊！是掺杂在一起的。啊！怎么还有雪块？（安安）是路上滑到跌散，捧回来的喏！（庞三春）啊！安安哪！（唱）孩儿忍饥来送米，为娘多心错怪了你。（安安）（唱）错怪孩儿儿不怨，只要娘亲不受饥。（庞三春）（唱）吃着儿米娘悲凄，见不着孩儿还要什么米！（白）安安！你自己拿回去吃吧！（安安）孩儿一心背来给母亲充饥的，你叫孩儿怎能背回去？（庞三春）娘怎忍心吃孩儿的米啊？（安安）啊！（哭）（老尼）哎！三春收下吧！难得孩儿有如此孝心，不要叫孩儿再难过了。[12]

对照富春堂本《姜诗跃鲤记》第二十五出，婺剧增入多处细节：庞氏要安安回家，安安恋母，借口要帮助母亲，赖着不走；庞氏举棍吓打安安，但手软终又放下；庞氏看到米中拌有雪块，询问原因，安安解释说路滑跌散，雪中捧回；庞氏不忍食儿米，要安安将米背回去。这些细节描写，富春堂本均无，显然是后南戏时期增入的。内容的增添让剧情丰腴、人物刻画细腻、感情真挚动人，孝道表现得淋漓尽致。

各地方戏除重视对二十四孝题材的南戏剧目传播外，还重视其他宣扬孝道的南戏剧目，《目连救母劝善戏文》《磨刀谏妇》《刘锡沉香太子》等皆是广泛传播的南戏剧目。为强调"孝"的主题，有些南戏剧目被更名，增加带有"孝"字的剧名，如《磨刀谏妇》在秦腔中称为《忠孝图》，《忠孝蔡伯喈琵琶记》在川剧高腔中称为《孝琵琶》。

还有些复合型主题的南戏在传播中删减剧情，保留表现"孝"主题的情节，甚至扩充、放大表现"孝"的情节，将"孝"的主题成分提到显著位置。如川剧将古南戏《罗帕记》更名为《白罗帕》，共二十五场，第三场《割股》着力宣扬"孝"的主题。康素贞共唱三支抒情曲，前两支【驻云飞】表现"割股尽孝"，第三支带有很强的叙事性，将丈夫进京应举久不归、家乡大旱三年、婆婆卧病、自己割股奉亲等遭遇俱详尽道来。二曲配合相应的动作科范，剧情描写细致入微。中间又穿插着土地的说白，将"孝"主题表现得淋漓尽致。"忠名怎比孝名高"，将"孝"提升到比"忠"高的位置[13]。古南戏《罗帕记》剧本今不存，无法通过剧本勘比剧情内容是否有所扩充。但从川剧剧本可看出，即使情节内容没有扩充，也绝不会有删减。为强调"孝"，有些地方戏通过剧中人物的语言，直接宣扬"孝"道。如明代南戏《葵花记》被川剧高腔更名为《葵花井》，其第六场为《割股》，演孟红日割股奉姑嫜之事：

（杨氏）却又来了。（接唱）堂前交椅轮流转，媳妇也有做婆时，不信但看檐前水，点点滴在旧窝池。（白）前日有一和尚，手持木鱼，念的什么？（孟红日）劝世经。（杨氏）好道。（接唱）劝世经来劝世经，奉劝世间行孝人，你孝公婆有四两，儿孙还你重半斤。孝顺还生孝顺子，忤逆还生忤逆根，你在背地里起下歹心肠，一心要把婆身丧。（夹白）我也没得许多气力打你，来跪下。（接唱"合同"）把你罚跪在厅堂上，千般拷打要你承当，千般拷打要你承当。……[14]

剧中人站出来直接宣扬行"孝"，还将孝道传统化、伦理化。莆仙戏《彦明嫂出路》中，李母与众人一上场就开宗明义，唱"自古文章堪华国，从来孝友可传家"[15]，直接宣扬孝道。可见，各地方戏不仅保存南戏原有说孝情节，还有所强调。

南曲双调有【孝顺歌】，最早由南宋祝直清创作。"直清字尚宾，徽州婺源人。宋绍兴中任无锡令，作此歌示民，民皆敦尚孝弟，顿成礼仪之俗。此诚有关风化语也。弄入丝桐，亦拨动人心之一机。"[16]祝直清创作的【孝顺歌】本为琴曲，祝直清创作此调是否有民间曲调可依尚未可知。南戏较完整地保存了此曲调，不仅曲牌名沿用，而且曲词内容也以宣扬孝道为主。后南戏时代，各地方戏使用【孝顺歌】时沿袭了它的文化内涵。川剧高腔《葵花井》传承明代南戏《葵花记》，为表扬孝妇孟红日，一连使用四支【孝顺歌】讴歌孟红日的孝行[17]。为避免孟红日自夸之嫌、深掘"孝"的主题，在主角自诉之外，还设置了一个配角焦尚贤，由焦尚贤唱两支【孝顺歌】，将行孝主题推向深入。辰河戏《三元记》是明代南戏《商辂三元记》的传播，其《雪梅吊孝》一场连用五支【孝顺歌】[18]；辰河高腔《琵琶记》是元代南戏《琵琶记》的传播，其《咽糠》一场连用三支【孝顺歌】。恰当利用起【孝顺歌】曲牌的原始功能，足以说明后南戏时代各地方戏重视对"孝"的宣扬，也说明"孝"道深受观众欢迎。

后南戏时代回归的第三大南戏主题是"节"。节，《说文解字》释："竹约也。从竹、即声。"后引申为操守、节操，指一个人在行为上或道德品质上坚持正义、不畏强暴、不贪私利的高尚品格。节操是儒家追求的道德修养的精粹，也是儒家道德修养体系最高价值的体现。孔子所谓的"三军可夺帅，匹夫不可夺志也"、孟子所谓的"富贵不能淫，贫贱不能移，威武不能屈"，长期以来雕塑着中国古代士人的气节观，也成为民众普遍的精神修养追求。节操自然成为南戏的主题之一。南戏宣扬的节操分为民族气节和个人操守，民族气节又往往与"忠"紧密联系。没有民族气节的人物，缺少对国家的忠诚。表现民族气节的南戏剧目有《席雪飡毡忠节苏武传》《王昭君出塞和戎记》《苏武持节牧羊记》，更多的则是表现个人操守的，如《贞节孟姜女》《四节记》《八节记》《大节记》《叶氏贞节记》《金钱记》《韩文公风雪阻蓝关》《韩湘子三度韩文公》等。各地方戏不但重视这些宣扬节操的南戏剧目，还改编其他南戏剧目的情节，增添表现节操主题的内容。如南戏《商辂三元记》演商辂在秦雪梅的教导下，连连夺魁科场，彻底改变命运的故事。赣剧、都昌高腔、庐剧、闽剧、白字戏等改动剧情，强化"秦雪梅教子"情节，表现秦氏勤苦操守、抚养幼孤有功的主题。南戏《秋胡戏妻》是一出夫妻久别重逢的闹剧。都昌高腔、莆仙戏、闽剧、徽剧、河北梆子、汉调二簧、温州乱弹、岳西高腔、川剧高腔、婺剧等地方戏皆渲染"桑园相会"一场，川剧、岳西高腔、常德汉剧、京剧、婺剧等直接以《桑园会》命名，让久别的夫妻二人在桑园这一特定场所相逢，秋胡拿出金银利诱、调戏罗氏，罗氏义正词严训斥秋胡，维护自己的人格尊严，表现出其"富贵不能淫，贫贱不能移，威武不能屈"的个人节操。南戏《梅妃旦》演皇帝与妃子的悲欢离合，莆仙戏将之改编为《江梅妃》，变为三场："唐明皇返都""瓜老送梅妃""汾阳王庆寿"，情节变为：江彩萍在动乱中坚守节操，经仙人救助，最后与唐明皇团聚。原本表演爱情主题的南戏剧目变为表现个人操守。此类南戏剧目还有《琵琶记》《白兔记》《乐昌公主破镜重圆》《陈可中剔目记》《王十朋荆钗记》《卓氏女鸳鸯会》《贞节孟姜女》《拜月亭》《祝英台》《刘文龙菱花镜》《吕蒙正风雪破窑记》《苏小卿月夜泛茶船》《李亚仙》《孟月梅写恨锦香亭》《林招得》《崔君瑞江天暮雪》《芙蓉屏记》《罗帕记》《罗带记》《荔枝记》《高文举珍珠记》等。进入后南戏时代，这些剧目被各地方戏加以改动，让主人公重在表现个人节操，主人公对忠贞爱情的追求与个人高尚的节操相连，改变了以往单纯苛求女性贞操的倾向。

为表现节操主题，各地方戏传播南戏剧目时利用主人公的节操观构筑剧情关目。如楚剧《吕蒙正泼粥》、河北梆子《吕蒙正坐窑》演到，吕蒙正从木兰寺赶斋回来，看到窑前雪地上足迹错乱，便与妻发生争执。表面看，争执是由吕蒙正误会而引起，但实际上误会是因吕蒙正的节操观引起。吕蒙正与玉兰的对话明确展示了他们的节操观，如楚剧《吕蒙正泼粥》第二场的男女主角对话：

（吕蒙正）我又没有睡着，你叫我何事？（刘玉兰）我叫你醒来吃粥呀。（吕蒙正）啊，吃粥？我清早出门，家内把米无有，嗳，你那米是天降的？（刘兰英）天只有降雪降雨，哪有降粥的道理！（吕蒙正）哼！我怕你的粥不大洁净吧！（刘玉英）清水淘的米，哪有不洁净之理？（吕蒙正）我吕秀才宁可受饥，不愿贪饱。（刘玉兰）饥者当食，渴者当饮，不要谦套了。（吕蒙正）饿死事小，失节事大，你那不洁净的东西，我就不得吃。（刘玉英）不吃也罢。（吕蒙正）哼，少时你罢，我还不得罢。[19]

吕蒙正用米不洁净影射妻子不贞洁，还告诫妻子"饿死事小，失节事大"，表达他的节操观。莆仙戏《吕蒙正》之"冒雪回窑"一场的戏剧冲突，也是使用男女主人公的节操观设置关目：

（吕蒙正）知道啦！千金啦！为人在世，也要懂得两句书，才好做得人。（刘玉娥）哪两句！（吕蒙正）"富贵不能淫，贫贱不能移。"要懂得这两句，才好做得人。（刘玉娥）这两句，别人学不来，刘氏千金学得来呀！……（刘玉娥）我不知道你为甚生气，原来是为白粥来历不明的事。官人呀，侬侬只见君之才，未曾见君之志。今日方知夫君才志双全，真是刘门乘龙，窦门秀士。（唱）见君冲天志气，堪耀相府门楣，（白）官人既读孔孟诗书，侬亦颇晓周公之礼。[20]

在后南戏时期，各地方戏青睐表现"节操"的南戏剧目，与它产生、发展的民间文化环境相关。民间文化长期受儒家思想滋育，形成了一套伦理道德规范。"节操"属于伦理道德规范之一，既包括个体涉内的自律准则，又涉及个体涉外的行事准则。

后南戏时代回归的第四大南戏主题是"义"。义，会意字。《说文》曰：己之威仪也，从我，从羊。"我"是古代一种兵器，还表仪仗。羊，一是象形，象征公平之意；二指祭祀之牲，表达信仰。为了公平（或信仰）而拿起武器战斗。《释名》曰：义，宜也。裁制事物，使各宜也。可见，"义"的本义有二：道义、情义。"义"也是儒家思想的重要命题，长期以来成为中国传统的伦理道德规范之一，也是南戏表现的一大主题。南戏有许多道义剧，主要有《韩朋十义记》《赵氏孤儿报冤记》《无双传》《古城会》《包待制判断盆儿鬼》《京娘怨燕子传书》《磨勒盗红绡》《关大王独赴单刀会》《高文举珍珠记》等。进入后南戏时代，各地方戏对南戏道义剧表现出极大的传播热情。南戏《韩朋十义记》在岳西高腔、松阳高腔中以《十义记》名目盛演，湘剧高腔、辰河戏中也有《韩朋十义》，都昌高腔、赣剧高腔、正字戏、四平戏均有《全十义》，婺剧侯阳高腔、西安高腔有《拾义记》，又称《全十义》。南戏《赵氏孤儿报冤记》在赣剧高腔、麻城高腔、辰河高腔、川剧胡琴、京剧、河北梆子、同州梆子、山西梆子、汉剧、滇剧、秦腔等剧种盛演，剧名改为《八义图》。地方戏传演的南戏道义剧，大多剧名冠以"义"字，显示出对"义"的重视和宣扬。同时，各地方戏还改动南戏情节，增加表现"义"的内容。潮剧《王茂生进酒》是对南戏《薛仁贵跨海征东白袍记》的传播。演王茂生以酿酒为业，曾资助落魄的薛仁贵，并与之结为金兰。王后流落街头，闻新任平辽王乃薛仁贵，因无钱买酒，与老妻以清水前往祝贺。薛仁贵以礼相待，并以水代酒与之畅饮，寓意为富贵不忘贫贱之交。南戏《刘锡沉香太子》在闽西木偶、绍剧、京剧、粤剧、桂剧等剧中盛传，均有"放子"一折。情节为：沉香见义勇为，操砚失手打死宰相之子秦灿，秦家要沉香抵命。沉香与秋哥相争去抵命。刘彦昌继室王氏深明大义，以己出之子秋哥代替沉香抵命，而放前妻之子沉香逃生。《刘锡沉香太子》在河北梆子中以《二堂舍子》折戏盛传，其中增入一段细节描写，表现兄弟二人互救对方性命的兄弟情义[21]。兄弟相争去抵命，让剧情节奏缓慢下来。二人年龄虽都不大，但都懂得骨肉之间的情义，甘愿舍己性命而救活对方。

各地方戏不仅传播正面表现"义"的南戏剧目，还传播反面表现"义"的南戏剧目。京剧《义责王魁》、陕西阿宫腔《王魁负义》《减灶记》《范雎绨袍记》、莆仙戏《张洽》等即为对谴责"不义"之人的南戏剧目的传播，对背信弃义、无情无义者给予无情的批判，达到维护"正义"的目的。

需要指出的是，"忠""孝""节""义"在各地方戏中传播时并不是割裂开来单独存在于某一剧目中，而是综合为复合型主题存在剧目中。如莆仙戏《孟宗哭竹》共五场：

"弃子存孤""舍生取义""哭竹生笋""奸相下场""结案团圆",不再是单纯的孝道戏,而是综合了忠孝节义的复合主题型戏。《琵琶记》本是忠孝节义俱全的南戏,各地方戏传播它时保存了原主题,成为流传最广的剧目之一。

三、回流动力：民间文化传统

  我国民间是孕育精英文化的土壤,"国风"肇始文人诗歌,晚唐曲子词开启两宋文人词,唐代文人传奇滥觞于魏晋民间神怪传说,戏曲亦莫不如是,自古以来的各类民间原始崇拜和祭祀仪式实乃南戏的前身。当精英文化被文人炒作到一定程度无法推陈出新时,精英文化又返归民间汲取营养谋求新变。如文人将诗格律化之后再找不到出路,便借助民间曲子词获得新生,故词被称为"诗余";词在南宋被文人以格律僵化,便不得不求助民间曲子取得新生,故曲又被称为"词余";唐传奇被宋人玩深沉失去生机后,有远见的文人便从民间话本寻找新路,促成了白话小说的繁荣。这种格局似乎成了一种文化传统。南戏诞生之初不在精英文化圈,而是在民间,在民间传播很久才进入士人法眼成为精英文化。
  纵观南戏发展之路,其历史大致形成四段:宋元南戏时期、明初改编南戏时期、明中叶至清中叶雅俗共进时期、清中叶后后南戏时期。在雅俗共进时期,雅文化一途的传奇反哺俗一途的民间南戏,文人特征逐渐覆盖掉民间特征,尤其是大都市传播的民间南戏受影响更大。南戏进入士文化圈,被明中叶文人雅化为精英文化,以汤显祖为首的戏剧家将传奇推向经典,致使后来者无法攀越这座高峰再创辉煌,传奇也就走向衰落之路。清初文人以戏曲书写难以明言的隐衷,更将传奇推向穷途末路。虽有以李玉为代表的苏州派戏剧家从民间取经,努力让戏曲回归民间本色、丑白使用苏州方言、增加戏曲的娱人特性,但最终也未能改变传奇创作的衰落之路,"南洪北孔"的创作遗憾地成为传奇的殿军。南戏发展的轨迹亦没摆脱上述文化传统的窠臼。
  南戏被雅化为传奇后,南戏原来表达的普通民众的思想情感逐渐被士大夫情怀所取代,原来具有民间本色的忠、孝、节、义主题被文人建功立业的雄心壮志和怀才不遇之慨叹取代;原有质朴甚至粗糙、单纯、奔放而不失本色的歌词被典雅、华丽的辞藻所取代。传奇创作衰落后,南戏的发展从文人创作主局转向由艺人表演主局的后南戏时代,民间又成为戏曲的主要生存、传播空间。戏曲回归到民间后,艺人重视戏曲的娱人性质,以反映民众的思想情感为主、以满足民间审美需求为务。在无新剧目新剧本产生的情况下,戏曲以反复表演传统剧本为主。南戏剧目成为艺人表演的主要依据,为南戏四大主题的回归提供了保障。
  中国向来是礼仪之邦,礼乐文化兴起很早,长期以来统治阶级非常重视礼乐教化。宋元南戏主要是给观众表演故事，同时故事传递的思想潜移默化地影响着广大民众。当思想主题有悖于特定时期的封建统治时，统治者会出台禁戏令；当传递的思想有利于统治时，统治者便重视剧目的教化作用，提倡"不关风化体，纵好也徒然"。在禁戏与倡导的双重作用下，宋元南戏原有的主题并非一成不变地传承下来，而是表现出一定的传播选择性。"忠""孝""节""义"作为礼乐文化的重要成分，无论在哪个历史阶段都具有普遍意义，成为我国民间文化的传统，必然会成为南戏久远的思想主题。

"忠""孝""节""义"思想的长期熏陶，深刻影响到华夏民族的心理塑造，形成全民族对"忠""孝""节""义"的接受倾向和文化认同。对于承载"忠""孝""节""义"思想的文艺，广大民众表现出极明显的亲和力；而对于违背"忠""孝""节""义"的人与事，广大民众表示出深恶痛绝。戏曲成为我国独有的民族艺术，南戏四大主题回归是必然。

参考文献

[1]刘祯：《戏曲鉴赏》，上海音乐出版社，2013年版，第67页。

[2][8]钱南扬：《戏文概论》，上海古籍出版社，1981年版，第121页，第122—125页。

[3]彭隆兴：《中国戏曲史话》，知识出版社，1985年版，第42页。

[4]（明）朱权：《太和正音谱》，中国戏曲研究院编：《中国古典戏曲论著集成》（三），中国戏剧出版社，1958年版，第24页。

[5]（明）吕天成：《曲品》，中国戏曲研究院编：《中国古典戏曲论著集成》（六），中国戏剧出版社，1959年版，第223页。

[6][7]周贻白：《中国戏剧史长编》，人民文学出版社1960年版，第167页，第166页。

[9]张庚、郭汉城：《中国戏剧通史》，中国戏剧出版社，2006年版，第213页。

[10]金宁芬：《南戏研究变迁》，天津教育出版社，1992年版，第109—115页。

[11]俞为民：《南戏通论》第四章、第七章，浙江人民出版社，2008年版。

[12]中国戏剧家协会、浙江省文化局：《中国地方戏曲集成·浙江省卷》，中国戏剧出版社，1959年版，第427—428页。

[13]川剧传统剧本汇编编辑室：《川剧传统剧本汇编》第二十三集，四川人民出版社，1959年版，第58—59页。

[14][17]川剧传统剧本汇编编辑室：《川剧传统剧本汇编》第十一集，四川人民出版社，1959年版，第16页、第17页。

[15]福建省文化局剧目工作室：《福建戏曲传统剧目选集》（内部材料）莆仙戏第二集，1958年版，第141页。

[16]（明）张廷玉编：《新传理性元雅》，四库全书存目丛书编纂委员会编：《四库全书存目丛书》子部第74册，齐鲁书社，1995年版，第256页。

[18]湖南省戏曲研究所：《湖南戏曲传统剧本》（内部发行）总第四十六集、辰河戏第十集，1984年版，第254—256页。

[19]中国戏剧家协会、湖北省文化局：《中国地方戏曲集成·湖北省卷》，中国戏剧出版社，1958年版，第316—317页。

[20]福建省文化局剧目工作室：《福建戏曲传统剧目选集》（内部材料）莆仙戏第一集，1958年版，第66—67页。

[21]中国戏剧家协会、河北省文化局：《中国地方戏曲集成·河北省卷》，中国戏剧出版社，1959年版，第140页。

作者

包建强，博士，兰州城市学院文史学院副教授，主要研究方向：古代戏曲与地域文化。

这个欲望的可怕对象

——《西厢记》惊梦新释*

[法]蓝 碁著 杜 磊译

摘要：王实甫通过对《董西厢》中张生之梦的改写重塑了莺莺的女性形象，使之成为一个无视社会纲常、有意志与决断、只身御敌的超凡客体。从精神分析的角度来看，一方面，杜确之名承载着张生之欲，另一方面，张生虽对失去挚爱深怀恐惧，但从杜确为其镜像自我的意义上看，梦境又满足了他。金圣叹对王本梦的改写是对梦者主体欲望无意识的明晰化。从元稹的《莺莺传》到曹雪芹《红楼梦》对金本的取用，这一表面平淡无奇的梦保存了被压抑的记忆，亦书写了主体的真实心理，具有无穷的吸引力。

关键词：西厢记；梦；莺莺传；欲望；金圣叹

一、引言

假如提到中国古典戏剧中"梦"这一主题，首先映入脑海的可能会是汤显祖（1550—1616）的四部传奇，即"玉茗堂四梦"或"临川四梦"。在这四部作品中，梦扮演着不可或缺的角色[①]。如果提及爱恋的梦，就更容易想到其中的一部——《牡丹亭》，又名《还魂记》《牡丹亭还魂记》。女主人公杜丽娘在梦中遇到了自己的良人，爱情在此剧中具有

---

*【基金】本文为教育部中华优秀传统文化专项课题（A类）重点项目（尼山世界儒学中心/中国孔子基金会课题基金项目）："《赵氏孤儿》海外传播与中外戏剧交流（1731—2022）研究"（23JDTCA086）的阶段性成果，且为浙江省哲学社会科学重点研究基地"中华译学馆"的研究成果。文章原题为：This Fearful Object of Desire: On the Interpretation of a Bad Dream in Wang Shifu's Story of the Western Wing，原文为英语，发表于《远东，远西》（Extrême-Orient, Extrême-Occident），2018年总第42期，第205—237页。翻译过程中经与蓝碁教授协商，略有删减与调整，摘要为译者所加（原文无）。

① 该系列包括四部传奇：《紫箫记》（又名《紫钗记》）、《牡丹亭》、《邯郸记》和《南柯记》，简要介绍见：Idema, L. Wilt, "Traditional Dramatic Literature." In Victor H. Mair ed., The *Columbia History of Chinese Literature*. New York: Columbia University Press, 2001, 745-847。

起死回生的力量。这部戏对当时的读者和社会产生了巨大的影响①,其在中国社会如此广泛的接受程度不免让人觉得梦境显然是直接指向现实的——用弗洛伊德(Sigmund Freud,1856—1939)的话来讲,梦无疑完美地实现了欲望。

本文将要探讨的是一个较为温和、更为平实的梦境。它虽然存在于王实甫(1260—1336)所作的那部同样有名、有影响力的戏曲——《西厢记》中,却较少引起人们的关注。众所周知,这部杂剧(共五本,若不计楔子,视编辑情况而定,共二十或二十一折)影响了数百年来中国小说和戏剧的创作。直至20世纪,它仍牢牢矗立于中国爱情传奇辖域的中心②。在对该剧梦的解读过程中,本文将借用两种截然不同的分析方法:一是版本和批评传统,尤其是清初评论家金圣叹对该剧的批评;二是借用法国精神分析学家雅克·拉康(Jacques Lacan, 1901—1981)的精神分析理论。本文并非要比较因上述两种不同方法运用而形成的观点差异或检视它们在分析梦境过程中的有效性。尽管这两种方法源于截然不同的知识背景,但两者都视梦为一种与语言相连的话语结构。在这样的框架下,梦展现出了这样一种性质:它并没有通过想象实现主体经验。相反,它将主体经验植根于"他者"欲望的不确定性之中,使其变为他/她自身欲望固有的局限因素。

---

① 《牡丹亭》与其接受见: Chang, Sun Kang-i, & Owen, Stephen, eds. *The Cambridge History of Chinese Literature, vol.2*, Cambridge (UK)/New York: Cambridge University Press, 2010, 138; Lu, T. *Persons, Roles, and Minds: Identity in Peony Pavilion and Peach Blossom Fan*. Stanford: Stanford University Press, 2001, 19-141; Ko, Dorothy, *Teachers of the Inner Chambers: Women and Culture in Seventeenth-Century China*. Stanford: Stanford University Press, 1994, 68-112; Zeitlin, T. Judith, "Shared Dreams: The Story of the Three Wives' Commentary on The Peony Pavilion." *Harvard Journal of Asiatic Studies*, 1994(June), Vol. 54, 127-179; Swatek, C. Crutchfield, *Peony Pavilion Onstage: Four Centuries in the Career of a Chinese Drama*. Ann Arbor: Center for Chinese Studies, University of Michigan, 2002; Berg, Daria, "Miss Emotion: Women, Books and Culture in Seventeenth Century Jiangnan", In Santangelo Paolo & Donatella Guida eds. *Love, Hatred, and Other Passions: Questions and Themes on Emotions in Chinese Civilization*. Leiden/Boston: Brill, 2006, 314-330;Berg, Daria, *Women and the Literary World in Early Modern China, 1580—1700*. New York: Routledge, 2013, 128-159。

② Dolby, William, "Wang Shifu's Influence and Reputation." Ming Qing Yanjiu, 1994(3),19-45;Carlitz, Katherine, "Passion and Personhood in 'Yingying Zhuan', 'Xixiang Ji' and 'Jiaohong Ji'." In Santangelo, Paolo & Donatella, Guida eds., *Love, Hatred, and Other Passions: Questions and Themes on Emotions in Chinese Civilization*. Leiden/Boston: Brill, 2006, 273-284;Hsiao, Liling, "The Allusive Mode of Production: Text, Commentary, and Illustration in the Tianzhang Ge Edition of Xixiang Ji (The Story of the Western Wing)!" In Daria, Berg, ed., *Reading China. Fiction, History and the Dynamics of Discourse. Essays in Honour of Professor Glen Dudbridge*. Leiden/Boston: Brill, 2007, 37-73;Wu, Yinghui, "Constructing a Playful Space: Eight-Legged Essays on Xixiang Ji and Pipa Ji." *T'oung Pao*, 2016,102 (4-5), 503-545; Harris, Kristine, "The Romance of the Western Chamber and the Classical Subject Film in 1920s Shanghai." In Zhang, Yingjin ed. *Cinema and Urban Culture in Shanghai*, 1922-1943. Stanford (CA): Stanford University Press, 1999, 51-73.

二、爱情故事与爱的梦境

为方便读者阅读，此处简要概述一下《西厢记》的情节，以便将梦中的场景置于整个故事语境之中。书生张生（名珙，字君瑞）为参加科举进京，在普救寺（普救寺，今山西省永济地区）暂居。同时，女主人公崔莺莺和其母亲、婢女也留宿于寺院，意欲起程护送莺莺父亲（前礼部尚书）的灵柩归至故里。张生与莺莺一见钟情，坠入爱河。莺莺的倾国之容引起了匪徒孙飞虎的注意，他很快就带着叛军围攻寺院，要求将莺莺交给他。如果不满足他的要求，就威胁要屠尽伽蓝，无论僧俗。人们都十分恐惧，但张生"救"了他们。他让一个和尚冲破敌线，带信给他的结拜兄弟——"白马将军"杜确。杜确立刻回应，带军赶来，转瞬击溃了一众土匪。不过，我们要记得，这完全是张生的功劳：故事讲得很清楚，通过写信求援，张生救了包括其挚爱莺莺在内的所有人。在这一系列可怕的事件之后就是整部戏中最美的爱情故事：莺莺的母亲曾向张生公开承诺把女儿嫁给他，以报答他搭救之恩。但当一切都恢复正常后，她却收回了承诺（张生毕竟只是一个没有任何社会关系、默默无名的穷书生），这使这对恋人陷入了绝望。随之而来的是漫长而隐秘的求爱过程。在婢女红娘的帮助下，张生和莺莺互通心意，交换诗词互表心意。在踌躇不决后，少女将自己托付给了书生。其母为了掩盖家族的耻辱，勉强接受了两人的婚事，但条件是张生必须考取功名，衣锦还乡。与莺莺含泪离别后，张生上京应考，在客栈里度过了他的第一个夜晚，而梦就发生于此刻（第四本，第四折）。

当张生刚刚入睡时，莺莺突然出现了。在一连串的唱词中，她表示自己无法忍受与张生的分离，故而趁着母亲和仆人熟睡之际，半夜从寺院里跑了出来。她裹着小脚，独自一人急急地穿行于乡间田野，渴望与张生重逢，与他同行。当莺莺赶到客栈，张生惊感于她的无畏。他唱出了自己对莺莺的柔情蜜意，并下定决心永不与她分离：

【甜水令】想着你废寝忘餐，香消玉减，花开花谢，犹自觉争些；便枕冷衾寒，凤只鸾孤，月圆云遮，寻思来有甚伤嗟。

【折桂令】想人生最苦离别，可怜见千里关山，独自跋涉。似这般割肚牵肠，倒不如义断恩绝。虽然是一时间花残月缺，休猜做瓶坠簪折。不恋豪杰，不羡骄奢；自愿的生则同衾，死则同穴。[1]

忽然，一伙匪盗涌上。他们就是剧中早些时候围攻寺院的那伙人。他们在门外要求马上把莺莺交出来。张生慌乱失措，莺莺却以号令般权威的口吻，让他退后并把这件事交由她处理。然后，她打开客栈的门，只身与匪盗对峙，以绝对自持与威严的态度痛斥匪徒，并唾弃他们围攻普救寺的可悲企图。当张生说他要去找匪徒交涉时，她让他闭嘴，并再次嘱咐他待着别动。她继续羞辱着这伙匪徒，并严正告诉他们，"杜将军你知道他是英杰，觑一觑着你为了醢酱，指一指教你化做齑粉"。话音刚落，匪徒们就把她掳走了——卒子抢旦而下。与此同时，张生猛然惊醒，大喊一声："呀，原来却是梦里！"[2]

从此时直到这折结束，张生恍恍惚惚，对梦境的感知始终不甚明确——这究竟是个梦，还是他真的与莺莺见过面了？他的唱词也颇为含糊。破晓之时，他跟年轻的仆役，怀着无法弥补的失落感再次踏上赶考之路。

三、主题的演变

这个梦境的显眼之处在于它是如此不显眼。它不是中国文人善于创造的那种富丽堂皇、超乎自然的梦。它是一个很平实、很有"现实"感的梦，是实际生活中人人都会做的那种梦。另外，它并非我们在小说中司空见惯的那种清晰甚至透明的符号，它保留了"真实"梦境的不确定性与高度模糊性。这不是一个噩梦，而是一个典型的"惊梦"（bad dream）①，一个充满挫折和痛苦、令人无助的梦，一个梦者欲望（或者我们应该说有意识的欲望）受挫的梦。这里所描写的似乎是张生最害怕的一幕：失去挚爱的莺莺却无力挽回。而这种不确定的特征，居然出现在了以热情不减的求爱和相当圆满的爱情为核心的故事行将结束之时！

如果材料允许，去探寻故事的早期版本或故事的叙述细节将永远都是研究主题演变的一个好办法。在《西厢记》这个案例中，材料十分充足，有元稹的《莺莺传》《调笑转踏》和董解元的诸宫调②。

元稹（779—831）的《莺莺传》是著名的唐传奇作品（亦名《会真记》，意为一个和神仙相遇的故事），也是这个主题最为有名的底本。实际上，在这个故事中，真正的梦境不过是一个"半梦"——一个一半幻想、一半现实且高度模糊的幻梦。它恰巧发生在张生和莺莺共度良宵的那一刻。由于莺莺一言不发，整个场景充满了神秘的气氛，无论是字面或隐喻，莺莺都被作者描述为一位仙女。到了傍晚，当她离去时，张生甚至不明白他的片刻欢愉究竟是源于梦境还是现实。他只得依赖于手臂上胭脂粉黛的痕迹与衣服上留下香味说服自己她真的来过。下文是对这个场景的描述：

> 数夕，张君临轩独寝，忽有人觉之，惊而起，则红娘敛衾携枕而至，抚张

---

① "惊梦"是金圣叹本《西厢记》第四本的题目，原作者以bad dream对译"惊梦"一词。（译者注）

② 《莺莺传》中的故事在北宋时期就流传甚广。赵德麟就提道："今士大夫极谈幽玄，访奇述异，无不举此以为美谈；至于倡优女子，皆能调说大略。"南宋当时就有《莺莺传》话本，与《莺莺六幺》官本杂剧。（译者注）

曰："至矣，至矣！睡何为哉！"

并枕同衾而去。张生拭目危坐，久之，犹疑梦寐，然而修谨以俟。俄而红娘捧崔氏而至。至则娇羞融冶，力不能运支体，曩时端庄不复同矣。是夕，旬有八日矣。斜月晶荧，幽辉半床，张生飘飘然，且疑神仙之徒，不谓从人间至矣。有顷，寺钟鸣，天将晓，红娘促去。崔氏娇啼宛转，红娘又捧之而去，终夕无一言。张生辨色而兴，自疑曰："岂其梦耶？"

及明，睹妆在臂，香在衣，泪光荧荧然，犹莹于茵席而已。

是后十余日，杳不复知。[3]

这个梦显然并非《西厢记》中梦境的来源，因为它并没有被置于相同的位置，它发生在故事的中段而非临近结尾的部分。梦里也根本没有匪盗袭击寺院的情景。然而，这个梦却留有《西厢记》梦境中显然也同样存在的一些特点：主体无法辨明是梦还是现实，他也怀疑莺莺的存在是否只是自己的意念在起作用（以希望、梦想或幻想的形式表达）。梦中的莺莺就如她在杂剧诸多其他场景中那样保持着沉默（但并不包括最后的梦境），像是某种永不可及的超自然存在一般。

不少源于北宋的文人作品将崔张故事在口头文学中保留至今，见证了故事早期的演变历史。毛滂（1064—？）与秦观（1049—1100）所作的《调笑转踏》都名为《莺莺》。两作对爱情的叙述均只有些许细节，寥寥数笔，且都在张生和莺莺之间持续营造出了一种强烈的奇异氛围与不真实之感。两作对梦虽也有提及，但充其量也只是以隐喻的方式。如在秦观的《莺莺》中，崔张相遇被描摹为一个"春梦"，二人鱼水之欢的地点被比作"神仙洞"；毛滂的作品中，梦则被一笔带过。作者以莺莺的口吻在结尾处清晰地透露了张生与莺莺依依惜别时的情景："何处，长安路，不记墙东花拂树。瑶琴埋罢霓裳谱，依旧月窗风户。薄情年少如飞絮，梦逐玉环西去。"[4]莺莺将信物交予张生，张生则继续向都城进发，踏上漫漫长路，去追求另一个更为缥缈遥远的人生之梦。此处，张生是以一个软弱、对挚爱之人薄情负心的青年形象出现的，可谓反转了元稹的笔法①。这见证了宋时一种特殊故事题材的上升——欲求飞黄腾达的男子会毫不犹豫地牺牲良家女子的青春②；赵令畤

---

①元稹《莺莺传》中的莺莺对爱情的态度飘忽不定。到了秦观的《莺莺》，张生成了薄情者，这是《西厢记》原型故事最重要的变化之一。（译者注）

②如高明《琵琶记》，参见：颜长珂《中国大百科全书·戏曲曲艺》，中国大百科全书出版社，1983年，第84页；南戏《王魁负桂英》（作者不详），参见：徐大军《元杂剧与小说关系研究》，河南人民出版社，2006年，第160—184页；Lowry, A. Kathryn, *The Tapestry of Popular Songs in 16th- and 17th-Century China: Reading, Imitation, and Desire. Sinica Leidensia, 69.* Leiden/Boston: Brill, 2005,184。

[字德麟（1064—1134），苏轼的好友之一]则作了一套《蝶恋花》为词牌的鼓子词，将故事衍化为十二支鼓子词①。可以看到，第一次梦境发生在张生告别莺莺之后的第九支：

> 别后相思心目乱，不谓芳音，忽寄南来雁。却写花笺和泪卷，细书方寸教伊看。独寐良宵无计遣，梦里依稀，若寻常见。幽会未终魂已断，半衾如煖人犹远。[5]

无论从梦出发，还是从张生主观的视角来看（词中有女性称谓"伊"与"教伊看"，因此这支词是以张生为视角的，而非莺莺），爱之相遇，到头来都给人以一种如梦似幻、不尽真实的体验之感，乃至使人不免对爱情是否真实地发生过产生疑惑。在不同形式的故事重构中，无论是叙事还是抒情，经久不变的特征之一是对作为"他者"的莺莺抱有的强烈欣赏之情。这个"他者之身"既属于幻象世界，又属于世俗世界，且不停地在现实与梦境之间来回切换，甚至最终消解了两者之间的界限，用元稹《莺莺诗》中的一句可直接概括出这个特点——"依稀似笑还非笑，仿佛闻香不是香"[6]。这种对爱情场景中"他者"的体验不仅构成了元稹《莺莺传》的核心，更是以其自身文学价值广泛地存在于历代对《西厢记》的点评以及基于故事主题的创作回环之中（recycling）。

四、女性角色的重塑

董解元（约1189—1208）所作弹词《西厢记诸宫调》（下文简称《董西厢》）是王实甫杂剧《西厢记》的首要来源②。《董西厢》有两处写梦，本文所聚焦的梦在第六本处。比较这一梦呈现的不同方式不仅可以凸显王实甫重写的意图，亦可揭示他对梦的解读。

王实甫对梦的重写既包含对《董西厢》原文的直接取用，又包含对词曲细节的剪辑，

---

① 赵的鼓子词中只有一句直接提到了这梦：人去月斜疑梦寐，衣香犹在妆留臂。（译者注）
② 关于诸宫调的历史发展，参见：Ch'en, Li-li, "Outer and Inner Forms of Chu-Kung-Tiao, with Reference to Pien-Wen, Tz'u and Vernacular Fiction." *Harvard Journal of Asiatic Studies*, 1972, 32: 124-149; Ch'en, Li-li "Some Background Information on the Development of Chu-Kung-Tiao." *Harvard Journal of Asiatic Studies*, 1973, 33: 224-237; Idema, L. Wilt, "Performance and Construction of the Chu-Kung-Tiao." *Journal of Oriental Studies*, 1978, 16(1-2): 63-78; Idema, L. Wilt, "Data on the Chu-Kung-Tiao: A Reassessment of Conflicting Opinions." *T'oung Pao*, 1993, 79 (1-3): 69-112; Idema, L. Wilt, "Satire and Allegory in All Keys and Modes." In Cleveland, Tillman Hoyt and Stephen, H. West eds., *China under Jurchen Rule: Essays on Chin Intellectual and Cultural History, SUNY Series in Chinese Philosophy and Culture*. Albany: State University of New York Press, 1996, 238-280。

特别是补充了一些本不存在的细节。这些细节繁多，难以一一展开，读者可自行比读。总而言之，这些细节大都将莺莺塑造成一位更为坚强且更令人钦佩的女性。《董西厢》中，她与其婢女一起逃离，而杂剧中她却一人夜行，更无所畏惧。同时，她在杂剧中的存在感也更强——她成为此幕的唱角，张生却反倒被边缘化了；她的宾白分量更重，且尽管她也大胆示爱，却透着一股超凡脱俗的气质；而在《董西厢》中，张生一见到莺莺即刻就褪去了她的衣裳，两人毫不拘谨地就同床共眠了①。两部作品的结局也完全不同。在《董西厢》中，张生与莺莺刚开始亲热就被一阵嘈杂之声打断，外面有人下了搜房令，房门被踢开，张生从梦中惊醒，起身回击。下表大致归纳了两个剧本的主要差异：

《董西厢》与《西厢记》相关段落相比

《董西厢》	《西厢记》
红娘陪同莺莺一起前来。	莺莺避开她的婢女和母亲的视线，独自前来。她的小脚也不能阻碍她横穿村野。
自僧院到旅舍，路途艰险，但仅仅在一个抒情唱段中表现。	莺莺的无畏、无惧、坚强的个性，以及她一个人走过的路途中的种种困难，作者以细节的方式强调与描述较多。有些细节甚至由于第一人称的运用而更加戏剧化。
除对话中的简要回答，莺莺一言未发。	莺莺也成为唱角，通过四个相连的唱段与数段对白，详细描述了她的深层动机，对张的思恋与其大胆的决定。
张生一见到莺莺，就急于脱去她的衣裳。	张生在四段相连的唱词与对白部分传送出了他对莺莺的爱慕。他保持着与莺莺的距离，也没有任何对之的亲热之举。

此外，王实甫增补了很多并未出现在《董西厢》中的细节：如在《西厢记》中，场景移回到了普救寺，而非在旅舍；当匪徒突然登场时，试图驱赶他们的不是张生，而是莺莺，其势几乎压倒了张生；莺莺作为一个反抗人物出现，有整段完整的、充满激情的曲子（【水仙子】），且是唯一的唱角，她直言不讳地蔑视土匪，甚至是痛斥他们，同时她两次警告胆小的张生，让他退后一步，把整件事情交于她处理；莺莺不由自主地提及了会来救她的"英雄"，而这个"英雄"居然是"白马将军"杜确；突然，她被匪徒掳走消失了（而在《董西厢》中并没有提到她被绑架的事）。正是在此刻张生突然梦醒，完整的杂剧值得在此处引述：

---

① 杂剧是无法表现出如此狎昵的动作的，《董西厢》是以第三人称叙述的，并非为真实舞台表演而作，因而更自由灵活，比杂剧也更具性表现力，伊维德（Wilt L. Idema）就曾指出：《董西厢》对于闺房之爱的描述甚至可以使之被当作一篇关于《爱的艺术》（Ars Amatoria）的论文来读。[《爱的艺术》是古罗马著名诗人奥维德（Publius Ovidius Naso, 前43—17?）的代表作，书中含大量神话爱情故事与例证。]

【外净一行扮卒子上叫云】恰才见一女子渡河，不知那里去了？打起火把者。分明见他走在这店中去也，将出来！将出来！

【末云】却怎了？

【旦云】你近后，我自开门对他说。

【水仙子】硬围着普救寺下锹镢，强当住咽喉仗剑钺。贼心肠馋眼恼天生得劣。

【卒子云】你是谁家女子，黉夜渡河？

【旦唱】休言语，靠后些！杜将军你知道他是英杰，觑不觑着你为了醯酱，指一指教你化做衃血。骑着匹白马来也。

【卒子抢旦下】

【末惊觉云】呀，原来却是梦里。且将门儿推开看。只见一天露气，满地霜华，晓星初上，残月犹明。无端喜鹊高枝上，一枕鸳鸯梦不成！[7]

杂剧中，张生没有碰触莺莺，莺莺显然成为篇章中最突出的人物。她的女性形象被重塑为一种超凡的客体，或者说是一个有着自我意志、有决断的主体。王实甫的叙述中增补了大量细节，进一步深化了这位坚强女性的人物形象。并且这一幕清晰地再现了"包围普救寺"的情景：莺莺表示希望"英雄"杜确骑着白马带她脱离险境，而张生却无计可施，任凭她在眼皮底下被掳走。王实甫的改写使得故事发生了重大变化。

五、改写与阐释

杂剧《西厢记》是对《董西厢》或其他与此叙事主题相关的传统文本的改写。因此，这一部分王实甫对于梦的改写亦是对梦的阐释①。

王实甫改写最引人注目的地方在于他揭示了莺莺个性中令人意想不到的一些层面：莺莺远非一位名门中娇弱的缠足少女，她无视社会纲常，独自夜奔，穿越在深夜的旷野上，成为欲望与性驱力的缩影。还不止于此：与张生一见面，她就下意识地表露了她对张生的忠诚。当后者只能沦为欲望的配角时，莺莺却打开了寺院的大门（该空间曾被伊维德独到地称为阴性空间，一个女性世界），召唤一个拥有与她力量相匹配的人——张生的结拜兄弟杜确。在张生眼中，对于这种特殊的"三角关系"，王实甫选择了在英雄"白马将

---

① 对于改写与阐释的理论问题，参见：Lefevere, Andre, *Translation, Rewriting and the Manipulation of Literary Fame. Translation Studies*. London/New York: Routledge, 1992。

军"——杜确之名被脱口而出的那一刻切断梦境。这道出的名字承载了她的欲望，而在她被匪徒掳走的那一刻，这种欲望又让她离开了张生——因为自故事一开始就围困她的匪盗也是欲望的隐喻[8]。读到这里，一个心理学家可能会将其理解为强迫症患者身上常见的幻想症候：他们喜欢在脑海中与挚友分享自己的妻子。但是，我们不能忘了这完全是一个虚构的角色，并非真实人物，而试图对一个虚构人物的行为展开心理测度是毫无意义的①。考虑到王实甫对这一梦境的解读对后世作家和读者产生了如此大的影响力，我们不应仅停留在心理层面，而当从元心理学角度更趋结构化地来思考问题。

首先，尽管我们已经提出了莺莺欲望的问题，但我们并不真正了解她的动机。我们看到王实甫为梦境营造出了一种非常模糊的氛围，对梦境也仅是做了非常粗略的描述而已。后世读者对此大加赞赏，认为这就好似"庄周梦蝶"，她不过是主体梦中的一个客体罢了。当主体意识到"原来却是梦里！"之后，这个梦得到了阐释——"一枕鸳鸯梦不成"。在余下几折中，尽管刚才发生的极有可能是虚幻的，他直到离开旅舍，张生的内心依然对莺莺充满了留恋。"玉人"已然不在，万般所有皆为大梦一场：

> 虚飘飘庄周梦蝴蝶，
> ············
> 痛煞煞伤别，
> 急煎煎好梦见应难舍；
> 冷清清的咨嗟，
> 娇滴滴玉人儿何处也！[9]

为了衣锦荣归得以与莺莺婚配，张生无论如何仍旧要继续他的赶考旅途。至此，有两个事实我们应特别注意：其一，梦中所出现的女性之于梦者是所谓的"阳具女性"（phallic woman）②。这点很重要，莺莺在故事中的突出地位可溯源至元稹的传奇。《西厢记》最为著名的评点家金圣叹（1608—1661）对此做了详尽的考证，他在《读第六才子书〈西厢记〉法》中总结了这一特点，并将其置于其戏本的序言中："若更仔细算时，《西厢记》亦止为写得一个人。一个人者，双文（崔莺莺）是也。（第五十条）"[10]；第二点

---

① 因此，将莺莺被孙飞虎叛军劫走的梦境解释为张生"对于离去的内疚"是没有什么意义的，参见：Wang, Shifu. Idema, L. Wilt & Stephen, H. West, 79。
② "阳具女性"本是一个精神分析术语，读者对文中这一概念的理解应把握两个重要方面：一、金本改写王本后，这一幕梦中，莺莺的角色由张生扮演，从这一角度来看，莺莺带有"雌雄同体"（androgeny）的性质；二、梦中，莺莺作为他者承载着主体张生的欲望。（译者注）

是"白马将军"杜确为张生的"他我"。如果一读他们面向观众或向读者介绍自己的开场白就可知他们构成了一个人物的两面，两人一文一武、一民一军，具有互补特质（象征性的和真实的）。他们都来自洛阳，是八拜之交的兄弟；他们曾为同窗，年龄相仿；他们的名——君瑞和君实都含有同一个"君"字，如同兄弟姐妹般带有家族一代人的标记；当他们第一次在舞台上登场时，还会不由自主地谈起对方：杜确"弃文从武"，成了武状元，这与张珙后来成为文状元可谓异曲同工。

六、梦中晦暗的他者

注意到上述两个事实之后，我们就可以确定使梦境成为全戏"分水岭"的关键机制，并尝试结构化地去分析梦境。王实甫对梦境的阐释之所以对后世产生了巨大的影响，必然是某种结构性机制在背后运作的结果，这一机制超越了固有情节的限制，具备一种普适的价值。

为了分析梦境机制下欲望、自我与他者身份的结构以及无意识活动等问题，本文使用了雅克·拉康的"L图式"[1]。（见图1）

图1 L图式

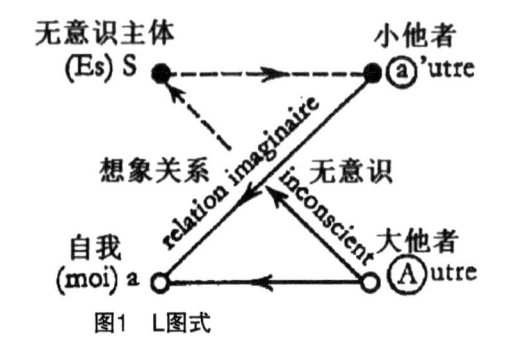

如果要尽可能简单地阐述图式，那么可以这样去理解："L图式"是动态的，由于有想象关系的屏障，主体（图中的"S"）无法向大他者直接言说，而只能向小他者言说；自我具有想象的镜式结构（图中的"a"），主体的言语经由小他者传送回自我；人的主体性即是在与他人互动的无意识过程中形成的（人类首先是与给予我们姓名的双亲，即图式中的"A"互动）；大他者的回应由于有想象关系的屏障也被送回自我。这里的自我是主体想象的投射（图式中的"a"或是小他者"a"）。

---

[1] 参见: Lacan, Jacques, Le *Seminaire*, Livre II: Le *Moi dans la theorie de Freud et dans la technique de la psychanalyse.1954-1955*. Jacques-Alain MILLER eds. Paris: Le Seuil. 1978, 334; Dylan, Evans, *Introductory Dictionary of Lacanian Psychoanalysis*. London/New York: Routledge. 1996, 172-174; Roland, Chemama, & Vandermersch, Leon, *Dictionnaire de lapsychanalyse3e ed*. Paris: Larousse.2003, 379-382; Joël, Dor, *Introduction a la lecture de Lacan: L'Inconscient structure comme un langage, La Structure du sujet*. Paris: Denoel. 2002, 155-165; Erik, Porge, *Jacques Lacan, un psychanalyste. Parcours d'un enseignement*. Toulouse: Eres. 2000, 174-177.

这个自我就是张生梦境中"白马将军"杜确所扮演的角色。当他使莺莺渴及"英雄"时，他实际想要驱动的是作为他者的莺莺的欲望。但是他自己却隐藏在自我的伪装下。这就是莺莺在梦中带有如此阳具性质的原因，它明确地表明了张生在此刻情景中所缺失的东西。缺失了什么？答案当然就是"她"。那么是什么使她显示出阳具性质呢？其原因不外乎她是杜确将军的欲望对象，后者会来搭救并占有她，而梦者张生却无能为力。此处应记住的是，当我们使用"阳具"这个词时，它是一个纯粹的、缺失的能指，无法代表任何形式的满足。

从张生的角度来看，欲望的动机是以挫折与悖论的形式表达的。对于他而言，这场梦是一种对欲望的欲望。在杂剧梦境的尾声，莺莺被匪徒掳走。这是主体最为恐惧的一刻，因为它在真实与镜像重复的维度上消解了欲望的可能性。然而，欲望终究还会实现。于是，张生任凭欲望对象离他而去。但是，莺莺虽在戏剧情节中"消失"了，但作为纯粹的阳具符号，其能指形式却被保留了下来，这为日后张生欲望得到满足打开了可能性，缓解了他在矛盾情景中的欲望焦虑（拉康认为，焦虑是缺乏本身缺乏的产物）[11]。在《西厢记》第五本中，此种欲望的实现将通过张生高中金榜与迎娶佳人这一程式化的大团圆结局再现。也就是说，未来的某日，张生终将会处于自我——杜确的位置（指的是那个助其婚姻圆满的杜确）①，成为莺莺欲望的对象与她的"英雄"。这正是《西厢记》这个梦的要旨。

七、梦外别有洞天？

传统观念虽心态迥异，概念工具不同，但它以评论或阐释对《西厢记》做出的反应与本文的精神分析之间却无丝毫矛盾，这点十分有趣。众所周知，杂剧《西厢记》成为案头戏之后的很长一段时间内（非舞台演绎之剧本，不过有证据表明，在南京，杂剧表演持续到16世纪末）形成了十数个改编本，成为明代的经典。16—17世纪之交，读者甚至可以读到近七十种不同的版本②，张生与莺莺的故事在彼时想象文学的图景中可谓经久不衰。其

---

① 长期以来，人们一直断言，杜确这个名字可能是一个文字游戏，指的是杜鹃，即穿越银河，在七夕节晚上使织女和牛郎团聚的喜鹊。根据这种解释，传说中的天河在剧中对应的是黄河，将军杜确居住在蒲州，与普救寺隔河相望，因此他的位置就与牛郎一样，参见：Yao, Christina Shu-hwa, "The Design Within: The Symbolic Structure in Hsi-Hsiang-Chi." In Jaroslav Průšek eds. Etudes d'histoire et de littérature chinoises offertes au professeur Jaroslav Průšek. Bibliothèque de l'institut des Hautes Etudes Chinoises, XXIV. Paris: Collège de France, 336; Wang, Shifu. Idema, L. Wilt & Stephen, H. West, 78-83。

② 关于《西厢记》的不同版本，参见：Kathryn, Sally, Church, Jin Shengtan's Commentary on the Xixiang Ji (The Romance of the Western Chamber), Ph. D. Dissertation. Harvard University. 1993, 1-21。

中，最富盛名的即为1656年，金圣叹（1608—1661）所作的《〈西厢记〉，第六才子书》（《贯华堂第六才子书》）。

金圣叹是一位编辑学家，也是民间叙事文学传统中最杰出的文学批评家。金圣叹本《西厢记》因对早期剧本的大量改动而著称，也因其点评内容丰富、见解水平高超独到而闻名①。在某种程度上，金本对原剧的改写与他对故事的独立评述是一体的。因此，本文分析的梦，金圣叹通过编订和改写也做了另一番他的阐释。我们所感兴趣的是，这种阐释将王实甫版本蕴含的内容明晰化了，与我们刚才从L图式的逻辑推演中得出的结论完全一致。这意味着对于梦境的处理，金圣叹虽然不认同欲望满足论，与王实甫相比确实有着明显的不同，但这仅仅只是戏剧故事表层的不同。事实上，我们甚至可以认为金本揭示了王本的潜在意义，是对王本的一种阅读延伸。用拉康式的术语来说，金本通过对梦者主体欲望处理表达出了无意识的真相。

在改写中，金圣叹用意深刻地重塑了莺莺的形象。他通过文本的改动集中淡化了人物，莺莺仍旧是一位来客栈寻找张生勇敢而痴情的女性，但与之前那个果敢健谈的女性相比，她不再有欲望的痕迹，不具有"阳具"的性质。在旅舍门前敲门时，她言语寥寥，只是让张生开门让她进来——这对于她来说就是全部的戏份了。在余下的场景中，她不过是一个沉默的存在，一言不发，更不用说唱段了②。在来势汹汹的匪徒面前，她也并没有采取主动，大开房门。金圣叹还大胆地把【水仙子】——在王实甫版本中，这是她站在土匪面前用最勇敢的语言所唱的宫调，但金圣叹却将其派给了张生！（此时，金圣叹所注的科介甚至表明她已离开舞台）因此，呼唤"白马将军"的是张生而非莺莺，莺莺的身份与原来"拯救"寺院的那场戏如出一辙。

在金圣叹本的插画中，莺莺躲在张生身后寻求保护，完全是在他的保护之下（见图2）。并且张生也是在这种姿势中自己"吓"走了匪盗（与眼睁睁看着莺莺被掳走相去甚远）。之后，他忽然醒来，用前文引用过的话总结了这个梦："无端燕雀高枝上，一枕鸳鸯梦不成。"如果我们把这幅插图与更接近王实甫原文的弘治版（1498）中同一支【水仙子】曲子所配的插图进行比较，区别是惊人的。（见图3）

---

① 参见王靖宇（Wang John Ching-yu）的《金圣叹的生平及其文学批评》（Chin Sheng-t'an: His Life and Literary Criticism）（1972）对于金圣叹的介绍，或张国光的《金圣叹批本〈西厢记〉》；Rolston, L. David, & Lin, Shuen-fu, *How to Read the Chinese Novel. Princeton Library of Asian Translations.* Princeton: Princeton University Press, 1990, 124-146。

② 金在【乔木查】前的评语中甚至以北戏中不允许两个主要演员在同一剧目中演唱的规则为借口，否认莺莺在这一剧目中有任何演唱的可能性。他这样做是很狡黠的，因为当时的每一个读者都知道，在这个特定的剧目中，这个规则有许多例外的情况。参见张国光：第262页；关于《西厢记》中杂剧体制的例外，参见：Wang, Shifu. Idema, L. Wilt & Stephen, H. West, 62-76。

图2　金圣叹版本中的梦境①　　　　　图3　1498年版本中的梦境②

"阳具化"的莺莺独自面对匪盗,并且梦者张生完全没有出现在画面上。将两幅图合起来看则更能彰显金圣叹评点的意义——这与L图式机制推演所得结论是相容的:某日,张生站在了杜确的位置上,成为女人欲望的对象与口中的"英雄"。金的改写与阐释使得王实甫所绘的梦境在无意识中显现出了内涵。对之理解恰恰可以用金圣叹评点《西厢记》中颇具见地的那句话来说明(位于其言退匪盗和张生梦醒之间):"是张生此时极其不得意梦,是张生多时极得意事。"[12]某种意义上,如果这对现代的、"分裂的"主体有什么启示的话,那就是激发他/她欲望的最终对象绝不是现实中任何实际之人可充当的。张生占据了自我的位置(图式中的"a"),满足了自己的幻想。为了维系幻想,大他者(女人)的身份须被维持(但无法接触)。匪盗不仅是欲望的象征,也以压力、恐惧的人格化形式出现,并以这种性质发挥出了隐喻的功能:他们是可怕的,正如欲望对象被夺走那一刻是可怕的一样,这是欲望必然的结果。这一过程中,主体可能到最后会感到不悦,但他/她还是满足了幻想。

尽管金圣叹的解读从不同的概念角度切入,但是他对张生和莺莺故事处理却切中肯綮。在他看来,梦不仅关涉此幕,更是统照全剧(他为这一本拟定了"惊梦"就是这个原因),这点在张生醒来的那一刻就已明确了:在王实甫的版本中,他醒来时的感叹是:"(生云)呀!原来却是梦里!"在金圣叹本则变成了:"(张生醒科,做意科)呀!原来是一场大梦!"在他对第四本的第四折"惊梦"的其他评点中——无论是在该剧的总论,还是夹注中——他详尽地评述了"庄周梦蝶"(梦者张生在【得胜令】中即引经据典

---

①此图为贝索烈藏品(Collection Ferdinand Bertholet),出自19世纪无名氏的画册,署名 "云汉"(音译)。内含《西厢记》(金氏版本)的16幕,共32张,14幅画和12幅书法。作者对图片所有者贝索烈允许转载该图片表示感谢。

②王实甫《新刊奇妙全相注释西厢记[1498](古本戏曲丛刊初集古本戏曲丛刊初第二卷)》(商务印书馆,1955年版,第133页)为金台岳家木刻刊本。

地唱到"虚飘飘庄周梦蝴蝶"),甚至把庄周这个故事改写了一番:"夫梦为蝴蝶,诚梦也;今忆其梦为蝴蝶,是又梦也。"[13]于是,张生非仅梦一次,而是两次,梦中有梦。在引言中,他甚至借引《金刚经》中对于现实自然的描绘,指出张生已然达到了"无上正觉"(阿耨多罗三藐三菩提,无上正等正觉)的至高境界,并提及"至人无梦"[14],因为众生皆在梦里——与愚人不同,愚人不梦是因活在其不知不觉的梦中。因此,整篇引言完全是围绕着对现实如梦般阐述的性质展开的。金甚至还表示,他对这个问题的看法已被他具名的那些人通晓(这暗示了他可能曾就这个问题进行公开演讲过)①。

在结论中,金圣叹更进一步。通过对梦境的解读,他决定将张生和莺莺的故事在这个叙事节点,即第四本的第四折处收束,不令其再有下文。正如前文所述,杂剧《西厢记》由五个连续的"本"组成,但从明代至今,对第五本(考验忠诚,中举后衣锦还乡,恋人团圆)是否与前四本为同一作者,看法不一,批评与版本讨论一直未断。学者普遍认为第五本质量欠奉,可能非王实甫所作,而是出自关汉卿之手。明末读者的主流观点更是认为,这本不过是俗语所谓的"狗尾续貂"罢了(如徐复祚)。

因此,金圣叹将第五本列为"续",并给予几乎完全负面的评价以证明此本与品质极佳的前四本并不连贯。但他做校订并非只为了从外部进行批评。校订是对前四本细读与理解的结果,并以释梦为高潮。为何以梦作结?这是因为梦是主体和他/她(这里是他)的欲望对象之间所发生的,或者更准确地说,是没有发生之事的逻辑结果。正如上文引用其评点中所说的那样,与其说张生没有满足自己的欲望,倒不如说他以一种出乎意料的方式让自己的欲望得到了满足(不管是否是一种令其挫败的方式),这是金圣叹的顿悟。对于他来说,此种悬而未决的结局中存在一种结构性的东西使整个故事在梦境中煞尾——梦外无物,也不可能有物。用拉康的精神分析术语来说,他的自我固然受了挫折,但其主体以及其分裂主体却达到了与引起他欲望的对象保持疏远与分离的矛盾幻想的目的②。

本文作者正是以这样的方式理解金氏在解读《西厢记》过程中的大量评点的。金氏认为:"《西厢记》一书,其中不过皆作男女相慕悦之词,如诚以之为无当者而已,则便可以拉杂摧烧,不复留踪。"[15]该书不应如读绝大多数书那样,把它当作一部表现现实生活中两性关系的作品来阅读,因为其中还存在一些更为微妙的东西。在我看来,简单地从金氏的论述中推断出其道德考量完全没有抓住问题的实质。

---

①一切有为法,如梦幻泡影,如露亦如电,应作如是观。参见张国光:第256页。
②用拉康的"数元"(matheme)标记($ ◊ a)来概括的话,就是分裂的主体与自我(a)之间维系着连接(conjunction)与分裂(disconjunction)的关系(菱形◊)。Lacan, Jacques, Seminar 14, *La Logique du fantasme*, Unpublished seminar.; Lacan, Jacques, "Kant Avec Sade." *Ecrits*, 2. Jacques-Alain Miller eds. Paris, Le Seuil, 1999, 252-253, 257-259;Dor, Joel, 485; Dylan, Evans, 60-62; 111.

八、结语：一个寻常之梦的永恒命运

我们考察崔张这则故事往后的命运基于的也是这个出发点。它首先出现在另一个宏大的梦境叙事小说《红楼梦》中。曹雪芹（1715/1724—1763/1764）在小说中多次提及戏剧，而《西厢记》被提得最多①，也是最能引发两位年轻主人公（先是贾宝玉，后则林黛玉）共鸣的一部。二人均在《西厢记》的阅读中领会到了爱情的意义，似乎这部书已成为他们的爱情指南。须知，曹雪芹所用的正是金圣叹的评点本②，这可不是金本巨大影响力造成的（虽然自十七世纪一经问世之后，金本就使其他版本黯然失色）。考虑到曹雪芹在书中曾以讽刺和轻蔑的口吻反对当时传统才子佳人式小说大团圆的结局③，他可能已高度敏感地觉察到了金将恋人之爱处理成到头来如梦境般忧郁、无望之事的用意④。

总结一下本文试图提出的观点。无论形式、体裁或处于什么时代，崔张的叙事总是以某种梦的存在为标志。这场梦揭示了爱情故事中两位主人公之间的关系，也揭示了更为普遍的两性关系。这个梦从来没有以任何超自然，或寻求某种超自然阐释的形式被呈现。相反，它是以个体内心深处体验到的未解之谜的形式出现的。由于它关涉个体幻想层面的主体问题，这个梦同时具有普遍与现代的双重意义。本文借助于拉康的L图式这一概念工具，将包括性的他者、欲望、认同、主体、客体关系以及最重要的一个维度——无意识的主体欲望（主体欲望是以主体无意识的方式被宣泄的，而这就是"分裂主体"这一概念所要传达的内容）这几个方面同时纳入考虑。这个谜具有使每个人，包括是读者、演员与观众都感兴趣的品质。因此，每一代人都要评论梦境，重写这对颇有爱情象征意义的恋人之命运。

梦又扮演着被压抑记忆的保存者的角色。梦似乎是通往未知或被遗忘真相的钥匙。《西厢记》的记忆与故事本身的历史有关。如果我们回过头来看元稹在8世纪末9世纪初创作的那个文言故事，崔张之间是一场错过的相遇。正是由于最初主客体关系的破裂，这个古老的故事才有了那么大的魅力与吸引力，让一代又一代的改编者去尽力抹掉爱情的失败，努力以渐近相遇的形式来否定爱情的模糊性，并以高度形式化的、虚构的团圆结局取

---

① 《红楼梦》中的3、23、25、26、35、40、42、45、51、54、58回提及《西厢记》。
② 有许多文字证据表明，曹雪芹让其书中人物阅读的的确是金本，包括金所作的校订评点与重新拟定的各折题目。《西厢记》和《红楼梦》之间的关系可参见：徐大军《红楼梦与金批本〈西厢记〉》，《红楼梦学刊》2008年第3期，第45—54页；张国光：第5页。
③ 《红楼梦》第五十四回，曹雪芹以"元小说"形式借贾母对才子佳人故事进行了批判："这些书都是一个套子，左不过是些佳人才子，最没趣儿。"（译者注）
④ 即梦的悲剧意识，参见：庄清华《中国古代梦戏研究》，社会科学文献出版社，2015年版，第143页。（译者注）

而代之。只需一读金圣叹对第四本中第四折的评点就能明白他是如何将梦视为发现根本真相的关键的。值得关注的是，金本结局朦胧，对挚爱的感受模糊不清，这又不啻对晚唐时期元稹传奇故事的一种回归。如果再考虑到金的阐释为曹雪芹熟知（这或许可以另作一篇有趣的论文），那么我们就会惊叹，在近千年不断的改写、评点与变化中，看似普通平淡的一梦竟然如此重要。

参考文献

[1][2][3][4][5][6][7][9]王季思：《集评校注〈西厢记〉》，上海古籍出版社，1987年版，第167页、第168页、第261页、第274页、第277页、第265页、第168页、第168页。

[8]Lanselle, Rainier, "Le Malentendu, Comme de Juste (contribution à partir de La Chine classique)" In Kristeva Julia ed. *Guerre et paix des sexes*. Paris: Hachette. 2009, 73-80.

[10][12][13][14][15]张国光：《金圣叹批本西厢记》，上海古籍出版社，1986年版，第19页、第266页、第259页、第257页、第256页。

[11]Dylan, Evans, *Introductory Dictionary of Lacanian Psychoanalysis*. London/New York: Routledge. 1996, 10-12.

作者

蓝碁（Rainier Lanselle），巴黎第七大学（Université Paris Diderot, Paris 7）文学博士，法国高等研究实践学院（Ecole Pratique des Hautes Etudes）教授，主要研究方向：中国古典小说与戏曲。

杜磊，浙江大学外国语学院副研究员，浙江省哲学社会科学重点研究基地"中华译学馆"研究员，本文译者，主要研究方向：中国古典戏曲海外译介。

论施惠对杂剧《闺怨佳人拜月亭》的改编及意义

杨志君　俞　静

摘要：关汉卿作为北方戏剧的"梨园领袖",他的代表作之一《闺怨佳人拜月亭》受到当时演员和观众们的喜爱。从总体来看,施惠在进行改编时,依照南戏的体制结构以及社会背景,将杂剧的思想主题、人物形象以及语言艺术进行了更为具体的丰富和改动。在人物塑造方面,南戏《拜月亭》中的人物更加立体化。在思想意识上,南戏《拜月亭》中的女性意识明显受到儒家文化的禁锢,然而与封建君权的对抗意识却有所增加。在艺术形式方面,南戏《拜月亭》的改编不仅将曲词与情感更密切地联系起来,还将加入的科诨与故事情节串联起来。

关键词：《拜月亭》；杂剧；南戏；改编

关汉卿是中国戏剧史上一位重要剧作家,钟嗣成《录鬼簿》中称他为"驱梨园领袖,总编修师首,捻杂剧班头"[1],在世界文学艺术史上,享有"中国的莎士比亚"之称,他的杂剧作品有很高的的艺术价值；南戏《拜月亭》作为"四大南戏"之一,明代沈德符在《顾曲杂言》中说"北有《西厢》,南有《拜月》","何元朗谓《拜月亭》胜《琵琶记》"[2]。明代学者多把《琵琶记》与《拜月亭》比较,对这两部作品的思想、艺术成就的高下发表了不同的看法,成为明代戏曲评论中一个颇为集中的论题。可见南戏《拜月亭》在明代以及整个中国戏剧发展中的重要地位。

目前学术界对《拜月亭》的研究,主要集中于杂剧和南戏《拜月亭》孰源孰流、杂剧和南戏《拜月亭》内容及形式的对比等方面。基于前人的研究成果,笔者将从戏曲发展的历史中分析这些变化的继承关系、原因及意义,不仅呈现南戏《拜月亭》对杂剧的改编过程及方法,还从宏观的角度上探究戏曲在其本身演进过程中的一次重要飞跃。

一、南戏《拜月亭》中人物更加立体化

杂剧《拜月亭》共四折,而南戏《拜月亭》敷衍出四十折。整个故事讲述的内容都是差不多的,只不过南戏在北杂剧的基础上加上了许多细节以及人物背景的交代,使得故事更加完整,发展的逻辑性也更强。最突出的改编就是对人物性格的塑造变得立体化。

(一)由百依百顺到勇于反抗的王瑞兰

王瑞兰出身达官显贵之家,经历战乱与家人走散后,遇到蒋世隆,两人在结伴同行的过程中结为夫妻,后遭王瑞兰父亲王镇的阻拦分别。故事都是以瑞兰、世隆的大团圆为结局,但杂剧《拜月亭》中的王瑞兰,虽然在心里怨恨父亲棒打鸳鸯,但由于出身限制,她不可能与父母彻底决裂,于是从行动上屈从,迫于父命改嫁,而由于作者的安排,蒋世隆中状元后接丝鞭,入赘尚书府,恰好与王瑞兰重新结为夫妻。由此可见,王瑞兰与蒋世隆的团圆完全出于巧合。而在南戏《拜月亭》中,王瑞兰虽然不能与家族进行激烈公开的抗争,但她并未因此放弃对爱情的执着和追求。她不仅在祸乱之中甘愿与丈夫蒋世隆同死,甚至丈夫提再嫁之事时,她也严词拒绝。在自己得救之后,她也并未因自己独活而庆幸,而是整日担忧丈夫安危,日夜啼哭,郁郁寡欢。在第三十六出《推就红丝》中,王瑞兰更是明确表示拒绝再婚,以自身之力抵挡权贵,她要为自己的丈夫守贞,要坚守忠贞不渝的爱情观。从这里便能看出杂剧与南戏中女主人公性格设定上的最明显的区别。而正是南戏中瑞兰坚定的性格,才使得这个人物从平面的富家千金走向了立体的敢于斗争的女性。

另外,除了主要性格的改编,还有一些细节也能体现出王瑞兰这个人物的立体化。例如,瑞兰和母亲送别父亲这一情节,在杂剧中是设置在了开头楔子里,而在南戏中则是第十出才上演。面对年迈父亲领命出征,杂剧里的瑞兰是让父亲"是必想着俺们子母每早来家"[3],只交代了这一句就足以见出这一人物对父亲的依赖之情。在南戏中同样的依恋之情则是说"重掩泪眼""稍迟延半响"[4],但同时也表现出了自己的担忧:"遭离乱,家无主,怎逃难?"[5]这样的思虑从表面来看是为自己以及母亲将来生活的担忧,但实际上也可从中感受出一点点的抱怨情绪,同时也和戏剧情节的发展更加贴合。由此看来,王瑞兰这一人物形象在南戏的改编之后变得更加生动逼真了。

(二)性格从模糊到执着深情的蒋世隆

杂剧《拜月亭》是旦本戏剧,全剧只能由旦角这一个角色来演唱,这就也导致了在杂剧中男主人公蒋世隆的戏份少了很多。另外,顾学颉在《元明杂剧》一书中指出:"据我们的推测,元刊本那类简本,可能就是当时供演出时备用的台本,除了抄录最主要的部分——配着鼓笛音乐唱演的全部唱词之外,兼录一点重要的宾白和人物上场、下场等场面活动,仅是提纲式的记录,而不是详备的完全的脚本。演员根据提纲的提示,适应着剧情

的内容，运用宾白和动作表演。"[6]所以，在杂剧《拜月亭》中，蒋世隆这一主人公就连宾白都很少，所以难以判断人物的具体性格。

而在南戏中却大大丰富了这个人物的性格。瑞兰和世隆初见时，世隆耍小聪明骗瑞兰有位老妇人走来，借机"近看科"。同时，心里想的是"旷野间见独自一个佳人，生得千娇百媚，他也无夫无婿，眼见得落便宜"[7]。可见这位翩翩儒生也有世俗的一面，这一人物形象就更加贴近日常生活了。

另外，瑞兰被王镇带回后，蒋世隆曾多次思念爱妻，如第二十七出的唱词"分别夫妻两南北，谁念我无穷凄楚"[8]，第二十八出的唱词"那更忧愁思虑，在旅邸顿染沉疴"[9]都表现了蒋世隆在瑞兰离开后的痛苦，体现了他的用情至深。

而最能够体现蒋世隆执着深情的典型剧情，当属第三十六出的"推就红丝"。在蒋世隆中状元后是否接受"丝鞭"这一情节上，我们可以看出蒋世隆这个人物形象的突然明晰。在杂剧中，瑞兰有这样的唱词：

【水仙子】不刺，可是谁央及你个蒋状元，一投得官也接了丝鞭！我常把伊思念，你不将人挂恋，亏心的上有青天！[10]

（末云了）（做分辩科，唱）

【胡十八】我便浑身上都是口，待教我怎分辩？枉了我情脉脉、恨绵绵！我昼忘饮馔夜无眠，则兀那瑞莲便是证见；怕你不信后，没人处问一遍。[11]

从这里我们推测，蒋世隆大概是想要抛弃妻子，被瑞兰知道以后，瑞兰才有了这样一段气愤的唱词。

而同样的剧情，在南戏中，则是蒋世隆明确拒绝了丝鞭："（生）兄弟，你自受了丝鞭，我断然不受。"[12]看似是对兄弟十分绝情的话，却表现出蒋世隆对爱情专一、深情执着的特点。

二、南戏《拜月亭》中思想意识的改变

由于南北存在着地域差异，南戏《拜月亭》透露出的思想意识中，有进步的地方，也有受到限制的地方。在看待改编成果时，应以辩证思维，具体问题具体分析。

（一）南戏的女性意识受到儒家文化的禁锢

杂剧《拜月亭》是旦本戏剧，在中西方的文艺思潮史上都有文学艺术是情感表现的观点，因此，作者在创作时就有可能有意无意地将自己的部分思想体现在女主人公王瑞兰的

身上。对于关汉卿在杂剧中的女性意识,吴梦在她的论文中进行过总结。她认为关汉卿杂剧中女性意识的独特性主要体现在不同阶层的女性与不幸的命运的顽强斗争中[13]。然而,作者并没有将王瑞兰作为与命运进行斗争的代表,而是认为她努力地追求自己的爱情,最后获得圆满结局是关汉卿对女性的关照。而在南戏《拜月亭》中,王菊艳认为是反映了女性自我意识的缺失[14],认为南戏中的王瑞兰属于依附型人格,而造成这一人物形象改变的原因,其实是当时社会环境的差异。在元代,北方由蒙古族统治者统治,在他们心中,为了颠覆汉人统治,需要寻找一种新的思想意识来替代儒家的传统观念,这就是佛教思想。因此,元代北方社会减轻了封建礼教对女性的束缚,女性便开始了她们追求自由平等之路。而在南方,生活着大量的汉族儒士,他们依旧遵守着数百年来的文化传统。

我们现在所接触学习的儒家文化是经过五四运动以后历代学者"取其精华,去其糟粕"的产物,是符合新时代社会主义思想的优秀文化。但是在封建时期,儒家文化是为统治者服务的,它就必然与当时的政治、社会思想相关联,一些儒家伦理观念就显示出极大的局限性。例如,儒家的妇女观就限制了女性独立自主的意识,要她们做到"三从四德",使得她们成为男性的附属品。这里我们仅从瑞兰和世隆初次相遇场景的对照中就能得出结论。在杂剧《拜月亭》中,瑞兰提出在兵荒马乱时要与世隆同行,说的是:"每常我听得绰的说个女婿,我早豁地离了坐位,悄地低了咽颈,缊地红了面皮。"[15]首先表明立场:我并不是随意轻浮之人,在平常我听到父亲母亲说到女婿也是会羞红了脸的。但马上就转变态度,说"如今索强支持,如何回避,藉不的那羞共耻"[16]。表明情况特殊:现在是战乱的时候,没办法自己一个人独自逃难。最后提出建议:我也不管羞和耻了,我们两个就搭伴一起赶路吧。可以看到这一系列的心理,反映了瑞兰极强的自尊和贵家千金的傲娇姿态,这正是女性意识的体现。而同样的相遇,在南戏《拜月亭》中却截然不同。有一段宾白如下:

(旦)秀才,你读书也不曾?(生)秀才家何书不读览!(旦)书上说道:"恻隐之心,人皆有之"既然读诗书,恻隐之心怎不周急也。(生)你只晓得有恻隐之心,那晓得有别嫌之礼。……(生)有人厮盘问,教咱把甚言抵对也?(旦)没个道理。(生)既没道理,小生自去。(旦)有一个道理。(生)有甚么道理?(旦)怕问时(生)怕问时,却怎么?(旦)奴家害羞,说不出来。[17]

从这一段我们可以看出,瑞兰作为闺中之女,并没有直接提出要与世隆共行,而是从侧面问他能不能以君子的恻隐之心"收留"她,这是体现其受到礼教束缚而没有胆量直接开口提议的地方之一。其次,世隆故意问她假如遇到有人问他们的关系时要怎么回答,瑞兰更是表现出扭捏态，先是说没有办法，一听到世隆要走，立马说自己有办法，这就是典型的依附型人格。

（二）改编后新增与君权对抗的主线

由于作者思想观念的差异，直接导致了两部作品的抗争意识产生了不同。同时，南戏《拜月亭》在篇幅上大大扩充，也就使得文章的人物关系变得复杂，因此，男女主人公的抗争内容也变得十分复杂。杂剧《拜月亭》中，瑞兰父亲王镇强行把女儿带回，瑞兰请求父亲"宽容瑞兰一步；分付他本人三两句言语呵"[18]，最后却没说几句话被父亲催着带走。在父亲让自己嫁给新科状元以后，直接道出心中怨恨："不顾自家嫌，则要傍人羡。"[19]对父亲母亲"违着孩儿心，只要遂他家愿"[20]表现出不满，只把儿女婚姻作为家族或家庭的利益的工具，完全不顾及儿女是否幸福。这就体现了杂剧《拜月亭》的主要矛盾是瑞兰与封建父权制的对抗，因此思想主题也十分明确单一，就是对封建婚姻制度的对抗。同样的剧情在南戏《拜月亭》中又有增改：

（生）哀告慈悲岳丈（外）谁是你岳丈？……（生）只倚着官高势强。[21]

这里增加了世隆祈求王镇的情节，就由原来的瑞兰与父亲的矛盾上升为青年男女追求自由爱情与封建父权制的矛盾，从这个层面来说，复杂反抗也是表现在反抗的主体由原来的一人变为两人一起。此外，复杂反抗还体现在瑞兰对父亲讨得圣旨招赘后坚决的态度上。在古代，君君臣臣父父子子，君王的权力永远是排在第一位的，而在南戏《拜月亭》中瑞兰听到母亲说要招纳状元为婿，直言"上告爹爹母亲得知，孩儿已有丈夫，不敢从命。"[22]，可见在圣旨面前，依旧非常坚定，丝毫没有半点畏惧，某种程度上，这也是对皇权的一种反抗。

三、南戏《拜月亭》艺术手法更成熟

南戏是在杂剧《拜月亭》的故事框架上改编而来的，因此作者有更多的精力和空间来进行艺术修饰。南戏改编巧用各种艺术手法，使得故事情节、人物情感在表演的过程中更细致、深刻地展现出来。

（一）南戏的曲词与情感表达关联更密切

李渔在《闲情偶寄·词曲部》中慨叹："文字之难，未有过于填词者。"[23]因为作者认为在曲词创作中，句式长的不能少一个字，句式短的也不能有多的字，同时，为了配合宫调旋律，又要让句式忽长忽短，真是让人难以把握。另外，应当用平声之处就用平声，用一仄声不得；应当用阴韵的就用阴韵，换一阳韵不得。待到平仄调好了，又要考虑阴阳的跳跃；分清楚了阴阳，又要防着与声韵不和。这样繁多的规定，让人搅断肺肠，烦苦欲绝，真是够折磨人的。虽然编剧的义理是无穷无尽的，但有两个字却能总括义理的纲目要领，那就是"情景"。景，是书写目睹见闻的；情，是抒发心境心声的。也就是说，作者在创作的时候，要将情与景融合起来。一味地追求华丽辞藻，即使创作出了十分佳句，也只好算作五分，更何况对景物的细致描写本来也不应该是戏剧这种要搬上舞台演出的文学形式所要追求的。相反，如果只是任凭作者的才能淋漓尽致地发挥，就有可能导致好的作品难以流传下来，这样也是非常令人痛惜的。

此外，作者还指出戏曲音律的要旨，首先当严明宫调，其次涉及声韵，再次涉及句式字数。杂剧对宫调是有严格规定的：一出内只能用一个韵，不能有半字出入。另外，杂剧的体制也是非常严格的，原则上每折只采用一种宫调，四折一本的杂剧，也就只能用四种宫调，并且不相重复。而南戏则相对自由，可以在一折内选择多个宫调，并且一个宫调内的韵脚也可以更换。杂剧《拜月亭》中的楔子和第一折都用【仙吕宫】，第二至第四折分别用【南吕宫】【正宫】和【双调】，没有"出宫"现象。但南戏《拜月亭》中的宫调除了使用【中吕宫】【南吕宫】【正宫】【黄钟宫】【越调】【双调】，还有像第四出《罔害幡良》中【步步娇】这样"仙吕入双调"的情况[24]。正是由于这个原因，南戏的作者很容易犯的一个毛病就是"重韵"，即同一曲牌的曲词在开头用不同的韵脚，到了后面作者不顾前词，将那些韵脚拿来使用导致不同韵脚出现在同一支曲词中的混乱押韵现象，也叫"韵脚犯重"。

然而，李渔认为以上这些还是小毛病，还有比这更严重的大毛病——词意和角色不相合。在南戏剧本中，为了吸引更多的观众，演员往往会在正式剧目开始之前唱一些"热场曲"，称为"上场诗"。这些曲目多为套曲，各家都差不多，因此南戏也就有了词意与角色不相合的毛病。而对于南戏《拜月亭》，王国维有高度的评价："不独以数色合唱一折，并有以数色合唱一曲，而各色皆有白有唱者，此则南戏之一大进步，而不得不大书特书以表之者也。"[25]王国维先生所要大书特书表扬的，正是南戏《拜月亭》将不同的人和不同的唱词一一对应起来，使得人物的曲词和人物的情感更加贴合。这是杂剧《拜月亭》作为一个旦本全程只有旦角主唱所不能并论的。

另外，南戏多使用叠词来抒发感情，如在写到王瑞兰和母亲出逃路上的艰辛时，杂剧《拜月亭》中是这样写的：

【油葫芦】一点雨间一行恓惶泪，一阵风对一声长吁气。[26]

【油葫芦】百忙里一步一撒，索与他一步一提。这一对绣鞋儿分不得帮和底，稠紧紧黏软软带着淤泥。[27]

而几乎相同的唱词，在南戏中却被改编成了这样：

【剔银灯】一点点雨间着一行行恓惶泪，一阵阵风对着一声声愁和气。[28]
【摊破地锦花】绣鞋儿分不得帮和底，一步步提，百忙里褪了跟儿。[29]

可以明显看出，南戏在改编时，根据情境将雨、泪、风、仇怨都量化了，叠词的使用不仅能给人带来一种数量的增多感，更让人感觉到了母女二人逃难路上的行动迟缓，这就使得曲词和情感表达更加紧密，不仅体现出瑞兰的哀怨之悠长，同时也增加了读者对瑞兰的同情。

（二）南戏增添的科诨与剧情发展关系更紧密

对于科诨的作用，历来说法趋于相同，认为科诨是作为戏剧中的喜剧成分存在的。明代王骥德在《曲律》中说道："大略曲冷不闹场处，得净丑间插一科，可博人哄堂，亦是剧戏眼目。"[30]也就是说科诨可以调节舞台氛围。

从观众角度来看，清代李渔的"人参汤说"更显得贴切，认为科诨"乃看戏之人参汤也"[31]。现在学者基本上认为科诨的作用大致有三点：塑造人物形象、调节剧场气氛与戏剧节奏以及破除迷信的教化功能。其中，调节气氛与节奏的作用是指科诨可以通过让观众发笑的方式，缓解内心的紧张感和压迫感，在放松的环境中，能更好地接受后面将要发生的悲剧情节。所以在这种情况下，科诨不但不会破坏气氛，反而会令全剧的气氛节奏变得更切合主题需要。也就是说，科诨其实是将剧情的发展用一种轻松愉快的方式，在观众的心理上隐秘地串联起来，如同藕中丝一般。例如，在南戏《拜月亭》中最易引人发笑的就是第六出《图形追捕》中的坊正呆头呆脑说出自己私仇公报卖豆腐的王公，害得小巡警官一起被罚十三棒打，这也就使得小巡警官心中有了怨气，加大了力度巡捕，才有了后面陀满兴福走在路上碰见巡警官"恶吽吽，手里拿着的都是枪和棒。唬得俺战兢兢，小鹿儿在心里头撞"[32]。从剧情发展的角度来说，正是科诨中挨打情节的出现，才使得观众们在看到陀满兴福走在路上随处遇见巡警官的场面有了一种逻辑顺连感，不致让戏剧显得巧合不断而失去可信力。

另外，李渔认为："科诨二字，不止为花面而设，通场脚色皆不可少。"[33]除了净丑这样的角色需要科诨，生旦主角也是需要的。然而要让出身不凡的生旦产生喜剧效果，却不是那么容易的，不仅要让他们的科诨雅中带俗，又要于俗中见雅；鲜活之处要隐含呆板，在呆板中还要见证鲜活。可以说是需要剧作家费一番头脑的。然而李渔认为，真正

"所难者,要有关系"[34]。所谓关系,就是在诙谐之处,包含大道理,使道义因科诨的存在而更加彰显。也就是我们现在所说的要"寓教于乐"。

此外,李渔还认为:"科诨之妙,在于近俗,而所忌者又在于太俗。"[35]这也很好地体现在南戏《拜月亭》第二十二出的剧情当中。这一出名为《招商谐偶》,讲的是蒋世隆和王瑞兰逃难到招商酒店,在店主人的牵线下结为夫妻。在这里,蒋世隆用旁敲侧击的方法"逼迫"王瑞兰自己说出当初的承诺。同时还要了小聪明,倒打一耙,用当初瑞兰的语句来反问她:"我也不问娘子别的,可晓得仁义礼智信,不要说仁义礼智,只说一个信字。"[36]最终和瑞兰喜结连理。这里并不是直接说要和瑞兰成亲,而是从侧面切入。既接近于世俗情味,又不会显得太俗。不俗就像学究腐儒的言谈,太俗就不像文人韵士的笔调,南戏《拜月亭》就处理得刚刚好,让观众体会到瑞兰和世隆情感循序渐进的过程以及作为大家闺秀和儒士君子的温文尔雅。但是在这样的科诨中,瑞兰却不忘父亲母亲会反对的局面,也就为后续瑞兰被父亲带回埋下了伏笔。同时我们也要看到此出中所设科诨的近俗一面。例如,蒋世隆进店向酒保买酒时说浑家还在外面,酒保立马说"浑家请!"[37]这样令人发笑的话,甚至还用了一个类推说是因为听别人说过"人之父母就是我之父母"的话,所以世隆的浑家也就是他酒保的浑家了。这样低俗的诨话就明显是为迎合观众趣味而设置的,这也是南戏《拜月亭》的不足之处。

四、南戏《拜月亭》改编的意义

南戏《拜月亭》的出现无疑引起了戏剧家们的关注,由南戏《拜月亭》生发开来的讨论更是数不胜数,这些讨论催生出了新的戏剧理论,也让戏剧家们进一步意识到了文学之作用。

(一)引发明代戏曲"本色论"的探讨

明代戏剧家对南戏《拜月亭》评价颇高。如明代沈德符在《顾曲杂言》中专辟一章论述《拜月亭》,开头便是:"何元朗谓:拜月亭胜琵琶记。"[38]还驳斥了王弇州的反面观点,认为是"王识见未到"[39]。

其实,明代对于南戏《拜月亭》《琵琶记》以及《西厢记》的高下之争一直未曾中断,刘小梅曾对此现象做出过总结,认为"归结起来,大体有三种意见"[40],其中的两派都认为南戏《拜月亭》的成就较高。引发这场争论的戏曲理论家是何良俊,他在《曲论》中提出"近代人杂剧以王实甫之《西厢记》,戏文则以高则诚之《琵琶记》为绝唱,大不然"[41]。同时提出自己的观点:"元人之词,往往有出于二家之上者。"[42]这就是施惠所作南戏《拜月亭》。在何良俊看来,南戏《拜月亭》之所以"高出于《琵琶记》远甚",

是因为它"才藻虽不及高，然终是当行"，唯有《拜月亭》的曲词才是"词家所谓'本色语'"[43]。此话一出，不但引发了明代戏剧家们对"元人三记"的高低之争，还引发了对"本色论"的探讨。

明代是中国戏曲理论发展的高峰时期，一是对前人戏曲创作的评价总结，二是为明代戏曲创作进行指导。由于戏剧这一体裁在中国文学史上的发展不像诗歌散文那样属于正统，汉魏以来的戏剧，并没有正规的体制，直到元杂剧与南戏出现，才有了角色扮演之分明，宫调唱词之与情相合，"于是我国始有纯粹之戏曲"[44]。由此可见，戏剧这一体裁在元代才开始兴盛，发展到明代，还处于实践阶段，因此，明代的戏剧理论正处在生发期，各种争论在明代非常常见。

何良俊的"本色论"是从正反两面进行论证的。一方面说《琵琶记》"专弄学问"，《西厢记》"全带脂粉"，如同"画家所谓'浓盐赤酱'"，终不及南戏《拜月亭》那样"靓装素服，天然妙丽"[45]。由此可见，何良俊所说的本色，就是要剧作家在进行戏剧创作时做减法，不要一味将才华展现在曲词上，而是要自然而然地流露出来。这也就是王国维所说，后人创作的戏曲和元人创作的有"人工与自然之别"[46]。在李渔看来，元人创作的戏剧之所以能够表现出自然本色，是"以其深而出之以浅，非借浅以文其不深也"[47]。有趣的是，何良俊还曾批判关汉卿之词"激厉而少蕴藉"[48]，太过直白不够含蓄。却也说王实甫的另一杂剧《丝竹芙蓉亭》，曲词简淡非常惹人喜爱。另一方面，直接说明本色就是"寻常说话"[49]，只不过"略带讪语"[50]，但是达到了"意趣无穷"[51]的效果。

除何良俊外，还有沈璟以及他的学生吕天成等人对"本色论"进行过探讨。沈璟所说的"本色"兼有多重意思：一是指"当行"，即要适合于舞台演出；二是语言要质朴；三是要古雅。虽然沈璟没有对"本色"进行过具体的论述，但是我们可以从他编订的《南九宫十三调曲谱》的批语中窥探一二。在引《江流记》时称赞道"二曲虽甚拙，自己不可及，后学不可轻视也"；在《锦香囊》的批语中写道"用韵虽杂，然词甚古雅"[52]。吕天成认为的"本色"，"只指填词"，"不在摹剿家常语言，此中别有机神情趣"[53]。可以说是对老师观点的一个颠覆。

对于戏剧"本色论"，各家有各家的看法，而产生这一理论的源头，正是施惠对杂剧《拜月亭》的改编实践。可以说，明代的"本色论"是基于南戏《拜月亭》生发出来的，而对南戏《拜月亭》的探讨反过来又促进了它的流传。

（二）使戏剧能更好地发挥教化作用

南戏《拜月亭》中的思想意识的改变已在上文论述，而戏剧这种艺术形式的受众面主要是广大的老百姓，所以改变思想意识也是为了更好地对民众进行教化。孔子的文艺理论"兴观群怨"说中的"群"就是从社会功用的角度说明文学艺术有团结和教育群众的作用。元代统治者居北方，对于南方的管制相对较为宽松，而中国历代的儒士心中都有强烈的社会责任感，这就解释了为什么南戏中的儒家思想观念突出。经过改编以后，不仅曲词的艺术性大大增强，科诨的增添也发挥了极大的作用。科诨在戏剧表演中主要以动作的方式呈现，这就非常考验演员的舞蹈、武术及表情管理功底。因此，经过改编后的南戏就不再是单纯的案头文学，它将文学与其他的艺术进行了融合，也就是王国维所说"后代（指宋以后）之戏剧，必合言语、动作、歌唱，以演一故事，而后戏剧之意义始全"[54]。这里所说的"意义"不仅是指戏剧这一艺术形式的功能完善，更是要说明戏剧通过科诨发挥了教化作用。因为大多数戏剧中的科诨中都会加入一些神仙宗教的内容，南戏《拜月亭》就加入了陀满兴福逃亡路上遇太白星的帮助，传递好人终会有好报的思想观念。另外还有王瑞兰在被父亲带回家以后，坚决不接受父亲母亲为其挑选的夫婿，即使是父亲拿出圣旨进行威胁的情况下，也依旧说自己已有夫婿，这一行为可以从两方面进行理解，一方面是要表达瑞兰与世隆情比金坚，另一个方面也可以认为是作者在向封建社会的女子们传递已婚妇女应当守节的观念。此外，无论是陀满海牙的不惧生死为国家安危直言上谏还是年已七十的王镇领旨后立马带兵前往边疆抗敌，都是作者为了宣扬忠君爱国的思想观念。最后，南戏将蒋世隆与陀满兴福的交往安排得更加密切，从陀满兴福逃亡路上遇到蒋世隆，再到两人共同结伴参加科考，互帮互助，相互扶持，也是为了赞扬他们的仗义精神。

经过改编后，戏剧的思想主题有了或大或小的变动，但究其本质，都是戏剧家们根据自己心中的意识进行了他们认为的正统观念的灌输，再将其进行俗化改编，最后被戏剧演员们搬上舞台，为平民百姓所共赏。无论是作为作者有意识的还是无意识的行为，将文学作品作为思想传播的桥梁这一方法，对后代的文学创作都产生了极大的影响。例如，明代盛行对前人戏剧的改编，《西厢记》《金锁记》《窦娥冤》《青衫泪》等著名戏剧都被翻改。

结　语

艺术改编无处不在，它随时随地存在于音乐、舞蹈、绘画、影视等艺术形式中，然而文学作为一种高级的审美意识形态，不仅富于感性，也带有着理性。因此，在所有的艺术改编活动中，文学是最难以把握和操作的。戏剧作为一种综合性的艺术，改编的难度便又上了一个台阶。

既然文学作为一种意识形态存在，就不能以单一的审美标准进行评判，因此在南戏《拜月亭》改编后的数百年间，受到的评价褒贬不一。明代戏剧理论家们盛赞施惠的剧本，而到清末至近代，以王国维为代表的学者则认为南戏《拜月亭》的妙处都是蹈袭了杂剧，而明代的学者因为只看改编后的剧本不看关汉卿的原作才导致对南戏《拜月亭》不恰当的称赞。可见，不同历史时期对同一作品的评价不尽相同，因为文学作品本身不是静态的，它存在于时间中就必然会受到时间的影响。不同理论家所处的时代、社会背景以及个人的经验、学识等都会使得文本产生不同的"视域"。各种评论、各种理论发展至今，需要我们用理性接受的目光进行甄别筛选。因此对待施惠改编的南戏《拜月亭》，应该用辩证的态度看待，既不能一味称赞，也不能认为一无是处。

从思想主题、人物形象以及艺术表现手法的各个角度来看，施惠改编后的南戏《拜月亭》是一次成功的实践。文学艺术作为古代社会统治阶级传播思想的重要工具，作为儒士的剧作者们就必然会在剧作中体现统治阶层的思想内容。从思想进步的角度来说，关汉卿的杂剧《拜月亭》体现出女性独立意识是一大进步，改编后的南戏反而受到封建礼教的思想禁锢，传播儒家三纲五常观念，看似是一种思想倒退，然而结合时代背景便可得知，元代社会是汉族受到外族统治，出于对历来思想观念的延续以及维持的原因，南方戏剧圈的作家们大多有光复汉族统治的心愿，因此文学创作也就成为他们实现政治理想的一种方式。另外，南戏改编后人物形象的立体化、更加贴近社会生活也能让观众及读者感到亲切。最后，尽管对唱词的改编及科诨的设置有时会表现出符合市民趣味的不足，但从整体上来说显示出戏剧艺术表现手段趋于成熟的一面，同时也成功地与其他艺术形式进行融合，起到了桥梁般的作用。

参考文献

[1]（元）钟嗣成：《录鬼簿》，中国戏剧出版社，1959年版，第151页。

[2][38][39]（明）沈德符：《顾曲杂言》，中国戏剧出版社，1959年版，第215页、第215页、第210页。

[3][10][11][15][16][18][19][20][26][27]北京大学中文系关汉卿戏剧集编校小组：《关汉卿戏剧集》，人民文学出版社，1976年版，第198页、第219页、第219页、第201页、第201页、第207页、第219页、第219页、第217页、第200页。

[4][5][7][8][9][12][17][21][22][28][29][32][36][37]（元）施惠撰，吕薇芬校点：《幽闺记》，辽宁教育出版社，1998年版，第20页、第20页、第26页、第61页、第63页、第71页、第26页、第44页、第59页、第22页、第22页、第8页、第36页、第36页。

[6]顾学颉：《元明杂剧》，上海古籍出版社，2011年版，第25页。

[13]吴梦：《关汉卿元杂剧中女性意识的觉醒及原因》，《戏剧之家》2018年第22期。

[14]王菊艳：《女性自我意识的缺失与儒家文化——从高明的〈琵琶记〉和南戏"四

大传奇"谈起》,《大连大学学报》2004年第5期。

[23][31][33][34][35][47](清)李渔:《闲情偶寄》,中国戏剧出版社,1959年版,第32页、第34页、第61页、第63页、第62页、第22页。

[24]喻晓玲:《关汉卿〈拜月亭〉与施惠〈拜月亭〉比较研究》,《闽南师范大学学报》(哲学社会科学版)2016年第30期。

[25][44][46][54]王国维:《宋元戏曲史》,上海古籍出版社,1998年版,第127页、第128页、第110页、第113页。

[30](明)王骥德:《曲律》,中国戏剧出版社,1959年版,第141页。

[40]刘小梅:《南戏〈拜月亭记〉及其历史影响》,《戏曲艺术》2004年第3期。

[41][42][43][45][48][49][50][51](明)何良俊:《曲论》,中国戏剧出版社,1959年版,第6页、第6页、第12页、第8页、第6页、第8页、第8页、第9页。

[52](明)沈璟:《沈璟集》,上海古籍出版社,1991年版,第820页、第946页。

[53](明)吕天成:《曲品》,中国戏剧出版社,1959年版,第209页。

作者

杨志君,文学博士,长沙学院马栏山新媒体学院讲师,主要研究方向:明清小说。

俞静,浙江省义乌市上溪镇溪华小学教师,主要研究方向:中国古代小说。

论苏州派剧作的评点

李守信

摘要：苏州派剧作主要以舞台演出的形式进行传播，其中部分剧作曲词优美，受到了文人的欢迎，得以刊刻传播。这些评点在结构上强调谋篇布局和情节的前后呼应，认为戏剧情节的设置需要"不落窠臼"与"合理合情"，戏剧语言既要委婉曲折，又要浅显易懂。冯梦龙从舞台表演的实际出发进行评点，在评点中提出了对演员的要求。

关键词：苏州派；戏曲理论；评点

与其他经典的戏剧作品不同，明末清初苏州派的剧作具备舞台化的艺术倾向和市民化的精神内质，表现了市井人物的感情与生活，体现了儒家的伦理道德，反映了市民阶层的情感指向和价值追求，受到了清代各个时期不同社会群体的欢迎。苏州派的作家以戏曲创作为职业，以舞台演出为创作导向，成员之间联系紧密，经常共同创作剧本，与以往的文人作家具有本质上的区别。

苏州派的剧作数量丰富，具有极高的艺术价值，主要以舞台演出的形式进行传播。但其中部分剧作曲词优美、故事曲折，受到了文人的欢迎。由于市场的阅读需求，书坊纷纷刊刻苏州派的剧作，如树滋堂、霜英堂、文喜堂等。在苏州派剧作的众多作品中，仅李玉"一人永占"、《清忠谱》、《眉山秀》、《两须眉》，朱素臣的《秦楼月》和毕魏的《三报恩》有刻本存世。评点是中国古代戏曲理论批评的重要形态，评点者在文本细读的过程中写下自己的感受，表达自己的观点和看法，涉及戏曲创作与演出中的诸多问题。

虽然关于苏州派剧作的评点不多，但是仅存的评点需要被重视。冯梦龙在修改《人兽关》和《永团圆》后进行了点评，李渔对《秦楼月》也进行了评点，这些评点都进行了刊刻，成为后世读者在阅读书籍过程中无法回避的部分。明崇祯刻本《人兽关》与《永团圆》曾为傅惜华碧蕖馆旧藏，《古本戏曲丛刊三集》据以影印，载有乾隆十年（1745）"榭园"手写的眉批、夹批与跋语。《永团圆》下卷卷末写有总批，并署"乾隆十年十一月十一日雪中"。《人兽关》上卷卷末写有总评并署"乾隆十年乙丑仲冬中旬二日"，下卷卷末署"乾隆十年十一月十四日雪霁槲园阅毕"。苏州派剧作的评点涉及戏曲结构、语言、情节、演出等重要问题，在戏曲理论史上产生了重要的影响。

一、结构论

李渔在《秦楼月》的批语中贯彻了"密针线"的戏曲结构理论，冯梦龙在《人兽关》和《永团圆》的批语中也使用"张本"和"针线"等词来说明前后情节的互相照应。李渔和冯梦龙的批语又涉及家门、小收煞、大收煞等谋篇布局的"格局"理论。

（一）密针线

李渔在《秦楼月》的批语中注重情节的前后照应和相互联系。在第四出《痴访》中，吕贯登临虎丘，恰逢刘岳将军"选定名姬花案"，可见其并非有意去观看花榜，为下文的痴情埋下伏笔。李渔评曰："无事中点出花榜一事，吕生胸中毫无成心，方见下文的是情痴，非是狂妄一辈。"[1]吕贯与陈素素的相识是因为"老陶花案之传"，朱素臣在第十二出《密誓》中安排了"此一番胡哄"，李渔夸赞说："虽是余文，更见周密顿挫，于冷处得情。作者细心，览者勿以闲事漫然置之。"[2]在第十八出《得信》中，陈素素被人骗入舟中，老陶与钱妈妈互相责骂，钱妈妈怨老陶"指点什么吕相公来家混扰，有骗到他家里去，如今一去无踪"，李渔评说："因此得信，遂生下文无数波澜，始知以前科诨，并非闲笔。"[3]在最后一出中，袁皓、刘岳将陈素素带至吕府完婚，三人相遇，提起之前的事情，李渔评其"前后照应，一丝不漏"[4]。

冯梦龙在批语中多使用"张本"与"针线"等词，强调出目间的相互联系。在《人兽关》中，冯梦龙认为第六出《菩萨证誓》能够为桂薪妻子与儿子变犬的关目"张本"，又为下文第十二折《雪中遇故》尤滑稽骗取桂薪的钱财"张本"。他认为《永团圆》的第十六折《山城惧内》能够为第二十折《因妒全身》"张本"。在第三折《姊妹秋闺》中，江兰芳与江惠芳初次登场，二人阅读《古今女史》，并发表自己的看法。冯梦龙认为这样的情节安排不仅能够为"守节及题诗张本"，而且可以衬托出江兰芳的"清雅不俗"。在第五折《看会生嫌》中，众人前去看会，场面热闹，江纳、蔡文英、王宁侯、毕如刀等人在此折见面，为第十八折《江边解闹》埋下伏笔。冯梦龙评此出说："此等针线，不可不知。"[5]在最后一折中，江惠芳唱"长门未必遗阿娇，船到中流我自把舵掌牢"[6]。冯梦龙认为这二句"乃作者下笔针线处"，又认为《江纳劝女》是"针线最密处"[7]。冯梦龙直接使用"针线"的概念，强调情节间相互联系的重要性，与李渔的"密针线"之说不谋而合。

（二）知格局

李渔在《闲情偶寄》中提出了"格局"："传奇格局，有一定而不可移者，有可仍可改，听人自为政者。"[8]格局包括家门、冲场、出脚色、小收煞和大收煞等，属于结构的范畴。他认为《秦楼月》最后一出《诰圆》的情节安排较为成功，夸赞说："好排场，好收场，虽是逢场作戏，依然不怒不淫，更妙在一线到底，一气如话。不似时剧新本，作女扮男妆、神头鬼脸通套也。远则可方《拜月》，近亦不让《西楼》，几案氍毹，并堪心赏，此必传之作。"[9]这里的"好收场"之说与李渔的"大收煞"之说相似。袁皓、刘岳将陈素素带至吕府，传奇中的"要紧脚色"均在此折"自然而然，水到渠成"地会合；吕贯不知是陈素素，故而坚决不从，在婚礼开始前才明白真相，这正是李渔所说的"山穷水尽之处，偏宜突起波澜，或先惊而后喜，或始疑而终信"；袁皓、刘岳两人随后又嘲弄吕贯，李渔评其"反覆播弄，极文章变化之妙，真乃笔如游龙"，制造了"团圆之趣"[10]。

冯梦龙在批语中涉及传奇的"格局"，他认为原本第一出《慈引》用观音大士开场不妥，故而为其重写开场，并在《总评》中说："戏本之用开场表白，此定体也。原本径扮大士一折，虽曰新奇眩俗，然邻于乱矣。况云大士故赐藏金于负心之人，使之现报以儆世俗，尤为悖理。"[11]冯梦龙在第十五折《公堂断配》内批注道："此折名小团圆，情词两绝，贤愚共赏。"[12]他在注意到《巧合》一出"暂摄情形，略收锣鼓"的作用，但是在改编的过程中平均分配出数，将原本的《雌吼》作为上卷的末出，没有落实"小收煞"的作用。

二、情节论

冯梦龙认为《永团圆》与《人兽关》的情节"不落窠臼"，能够令人感到新奇。椒园认为江惠芳代姐出嫁的情节既不符合伦理规范，又不符合人物性格。冯梦龙加入《江纳劝女》一折后，情节更加符合逻辑，合情合理。

（一）不落窠臼

吴门撄八愚在《一笠庵四种曲》中认为李玉的"一人永占"能够"令观者耳目一新，舞蹈不已"[13]。李渔《闲情偶寄》主张传奇创作应当"脱窠臼"："古人呼剧本为'传奇'者，因其事甚奇特，未经人见而传之，是以得名，可见非奇不传。'新'即'奇'之别名也。"[14]传奇二字即说明戏曲的情节应当新奇。冯梦龙在《永团圆》的批语中说："太守主婚，事奇；中丞扯婚，事更奇。二女一混，而夫不知其妻，姑不知其媳，妹不知其姊，并父不知其女。如此意外团圆，倍觉可喜。蜃楼海市，幻想从何处得来？"[15]他认为《永团圆》的故事情节别出心裁，读来"倍觉可喜"，称赞李玉的奇思妙想，又说"古传奇"均是从"忠孝节义描写性情","新剧"仅仅是"纵观发笑"或"以幻怪取异"。他又在序言中表明这一观点:"中间《投江遇救》近《荆钗》,《都府挝婚》近《琵琶》,而能脱落皮毛,掀翻窠臼,令观者耳目一新,舞蹈不已。迩来新剧充栋,率多戏笔,不成佳话,兼之韵律自负,实则茫然,视此不啻霄壤隔矣。"[16]他又评论《人兽关》下卷说:"《劝恶》《拒容》《证誓》《证梦》《犬报》诸折,令人发竖魂摇。前辈名家,未或臻此。"[17]《人兽关》下卷诸折讲述报应之事,"前辈名家"均未涉足,能够令人震撼。冯梦龙认为《永团圆》与《人兽关》的情节新奇,故事曲折,戏剧矛盾突出,剧情跌宕起伏,能够吸引观众和读者。

(二)合理合情

椒园认为江惠芳代姐出嫁的情节十分"无理",她于蔡文英只是见过一面,就匆匆拜堂成亲,算不上贤明,并且认为她冒名顶替应该汗颜。李渔这样的安排是使"江纳失了一女,又赔一女",虽然有趣,但是椒园从封建伦理道德的角度出发,从江兰芳的视角考虑,指责江惠芳不应该糊里糊涂"嫁了姐夫",又责怪蔡文英"糊涂之极"。为了彰显江纳的邪恶,李玉安排蔡文英与江惠芳在上卷中"朦胧成了好事",然后就是《述缘》,"极是少理"。在第十六出《述缘》中,江惠芳向蔡文英说出自己的真实身份,曲词中有"骤成匹配"之语,椒园以犀利的语言批评说"谁叫你就愿心配了",并认为江惠芳"无耻"。在他看来,这样的情节安排既违背了儒家的伦理道德,又不符合剧中人物的真实感情。

冯梦龙则是从江惠芳的角度进行考虑,认为高谊令蔡文英娶江兰芳的情节不甚合理。作为闺中女子的江惠芳在得知丈夫要再娶妻室时一定无法接受,故而添加《江纳劝女》一折,并点出此处情节的重要作用"必须说明此女,方才肯嫁。且于末折姊妹相逢有照",江纳、蔡母等人的劝说是必不可缺的:"婿央岳劝,岳又央亲母转劝,中间有许多情节,若非姑与父交口慰解,夫人安得宴然?"[18]冯梦龙的改编照顾到了江兰芳的内心感情,使得人物形象更加鲜明。

三、语言论

冯梦龙主张戏曲语言需要"宛转",不可平铺直叙,同时又对李玉《人兽关》与《永团圆》的语言进行了修改,使其更为通俗。李渔认为朱素臣的《秦楼月》语言浅显易懂,本色自然,可以与元曲比肩。"宛转"与"浅显"并不冲突,"宛转"是指语言应当符合情节的发展逻辑与人物的感情性格,"本色自然"与"信手白描"是指语言应当通俗易懂,方便观众和读者的理解。

（一）语须宛转

通过《人兽关》与《永团圆》墨憨斋刻本的批语可以看出，冯梦龙认为戏曲的语言需要"宛转"，不可"直遂"。他认为戏曲语言不能草草了结，需要精雕细琢。在《永团圆》中，他认为原本的《会崤》"叙事俱乱，殊少家数"，修改后的语言条理有致"各从其类，隔层叙出"，如"千军万马，刁斗森然"[19]。在第二十七折中，高谊想将自己的义女嫁给蔡文英，冯梦龙认为原本过于直白，导致像是用自己的权势威逼蔡文英，蔡文英畏惧权势而不得不服从，这样对两人的人品都有损伤，在情理上高谊"不妨直言"，却不够"委婉"，失去了"情致"。他认为第二十八折《看录明缘》是极妙情节，高谊在看到蔡文英得中进士时"胸中应有许多宛转，自非一曲可草草而尽"，又认为原本的【集贤宾】一曲"词少委曲，又情节未明"[20]，故而对其进行了修改。蔡文英欲告知江惠芳再娶之事却难以启齿，欲要推辞，又恐怕高公责怪，冯梦龙认为蔡文英"上畏高公，下畏夫人，全不在大义是非上起"，但同时也认为"此事出口甚难"，但原本过于"直遂"。此处需要十分委婉曲折，"描出一番万不得已景象"[21]。在《人兽关》中，他认为第三折的桂薪卖妻并非小事，原本过于直接，"宛转"的语言效果更好："必如此宛转捧成，不得直遂"[22]。

在《秦楼月》第八出中，吕贯与陈素素邂逅，李渔评曰："相逢直说，便同嚼蜡。偏要刁难，使吕生语语打入素素心中，令其直欲情死，妙绝！"[23]直接叙述会令语言失去趣味，只有故意让吕生对陈素素说"恶声抢白"，陈素素才能认为他是"真心相待"。平铺直叙的语言过于直接，戏曲语言应当委婉曲折，需要考虑到情节的联系与发展和人物的性格与感情。

（二）浅显易懂

李渔在《闲情偶寄》中认为戏曲语言与诗文语言有别，戏曲语言应当浅显易懂："词曲不然，话则本之街谈巷议，事则取其直说明言。凡读传奇而有令人费解，或初阅不见其佳，深思而后得其意之所在者，便非绝妙好词。"[24]在他看来，戏曲人物的对话应似"街谈巷议"，叙述则应直接明确，令人费解的传奇并非"绝妙好词"。他认为朱素臣的《秦楼月》第六出的【北新水令】符合戏曲语言的要求，是"绝妙好辞"。在第十出《心许》中，陈素素唱【二郎神】，有"天生爱好，病中人更要风流"之语。李渔评曰："销魂艳语，绝妙情词，作者应是舌本有莲。"[25]朱素臣通过通俗易懂的唱词准确地传递出陈素素此时的心里感受，得到了李渔的赞赏。在第十二出《密誓》中，陈素素上岸唱【霜天晓角】，李渔认为此曲的语言虽然是"寻常语"，但写出了陈素素的"香艳"。在第十八出《得信》中，老陶得知陈素素被掳走后向许秀报信，他边走边唱【驻云飞】，前半段为"贼困湖州，烽火连天杀气稠。攻打无昏昼，水泄全不漏"，李渔评其"信手白描，有太羹玄酒之味"[26]。在第二十六出《闺晤》中，陈素素与袁皓夫人田氏相遇，并且向她诉说自己不幸落入贼巢的遭遇。李渔认为这段对话"平言淡语，只如白话，此词家最上白描手"，又说陈素素的曲词"叙事井井，而措词简净，与《幽闺拜月》一折不相上下"[27]。朱素臣使用简洁平淡的语言叙述剧情，叙事井井有条。

在改编《永团圆》与《人兽关》时，冯梦龙将使事用典的曲词替换为浅显易懂的语言，使得读者和观众更容易接受。在《永团圆》第十折《府堂对理》中，蔡文英向高谊哭诉江纳强逼退婚，冯梦龙在批语中认为"为持原聘物"是"元曲句法"，而非始于《琵琶记》[28]。李渔极力推崇元曲的语言，认为元曲"意深词浅，全无一毫书本气也"，倡导戏曲作家都"多购元曲"并且沉浸其中，自然能够受到潜移默化的影响。他在评点《秦楼月》时经常将其与元曲进行比较。在第十九出《乞援》中，仆人许秀得知陈素素陷入贼巢，去向镇国将军刘岳寻求帮助，全出均为北曲。李渔认为此出的曲词与元人相似，"本色曲白，绝似元人"，读来似乎"盈空天籁"。他认为该出的【煞尾】连元人也未能企及"此等结句，恐未元人梦见"，又评价整出的语言说："通篇持论严凝，用笔苍劲，是北词作手，而化以南人墨气者也。"[29]李渔将《秦楼月》与元曲进行比较，肯定朱素臣传奇本色自然的语言风格。

椒园从文人的角度出发，批评李玉《永团圆》与《人兽关》的语言过于通俗，不够精湛。他于乾隆十年（1745）评价李玉的《永团圆》说："意不卓荦，词少精湛，正所谓有作不如无作也。"[30]他认为《人兽关》上卷语言无味："意不超拔，词不筋节，已看上卷，无一可人。总由树议不高，故措词无味耳。"[31]椒园又认为《人兽关》下卷"下半归结俱佳，惜其终无缠绵痛刻、充畅满足之词。总之，此等主意，作演义小说警世便妙，一入声歌，便要在情词上，着精神一二，方见动人"[32]。他从诗文的角度出发，认为《人兽关》第二出《离樽》施济所唱的引子"字迹不妙，句法不妙"，又认为《人兽关》第十二出尤滑稽所唱的曲词"不以词曲"，而似说白，"丑而少姿"。但在具体阅读的过程中，他对这两部传奇的语言也有肯定，如"妙事妙词""此处绝妙勘语""俗语成词，却是稳重"等。椒园从文人的角度出发，以诗文的语言标准要求戏曲的语言，有失偏颇。

四、演出论

冯梦龙在改编和评点中对演员的表演提出了要求。他认为《人兽关》的第二十折《狡妻劝恶》叙事十分有条理，"描模口角甚有次第"，与李玉原本不同。冯梦龙特意要求"演者亦须用心体贴"[33]，只有演员用心投入，才能体现出来尤氏的恶毒与桂薪的懦弱。他在《人兽关》第二十一折中认为施济所唱的【宜春令】为情节转折之处，嘱咐演员"勿删去"。

他从演出的实际出发,调整了《人兽关》与《永团圆》的科介,并在批语中多次标注点明其重要性。他为《人兽关》增添了《义赎施房》一折,安排戎公子写下房屋契约,并标明"打稿介",批语说:"写稿极有做法,演者不可删去。"[34]在第四折《佛殿赠金》中,冯梦龙重复了桂薪跳水自尽的动作"净复跳,末扯住介"[35]。反复强调才能突出桂薪的穷途末路,进而引起施济的同情。他在《永团圆》第七折《请宴怀疑》中将蔡文英拆看信件的动作延长,并念出信件上的文字,告诉观众具体情况。

冯梦龙在《永团圆》第九折《诒契还家》的批语中说:"此处虽都是贾宦把持,江老亦须步步着意,不可呆立坐视。"[36]虽然贾旺在此折中占据主要地位,但江纳也在场上,演员必须留意,不能够"呆立坐视"。他又在第十折《府堂对理》批语中说:"付公与贾旺、江纳问答甚长,须发付生暂退,方不冷淡。然生须在旁听,不得径下。"[37]这些导演语在中国古代的戏剧批评中并不常见,具有重要的价值。他从导演的角度出发,注意到舞台的调度,在贾旺与江纳上场时令蔡文英暂退一旁,安排场上脚色的进退。

苏州派剧作的评点并不仅仅局限于作品的本身,而是论及戏曲创作与演出理论内的诸多重要问题。苏州派剧作的评点充分说明了职业剧作家的作品也能受到文人的广泛欢迎。这些评点者将其视为经典文本,对戏剧结构、情节、语言和演出等方面发表自己的意见。这充分地说明了苏州派的剧作"上穷典雅,下渔稗乘"[38],既能够符合文人的审美意趣,又能够迎合市民阶层的娱乐需要,具有较高的文学成就与艺术价值。

参考文献

[1](清)朱皡:《秦楼月》第四出《痴访》,清康熙文喜堂刻本。

[2]朱皡:《秦楼月》第十二出《密誓》,清康熙文喜堂刻本。

[3][26]朱皡:《秦楼月》第十八出《得信》,清康熙文喜堂刻本。

[4][9][10]朱皡:《秦楼月》第二十八出《诰圆》,清康熙文喜堂刻本。

[5](明)李玉著,(明)冯梦龙改编:《永团圆》第五折《看会生嫌》,明末清初墨憨斋刻本。

[6]李玉著,冯梦龙改编:《永团圆》第三十二折《永庆团圆》,明末清初墨憨斋刻本。

[7][18]李玉著,冯梦龙改编:《永团圆》第三十折《江纳劝女》,明末清初墨憨斋刻本。

[8](清)李渔著,江巨荣、卢寿荣校注:《闲情偶寄》,上海古籍出版社,2000年版,第78页。

[11][21]冯梦龙:《〈永团圆〉总评》,《永团圆》卷首,明末墨憨斋刻本。

[12][15]李玉著，冯梦龙改编：《永团圆》第十五折《公堂断配》，明末墨憨斋刻本。

[13]（清）吴门揆八愚：《〈一笠庵四种曲〉序》，《一笠庵四种曲》卷首，清乾隆五十九年宝研斋刻本。

[14]李渔著，江巨荣、卢寿荣校注：《闲情偶寄》，上海古籍出版社，2000年版，第24—25页。

[16]冯梦龙：《〈永团圆〉序》，《永团圆》卷首，明末清初墨憨斋刻本。

[17]冯梦龙：《〈人兽关〉下卷总评》，《人兽关》卷首，明末清初墨憨斋刻本。

[19]李玉著，冯梦龙改编：《永团圆》第一折《家门大意》，明末清初墨憨斋刻本。

[20]李玉著，冯梦龙改编：《永团圆》第二十八折《看录明缘》，明末清初墨憨斋刻本。

[22]李玉著，冯梦龙改编：《人兽关》第三折《桂薪鬻妻》，明末清初墨憨斋刻本。

[23]朱㿥：《秦楼月》第八出《邂逅》，清康熙文喜堂刻本。

[24]李渔著，江巨荣、卢寿荣校注：《闲情偶寄》，上海古籍出版社，2000年版，第34页。

[25]朱㿥：《秦楼月》第十出《心许》，清康熙文喜堂刻本。

[27]朱㿥：《秦楼月》第二十六出《闺晤》，清康熙文喜堂刻本。

[28][37]李玉著，冯梦龙改编：《永团圆》第十折《府堂对理》，明末清初墨憨斋刻本。

[29]朱㿥：《秦楼月》第十九出《乞援》，清康熙文喜堂刻本。

[30]（清）椒园：《〈永团圆〉总批》，《永团圆》卷末，明崇祯刻本。

[31]椒园：《〈人兽关〉上卷总批》，《永团圆》上卷卷末，明崇祯刻本。

[32]椒园：《〈人兽关〉下卷总批》，《永团圆》下卷卷末，明崇祯刻本。

[33]李玉著，冯梦龙改编：《人兽关》第二十折《狡妻劝恶》，明末清初墨憨斋刻本。

[34]李玉著，冯梦龙改编：《人兽关》第二十六折《义赎施房》，明末清初墨憨斋刻本。

[35]李玉著，冯梦龙改编：《人兽关》第四折《佛殿赠金》，明末清初墨憨斋刻本。

[36]李玉著，冯梦龙改编：《永团圆》第九折《诒契还家》，明末清初墨憨斋刻本。

[38]（清）钱谦益：《〈眉山秀〉题词》，《眉山秀》卷首，清顺治十一年序刻本。

作者

李守信，南京大学博士生，主要研究方向：中国古代戏曲。

试论郑之珍、张照对目连戏的文化生产

何 蓉

摘要：郑之珍与张照作为有资料记录的目连戏创作者，在整理、改编、创新目连戏的过程中发挥了重要作用。他们一方面清醒认识到自己作为文人的社会责任，宣扬目连戏的思想内涵，另一方面又将自身抱负赋予其中，寄托理想。在目连戏千百年的发展历程里，他们是不可或缺的文化生产者，并在创作动机、创作内容、创作体裁和创作特征上结合时代传统与具体要求，让目连戏重焕生机，推动了目连文化的形成和发展，展现了民间文化特殊而又强大的生命力。

关键词：目连戏；文化生产者；创作调整

德国理论家瓦尔特·本雅明在《作为生产者的作家》中提道："在艺术生产过程中，作为生产者的作者应该清醒地意识到自己在这一生产过程中的主导地位，主动自觉地采用先进的生产手段，即新的艺术技术，才能生产出作品。"[1]本雅明认为，作为"文化生产者"，作者先于读者出现，待读者将文本阅读完成后，作者再根据读者反映进行调整，重新完成一个再生产的过程。根据伽达默尔在《真理与方法》中的理解，我们在领会历史时，总会带入自己的预期，这是一种对意义和真理的预期。但历史是开放的，决定了文本具有开放性，视域也具有开放性，在这种开放性中，我们不断地在文本中遇到不同的视域，不断地与他人的视域相遇，不断与传统的视域接触，并在其中不断融合，伽达默尔称之为"视域融合"。目连救母从最初的佛教故事开始就具有极强的开放性，为后世的创作留下了无限空间。作为文化生产者，这种清醒认识和视域融合主要体现在创作动机、创作内容、创作体裁和创作特征上，他们真实地考虑到读者的期待，对作品做出调整，促进了目连文化不断适应新的时代，不断大步向前发展。

一、抑扬劝惩：郑之珍与《劝善戏文》

在郑之珍的《新编目连救母劝善戏文》没有完成之前（以下简称郑本），目连戏一直处于一种零散的状态，全国各地都响彻着目连戏的锣鼓声和掌声，但那时的目连戏只限于在民间传播和演出，演出的台本也大多是各地艺人的手抄本，无通行本。目连戏一直不受文人重视，流传下来的文献资料中也少之又少，直到明万历年间才有一位不得志的文人对目连戏进行整理、收集和创编，形成第一部情节完整、内容丰富的目连戏作品。

（一）创作动机

郑之珍在《目连救母劝善戏文》（万历高石山房刊本）中曾清晰地说明了戏曲创作的动机：

> 时寓秋浦之剡溪，乃取目连救母之事编为《劝善记》三册，敷之声歌，使有耳者之共闻；著之象形，使有目者之共睹。至于离合悲欢，抑扬劝惩，不惟中人之能知，虽愚夫愚妇靡不悚恻，涕洟感悟通晓矣，不将为劝善之一助乎。[2]

李珺平在《创作动力学》中提道："作家艺术家的创作动机是由内部需要或外部的刺激所引发的，在体内失衡的情况下形成易感点，并经外在触媒的碰撞而突发的带有极强的行动力量，且对整个创作过程起支配作用的隐的或显的意念或意图。"[3]郑之珍的一生虽看似平坦，但科考未果，无法入仕是他终身的遗憾，他师承大儒一山先生、陈文溪先生和刘苏庵先生，骨子里仍有儒家的济世情怀。因此，郑之珍的戏曲创作既有感于仕途不顺，也想通过戏曲的形式改变整个社会的颓靡之风，使愚夫愚妇有所感悟。而郑本的出现不仅得益于作者个人遭遇，与当时的社会环境也不无关系。凌翼云先生在《目连戏与佛教》中将郑之珍创作目连戏的社会背景归结为两点：一是北杂剧与南戏在长时间的积累过程中均有所发展和不足之处，为目连戏的完成奠定了一定基础；二是在社会政治条件的支持下，惩恶扬善、宣传孝义的目连戏得到社会各阶层的喜爱。中国戏曲历史悠久，至明已相当成熟，北杂剧与南戏在各自的区域均取得很大成就，并且随着社会政治经济的变动开始相互借鉴，相互融合，展现出源源不断的生命力，郑之珍正是在这样的背景之下整合、改编、创作目连戏的。

（二）创作调整

随着佛教传入中国，目连救母的故事也为中国读者所熟知。从佛经故事到敦煌变文，从变文到戏剧，《东京梦华录》首次记载了有关目连戏的演出，成为研究宋代目连戏的重要资料。但在郑本出现前，目连故事虽流传已久，可基本还处于一种较为散漫的状态，没有统一版本。郑本前，敦煌变文《目连缘起》中目连救母情节简单，结构松散，其中只交代了目连之母开荤辱僧而入地狱的原因，其他情节并无涉及，人物形象也不够生动丰满；宋杂剧和金院本及元杂剧中关于《目连救母》的记载多以片段为主，而且并没有完整的剧本或资料流传于世，对于展现宋金元时期的目连戏大况甚是困难。根据这样的情况，郑之珍将明中叶前流传的目连故事收集整合在一起，形成了一部情节完整、结构紧凑的戏曲作品。全剧共有一百出，分上、中、下三卷，篇幅宏大，盛况空前：共设置了傅家虔诚向佛、刘氏开荤堕地狱—目连西行求佛、目连地狱寻母救母的三大基本情节框架，每一情节自成一卷，并将以前流行的各种故事串缀其中，前后照应，汇为一部以"救母"为主干情节的戏曲。

在情节的调整和改编方面则以读者为中心，既考虑到读者的审美心理，也考虑到读者的实际需要。

第一，删繁就简，删长就短。目连戏在民间发展时间较长，受到了各地区人民的喜爱，当地艺人会在原有剧目的基础之上有所增添，以适应当时当地的需要，这就导致了目连戏内容庞杂，卷帙浩繁。郑之珍觉察到冗长的情节和复杂的人物关系必然会使观众厌烦，在观演中无法集中注意力，所以对原有的剧目进行整改，删去了原在莆仙本、辰河本等中的目连前传，只保留了目连救母的主线情节，使整部剧的结构更加紧凑自然。

第二，增添了目连与曹赛英的婚姻情节。目连与曹赛英的婚姻是原故事记载中没有的，郑之珍受到传奇的影响，加重了爱情婚姻戏的比重，这点可以看作是他的原创。而这个情节的增添不仅使目连形象更加生动丰满，而且对曹赛英形象的塑造也符合儒家礼教对女性"忠贞节烈"的要求。在剧中，目连形象发生巨大转变，由尊者变为普通人。而作为普通人，婚丧嫁娶本就是现实生活的正常行为。郑本中出现这种行为的描写，既是对观众心理的把控，也是将舞台人物形象鲜活化的需要。除目连外，曹赛英被塑造为一位"贞洁烈女"。目连与曹赛英自幼定亲，但目连西行救母，不想耽误她的终身大事，便退了这门婚事。在这样的情况之下，曹赛英本可以改嫁他人，有另一段人生，但是她却拼死不肯改嫁，只将目连认作自己的丈夫，说道："彼因救母以修行，非弃其妻而不顾，儿当为夫以全节，助救其母而糜他。"[4]对待继母的逼嫁，多次强调："忠臣不事二君，烈女岂嫁二夫！"[5]甚至剪掉头发，出家为尼，以表贞洁之志。曹赛英形象的成功塑造既是儒家伦理道德的彰显，也是对女性读者的教化。

第三，对次要角色的重点刻画。除目连、刘氏、傅相、曹赛英等主要人物外，郑之珍还重点刻画了一批次要人物，以傅家仆人益利为代表。益利被作者赋予了多重品质，既是忠诚的仆人，更是重情重义的好朋友。在目连外出经商返家途中被强盗所劫生命受到威胁时，是益利不顾自身生命安危，甘愿牺牲自己的性命以换取目连的平安；又在目连决定踏上西行救母之路时，想要一路相随，虽遭到了目连的拒绝，但益利表现出的品质是有目共睹的。他的有情有义在《主仆分别》这一出戏中得到了淋漓尽致的表现：

> （生）我家三代以来，斋僧布施，未尝缺乏。我今远行，家中佛事，尽皆付托于你。你当依旧尽心，使东人不坠先志，即是义也，何用同行！
>
> （末）东人，盖闻家主，分同君父之尊；若论仆人，义犹臣子之比。今东人为母而参禅，任重而道远，正老奴报主之秋，犹臣子效力之日。奈代行不允，同去不从，使益利虽有报主之心，亦无庸力之地。但常闻犬知灉水，马识垂缰，益利人非犬马，知感深恩；心匪铁石，忍从独去！只得再三哀告，大则容益利代行，小则带益利同去，使为奴仆之人，少尽臣子之意，伏乞允从，不胜欣幸！[6]

益利恪尽职守，作为一个仆人对主人展现出的忠义，感人肺腑，他是儒家"忠义"道德观念的化身。

（三）文学润饰

目连戏作为民间戏曲，文学性一直以来为人诟病，郑之珍作为传统文人，在整理改编目连戏的过程中，会不自觉地对一些过分粗鄙之处做文学化的处理，这是很正常的。他在对目连戏进行文学润饰的同时，仍不忘底层民众的审美趣味，保留了一定的民间特色，这也使得戏文呈现出了民间性与文学性的双重品格。

郑本的文学润饰主要表现在内容构成、戏文形式及语言描写三个方面：

一是内容构成上，郑本以"劝善"为主旨，以"救母"为核心情节，编撰了上、中、下三卷的结构框架，结构清晰；为宣扬儒家思想，添加了曹赛英与目连的婚姻线索，使戏曲的文化精神得到改变；郑本保留了当时流传已久的《哑背疯》《骂鸡》《双下山》《匠人争席》等民间小戏片段内容，这些片段具有浓厚的民间文化风味和世俗文化品格，有些被郑氏纳入主体与整体结构框架中，有些却仍然保持着独立性，使得戏文呈现出雅俗共赏，文人笔法与民间鄙俚风格杂糅的面貌。

二是戏文形式上，一方面采用曲牌格律对曲词加以规范，一方面又多次穿插民间戏曲特有的无曲牌唱段。郑之珍生活的时代正是革新的昆山腔和弋阳腔流行年间，所以他不免受到这两种声腔的影响，在曲词的写作方面基本上都运用曲牌体。根据施文楠先生在《中国戏曲音乐集成·安徽卷》中的分类，将目连戏的曲牌分为九支，分别是："新水令类、驻云飞类、红衲袄类、娥儿郎类、锁南枝类、步步娇类、集曲犯调类、讲板类、杂腔广调类。"[7]这些曲牌既有昆山腔与弋阳腔特有的清新与粗犷，也有民间目连戏的鄙俗和复杂。除曲牌外，郑之珍还使用了具有民间特色的七言句，没有诗歌那般对格律的严苛要求,可行性和操作性更强,也更通俗易懂,更方便为观众所接受。

三是语言描写上,俗中有雅,雅俗共赏。郑本在尽可能保留目连戏民间特色的同时,对语言进行加工和修饰,使得整体的语言风格通畅流利。但在一些文学性较强的曲词中,郑之珍也展现出了相当的文学造诣,如曹赛英在清明节祭拜亡母所唱的《忆秦娥》:

> 风雨歇,淡烟薄雾清明节。清明节,柳底黄鹤,花间蝴蝶。杜鹃叫落梨花月,海棠露湿胭脂颊。胭脂颊,雾滴花梢,好似我珠泪流血。[8]

文辞典雅,情景交融,既烘托出了清明节的悲凉氛围,表现了曹赛英对母亲的思念,也衬托出曹赛英大家闺秀的身份。

郑本中对情节的增删和修改,以及对内容和形式的改编,都突出了观众的主体地位。戏剧是一个整体的、动态的活动,作为文化生产者的作者不能只考虑个人的主观感受,而忽视读者与观众。但郑本的调整就在很大程度考虑到观众的审美取向,受到了观众的喜爱。郑本的影响是巨大的,它不仅是第一部具有完整情节的目连戏作品,而且经过流传,成为多个地区目连戏表演蓝本,规范了杂乱无章、曲词混乱的现象,为后世目连文化的统一奠定了基础。不但如此,《目连救母劝善戏文》问世后,一些文人也争相将郑本作为模仿对象,足以见其影响之大。总之,郑本在目连戏的发展历史中具有里程碑式意义,值得我们继续整理和研究。

二、谈忠说孝:张照与《劝善金科》

清代目连戏由民间走向宫廷,主要见于张照奉命创编的《劝善金科》,这也是我国戏曲史上最长的剧本,共十本,二百四十出。张照本将故事的历史背景设置在唐朝,加入了朱泚、李希烈谋反叛乱,颜真卿、段秀实为国尽忠,李晟翦灭贼寇的情节,构成了另一条不同于目连救母的故事线,结构上形成了两条情节交叉进行的线索,共同推动剧情的发展。而这条新线索的加入,让本无"忠君"内容的目连戏思想更加丰富。但从另一个角度来说,张照本《劝善金科》"忠君"思想的增加,其终极目的还是维护清廷的统治。

(一)创作动机

张照一生经历康熙、雍正、乾隆三朝,仕途较为平坦,但他在吏治上并无太大作为,反而在文艺方面有较高的造诣,主要见于他的《得天居士集》及清宫大戏《劝善金科》。张照改编《劝善金科》的动机主要有三点,一为享乐,二为驱魅祈祥,三为稳固政权。戏曲作为一种艺术表现形式,自身所带有的娱乐性是不可忽视的。古代娱乐消遣的方式不多，戏曲便是其中之一。徐珂在《清稗类钞》中曾记载："康熙癸亥，圣祖以海宇荡平，宜与臣民共为宴乐。特发币金一千两，在后宰门架高台，命梨园子弟演《目连传奇》，用活虎、活象、活马。"[9]可见当时场面之大，盛况空前，也体现出统治阶级对戏剧欣赏的审美需求。从《劝善金科》中的演出时间可以看出，清代目连戏的上演时间是在十二月，与民间目连戏的演出时间不同。民间目连戏多在七月十五中元节或盂兰盆节时演出。演出时间的差异与满族人信奉萨满教有关。满族曾是北方的游牧民族，信奉萨满教，且多在岁末举行祭祀活动，邀请巫师跳神以驱除鬼魅，保平安吉祥，所以在《劝善金科》中有许多鬼魅杂出的场面。除去"寓教于乐"和驱魅祈祥的原因之外，更重要的是乾隆帝认为现存剧本中有许多不利于稳固政权的内容，容易造成民众思想上的混乱，因此必须加以改造，宣扬符合统治的思想文化。为了达成这一目的，乾隆帝特意将张照召回改编清宫大戏《劝善金科》。康熙旧本①在开篇《灵官扫台》中借两位灵官之口曾说道：

> 这本传奇，原编的不过傅相一门良善，念佛持斋，冥府轮回，刀山水火。善者未足起发人之善心，恶者不足惩创人之恶志。当今万岁爷，悯赤子之痴迷，借傀儡为刑赏，曲证源流。悬慧灯于腕底，兼罗今古；驾宝筏于毫端，删旧补新，从俚入雅。善报恶报，神栽培倾覆之权；去骄去淫，凛恶盈损满之戒……要使天下的愚夫愚妇，看了这本传奇，人人晓得忠君王，孝父母，敬尊长，去贪淫……借此引人献出良心，把那奸邪淫贪的念头，一场冰冷，如雪入洪炉，不点自化……台下的人，不要把来当艳舞新声，寻常观听过了。[10]

而后在十本二十二出中再次提及：

> 当今万岁爷，设为《劝善金科》，使人警醒。那《太上感应篇》里说道："祸福无门，惟人自召；善恶之报，如影随形。"你看那李晟、浑瑊，竭力勤王，一心讨贼；陆贽、李泌，忠诚事主，多立谋猷，果得功名显赫，福禄随身；颜真卿、段秀实骂贼不屈，杀身成仁。不但名流千古，抑且身在云霄……那为恶的，如朱泚、李希烈，反叛朝廷，大逆不道；源休、姚令言、周曾、李克诚，助人为非，忍作残害，既受阳间显戮，又受地狱阴刑。百劫轮回，不得超脱……如是等罪，皆随其轻重大小，夺其纪算。算尽则死，死有余辜。[11]

---

① 据戴云先生在《劝善金科研究》中总结："张照在这些原有的旧本上进行改编润色，之后才'以备乐部演习'。"康熙旧本《劝善金科》作者不详，笔者认为，张照本《劝善金科》参考了康熙旧本《劝善金科》，并在很大程度上延续了此本。

张照延续康熙旧本《劝善金科》，其创编目的也是如此，教化万民学做忠臣孝子烈士节妇，才能得善报，否则便会下地狱受尽无尽苦楚。

（二）创编调整

张照本《劝善金科》的创编主要集中在内容和形式两方面，戴云先生已对这方面做过专门研究：

从内容上来说，民间演出本中的故事情节基本被张照完整地保留下来，依旧延续了其中的主要内容，但在主题上有所变化。张照本《劝善金科》使原来"天经地义孝为先"的单一化主题，变成了以表现"义在谈忠说孝"的多元化主题，其情节内容也大大被丰富了：

第一，在保留原有故事情节的基础之上，增加了朱泚、李希烈谋反叛乱，颜真卿、段秀实为国尽忠，李晟翦灭贼寇之事的线索，并穿插了四个完整的故事以宣扬忠君节义，分别为：陈荣祖家破人亡；郑庚夫自尽身亡；李文道图财害命；莫可交忘恩负义。以上故事并非作者虚构，而是真实存在的事件，历史上朱泚、李希烈、颜真卿、段秀实、李晟等也确有其人。藩镇叛乱故事的加入增添了戏剧冲突，丰富了故事情节，使得剧作更具吸引力，得到观众的注意，引起观众的共鸣。

第二，刘氏被从轻发落。《劝善金科》中刘氏在地狱接受审判时对自己以往的罪过幡然醒悟，追悔莫及，如十本第四出中唱道：

> 追往事，业自招，开荤背誓祸怎逃。（滚白）我傅氏一门行善，七世清修。只因造罪多端，曾受地狱重重之苦。今得转回阳世，原将阴司受苦的情由，劝化那些造恶的众生，将他及早回头，猛然省悟。[12]

从这段唱词中可以看出，刘氏不仅后悔自己生前所做之事，而且也愿将自身的遭遇告诉众生，劝化他人。因刘氏主动忏悔自己的罪过，神灵也原谅了刘氏，准许她重回阳世。张照本对刘氏结局的改编与当时的统治政策有关。目连戏虽是一个惩恶扬善的主题，但康熙旧本《劝善金科》中有太多恐怖阴森的惩恶场面，乾隆初为新帝，并不愿意此种场面过多，他希望树立一个明君形象以得到百姓的尊重与敬仰，也希望百姓观看之后能够教化学习。

第三，刘贾戏份大幅增加。刘贾形象在佛经故事、唐代变文和元代宝卷中均无提及，郑本中也着墨不多，主要集中在《劝姐开荤》《议逐僧道》《十殿寻母》等中，但形象的典型性已经显现出，他在目连戏惩恶扬善主旨中是"恶"的代表。《劝善金科》中增加了刘贾之兄刘广渊的情节：刘广渊家财万贯，但不幸染病，只留下一个十八岁的女儿巫云。

弥留之际，刘广渊将女儿巫云托付给刘贾照顾，刘贾假意答应，实际在刘广渊死后霸占了他的所有财产，将巫云赶到花园的破屋里去住。最后刘贾恶人有恶报，天火一把烧了家，还下了地狱，落得个人财两空的结局。刘贾是"善"的对立面"恶"的典型代表，而这个后期出场的人物始终活跃在舞台之上，是由观众所决定的。观众希望看到一个道德败坏，品行不良，坏事做尽的人受到惩罚，最后拍手叫好，好不痛快！

第四，运用多种手段调动观众兴趣，铺陈宏大热闹的场面。《清稗类钞》中记载乾隆帝特拨一千金币用于排演，并使用活虎、活象、活马；江宁、苏、浙三处织造局，以黄金、白金制作蟒袍玉带、珠凤冠、鱼鳞甲；又设置天井和地井这种专门供演员特殊上下场的大型道具；又以天井施放烟花，花炮彩灯亮彻整座城市，更不遑演员的服装和化妆，演出场面是何等奢靡华丽！其中又穿插着多种杂技武术表演；统治者还可以在演出时登台抛钱，施舍穷民，与民同乐。作者极力铺陈这些热闹的场面，以显示皇家演出的规模。张照本《劝善金科》共十本，两百四十出，如此冗长的戏曲作品要使观众始终保持兴趣观看下去是很难的一件事情，所以作者才会运用多种手段以调动观者的兴趣。《劝善金科》的舞台艺术是民间演出无法比拟的，它代表了中国戏曲舞台艺术发展的高峰。

从形式上来说，张照本《劝善金科》除了对内容进行修改和润色外，对原有脚色行当的配置进行了适当调整，对一些不规范的曲牌名称也给予了规范化。张照本人精通诗文，对目连戏改编更是显示出他在文学上的精深造诣：

1. 调整脚色行当

规范脚色名称，精简行当类别。清代戏曲发展已经较为成熟，李斗在《扬州画舫录》中针对扬州戏曲舞台演员的脚色分配提出了"江湖十二脚色"，对脚色行当有了一个较为标准的规范。张照将扮相和表演中有重复和交叉的脚色，或十分相近的行当做了调整：取消中净、贴生、贴旦三个行当名称；对重复的脚色只取其一等。最终张照本《劝善金科》只剩下生、小生、旦、小旦、老旦、净、末、丑、副、外、杂十一个行当。

调整剧中人物的行当。中国戏曲的行当较为典型化和固定化，例如生或旦担任正面的主要角色，丑或副扮演插科打诨、品行有缺的次要人物等，但在《劝善金科》中，张照按照剧中人物的属性突破了这种固定思维。在康熙旧本中，刘贾由净扮演，但净行表演在历史发展过程中已逐渐正剧化，一些剧中甚至担任正面人物。所以，张照本《劝善金科》将刘贾由净改为副扮，以突出刘贾的性格特征。

2. 悉遵宫调、严守格律

纠正曲牌混用错写之误。中国戏曲音乐采用一种"曲牌联套"体，即一出戏的音乐选取若干曲牌按一定的规律组合成套，一本戏的音乐则由若干套曲组成，这是有严格的规定的。张照按照曲谱中的曲牌格律填词，对原有旧本中曲牌混用或错写之处都给予纠正。如在康熙旧本中将【八声甘州】和【甘州歌】两种曲牌混用，张照将错误之处纠正过来，并修改了唱词，使唱词更加文雅动听。

杜绝"埋鸭头"。"埋鸭头"是一种过去艺人抄本中常见的现象，即故意将曲牌名省略不写，以免同行竞争。张照本《劝善金科》没有一支曲子存在"埋鸭头"的现象，他在每一支曲子前面都注明曲牌。这样，不论是演员还是读者对所唱何曲都一目了然，一清二楚。

曲牌名称弃俗从雅。张照本《劝善金科》，作者将所有不见于曲谱的俗称曲牌名均改为规范的名称。例如多次出现的【半天飞】【马不行】等曲牌，作者都将其改为【驻云飞】【驻马听】，使之更为规范。

改"尾声"为"庆余"。"尾声"是中国戏曲、散曲以及一些说唱艺术套曲最末一曲的泛称。北曲中有【赚煞】【煞尾】等专为尾声的曲牌；南曲中的"尾声"有时称为"意不尽""情不断""余文""余音"等。张照本《劝善金科》为取吉庆之意，大多将"尾声"改为"庆余"。

张照本《劝善金科》所面对的群体不仅是来自社会中下层的平民，还有时代的最高统治者，所以作者不得不诚惶诚恐，处处听从皇帝的旨意，皇帝的审美趣味对《劝善金科》产生极大的影响。康乾盛世，统治者喜好宏大热闹的场面以显示皇家的威严，为了以演戏的方式教化百姓，特意搭建了一种特殊的三层戏台以展现清宫大戏，更有甚者动用真实的动物参与表演，如活马、活牛、活驴等，不仅增加了表演的趣味性，也满足了统治者的猎奇心理。除了统治者要求的高品格娱乐享受外，其最终还是为了进一步巩固国家政权，维护社会稳定，防止百姓造反。

三、流芳后世：郑、张目连戏文化生产的影响

纵观郑之珍与张照对目连戏的文化生产过程，我们可以看到目连戏作为最具有生命力的民间戏剧，一直以来受到广大人民群众的喜爱，而它的影响也从未间断过。

早在郑本出现前，心学大家王阳明就对目连戏有过极高评价，民国《南陵县志》有载："陵民报赛酬神专演目连戏，谓父乐善好施，子取经救母。王阳明先生评目连曲曰：'词华不似西厢艳，更比西厢孝义全，亦神道设教意也。'"[13]在阳明先生看来，戏曲的功能在于教化愚俗百姓，激起他们的良知。目连戏教化意味浓厚，可以很好地启发民众，以达到"戏以载道"的目的。郑本出现后，更是风靡一时，与郑之珍几乎同时代的戏曲理论家吕天成在《曲品》中说道："《妙相》，全然造出。俗称为《赛目连》，哄动乡社。"[14]另一位戏曲理论家祁彪佳在《远山堂曲品》中评《劝善》："以三日夜演之，轰

动村社。"[15]他们作为文人批评家，虽不喜目连戏，将之归为下下品与杂调，但仍肯定了目连戏在民间的影响力。不仅是戏曲舞台，明清小说中也有目连戏的身影。明末清初小说家西周生在《醒世姻缘传》中写道，有一苏州班子在江苏华亭县演出《目连救母记》的情景，场面宏大，其演出质量和效果受到当地官员和百姓的一致认可。小说虽是虚构，但表现的内容却有一定的真实度，这说明，目连戏在江苏地区已存在相当长的历史，且影响力巨大。

晚清时期，名士李慈铭在《越缦堂日记》中有观演目连戏的记载："夫优伶爨演，实始有唐目连救母之记，见于白傅刘宾客之相，嘲诮故小道可观，贤者不废上之，足以警贪吏、惩凶人，使目省而不敢为非次之，亦足以申匹夫匹妇之幽，结轖而慰藉于善恶之必报。"[16]李慈铭作为晚清仕人，对当时摇摇欲坠的山河心怀担忧却无力改变，幻想通过戏曲的力量改变民众的想法。他认为目连戏所表现的内容足以惩凶极恶，警示贪官污吏，使得百姓可以相信善恶有报，以平息民愤。尽管这是一种逃避现实的想法，但在一定程度上还是反映了晚清时期目连戏在民间乃至上层社会的影响力。

清末到民国期间的目连热潮依旧不减。《申报》作为民国时期最具影响力的报纸之一，曾报道过目连戏演出的新闻："数月以来，城厢内外人民雉经吞烟自寻短见者比比皆是，约有数十起枉死。城中派了许多新鬼居人咸，谓有讨替鬼在芜市匿迹，故自尽首接踵而起。于是铺户居民醵资演唱目连戏以驱鬼祟。十九日在北门丙天曹庙前搭坛，因当天大雨不及开台，至二十日酉刻始行。唱通宵达旦此戏芜市久未演唱，又在夜间，炎日匿影，凉风徐来，羽扇罗衫翩然而至。戏场中几无容足之地，官宪恐人多易于滋事，特派差役营兵数十人在场弹压，然堕履遗，仍复不免。"[17]除报纸报道外，民国时期的各地组织机关也期望通过目连戏来增长民众知识，丰富民众的娱乐生活，遂安县志就曾记载："民国十年十月，因芮坂有演目连戏之举，观者达万人以上，爰集各机关组织此，专以灌输民众知识。"[18]朱金先生在《我乡的目莲戏》中提道："每年演唱，有一定的时间和地点，我的故乡里，是废历中秋节，十五日傍晚开始，十六日清晨完结，大家称为'两头红'，取衔接落日和晨曦，作为象征吉兆的意思。演奏的地方在上埠集，是离城四五十里的一个镇市，但是各乡各镇或城市中赶去观看的却很多。"[19]目连戏观看场地几无立足之地，推搡之间被人踩掉了鞋也来不及捡拾，纵使是离家几十里的地方仍然要去观看，连各地组织机关也认为观演目连戏有利于提高民众的思想水平。如此种种，皆反映出目连戏坚强旺盛的生命力及其深远的影响。

到了现代，目连戏仍是学术研究的热点话题。1957年，安徽省文化局在芜湖市南陵县举行了目连戏座谈会，这是有记录以来首次在官方支持下举行目连戏学术座谈会。自此之后，关于目连戏的学术研究热度持续增长，一系列戏曲史及专著的出版，较为全面和系统地阐述了目连戏作为民间艺术的载体所体现出来的内涵和意义,也在一定程度上提高了目连戏的影响力。

目连救母的故事不仅在中国成为一种文化现象,而且以中国为中心,向外辐射出了一个目连文化圈,主要影响了周边汉文化圈的国家,包括日本、韩国、越南、新加坡、蒙古等国。这些国家深受儒家文化影响,又随着佛教传入,如目连救母这般既能体现儒家忠孝仁义精神,又能领悟佛法精妙的故事自然受到人们青睐。日本每年七夕之日都要举行盂兰盆醮,目连救母故事常常作为经典的文艺演出娱神娱人,形式包括但不限于说经、俗讲、能乐等;新加坡的华侨每年中元节都会举行普度仪式,并上演莆仙戏,这个传统直到现在仍在保持;越南地区广信佛教,目连救母的故事也颇为流行。根据越南社会科学和人文国家中心乔收获教授介绍,目连救母的故事从15世纪开始就在越南流传。有诗云:"双溪水色四时清,昔是如来舍卫城。闻说目莲遗址在,《盂兰经》并《孝经》名。"[20]诗中所描述的地点为今越南中部南境藩朗地区,可见,越南的目连文化同样时代久远,历史丰富。

目连戏一直在民间具有顽强的生命力,郑之珍与张照的文化生产赋予了目连戏更多的文化属性与思想属性,既有文人戏曲的优美典雅,也有民间戏曲的诙谐幽默,他们让目连戏依旧保持着经久不衰的热潮,也促使目连文化在海外广泛传播。

结　语

上面我们通过考察郑之珍与张照的文化生产过程,可以发现两人的文化生产目的不同:一个是寄托理想,舒展抱负;一个是游戏享乐,巩固皇权。但他们都是目连戏的文化生产者,一个使目连戏从散漫无章到完整有序,一个使目连戏从乡野民间走向清代宫廷。毋庸置疑的是,他们都对目连文化的发展起到了至关重要的作用。没有郑之珍,目连戏不会在中国戏曲史上取得如此成就,郑本的流行影响古今中外,在东亚文化圈甚至西方文化圈中的地位都十分瞩目。没有张照,目连戏不会进入上层文人乃至统治者的视野,他使目连戏摆脱了"粗鄙"的标签,也打通了民间与上流、市民阶级与统治阶级之间的通道,让目连戏真正意义上成为中国的"全民戏曲"。从简单的佛教故事到内涵丰富、情节生动的戏曲作品,郑之珍与张照作为目连戏的文化生产者,功不可没。

参考文献

[1] [德] 瓦尔特·本雅明:《作为生产者的作家》,中国艺术研究院编:《马克思主义文艺理论研究》第10卷,文化艺术出版社,1989年,第304页。

[2][4][5][6][8](明)郑之珍撰,朱万曙校点:《新编目连救母劝善戏文》,《皖人戏

曲选刊·郑之珍卷》，黄山书社，2005年版，第1页、第382页、第258页、第259页、第357页。

[3]李珺平：《创作动力学》，百花文艺出版社，1992年，第89页。

[7]《中国戏曲音乐集成》全国编辑委员会、《中国戏曲音乐集成·安徽卷》编辑委员会编：《中国戏曲音乐集成·安徽卷》，1994年版，第165页。

[9]（清）徐珂：《清稗类钞》，中华书局，2010年版，第5020页。

[10][11][12]戴云：《劝善金科研究》，北京师范大学出版社，2006年版，第50—51页、第117页、第110—111页。

[13]余谊密修，徐乃昌纂：《（民国）南陵县志四十八卷》南陵县志卷四，民国铅印本。

[14]（明）吕天成撰，吴书荫校注：《曲品校注》，中华书局，2019年版，第384页。

[15]（明）祁彪佳撰，黄裳校录：《远山堂曲品剧品校录》，上海古典文学出版社，1957年版，第134页。

[16]（清）李慈铭撰：《越缦堂文集十二卷》卷五，民国本。

[17]《申报》，卷期：第54995号（上海版），出版时间：1888年8月6日。

[18]罗柏麓，姚桓纂修：《（民国）遂安县志十卷》，遂安县志卷五，民国十九年刻本。

[19]朱金：《我乡的目莲戏》，《太白》半月刊，民国二十四年第一卷第8期。

[20]王慎之：《外国竹枝词》，《清代海外竹枝词》，北京大学出版社，1994年版，第15页。

作者

何蓉，四川大学佛教与社会研究所助理研究员，主要研究方向：中国戏曲美学。

戏剧研究

唐代歌舞剧《踏摇娘》与"旦"脚的形成问题*

孟祥笑

摘要： "旦"脚的形成问题是中国传统戏剧脚色研究中的重要问题。结合文献记载与文物图像可知，唐代著名歌舞剧《踏摇娘》是"旦"脚形成过程中的关键一环。在《踏摇娘》剧中，女性人物已经成为扮演对象，承担主要演唱功能，舞蹈具有相当的程式化特征，表演内容深入社会生活，这些说明《踏摇娘》中的"旦"脚已经形成。然而，尚未有文献将《踏摇娘》中的女舞者称为"旦"脚，这可能与古今戏剧术语的使用不同有关。

关键词： 女乐；弄假妇人；《踏摇娘》；"旦"脚

戏剧的本质在于扮演，中国戏剧与西方戏剧区别的主要特征在于"脚色"扮演[1]。因此，脚色是中国戏剧研究中的重要问题，其中尤以"生旦"脚色最为重要。关于"旦"脚，朱权的《太和正音谱》、徐渭的《南词叙录》等早期戏曲理论著作已经有所关注[2]。近代以来，王国维的《古剧脚色考》详细考辨了"旦"脚的形成过程，从研究方法和研究结论上对后来的学者产生了重要影响[3]。"旦"脚的形成并非孤立的问题，它与中国传统戏剧的发展过程密切相关。徐筱汀在《释旦》中说："要根据中国戏剧发展过程，去研究旦脚的来源，或者能够探索到一个比较确实的说法。"[4]《踏摇娘》是唐代著名歌舞剧，在中国戏剧发展史上有重要地位，其中的女性角色是"旦"脚形成过程中的关键一环。

一、早期女乐与"旦"脚的来源

脚色的形成，一般是演员扮演戏剧人物，按照年龄、性别、身份、性格特征划分成不

---

*【基金】本文为2022年河南兴文化工程文化研究专项项目（2022XWH261）、信阳师范学院"南湖学者奖励计划"青年项目阶段性成果。

同的人物类型，伴随不同类型人物表演逐渐程式化，人物的舞台特征基本定型后，脚色便固定下来。"旦"脚的来源颇早，可追溯到早期的女乐表演。

中国古代文献中对女乐表演盛况的记载十分详细，涉及女乐数量、服饰、表演技能等各个方面。《管子·轻重甲》载："昔者桀之时，女乐三万人，端噪晨乐闻于三衢，是无不服文绣衣裳者。"[5]学者据此认为夏代女乐已经产生[6]。文献显示夏代女乐可以数万人一起表演，场面宏大，演员多穿华美的服饰。在古代，女乐因承载一定的社会文化娱乐功能，往往成为君臣赏赐、诸侯赠送的"礼物"。《国语·晋语》载："十二年，公伐郑，军于萧鱼。郑伯嘉来，纳女、工、妾三十人，女乐二八，歌锺二肆……公锡魏绛女乐一八、歌锺一肆。"[7]韦昭注曰："女乐，今伎女也。"[8]

秦汉时期，乐舞发展迅速，女乐在数量和表演技艺上都达到很高的水平。《说苑》卷二十载："（秦始皇建）关中离宫三百所，关外四百所，皆有钟磬帷帐，妇女倡优……妇女倡优，数巨万人，钟鼓之乐，流漫无穷。"[9]统治者的娱乐要求和女乐发展的经济目的，导致大量女乐进入富贵之家。《史记·货殖列传》载："今夫赵女郑姬，设形容，揳鸣琴，揄长袂，蹑利屣，目挑心招，出不远千里，不择老少者，奔富厚也。"[10]关于女乐伎艺上的特点，张衡《西京赋》有生动的描述：

> 然后历披庭，适欢馆。捐衰色，从嬿婉。促中堂之狭坐，羽觞行而无算。秘舞更奏，妙材骋伎。妖蛊艳夫夏姬，美声畅于虞氏。始徐进而羸形，似不任乎罗绮。嚼清商而却转，增婵娟以此豸。纷纵体而迅赴，若惊鹤之群罢。振朱屣于盘樽，奋长袖之飒𦆉。要绍修态，丽服飏菁。眳藐流眄，一顾倾城。[11]

引文中的"美声畅""嚼清商""奋长袖"等揭示出汉代女伎在歌声和舞蹈方面高超的技艺。具有极高审美价值和娱乐价值的女乐，引起了权贵的争夺。《汉书·礼乐志》记载：贵戚五侯定陵、富平外戚之家淫侈过度，至与人主争女乐[12]。

能歌善舞的女乐是如何与戏剧中的"旦"脚产生关联呢？我们知道戏曲是以歌舞演故事，歌唱、舞蹈与戏剧艺术有天然的联系。在早期戏剧发展过程中，戏剧往往与歌舞交织在一起。《公莫舞》是汉代以"舞"命名的一部歌舞剧。《宋书·乐志》称其为《公莫巾舞歌行》，其全辞还见于《乐府诗集》，部分载于《南齐书》。然各本《宋书》和《乐府诗集》所存《公莫舞》文辞皆无断句，因声辞杂写，东晋以来人们便不晓其义。杨公骥先生首先将其破译，指出它是"我们今天所能见到的我国最早的一出有角色、有情节、有科白的歌舞剧。尽管剧情比较简单，但它却是我国戏剧的祖型"[13]。这则歌舞剧中描写了母子分离的场景，其中母亲的表演有很多舞蹈动作，如表现母子分离时母亲的无奈，其舞蹈动作为"针［振］缩"，即舞者将脚抬起，然后用力下顿，脚掌着地，并伴随着后蹴动作，着地后不马上抬起，而稍作稽留[14]。此外，还有"转""还"等以身体旋转为主要审美特征的舞蹈动作。《公莫舞》中母亲角色的舞蹈动作说明，在汉代戏剧活动中，女性角色已经可以通过某些艺术化固定的舞蹈动作来展现不同的生活。

汉代出土文物显示女乐已经在普通歌舞表演的基础上扮演故事，某些舞蹈动作有了程式化的倾向。河南荥阳河王水库东汉墓出土两座陶楼。两陶楼形制一致，在两陶楼的前壁上各绘有彩色的男女对舞图。每幅画都是四个人物，两乐人跽坐于地，手执桴正在击鼓。中间二人是正在表演的演员，一男一女。女的在前奔走，男的在后边追逐戏弄。另一幅则相反，男的在前奔走，反首顾回，女的在后边追逐，二人相互呼应[15]。廖奔指出："二图内容相关，描述了一定的故事情节，当为从市俗生活中提取情节的歌舞小戏表演。与之相类，和林格尔汉墓百戏壁画中有一舞女扬袖奔逐、男优避逃的场面，南阳汉代百戏画像石中也有舞女男优对舞的图景。这些表演应是后世踏摇娘、苏中郎一类歌舞小戏的滥觞。"[16]（见图1）

图1 河南荥阳河王水库东汉墓乐舞图（图片来自周到：《论汉魏六朝嬉戏文物》，《汉画与戏曲文物》，中州古籍出版社，1992年版，第112页。）

比较汉代追逐嬉戏图像可知，女舞者穿长袖舞衣，皆有臂上举，一腿前驱，作奔跑状的舞蹈动作，说明这一舞蹈形式已经具有明显的程式化倾向。程式化舞蹈动作是戏曲舞台形象塑造的基本方式，女乐舞蹈表演的程式化，为其塑造各类不同的女性人物提供了便利，这是"旦"脚形成的初步条件。

二、"弄假妇人"与"旦"脚的扮演情况

"弄假妇人"是魏晋以来流行的一种乐舞表演，它表明女性人物成为戏剧扮演的对象，是"旦"脚形成过程中的又一阶段。任半塘《唐戏弄》说："'弄假妇人'之意义，乃在舞台上深切发挥妇女之戏剧化，初不计其由男优或女优为之。"[17]"弄假妇人"中突出的"假"字表明，其扮演者多为男优，由男扮女的性别错位突出表演的戏剧性。

"弄假妇人"见于诸多文献记载。裴松之《三国志注》引《魏书》曰："皇帝即位……于广望观上，使怀（郭怀）、信（袁信）等于观下作辽东妖妇，嬉亵过度，道路行人掩目，帝于观上以为谦笑。"[18]"嬉亵过度""行人掩目"说明这是一出追求声色的节目，以表演的夸张引发观众关注，有明显的戏剧效果。隋唐时期"弄假妇人"为当时散乐百戏表演的一种，以艳丽为主要特征，演出达到了一定的规模。《隋书·音乐志》载："及宣帝即位，而广召杂伎，增修百戏……好令城市少年有容貌者，妇人服而歌舞相随，引入后庭，与宫人观听。戏乐过度，游幸无节焉。"[19]又载："每岁正月，万国来朝，留至十五日，于端门外，建国门内，绵亘八里，列为戏场……伎人皆衣锦绣缯綵，其歌舞者，多为妇人服，鸣环佩，饰以花毦者，殆三万人。初课京兆、河南，制此衣服，而两京缯锦，为之中虚。"[20]《唐会要》的记载亦是如此："武德元年六月二十四日，万年县法曹孙伏伽上书曰：百戏、散乐，本非正声，有隋之末，始见崇用，此谓淫风，不可不改。近者，太常官司，于人间借妇女裙襦五百余具，以充散乐之服。"[21]以上文献中都突出"弄假妇人"的服饰装扮极尽艳丽、夸张之美，一度被视为淫风而遭到禁止。

　　"弄假妇人"表演甚至出现了专业演员。《乐府杂录》载："弄假妇人，大中以来有孙乾，刘璃瓶，近有郭外春、孙有熊。"[22]"大中以来"说明"弄假妇人"是一种流行过一段时间的表演，在某些方面表演技艺当十分成熟。从历史上看，出现男性演女角的专门演员，有客观的原因。《旧唐书》记载唐高宗龙朔元年，"皇后请禁天下妇人为俳优之戏，诏从之"[23]。妇人禁为俳优之戏，一方面会催生男演员表演女性角色，同时也会促进男性演女性表演艺术的提升。

　　各类文献记载显示，在"弄假妇人"演出中，扮演女性角色是一种具有观赏性、戏剧性的表演，它着重突出女性角色的特点。表演"弄假妇人"专业男性演员的出现，说明他们扮演女性在化装、服饰、歌舞等方面已经相当程式化了。这些与"旦"角的塑造要求是一致的。任半塘说："'弄假妇人'，陈书一八七简称'假妇戏'而已，何以遽成脚色？因舞台上使女性戏剧化，其伎艺考究颇深，必须作专门之钻研，成专门之职业。"[24]这种表演形式一直盛行，宋代《武林旧事》记载男演员"孙子贵""装旦"[25]，近代中国戏曲中盛行的"男旦"，都可以看作"弄假妇人"的延续。由此可见，"弄假妇人"不仅催生了"旦"脚，还不断促进"旦脚"表演的成熟。

三、《踏摇娘》与"旦"脚的定型与成熟

　　《踏摇娘》是唐代著名的歌舞剧，其表演初期归属于"弄假妇人"一类，但《踏摇娘》一剧的戏剧形式不断发展变化，后又与"弄假妇人"的表演有诸多不同，这对讨论

"旦"脚的形成过程尤为重要。《教坊记》载：

> 《踏谣娘》——北齐有人姓苏，䶆鼻，实不仕，而自号为郎中，嗜饮酗酒，每醉辄殴其妻。妻衔悲，诉于邻里。时人弄之。丈夫着妇人衣，徐行入场。行歌，每一叠，傍人齐声和之云："踏谣和来，踏谣娘苦和来！"以其且步且歌，故谓之"踏谣"；以其称冤，故言苦。及其夫至，则作殴斗之状，以为笑乐。今则妇人为之，遂不呼郎中，但云"阿叔子"。调弄又加典库，全失旧旨。或呼为"谈容娘"，又非。[26]

《教坊记》记载《踏摇娘》剧表演初为"丈夫着妇人衣"，后又"妇人为之"，显示了该剧中女性角色扮演情况的发展变化。任半塘说："《踏谣娘》，戏剧也，既非百戏，亦非普通歌舞，其扮苏家妇者，无论为'丈夫着妇人衣'，或'妇人为之'，皆是民间戏之弄假妇人也，要不能否认。"[27]由妇人扮演女性戏剧人物显然与"弄假妇人"之"假"字相悖。无论如何，文献记载"踏摇娘"的扮演者可为男性亦可为女性说明，《踏摇娘》在"旦"脚的发展史上，是区别于"弄假妇人"的另一阶段。

"旦"脚强调所扮演的人物为女性，但并不强调扮演者的性别。纵观成熟的戏剧脚色如"末"等，其扮演者并不限于男女。如北京故宫博物院藏宋杂剧绢画中，绘二人，皆为女性装扮成男性角色，其中一人身后插团扇，扇上书"末色"，表明末色可由女性扮演[28]。脚色扮演者无性别之差，表明脚色的表演程式已经固定下来，是脚色成熟的重要标志。《踏摇娘》中的"踏摇娘"男女皆可扮演，说明"踏摇娘"的表演已经固定，具有一定的程式化特征，以至男女皆可驾驭。这正是"旦"脚形成过程中必经的重要阶段。

《踏摇娘》歌舞剧在"旦"脚发展历史上的标志意义，还在于其戏剧发展水平已经是具有巨大发展潜力的世俗戏剧，这是"旦"脚定型与成熟的内在要求。日本青木正儿《中国近世戏曲史》将"旦"脚的发展与戏剧内容相联系，他说："促进旦色如此其发达者，无非因较昔日以歌舞、滑稽、杂剧为主之宋金杂剧院本，渐进一步，把捉古今社会之事件而写人情机微之新杂剧，发展时所连带发生之现象。"[29]这一说法为现代学者所赞同。李舜华《论元杂剧旦色的发展》说：

> "旦"方始在元杂剧中兴盛起来，其变化有四：一、就演唱者而言。古时装旦多为假妇人，元杂剧则多妇人（教坊乐妓）为之，杂剧多以教坊乐妓为描写对象也在情理之中。二、就演唱方式而言。昔日以念做为主的五花爨弄发展成以曲辞为主的一人主唱的杂剧，正旦由此得以与正末分庭抗礼。三、就演唱内容而

言。昔日以歌舞、滑稽为主之金宋杂剧院本,开始发展成抒写古今社会人情物态的新杂剧,其中爱情或风情戏也随之日益风行,"旦"由一色而分为数色,所谓变态纷纷矣。四、就其演唱精神而言。旦色的发达,意味着女性问题受到前所未有的关注,女性问题的被关注原本即是近世文学精神的重要内涵,而爱情或风情戏的风行,进一步演绎了与固有伦理道德相悖的因素。[30]

上引文所述为元代戏剧,但"旦"脚的上述变化在《踏摇娘》中已经出现。"旦"脚本不待于元杂剧中才发展成熟,唐代《踏摇娘》歌舞剧中相关条件已经具备。就演唱者而言,从《教坊记》的记载来看,《踏摇娘》经历了由男性扮演剧中的女角到女性扮演女角的变化。相关文物图像系统显示,唐代《踏摇娘》歌舞剧表演中多以女性扮演"踏摇娘"。(见图2、图3)①从演唱方式来说,《教坊记》明确记载"踏摇娘"行歌,每一叠,旁人和之,说明《踏摇娘》歌舞剧中以"踏摇娘"演唱为主。至于演唱内容,《踏摇娘》表演内容为家庭纠纷,后又加"典库"一角,由家庭而至社会,具有广泛社会意义。任半塘说:"剧情乃由家庭扩为社会,剧中人不但受配偶间乖忤之磨折,且受经济压迫,而遭外人之侮辱。"[31]除"典库"外,《唐诗纪事》载温庭筠等以《踏摇娘》为典故所作诗篇:"吴国初成阵,王家欲解围。拂巾双雉叫,飘瓦两鸳飞。"[32]这说明《踏摇娘》表演时还有"王家"这一角色。康保成说:"'王家欲解围',表示此剧可能还有第三个演员,在殴斗的'夫妻之间'进行调节、打诨。"[33]由此可见《踏摇娘》剧的社会性内涵。在演唱精神方面,常非月《咏谈容娘》"容得许多怜"句说明[34],《踏摇娘》剧中的女性问题受到关注,女性角色被突出。

图2 韩休墓《踏摇娘》演剧图(图片来自程旭:《长安地区新发现的唐墓壁画》,《文物》2014年第12期。原为两图,系作者拼合而成。)

---

①韩休墓乐舞图和唐代郜夫人墓志线刻图具有高度相似性,可认为是同一图像系统。根据画面内容以及相关文献记载,我们认为两幅图像显示的是唐代歌舞剧《踏摇娘》的表演情况,故将图像定名为《踏摇娘》演剧图。参见姚小鸥、孟祥笑:《唐墓壁画演剧图与〈踏摇娘〉的戏剧表演艺术》,《文艺研究》2016年第1期。姚小鸥:《文物图像与唐代戏剧研究的理念、材料及方法》,《文艺研究》2020年第6期。

图3 唐代郜夫人墓志线刻《踏摇娘》演剧图（图片来自姚小鸥：《文物图像与唐代戏剧研究的理念、材料及方法》，《文艺研究》2020年第6期。）

需要指出的是，新发现的韩休墓《踏摇娘》演剧图为我们提供了该剧演剧的更多信息[35]。从韩休墓《踏摇娘》演剧图来看，《踏摇娘》增加的演员不限于典库，还有孩童，它们说明这场以家庭纠纷为题材，以女性为主导的歌舞剧，内容富于变化。（见图2）《踏摇娘》的表演随着内容的改变会产生变化，客观上要求"踏摇娘"的表演方式不断创新，这对"旦"脚程式化舞台表演特征的塑造是十分有益的。

《踏摇娘》中"旦"脚的发展与当时的戏剧活动情况密切相关。唐代有诸多表现女性生活的戏剧。《新唐书》载："始自王公，稍及闾巷，妖伎胡人，街童市子，或言妃主情貌，或列王公名质，咏歌蹈舞，号曰'合生'。"[36]合生表演是社会各阶层包括妖伎之女性通过歌舞演述妃主等人故事的戏剧活动。唐无名氏《玉泉子真录》记载了崔炫家僮演其妻李氏善妒之戏："僮以李氏妒忌，即以数僮衣妇人衣，曰妻曰妾，列于旁侧。一僮则执简束带，旋辟唯诺其间。"[37]家僮穿上妇人的衣服，装扮成妻妾，表演李氏日常生活的种种行为。据任半塘推测，孟姜女、吕太后等著名女性都有可能是唐代戏剧活动中刻画的人物[38]。

从目前的文献来看，《踏摇娘》中的"旦"脚已经形成，但尚未有记载明确称之为"旦"。王国维《古剧脚色考》说，旦之实，唐以前既有之矣。旦、姐之名始见于《武林旧事》《梦粱录》[39]。《武林旧事》载官本杂剧段数名目有《老姑（陈刻"孤"）遣姐》《襤哮店休姐》《双卖姐》，又有《孤夺旦六幺》《双旦降黄龙》[40]。《南村辍耕录》所载金院本名目《老孤遣姐》作《老孤遣旦》[41]。由此推知，"旦"与"姐"之间有密切的关系，"姐"可能为"旦"早期的写法。

"姐"字来源于商纣王的宠妃"妲己"，从商代发达的女乐表演情况来看，"妲己"很可能为擅长歌舞的女乐。此说若成立，"妲己"就是后世脚色"旦"的最早源头[42]。文献记载表明，善于表演的女乐很多情况下都以"姐"相称。汉桓宽《盐铁论·散不足》谓："玄黄杂青，五色绣衣，戏弄蒲人杂妇，百兽马戏斗虎，唐锑追人，奇虫胡妲。"[43]王利器注《盐铁论》曰：

陈遵默曰："《说文》无'妲'字，徵之他书当作'但'，《贾子·匈奴》篇：'上使乐府幸假之但乐。'《淮南说林训》：'使但吹竽。''但'盖俳优之类，'胡但'，胡人之为但者，其作女边旦，乃俗人妄改，犹'倡'之为'娼'，'伎'之为'妓'也。唯'但'之本义不为俳优，疑借'诞'字为之，啁弄欺谩，正俳优所有事也。"王佩诤引吴梅《奢摩他室日记》未刻稿曰："妲即唐、五代以后剧曲中之旦字，疑《盐铁论》之'胡妲'，即后人之花旦，歌麻、鱼虞，古韵通转也。"器案：陈说妲字之源，吴说妲义之变，皆是。[44]

任半塘说："'胡妲'一名，推其曰'妲'之由，可能乃用一汉字足以表示女性者，以录胡语之音。"[45]由上引文可知，"妲"指善于表演的女乐人是学者的共识。

"妲"指善于表演的女乐人，说明唐代已有"旦"之名与"旦"之实。任半塘《唐戏弄》认为《踏摇娘》中的"踏摇娘"由"旦"脚扮演。从文献记载来看，虽然《踏摇娘》中的"踏摇娘"有"旦"脚扮演之实，但当时并未用"旦"来称呼扮演者。任先生对此有所讨论。他说："晚唐假如已有'旦'之名目，段录不用，而仍称'弄假妇人'，何欤？胡氏《庄岳委谈》曰：'观安节《乐府杂录》称'假妇人'，则知唐时无'旦'名也。然乎？否乎？曰：不然，此古今剧说方式之不同耳。如上文引段录，平列三种假弄，乃当时士夫所采之剧说方式；所谓脚色名目种种，惟后世始习用之耳。"[46]由此可知，任先生称"踏摇娘"由"旦"扮演乃为借后世之方式称呼之。

综上所述，《踏摇娘》歌舞剧是"旦"脚发展史上的重要一环，主要表现在首先表演者不限男女，以女演员为主，着力于人物形象的塑造；其次戏剧内容突破了以往滑稽调笑和感官刺激的内容，扎根家庭乃至社会，扩大了戏剧的表演广度和深度。不过，《踏摇娘》歌舞剧虽然是"旦"脚的发展史上的重要阶段，然而若以文献记载为根据，《踏摇娘》中的女舞者尚无"旦"之称。

参考文献

[1]解玉峰：《"脚色制"作为中国戏剧结构体制的根本性意义》，《文艺研究》2006年第5期，第86页。

[2]（明）朱权：《太和正音谱》，中国戏曲研究院编：《中国古典戏曲论著集成》（三），中国戏剧出版社，1959年版，第53页。（明）徐渭，《南词叙录》，中国戏曲研究院编：《中国古典戏曲论著集成》（三），中国戏剧出版社，1959年版，第245页。

[3][39]王国维：《古剧脚色考》，《王国维戏曲论文集》，中国戏剧出版社，1984年版，第190—191页、第190页。

[4][17][24][27][31][38][45][46]任半塘：《唐戏弄》，上海古籍出版社，2006年版，第794页、第784页、第784页、第787页、第500页、第763—771页、第791页、第787页。

[5]马非百：《管子轻重篇新诠》，中华书局，1979年版，第493页。

[6][42]康保成：《先秦的散乐与夷乐》，《文化遗产》2008年第3期，第4页、第4页。

[7][8]徐元浩撰，王树民、沈长云点校：《国语集解》，中华书局，2002年版，第413—414页、第413页。

[9]（汉）刘向撰，向宗鲁校证：《说苑校证》，中华书局，1987年版，第517页。

[10]（汉）司马迁：《史记》，中华书局，1959年版，第3271页。

[11]（梁）萧统编，（唐）李善注：《文选》，上海古籍出版社，1986年版，第78—79页。

[12]（汉）班固撰，（唐）颜师古注：《汉书》，中华书局，1962年版，第1072页。

[13]杨公骥：《西汉歌舞剧巾舞〈公莫舞〉的句读和研究》，《中华文史论丛》，上海古籍出版社，1986年第一辑，第51页。

[14]姚小鸥：《〈巾舞歌辞〉校释》，《文献》1998年第4期，第15页。

[15]周到：《汉画与戏曲文物》，中州古籍出版社，1992年版，第112页。

[16][28]廖奔：《戏曲文物发覆》，厦门大学出版社，2003年版，第13页、第235—236页。

[18]（晋）陈寿撰，（宋）裴松之注：《三国志》，中华书局，1959年版，第129页。

[19][20]（唐）魏征、令狐德棻：《隋书》，中华书局，1973年版，第342页、第381页。

[21]（宋）王溥：《唐会要》，中华书局，1955年版，第623页。

[22]（唐）段安节：《乐府杂录》，中国戏曲研究院编：《中国古典戏曲论著集成》（一），中国戏剧出版社，1959年版，第49页。

[23]（后晋）刘昫等撰：《旧唐书》，中华书局，1975年版，第82页。

[25][40]（宋）周密：《武林旧事》，孟元老等著《东京梦华录（外四种）》，古典文学出版社，1956年版，第404页、第508—512页。

[26]（唐）崔令钦：《教坊记》，中国戏曲研究院编：《中国古典戏曲论著集成》（一），中国戏剧出版社，1959年版，第18页。

[29][日]青木正儿：《中国近世戏曲史》，王古鲁译，商务印书馆，1936年版，第35页。

[30]李舜华：《论元杂剧旦色的发展》，《学术研究》2004年第3期，第130页。

[32]（宋）计有功辑撰：《唐诗纪事》，上海古籍出版社，2013年版，第875页。

[33]康保成：《〈踏谣娘〉考源》，袁行霈主编，《国学研究》第十卷，北京大学出版社，2002年版，第284页。

[34]中华书局编辑部点校：《全唐诗》（增订本）卷二〇三，中华书局，1999年版，第2128页。

[35]姚小鸥、孟祥笑：《唐墓壁画演剧图与〈踏摇娘〉的戏剧表演艺术》，《文艺研究》2016年第1期，第97—104页。

[36]（宋）欧阳修、宋祁：《新唐书》卷一一九，中华书局，1975年版，第4259页。

[37]王国维：《宋元戏曲考》，《王国维戏曲论文集》，中国戏剧出版社，1984年版，第13页。

[41]（元）陶宗仪：《南村辍耕录》，中华书局，1959年版，第307页。

[43][44]王利器校注：《盐铁论校注》，中华书局，1992年版，第349页、第366页。

作者

孟祥笑，信阳师范学院传媒学院副教授，主要研究方向：中国戏剧史。

皮影戏剧本传承问题研究*

卜亚丽

摘要：皮影戏剧本的物质传承是固化的，非物质传承是活态的，剧本传承出现的问题，多与没有足够重视非物质传承相关。作为表演的底本，皮影戏三种形态（无本、提纲本和足本）的剧本均附着表演所需的"内部知识"和各项技艺。剧本传承与唱念及编创剧本的知识和技艺的传承高度融合，不可分割。物质传承为"表"，非物质传承为"里"。剧本非物质传承要达到"能入能出"、原汁原味，需在活态传承环境中实现，保证足够数量的演出场次和剧目非常必要。对皮影戏保护和传承的考核要求可据此做出相应调整。

关键词：皮影戏剧本；技艺附着；传承；活态；能入能出

一、问题的提出

随着非遗的普及和非遗研究的繁荣壮大[1]，皮影戏的研究也越来越受到关注[2]。2019年后，非遗传承问题成为广受关注的重点，皮影戏的传承也颇引人注意[3]。但截至目前，对皮影戏剧本传承的研究却很罕见。这值得思考。

皮影戏剧本传承包括物质传承和非物质传承两部分。物质传承是用不同的载体把剧本固定化的传承方式，即抄录、整理、收集、影印、出版剧本，也包括把剧本录入电脑、数

---

* 【基金】教育部人文社科一般项目"非遗保护视野下的皮影戏传承与创新研究"（20YJA760001）的阶段性成果。

[1] 非遗相关文章在2001年时仅为十几篇，其后逐年增长，自2005年开始，以每年约千篇的速度增长，2016年时达到10316篇，2019年升至14914篇，2020年达到了11571篇。段晓卿《2001—2020年CNKI非遗研究文献计量分析》，《文化遗产》2021年第4期，第29页。

[2] 知网搜皮影戏出现资料数量，总库3312篇，其中2000年共19篇，2008年超过100篇，2015年到2021年，每年都保持在200篇以上，虽时有回落，总体在持续增长中，2022年达到302篇。

[3] 知网搜皮影戏传承，总库显示893条文献资料，2019年后每年超过100篇。

据库、刻入光盘等数字化传承，演出的录音、录像也可以看作一种物质形态的剧本。这就是作为非遗的皮影戏的剧本传承的全部内容了吗？

目前，对皮影戏剧本的传承保护措施可概括为固化和雅化，比如整理出版剧本、排演录制剧目、艺术基金项目资助入选剧目巡演、艺术节展演等。保护单位或传承人的考核成果多是整理出版的剧本和录制的光碟、演出的记录，这对皮影戏所综合的众多技艺的传承保护来说足够吗？尤其是对民间传统皮影戏来说，到位了吗？

甘肃通渭影子腔国家级传承人刘满仓对此的看法："一些领导、学者在考核时要发现真实的东西，比如一些影像资料、书籍不能只看表面……以前我连拍了7本戏，自己都看不下去，根本不如平常唱的。因为是在赶场子，两天就要录完，连着唱，结果一本戏都拿不出手。……最后只是往河里头倒的，没有一个可以用。"①传承人自己都认为这是应付考核，对皮影戏的传承保护而言，作用并不大。

艺术基金巡演和艺术节展演对于专业剧团提升剧目质量打造精品是必要的，但对于民间传统的皮影戏来说，不适用。正如学者高小康指出的，传统皮影戏作为大众共享的民间艺术，"是一种未脱离日常生活的艺术，是群体性艺术，离不开节庆、民俗等语境，只有在民间的生活中，……才能真正体验、领会其丰满的意义"[1]。演出环境的置换，对于民间传统皮影戏来说，可能是一种伤害。

我国皮影戏剧本浩如烟海，为便于研究，按形态分为三类：无本、提纲本、足本[2]。

皮影戏传统的无本形态，是存在艺人脑海中的无形剧本，没有文字形态，全凭口传心授和演出习得传承。艺人不识字，没有能力使用文字记录，历来没有剧本。无本之本现存于河南桐柏、青海河湟地区，各地皮影戏原始形态阶段多是这种剧本[3]，本研究以河南南部桐柏影戏为代表来阐明无本之本形态的特征。

提纲本是简单记录情节梗概的提纲式底本，完整的剧本需要艺人掌握习得的技能，用程式和片语再现出来。提纲本只是个半成品，不是完整剧本，像密码本，还得解码还原。现存于河南信阳、湖北、湖南、安徽等地，本文以信阳影戏和湖南影戏剧本为依据，考察提纲本。

足本是包括唱词、对话、舞台提示的内容完整的剧本。虽内容完备，但仍含有不为外人所知的"内部知识"，不掌握这些，仍然无法破译其中隐含的密码而顺利还原。足本形态主要留存在甘肃、陕西、河北、北京、河南灵宝、东北三省、广东、台湾等地，以陕西碗碗腔、滦州影、台湾影戏为代表。[4]

皮影戏剧本，尤其是无本和提纲本形态的剧本，称为演出底本比较合适，不具备完

---

① 2022年5月25日上午，卜亚丽、郭晨曦通过微信视频对刘满仓所做的近3小时的采访。

整的剧本信息，至多提供一个故事大纲，对话、唱词、行当、场次、唱腔、伴奏等演出信息需要艺人根据习得的知识和技能还原再现出来，只有在演出中才能看到完整的剧本。即便是内容信息完备的足本影卷，剧本与演出之间也隔着技艺的融入和再输出两个环节。因此，影戏剧本的传承不仅指固定的剧本的传承，更重要的是底本在影戏表演中的使用和展现，这才是影戏剧本传承的关键问题。

皮影戏剧本中附着有演出所需要的知识和技艺，不掌握这些，剧本要么直接消亡，要么只留下一个外壳，无法解读更无法使用，成为"僵尸剧本"。有效的剧本传承，更重要的是剧本所附着的知识和技艺的传承，即剧本的创制和使用、展演中需要的知识和技艺的传承，就是所谓的皮影戏剧本的非物质传承，需要在活态环境中实现。这些均属于皮影戏的核心技艺，但时至今日，却很少关注到这一点，因此，在皮影戏传承保护中，也很少据此提出针对性要求和考核评估措施。现在皮影戏传承保护越来越受重视，投入越来越大，措施越来越具体，但剧本方面的核心技艺却仍在不断流失，原因之一可能就在于此。

民间传统皮影戏剧本的传承保护所涉环节和要素，需要具体梳理研究。

二、影戏剧本的传承概况

在传统的皮影戏班里，剧本一般归唱影艺人或班主所有。掌握剧本、负责演唱的艺人，是戏班的核心人物。剧本是他们心血的结晶，不会轻易示人，更不会轻易传人，甚至还加密防护。

（一）无本形态剧本的传承：演出中实现剧本创作、传播和传承

没有文字本，演出内容全在艺人脑子里。全靠言传身教、身体力行的实践传承，除了程式和套话需要牢记，更需要日久天长的跟班演出，耳濡目染习得技艺。

主唱艺人的艺术生涯主要包括以下流程：

1. 入行先学做人

拜师后，先讲规矩，各地都有类似班规行规的约定章程。这是最质朴实际的"传道"。学徒跟班打杂，熟悉演出的所有环节和涉及对象，不仅包括成员间的配合、具体的技艺，还要学习处理与戏班成员、雇主、观众等的关系。有些与艺术没有直接关联，往往被忽略，这方面的资料储备很不充分，现在年轻艺人也鲜少这些约束和要求，但这是做人从艺最根本的规矩，属于职业伦理方面的内容，是非遗传承活化中最基本的价值观、人生观、艺术观领域的底层逻辑，属于"道"的层面。随着时代的变迁，在"前喻文化"向

"后喻文化"[①]转变的过程中，在传统文化传承保护领域，老艺人的经验和从艺的规矩，要给予正确认识和科学对待。

2. 学唱前先学乐器

掌握节奏，懂板眼，能咬板，先学最简单的敲小锣。然后学习后台所有乐器，成为多面手，演出中能随时顶上，搭班时比较受欢迎。如果只能应自己这一工，人手紧张时不能救急，是不能胜任实际演出需要的。

3. 认影人，分行当

掌握各个行当的特点，认识和装配影人。唱影艺人是戏班的灵魂人物，兼总编剧、总导演、主演于一身，唱念音乐按行当掌握是学艺的套路，演出前挑拣装配所需影人也由这位灵魂人物负责。

4. 记忆大量的固定词、活词

每个行当按身份分若干类，生：百姓生、元帅公子生、员外公子生，各有几种固定词可选择，即"片语"，有上千个，须死记。要胜任演出需要，还得掌握句法和用韵，学会随口现编活词。

5. 掌握影戏的结构方式

一部影戏从结构上分为若干场，第一场开场。开场人物出来先说两句"引"，再说四句"坐词"，接着自报家门说说词，再唱一段四句或八句不等的小历史，叫"纲鉴"。后面每场程序大致如此，只不唱纲鉴。场有大小之分，要求各不同。

6. 上场实训

先准备几段折戏，在正戏开演前或结束后作为捎戏，免费送给观众，锻炼上场能力。再逐渐准备正戏中的一些片段，直到完整演一部戏。能演二三十部戏，快出师时，师父教演神戏。学会神戏，才可以出师搭班，独立表演。

7. 编创剧本

即小说等叙事文学影戏化的过程，艺人称为"格格"，取故事大纲，将人物按身份性格分入各行当，套入影戏表演的程式，选用合适的固定词、活词，编些流水词，表演出来，是一整套程式化的操作过程。

8. 带路子

也叫"说戏"。艺人完成了新戏编创后，还要带戏班把这个戏排演出来。排演前，要带路子，就是把简单提纲详细说给大家[5]，熟悉故事情节、人物行当和场次安排。有时需要简单排练，有时交代完，直接场上见。

[①]前喻文化，是指晚辈主要向长辈学习的文化；后喻文化，则是指长辈反过来向晚辈学习的文化。

9. 演出中实现剧本创作、传播和传承

前面的剧本创制和带路子，只是意念形态的剧本，到底具体情况如何，只能等到演出完成的那一刻才能揭晓。演出完成，剧本诞生，也实现了影戏和剧本的接受和传播，同时也在传承。因每次演出的具体场景不同，虽保持大致的一致性，但细节部分总是会有各种差异，每次的演出不完全相同，其剧本也不完全相同。换句话说，这种形态的剧本其实是一个变动的状态。录音、录像、文字整理记录也只是保留下了这部剧众多剧本样态中的一个而已。所以，这种形态剧本的保护和传承，重点在其活态的创制实现过程，而非最后结果。

这套流程，在三种形态剧本的传承中大致通用。习得这些知识和技能后，就可以在演出中把完整的剧本呈现出来。剧本传承与唱念编创剧本的知识和技艺传承融为一体，不可剥离。

（二）提纲本形态剧本的传承：演出中完成从"知"到"行"的跨越

和无本形态相比，提纲本有了关于剧本故事情节和人物关系的文字记录，可以更直观地对比观察提纲式剧本和演出呈现的最终剧本之间的差异与联系。

一部完整的单本戏，演出时长约两三个小时，其提纲只有三五百字。干巴巴的提纲在懂戏的艺人看来，附着着非常丰富的信息。像密码本，有配套解码方法就可以用。提纲本形态的剧本传承，自然不可能只是这些文字提纲的传承，更重要的是这套解码系统的传承。

虽然提纲本有文字记录，不是纯粹的口传文学，但其并不能替代口传。事实上，口头传承作为一种极重要的传承方式仍存其中。那些抄本里的音近音同字的错讹和代替，都提示着传唱比传抄是更重要、更普遍的流传方式[6]。

提纲本和无本都主要借助口头艺术的工具——程式和片语来完成解码。程式包括：演出流程、场次安排、行当分类、故事情节、唱腔使用、音乐伴奏等，没有文字记录，全靠口传心授和演出实践习得，在戏班成员内部共享，必须掌握、内化。片语在信阳罗山皮影戏里叫"肉子"或"赋子"，是唱影艺人必须掌握的内容，不必与他人共享。为了辅助记忆，艺人专门整理摘抄各类赋子片语，与提纲一起配合使用。

提纲本和无本影戏所传唱的故事，有提纲或程式保证传承的稳定性，那些固定的套话片语不仅是"语言材料"，也是保证传承稳定性的内在因素之一。展演中细节差异是正常的，"每次表演都是一首特定的歌，而同时又是一首一般的歌。我们正在聆听的歌是'这一首歌'，因为每一次表演都不仅仅只是一次表演；它是一次再创作"。这里的"一般"与"特殊"的对立统一关系，构成了一次表演文本的双重属性[7]。口述本影戏的每次演出，都既是"一般"的，又是"特殊"的。这和我们习惯的书面文学的规则不同，很难界定哪个人或哪次的演出是"权威文本"。

李跃忠在《民间文学视野下的湖南影戏剧本研究》"湖南影戏剧本的变异性"论述中，介绍了"同一故事，不同的艺人有不同的处理方式，而且变异很大"，"艺人编创桥本时有意识地对同一故事做不同的情节演绎，这样也会产生异文"，因为艺人根据自己习得的"知识"即兴说唱，产生异文是自然而然的[8]。影戏剧本保护的重点不在权威文本，而在技能和知识的习得与使用上。

提纲本和无本编创机制如出一辙，除了有简要的提纲和片语等文字辅助传承外，程式和片语的使用规律几乎一样，另外，提纲本也主要以口传心授和实际演出场景中习得的方式传承；演出完成同时也意味最终剧本的生成，影戏和剧本传承、传播的完成；最终剧本的样貌也处于变动状态。提纲本和无本之间的关系非常密切，都属于口述本范畴，在理论上和现实中很容易互相转化。

"实际上，作为一种传统的表演形式，提纲戏（口头剧本）具有一套比较完备、系统的创作演出机制。换言之，口头剧本的表演，是在既有规则之下的一种舞台创作，整个即兴系统包括三个组成部分：其一，编戏、说戏；其二，台上的表演创作；其三，台上的交流协作。"[9]"既有规则"是前期习得的提纲、程式、片语等知识和唱念技艺，舞台上的即兴创作既是前期要学习的知识和技艺的一部分，又是对这些知识和技艺的运用。口头剧本传承，离不开前期习得的知识和技艺，更离不开实际演出，舞台创作和台上的交流协作是口头剧本完成过程中不可或缺的一环。

研究提纲本和无本形态剧本编创机制的理论知识有不少成果，大概如上，但理论知识与实践应用之间，即"知"和"行"之间，还差着难以计数的重复训练，直至把知识和技艺内化，形成"肌肉记忆"，才能够胜任实际的演出需要，才能够实现剧本和技艺的有效传承。之前的研究，关注点都在"知"的介绍和归纳整理上，而在传承实际中，欠缺从"知"到"行"反复训练的机会。

舞台创作和台上交流协作是实践，是"行"，既是从"知"到"行"训练不可或缺的一端，又是口头剧本完成形态的一部分，因此，作为口述本，皮影戏无本和提纲本形态的剧本，其有效传承必须依赖足够多数量的"行"，即保证数量足够的实际演出场次和剧目。这样，剧本创作最终面貌得以呈现的同时，又提供了从"知"到"行"训练的机会，也培养了观众。这些都是皮影戏传承中非常重要的因素。

（三）足本影卷的传承：演出中实现"能入能出"

足本影卷①内容要素完备，一经问世就具有可读性。作为叙事文本，可以单独传承；

---

① 足本影卷包括可以直接用于演出的和不直接用于演出的两大类，本文选取可以直接用于演出的影卷来分析。

但是作为一个演出底本，刚抄完的影卷还只是个躯壳，尚需进一步加工赋能。

加工环节相对简单。没出师的学徒须自己抄影卷。临出师时，师父把本子上所有要标明提示的地方，比如人物、唱念、动作、音乐等，用红笔标出。剧本的有形形态，至此完成。出师仪式上，师父将这些做过提示的影卷传授徒弟，有衣钵传承的意味。剧本的交接，标志着师徒间技艺传承和剧本传承的完成。技艺是无形的，凝结在剧本中。剧本传承为表，技艺传承为里。这是剧本传承的实质，也是非遗保护和传承中的核心。学徒出师后再抄本子，可以自己点画标红。有圈点符号，表示这本影卷经过上场前的最后加工，可以用之场上，否则，就只是读本或毛本而已，尚未进入影戏的圈子。艺人把演出过的本子称为"过过灯"，区别那些没有被艺人演出用过的抄本。

赋能，是从影卷到演出中融入技艺输出为表演的过程，即影卷如何转变为演出。技艺融入剧本，把音乐和唱腔、行当和角色、舞台展现和配合都融进去，使剧本在意念中丰满灵动起来。再把意念中的这一切，表演出来。融入再输出，一入一出，解码赋能完成。本子一样，不同艺人演出效果不同；本子在，却没人能演；本子在，有人会唱，没人能配合操纵和伴奏，仍然演不了[①]。这些都是影卷传承中普遍存在的问题，也是以影卷传承为核心的影戏技艺的传承问题。其关键就是影卷解码还原、赋能输出环节的问题。

各地剧本具体情况不太一样，但是均有大量的舞台提示符号、代用字、方言词汇等，外人不易看懂。但那些虽识字不多的影戏艺人，由于日积月累的练习和记忆，却能把整部影卷在演出中一字不差地演唱出来，能入能出，他们具备解码赋能的知识和技能。

有经验的观众能看懂本子看懂戏，能把欣赏经验融入戏中，能入，但是不能输出表演。外行人没有习得经验的积累，无法进入欣赏体验的场景中，连门都入不了。影戏剧本不是死的案头文学，而是活态的，要"能入能出"，要把剧本放在活态的演出场景中保护传承。

这些附着在剧本上的技能如何传承，是影卷传承的核心。虽然足本影卷有完备的文字本可以使用，但师徒间传承技艺仍然是言传身教和口传心授，在实际演出场景中习得完成。文字和学校教育取代不了传统师父带徒弟的传承方式。瓦房店文化馆老馆长牛正江介绍：复州影戏，看本唱后，师父教徒弟的时候还是口授，一句一句地教，传授方法还是以前流口影的[②]。

[①] 甘肃环县的道情影戏，剧目发生了非常大的变化，剧本上基本看不出道情特色，很少湘子戏和贤孝戏。只一个《湘子卖道袍》，剧本虽在，却只有一位叫魏宗福的老艺人能唱，因无人能配合演出，也不能演了。陕西《李十三十大本》剧本都在，演唱艺人潘京乐和操纵艺人郝炳黎曾全部表演并录像，后来郝炳黎去世，没人能操纵，潘京乐也无法再演全十大本。

[②] 中山大学非物质文化遗产研究中心2005年7月、8月影戏田野调查东北组整理材料。

甘肃通渭影子腔国家级传承人刘满仓强调，原汁原味的传承必须经过长期口传心授"种耳音"的过程：

> 民间艺人唱东西是张口就来。……唱10句有10个样子，它不是音乐谱下来就固定了。……这就是一个特别的现象，原汁原味就是这样的，这才是真正要传承的东西。我就是跟着爷爷听他唱，用两三年的时间慢慢地把这个音扎到脑筋里，这就是乡里人叫的"种耳音"。……不管你是戏曲大师还是音乐专家，谱可以记得很准，原汁原味的腔调你记不了，"种耳音"才叫做传承。你不跟老艺人接触聆听他的话，按照曲谱拉出来的不是那个味道。真正的民间的传承，就是要通过艺人心传口授，这才是地地道道的传承。……学习影子腔主要是"种耳音"，得一两年，……这就是民间戏曲的独到之处。[10]

民间艺人"信天游"式顺口随意唱的特点，要原汁原味传承下去，必须长期熏陶"种耳音"，在口传心授反复浸染中使知识和技能内化为自己的一部分，融入自身，让自己化身为民间艺术的代言人。

唱腔、细节、艺人独到的艺术处理，也需要在演出实操中传承：

> 我在唱《后宅门》时，奸臣徐赞把老汉①杨博的儿子害死了，老汉想儿子，恍惚中以为拴马桩是儿子，上去抱着拴马桩，老汉唱的是流水板，但我不拉流水板，拉一个过门后，他的孙子就说"爷爷，这不是我父，这是系马桩"，这个时候一般是起板开唱，但我这里是音乐静止，很深情地开始唱"想儿来只想得我眼花缭乱啊，把一个拴马桩还当儿来"。像这些感情丰富、有讲究的音乐，不跟戏就弄不懂里边的道道，只能学个半成，唱腔只能是跟了戏才能传承。……至于戏里头的细节东西，没法记（录），必须要跟戏，不跟戏就弄不明白。②

技艺传承方式具有很强的稳固性，以口传心授和耳濡目染为主要途径的场景式传承方式承载的内涵非常丰富，很多难以固定和简化为文字。在艺术领域里，具体场景中的会意、神通、灵感、体悟等，会因人而异、因时而变，这是中国传统审美中普遍存在的规律，也是作为艺术最有魅力的部分。这部分要素的传承，无法诉诸语言和文字，最有效的

---

① 对年长的男性的称呼。
② 2022年5月25日上午，卜亚丽、郭晨曦通过微信视频对刘满仓所做的近3小时的采访。

传承方式仍是耳濡目染地在实际场景中直接感受和体悟。但是，传统的传承方式靠个人已经无法完成，现有的传承方式仍须丰富完善，做进一步探索，在考核要求中也可以设置适当的条款加以引导和倾斜。

三、影戏剧本传承中的问题

影戏综合艺术的传承中，剧本的传承相对雕刻、操纵、音乐伴奏而言，难度更大，要求更高，形势更不乐观。主要问题除了显在的传承人断裂、直观的生存和传承危机外，还有更深层的内在危机：

（一）剧本流失严重：常演剧目固定化，总体数量萎缩

民间剧本流失了很多，已经收集的剧本，仍在继续流失中。找到物质形态的本子，整理汇编，是第一步。这些本子在演出中如何使用，并传承下去，是更重要的第二步，而这一步断裂得很严重。这是深层的隐蔽的剧本流失，也是传承保护持续深化中所要面临和解决的问题。

桐柏传统皮影的剧目相当丰富，从民国一直到新中国成立初，常演会戏，一会四天或七天，多唱《征东》《征西》《隋唐》等大传戏。戏班备有戏单，让会首点戏，剧目必须丰富才够用。现在一般私人唱小本愿戏，一晚演完。这些小本戏多从大传戏中折取出内容相对完整的一段形成，如生孩子常演的《通城关》是从《杨家将后传》中折出来的。结婚请唱的戏，多是剧中有结婚情节的，发财、过寿、升官、考学等请戏的话，也都要用相应的剧情来对应，称为"对口"。考上大学唱《酒楼封官》，结婚唱《杨继业招亲》《樊梨花招亲》，拜寿唱《隋唐关》，生子或过生日演《通城关》，店铺开张、乔迁新居演《雷江关》《平洛阳》《天宝图》《定堂关》等。演出事由基本就这些，常演的剧目也就几出，其他很少有演出机会。

刘满仓介绍甘肃影子腔皮影戏的演出情况："现在，一年十几本戏就够了。过去要点戏，戏班要准备足够多的戏才够用。爷爷那时候有三百多本戏。……现在反正没什么人看，就继续唱上个村唱的那个戏，不用再准备新的。"[①]在民间皮影演出中，这种情况非常普遍。

演出剧目减少，附着在剧本中的技艺就少了传承的载体。通渭影子腔皮影戏演出中一般前半场秦腔，后半场影子腔或道情，转板时哪些剧用影子腔哪些用道情，在哪里转板，乐器有什么变化，这些讲究，必须落实到具体剧目中，比如："影子腔打节奏用甩板、碰

---

① 2022年5月25日上午，卜亚丽、郭晨曦通过微信视频对刘满仓所做的近3小时的采访。

铃，唱道情时用碰铃和渔鼓，乐器配置不同，板式就不同，不能混唱。《坐越国》和《汗衫记》里道情在最后。……但它（道情）并不绝对在最后，我爷爷唱的有个戏叫《李桂香还阳》，……阎王爷审问李桂香时有盘道的环节，阎王爷问，李桂香答，这时候唱道情，李桂香唱苦音，阎王爷唱花音。"①《李桂香还阳》因涉及阴曹，现在不唱了，里面这段盘道就无所依附而面临失传的可能。

演出剧目总体数量减少，剧目中附着的技艺，就很难得到全面传承。有传承人，也经常演出，表面看起来，传承情况很不错。实际上，因演出剧目较少且相对固定，其他剧目的传承机会大大减少，剧目明显萎缩。这是传统皮影戏在剧本传承中面临的一个深层问题。

（二）附着因素剥落：唱段压缩，演出内容简化

2006年，笔者整理河南信阳罗山皮影戏剧本，发现抄录的连台本与单本的数量和占比与年龄有一定关系：年龄越大，抄录连台本越多；年龄越轻，抄录单本戏越多，详情见下表：

2006年河南信阳罗山皮影戏剧本情况

提供者	年龄	本数	连台本剧目数	单本剧目数
林芝梅	82	6	38	53
杨永庚	58	10	15	135
项庆华	53	2	7	9
李世宏	34	2	1	105

据老艺人林芝梅介绍，新中国成立前，影戏多唱堂会，演出以小本戏为主；新中国成立后，一直到20世纪70年代末，多演公戏，以连台本为主；20世纪80年代至今，多演愿戏，又以小本戏为主。这从抄录的本子中可以验证。2005年、2006年笔者两次到罗山调研，当时小本戏的演出时长约3.5小时，2023年6月第三次调研，演出时长缩短为约2.5小时。

演出从长篇大传戏到单篇小短出，再从数以百计的单篇小短出固化为十几个甚至几个，演出时长压缩变短，这种转变对艺术的存续和发展的影响，值得关注。表象只是篇幅形式的简化和固化，深入发现还有演出内容简化、唱段压缩、附带艺术元素剥落以及整个艺术在发展嬗变中越来越简单、干瘪的问题。

---

① 2022年5月25日上午，卜亚丽、郭晨曦通过微信视频对刘满仓所做的近3小时的采访。

传统民间皮影艺人在实际演出中，对剧本的繁简处理有很大自主性和灵活性。这种自主和灵活是为了满足实际需要而产生的[11]。曾经，艺人为了适应需要精进技艺，充分发挥自己的创造性，努力形成独特的个人风格，促进了艺术积极发展。现在，也是为了适应演出实际，只是缺少了艺术性的要求而流向应付和偷懒，必然会伤害艺术发展。

过去，识戏的人多，爱听唱词，对内容讲究，对戏班要求高，艺人必须推陈出新、精益求精，想尽办法提高艺术水平。他们会吸收其他艺术的成果，河南信阳影戏中吸收大段劝世文、纲鉴头，还有特定场景下人物的唱词，比如，养孩子辛苦的唱词，神仙道士盘道的唱词，包公私访时的路调，孙悟空的摆赞子等。这些唱词篇幅较长，特色鲜明，既充实了影戏表演，又有艺术性和感染力。现在，这些要么没有演出机会面临失传，要么简化掉了。

现在很多观众，没有欣赏传统影戏的知识储备，听不懂唱词，也难领略影戏的唱腔之美。艺人费力不讨好，也少唱了。该唱八句的减成四句，该唱的变成讲的，大段唱词逐渐减少、消失，甚至简化故事内容，增加搞笑场次。这是影戏内部出现的更深层的危机。

虽花费大量人力物力财力保护传承传统皮影戏，但如果没有深入艺术内部，没有抓住传承的核心，扶持保护的效果就会打折扣。对传承人的考核如果缺少向艺术内部深挖的维度，只考核一些外在的指标，对艺术的保护也会有所欠缺。文化政策偏重外在工具化价值而忽视艺术内在价值的导向需要调整[12]。

基于此，皮影戏剧本的传承问题是需要从行业内部、艺术内部深入挖掘的问题，是皮影戏传承的重中之重。

四、针对性建议

皮影戏剧本的非物质传承是皮影戏传承的核心，亟待重视并提出针对性保护和考核措施，基于艺人反馈和近年的观察，对保护单位提出如下建议：

（一）保证数量足够的实际演出场次和剧目

皮影戏剧本传承保护的重点在知识和技能的习得与使用上。习得和使用两个环节都需要在活态演出场景中实现，有效传承必须依赖足够多数量的实践。可以把扶持资金中的一部分专门用于演出补贴，有计划地对演出剧目和其中所包含的知识、技艺进行整理、安排和要求，比如各戏班的剧目尽量不要重合，每年的剧目尽量不要重合，让戏班填报剧目并介绍其中的知识和技能，每本戏里要有一些特色或价值点的介绍，可以派专人去联络并帮助填写。演出的同时拍摄前后场的视频资料。花几年时间，把该地区所有能演的剧目全部演一遍，拍下视频留存，并附上其中所含知识和技能的介绍。为剧本的有效传承保留全面的资料。

（二）关注艺术的内在价值，向艺术内部深挖

组织艺人和专家组成的评审团，评审上一步拍摄的视频资料，选出优秀作品予以适当奖励，发挥导向作用，调动艺人的主动性和积极性，用心做出更好的作品。同时，通过评审，进一步挖掘这些剧本中包含的艺术元素，对其表演的效果给予比较内行中肯的评价，向艺术内部深挖，关注艺术的内在价值，为下一步的改进要求和努力方向做出指引。

（三）开辟供学徒实践表演的单元

传承的关键是传承人，学徒是传承的希望。对学徒的培养是传承工作的重点之一。台上表演创作和场上演出配合是成熟艺人必备的技能，针对这一实际需要，在培养传承人时，要提供足够的实训机会。戏班在正戏演出前后，可专门开辟一个单元，为学徒提供舞台演出机会。本来，政府提供了演出补贴，演出机会多了，学徒跟着耳濡目染的学习机会也多了，但是很多学徒顾虑戏班的整体水平，不敢轻易上台。没有实践，就不可能真正掌握技艺。因此专门开辟出一个供学徒训练实操的单元，观众会更包容，学徒的心理压力不会太大，戏班水平不会受到影响，可以针对性解决这个问题。对各级传承人考核时，也可提出这样的要求。

（四）培养和发动观众

观众是非遗传承的土壤，现在很多原生态的皮影演出观众很少，需要培养。有些地方，像辽宁凌源，观众数量还不错，但年龄普遍偏高，年轻观众也不多，需要去调动。现在是自媒体时代，每个人都是一个媒体终端，很多年轻人爱玩短视频。笔者在调研中经常看到年轻人在皮影戏台下录视频，然后发布到短视频平台上。这些自发的举动，说明皮影戏的表演有市场、被认可，保护部门可以想办法引导利用，帮助这些热心观众在皮影戏短视频文案写作和知识介绍上精准化，提升他们对皮影戏的欣赏力，让他们更了解皮影戏里所包含的技艺和知识，更好地宣传和介绍皮影戏。可以举办些短视频制作培训、皮影戏知识有奖问答、优秀短视频评选等面向大众的活动，以短视频为抓手，培养、提升和发动皮影戏观众。

（五）完善考核标准和维度

现有考核标准需要补充和加强对演出剧目多样性、艺术性方面的要求，对学徒提供实训场次的考核要求，等等。对非遗项目和传承人考核的维度也需要在第一方（政府和文化管理部门）、第三方（委托的研究机构或高校）之外，补充行内自考核评估这一维度[13]，挖掘行业内部力量，发挥行业协会的作用，促成和营造行业内部赶帮超的传承氛围。刺激皮影戏焕发内生动力，进入良性发展。

以上几点建议只是就已发现的问题给出的针对性解决方案，皮影戏剧本如何传承还需要在实践中进一步观察和研究，需要更多的努力和关注。

参考文献

[1]季中扬、高小康：《民间艺术的审美经验与价值充估》，《民族艺术》2014年第3期，第80页。

[2]魏力群：《中国皮影艺术史》，文物出版社，2007年版，第78—80页，第40—42页。

[3][4][5]卜亚丽：《中国影戏的剧本形态叙论》，大象出版社，2013年版，第62—64页，第40—42页，第40—42页。

[6]傅谨：《草根的力量——台州戏班的田野调查与研究》，广西人民出版社，2001年版，第260页。

[7]朝戈金：《古老传统的追寻——在新疆调查〈江格尔〉史诗的田野随感》，中国民俗学网，https：//www.chinesefolklore.org.cn/web/index.php?NewsID=2486&Page=2,/2008-03-26。

[8]李跃忠：《民间文学视野下的湖南影戏剧本研究》，湖南人民出版社，2015年版，第204—216页。

[9]郑劭荣：《中国传统戏曲口头剧本研究》，光明日报出版社，2015年版，第214页。

[10]卜亚丽、郭晨曦：《幺弦孤韵音不绝——皮影戏（通渭影子腔）国家级"非遗"代表性传承人刘满仓访谈》，《文化遗产》2023年第2期，第154页。

[11]卜亚丽：《口述本影戏的结构特点》，《中国古代小说戏剧研究》第十一辑，2015年12月，第286页。

[12]周正兵：《1981—2020我国文化政策的价值诉求：基于"五年规划"语词的文本分析》，《深圳大学学报》（人文社会科学版），2019年第6期，第23页。

[13]郭晨曦：《传承人主体视角下的非遗保护现状评估体系研究》，广东工业大学管理学院公共文化管理2023年硕士毕业论文。

作者

卜亚丽，博士，广东工业大学艺术设计学院通识教育中心副教授，主要研究方向：非遗保护传承、皮影造型与工艺设计。

说唱文学研究

一部被忽视的长篇叙事吴歌
——《汝河山歌》考

浦海涅

摘要：吴歌，即流传于古吴地，今长江中下游流域吴语系地区的一种民歌。一直以来，吴地对于自己的民间文化都颇为重视，20世纪80年代曾组织大量人力物力，对地方吴歌进行采集整理。《汝河山歌》是目前所见吴歌抄本中单种最长的吴歌，因受历代禁毁，存世较少。其重点不在描写人物、故事，而在于男女媾和的细节和心理描写，跳出了明清以来文人艳情故事的传统窠臼，用通俗易懂且又形象生动的语言展开，描写力求贴近生活，这也是《汝河山歌》虽屡遭禁毁但仍能在民间流传的原因。

关键词：长篇叙事吴歌；汝河山歌；小本淫词唱片目

说起吴歌，即流传于古吴地，今长江中下游流域吴语系地区的一种民歌。早在《晋书·乐志》中即有"吴歌杂曲并出江南，东晋以来稍有增广"的记载，可见吴歌一说由来已久。顾颉刚先生在《吴歌小史》一文中给吴歌下的定义："所以我们现在所说的三吴，大致自江以南，自浙以西，都包括在内；所谓吴歌，便是流传于这一带小儿女口中的民间歌曲。"

一直以来，吴地对于自己的民间文化都颇为重视，20世纪80年代曾组织大量人力物力，对地方吴歌进行采集整理，对大量当时健在的民歌歌手进行采访录音，取得了颇为丰硕的收获，不时有相关研究成果和专著问世，进入21世纪以后，在吴歌方面，仅苏州一地就曾编著《吴歌论坛》《吴歌遗产集粹》等专著，地方上吴江出版有《白茆山歌集》《芦墟山歌集》，张家港有《河阳山歌集》并为此成立了河阳山歌馆，周边无锡、上海、浙江等地亦有相关研究成果问世。长篇叙事山歌方面，20世纪80年代苏州采集整理了《赵圣关》《五姑娘》这两部数千行突破万字的长篇叙事山歌，填补了"中国本土无长篇叙事诗"的空白，另有《白杨村山歌》《沈七歌》《林氏女望郎》《薛六郎》《魏二郎》《孟姜女》《小青青》《刘二姐》《庄大姐》等多部长篇叙事山歌共同入选《江南十大民间叙事诗》，亦可称蔚为大观。然而，在20世纪七八十年代吴歌采风的过程中，一部极有特色的长篇叙事山歌却被有意无意地忽视了，这便是接下来要来讨论的《汝河山歌》。

《汝河山歌》，不知创作于何时。早在清同治七年（1868），江苏巡抚丁日昌设销毁淫词小说局查缴"淫词唱本"时所开列的《小本淫词唱片目》中就已有《如何山歌》（应即《汝河山歌》）的记载，其创作时间应远早于此。仅就目前所见，至少在清光绪年间，已有确切的抄本传世，亦有石印本存世。然而，或受到丁日昌设局查缴的影响，又或者是限于《汝河山歌》自身内容的限制，实际上在吴地民间，《汝河山歌》的资料极为少见，学界的研究和关注亦罕，目前所见仅知无锡在20世纪七八十年代收集吴歌资料时曾有收录，但语焉不详，苏州吴江地方的山歌集中曾有《汝河山歌》的片段收录，张家港河阳山歌馆中亦有少量《汝河山歌》的资料。笔者咨询过20世纪七八十年代参与山歌采风的苏州戏曲研究所的前辈学者，据称当年曾少量发现过一些《汝河山歌》的资料，但是受限于山歌内容，故而在最后的整理过程中《汝河山歌》被有意无意地忽略了，这不能不说是吴歌研究的一个遗憾。

2011年，笔者在参与苏州戏曲博物馆文物征集的过程中见到过一批无锡钱桥北镇支姓家族传抄的晚清吴歌旧抄本，内有晚清支竹亭抄《汝河山歌》抄本一种。2014年，笔者见到了苏州浒关的莫三根先生所藏晚清至民国《汝河山歌》旧抄本一种。此后数年，陆续走访了当年参与吴地吴歌采集的马汉民、张舫澜、钱否垦诸位前辈，并请教了扬州大学车锡伦教授、苏州大学朱栋霖教授、张家港河阳山歌馆虞永良馆长。2020年，笔者又见到了1921年（民国十年）杨洪畴抄《张良作传》（卷首第一套为《汝河开篇》，全文内容与《汝河山歌》基本相同）抄本一种。至此，根据目前所见诸本，谨对《汝河山歌》的相关情况进行进一步的探讨。

一、首先记述一下所见《汝河山歌》抄本的相关版本和研究情况。

一是晚清钱桥北镇支竹亭抄《汝河山歌》抄本。钱桥北镇，或在今无锡惠山区钱桥镇，该镇大支巷、小支巷、塘泗桥三处支姓较多。在一同发现的数本抄本中，除支竹亭外，还有支仲庆、支仲芳、支凤祥、支祥芳等人的吴歌抄本，抄录时间也从清光绪二十二年（1896）到民国十三年（1924），这说明在晚清民国时期钱桥当地存在有一个以演唱、传抄山歌为职业的支姓家族。所见支竹亭抄《汝河山歌》抄本，封面无题，扉页记"汝口抄本前""丙寅年抄""支竹亭记"，并钤有"钱桥北镇"等的牌记数枚，书口记"支竹亭记答（？）板"。（见图1）内页卷首记《汝河山歌》十七段目录，分别为："孤单小姐弟一回（三十六隻）、姑嫂交谈二段（二十六隻）、小姐游春三段（二十五隻）、有意无情四段（二十一隻）、强奸不成五段（四十三隻）、小姐忆郎六段（三十四隻）、小姐撩郎弟七段（五十四隻）、两相作喜八段（二十九隻）、约期等郎九段（三十二隻）、赴约会情十段（九十六隻）、云雨风流十一段（四十七隻）、姐儿送郎十二段（六十九隻）、喜乐谈情十三段（四十二隻）、娘儿问答十四段（五十七隻）、姐你忧孕十五段（三十四隻）、姐你嫁郎十六段（六十六隻）、大居相会十七段（四十二隻）。汝河山歌共写七百五十六隻。"正文六十个筒子页。卷末记"汝河山歌共写七百五十六隻，支竹亭记""光绪二十二年巧月日立"。值得推敲的地方是，扉页卷首署"丙寅年抄"，然终光绪一朝，并无丙寅年，而相邻的两个丙寅年分别为同治五年（1866）和宣统二年（1910），卷末署"光绪二十二年"，是1896年丙申，可能是支竹亭误将丙申记作了丙寅，亦不排除此书始抄于同治丙寅年之可能。

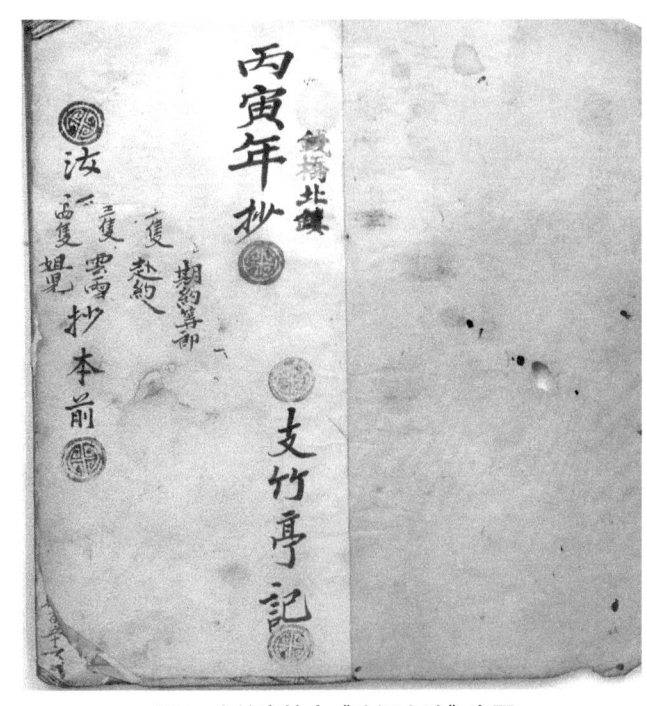

图1 支竹亭抄本《汝河山歌》扉页

二是浒关莫三根藏《汝河山歌》抄本。（见图2）是书目前已经由莫三根先生捐赠给浒关镇相关文化机构，作为建设中的浒关山歌馆的藏品。该抄本据莫三根先生回忆，应为浒关当地旧藏，但最早为谁人所抄，今已无从查考。就目前所见，此抄本首回和十八

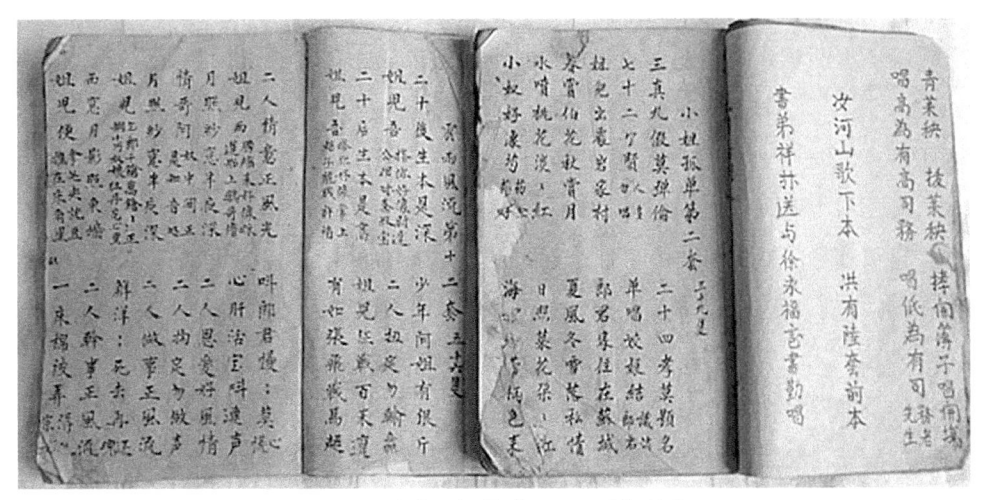

图2 浒关莫三根藏《汝河山歌》抄本

回以后内容在民国时已散失，曾有一"书弟祥林（？）"将所缺部分进行了抄补，并于1939年（民国二十八年）将书赠予浒关徐永福，后又由徐永福转赠浒关莫三根。该书原封面封底已失，现封面封底为后补，卷首无目录，首卷名《拾妖娆》，下注"第贰拾套，弟廿八隻，弟壹套"，看内容与《汝河山歌》关系不大，卷末记"汝河山歌下本，共有陆套前本。书弟祥林（？）送与徐永福记书勤唱"。书中回目，大致与支竹亭抄本相同，只"孤单小姐"一回前面增加了一回《十妖娆》，主要用十段以"妖娆"二字结尾的歌谣歌颂姐儿的美貌。卷末第十八套称"私情满意（四十乙隻）"，第十九套称"情郎望姐（五十八隻）"，为支竹亭抄本所无。

三是1922年（民国十年）杨洪畴抄《张良作传》抄本。杨洪畴抄本，封面题"张良作传"，左下署"民国十岁酉辛榴炎月二十

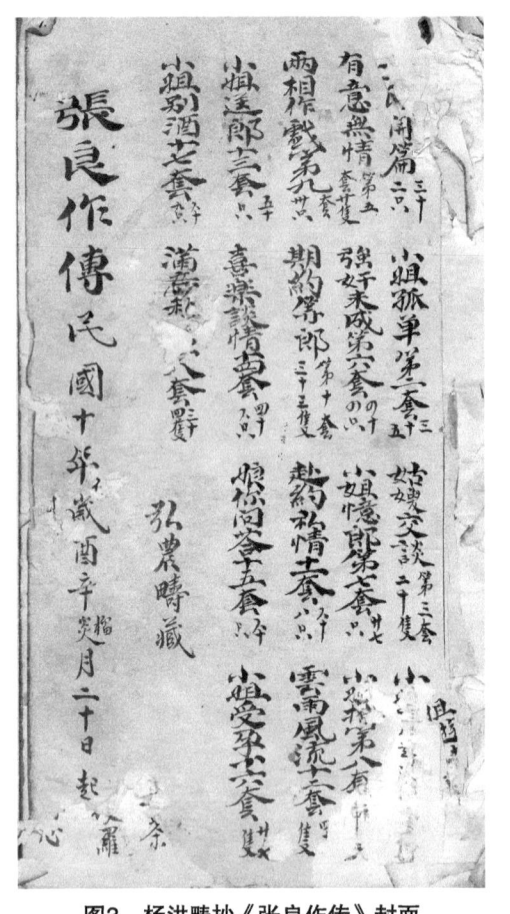

图3 杨洪畴抄《张良作传》封面

日起，弘农畴藏"，右边注有回目，分别为："汝河开篇（三十二只）、小姐孤单第二套（三十五）、姑嫂交谈第三套（二十隻）、小姐游春□□□（□□□）、有意无情第五套（廿隻）、强奸未成第六套（四十四只）、小姐忆郎第七套（二十七只）、小姐撩郎第八套（□□□）、两相作戏第九套（卅只）、期约等郎第十套（三十三隻）、赴约私情十一套（八十八只）、云雨风流十二套（四十隻）、小姐送郎十三套（五十只）、喜乐谈情十四套（四十六隻）、娘你问答十五套（六十只）、小姐受孕十六套（廿七隻）、小姐别酒十七套（六十九只）、满意私情十八套（三十四隻）。"书口处注"民国十年岁次辛酉，榴月起菊月完，弟子杨洪畴藏"。（见图3）书中卷末记"民国十年岁次辛酉季秋月杨洪畴无心乱抄"，另有小诗一首"此书字字不成文，则怨窗下少功呈。若有好友看一遍，总然提拔二三声"，又记"此书不能借出，则可家传解闷"。

此外，北京杂书馆藏有1928年（民国十七年）燕诒堂黄氏抄《汝河山歌》一种。该书封面署"汝河，燕诒堂"，扉页有"如河山歌目录（燕诒堂黄）"，内记十回，分别为"赴约会情、云雨风流、小姐送郎、喜乐谈情、财物送郎、娘女问答、小姐忧孕、赴情别

酒、小姐嫁郎、满意私情"，卷末记"民国十七年戊辰清和月立"。此本回目较前三者为少，或为节本，抑或者为下卷部分。

车锡伦先生在《清同治江苏查禁"小本唱片目"考述》一文中对《汝河山歌》亦有过介绍，抄录于下：

> 《如何山歌》，又称《汝河山歌》。题目立意不明，现存清末及民国间的手抄本和石印本多种。江苏无锡南安乡发现的手抄本长达2100余行，署"萧渭、萧云卿民国八年秋季中秋日立"。分为十三段（套）：一、会情——大着身；二、云雨风流；三、送郎；四、欢乐谈情；五、娘儿盘问；六、小姐有孕；七、财物送郎；八、小姐别酒；九、小姐嫁人；十、花烛；十一、小姐谢意；十二、情歌张（望）姐；十三、怨郎。所述情节较简单：一对青年男女结私情，女方又被迫嫁人，但一心怀念情郎。苏州发现清光绪二年（1876）抄本名《小结游春山歌书》，共十一段（套）：一、姑嫂交谈；二、小姐游春；三、强奸；四、小姐忆郎；五、郎姐大着身；六、小姐等郎；七、小姐约郎；八、小姐送郎；九、云雨风情；十、沈三郎；十一、起约一段过面。内容与上述民国抄本相同，但故事情节较为完整：姑嫂谈心，引起小姑思春。嫂嫂引诱小姑去游春，遇一书生，眉目传情。书生夜来跳墙，摸到小姑床边求欢，小姑不允。书生得病，姑娘去探望，二人私合。以下情节与民国抄本相同。第十、十一套与故事无关，是"饶头"，所谓"起约一段过面"，即重复描写二人床上作爱的细节和场面。民国间的印本，多分为"十八套"。末尾加上一些劝善的说教，如上海大罗书局排印本（1938）、上海有文书局石印本《汝河山歌》。这首长歌重点不在描写人物、故事，而在于男女媾和的细节和心理描写，所以民间有"《如何》十八套，套套有私情"的说法，民间长歌中写男女结合的段子，如"熬郎""送郎"等，都由此歌中派生出来，或直接"借调"。因为它集中了山歌唱本中的这类描写，所以虽然民间流传甚广，但十分隐蔽。[1]

而张家港河阳山歌馆的虞永良先生在《汝尔歌是一部杰出的自然主义作品》一文中将《汝河山歌》等同于早先的吴地民歌《汝尔歌》[2]，窃以为史料证据尚显不足。

二、接下来，谨就笔者曾经寓目的三种抄本来对《汝河山歌》的相关情况做进一步的探讨。

第一，山歌的名称。目前所见多为《汝河山歌》。江苏巡抚丁日昌设销毁淫词小说局查缴"淫词唱本"时所开列的《小本淫词唱片目》中作《如何山歌》，目前未见确切注明为《如何山歌》的早期抄本，不排除是丁日昌销毁淫词小说局当年记录有误。杂书馆藏本，封面作"《汝河》"，扉页记《汝何山歌》，故此《汝何》或为《汝河》之误。1922年（民国十年）杨洪畴抄本作《张良作传》，这种托古的情况在民间宝卷、山歌抄本中经常出现，《汝河山歌》自然不可能为张良所著，而这里以《张良作传》为号召，或是为了标榜该书历史悠久，抑或是为了借古贤人之名逃避当时的道德责难。该抄本首套名"汝河开篇"，书中内容亦即《汝河山歌》的内容，故此《张良作传》或即《汝河山歌》的一个异名或者别名。《汝河山歌》这一题目的意义为何？车锡伦先生称其"题目立意不明"。"汝河"是地名抑或其他含义，目前亦难分辨，仅就山歌中故事发生的地名看，支竹亭抄本与杨洪畴抄本皆作"吴山"（支本作"娇娘出处在乡村，积祖居住在吴山"，杨本作"娇娘出处那山村，住居积祖在吴山"），而莫三根藏本则作"岩家村"（莫本作"姐儿出处岩家村，郎君家住在苏城"）。吴山或有特指，亦可泛指吴地之山，而岩家村一说在今苏州木渎灵岩山附近，与浒关相去不远，但不论是吴山也好，岩家村也罢，两地皆无"汝河"，故此《汝河山歌》之名究竟何意，还需继续研究。

第二，《汝河山歌》的篇幅。一直以来中国被认为是缺乏长篇叙事诗，我国优秀民间叙事诗的代表，如汉代的《孔雀东南飞》和南北朝的《木兰辞》，均为五言诗，前者355句，后者62句，长者不过一两千字。到明代，冯梦龙辑录的山歌，多为七言，最长不过一两百行，一千余字。近代以来，随着《赵圣关》《五姑娘》等一批长篇叙事山歌的出现，我国缺乏长篇叙事诗的历史也随之终结。吴歌《五姑娘》一说有2900余行（句），而《赵圣关》更是长达6648行，然而不论是《五姑娘》还是《赵圣关》，目前所见多为新中国成立后的采集整理本，其中经过了记录者的加工润色，未见有完整的2900余行的《五姑娘》抄本或者6000余行的《赵圣关》抄本或早期木刻、石印本存世。而《汝河山歌》则不然，它是有确切记载的长篇叙事山歌，同时也是有多本早期抄本相互佐证的长篇民歌。目前学界用于计算山歌篇幅的单位一般为"行"或者"句"，即以每小节约七个字为山歌的一个基本组成单位。但就目前所见诸抄本来看，晚清民国时期吴歌的传抄者记录长篇山歌回目的单位是"套（或段）"，记录具体内容的单位是"隻（或只）"，一"隻"为四行，每行多为七字，间或有六字句或加入字数不等的衬字的情况。每套所含"隻"数不一，从二十隻至近百隻不等，视山歌内容而定，并无定则。目前所见三种抄本中，抄录于1896年（光绪二十二年）前后的支竹亭抄本共计七百五十六隻，三千零二十四行，约二万一千余字；抄录于晚清至民国时期的莫三根抄本，现存共计八百八十隻，三千五百二十行，约二万五千字；抄录于1922年（民国十年）的杨洪畴抄本，七百三十隻，二千九百二十行，约二万余字。此三种抄本，再加上江苏无锡南安乡发现的2100余行的萧渭、萧云卿1919年（民国八年）手抄本，我们大致可知，基本完整的《汝河山歌》多在七百至九百隻之间，字数在两万至三万之间，就此体量而言，《汝河山歌》确为目前所见叙事吴歌中相当长的一种，要比同时期的其他吴歌抄本更长。

第三，《汝河山歌》的内容。车锡伦先生在《清同治江苏查禁"小本唱片目"考述》一文中对《汝河山歌》的内容有过大致的介绍，但所记两种抄本内容皆不完备，故此以内容相对完备的杨洪畴抄本及支竹亭抄本，对《汝河山歌》的内容做一个相对详细的记录。杨洪畴抄本较支竹亭抄本多一套，即杨本第一套《汝河开篇》，看内容更像是介绍全文的《楔子》，与后面的内容关系不大，故此支竹亭抄本并未收录，而莫三根藏本中补抄的首卷《十妖娆》，内容主要是介绍女主人公的美貌，也不涉及具体故事情节。《汝河山歌》的主要内容一般从第二套《小姐孤单》（或《孤单小姐》）开场，本套讲述一个居住在吴山的青年女子二八年华，年少思春，独守空房，孤单难耐。第三套《姑嫂交谈》，讲述小姐向嫂嫂倾诉寂寞孤单之情，嫂嫂以过来人的身份讲述了自己独守空房的经历。第四套《小姐游春》，讲述小姐一日出门游春，因其年轻貌美，引得同村小后生情哥心生爱慕。第五套《有意无情》，讲述小姐和情哥一见倾心，但小姐苦于父母已将其许配他人，心中苦恼。第六套《强奸未成》，讲述情哥色胆包天，一夜来到小姐窗前，翻墙入室，小姐惊觉，知是前日见到的青年后生，虽有心于他，但不愿被其强迫。情哥无奈，只得作罢。第七套《小姐忆郎》，讲述情哥走后，小姐思前想后，辗转反侧。第八套《小姐撩郎》，讲述一日小姐在窗下绣手巾，见情哥路过，心生欢喜，两下攀谈，各自情动。第九套《两相做戏》，讲述一日，情哥夜间潜进了小姐家中，两相情动，做成好事。第十套《期约等郎》，讲述二人一夜风流之后，情意绵绵，春宵苦短，约期再见。第十一套《赴约私情》，讲述约定之日，情哥贪杯误期，小姐心急如焚。深夜，情哥再次翻墙入室，情人相见分外情热。第十二套《云雨风流》，讲述深夜，情哥来见小姐，二人云雨风流，一夜无眠。第十三套《小姐送郎》，讲述五更时分，天色渐明，小姐送情哥出门，二人依依不舍。第十四套《喜乐谈情》，讲述次日白天，情哥又来找小姐，二人谈情说爱。第十五套《娘你问答》（或《姐儿问答》，"你"或为吴语"儿"的谐音），讲述小姐与情哥之事终究为小姐的母亲所知，母亲大怒，逼小姐与情哥断绝往来。第十六套《小姐受孕》，讲述过了些时日，小姐发现自己腹中珠胎暗结，十分烦恼，找情哥来商量，情哥找来丹药给小姐打胎。第十七套《小姐别酒》（或《姐儿嫁郎》），讲述母亲知道小姐情哥之事，催促媒人早来接亲。小姐得知自己即将嫁人，只得作别情哥。第十八套《满意私情》（或《大居相会》），小姐新嫁，夫妻不睦，更加思念情哥。嫁后一月回乡归宁，小姐与情哥夜间相会，再续前缘。杨洪畴抄本及支竹亭抄本虽然在回目上略有不同，卷内唱词也有出入，但大致内容相同，故事情节也较车锡伦先生所记二种更为完整丰满。

第四，《汝河山歌》的流传。《如何山歌》（《汝河山歌》）既见于清同治七年

(1868)江苏巡抚丁日昌销毁淫词小说局查缴"淫词唱本"时所开列的《小本淫词唱片目》中,则此山歌的创作自然要早于清同治年间。虽然不会像杨洪畴本所言为汉人张良所作,至少也是清中期以前的作品。《汝河山歌》从篇幅、情节、叙事风格等方面看,堪称中国言情叙事民歌的集大成者,它或脱胎于明代冯梦龙时期《山歌》中的吴地情歌,亦是千百年来吴地农村、山民们朴素情感的结晶。至少在清中后期,该吴歌曾广泛流传在江苏南部乃至整个吴语方言区内,因为影响较大,所以为清政府所知,列入淫词艳曲之列。经丁日昌查缴销毁之后,《汝河山歌》的存世大量减少,仅存少量抄本及石印本。《汝河山歌》的流传则更多依赖民间艺人、歌手的演唱及民间文人的传抄。支竹亭《汝河山歌》卷末有记"一本山歌唱罢收,再添两句做饶豆(饶头),若要门口哉来唱,换本山歌重起豆。山歌原自口豆言,多自文人笔下念,农夫学为田中唱,年老公晃后生……"由此可知无锡前桥北镇的支氏一族便是这样的一个以演唱传抄吴地山歌为业的民间艺人歌手群体,而莫三根藏《汝河山歌》抄本中所记的"书弟祥林(?)"和"徐永福记",亦似两个以此为业的民间艺人歌手,再如杂书馆藏《汝河山歌》中钤盖的"燕诒堂黄"的印迹,亦似以此为业的一个黄氏艺人歌手团体"燕诒堂"的印签。此外,如《张良作传》的抄录者杨洪畴,则更像是民间略通文墨的地方小知识分子,他在抄本中说"此书不能借出,则可家传解闷",又说"若有好友看一遍,总然提拔二三声",由此可知他抄写山歌的目的在于解闷或者与好友分享,而非用于公开传唱。传唱者与传抄者的区别在于,前者大多抄写字迹潦草,错误较多,抄写时多用吴地方言口语,而后者则相对抄写规整,错误较少,这在同时期的吴地戏曲、弹词、滩簧、宝卷抄本中颇为常见。

第五,《汝河山歌》的体例及叙事风格。《汝河山歌》不同于我们常见的《赵圣关》和《五姑娘》这样的叙事长歌,正如车锡伦先生所言"这首长歌重点不在描写人物、故事,而在于男女媾和的细节和心理描写",《汝河山歌》的情节如此简单,一对青年男女的私情故事,竟然铺陈出数万字的篇幅,这在同类型吴歌中是极为罕见的。《汝河山歌》的体例大致如下:完整的《汝河山歌》由若干套山歌组成,这些"套"类似章回体小说的回目或者段落,也可独立传唱,故此在很多地方吴歌中存在有由《汝河山歌》中部分"套"段"派生出来,或直接借调"出来的情况。而每一"套"又由数量不等的"隻"组成,每一"隻"又由长短不一的四句组成,由句到"隻"再到"套",三者共同组成一个完整的故事。每一"套"中,开头会有几句"饶头"(或饶头),大多采用一些常见套路的说辞以引入正文,如"三贞九烈莫谈论,二十四孝莫题名,孔门七十二个贤人休要唱,且说娇娘结识俏郎君(小姐孤单第二套)",又如"山歌积祖古流传,无郎阿姐再艰难(姑嫂交谈第三套)""新说山歌唱得清,唱来因同少年人(小姐游春第四套)""郎唱山歌转四方,声声要唱姐牵郎(有意无情第五套)""新样山歌编得清,中间唱出有来因（强奸未成第六套）"等。部分抄本中存在与故事情节关系不大的整套"饶头（或饶头）"，如莫三根藏本的首套《十妖娆》，杨洪畴抄本的首套《汝河开篇》，以及车锡伦先生所记《小结游春山歌书》中的"十、沈三郎；十一、起约一段过面"，这些主要是为了吸引听众的注意，或者对部分内容进行反复强调。《汝河山歌》的正文部分，多用成语、谚语、歇后语，非常贴近下层人民生活，又多用叠字，加重语气。《汝河山歌》中用大量篇幅描写男女媾和的细节和心理，这也是同时期吴歌中极为罕见的，创作者跳出了明清以来文人艳情小说中性爱描写的传统窠臼，用通俗易懂且又形象生动的语言展开，描写过程中多用排比句、比喻句，力求贴近生活，这也是《汝河山歌》虽屡遭禁毁但仍能在民间流传的原因。

长期以来因为种种原因，《汝河山歌》一直处于一个被忽视、遭禁毁、罕见记载、濒临失传的状态，然而作为中华民族一部极具特色的长篇叙事山歌，纵然它的题材决定了它不可能像《五姑娘》之类的吴歌代表作一样广为流传，但至少它不应该在当代人手中湮没无闻。希望有朝一日，可以对《汝河山歌》的版本进行更加深入的研究，并作校点以存其真。

参考文献

[1]车锡伦：《清同治江苏查禁"小本唱片目"考述》，《文献》1996年第2期，第56—70页。

[2]虞永良：《汝尔歌是一部杰出的自然主义作品》，《中国民间文化艺术之乡建设与发展初探》，中国民族摄影艺术出版社，2010年版，第455—462页。

作者

浦海涅，中国昆曲博物馆馆员，副馆长，主要研究方向：昆曲、戏曲、民歌、宝卷。

交叉研究

清初遗民文人与"泰州后学"宫伟镠俗文学活动考论*

钱 成 夏志凤

摘要：清初泰州宫伟镠春雨草堂文人群与冒襄水绘园文人群，可谓江淮地区遗民文人之代表。作为遗民文人与"泰州后学"，宫伟镠在隐居故乡后高度重视"立言"，除传统诗文创作外，坚持"文学"与"心学"并举，于小说、戏曲等俗文学领域，均有所成就。其人蓄养昆曲家班，模仿《世说新语》作有《庭闻州世说》《续庭闻州世说》。所作《微尚录存》实现了从史事敷演到文学创作的跃迁。他还与李清等共同创作了长篇弹词《史略词话》。与清初其他俗文学作家不同的是，宫伟镠的俗文学作品，既体现了鲜明的遗民文人思想和时代文学追求，又浸润着浓厚的"百姓日用即道"平民儒学观。受其影响，俗文学甚至成为清代泰州宫氏文化世家的家学特色。但长期以来，宫伟镠却未被列入清初遗民小说和戏曲家。因此，对其俗文学活动的具体形式、思想来源与成就影响等，需作重新审视。

关键词：遗民文人；泰州学派；宫伟镠；俗文学

清初的明遗民人数之多、著作之博、事迹之显、影响之深，均为历代遗民之最。"汗漫江淮"为许多遗民于明亡后行迹之所趋[1]，以致清初淮安、扬州、泰州等地成为遗民的聚集点。其中，泰州宫氏文人宫伟镠在明亡后坚决不仕清廷，以终养为由两次辞却荐举，布衣终老。陈维崧、王士禛、龚鼎孳、杜濬、冒襄、侯方域、周亮工、戴本孝、费密、吕潜、陈瑚、邓汉仪、丁耀亢、余怀、归庄、吴嘉纪、孙枝蔚、魏禧、宗元鼎和范凤翼等清初著名遗民，均曾避居泰州宫氏北园和春雨草堂中。陈寅恪、严迪昌等均认为，清初泰州

---

*【基金】本文为江苏高校哲学社会科学优秀创新团队"'江苏文脉·泰州文学史'教学与研究团队"（苏教社政函〔2020〕20号）、南京大学专项课题"泰州学派与晚明文学研究"（2020200515）、泰州学院高层次人才科研项目"晚明以降'通泰地区'戏曲艺文家族考论"（TZXY2020QDJJ001）、江苏省第六期333工程中青年科技带头人、江苏省高校"青蓝工程"中青年学术带头人资助项目阶段性成果。

宫伟镠春雨草堂文人群与冒襄水绘园文人群，可视作江淮地区遗民文人群之代表。

一、清初江淮遗民文人代表宫伟镠

澳大利亚安东篱所著《说扬州：1550—1850的一座中国城市》中云："扬州遗民中的杰出人物包括曾经做过官的宫伟镠……生活在扬州东边的泰州。许多流寓人口，包括费密等著名遗民，据记载都曾经在泰州生活过，或者在不同时期去过那里，到春雨草堂去拜访宫伟镠。"[2]

宫伟镠（1611—1680），字紫阳，号紫玄，一作紫悬，别号桃都漫士。著有《庭闻州世说》《续庭闻州世说》《采山外纪》《先进风格》《春雨草堂集》《春雨草别集》《宝吕一家词》等。曾重订明万历陈大科《说文解字》，刊刻吴陵宫氏刻本《说文解字》。另与其子宫鸿历联合兴化李清、李楠父子合著《史略词话》2卷。

清阮元《淮海英灵集》丙集卷一有《宫伟镠小传》：

> 前崇祯进士，官翰林院检讨。国朝两以荐举起用援，终养例辞官。归筑春雨草堂于小西湖遗址，闭门著书。有《春雨草堂集》五十卷。以子梦仁贵赠光禄大夫。[3]

宫伟镠家族泰州宫氏源出天津静海，明初迁泰后繁衍为江南科举世家，名门望族。民国夏兆麐《泰县氏族考略》列举本地世家有"宫陈俞缪"。其中宫氏在清初以"两朝三翰林，五世七进士"位列榜首[4]。明清两代泰州宫氏共出进士十人，举人三十一人。

宫伟镠父宫继兰（1579—1658），原名大壮，字贞吉，号邻。明崇祯十年（1637）进士，授工部主事，知兖州府。著《南枝草诗抄》1卷。子宫梦仁（1632—1713），字宗衮，号定山。清康熙九年（1670）会试第一，历任右副都御史、福建巡抚等。有自订文集100卷，并编有《文苑英华选》等。所编《读书纪数略》54卷，奉旨刊刻行世。

《雍正泰州志》载：

> 宫梦仁，字宗衮，定山其别号也。又号觉幢子，裔出南宫敬叔后。祖籍静海，明初有讳智达者，以孝廉判扬州府，署泰州篆，因家于泰，数传至赠员外讳景隆，是为公曾祖。子讳继兰，崇祯丁丑进士，历官广东兵备道副使，是为公祖。子讳伟镠，崇祯癸未会魁，官翰林院检讨，是为公父也。[5]

作为家族代表人物，宫伟镠于明崇祯十五年（1642）中壬午科应天府乡试第六名。次年连捷癸未科进士，选庶吉士，授翰林院检讨，充永王朱慈炤讲官。崇祯十七年（1644）三月，李自成陷京师，宫伟镠幸免于难，遂归乡隐居不出。

宫伟镠曾在泰州岳墩下小西湖畔筑春雨草堂，与海内遗民文人相会，以诗文、小说和戏曲创作，地方志书编撰和观演戏曲家班自娱。其同年、癸未科传胪陈丹衷［字旻昭，一作长昭，号涉江、献父，江苏南京人。明崇祯十六年（1643）进士，授御史，尝赴黔粤招苗兵，甫持节而明亡，遂返初服。清顺治二年（1645）遁为僧，名道昕。工诗文、书画，擅山水］在抗清失败出家为僧后，曾隐居春雨草堂，在顺治四年（1647）为宫伟镠作《春雨草堂图》，并为草堂题联"当世有文章，酒曲星湖深雨夜；斯人识时务，柘阴春亩著书心"，说明了宫伟镠因时局之变，决心不事二主，避居泰州营建春雨草堂，组建诗社的遗民生活。顺治七年（1650），福建遗民画家王建章也为宫伟镠绘《春雨草堂》手卷，并题"庚寅仲春为紫玄社兄画于若耶溪上，仲初王建章"。此后，同为遗民的南通杨允升、常州恽本初，也先后绘有《春雨草堂图》。

清初著名文人周亮工清顺治三年（1646）任海防兵备副使驻泰州。今泰州图书馆藏《春雨草堂集》（注：以下所引宫伟镠诗作均见此集）有《周栎园少司农重来吴陵，集同人宴春雨草堂，与者田雪龛、刘云麓两使君，张天任、丁汉公、张词臣、刘肤公、黄仙裳、黄济叔、陆右臣、宗定九、予及昌儿即席次肤公韵》诗云：

> 闲理松筠闭竹观，欣逢屐齿破苔斑。
> 重来笔墨情难谢，欲去樽垒意未删。
> 画帙纵横迷阁慢，清言蕴藉醉心颜。
> 更怜游从多同调，莫遣征帆指故山。

诗中叙述了清顺治三年他召集避居江淮地区的遗民，在春雨草堂接待周亮工第二次来泰州时的情形。

与此同时，周亮工赋有《过宫紫玄春雨草堂》一诗，描绘了宫伟镠隐居春雨草堂，以诗文词曲自娱，以致"岁岁户常关"的场景：

> 髯公小筑古银湾，槛外时看鸥鹭还。
> 半亩惟欣春雨足，百年独爱春堂闲。
> 空余几隐称南郭，未有文移自北山。
> 一过岭头十六载，闻君岁岁户常关。[6]

关于此次文人聚会，清初避居泰州的姑苏邓汉仪也有《新秋同丁野鹤朱青瑟刘愚公仪三陆玄升宗定九邀龚孝升奉常社集草堂分韵》诗：

> 郎官湖畔过青莲，且脱宫衣漫学颠。
> 厌说山林多谢拙，惊看乐伎即龟年。
> 秋声摇落星边树，夜色霏微涧外烟。
> 莫怪君庄迟植柳，陶家原少种秔田。
> 弦歌年来与日增，况逢邺下集良朋。
> 渡江岂必真名辈，入社今看尽慧僧。
> 千里麻鞋霜雪编，一宵雨涕梦魂凭。
> 才名只数参军胜，新调惊看压广陵。[7]

该诗记述了他与山东诸城丁耀亢、海安陆舜、兴化迁江都宗元鼎等，因宫伟镠之邀，迎接龚鼎孳来泰，聚会于春雨草堂分韵赋诗咏剧的情形。他们还对宫氏家班的演出水平大加赞赏，认为压过了广陵（扬州）剧班的表演。

另宫伟镠还曾作有《春客长干王元倬招集陈阶菴寓园时寇姬白门在座》：

> 子夜层楼消梦寒，一春心事向人难。
> 才非救世官多误，客有闲愁吟未安。
> 腰带半同青鸟瘦，泪珠时共美人弹。
> 相逢击筑吹箫士，握手离亭子细看。

该诗记载了他在明亡后，于金陵与龚鼎孳、王元倬、陈阶菴等相聚听曲的情景。座中诸人，寇白门为"秦淮八艳"之一，与冒襄妾董小宛、宫伟镠女宫婉兰为闺中密友，时有"女侠"之称。宫伟镠之友余怀评价曰："白门娟娟静美，跌宕风流，能度曲，善画兰，相知拈韵，能吟诗。"[8]

对于寇白门在南明覆亡后的遭遇，吴伟业（梅村）有《赠寇白门并序》六首，其二云：

> 朱公转徙致千金，一舸西施计自深。
> 今日只因勾践死，难将红粉结同心。[9]

王元倬为浙东人，明崇祯九年（1636）举人，入清后隐居养亲，著书自娱，与顾炎武、屈大均等著名遗民为挚友。陈阶菴则为清初金陵遗民代表。

在上述两诗中，宫伟镠通过"更怜游从多同调，莫遣征帆指故山"之句，化用应玚《别诗》中"朝云浮四海，日暮归故山"，借"归回故山之愿"表明自己避居故乡永做遗民的志向。而"相逢击筑吹箫士，握手离亭子细看"，则通过"高渐离击筑"的典故，流露出沉痛伤感的"故国之思"与"兴亡之感"。

宫伟镠之姻亲，清初著名遗民李清曾作有《春雨草堂》诗八首，其一云：

云雾惨湖光，村村野水黄。
境阒心弥永，居闲思自长。
柳新前日色，花褪昨来香。
肯将千古业，容易让班杨。

"境阒心弥永，居闲思自长……肯将千古业，容易让班杨。"描绘了他与宫伟镠同为遗民的相同心境与志趣，以及浓厚的亡国之思与乱离之悲。

清顺治四年（1647），余怀32岁时，寓居春雨草堂，并在宫伟镠资助下成婚。康熙三年（1664），余怀到扬州参加红桥修禊，后重游春雨草堂，"甲辰五月，重游海陵信宿春雨草堂，赋此呈正"。其诗作中有"河上微霜一雁归，十年飘泊泪同挥""庾信江南事可哀"等句，反映了他与宫伟镠深沉的遗民之痛，令人动容。

同为明遗民，余羽尊（字伯来，号羽尊，一号黍村。泰州人。明诸生。工诗，书得二王家法。著有《柳浔内外篇》）则有《宫紫阳太师园亭海棠花下同陆悬圃》：

年年一树李家红，又看花开是此翁；
似有殷勤招远客，兼加富丽点春工。
名妃睡去欢愉复，故老我来感慨中；
二十四香风雨里，布衣酒白载回同。

诗中抒发了他与宫伟镠共同的"遗老"之感慨，描写了宫氏隐居24年，过着"布衣酒白"之遗民生活的状况。

南明覆亡后，陆廷抡（悬圃）于康熙辛亥年（1671）开始长期坐馆于宫伟镠家，在担任其家庭教师教宫弘历、宫鸿营诸子读书的同时，还参与宫伟镠《微尚录存》的纂修。正如陆氏在为吴嘉纪《陋轩诗集》所作《叙》中所言："余自申酉杜门，垂廿载不知户外事……辛亥,馆海陵。"[10]宫伟镠去世后,以其为中心的春雨草堂遗民诗群也逐渐云散。康熙乙丑年(1685),吕潜离开泰州回川。陆廷抡为吕潜《怀归草堂诗》作序云:"乙丑季冬之三日,遂宁吕半隐先生,将去海陵归西蜀。临行,出其诗,属广陵陆生为序。"[11]陆廷抡于康熙二十三年甲子(1684)秋离开春雨草堂后始至广陵,并作有《过史相国坟》:

> 广陵城北一孤坟,云是先朝旧督臣。
> 冢中断碑题汉字,路旁荒草拜行人。
> 沧波呜咽三江戍,碧血凄凉万古春。
> 一自前军星坠后,至今无复见纶巾。[12]

"先朝""督臣""断碑""汉字""纶巾"等,均为陆廷抡内心情绪的直接表达,寥寥数字,可见其与宫伟镠等江淮遗民鲜明而浓烈的亡国之恨。

直至康熙甲寅年(1674),宫伟镠年已64岁,仍不忘前朝,在观演传奇《鸣凤记》时,作有《春雨草堂观剧》诗:

> 十亩方塘跨两桥,桥边红杏恰相招。
> 篮舆玩世椒山曲,画舫怀人水面骄。
> 列坐流觞忘魏晋,停桡得径问渔樵。
> 右军金谷徒优劣,应有豪吟慰寂寥。

诗中"列坐流觞忘魏晋,停桡得径问渔樵",将遗民对前朝的怀念,表现得淋漓尽致。

二、泰州学派思想与遗民身份对宫伟镠俗文学活动之影响

王阳明及其后泰州诸子高度重视平民教育,强调"愚夫愚妇"等百姓所需才是"性命之学"。他们对明中期以后兴起、得到百姓认可和追捧的小说、戏曲等通俗文学高度重视,力图通过合理改造运用小说、戏曲等,实现"致良知、易风俗"之功。当时,泰州学派思想对传统的文艺观念产生了巨大冲击和影响。所以左东岭在为姚文放所著《泰州学派美学思想史》序言中指出:"泰州学派是影响最大的阳明学派,因而对晚明文坛的影响无疑是最大的。"[13]

值得注意的是，因深受泰州学派思想影响，明清泰州世家的代表性人物，多入列泰州学派门墙，尤以林春、凌儒、袁懋贞、徐耀、冒起宗、宫伟镠等为代表。

关于宫伟镠与泰州学派的关系，从其所作《重修安定讲堂序》可见其以心斋后学自居。他在《序》中云：

> 如安定则崇祀孔子庙庭者也，先时惟薛文清、陈白沙、胡敬斋、王阳明诸公得与，贤如心斋尚有俟论，定此一祀也。乡贤崇祀乡先哲固矣，然非文学不与。[14]

宫伟镠在详细论述泰州学派道统传承的同时，着重提出泰州学派的成就兼顾"心学"与"文学"两方面，要崇祀乡贤，就必须要大力提倡文学，以文学传播教化思想，通过俗文学实现王艮所倡导的"愚夫愚妇与知能行"。

宫伟镠对泰州学派思想的追从，直接受教其岳父、泰州学派后期中坚袁懋贞（一说为传奇《东郭记》作者）。

夏荃《退庵笔记》云：

> 袁九涤先生，名懋贞，万历丁酉举人。公为林东城吏部孙婿、凌海楼中丞外孙、宫紫元太史妻父也，所著《婆心》《蒯缑》《清源》《善名堂》诸集，俱无传本。太史又称《东郭记》传奇亦公笔，余偶从《六十种曲》检得此种，分为上下两卷，计四十四出，其每出名目，悉用孟子成句，演成杂剧，每出自为起讫，亦有数出相连属者，如《吾将良人之所》之六出是也。[15]

袁懋贞乃王艮嫡传弟子林春孙婿，外公则是泰州学派中坚人物凌儒。王艮之学，传至林春，林春传袁懋贞，袁懋贞后传宫伟镠。所以，民国东台安丰袁承业作《明儒王心斋先生弟子师承表》，对泰州学派的五代传承情况进行梳理，收录泰州学派成员487人，其中泰州世家林春、凌儒、袁懋贞等均列入心斋直系弟子之列。

所以，袁承业有言：

> 心斋先生毅然崛于草莽鱼盐之中，以道统自任，一时天下之士，率翕然从之，风动宇内，绵绵数百年不绝。[16]

今存《宫氏族谱》前载有宫伟镠拟定的《族训》：

> 论理要精详，论事要剀切，论人须带二三分浑厚。若切中人情，人必难堪，故君子不尽人之情，不尽人之过，非直远怨，亦以留人掩饰之端，触人悔悟之机，养人体面之余，亦天地涵蓄之气也。[17]

民国韩国钧编《海陵丛刻》，收入宫伟镠编写的《微尚录存》。韩国钧在所作《跋》中称宫氏：

> 于乡土、形胜、风俗、水利、钱粮、秩官、人物极为注念，举平日胸臆之所欲发者，悉取而论次之，而一本于忠厚之意。其于远也，多准之《宋志》，故其言核；其于近也，又皆出于耳闻目见，故其义深。……虽残珪断璧，要与导谀贡媚、不关性情学术者异矣。[18]

从宫伟镠所作《宫氏族训》与《微尚录存》，可见其深受泰州学派"以道觉民"教育思想的影响。特别是他在新朝两次征辟的情况下，仍坚守民族气节，以遗民身份退居林下。除教育子侄，重视家族文化传承外，他还主动服务桑梓，积极倡导和主持地方赈灾等事务，立足"百姓日用之道"，力求通过文学活动，"故其言核，其于近也，又皆出于耳闻目见，故其义深"，教育引导普通百姓，达到土艮所倡导的"愚夫愚妇，与知能行"，实现儒家的"三不朽"理想。

因此，作为事实上清初江淮遗民代表与领袖之一的宫伟镠，因深受晚明俗文学大兴的时代思潮和泰州学派思想之影响，在清军入关，明朝灭亡后，"汗漫江淮"，隐居时人视为江头海角的故乡。与清初部分遗民文人寄情山水，退隐江湖，将视角转向个人生活，创作上追求书写个性、崇尚自我不同，宫伟镠始终遵循"心学"与"文学"并举，高度重视"三不朽"。

正如前人所言，清初遗民群体在遭遇时代变局后，痛定思痛，对宋明儒学偏重"立德"而偏废其余之观，从根本上进行了纠正。如黄宗羲提出，"以经史植其体，事功白其用，实践以淑之身，文章以扬之世"[19]，认为"经史""事功""实践""文章"应该并重，真正将"立言"视为儒者理想人格不可或缺的要素。

所以，宫伟镠在甲申之变后，一方面蓄养家班、观剧宴游，会聚费密、余怀、丁耀亢、归庄、孙枝蔚以及淮扬同乡李清、冒襄、吴嘉纪、黄云、陆廷抡、柳敬亭、范凤翼等明季遗民，组成"春雨草堂遗民文人群"，诗酒唱和，留下了《春雨草堂集》《春雨草堂别集》。与此同时，始终追求儒者人格境界，除诗文外还创作小说、教化世人；编撰史志，以文载道；编写弹词，借俗写雅。他在坚守道德立场的同时，坚持著书作文，在对泰州地方前贤往事和历代兴衰案例的编选重构、议论褒贬和传播教化中，寄寓自己努力创新的文学追求，体现自己遗民领袖的社会理想，既展现了清初遗民坚定的志节与艰难的处境，又抒发了"泰州后学"和俗文学作家文学创作与社会教化"合二为一"之抱负。

三、《庭闻州世说》《续庭闻州世说》的创新

宫伟镠工于诗文，清顺治四年（1647），泰州知州刘孔中选本地诗人诗作而成《吴陵国风》8卷，凡十八人：

> 宫鹭邻继兰、沈林公复曾、潘晓青乾、刘愚公懋贤、宫紫玄伟镠、童蝉孙希舜、王骢马孙骢、张词臣幼学、吴七超家驹、杜吕公维苞、王子隅砺品、丁汉公日乾、邓孝威汉仪、方白英苞、陆玄升舜、刘仅三懋赞、黄仙裳云、宗定九元鼎诸公也。[20]

作为两榜进士和世家文人，宫伟镠除在传统诗文著述之外，受泰州学派平民儒学和清初遗民文学思想影响，在小说、戏曲方面也用力颇深。对于俗文学创作，清初遗民文人并不排斥，甚至高度重视。正如高士奇所云，"立言之体不一，有韵之言与无韵之言，其梗概也。"[21]

正基于此，清康熙三年（1664），宫伟镠53岁时，将创作重点转向俗文学，模仿《世说新语》语录体小说的形式，纂成《庭闻州世说》，后又作有《续庭闻州世说》。但令人奇怪的是，长期以来学术界却没有把宫伟镠列入清初遗民小说家之列。如杨剑兵、郁玉英考证罗列清初遗民小说家90人，内有宫伟镠友人，同时也是春雨草堂遗民文人群成员的冒襄、李清、丁耀亢、龚鼎孳、余怀、陈维崧、魏禧等，却无宫伟镠[22]。

值得注意的是，相对清代其他续（仿）《世说新语》的作品而言，宫氏《庭闻州世说》在编创体例、题材选择、写作技法、创作目的、情感寄寓、社会教化等方面都有所创新。

书前《序一则》说明了宫氏编辑此书的目的：

> 而今乃以余为文献也，何以处夫？今之人且所贵乎？贤豪间非多闻见，效簪笔之用而已。余愧焉。而及余不为言，儿辈固或知，遑论其他。顾欲遍焉，则有遗。以兹所及，半是中宪公晨昏桥衡共绪论，又念《明世说》未有集成者，称"庭闻"而系以"州"，既以备流传，又俾予后人知所励，亦当世得失之林也。

这段话交代了书中内容来源"半是中宪公（指其父）晨昏桥衡共绪论"，也就是说，小说题材主要来自父辈教诲，真实可信。"既以备流传，又俾予后人知所励，亦当世得失之林也。"表明创作目的是希望使前辈先贤的事迹得以流传，以此激励后人，发挥特殊功用，强化社会教化。如前所述，明末清初遗民文人的立言旨趣具有明显的趋同性，即偏重经世致用的述学文章，对诗歌、小说和戏曲的创作，也要求具有思想学术品格和历史实录价值。所以清初遗民文人代表屈大均曾提出："士君子生当乱世，有志纂修，当先纪亡而后纪存，不能以《春秋》纪之，当以诗纪之。"[23]

由此可见，《庭闻州世说》不同于一般小说创作的宗旨，而是立足时代需求，遵循王艮所要求的"先德行而后文艺，明伦之教也"，将泰州学派提倡的"倡俗"与"传道"合而为一，认为小说创作不仅是文人主体情愫的载体，还应具有深远的道德价值和思想意义，先纪亡而后纪存，做到价值与功用并重。所以，他的俗文学创作立足文学传播与社会教化之目的异常鲜明。

在《说例二则》中，宫伟镠表明了《庭闻州世说》的编纂主张与原则。其一《人事》云：

> 人皆详于近而略于远，略远则湮，详近则袭，人事皆然。兹亦不能多溯于人，则首纪"查周"，自科目者以为学子观感。他如吕定公督军封番禺侯、胡安定布衣对崇政殿，《志》载彰彰，不必更赘，于事亦然。

其二《查周》云：

> "查周"世德，国史州乘亦已备载，而一二事迹为余幼时中宪公指述、笔之简端者，必欲辑缀存之，其有关政治，史乘所详，兹或略焉。何则？存乎其人，虽不免重复遗漏之讥，要非欲高下其人，亦各从所好焉云尔。

此处宫氏详细说明作为小说作品，《庭闻州世说》《续庭闻州世说》的取材原则为"详近而远略"，对吕岱、胡瑗等"志载彰彰"的名臣大儒，"不必更赘，于事亦然"。由此可见，宫伟镠充分认识到了小说作为俗文学，与《史乘》创作目的、编写体例等的不同。《庭闻州世说》选取人物，与正史相比，"非欲高下其人，亦各从所好焉云尔"。《庭闻州世说》《续庭闻州世说》与《世说新语》一样，为吸引读者兴趣和便于在民间传播，以小说家的笔法，选取了诸多奇人异事，具有夸张、虚构特色。其中如《庭闻州说》卷2中的《王遇道》《徐墓石》《凌公墨》等，均有着鲜明的神话传说色彩。再如《张江陵》记载了张居正读书寺庙时的奇异之事。对吕岱、胡瑗、查道、储巏、王艮、林春、沈凤冈等乡贤,则模仿《世说新语》之笔法,寥寥数语,文笔简练,不着痕迹,形神并茂,将人物的形象和性格特征勾勒毕现。

值得注意的是,相对《世说新语》而言,《庭闻州世说》《续庭闻州世说》中有些篇目的创作,明显受到明代长篇小说发展的影响,已经突破了《世说新语》"志人"文体语言和篇幅乃至主题立意方面的桎梏。

如《春雨草堂》卷七《续庭闻州世说》首篇《荆川征倭》一文,在塑造明代抗倭名将戚继光时,没有按照一般正史的叙述方法,而是借鉴模仿《三国演义》中用夸张、对比等手法描写人物形象之法,用小说家笔法,塑造了戚继光既运筹帷幄、料敌如神,又身先士卒、勇猛杀敌,集诸葛亮之"智慧"、关羽之"儒雅"以及张飞之"勇猛"于一身的人物形象。

> 中宪公云:荆川征倭至泰,戚大将军奉调来。荆川遣人远迎,望若云霓,立趣战。戚冠服微笑,故示温文。趣再三,戚方悬牌下。谒文庙,集诸生问谋略,仍大声云:"文臣不谙兵事,今偏裨下数千百人,鞍马劳顿,须休息两月方可出兵。"唐大失望,属州牧敦请不休。该期四十日。又请。戚云:"以一月为期。至速矣!万不能仓促从命。"比中夜,率十余人出,至大门留数人,至辕门留二人,至城门扪其胸,一胸怦怦焉,留者一人耳。戚自装一小军,持小锣,大呼入倭营,云:"戚将军偷营"。而一人持短刀鼓噪而前,遇即杀之。时倭中传一月后方接战,皆酩酊卧醉,兵至觌面不相识,自相攻杀,遂大溃破。

事实上,据《明史》《崇祯泰州志》和唐顺之《荆川集》等可知,戚继光并没有到过泰州。曾在泰州主持抗倭的先后为刘景韶、唐顺之,主要将领则为李遂、邱陞和刘显等。

此处宫伟镠明显地采用了"移花接木""集诸种种而成一个"以达到"艺术真实"的小说家笔法。与《三国演义》一样,该段笔法富于变化,注重对比映衬,着重写人而不详写战争过程。通过英雄人物的语言、动作和特定场景的夸张性、对比性描写,层层渲染,最后"奇峰突起",逐步将人物的形象生动立体地塑造出来。

在人物刻画上,宫伟镠针对笔记小说体裁的特定要求,力求以简约的语言,隽永传神地描绘人物的言谈、笑貌、心理和性格等。

再如《庭闻州世说》中《查湛然》一文在刻画主人公形象时,先言其至孝,隆冬之时为母破冰取鱼。再写他的胆气,游五台山的时候,"一夕,雷震破柱,道坐其下,了无怖色"。聊聊十四个字,就把查湛然泰山崩于前而色不变的镇定自若表现出来了。尤其精彩的是描绘其任泉州知府以仁义平王均之乱的故事：

> 贼至城下，继而相语曰："查泉州以仁义抚此境，得众心，未可攻也。"竟宵遁。道追谕之，于是散遣数千人皆还农亩。《史》又称："知泉州时，寇党尚有伏岩谷、依险为栅者，止西充之大木槽。诏书招谕未下，咸请发兵殄之。"道曰："彼愚人也。以惧罪，欲延命须臾尔，其党岂无诖误耶？"微服单马数仆，不持尺刃，间关林壑百里许，直趣贼所。初，悉惊畏，持满外向。道神色自若，踞胡床而坐，谕以诏意。或识之曰："郡守也，常闻其仁，是宁害我者？"即相率投兵，罗拜号呼请罪。悉给券归农。

这段文字通过对人物环境、行动状况、心理表现等方面的描写，先略述其事，从"贼"的角度写查道（湛然）以"仁义"不战而屈人之兵，再从"史"的视角直面写查道，通过语言描写、动作描写、神态描写——"微服单马数仆，不持尺刃""神色自若，踞胡床而坐"，极为传神地刻画出其沉着果敢的性格特征。事实上，从小说中查湛然人物形象的塑造来看，明写查道，实写王阳明、王艮师徒的事迹。特别是对王阳明平定宸濠之乱军功的推崇，可见其在文学创作时，念念不忘前贤的导引和激励。

与《世说新语》以人物品评为目的不同，《庭闻州世说》及《续庭闻州世说》以思想教化为目的，故多写品行端正、符合礼教的忠孝节义之人，人物的面貌有些单调且有些无趣，如查湛然"平居多茹素，或止一食。默坐终日，服玩极卑俭。"一天只吃一顿，整日默坐。其事迹与世传王阳明"穷竹之理，格物致知"的行为如出一炉。再如笔记中蒋科和陈兰台两人的故事，基本都是突出人物勤学不倦、心无旁骛、读书成癖等，可见王艮、王襞、韩乐吾等泰州学派先贤的影子。

身为"泰州后学"，宫伟镠在《庭闻州世说》《续庭闻州世说》中贯穿着十分明显的"教化"主旨。如在《查湛然》一文中有"竹林拾金"的故事：

> 初，道未第时，夜坐读书。忽窗外光彩非常，于竹间见麟蹄金。道曰："天悯我贫而赐我耶？然取之无名。"亟掩之。

此处用夸张的手法，强调突出查道"异于常人"的事迹，目的是在作品中处处强调"阳明四句教"中的"知善知恶是良知，为善去恶是格物"。在宫伟镠笔下，查道、蒋科、陈兰台这些泰州先贤的言行举止，真正体现了泰州学派所提倡的"即事是学，即事是道"。

所以，《庭闻州世说》《续庭闻州世说》与一般笔记、语录体小说明显不同之处在于其选取的事例。《周孟阳》《徐神翁》《许子春》《伦氏三元》是从宋代至清初泰州乡贤的言谈事迹，特别是其中明清之际的人物事迹，大多为宫氏父辈或自己直接经历并加以精选的，真可谓"来源于生活而又高于生活"，所以对平民大众具有典型的示范意义和深刻的教育效果。值得注意的是，《庭闻州世说》《续庭闻州世说》对王艮等"淮南三王"以及林春、沈凤冈、凌儒、冒宗起等的事迹均列专条，着眼于面向下层百姓宣传"王门高第——泰州（王艮）、龙溪（王畿）之学"[24]。

宫伟镠在《庭闻州世说》《续庭闻州世说》创作中，并非只有苍白简单的说教，而是采用《世说新语》的体例，用小说笔法，借助生动形象的故事来说明深刻的道理，使全书具有较强的可读性。如短篇小说《葛医狐》《狐醉酒》等篇，与蒲松龄《聊斋志异》十分类似，置之于《聊斋》中几不可辨。由此可见，《庭闻州世说》及《续庭闻州世说》作为清初文言短篇小说作品，可能对蒲松龄《聊斋志异》、纪晓岚《阅微草堂笔记》的创作产生了一定的影响。

在《庭闻州世说》《续庭闻州世说》中，宫伟镠还对《西厢记》《金瓶梅》作者进行考证，并对《水浒传》《金瓶梅》《牡丹亭》等作点评，可见其对俗文学的高度关注与积极参与。特别是其在《续庭闻州世说》中云："《金瓶梅》相传为薛方山先生笔，盖为楚学政时以此维风俗，正人心。"又云"赵侪鹤公所为。"认为薛应旗（1500—1575）、赵南星（1550—1628）可能为《金瓶梅》之作者，并首次提出《金瓶梅》的创作宗旨是"维风俗，正人心"。由此可见，宫伟镠始终认为，通俗文学的创作目的与主要功用不能脱离泰州学派提倡的"倡俗"与"传道"并重。

四、《微尚录存》的从史事敷演到文学创作

康熙十二年（1673），宫伟镠在兴化陆廷抡、姜堰黄云、海安张謩等人襄助下，主持纂修《泰州志》，写成《志稿》6卷，名《微尚录存》，后收入其《春雨草堂全集》中，内有《列传》50篇。

据清夏荃所云，《微尚录存》单行本与全集本文字有异：

> 今《春雨草堂全集》有《州志稿》六卷，才百页。初名《微尚录存》。其单行本，余曾见之。有《序》、有《例言》、有圈点。国朝人物如俞公铎、李公嘉允、张公幼学、董公大用皆有《传》。《外传》有张刘夫人两《传》。与《春雨草堂集》中所刊《志稿》小异。惜其书不全，上诸传皆阙，无从采录。[25]

从夏荃的描述，可知宫伟镠十分注重平凡人物事迹的采录、评点与流传，在他的眼中和笔下，始终遵循王艮所强调的"格物"必先"正己"，"本治而末治，正己而物正，大人之学也。是故身也者，天地万物之本也。天地万物，末也。身未安，本不立也"[26]。希望人人如此，以致"人人君子"。

众所周知，清初的史籍修撰主要致力于搜辑史料、补苴史事，体例一般为"以年系月，以月系日"的编年史形式，内容主要来自邸报奏疏。

因此黄宗羲云：

> 予观当世，不论何人皆好言作史，岂真有三长，足掩前哲，亦不过此因彼袭，攘袂公行，苟足以记名姓，辄不难办。[27]

顾炎武云：

> 尝谓今人纂辑之书，正如今人之铸钱。古人采铜于山，今则买旧钱，名之曰废铜，以充铸而已。[28]

但是，在清初的史传文创作中，《微尚录存》叫谓既重视传统史志之功能，又采用小说家之笔法，故人物刻绘生动传神，颇具教育意义，不仅是史事叙述形式的演进，而且实现了从史事敷演到文学创作的跃迁。

同时，作为遗民文人代表的宫伟镠，在清朝统治日渐稳定后，客观上已经丧失"立功"的基础，逐渐认清时局现实，转而重视"立言"，创作小说与戏曲作品。清王源《送乔东湖序》说："天生奇才，用不用未可知，而著书立说，自可以为天下后世法。"[29]认为作为遗民，尽管身处世事变化之中，但不能因自己的主张和著述不为当世所用，就不去著书立说，而应继往开来，为天下后世所效法。曾寓居春雨草堂，可视为宫氏春雨草堂遗民文人群之一的魏禧也说：

> 抑古人有言，有子为不死，有文为不朽。……吾姑务其不朽者。名心难忘，……特欲异于世之为名，妄希古人立言万一。[30]

与其他遗民一样，宫伟镠在《微尚录存》的编撰过程中，坚持作品的论学载道和记载历史双重功能，既反映了其审美倾向与创作旨趣的夫子自道，又体现出自己忧念民瘼与关怀文化的博大胸怀。

如《微尚录存》卷五中《徐公蕃》《凌公儒》《陈公应芳》《袁氏四公》《王公相说》《徐公燿》等篇，在尊重史实的基础上，选取明代泰州世家文人代表、同时也深受泰州学派思想影响的凌儒、陈应芳、袁杉、袁懋贞、宗臣、王相说、徐燿等，作为引导"愚夫愚妇与知能行"的道德标杆。在《义士马士权列传》《贤孝徐母卢氏列传》等篇中，对人物进行合理的夸张性描写、刻绘，记叙详尽而委曲，人物形象跃然纸上。甚至在《徐公蕃》《孝子董公永列传》等篇章还插入一些鬼神怪异之事，内容精彩且充实，情节离奇而生动。

如《徐公蕃》中云：

> 相传太公多隐德，如世所传商木庵公事。公隐德尤多：初入学。升画有荡妇，诱其家持之不放，公脱簪为质，自是循他径以行。……小石公笑谓同人："三君俱高魁，但后我三年而始发。"后俱验。[31]

当然，这也可能正是《微尚录存》最终被视为通俗文学作品，而没有被列入地方史志的原因之一。

《微尚录存》卷六《列传》之"艺事"有《柳逢春列传》，说明宫伟镠作为两榜进士，却充分肯定地位低下戏曲艺人柳敬亭在晚明政治和艺术上的独特贡献，表现了他对底层戏曲艺人的亲近与重视。

在《柳逢春列传》中，宫伟镠云：

> 柳逢春，字敬亭……偶闻街市说弹词，遂以说闻。……不以伎鸣，亦足雄天下。而伎实可自雄。视夫平居碌碌无一长，兼程并进以赴，不求闻达之科者异矣！[32]

五、《史略词话》的创作与功用

清康熙三年（1664），宫伟镠还带领其子宫梦仁，以"愚夫愚妇"为接受对象，与著名遗民兴化李清（映碧）父子联手改编明杨慎《历代史略十段锦》为弹词《史略词话》2卷。需要指出的是，宫伟镠、宫梦仁，李清、李楠两对父子均为当时具有较高声望和政治地位之人，他们关注并亲身参与弹词等俗文学创作，正是希望能够借助曲艺创作等俗文学活动，将"历代兴亡存废之事"被之管弦，传之后世，实现"以道觉民"的功用[33]。

康熙三年（1664），宫伟镠作《〈史略词话〉正误序》云：

> 余性苦钝，易记易忘。幼喜浏览史学，于凡人物邪正、政教得失，关系兴亡

治乱之故者，乐与师友辩论考核要，不过遴举梗概。欲如老生宿儒，称述起讫凿凿无误，不能也。及见升庵词话，易鉴览而可悦，因叹近时士夫习俗所移，犹沿先年粉饰太平，遗意以优伶相慕尚，则何不于吾徒雅集。暨子弟文成时，令馆僮取《史略词话》一唱三叹，弹说一二，则庶观感所从生，且补平昔睹记所不逮。正不必安节谐声，如柳敬亭四筵独坐皆惊，始称绝技云尔矣！持此与人言，鲜不以为固。映碧李先生读书人也，以予言有合，且以升庵诸书出滇南，臆记之余，间与正史谬误，宜加订正，垂诸久远。[34]

李清在所撰《史略词话正误跋》中云：

甲辰春病中，独取杨升庵《史略词话》，所见有陈维直校本、闽刻删简本、王起隆新本，各有长短，复补数则，且汰繁、易俗、正舛，几费研筹……补其缺略，遂成完璧。[35]

另清邱钟仁《补订杨升庵〈史略词话〉序》云：

考杨升庵其人，虽著作繁富，然详于稗史，而忽于正史。故《十段锦》亟待正误。此书为遣戍投荒后作，感愤填膺，寄兴亡之感，直撼块垒。李映碧、宫伟镠删订此书，寄亡国之思，抒乱离之悲。[36]

李清（1602—1683），字心水，一字映碧，号碧水翁，晚号天一居士。泰州兴化人，清初江淮遗民领袖之一。明嘉靖二十六年（1547）状元、内阁首辅李春芳玄孙。崇祯四年（1631）进士，任吏科给事中。南明弘光朝，任工科都给事中、大理寺左寺丞。清兵下南京、扬州后，归隐故乡，杜门著述，不与人事，当道屡荐不起。著有《澹宁斋集》《三垣笔记》《南渡录》《南北史合注》等。

李清在《史略词话正误跋》中，称这部俗文学作品的创作，目的是为了供"田父村姑，弹唱为娱"。明清易代之际，李清在得知南都不守的情况下，"自是隐居不出，惟著书自娱""四十年不窥户"[37]，著有《三垣笔记》《南渡录》《南北史合注》《南唐书合订》等史学名著和小说《女世说》《梼杌闲评》等。

作为文学家和历史学家的宫伟镠、李清，在创作过程中，借俗写雅，借史喻今，发挥了俗文学作品的特殊传播与教化功效。同时，也借助这部俗文学作品，初步总结了他们对"明亡清兴"背后的历史分析与认识，寄亡国之思，抒乱离之悲。也许正是基于这些原因，以致李清《史略词话正误跋》云，"即病不能起，犹日把是卷，拳拳不能已"。

此次删订词话，因李清中途抱病，李楠丁忧结束返京任左都御史，实际上宫伟镠和母忧返乡的宫梦仁发挥了主要作用。所以李清《史略词话正误跋》云："余友宫紫阳，又能出其同心卓见，匡我不逮。是本得此，其为完璧乎。"

宫伟镠和宫梦仁父子，在《史略词话》编撰过程中，充分认识到明末以来雅俗审美意识的多元化倾向时代之变，根据小说戏曲的繁盛和商业经济的繁荣所导致俗文学"大行天下"的社会愿望，使得自身作为俗文学创作主体的雅俗观念真正做到了"化俗为雅""以俗为雅""以俗为美"。他们迎合了清初接受客体审美情趣世俗化和朝代更替后民众需要总结"历代兴亡得失"的心理需求，通过弹词这一通俗文学形式，在之前创作《庭闻州世说》《续庭闻州世说》和《微尚录存》的基础上，进一步强化了史传文学叙事传统的吸纳、嫁接与重构，借鉴在"世说体"小说语言和史传论赞的体例，改编创作了长篇弹词《史略词话》，"寓教于俗""寓教于乐"，并迅速风靡江淮地区。

由于明清时期百姓识字率极低，所以弹词作为流行于我国南方各省的一种讲唱文学形式，受到了不识字男子和妇女的广泛欢迎。特别是扬州泰州地区曾是南方弹词的主要流传地，具有深厚的传播基础[38]。实践证明，通过弹词等俗文学形式传播文学、讲述历史、教育民众，远比正襟危坐板起面孔的枯燥说教更有成效。这一做法甚至一直延续到清末，以致晚清吴趼人云：

> 弹词曲本之类……要其大旨，无一非陈述忠孝节义者。甚至演一妓女故事，亦必言其殉情人以死。其他如义仆代主受戮，孝女卖身，代父赎罪等事，开卷皆是，无处蔑有，而必得一极良之结局。妇人女子，习看此等书，遂暗受其教育。[39]

需要说明的是，康熙四十一年（1702）刻本《史略词话》至清后期时，因政治等原因，已逐渐湮灭，故清道光五年（1825），在泰州世家文人夏荃主持下，重新刊刻了修补本传世，今国家图书馆、福建师大图书馆、泰州图书馆等处有藏。

此外，因宫伟镠在俗文学领域的活动和成就之影响，使得戏曲与小说甚至成为泰州宫氏家学特色，直至晚清仍有余响。其后人宫弘历对《桃花扇传奇》的评鉴之功、宫淡亭在《红楼梦》传播史上的作用，以及宫国苞的戏曲交游，宫敬轩的传奇创作等①，都已得到了学术界的关注。据不完全统计，晚明以降宫氏有诗文传世者逾百人，十多人在俗文学方面卓有建树。

---

① 钱成：《〈海岳圆〉作者宫敬轩家世生平考》，《中华戏曲》2017年第2期，第172—181页。

结　语

宫伟镠融明季遗民与"泰州后学"于一身，立足泰州学派"百姓日用"平民儒学观，适应时代要求，遵循王艮所提倡的"圣人之道无异于百姓日用"（《语录》）以及何心隐"与百姓同欲"（《何心隐集·聚和老老文》）的主张，不断强化俗文学世俗化的主题内容和通俗化的表现形式，实现"愚夫愚妇与知能行"。

宫伟镠在明末清初河山鼎革的政治背景、纷繁离乱的社会环境、禅宗佛学的兴盛、阳明心学的崛起、夷夏之防的传统观念特别是本地区泰州学派思想影响等多种因素的共同作用下，在坚持传统诗文创作的同时，渴望借助俗文学形式，能够存"故国之思"，发"兴亡之感"；明"当世得失"，备"后世流传"；俾"后人知励"，达"以道觉民"的俗文学创作与传播目标。基于此，对宫伟镠俗文学活动的具体形式、思想来源与成就影响等，需从学术史和思想史角度，作重新审视与评价。

参考文献

[1]孔定芳：《明遗民的群体身份认同与群体聚合》，《中南民族大学学报》（人文社会科学版）2010年第1期，第74—79页。

[2]［澳大利亚］安东篱：《说扬州：1550—1850的一座中国城市》，李霞译，中华书局，2007年版，第87页。

[3]（清）阮元：《淮海英灵集》，《历代地方诗文总集汇编》编委会编撰：《历代地方诗文总集汇编》第94册，国家图书馆出版社，2016年版，第1738页。

[4]夏兆麐：《泰县氏族考略》，1920年稿本，泰州市图书馆藏。

[5]（清）褚世暄修、陈九昌等纂：《雍正泰州志》（卷十），清雍正六年刻本。

[6]（清）周亮工：《赖古堂集》，南京图书馆藏清康熙刻本。

[7]（清）邓汉仪《管梅集》，南京图书馆藏1980年泰州古旧书店抄本影印本。

[8]（清）余怀：《板桥杂记》，（清）张潮辑：《〈昭代丛书〉甲集第四轶第四种》，康熙三十六年至四十二年谐清堂刻本。

[9]（清）吴伟业：《吴梅村诗集笺注》（下），朱太忙标点，大达图书供应社，民国二十四年版，第236页。

[10]（清）陆廷抡：《陋轩诗集叙》，（清）吴嘉纪著，杨积庆笺校：《吴嘉纪诗笺校》附录四，上海古籍出版社，1980年版，第494—495页。

[11]（清）孙海等主修，（清）李星根纂修，胡传淮等校注：《遂宁县志校注》，巴蜀书社，2019年版，第508页。

[12]（清）卓尔堪：《遗民诗》卷八，华东师范大学出版社，2013年版，第542页。

[13]左东岭：《泰州学派美学思想史·序》，社会科学文献出版社，2008年版，第5页。

[14]（清）宫伟镠：《重修安定讲堂序》，王有庆、陈世镕：《道光泰州志》卷23，清光绪三十四年补刻本。

[15]（清）夏荃：《退庵笔记》卷12，韩国钧：《海陵丛刻》第1册，江苏广陵书社，2019年版，第221页。

[16]（清）袁承业：《王心斋先生弟子师承表》，清宣统二年东台袁氏铅印本。

[17]（清）宫本昂等修：《泰州宫氏族谱》，清光绪五年刻本，泰州市博物馆藏。

[18]韩国钧辑：《海陵丛刻》第6册，江苏广陵书社，2019年版，第547页。

[19]钱穆：《中国近三百年学术史》，商务印书馆，1997年版，第33页。

[20][25]（清）夏荃：《退庵笔记》卷6，韩国钧：《海陵丛刻》第1册，江苏广陵书社，2019年版，第202—203页，第212页。

[21]（清）王顼龄：《世恩堂经进集序》卷3，《四库全书存目丛书补编》第5册，齐鲁书社，2001年版，第349页。

[22]杨剑兵、郁玉英：《清初遗民小说作家考论》，《明清小说研究》2020第1期，第53—75页。

[23]（清）屈大均：《翁山文外》，《续修四库全书（集部）》第1412册，上海古籍出版社，2002年版，第93页。

[24]朱葵菊：《中国思想通史（清代卷）》，武汉大学出版社，2011年版，第144页。

[26]钟泰：《中国哲学史》，湖南师范大学出版社，2018年版，第316页。

[27]（清）黄宗羲：《谈孺木墓表》，《黄宗羲全集》第10册，浙江古籍出版社，2012年版，第269页。

[28]（清）顾炎武：《与人书十》，顾炎武：《顾亭林诗文集》，华忱之点校，中华书局，1983年版，第93页。

[29]（清）王源：《居业堂文集》，《续修四库全书（集部）》第1418册，上海古籍出版社，2002年版，第233页。

[30]（清）魏禧：《魏叔子文集》，中华书局，2003版，第285页。

[31][32]（清）宫伟镠：《微尚录存》，宫梦仁重订，韩国钧：《海陵丛刻》第6册，江苏广陵书社，2019年版，第23页。

[33][34][35][36]（清）李清、宫伟镠等：《史略词话》，清道光五年修补本，泰州图书馆藏。

[37][朝鲜]阙名：《皇明遗民传》卷一，谢正光、范金民编：《明遗民录汇辑》，南京大学出版社，1995年版，第254页。

[38]钱成：《清代扬泰弹词形成与流传考述》，《盐城工学院学报》（社科版）2013年第1期，第63—67页。

[39]（清）吴趼人：《小说丛话》，《新小说》第2年第7号，清光绪三十年七月，第151页。

作者

钱成，博士，泰州学院人文学院教授，南京大学泰州学派研究中心研究员，硕士生导师，主要研究方向：明清文学与地域文化。

夏志凤，泰州学院外国语学院副高级教师，主要研究方向：传统文化和地域文化研究。

论果报对清代禁毁小说戏曲活动及文本形态的影响*

张天星

摘要：果报禁毁舆论是清代禁毁小说戏曲活动中十分流行的舆论和信仰，它们从正反两个方面激励和警策人们在观念和行动上参与禁毁小说戏曲活动。正向激励主要包括参与禁毁可延子嗣、助登科第、获意外财等；反向警策主要包括编撰、传播、批评、阅读小说戏曲导致科举蹭蹬、子孙断绝、不得善终、地狱受罚、殃及家人等。果报禁毁舆论和信仰将个人禁毁诉求与国家查禁意志统一起来，推动了禁毁小说戏曲活动的常态化、民间化。官禁之外，弥漫于清代社会的果报舆论对小说戏曲教化主题的繁盛、色情小说戏曲的流行都影响深刻，一方面，它逼迫作者对色情描绘进行自我禁抑，导致情色描绘减少；另一方面，它又成为作者宣淫之后的舒缓剂，导致情色描绘增加。果报禁毁舆论给清代禁毁小说戏曲运动及文本形态都打上了深深的烙印。

关键词：果报舆论和信仰；清代；禁毁小说戏曲活动；文本形态；影响

果报即善有善报、恶有恶报。早在春秋时期，中国社会就已形成了普遍的报应观。佛教传入中国之后，佛教果报思想与中国本土报应观融合、调适，不断世俗化和民间化。唐宋以后，果报信仰深入人心，渗透到中国文化的方方面面，成为中华民族普遍认同的思维定势。果报思想与古代小说戏曲之间的关系不啻为一个悖论：一方面，在古代诸体文学中，果报在小说戏曲中表现的最普遍，并深刻地影响了古代小说戏曲的创作意图、主题思想、人物塑造和叙事模式；另一方面，明清时期，尤其是清代中后期，果报还扩展至小说戏曲禁毁观念和活动之中，成为禁毁观念、舆论和方法论的重要来源。笔者把那些包含果

---

*【基金】本文为国家社科基金项目"晚清小说戏曲禁毁问题研究"（16BZW103）、浙江省社科规划课题"中国近代小说戏曲管理编年与研究"（23NDJC311YB）、台州市教科规划课题"叙事意象理论在中学语文古代小说教学中的应用研究"（TG23444）阶段研究成果。

报的禁毁小说戏曲舆论称之为果报禁毁舆论。尽管王利器等学者早就注意到果报与小说戏曲禁毁活动之关联，并整理了不少相关资料，但目前尚缺少专题研究，果报禁毁舆论的具体表现和作用、流行的原因、对禁毁小说戏曲活动乃至小说戏曲文本形态的影响等问题，仍有待梳理。本文拟对这些问题展开探讨，以深入认识果报与清代禁毁小说戏曲活动的关系，以及对小说戏曲文本形态的影响。

一、果报禁毁舆论的主要表现

把果报与禁毁小说戏曲活动联系起来之现象始于明末清初，兴盛于清中后期，民国以后仍有余波。这一历程与果报信仰世俗普及化趋势、特别是明末清初官方和民间兴起的劝善运动的进程基本一致。晚明著名善士袁黄较早提出禁毁淫秽邪书可得善报："取淫秽邪书焚化者，得子孙忠孝节义报。将此等与圣经贤传并贮者，得子孙流荡纵佚报。翻刻淫秽邪书，贩卖射利者得子孙娼优下贱报。"[1]清初善士兼大儒彭定求呼吁购买焚化淫书，"真一举而积无量之福也"[2]。此类倡言已开启把果报作为提倡禁毁小说戏曲活动之先声。清中后期，包含果报思想的小说戏曲禁毁舆论、佚闻、功过格等散见于善书、笔记、官箴书、报刊等，层见叠出，撮其旨要，不外正向激励和反向警策两大类型。

（一）正向激励

以可延子嗣、助登科第、获意外财三事为代表。

1. 可延子嗣

在宗法社会，传宗接代是一个家族得以延续、光大的唯一途径，所谓"福莫逾于继嗣，不孝莫过于无后"[3]。参与禁毁活动，命中注定绝后者可延子嗣。据遂昌贡生洪自含记载，其友人夏澄乐善好施，年逾六旬仍无子嗣，向他诉说苦衷。洪自含认为，夏澄行善祈嗣不得要领，如想祈嗣，"请以重刻《劝毁淫书》祷之"。1841年元旦，洪自含焚香替夏澄祈祷，次年六月六日，夏澄果然得子[4]。1843年，为兑现誓言，洪自含和夏澄发起集资，将《劝毁淫书征信录》刊刻行世。果报的主要目的是迁人向善，因编写淫书得绝嗣报之人，如能痛改前非、自我救赎，积极禁毁，则能"未几生子"[5]。获刊刻淫书得绝嗣报者亦然，苏州坊贾杨氏刊刻《金瓶梅》，为病魔所困，日夕不离汤药，娶妻多年，未能育子。杨某听从友人劝戒之后，将《金瓶梅》书板劈焚，"自此家无病累，妻即生男"。数年间，家业遂成[6]。

2. 助登科第

即参与禁毁者本人及子孙获科举及第报。在晚明民间兴起的劝善运动中，科举与阴骘已被关联起来，袁黄《游艺塾文规》卷一即名曰《科举全凭阴德》。清代科举考试竞争残酷，"其途甚隘""其进甚难"[7]。据统计，有清一代，会试平均录取比例为30∶1[8]，远低于宋代和明代。举人录取比例更低，据统计，乾隆年间举人录取比例约为60∶1[9]，该比例在生员人数有较大增长的晚清要更高一些。在崇拜科举的社会里，庞大的生员队伍、极低的科举录取率、考场文字优良难判①等原因加剧了人们对书本之外偶然因素和神秘力量的笃信，"迷信鬼神之干涉科举，尤以言因果报应者为多"[10]。科举报应也尤被重视，"就报应中，又惟功名一念，大足奇之"[11]。时谚"一命二运三风水，四积阴德五读书"，反映的就是对广积阴德、科举及第的迷信。张孟球、谢履忠、石韫玉三人是清代中后期流传较广、参与禁毁得科举及第报的代表。张孟球，字夔石，江苏长洲人，康熙二十四年（1685）进士，官至河南按察使，孟球五子俱中乡榜，其中三人举进士，人们认为这是张孟球喜刻善书、严禁淫书淫画春方"受上赏"的结果[12]。谢履忠，字一侯，云南人，康熙三十五年（1696）解元，康熙四十二年（1703）进士，官左春坊左谕。履忠见到淫书小说辄买下烧毁，他曾梦神谕："汝焚毁淫书甚夥，免使阅者生邪心、作奸事，功德不小，今当名冠多士矣。"履忠康熙丙子乡试中元，"子孙科第不绝"[13]。石韫玉，字执如，号琢堂，吴县人，乾隆五十五年（1790）一甲第一名进士，授翰林院修撰，后任山东按察使。据梁恭辰《劝戒录类编》和陈康祺《郎潜纪闻》载，韫玉为穷诸生时，痛恶淫词小说，特于家塾中造一焚字炉，题曰"孽海"，专收此种书板拉杂摧烧之，资不足则取衣物及其夫人之钗饰付诸质库，毫无所吝，"历数十年不倦"[14]。经其销毁的淫词小说和得罪名教之书有数万卷之多，韫玉遂得毁淫书科举及第报，大魁天下[15]。不收藏淫书，亦可积阴德助科举，魏裔介（1616—1686）曾请教御史伊辟升何以高中解元。伊辟升认为并无诀窍，只是他的家族做到了五世不收藏淫书、见到淫书必定烧毁而已[16]。说书人不说淫书，子孙科第。杭州评说人李某，每弹说书辞之淫亵处，必删去之，最喜弹说因果，晚年得子，少年科第，荣历仕途[17]。因得淫书报而科举无成的作者，若能痛改前非，积极禁毁淫书，子孙也能获得功名[18]。

3. 获意外财

即穷困之人参与禁毁，会获意外之财。《文昌帝君谕禁淫书天律证注》载：上洋某童子，少孤，用母亲变卖钗钏的三十金，将一个书坊的淫书全部买下焚毁，次晨于纸灰中得元宝两只[19]。晚清《申报》曾报道了一则毁淫书得财的新闻：扬州附生王某，"性端谨，闻人邪言，即掩耳而走，见淫书，虽他人物，必夺而毁之"。因乡试无旅资，向亲戚称贷

---

①对此，明清士人多有论及，归有光说："场中只是撞著法，别无贯虱穿杨之技。"（陈谷嘉、邓洪波主编《中国书院史资料》（中册），浙江教育出版社1998年版，第1690页）；薛福成说："取士者束以程式，工拙不甚相远……而黜陟益以难凭。"［陈景磐、陈学恂主编《清代后期教育论著选》（上册），人民教育出版社1997年版，第443页。］

六千文，不料归途中，钱被人窃去，只剩数百文。当他懊丧地行至城外时，遇见有人摊售《金瓶梅》，王某不禁大怒，立即倾囊购归，命其妻取火焚毁。其妻翻检该书时，于书中发现一张千元银票，遂解乡试乏资之困[20]。这则新闻在晚清流传颇广，俞樾《耳邮》、吴旭仲《圣谕广训集证》等皆收录。将意外之财据为己有，有损拾金不昧的美德。此类善报遂将意外之财处理为神赐或原本即为不义之财，如上洋某童子获得的两只元宝即为神赐，扬州附生王某获得的银票本是贪官污吏之物，于是都可以心安理得地据为己有。

（二）反向警策

与正向激励的善报相比，反向警策的恶报类别既多且厉，择其要者有：

1. 科举蹭蹬

科举为利禄之途，"得之则荣，失之则辱"[21]。与参与禁毁得科举及第报者相反，编撰者获科举落第报。蒲松龄、曹雪芹等即是道德之士常用来比拟的典型，蒲松龄入考场时，"狐鬼群集，挥之不去，竟莫能得一第"[22]。曹雪芹由于撰写《红楼梦》，"以老贡生槁死牖下"[23]。甚至编造淫书者，即便已拟录取，仍获血污闱卷斥落之报[24]。科举蹭蹬报应针对的主要是文人，警醒他们不要编撰小说戏曲。

2. 子嗣断绝

由于编撰、传播小说戏曲，或点演淫戏，获绝嗣报。金圣叹评刻小说得绝嗣报，"身陷大辟，且绝嗣"[25]。宿松某巨绅，依势淫荡，家蓄小班，喜演淫戏，后来家业凋零，"三子皆卒，竟绝"[26]。石门某生刊刻《如意君传》，"诸子继殁，后遂绝"[27]。道德之士还臆造了曹雪芹因著《红楼梦》获绝嗣报，子孙陷于逆案，伏法无后[28]。

3. 不得善终

主要包括三种类型：

（1）死于非命。编撰、传播者，获得火烧、雷劈、水溺、气死等报应。咸丰二年（1852）刊刻的《居官日省录》载，明代万历进士张某，酷好编造小说，刊刻行世，被冥司削尽前程和寿算，赴任途中，全家溺毙[29]。有开演花鼓滩簧聚赌者，儿子脱阳而死、女儿白昼行奸，本人则被活活气死[30]；有点淫戏者被神殛死，妻女因奸逃逸；有刻淫书唱本者，被火烧死[31]，等等。

（2）死于恶疾。撰写、收藏、阅读淫书得患恶疾之报，其中以肺痨居首。肺痨亦称痨瘵、劳瘵，相当于西医中的肺结核。肺痨在古代死亡率高，是令人恐惧的传染病。撰写、收藏、阅读淫书得痨瘵报应，属于三世报观念中的现世报。如桐乡某士好读淫书，子每伺父出，取而观之，缠绵思想，患痨瘵而卒，某士亦悲恸而卒[32]。该果报在《文昌帝天戒录》中则演变为：桐乡沈某好收藏阅读淫书，其子每伺父出，与表弟一起阅读，最后二人相继患痨瘵夭亡[33]，可见善书中果报相互抄袭的特点。晚清小说家俞达和李伯元也被附会为撰写淫书得痨瘵之报。俞达创作狭邪小说《青楼梦》，又在苏州胥门开书肆，"每将淫词小说租赁看阅"，结果"年未三十以瘵疾死，家业荡然"[34]。李伯元由于编撰无益小说，导人戕贼生命，反而自戕生命，患痨瘵病故，是"天道好还"[35]。报应之所以选择肺痨，一是有色欲过度和神志失调患痨的中医医理根据，二是因为肺痨是令人恐怖的疾病：死亡率高，所谓"十痨九死"；是慢性不治之症、受尽折磨，眼睁睁地等待死亡；部分肺痨具有传染性，甚者灭门灭族。正是非报应不酷不足以警醒人心的心理，让道德之士制造了许多编撰和传播小说戏曲患肺痨的果报舆论。

肺痨之外，受报者所患恶疾还指向目、手、口等身体特定部位，这是一种简单的业报关联，因为这几个部位与编撰或传播淫书淫戏有直接的关系。一者，淫书淫戏引人用眼观看，故编撰、传播者得目瞽之报。书贾稽留，刊刻小说和春宫，"双目俱瞽"[36]。某邑书贾好刻淫书春宫，两目旋盲[37]。二者，编撰、刊刻淫书要用手，故其手生恶疮或自啮其指。有的作者"手生恶疮，五指俱连而死"[38]。有的作者"后得奇症，自啮十指而死"[39]。三者，编撰或传播者以语言编造是非，故或自嚼其舌，或口咽生疮，或成痴哑。清人汪棣香言，《西厢记》作者写至"碧云天、黄叶地"时，"忽然仆地，嚼舌而死"[40]。石成金记载他的一位亲戚好编词曲，一日跌倒，家人扶起后竟成痴哑木偶，未几月，死于道路。石成金认为，读书人以言语笔墨伤害人者，都应该遭到"跌成痴哑"的报应[41]。有唱说淫词艳曲者喉生恶疮而死，人们认为也是正获诲淫之报[42]。甚者，目、手等同时遭报，扬州某生著作一部淫书，梦神呵斥，遂未付梓，后因家贫仍复付梓，"未几目瞽，手生恶疮，五指俱连而死"[43]。口、目、手等得恶疾报应无非警醒人们对淫词小说要做到心不作、手不写、口不讲、眼不观、耳不闻。

（3）惨遭刑戮。在各种不得善终的死亡中，刑戮无疑是最惨的。这种报应的杜撰方式有两种，一是把遭受死刑且与小说戏曲有关的当事人附会为获刑戮之报。清代笔记、善书记载最多的是金圣叹因评点、刊刻诲盗诲淫的《水浒传》《西厢记》，阴谴难逃，终遭刑戮[44]。二是附会小说戏曲作者之子孙获刑戮之报。以曹雪芹的子孙为代表，清人或臆造曹雪芹子孙陷于王伦逆案，"伏法无后"[45]。或杜撰曹雪芹曾孙入林清天理教，被诛绝后，"世以为撰是书之果报焉"[46]。

4. 地狱受罚

地狱本为佛教六道轮回之最底层，梵文作naraka或niraya，意为地下众生受磨难之所。地狱观念随佛教传入中国后，与中国道教、儒家和民间信仰的冥界观念逐渐融合，演变为人死之后接受阎王审判、罪恶者接受惩罚的场所。据地狱信仰，人死之后，勿论生前贵贱，都要接受阎王的公平审判，根据生前善恶予以奖惩，善者升天，恶者则依据罪孽轻重与类别，分别投放到惩罚程度与方式不同的地狱。地狱是人死之后果报兑现之所，不少禁毁舆论借能入冥者的所谓亲历见闻，杜撰了一批作者因撰写淫书在地狱受罚。汤显祖在地狱"身荷铁枷，人间演《牡丹亭》一日，则笞二十"[47]。曹雪芹"地狱治雪芹甚苦，人亦不恤"[48]。在世俗地狱信仰中，地狱分类不一，有犁舌地狱，亦名拔犁舌地狱，据说是将犯者舌头拔出伸展、平铺于地，鬼卒扶犁挥鞭驱牛犁舌。生前犯作艳词、诬陷、诽谤、诳语等口业报者，死后被判入犁舌地狱。清代祁骏佳《遁翁随笔》、王宏《山志》、杨恩寿《词语丛话》、董含《三冈识略》、毛庆臻《一亭杂记》等书带着诅咒、推测的口吻，认为董解元、王实甫、关汉卿、李贽、李渔等应当被投入犁舌地狱。另外，佛教六道之恶道有"八大地狱"之说，其中第八层也是最残酷的一层，名曰阿鼻地狱，梵语为Avīci naraka，意为无间地狱，即永受痛苦无有间断的地狱，生前犯"十不善"重罪者，要在阿鼻地狱受苦。编造淫书者还被杜撰投入阿鼻地狱，因为淫书流传于世，难以间断，所以编造者要永受苦楚。今见最早提出此说的是康熙二年（1663）刊刻的《文昌帝君天戒录》："以其流毒无间，故得死入无间地狱报。"稍后的《远色编》云："更有造作淫书，坏人心术，死入无间地狱，直至其书灭尽。"[49]乾隆年间顾公燮记载，王实甫和汤显祖身后就被投入阿鼻地狱受苦，永不超生[50]。

5. 殃及家人

在施报对象上，佛教"轮回说"强调自作自受，道教"承负说"则主张前人过失、殃及儿孙。明清果报信仰中，儿孙父母妻女等家人皆是受报对象。这是因为人生充满偶然性，现实生活中不一定善有善报、恶有恶报，只有将家族更多的人纳入果报体系中，果报必然性和公平性的几率才会更大。"不是不报，时候未到"这句诫语解决的就是果报的必然性和公平性问题。编撰、传播淫书淫戏者自身遭受恶报之外，妻子儿女乃至后代也遭到报应，主要有：

（1）子孙哑瘖。哑瘖属口业报应之一，亦作造口孽，乃因口上造孽之报应。口业是佛教身、口、意三业之一，分为妄言、绮语、两舌、恶口四口业。妄言即谎言，绮语指荒诞不经、繁杂淫秽的语言，两舌指不实之词，恶口乃骂人的话。对于文士而言，易犯妄言和绮语："妄言绮语，才智者多；两舌恶口，愚贱者广。"[51]口业罪孽深重，属于十恶之本，"亦是万祸之殃"[52]。报应亦酷，佛教有口哑以及地狱烙舌、钩舌、拔舌之类，受道教承负说的影响，世俗信仰的口业报有子孙哑瘖之报。明清流传最广的是罗贯中和施耐庵的子孙遭受口业报，三代皆哑。此说又以罗贯中子孙遭报为多，该说最早见明代田汝成《西湖游览志馀》：罗贯中因编撰《水浒传》等小说，坏人心术，"其子孙三代皆哑"[53]。汪道昆《水浒传序》则直接认为罗贯中三世子孙俱瘖，"当亦是口业报耳"[54]。由于明清《水浒传》作者又有施耐庵说，所以亦有"施耐庵著《水浒》行世，子孙三代皆哑"[55]之谈。

（2）家人沦落。道德之士认为，淫书淫戏启人淫邪，教猱升木，编撰、传播淫书淫戏，妻子儿女最先遭殃、得到报应，妻女或败坏家声，或沦落为娼妓，儿孙沦为乞丐等贱类。清代多种善书如《欲海慈航》《帝君天戒录》《寿康宝鉴》等皆引用了袁黄的这句话："好阅淫词小说与圣经贤传并藏者，得子孙淫佚报。编淫词，子孙娼优下贱报。"《收藏小说四害》说："凡好藏淫书、好唱弹词之家，妇女率多丑行。"[56]《重订福禄金鉴》卷十一载，常州曾某，喜作淫词艳曲，流毒闺阃，未几得奇病死，"妻女俱堕落烟花"[57]。《文昌帝君谕禁淫书天律证注》载，某生好撰淫曲，妻妾读后，发生婚外情，该生也得病而死[58]。该书之"淫词艳曲妻女偿债之报"又载，某士人所著皆淫词艳曲，死后无子，四妾一女，倚门卖笑[59]。

6. 家业零落

此类果报主要针对富人、作者、坊贾和刻工。富人因有财力，可以蓄养家班搬演淫戏或点演淫戏，导人淫邪，获家业凋零等果报。作者、坊贾和刻工编写或传播小说，可以获得钱财，但编写淫书卖钱的作者、经营淫书的坊贾和刊刻淫书的刻工最终不但所得之财零落，而且家产飘零。

需要说明的是，以上是措其大端，以便了解，果报禁毁观念往往是多重的，如宿松某巨绅蓄家班、好演淫剧，得到的报应有子女淫荡、家业凋零、身生疾病、绝嗣[60]。朱姓书贾不听冥报之戒，刊售小曲，子死绝嗣，财散家亡，自己则惨死街头[61]。这两例果报禁毁观念皆把子女淫佚、家业凋零、绝嗣等报应冶于一炉，以警人心，反映了舆论制造者警醒人心、禁绝淫书淫戏的急切心理。

二、果报禁毁舆论和信仰流行的原因

清代中后期果报禁毁舆论流行的原因，是传统社会果报信仰积淀、明清官方和民间劝善提倡、所谓的违禁小说戏曲兴盛等多重合力的产物。

（一）传统果报信仰的深厚积淀

果报曾是中国人的基本信仰，属于"中国社会中根深蒂固的一种准宗教观念"[62]。如果排列传统社会流播最广的古训，非"善有善报、恶有恶报"莫属。清代是古代社会末期，果报积淀达到顶点，家庭和学校都把果报作为教育内容，像汪辉祖根据自己入幕从宦"盖得力于经义者犹鲜，而得力于《感应篇》者居多"的经历，教导子孙，果报之说，断不可废[63]。清代童蒙教材包括《感应篇》《阴骘文》《觉世经》《文昌孝经》等善书，"可先令生徒熟读之，毕后，方令读四字书"[64]。即便接受近现代科学思想的理性文人，笃信果报者亦所在多有。梁启超把果报奉为自己的宗教观和人生观，1925年7月，他在家书中认为佛教说的"业"和"报""是宇宙间唯一真理",并要求子女信仰果报,"我笃信佛教,就在此点"[65]。可见直至近现代,果报信仰在中国社会仍牢不可破。在果报信仰深厚的社会,果报被视为道德劝惩之利器,其效非凡:"善之成于圣贤之书籍者十得一二,而劝于果报之说者十有八九,虽谓其功将于经传可也。"[66]编撰、传播、观看所谓的淫书淫戏普遍被视为败坏人心、莫此为甚,是劝惩整顿的重点,果报思想渗入禁毁活动和观念之中,也就自然而然。

(二)清代官方提倡的火上浇油

清代上至帝王,下至官吏,皆倡导神道设教,"'神道设教',通行于古今中外。清史或近代史表明,满洲列帝,对这一点格外认真"[67]。尽管清代官员并非皆为果报信仰者,但是他们发现"然庸夫、愚妇,不畏物议,而畏报应;不惧官长,而惧鬼神"[68]。所以官员要有意提倡、培养百姓的鬼神敬畏意识,"司土者为之扩而充之,俾知迁善改过,讵非神道设教之意乎?"[69]神道设教落到实处则依赖果报,"报应信仰的心理震慑力主要是利用人们对神灵的敬畏心理,使人自我约束、抑恶扬善"[70]。圣谕宣讲是有清一代之制度,但照本宣科,难入乡民之耳,主办者遂把果报故事作为宣讲的主要内容,"圣谕继以阴骘果报各善书,庶语以浅而易入,化以渐而转深"[71]。清朝是官方把神道设教和果报信仰推到极致的朝代,官方不但对包含果报的小说戏曲有意倡导、冀以教化:"善恶感应,懔懔可畏者,编为醒世训俗之书,既可化导愚蒙,亦足检点身心,在所不禁。"[72]而且把果报作为激励参与禁毁的重要手段:其一,用功过格、果报录来鞭策官吏,实力查禁。《当官功过格》倡导禁止台戏,"一日算十功"[73]。《公门果报录》中说禁止花鼓淫戏及戏班搬演小戏,"阴功极大,子孙必科甲连绵",查禁淫书小说,亦是积德之举[74]。《居官日省录》则抄录多则编撰淫词小说获恶报的事例,"故不惮与天下共戒之也"[75]。其二,官方利用果报提倡禁毁,震慑民众。官方通过告示、宣讲、善书等方式向民众传播禁毁小说戏曲获善报、违禁则获恶报。1886年3月,湖南巡抚卞宝第曾接受宝善堂禀请,将六千部《得一录》中的数百部札发本省各厅州县存作官书,余下的五千数百部咨送各省督抚札发所属[76]。在清代官方的大力倡导下,果报思想充斥着官方和民间禁毁活动和观念之中。

(三)民间劝善运动的推波助澜

善书是清代果报禁毁舆论的主要载体。自明末清初,官方与民间劝善运动形成潮流,善书大量涌现,进而出现了"善书运动",善书运动是17世纪前后中国社会出现的令人瞩目的文化现象,其在文化市场的占有量悄然上升,"不论是僧侣道士,还是士绅庶民,大都津津乐道于此"[77]。清人多用汗牛充栋来形容善书之多、流播之广,"善书之流传多矣,入则充栋,出则汗牛,殆不啻恒河沙数也"[78]。谈及善书,不能不提及北宋出现的

《太上感应篇》《太微仙君功过格》，这是对后世影响最大的两部善书，它们奠定了善书把果报作为基本方法论的范式，即"诸恶莫作，众善奉行，善恶之报，如影随形"。所以，研究者说："'因果报应'或'感应'的信仰是善书观念的基础。"[79]俗云"万恶淫为首"，戒淫是清代劝善运动最重要的主题，禁毁淫书淫戏又是戒淫的重中之重，因为"直贤父师教训十年不敌看淫书数日也，是直圣贤千万语引之而不足淫书一二部败之而有余也。教化之大敌，人心之大害"[80]。善书自然成为果报禁毁舆论之渊薮，如《远色编》《欲海慈航》、周思仁《欲海回狂》、梁恭辰《劝戒录》、余治《得一录》、《重订福寿金鉴》、吴兆元《劝孝戒淫录》等，其中以梁恭辰《劝戒录》、余治《得一录》在晚清流播最广。乾隆时期邵志琳编《戒淫文》引清初黄家舒之言，认为之所以要用果报之说戒淫，是因为王法有不到之处，清议和名节也会被人漠视，"惟有'报应'二字，庶几足以制之"[81]。这种意见，正好可以解释为何果报禁毁舆论流行的关键原因，因为编撰、传播、阅读小说戏曲多在私人空间里进行，要想监管私人空间，除了提高人的敬畏之心、道德之心之外，别无良策。这也是清代禁毁小说戏曲活动把果报作为"杀手锏"的根本原因。如此一来，以善书为载体、以果报为方法论的果报禁毁舆论遂层出不穷。并且，由于善书的主要内容相同，不同的善书相互模仿、摘抄，内容雷同、近似的果报禁毁舆论又反复出现在不同名目的善书之中，也增加了果报禁毁舆论流播的频率和广度。

（四）违禁小说戏曲的兴盛难止

清代小说数量空前，尤其是入清以后，被正统思想视为"诲淫"的艳情小说曾流行一时，"传世的清代艳情小说，约近六十种。其中明崇祯至清顺治时约十多种，康熙时近二十种"[82]。诸如笔涉淫秽的有《续金瓶梅》《肉蒲团》《灯草和尚》《浓情快史》《巫山艳史》《绣榻野史》《玉妃媚史》《桃花影》《灯月缘》《春灯迷史》等，加上坊间对前代艳情小说的暗地刊布，清代的所谓"淫书"之盛不让明代。如令官方恐惧的《水浒传》，"仍复家置一编，人怀一箧"[83]。戏曲方面，清代演剧繁盛，"十部传奇九相思"，叙写男女之情的戏曲被官方和道德之士视为"淫戏"，花雅之争开始后，花部也被正统思想斥为"淫戏"。清代中期以后，剧场流行色情演出，言情剧目在乡间剧场搬演时，演员为迎合观众，"越演越往猥亵里变化"，在城市戏园"都竞争着往猥亵里演，一个比着一个粉"[84]。清代"诲淫诲盗"的小说戏曲编撰、传播形势严峻，加上自清初开始的思想文化保守趋势，关乎道德人心的小说戏曲的禁毁范围是愈禁愈广，数量也是愈禁愈多，令官方和道德之士扼腕浩叹之余，皆冀望于果报能遏制住违禁小说戏曲盛行这股歪风，"必多引造作淫词及喜看淫书一切果报，使天下后世撰述小说者，皆知殷鉴，不致放言无忌"[85]。果报信仰充斥禁毁舆论，乃现实力量不足以遏制违禁小说戏曲蔓延的表征。果报具有威慑作用、道德导向和平衡心理三大功能。果报信仰认为，人无论独处还是群居、无论在明堂还是暗室,举念、出言、行事皆在上天监临之下,"祸福之报,各以类应"[86]。果报可以起到心灵威慑作用,促使小说戏曲的编撰者、传播者、观看者、点演者停止小说戏曲的编撰和传播活动,去恶从善。为了弥补现实中小说戏曲编撰和传播者并未遭受报应的缺憾,官方和道德之士还寄希望果报转移到小说戏曲编撰和传播者的灵魂、子孙和来世,既满足了心理平衡,也警醒违反者赶紧悬崖勒马。

总之,在果报信仰深厚的社会,通过宣传禁毁果报,官方和道德之士至少可以获得两个目的,一是惩恶以警策,二是扬善以效法。清代小说戏曲的兴盛,违禁小说戏曲屡禁不止,而创作、阅读小说戏曲属于私人行为,很难有效控制,道德之士只能编造大量针对创作、阅读小说戏曲的果报,试图遏止违禁,力挽人心。

三、果报禁毁舆论对禁毁活动的浸染

作为官方和民间禁毁小说戏曲活动的主要理论武器,果报禁毁舆论渗入到有清一代禁毁观念、方法和活动的方方面面,尤其表现为它是观念性禁毁和常态化禁毁的重要思想基础。

(一)强化了观念性禁毁

清代小说戏曲禁毁活动可分为制度性禁毁和观念性禁毁两种方式。制度性禁毁(Institutional prohibition)又分为官方制度性禁毁和民间制度性禁毁。官方制度性禁毁是以国家法律、谕令为指导开展的查禁活动,法律、谕令主要表现为《大清律例·刑律》《大清会典则例》《钦定吏部处分则例》《钦定台规》中有关查禁小说戏曲的则例,皇帝和各级官吏颁布的查禁小说戏曲的谕令、告示等。民间制度性禁毁是依据宗族、行会、善会善堂、自治团体等民间组织制定约章开展的查禁活动,约章主要表现为族规家训、乡规民约、学则章程等。观念性禁毁(Conceptual prohibition)是从思想认识上展开的查禁活动,即从思想上认为小说戏曲无益有害,应予以禁止编撰、传播和观看,刊本亦应销毁。观念性禁毁奖惩最重要的方式就是果报,即禁毁所谓的淫戏淫书得善报,反之,编撰、传播和观看所谓的淫戏淫书获恶报。为此,清代官方与道德之士编造了大量充斥果报的小说戏曲禁毁舆论,通过书刊或宣讲等方式广泛传播,其结果是无论官方还是民间,都有相当数量的人认为小说戏曲祸害无穷、参与查禁可积阴德获善报。例如,清代不少功过格将编撰、传播、观看小说戏曲纳入善恶考核内容,过格如"编撰一淫秽词说,百过。若以编撰射利,另论钱计过,出资刊刻者,计所费百钱一过,因而发卖取利,又计所得百钱一过"[87]。又如"习学吹弹歌唱,为一过""看传奇小说,为五过""看淫戏一次,为一过""倡演者,五十过"[88]"演淫戏一场,二十过。造淫书,千过"[89]。反过来积极禁毁则属于功格,"遇淫书屏不敢窥一功""毁一部淫书板三百功"[90]。果报信仰者认为,阴司所记功过,较上司所记功过,"效验更神"[91]。果报思想对观念性禁毁的强化主要表现为因害怕报应,不敢编撰、传播、观看小说戏曲,或编撰、传播、观看时心存顾忌,自我禁抑了涉嫌违禁的内容,甚者把小说戏曲当作善书,劝善教化。对此下文将有涉及,兹略。

(二)推动了常态化禁毁

表现在果报禁毁舆论和信仰把个人诉求与国家禁毁意志纽接起来。有清一代,官方把禁毁小说戏曲作为国家意志,著在法典。禁毁政策如何落实?靠谁落实?不外乎官吏、士绅和百姓。由于禁毁淫书淫戏,属于善举,官吏、尤其是士绅和百姓往往不是直接执行国家的禁毁法令,而是通过参与查禁活动以实现个人诉求——行善积德,获得善报。这种现象在清代中后期禁毁活动中十分流行,特别是笃信科举报应的绅士阶层。同治《金溪县志》载,嘉庆年间金溪县监生姚应韶累世积善,应韶一日与其父乘舟去重庆,途遇川水暴涨,二人落水,应韶抱其父"逐浪数里,遇小艇获救"。应韶认为此乃天佑,"宜益行善以答天眷"。此后,应韶在重庆等地广行善事,"并买毁淫书版数十种"[92]。晚清笃信禁毁淫词小说得科举及第报者甚众,汪景纯、潘遵祁等即为其中代表。道光十七年(1837),汪景纯追随潘遵祁、潘曾绶等人,集资在苏州、金陵捐资收毁小说及板片,并禀官永禁,"淫词小说书板,为之一空"。潘遵祁于1843年中举,1845年进士及第;潘曾绶于1840年中举,其子潘祖荫于1852年探花及第;1853年,汪景纯长子朝榮中举、次子朝棻举秀才。汪景纯认为,潘氏昆仲、自己儿子科举有成,皆应验了禁毁淫书传奇之报,"仰见昭昭者微善必录焉"[93]。潘遵祁和潘曾绶等人之所以积极"奔走书肆,劝化购焚"淫词小说,行善积德获科举及第报的信仰起着重要作用。苏州彭氏、潘氏皆为吴中著名科举世家和积善之家,彭、潘两家起于师生、后来联姻,两个家族都信奉行善积德获科举果报,潘遵祁的从祖父、曾进士及第的潘奕藻(1744—1815)认为,彭定求喜刊善书行世,迄今科第连绵,"积累非一日也"。他教导子孙:"汝等既要读书,清晨须虔诵《感应篇》《阴骘文》。"[94]如此家教,相当程度上孕育了潘氏一门行善积德的果报信仰:"行善与积福密切相连的因果感应之理成了潘氏族人共同遵奉的信念,并切实融入到他们的日常行为中。"[95]积善求报已经化为潘氏家族的自觉行为,销毁淫书是潘氏家族的善举之一。上海城隍庙编辑有《潘公免灾救难宝卷》,于咸丰五年(1855)出版,假借潘曾沂(1792—1852)之口,劝告世人,买毁淫书、禁淫戏、禁滩簧花鼓是该宝卷内容之一。在潘氏家族积善求报信仰和行动践履中,时人也认为毁淫书获科举及第报是潘氏家族科第不绝的要因。在果报信仰浓郁的社会,由于禁毁小说戏曲被视为大功德、大善举,一些人为行善积德而自觉参与禁毁,他们的内在动力并非执行国家禁令,但与官方整顿风化、挽救人心的要求一致，正是从这个层面上讲，果报禁毁舆论和信仰推动了禁毁小说戏曲活动的民间化和常态化。

四、果报禁毁舆论对文本形态的渗透

在果报信仰弥漫的社会，果报禁毁舆论还深入小说戏曲作者、传播者的脑际，影响他们的思维，进而影响小说戏曲的文本形态。

（一）对教化主题的推动

果报是古代小说戏曲主题的超稳定模式，大多数古代小说戏曲以果报来揭示主旨、劝善惩恶，孙楷第言："且藉小说以醒世诱俗，明善恶有报，天网恢恢，疏而不漏，则凡中国旧日小说，亦莫不自托于此。"[96]从创作心理上看，明清小说戏曲教化主题中果报思想的盛行，是小说戏曲教化功能的突出表现。如果从禁毁政策和禁毁舆论的背景着眼，则可见相当数量的情色小说戏曲是在用果报教化伪装成所谓的有补世教，一者规避查禁和舆论，遮掩淫词小说的污名，以便传播；二者舒解心理压力，毕竟宣淫既为伦理道德所不容，亦为果报所严惩，从而给出版者、编创者和接受者产生一种负罪感。果报惩戒对小说戏曲作者、传播者造成一定心理压力，束缚他们创作和传播的主动性，不乏例证。明末沈德符因害怕阎罗究诘、打下泥犁地狱，拒绝了冯梦龙和马仲良刊刻《金瓶梅》的请求[97]，致使《金瓶梅》出版行世延宕多年。晚清小说家江荫香说他不想把妓女姘戏子的猥亵情节写的太细，是不想让小说"变成一部淫书，即使年轻的欢喜看他，岂不自己伤了阴骘吗？"[98]换言之，江荫香出于阴骘考虑，自我禁抑了淫秽描写。果报禁毁舆论对作者造成心理压力在文本上的印迹，突出地表现在小说戏曲结尾处生硬地接上因果，曲终奏雅。所谓"结尾处生硬接上果报"，即在结局生硬嫁接的果报劝惩，与前文情节叙事及人物性格发展并无内在的逻辑联系。《杏花天》主人公封悦生放纵色欲、渔猎女色，结局仅因师兄"若仍前淫媾，不知回头，则永堕地狱不超"的劝戒，则幡然悔悟，终得善果。果报思想强调有因必有果，但《杏花天》作者并未在小说中为封悦生终得善果叙述出哪怕一点儿的"因"来，结尾处所谓的劝惩不过虚张其辞，纯属生硬嫁接。《绣屏缘》作者云："男女之际，人之大欲存焉。如今做小说的，不过说些淫污之事，后来便说一个报应。欲藉此一段话文，警戒庸俗。"[99]这正是"结尾处生硬接上果报"模式操觚者的夫子自道。在结尾生硬嫁接果报是明清艳情小说中流行模式，他如《浪史》《绣榻野史》的果报结尾，亦作如是观。明清不少艳情小说常在结尾处生硬嫁接果报，有作者或出版者"为艳情小说在大众文化中赢得一席之地"[100]的考虑，但也应该看到，在编撰淫词小说获恶报舆论流行的社会，结尾"生硬嫁接果报"还是作者对"编写淫词小说获恶报"畏惧心理的产物。毕竟，通过曲终奏雅、嫁接果报，淫词小说似乎就强行拉回了教化劝惩的正途，这样"风流写尽，可称淫"之小说，即可"以明报应，警戒后人"[101]。作者畏惧报应的心理压力和负罪感也就有所释然。

伴随果报禁毁观念的流行，晚清还出现了一批宣传禁毁观念的戏剧和小说，它们宣传的是点演淫戏、阅读淫书得恶报等果报禁毁观念，反之则获善报。余治《风流鉴》以惩诲淫为主旨，该剧叙唐克昌性喜风流，好阅《金瓶梅》和点演淫戏，"小说唱本案头摆"。周文彩的蒙师陈柳亭"淫词艳曲常吟咏""《西厢》《红楼》当秘本"，周文彩耳闻目染，"少年早已动了心"。一日，唐克昌之女月娥观看其父所点淫戏，春心萌动，遂与周文彩私奔，经官判罚，闹出家丑。余治编创该剧之目的是劝诫师长勿点演淫戏、不收藏和阅读淫书，否则"害人自害眼前报，出乖露丑误儿曹"[102]。即以收藏和阅读淫书、点演淫戏获子女淫佚和家门多丑声的报应来劝戒诲淫。《跻春台》为清代最后一部话本小说集，所收40篇小说皆以果报劝人。其中，《万花村》宣传妇女不要看戏观灯，《比目鱼》包含以不做优伶、不蓄养优伶为劝导。《万花村》开篇诗云"从来冶容将诲淫，何必看戏观灯"。小说叙封可亭之妻林氏因看戏，被好色的豪强单武遇见，单武遂谋夺林氏，将封可亭害得家破人亡。小说以善恶各有所报结束，"人巧于机谋，天巧于报应"。作者将封家肇祸之由归于林氏看戏："（林氏）只因错想看戏，惹下祸端，几乎害了丈夫。"[103]《万花村》的主旨之一就是以果报劝诫妇女勿观灯看戏。《比目鱼》的主人公刘藐姑被舅爷卖入戏班、学习唱戏，但藐姑誓死不甘下贱，坚守贞节，最终被皇帝封为节烈一品夫人。财主杨克明家富贪淫，逼娶藐姑，蓄养戏班，迷恋女旦颜本家，并将戏班接到家中演出，"那些戏子见他姬妾、女儿美貌轻狂，唱些淫戏引动春心，暗中遂成苟合"。最终杨克明因争抢女旦，闹出人命，家产荡尽，妻妾零落，本人沦为强盗，死于刑戮。《比目鱼》在歌颂忠孝节义的主题下，也在宣传果报禁毁观念，诸如刘藐姑不甘居贱为优，终享富贵；何志雄、毛本家夫妇逼人为优，压良为贱，卒致人财两空，死于非命；杨克明不得善终则肇始于看戏好色、迷恋女旦和蓄养戏班。这篇声称"于以知天之报施于人，固无丝毫之或爽也"[104]的小说，包含了不为倡优贱业获善报、蓄养戏班家门率多丑声、观演淫词艳曲妻女偿债之报等常见的果报禁毁观念。宣传果报禁毁观念的文言笔记小说数量更多，如上文所引扬州附生王某毁淫书获意外之财、宿松巨绅蓄养家班妻女淫佚等皆是，兹更举一例。陆长春《香饮楼宾谈·严笛舟回生》记载这样一个故事：1854年，严笛舟大病之时，恍惚入冥，在冥府见到自己的功过格，又看到自己胸前有两行大字："看淫书一遍，记大过十次。"昏迷中的严笛舟急呼家人将《红楼梦》《贪欢报》等书焚化。冥府中的笛舟再看自己胸前字迹已经消失。笛舟又见到其已位列仙班的母亲，其母劝导笛舟戒杀生、毁淫书、劝人毁淫书等，"谆谆数千言，不外《阴骘文》《感应篇》中语"[105]。这篇小说的主旨简单明了：收藏、阅读淫词小说会在冥府受罚，而改过迁善，或参与禁毁则可修德免祸，这是一篇典型的以地狱判罚宣扬禁毁舆论的小说。

（二）对情色描绘的解压

如上文言，在普遍信仰果报的社会，果报禁毁舆论或多或少会给小说戏曲编创者、传播者带来一定的心理压力。如果逆向思维，在小说戏曲中嫁接上果报，拉起教化的大旗，岂不就能一定程度上舒解编创者、传播者因编写和传播淫秽而产生的心理压力？按照恶有恶报理论，为恶大者其报应亦酷，这为夸大其词、铺陈性事的露骨描写提供了借口，为了彰显报应酷烈，首先要显露地描写淫情淫态，这就是以淫止淫、借淫说法。《肉蒲团》的作者认为，如果不刻画出未央生与众女子之奇淫，则"不足起下回之惨报"，"看到玉香独擅奇淫，替丈夫还债处，始觉此前数回不妨形容太过耳"[106]。于是，果报禁毁舆论给明清小说戏曲编撰和传播带来一定的负面、消极影响，令果报禁毁舆论的制造者和宣传者始料不及的是，不少张扬两性描写的作品正是打着果报的幌子，以色情谈因果，果报成为作者以淫止淫的合理借口和心灵舒缓剂。此方面，《绣榻野史》的作者吕天成已启其端。《绣榻野史》为明末著名淫书，"如老淫土娼，见之欲呕"[107]。小说结尾却说：

> 或曰："麻、金、赵固畜道也，而传之者，不免口舌之报，则奈何？"方束又曰："其事非诬，其人则托警世戒俗，何关罪恶！"[108]

"麻、金、赵"分别是小说中枉顾人伦、备极淫乱的麻氏，姚同心之妻金氏，麻氏之子赵大里。撰写、传播淫词秽语获口舌之报，这是明清社会的一般认识，据言《西楼记》的作者袁于令就获口舌之报"自嚼其舌，片片而堕"[109]。上引某人与方束的对话，实际上既是作者铺陈性事、以淫止淫的自辩，也是作者内心畏惧果报的自我舒解——用贪淫者或幡然悔悟或获得惨报作为劝戒，淫词秽语被抬至社会教化的高度，就与宣淫和恶报无关了，作者的畏惧心理也就有了些许宽慰。《姑妄言》是一部典型的写淫描秽、宣扬果报的小说，评点者林钝翁初读时，见其中夹杂许多淫秽描写，"不胜骇异"，认为都是不经之语，"复细阅之"，当明白作者是在以淫说法之后，不但欣然接受，而且赞誉有加，"以淫为报应，具一片婆心，借种种诸事以说法耳"[110]。换言之，正是果报主旨舒缓了夸张性描写带来的心理压力。有学者说：

> 然而，在"万恶淫为首"的舆论压力下，便信手捡起"国粹"——果报思想，当作遮盖布。也许就是这种缘故形成了中国小说性描写的"传统"，描写性无往而非色情狂，倘无色情狂即无性描写，既要描写性就要顶一块果报思想的大

招牌。[111]

这种认识很有道理，因为通观今天仍被禁止在中国大陆公开全本出版的数十部明清色情小说，除少数一二部外，几乎都有一个果报戒淫的幌子，这些小说的常见模式可以概括为：露骨的性描写+果报的结尾。弗洛伊德说，违禁行为所导致的某些危险可以通过赎罪（Atonement）和净化（Purification）行为而消除[112]。明清艳情小说多以果报结尾，一定程度上是作者试图净化文本以自我赎罪的显现，不少小说性描写的夸张露骨以及剧场中的色情表演，果报禁毁舆论也起到一定的推动之功，这对于果报禁毁舆论的制造者和提倡者而言，真不啻为一大反讽。需要说明的是，"露骨的性描写+果报的结尾"并非都是作者畏惧果报禁毁舆论自我禁抑的结果，其余伦理道德、国家法令、强调劝惩为艳情小说赢得一席之地等对作者自我禁抑的影响也不容忽视，只是这些因素在作者头脑中孰多孰少，实难臆测。

参考文献

[1][4][5][6][14][16][18][19][22][23][24][26][27][28][30][31][32][33][36][37][38][39][40][43][44][45][46][47][49][50][55][57][58][59][60][61][72][85][87][93][109]王利器辑录：《元明清三代禁毁小说戏曲史料（增订本）》，上海古籍出版社，1981年版，第384页、第329页、第415页、第418页、第390页、第387页、第415页、第416页、第379页、第376页、第406页、第388—389页、第410页、第377页、第392页、第393页、第381页、第411页、第253页、第382页、第383页、第388页、第404页、第383页、第379页、第377页、第378页、第372页、第393页、第374页、第369页、第387页、第400页、第411页、第388—389页、第382页、第100页、第194页、第252页、第398—399页、第380页。

[2]（清）余治：《得一录》，华文书局，1969年影印版，第830页。

[3]罗竹风主编：《宗教经籍选编》，华东师范大学出版社，1992年版，第191页

[7]王英志编纂校点：《袁枚全集新编》（第3册），浙江古籍出版社，2018年版，第329页。

[8]陈茂同：《中国历代选官制度》，昆仑出版社，2013年版，第292页。

[9]白文刚：《应变与困境：清末新政时期的意识形态控制》，中国传媒大学出版社，2008年版，第111页。

[10]王德昭：《清代科举制度研究》，中华书局，1984年版，第153页。

[11][81][90]徐梓编注：《劝学——文明的导向；戒淫——荒淫的警钟》，中央民族大学出版社，1996年版，第243页、第278页、第291页。

[12][13][17][20][34][35][42][56][80]张天星编著：《晚清报载小说戏曲禁毁史料汇编》，北京大学出版社，2015年版，第826页、第503页、第550页、第693页、第27—28页、第665页、第696页、第826页、第567页。

[15]（清）陈康祺：《郎潜纪闻初笔二笔三笔》（上），中华书局，1984年版，第64页。

[21]周德昌编：《康南海教育文选》，广东高等教育出版社，1989年版，第61页。

[25][54][83]朱一玄、刘毓忱编：《水浒传资料汇编》，南开大学出版社，2002年版，第126页、第169页、第328页。

[29]元周主编：《政训实录》（第11册），中国戏剧出版社，2001年版，第4004页。

[41]（清）石成金：《传家宝全集》，北京师范大学出版社，1992年版，第445页。

[48]朱一玄编：《红楼梦资料汇编》，南开大学出版社2001年版，第30页。

[51]（清）刘体恕撰，姜子夫主编：《吕祖全传》，大众文艺出版，2005年版，第119页。

[52]（唐）释道世撰，周叔迦、苏晋仁校注：《法苑珠林校注》，中华书局，2003年版，第529页。

[53]（明）田汝成撰，陈志明校：《西湖游览志馀》，东方出版社，2012年版，第477—478页。

[62]葛剑雄：《中国人为什么会有"因果报应"观念》，《北京日报》2010年2月1日，第20版。

[63]楼含松主编：《中国历代家训集成》（9），浙江古籍出版社，2017年版，第5622页。

[64]璩鑫圭主编：《中国近代教育史资料汇编 鸦片战争时期教育》，上海教育出版社，2007年版，第354页。

[65]丁文江、赵丰田编著：《梁启超年谱长编》，上海人民出版社，2009年版，第674页。

[66]（清）李嘉端：《序》，邹祖堂辑：《人生必读书十二卷》，清同治五年仁和周氏雪堂重刻本。

[67]朱维铮：《重读近代史》，中西书局，2010年版，第180页。

[68]（清）汪辉祖撰，王宗志等注释：《双节堂庸训》，天津古籍出版社，1995年版，第142页。

[69]《官箴书集成》编纂委员会编：《官箴书集成》（第五册），黄山书社，1997年版，第281页。

[70]夏清瑕：《另一种秩序——法律文化中的因果报应信仰》,《宁夏大学学报》（人文社会科学版）,2006年第5期。

[71]杨一凡、王旭编：《古代榜文告示汇存》（第十册）,社会科学文献出版社,2006年版,第566页。

[73]（清）陈宏谋辑：《五种遗规》,线装书局,2015年版,第381页。

[74]《官箴书集成》编纂委员会编：《官箴书集成》（第九册）,黄山书社,1997年版,第374页。

[75]元周主编：《政训实录》（第十一卷）,中国戏剧出版社,2001年版,第4013页。

[76]《禀下中丞稿》,《申报》1886年3月20日,第4版。

[77]吴震：《明末清初劝善运动思想研究·导言》（修订本）,上海人民出版社,2016年版,第5页。

[78]（清）佚名：《宣讲集要》,清咸丰二年福建吴玉田刻本。

[79]游子安：《从宣讲圣谕到说善书——近代劝善方式之传承》,《文化遗产》2008年第2期。

[82]张俊：《清代小说史》,浙江古籍出版社,1997年版,第166页。

[84]齐如山：《齐如山回忆录》,宝文堂书店,1989年版,第119页。

[86]（宋）李昌龄撰,郑清之等注：《太上感应篇集释》,中央编译出版社,2016年版,第331页。

[88]易木编著：《野史秘闻》,延边人民出版社,1993年版,第66—67页。

[89]（清）彭定求编著：《道藏辑要》（第10册）,巴蜀书社,1995年版,第40—41页。

[91]元周主编：《政训实录》（第十一卷）,中国戏剧出版社,2001年版,第3825页。

[92]（清）程芳、郑浴等修纂：《（同治）金溪县志》同治九年刻本,卷二十七第十六页上。

[94]《大阜潘氏支谱》,同治八年修,卷十九第三十一页。

[95]徐茂明：《士绅的坚守与权变：清代苏州潘氏家族的家风与心态研究》,《史学月刊》2003年第10期。

[96]许建平选编：《二十世纪中国文学史论文精粹：小说戏曲卷》,河北教育出版社,2000年版,第108页。

[97]（明）沈德符撰,侯会选注：《万历野获编》,北京燕山出版社,1998年版,第105—106页。

[98]梦花馆主江阴香撰：《九尾狐》,百花洲文艺出版社,1991年版,第76—77页。

[99]（清）雪樵主人编著：《双凤奇缘》，大众文艺出版社，1998年版，第574页。

[100]李明军：《明清艳情小说因果报应观念中的性别伦理》，《唐山师范学院学报》2007年第6期。

[101]《杏花天·结尾评语》，东京大学东洋文化研究所藏双红堂文库全文影像资料库《杏花天》抄本。

[102]（清）余治：《风流鉴》一卷，待鹤斋郑氏捐刻本。

[103][104]（清）刘省三著，张庆善整理：《跻春台》，百花文艺出版社，1988年版，第246页、第378页。

[105]陆林主编，钱兴奇选注：《清代笔记小说类编·神鬼卷》，黄山书社，1994年版，第366页。

[106]（清）李渔：《肉蒲团》，春风文艺出版社，2000年版，第133页。

[107]黄霖、韩同文：《中国历代小说论著选》（上册），江西人民出版社，1985年版，第234页。

[108]（明）情颠主人：《绣榻野史》，中州古籍出版社，1993年版，第230页。

[110]（清）曹去晶：《姑妄言》，中国戏剧出版社，2000年版，第1005页。

[111]韩进廉：《淫书界说》，中国广播电视出版社，1992年版，第260页。

[112][奥]西格蒙德·弗洛伊德：《图腾与禁忌》，赵立玮译，上海人民出版社，2005年版，第30页。

作者

张天星，文学博士，台州学院人文学院教授，研究生导师，主要研究方向：明清近代文学。

《双凤奇缘》在越南的流传

——以六八体诗传为中心*

王 皓

摘要：越南现存三种取材于王昭君故事的六八体喃文诗传，分别为《昭君新传》《昭君贡胡书》和《汉昭君事迹》，其实质都是对清代小说《双凤奇缘》的编译。越南诗传文学有较长的历史，其中多以中国的传奇、戏曲和小说为蓝本进行六八体编译，形成了越南民族文学创作的一个特色。《双凤奇缘》正是在这样的背景下被编译成多种诗传，用六八体喃诗的形式再一次塑造了昭君形象，可以说这是汉文学传播在越南实现本土化的一个典型。除昭君诗传外，越南文人还以昭君为题材撰写有汉文诗赋、喃文诗、曲谱等作品，用不同形式推动了王昭君故事在越南的广泛流传。

关键词：《双凤奇缘》；王昭君；越南；六八体诗传

清初雪樵主人所撰《双凤奇缘》，又题名《绣像双凤奇缘昭君传》《昭君传》《双凤奇缘传》等，共八卷八十回。此书以昭君和番的史实为题材，并充分借鉴了前代有关王昭君故事的话本、戏曲和小说，最终形成了讲述王昭君、赛昭君两位女主人公奇缘故事的长篇章回体小说。关于雪樵主人的身份和《双凤奇缘》的成书时间，黄毅认为"作者大概是一为书坊写作以谋生的下层文人"，成书很可能是在雪樵主人作序的嘉庆十四年（1809）[1]。而在《双凤奇缘》问世之后，因其内容宣扬大汉族主义并丑化胡人，而被清政府列为禁书。不过此书曾流传至越南，在阮朝维新六年（1912）阮性五等编撰的《新书院守册》中著录有"《昭君传》一部捌本，清雪樵主人"[2]。可知此本《昭君传》共八册，其八卷各编为一册。这是对《双凤奇缘》原书在越南流传的直接反映。但《双凤奇缘》在越南的流传还有另一种形式，即越南文人采用具有本土特色的六八体文学体裁，将其编译成多种喃文诗传。

---

*【基金】本文为国家社科基金重点项目"《越南古籍总目》编纂与研究"（项目批准号：21AZW014）的阶段性成果。

一、越南讲述昭君故事的六八体诗传

关于六八体，越南文人有较为详细的讲解。例如乔莹懋《琵琶国音新传序》说："我国国音诗始于陈朝韩诠，继乃变七七为六八，而传体兴焉。"[3]潘善美《南北史书咏序》说："我国诸儒尝取土音，著为诸传，其体上句六字，下句八字。上句用韵在第六字，连之后次上句第六字，韵续而叶之，连韵无穷。此体最佳，虽里巷儿女，亦可口传而咏之。"[4]范少游《国音词调序》说："我国音五七言诗，脚韵亦貌中国。惟歌吟用六八之体，别增腰韵，颇与中国不同。其体上短下长，平多仄少。……既便吟哦，复易记忆，此我国之绝妙体也。"[5]从中可见用国音赋诗始于韩诠，继他之后"变七七为六八"，都在第六字用韵，形成了六八诗体；此体在越南应用广泛，便于口传、歌咏和记忆。最主要的是，六八体是越南诗传文学兴起的一个先决条件。

所谓喃文诗传，也就是采用喃文诗体形式的事迹传，它往往以一个人物、一个时代为叙述的单元，在越南亦习称"国音传"[6]。《越南汉喃文献目录提要》（以下简称《提要》）中著录有六八体喃文诗传五十五种，主要讲述中越各色人物及故事，其中有较多作品是对中国的话本和小说加以"演音"或"演传"。如《玉娇梨新传》《平山冷燕演音》《二度梅传》《西游传》《刘元普传》《琵琶国音传》《白猿新传》《好逑新传演因》等，都是以六八体喃诗的形式演述中国小说的主体内容。这些作品中，有一种讲述工昭君故事的诗传被《提要》著录：

《昭君贡胡书》（又名《昭君新传》《昭君贡胡传》）。关于昭君的六八体喃诗传，汉喃两种文字间用。此书分四十段，讲诉粤州知府之女王嫱国色天香，才华横溢，被选为王妃，因父女二人得罪奸臣毛延寿，昭君被迫远嫁蕃国；在胡地，昭君借蕃王之手杀死毛延寿，释放被关押的汉将后，投河自杀以守节；其妹赛昭君（人名）借神力被选为正宫，领军伐胡，为姊姊报仇为汉室雪恨的故事。

此书在法国和越南共存印本四种：一本印于中国粤东佛山镇近文堂乙亥年（1875），惟明氏撰；一本佛山镇天宝楼印于乙酉年（1885）；一本题《昭君贡胡传》；一本题《昭君新传》。前三本藏于巴黎，皆由阮进康（号青松）撰于启定壬戌年（1922）；最后一本藏于越南。①

---

① 各本编号：河内VNb.70（题《昭君新传》），巴黎LO.VN.III.312（1875年）、BN.VIETNAMIEN.B.121（1885年）、SA.PD.2345（题《昭君贡胡传》）。见《越南汉喃文献目录提要》，第891页。

需要说明的是,《提要》对此书的记录存在一些失误和遗漏,应予以纠正。首先《昭君贡胡书》和《昭君新传》并非一书。《昭君贡胡书》在法国东方语言文化学院图书馆、法国国家图书馆东方写本部各藏一种,前者为"粤东省佛山镇近文堂藏板"在"乙亥年新刊",题署"惟明氏撰,堤岸和源盛发售",与《金岩词集》《瑞卿珠俊书集》《林生新书》三种喃文书合订为一本;后者为"粤东省佛山镇天宝楼藏板"在"乙酉年重刊",题署"嘉定省城明章氏订正",与《宋子尤传》《蓼云仙传》《范公菊花》《林生新书》《杨玉古迹》《赵五娘新书》《如西日程》七种喃文书合装为一函。可知《昭君贡胡书》是由惟明氏编撰,早在乙亥年(1875)就有新刊发行;此后再由明章氏订正,又在乙酉年(1885)被重刊发行。并非《提要》所说的法国所藏三种都是由阮进康编撰于启定壬戌年(1922)。从内容和形式来看,此二本完全一致,但并未细致分段,这也不是《提要》所说的内容由四十段组成。仅此二点足以说明《提要》所介绍的四十段作品明显与《昭君贡胡书》不符。另需说明的是,惟明氏与明章氏均指同一人,此人原名陈光光,越南南方安平村人,为阮朝大臣郑怀德之后。[1]在《提要》的著录中,经惟明氏编撰和订正过的诗传就有十余种[2],足见其精于诗传创作。

事实上《提要》所记录的是《昭君新传》,又称《昭君贡胡传》。此书在越南汉喃研究院图书馆和越南国家图书馆均有收藏,为同一版本,题署"启定癸亥夏"由"青松阮进康撰";在扉页题书名为《昭君新传》,正文首行抬头题书名为《昭君贡胡传》;内容分为四十段,均标有段数。问题在于此书是阮进康启定癸亥年(1923)编撰,而并非启定壬戌年。

可能由于《昭君贡胡书》和《昭君贡胡传》仅一字之差,所以《提要》才将其误认为是同一作品,但二书实际是关于王昭君故事的两种诗传。另外,在胡志明市人文与社会科学大学汉喃遗产搜寻与研究所藏有武春白杨从民间搜寻的《汉昭君事迹》一书,是不同于前二书的又一种六八体喃文诗传。此书撰者不详,书首有喃文《汉昭君辨说》一篇,文中语句云"翁阮杜目演于小说,出国语"云云,阮杜目疑为此书之编撰者。

总之,目前留存有三种与昭君相关的越南诗传,都是用六八体喃文的形式讲述王昭君贡胡的故事。

---

[1] 此说详见《越南汉喃文献目录提要》,第880页;又刘玉珺《越南汉喃古籍的文献学研究》,中华书局,2007年版,第128页。
[2] 惟明氏所编撰和订正的诗传有《陈大郎书》《南京北京传》《女秀才新传》《梅良玉书》《石生李通书》《三娘书集》《郎珠书全本》《蓼云仙传》《赵五娘新书》等。

二、昭君诗传的中国渊源

以上三种昭君诗传其实都源于清代小说《双凤奇缘》。从内容看，《昭君贡胡书》在正文第一句就提及《双凤奇缘》，直接表明了二者的关系；《昭君新传》分四十段，所演述的主要情节与《双凤奇缘》基本一致；在《汉昭君事迹》篇首的《汉昭君辨说》中提到《双凤奇缘》便有四次。这些都足以证明这三种作品均是将《双凤奇缘》改编为六八体喃文诗传。

从篇幅来看，昭君诗传与《双凤奇缘》相比都较短。如《昭君新传》有四十段、九百六十六句、一万三千余字，远不及《双凤奇缘》约十七万字的篇幅。对这部诗传的主要故事情节，可总结如下表：

《昭君新传》故事情节表

《昭君新传》[①]						
段次	句数	故事情节	段次	句数	故事情节
一	4	述古今才色，祸福变移云云	二一	26	昭君和番路上弹琵琶解怀
二	8	述昭君才貌、品行	二二	23	昭君出雁门关，感伤自恨
三	7	昭君在中秋梦见汉天子	二三	22	汉王见昭君血书伤情
四	25	汉王与昭君在梦中相遇	二四	35	昭君在九姑庙梦得仙衣护身
五	20	汉王遣毛延寿至越州选昭君	二五	35	昭君入番，番王斩杀毛延寿
六	14	王忠被责打，欲献昭君	二六	36	昭君骗番王，需造浮桥还愿
七	34	昭君思姻缘，同意应选	二七	24	昭君在番弹琵琶思乡
八	37	毛延寿使奸计，做假美人图	二八	24	白洋河浮桥搭建完成
九	34	鲁女被选，昭君入冷宫	二九	11	王龙见老臣苏武
十	31	昭君在冷宫弹琵琶述愁怨	三〇	11	昭君救苏武还朝
一一	18	昭君在冷宫愁叹、吟哦不已	三一	29	昭君别王龙，烧香时投河
一二	31	昭君与林皇后相会	三二	5	昭君投河后，不见尸首
一三	53	林后为昭君查证冤情	三三	25	昭君魂归汉朝，满朝悲恸
一四	18	汉王见昭君，令捉拿毛延寿	三四	3	咏叹红颜
一五	20	毛延寿逃走，鲁妃自尽	三五	17	赛昭君貌美，得仙人传法

---

① 引自越南国家图书馆藏印本，编为R.1916号。这里计前联（六字）和后联（八字）为一句。

（续表）

《昭君新传》					
段次	句数	故事情节	段次	句数	故事情节
一六	32	昭君入主西宫，王忠被救	三六	14	赛昭君入选正宫，请兵攻番
一七	32	毛延寿投番王，献昭君图	三七	34	大破番兵，番王就擒
一八	56	汉番起兵戈，汉朝失利	三八	10	得胜凯旋，共享太平
一九	26	番王再下战书，欲得美人	三九	14	赛昭君生太子，贺团圆
二〇	64	汉王同意让昭君和番	四〇	4	述忠孝，传后世云云

从中可见《昭君新传》的段落长短不均，将其与《双凤奇缘》对比，即知《昭君新传》所分四十段并非将《双凤奇缘》的二回并作一段，而是打破了原书八十回的庞大结构，为整个故事情节划分了新段落。比如《双凤奇缘》第一回"汉帝得梦选妃，奸相贪财逼美"，在《昭君新传》中就大致安排在第二至五段；《双凤奇缘》第二十一至四十三回写汉番交兵过往，在《昭君新传》中大都被融合到第十八段。另外，《昭君新传》还分别在首尾各设置了四句诗的开篇语和结束语，又在第三十四段用三句诗加以转折，引出赛昭君的故事。这些处理都说明《昭君新传》并不是对《双凤奇缘》中的所有内容进行一成不变的翻译，而是有所裁剪和加工。

《昭君贡胡书》比《昭君新传》的篇幅还短，但其中照录了一些《双凤奇缘》中的诗词。这里试举几例，比如《昭君贡胡书》在写昭君对月弹琵琶一曲时，先说"琵琶弹曲秦宫解愁"，其后载录汉文曲辞云：

日落西山生五兔，月儿高照少人行。粉蝶儿花心去宿，黄莺儿树底安身。下山虎归山入洞，山披羊到晚归林。夜航船傍江儿水，杏花布满前村。牧童儿斜骑牛背，要孩儿放学回程。懒秀才回归书院，红娘子别起辰灯。傍妆台除头脱脚，小桃红衬垫枕衾。迎仙客吹弹歌舞，香柳娘把盏殷勤。沾美酒且助诗兴，醉扶归寻觅佳人。孤雁儿失群觅伴，点绛唇比桃根。太师引朝堂坐理，二郎神斩逐妖精。红衲袄披在身上，皂罗袍织就飞金。谒金门文官武将，朝天子万岁齐称。[7]

此曲辞出现在《双凤奇缘》的第十一回"见西瓜吟诗散闷，踏夜月忆古伤情"之中，当时昭君身处冷宫，内心烦闷；一夜见明月当空，想起孟姜女的故事，感叹不已；遂弹琵琶一曲，以诉说心中的苦楚。

又如载录昭君分别写给汉王、正宫林后和父母的三封书信，云：

　　临行分袂是何言，妾却痴心候塞边。云雁寄书无复信，汉宫嘱语付流泉。故邦寓目千余里，北国相思十八年。欲问当初相对语，梦魂芳菲在君前。（第一封）

　　虽非同姓沐恩深，姊妹相称胜嫡亲。贤后代奴筹万算，君王视妾路旁人。此心惟有存贞烈，好体何能乱礼伦。欲望相逢同聚首，除非一梦认全身。（第二封）

　　父母恩同天地高，此身未报意牢骚。因贪富贵花添锦，徒起刀兵血染袍。甘旨无人虔供养，梦魂何处会儿曹？椿萱未卜何康健，休想孤鸿候碧霄。（第三封）[8]

这三封书信出现在《双凤奇缘》的第五十八回"弹琵琶代病思乡，嘱御弟含悲生别"之中，当时昭君在番已十六载，番王逼其成亲；昭君顾念名节，已有死念；一日昭君召王龙进宫，将其写好未封的三封书信交付他带回汉朝。

再如载录昭君所作《断肠词》云：

　　千金体，都休说。傍妆台，镜光裂。两国兵戈不休歇，累得娇容葬鱼鳖。苦相思，心哽咽，满腹愁肠泪出血，无由一面吐中情，忙把行李多打折。忆汉王，苦愁撒，全无片甲一兵临，辜负青春好时节。[9]

此首词出现在《双凤奇缘》的第五十九回"深宫夜坐苦怨汉王，浮桥烧香悲诉求神"之中，当时昭君为守名节，决意赴死，打算借烧香为由在浮桥上跳河；但不想番王定下明日烧香，昭君想到自己只剩一夜可活，思绪纷乱，便写下这首词。与《双凤奇缘》相对比，这些诗传中所转录的汉文诗词都存在少许错字和漏字，但其在诗传中所出现的情景是与《双凤奇缘》一致的。

另外，《昭君贡胡书》还将《双凤奇缘》中的诗句做了喃译。比如第四十八回"芙蓉岭王龙和新诗，太行山土地逐大虫"中，昭君与王龙作诗唱和，她借"芙蓉"二字吟诗曰："芙蓉根自种江中，水面沉浮有玉容。妾与芙蓉同一体，如何人不看芙蓉。"[10]此诗被喃译为"芙蓉槵榊蛐冲滝，墨渃沉濡酾色容。妾呗芙蓉同没劢，叨牢趴庄睨芙蓉"。由此可见，《昭君贡胡书》对《双凤奇缘》中的诗词做了两种处理：一是照录原文，二是加以喃译。

所以，以上两种诗传是根据《双凤奇缘》采取了不同方式的编译。《昭君新传》将《双凤奇缘》中的故事情节整合为四十段，以六八体喃诗形式讲述；《昭君贡胡书》则将其融为一篇，不只采用六八体喃诗，还照录和喃译了《双凤奇缘》中的部分诗词。而《汉昭君事迹》又与二者不同，相较其篇幅最短，对内容既不做分段，也未照录或喃译《双凤奇缘》中的诗词。这就是说，当《双凤奇缘》传入越南后，至少有三人对其进行了不同方式的六八体编译。

对于六八体诗传，这里有三点需做说明：第一，越南将中国的传奇、戏曲和小说等作品编译为六八体诗传有较长的历史。如《潘陈传重阅》篇首题序说："我国古传演音歌，古盖有之，而辞亦古矣。自遂庵、休叟以《潘陈传》昌盛之，而其后《翠翘》《秀渊》《宫怨吟》《征妇吟》诸继作盛焉。"[11]又如乔莹懋《琵琶国音自序》说："溯其初因传奇以立传，则自《玉簪记》始。相传才女段才点所译，实则前黎进士杜公有恪原草也。继则罗山阮辉似公《花笺记》，琢句有工，措辞多晦。极而至仙田公《金云翘》，其间不无为韵所强，而充赡典雅，脍炙人口。有谓《花笺》警世语，《金云翘》涉世语，可谓定案。其余《二度梅》《玉娇梨》等，外间多隽雅可诵，而意浅辞陋，俗气未尽。是岂尽我诸贤之过哉，亦北人技痒，灾梨祸枣之所遗也。至于《征妇吟》《宫怨曲》，佳则佳矣，要之因事感发，一吟一咏之间，非有成传，求乎兴观群怨，未尽畅也。"[12]序中所述《潘陈传》是改编自明代传奇《玉簪记》，《翠翘》或《金云翘》源自青心才人的小说，其余如《花笺记》《玉娇梨》《二度梅》等，都是对中国小说和曲本的改编。可见越南文人对大批中国文学作品的改编并不是简单翻译，而是要在遣词达意上有所追求，力求通过六八体诗传形式向国人传达这些作品的内在魅力。

第二，越南将中国作品改编为诗传会做一些适当增减。比如乔莹懋据高明《琵琶记》撰成六八体喃诗传《琵琶国音传》，他在序中讲道："不辞鄙陋，当无聊中，因其意而译之，惟求简易，明作者之苦心焉耳，非敢有激扬于其间也。间有增者，则以高君旧曲原为梨园，脉络间隔，增之所以联而接之耳。其有减者，则以高君元作为讽王曲，辞多激露，亦有不可为训者，减之所以去其甚而归于中也。"[13]所谓"因其意而译之，惟求简易"，就是说所撰主要是发扬《琵琶记》的大意，以求简明扼要。其中做了增减处理，即将《琵琶记》各出戏连缀成一篇诗传，并减去了其中过激的言辞，但终究是"非敢有激扬于其间也"。这就是说，越南文人将中国戏曲、小说编译为诗传，主要是去繁就简，述其大意。

第三，越南将同一部中国作品改编为多种诗传的事例并不鲜见。例如将中国传奇《白猿传》改编为六八体喃文诗传《白猿尊各传》，又改编为七言体喃文诗传《林泉奇遇》；二者所选用的体式不同，但都比较完整地讲述了白猿和尊各的故事。又如对清代小说《二度梅》做了多种改编，有邓春榜编撰《改译二度梅传》、惟明氏编撰《梅良玉书》以及

《二度梅精选》《二度梅演歌》《润正忠孝节义二度梅传》等，都是对《二度梅》的六八体编译。这些事例说明：中国的一些文学作品同时会得到多位越南文人的编译，从而产生出风格不同的喃文诗传。

上述三点体现了越南的诗传创作是备受时人推崇的一项文学活动，其作品取材于各类人物及故事，尤其多以中国的传奇、戏曲和小说为蓝本进行编译，呈现出了越南文学创作的一个本土特色。《双凤奇缘》正是在这样的创作氛围中被编译成了多种诗传，用六八体喃诗的形式使王昭君故事在越南得到更为广泛地传播。

三、与昭君故事相关的越南汉喃作品

在昭君诗传之前，越南早已有歌咏昭君故事的喃文诗词。《大越史记全书》载陈朝英宗兴隆十四年（1306），"夏，六月，下嫁玄珍公主于占城主制旻。初，上皇游方幸占城，而业许之。朝野文人多借汉皇以昭君嫁匈奴事，作国语诗词讽刺之"[14]。此事之缘由在《钦定越史通鉴纲目》中有较详细的记录，说："初，上皇游方，如占城，约与婚。制旻寻遣其臣制蒲苔等，奉表进金银奇香诸异物请昏。朝臣以为不可，独文肃王道载主其议，陈克终赞成之。制旻寻请以乌里二州为纳征仪。帝意遂决，以玄珍公主归于占。文人多借汉下嫁匈奴乌孙之事，作诗讽刺之。"[15]可见早在14世纪初期昭君故事就已成为喃诗创作的题材，而这距离越南国语赋诗兴起的时间不远。《大越史记全书》载陈朝仁宗绍宝四年（1282），"时有鳄鱼至泸江，帝命刑部尚书阮诠为文投之江中，鳄鱼自去。帝以其事类韩愈，赐姓韩。诠又能国语赋诗，我国赋诗多用国语，实自此始"[16]。这说明，用国语赋咏昭君故事是与当时国语赋诗的风气密切相关的。不过此时所赋之诗实为七言体，后来如乔莹懋所说："我国国音诗始于陈朝韩诠，继乃变七七为六八，而传体兴焉。"所以从文体发展的角度来看，陈朝人以昭君故事所作之国语诗是与阮朝人所作之昭君诗传存在着文体关联的。

六八体的另一种类型是"双七六八"体，即七言七言六言八言相间的韵文体裁。今在越南国家图书馆和汉喃研究院图书馆均藏有《美女贡胡》一书，据福安堂藏板印于启定六年（1921），作者不详[17]。此书内容是双七六八体喃诗，讲述女主人公红颜薄命，虽然是天生丽质，却要被迫和番，致使其不能和亲人团聚，美好姻缘也被无情的拆散。其中有一句感叹道："昭君江下杏元投河。"深切地表达了对王昭君、陈杏元等女主人公和番遭遇的吟咏和叹惜。前文已述《二度梅》与《双凤奇缘》一样都被编译成多种诗传，足见此二书对越南的文学创作曾产生过较大影响，其相关作品也给越南读者留下了深刻的印象，那么这部《美女贡胡》或许可视作一篇饱含深情的读后感。

对昭君故事感慨最多的作品是汉文诗歌。在中国，历代歌咏昭君的诗歌数量众多，比如郭茂倩在《乐府诗集》中就收录有五十余首，清人胡凤丹在《青冢志》中收录有五百多首。越南也不乏题咏昭君的诗作，与中国的昭君诗在主题上有许多共通之处。这里试举几例，比如后黎朝诗人蔡顺写有三首题咏昭君的诗：

《昭君出塞》：南来程尽北来程，南北那堪怅别情。万里汉天花有泪，百年胡地马无声。一团罗绮伤春老，几曲琵琶诉月明。分付君王安枕卧，愁城一片是长城。

《汉与匈奴和亲》：汉家天子重和亲，猎父宁知不可训。鸿雁纵能通信使，琵琶犹有恼佳人。捐躯竟负横行将，忧国终惭劻勷臣。争似周王征猃狁，蚊蝱一逐万方春。

《昭君出塞图》：落尽红颜感翠娥，西风泣别汉山河。琵琶一曲千年恨，留与当时作凯歌。[18]

这三首诗描述了昭君和番所表达的惆怅与思乡之情，也寄托了她的期许，所谓"愁城一片是长城""争似周王征猃狁""留与当时作凯歌"，鼓励朝廷能强大自我，而不是用和亲来换取短暂的和平。在中国的昭君诗中，"怨恨"主题尤为显著，如宋人陈普说："王昭君诗人模写多矣，大率述其嫁胡之悲哀。"[19]又元人张翥说："昔人赋昭君词，多写其红悲绿怨。"[20]由怨生刺，如东方虬《王昭君》云："汉道初全盛，朝廷足武臣。何须薄命妾，辛苦远和亲。"[21]卢昭《题昭君出塞图》云："草黄沙白马如云，落日悲笳处处闻。此去妾终心许国，不劳辛苦汉三军。"[22]贡师泰《题出塞图》云："沙碛微惊数骑尘，汉廷便欲议和亲。当时卫霍兵犹在，未必君王弃妾身。"[23]都以昭君的口吻述说心中的怨恨，讽刺朝廷的和亲政策。可见蔡顺的这三首昭君诗，在主题上与中国的一些昭君诗是一致的。

越南燕行使臣在使行途中见昭君墓时多咏怀古之诗。如使臣潘辉益《昭君墓》云："秦城岭畔草蒙茸，见指明妃葬陇中。毳帐纵然怜薄命，香奁何似老深宫。柳眉零落含秋露，禽韵凄清咽朔风。千古谩仇延寿画，非常颜貌笔难工。"[24]认为昭君远嫁塞外和终老深宫并没有什么不同，都是对红颜的摧残；还认为世人无须仇恨毛延寿，因为区区画笔又怎能描绘出昭君的美貌。这与王安石《明妃曲》中所云"意态由来画不成，当时枉杀毛延寿"[25]的表达有相似之处，不过王安石的用意主要是讽刺君王不辨真相。又如使臣段浚《昭君墓》云："汉代佳人何处墓，胡沙匝面满天昏。黄泉不洗丹青恨，绿草空留涕泪痕。环珮归声虚夜月，琵琶怨曲绕山村。红颜命与春花落，惆怅风前吊古魂。"[26]叹惜昭君红颜薄命，纵使她已远赴黄泉，却抹不去这遗留千年的"琵琶怨曲"和"丹青恨"。

在高伯适诗作中也有三首昭君诗，如《明妃出塞》云："何事娥眉泣此身，胡城空望汉城春。当年不与单于嫁，谁识宫中第一人。"又《王昭君》云："直至登车将欲行，始知宫里有倾城。自非当日和番主，争著千秋绝色名。青塚依然炎汉土，乌孙不尽故公情。君王毕竟诛延寿，蒙蔽何曾到圣明。"[27]站在另一角度认为昭君没有怨恨的必要，若不是和亲，昭君的美貌只能埋没在深宫之中，又怎能留下"千秋绝色"的美名。这种思想在中国诗人中早有类似表达，如唐人王睿《解昭君怨》云："莫怨工人丑画身，莫嫌明主遣和亲。当时若不嫁胡虏，只是宫中一舞人。"[28]可以推测高伯适这两首诗的立意大概是受中国昭君诗的影响。又如高伯适《毛延寿丑画昭君》云："不是朱青错点颜，良工忧爱一心丹。美人自古能倾国，故为君王送出关。"[29]这首诗的立意与高明《昭君出塞图》相似，其中有诗句云："纲常紊乱乃至此，千载玉颜犹可耻。蛾眉倘不嫁单于，灭火安知非此水。"[30]都表达了红颜误国的思想。另外，还有阮劝的《昭君出塞》《昭君思汉》，张广溪《昭君》，苇野的《明妃》《戏拟昭君出塞》等，都是题咏昭君故事的佳作，其主题与中国昭君诗也多有相似之处。这说明，在具有相同汉文化背景的越南，其昭君诗的主题大多是与中国昭君诗共通的。

越南以昭君为题材的作品类型多样。比如周臣撰有《昭君出塞赋》一篇，描写昭君出塞的离愁别恨。略云：

> 红尘一骑，白雪重关。怅佳人之一去，嗟何日以再还；纷别恨于长亭，借问谁猜国色。……谁料丹青落笔，能误红颜；翻教粉黛佳人，于归紫塞。身辞锦帐，路出沙场，汉天日远，胡驿途长。……何堪袅袅风凄，凉吹妾面；只见霏霏雪冷，愁断人肠。人物顿殊，景情互异，山过万重，途经千里。胡马悲鸣，塞笳乱吹，吟叫成群，萧骚四起。水流花谢，总属关情，月落乌啼，俱成有意。惆怅他乡景色，旅思如何；凄凉客地风尘，女心欲醉。……迟迟仙禁日长，谁怜关塞；寂寂沙场雪苦，易老婵娟。黯然含愁，悠然咏叹。晓猿鸣兮闻情，夜鹤啸兮宫怨。已定章台之柳，生必留胡；未还合浦之珠，死犹思汉。……千年青冢，春意犹存，一曲南音，乡心欲断。吁嗟乎噫嗟，光阴兮易过。此行倘息干戈，敢辞绝域；再世若樱粉黛，定许回家……[31]

讲述昭君天生国色，却要被迫出塞和番；历经千山万水，饱受风霜雪雨，一路愁思不断。整篇赋都透露着悲凉和哀怨，可以看出作者对昭君的遭遇满含同情和叹息。

还有关于昭君故事的曲谱。今在《琴歌妙谱》和《怡情雅调》中各有一支工尺谱，题名为《昭君出塞曲》和《昭君曲》：

> 合四上合四上。四上工上工尺。尺工六六六五五五六五六工尺。尺工六。
> 五六工尺六工尺。六工尺上。合四上。上四上。尺工尺上合。[32]
> 合四上。合四上。尺上四上。四上工。上工尺。尺工六。[33]

二曲有较多重合之处，第二曲六句中有五句与第一曲相同，可见二曲必然存在某种联系；如果说第一曲是完整版，那么第二曲就是简编版。

综上所述，这些以昭君为题材的汉喃诗赋、曲谱等作品，都是对王昭君故事在越南流传的生动体现。王昭君的史实和传说在越南的传播过程中，成为汉文学和民族文学创作中的一个重要素材，所产生的诸多以昭君为题材的汉喃作品，从不同角度推动了昭君故事在越南的广泛流传，使之成为一位被越南社会所熟知的历史人物。尤其当《双凤奇缘》传入越南而被改编为多种喃文诗传的事件，充分展现了越南民族文学的特色，可以说这是汉文学传播在越南实现本土化的一个典型。

参考文献

[1]黄毅：《双凤奇缘》前言，《古本小说集成》，上海古籍出版社，1990年版，第1—2页。

[2]［越］阮性五等：《新书院守册》，越南汉喃研究院图书馆藏抄本，编为A.2645/1—3号。

[3]［越］乔莹懋：《琵琶国音新传》，越南汉喃研究院图书馆藏维新壬子年（1912）河内行桃街盍轩印本，编为AB.272号。

[4]［越］潘善美：《南北史书咏》（又名《咏南北书史歌》），编撰于咸宜元年（1885），现有越南国家图书馆藏抄本，编为R.582号。

[5]［越］范少游：《国音词调》，越南汉喃研究院图书馆藏抄本，编为Nc.295号。

[6]王小盾等主编：《越南汉喃文献目录提要·王序》，台湾"中央研究院"中国文哲研究所，2002年版，第31—32页。

[7][8][9]［越］惟明氏：《昭君贡胡书》，法国国家图书馆东方写本部藏印本，编为VIETNAMIEN.B.121号。

[10]（清）雪樵主人：《双凤奇缘》，刘世德等主编：《古本小说丛刊》第十七辑，中华书局，1991年版，第2158—2159页。

[11]［越］莲庵先生：《潘陈传重阅》，法国远东学院图书馆藏维新壬子年（1912）

重印本，编为VIET/B/Litt.8号。

[12][13]［越］乔莹懋：《琵琶国音传》，越南汉喃研究院图书馆藏抄本，编为AB.133号。

[14][16]［越］黎文休、吴士连等著，陈荆和编校：《大越史记全书》，东京大学东洋文化研究所1982年版，第388页。

[15]［越］阮朝国史馆编辑：《钦定越史通鉴纲目》正编卷八，越南汉喃研究院图书馆藏印本，编为A.1/1—9号。

[17]［越］阙名：《美女贡胡》，越南国家图书馆编为R.1940号，汉喃研究院图书馆编为VNb.74号。

[18]［越］蔡顺撰，蔡恪敦编辑：《吕塘遗稿诗集》，越南国家图书馆藏抄本，编为R.318号。

[19][25]傅璇琮等主编：《全宋诗》卷三六五〇、卷五四一，北京大学出版社，1995年版，第43809页、第6503页。

[20]（元）张翥：《昭君怨序》，唐圭璋《全金元词》，中华书局，1979年版，第1023页。

[21][28]（清）彭定求等编：《全唐诗》卷一九、卷五〇五，中华书局，1960年版，第212页、第5743页。

[22]杨镰主编：《全元诗》第五十册，中华书局，2013年版，第61页。

[23]杨镰主编：《全元诗》第四十册，中华书局，2013年版，第313页。

[24]［越］潘辉益：《星槎纪行》，《越南汉文燕行文献集成》第六册，复旦大学出版社，2010年版，第231页。

[26]［越］段浚：《海翁诗集》，《越南汉文燕行文献集成》第七册，第75页。

[27][29]［越］高伯适：《高伯适诗集》，法国远东学院图书馆藏抄本菲林片，编为EFEO.MF.I.338（A.210）号。

[30]（清）顾嗣立编：《元诗选》三集，中华书局，1987年版，第443页。

[31]［越］阙名：《赋集》，越南国家图书馆藏抄本，编为R.481号。

[32]［越］阙名：《琴歌妙谱》，越南汉喃研究院图书馆藏维新己酉（1909年）印本，编为AB.223号。

[33]［越］阙名：《怡情雅调》，越南汉喃研究院图书馆藏抄本，编为AB.446号。

作者

王皓，文学博士，温州大学人文学院副研究员，主要研究方向：域外汉文献与文学。

从《窦娥冤》看中国悲剧的特点与问题*

李映冰

摘要：《窦娥冤》作为中国悲剧的典型代表，在命运无常、奋起抗争、悲惨结局方面与西方悲剧有着共性。但因为主体意识未能确立，自由意志并未觉醒，因而在抗争不公的同时成为不公的维护者，中国悲剧因而和西方悲剧存在本质性差异。分析中国悲剧的特点可以发现，儒家支撑维护的封建礼教是问题发生的根本原因。

关键词：《窦娥冤》；悲剧；主体意识；自由意志；抗争

王国维认为："明以后，传奇无非喜剧，而元则有悲剧在其中。……其最有悲剧之性质者，则如关汉卿之《窦娥冤》、纪君祥之《赵氏孤儿》，剧中虽有恶人交构其间，而其赴汤蹈火者，仍出于其主人公之意志，即列之于世界大悲剧中，亦无愧色也。"[1]这里的重要论断是，《窦娥冤》因其"赴汤蹈火出于主人公之意志"，因此可列于世界大悲剧中。朱光潜、钱钟书、鲁迅则认为，中国并没有严格意义或真正意义上的悲剧，因其不彻底性。两种观点是有分歧的。如何看待这种分歧，冰心的说法给我们启发，她讲："悲剧必是描写心灵的冲突，必有悲剧发动力，这个发动力，是悲剧主人公心理冲突的一种力量"，"悲剧必有心灵的冲突，必是自己的意志，所以悲剧里的主人翁必定是位英雄"[2]。按照主人翁是英雄这个标准，《窦娥冤》似乎够不上悲剧，因为窦娥确非英雄；但是，谁又能说《窦娥冤》不是悲剧呢？揭示《窦娥冤》如何是悲剧，又为何是不彻底的悲剧，乃本文之宗旨。

一

鲁迅讲："悲剧是将人生的有价值的东西毁灭给人看。"《窦娥冤》就集中表现了有

---

*【基金】本文为甘肃省社科规划项目"文学意识形态论的发生、流变与形态研究"（编号：20YB076）的阶段性成果。

价值的东西是如何被毁灭的——窦娥从小被父亲卖掉，不到20岁与婆婆一道守寡，最后遭受冤屈被杀。这样看，《窦娥冤》足以称为悲剧。问题是，我们认定《窦娥冤》为悲剧的标准是什么？是命运多舛结局悲惨吗？或者，能称为悲剧的，尚需一种抗争精神在其中。

可以明确的是，西方悲剧是以抗争为主题的。实际上，这是西方文化的基本特质。中国文化中的这种抗争精神，遗存并表现在古代神话中，比如夸父逐日、精卫填海、大禹治水……这种精神随着周文明，即礼乐文明的建立，随着儒家不断为周文明进行合法性证明，其原有的抗争精神被消解。而以血亲为纽带，以圣王为核心，以等级为特点的伦理型文明同时被建立起来。在这种文明形态中，抗争精神是不被提倡的，所有的抗争就是对血亲纽带的破坏，是对圣王崇拜的破坏，是对整个伦理秩序的破坏。因此，从周朝建立开始，从儒家思想逐步确立为华夏文明的核心理念，以抗争精神为内核的悲剧精神也就从这个文明中淡出了。

那么，当窦娥呼喊："地也，你不分好歹何为地？天也，你错勘贤愚枉做天？"难道不是一种抗争精神的体现吗？一种观点认为，窦娥的呼喊是对封建礼教的控诉，是抗争。一种观点认为，窦娥的悲愤不过是一种情绪上的宣泄，算不得抗争。我想还可以有第三种观点，即一种不自觉、不彻底的抗争。这样讲的原因是，抗争需要两个前提条件，一个是抗争的主体，一个是作为抗争对象的客体。无论主体、客体，只有在主客体分离的情况下才会出现。主客体是互相依存的，不能单独存在。而在中国天人合一的文化形态中，主客体是没有分离的，因此，这个抗争的主体和客体其实同时是缺位的。因此，抗争确实是有的，无论称之为情绪的宣泄，或者对礼教的控诉；但同时，也是不自觉的，因此是不彻底的。

所谓不自觉是讲，主体意识并没有确立。总体看，中国人的自我意识、身份认同是模糊的，表面上是独立的个体，实质上是混迹在人群当中，是群体的一分子。这一分子的价值只有在群体当中，通过群体才能显现出来，而无法以个体的身份显现出来。这个意义上的反抗，自然是不彻底的，因为并不知道反抗的对象是谁？这个不明确的反抗对象，在窦娥那里表达为"天"。至于天是什么？窦娥其实是不清楚的。我们试着帮她来分析一下。汤一介先生对中国哲学中的天有三重解释：1.主宰之天（有人格神义）；2.自然之天（有自然界义）；3.义理之天（有道德义）。其实，这三重解释分别对应着文明发展的三个阶段或三种形态，即神话的、自然的、伦理的，那么，作为一个自我意识仍然模糊的个体，他或她又可以去反抗这其中的哪一个呢，还是全部反抗？具体到窦娥，她在反抗的是义理之天，即封建礼教意义上的天，以皇帝为代表；还是主宰之天，即民间所谓的天神，以玉皇大帝为代表；或者自然之天，即客观存在的这个世界。我们很难下一个准确的判断。因为，窦娥和所有这些意义上的天，其实是没有分离的，是统一在一起的。因此，窦娥的反抗就只能是不彻底的。

这种不自觉、不彻底的反抗，进而形成了对天命、对封建伦理的维护。窦娥讲："我一马难将两鞍，想男儿在日曾两年匹配，却教我改嫁他人，其实做不得。"窦娥从来没有想着去改变自己的命运，甚至以自己悲惨的命运为荣。对于婆婆的动摇，窦娥可谓苦口婆心"婆婆也怕没的贞心儿自守，到今日招着这村老子领着个半死囚"，极力用"妇无二适之文"的妇道坚定婆婆的信念。儒家思想对个体的规训是以礼的形式来实现的，而个体自我规训完成的标志是以仁来体现的。具体到窦娥，则是以贞洁烈妇为价值取向。至于个人的生活、幸福和未来，窦娥视为自己应付出的代价。如果有人挑战她的这些价值观，她也很乐意让那个人成为她坚守的封建礼教的代价。按杨健的说法"《窦娥冤》一剧充斥着宣扬封建道德的气氛"，对窦娥这一人物形象的赞誉"表达了民间大众坚持封建传统的顽强意志"[3]。在这种价值观的熏染下，被伤害者随时会变身为施暴者，向那些挑战了伦理法则的人施暴，因此使自身成为封建道德的维护者。

这种维护最惨烈的表现就是窦娥临刑前发下三桩誓愿，并且坚信："若没些儿灵圣与世人传，也不见得湛湛青天。"窦娥到死都没有弄清楚，杀死她的，其实就是她所信奉的那个"青天"。窦娥在沉冤昭雪后唱道："从今后把金牌势剑从头摆，将滥官污吏都杀坏，与天子分忧，为万民除害。"她始终没有弄明白的是，天子和滥官污吏其实是一伙人——那个为她昭雪的，其实就是杀死她的，那个把她一步步拖入深渊的社会并没有因为她的死而发生任何改变。

二

在《窦娥冤》《汉宫秋》《赵氏孤儿》《桃花扇》《雷峰塔》等古典悲剧中，主要人物总是分属善恶两极，他们或忠或奸，其道德属性十分明显。有研究者指出：在中国悲剧中，人物成为某种道德理念的化身，由是造成矛盾双方冲突性质的单一化，即以善恶伦理冲突为主要乃至唯一意义内涵[4]。这个与西方悲剧是不同的。

我们试以亚里士多德对于悲剧的定义为样本来分析西方悲剧的一般特点。亚里士多德讲："悲剧是对一个严肃、完整、有一定长度的行动的摹仿，借以引起怜悯与恐惧。"[5]

如何理解"模仿"。首先需要明确，模仿是主客二分的思维方式使然。主客二分是西方哲学产生的一个标志。苏格拉底讲认识你自己，其中的一个含义就是主客二分，而主体成为一个有待观察的客体。如果没有主体从世界当中分离处理这个过程，则西方哲学是不能发生的，相应的，模仿也是不能成立的，而悲剧也是不能成立的。具体到悲剧，则是把现实生活视为一个观察的对象。于是，对现实生活的模仿就成为悲剧。因此，就有两种选择，或者思考这种常态的合理性，尝试改变这种常态；或者安于这种常态，接受这种常态。比较而言，中国戏剧、中国文化选择了后一种，与现实妥协，大团圆的结局既是对于未来的美好愿望，也带有自我麻醉的意味。而西方戏剧、西方文化选择了第一种，即与现实做不懈抗争。鲁迅所谓直面惨淡的人生、淋漓的鲜血，是对西方悲剧精神的准确描述。

如何理解"严肃"。包含两个方面，一方面如西班牙戏剧之父维加所讲："悲剧摹仿帝王贵人的行动。"另一方面如苏格拉底所言："未经反省的人生不值得过。"两句话合起来就是，悲剧模仿的是帝王贵人经过反省的人生。要注意，这里的帝王贵人并不仅指身份的高贵，而指可以反省自己的人生，进而思考人类命运的人。一旦开始进行这种反省，就表明人把自己从世界当中剥离出来了，也就是人的主体意识觉醒了。这一步实现了，人才作为一个独立的个体而存在。但停留在这一步，即认识到自己是独立的是不够的，需要再进一步认识到人虽来自这个世界，受限于这个世界，但却可以依靠自由意志超越现实世界，重建理想世界。这个自由意志在古希腊哲学家阿那克萨戈拉（约公元前500—前428）那里，命名为"努斯"，于整个世界而言，谓之"心灵"，于人而言，谓之"灵魂"。无论叫什么，均指向一种纯粹的能动性，即不受物质的束缚，因而使世界充满生机，使人成为人，使我成为我。这两重认识，在佛家道家都是有的。如果做一比附的话，主体意识佛家称为"遍计所执"，自由意志佛家称为"圆成实性"。而在儒家那里，主体意识是不被重视的，儒家思想是要让个体融入集体、让家融入国、国融入天下的；自由意志是被抑制的，儒家强调的是对圣王的崇拜，是对等级伦理社会结构的服从和认同。儒家是现实的、功利的、活在当下的。受儒家思想影响的人们，也便活在当下，活在现实。

因为主体意识确立、自由意志觉醒，悲剧的内在冲突便有了可能。黑格尔认为："基本的悲剧性就在于这种冲突中对立的双方各有它那一方面的辩护理由，而同时每一方拿来为自己所坚持的那种目的和性格的真正内容的却只能是把同样有辩护理由的对方否定掉或破坏掉。因此，双方都在维护伦理理想之中而且就通过实现这种伦理理想而陷入罪过中。"[6]悲剧所表现的是两种对立的理性或普遍力量的冲突和调解，悲剧的产生就有了内在的必然性。进一步看，悲剧的产生是因为悲剧冲突的双方都有自己合理的辩护理由，每一方都有存在下去的理由，但是这两方却不能同时存在，必然有一方要灭亡，要失败，这样悲剧的产生就是必然的，而其最终的结局不仅令人震撼，也令人深思。

在《黑格尔法哲学批判》导言中，马克思讲："当旧制度还是有史以来就存在的世界权力，自由反而是个别人偶然产生的思想的时候，换句话说，当旧制度本身还相信而且也应当相信自己的合理性的时候，它的历史是悲剧性的。当旧制度作为现存的世界制度同新生的世界进行斗争的时候，旧制度犯的就不是个人的谬误，而是世界性的历史谬误。因而旧制度的灭亡是悲剧性的。"[7]马克思的这段话后来被恩格斯总结为："悲剧是历史的必然要求和这个要求实际不可能实现之间的冲突。"[8]这都是在接着黑格尔讲。与黑格尔不同的是，马克思、恩格斯是以历史，而不是绝对精神作为推动社会进步的力量，当然也作为推动悲剧情节的力量。这里所谓"历史的必然要求"，是说悲剧人物行为的动机不是从琐碎的个人欲望中，而是从时代的潮流中吸取来的。

新黑格尔主义者、英国哲学家布拉德雷认为："悲剧性的冲突不仅仅是善与恶之间的冲突，而且更主要的也是善与善之间的冲突。只有这样说的时候，我们须小心注意：这里的'善'指的是有精神价值的任何东西，不单单是德行。而'恶'同样也有广泛的意义。"[9]这就把人和外部世界的矛盾转化为人和人之间的矛盾，进而把人和人之间的矛盾转化为人内心的矛盾了。这种人内心价值观的冲突表现在莎士比亚的《哈姆雷特》中，也表现在陀思妥耶夫斯基的《罪与罚》中。现代艺术包括悲剧，是以表现这种内在矛盾为特点的。但无论是人和世界的矛盾，人和人的矛盾，或者人内心的矛盾，都是以人和世界分离、人和人分离、人内心的分离，即以人作为一个独立自由的个体作为前提条件的。而西方悲剧，无论古典现代，也是以这种分离为前提条件的。这个前提条件在中国悲剧中是不充分的，中国文化若以一言以蔽之，可谓天人合一。在这种文化形态中，人和世界、人和人、人的内心总是要保持一种和谐的统一的状态。因此，中国人的主体意识、独立自由意识都处在未完全觉醒的状态。既然未觉醒，又何谈抗争呢？这也是朱光潜等人讲中国悲剧是不彻底的原因所在。

总体上看，西方的悲剧理论的主旨在于原有的平衡被打破，或秩序遭到了破坏，因此重建平衡的一种努力，但终归以失败告终——打破、重建和失败都是命运的一部分。按叔本华的说法："悲剧的真正意义是一种深刻的认识，即认识到悲剧主角所赎的不是他个人的特有的罪，而是原罪，亦即生存本身之罪。"[10]这个生存本身之罪，带有明显的宗教色彩，即宿命论的色彩。尼采进一步指出，生存本身，或者靠理性在维系，或者靠信仰在维系，因此，需要质疑的就是理性和信仰，因此，需要保留的就是生存本身的自然状态，原始状态。尼采认为，古希腊悲剧衰落的原因是理性取代了"酒神精神"，悲剧随着酒神精神的灭亡而灭亡[11]。尼采的悲剧观因为对理性和信仰的质疑，因而走向了反理性主义，因而走向了反宗教主义。这种悲剧观和苏格拉底以来的理性主义是存在明显差异的，和基督教以来的信仰主义明显是对立的。但在抗争命运这一点上，苏格拉底的理性主义和尼采的非理性主义其实是相同的——苏格拉底以理性作为抗争的手段，尼采以非理性作为抗争的手段。尼采对苏格拉底的批判是有所保留的，因为对于现实的抗争；尼采对基督教的批判是最为彻底的，因为对于现实的屈服。

三

西方悲剧理论经历了古希腊罗马时期、文艺复兴时期、古典主义时期、启蒙运动时期，出现了亚里士多德、黑格尔、高乃依、莱辛、叔本华、尼采等悲剧理论家，虽经历了发展和变迁，而其中的共性是什么呢？如上文所述，就是主体意识的确立，自由意志的觉醒，以及因此而生的抗争精神。因此也可见东西方悲剧的不同：

1.从主旨看，中国悲剧把悲剧的原因归于偶然性，所谓天降横祸；西方悲剧探究必然性，可谓命运使然，性格也是命运的一部分。2.从角色看，中国悲剧的主角多为平民，人物的性格是单一的，乃某种道德理念的化身；西方悲剧的主角多为英雄，人物的性格是复杂的，无法用简单的道德标准评判。按亚里士多德的说法，这些人不具有十分的美德，也不是十分的公正，他们之所以遭受不幸，不是因为本身的罪恶或邪恶，而是因为犯了某种错误。如果追问错误的原因，则是"理性的匮乏"。用通俗的话讲就是，在错误的时间错误的地点做了一件错误的事。这样看来，悲剧确实是难以避免的。对唯一正确的本体的追问（形而上学），通过唯一正确的道路（逻辑学），是西方哲学家的一种执念。在中国人看来，世事洞明皆学问，人情练达即文章。是之故，中国人是不执着的，平和而随顺。这种观念影响下的生活也好，戏剧也好，虽有不公和灾难，最后终归于平静。3.从情节看，当面对不公或灾难，中国悲剧的处理方式是相对温和的，表现为哀怨以至于控诉。当好人受了冤屈，除了哀叹，她还能做什么呢？反过来看，西方悲剧的处理方式是激烈的，表现为抗争乃至毁灭。因为悲剧的实质就是："伦理实体的自我分裂和内部斗争，这种战斗与其说是善与恶之间的战斗，倒不如说是善与善之间的战斗。"[12]正因为大家都自认为处在正义的一方，所以斗争往往是残酷的。中国人讲的善良和西方人讲的正义是完全不同的。善良是道德判断，属于内心法则；正义是伦理判断，属于社会法则。中国人对于社会法则是不能质疑的，西方人对于内心法则是不轻易评判的。4.从结局看，中国悲剧是以死验证某种道德标准，进而固化这种道德标准，所谓杀身成仁；西方悲剧是以死引起人们对固有价值观的反思——生存或者毁灭，总是一个问题。

更深入看，中国悲剧是把必然性误读成了偶然性，窦娥的悲惨命运似乎是各种偶然性所导致的，实际上，只要她的生存环境不改变，她的观念以及她周围的人的观念不改变，那么窦娥的悲剧就随时可能发生。窦娥的悲剧其实是必然的。用好人遇到不公这样的偶然事件，掩盖社会问题导致的必然结果，这是中国悲剧不够成熟的地方。因为并没有找到问题的症结。所以，当好人遇到不公，也只能是自怨自艾、道德自省，或者宣泄情绪，而所有这些，并不会改变现状。中国悲剧的处理方式是不能令人满意的，因为所谓的好人成了牺牲品，而其余的人不过是幸存者。

我们以近代西方哲学为参照来进一步分析这个问题。近代哲学有三个实体：物质、心灵、上帝。从哲学的发展来看，物质已经交给了自然科学来处理，上帝归于神学，哲学唯一保留的实体就是心灵。而这两个问题，始终没有从中国哲学中分离出去。更大的问题是，西方近代哲学的标志，即心灵，或谓之思，在中国哲学中始终没有得到充分的讨论。中国哲学热衷于讨论"良知"，即人应该成为什么样子；而西方哲学热衷于讨论"自由"，即人可以成为什么样子。这样我们也就能理解，为何大的历史分期以文艺复兴为节点，原因正如瑞士历史学家雅各布·布克哈特所言：文艺复兴的最伟大成果就是"人的发现和世界的发现"[13]。这个人，以自由意志的觉醒为最重要的标志。因为自由意志，人便有了无限的可能。文艺复兴以来，自由意志成为西方哲学的核心问题，英国哲学家伯林可谓该问题的集大成者。在伯林看来，选择能力和对生活方式的自我选择是人类存在的构成要素，是人类区别于其他动物的特征[14]。实质上，自由的本质就是选择——不仅仅是在善恶之间做出选择，重要的是选择本身，即拥有选择的权利。拥有了选择的权利，才可以说自由意志得到了呵护，并有了发扬光大的可能。

这个自由意志，在中国哲学中有着不同的理解和表述。比如道家的虚室生白、澄怀观道之类，就是要降低生命的活性，以满足道法自然的最高宗旨。理学第一人周敦颐在《太极图说》中讲，动极复静，也是对自由意志做出了降低活性的处理。苏轼诗云：静固了群动——静下来，才能聆听世界、融入世界，最终和世界达成和解，因而才使得天人合一成为可能。达到静的状态，才可以谈境界。先秦儒家那种刚健有为的思想，比如《易经》中的天行健，比如《孟子》中的浩然之气，随着理学思想成为中国传统社会的主流意识形态，被边缘化了。理学思想锻造的伦理纲常一旦形成，超稳定的社会结构也就此形成，而窦娥作为这个伦理纲常和社会结构的产物，就与她周围的人共同演出了《窦娥冤》这出悲剧。这是《窦娥冤》隐藏的最大问题，即表面上在反抗，实际上在维护。

黑格尔认为悲剧的结局应当是善的、合理的东西的毁灭，但全面、正确、进步的伦理观念——永恒正义则在悲剧人物的痛苦或毁灭中得到保存和升华。按照这个标准，中国悲剧和西方悲剧在前半部分是一致的，因为局部善的、合理的东西确实被毁灭了，但是后半部分并不一致，因为永恒正义并没有从悲剧人物的痛苦或毁灭中得到保存和升华。等级伦理、封建礼教并不是永恒正义，而是迷惑生活在这个社会结构中的民众的话术，使之沉睡。

主体意识没有确立，便不会把人当成人，而是一物；自由意志未能觉醒，便把封建礼教视为天条，不可动摇。于是，受害者可以化身为施暴者；于是，那个给予她伤害的便成为她极力维护的。新文化运动倡导文化革命、文学革命，就是看到了旧文化、旧文学当中存在的这些问题，因此便希望能以人的文学取代非人的文学。人的标志是什么？其实就是主体意识和自由意志。人的文学标志是什么？便是书写人的主体意识和自由意志。而这正是中国悲剧所缺乏的。

参考文献

[1]王国维：《王国维文学论著三种》，商务印书馆，2012年版，第133—134页。

[2]程朱溪、傅启学合记：《中西戏剧之比较·冰心女士讲演》，《晨报副镌》1926年第62期。

[3]杨健：《封建礼教的民间礼赞——〈窦娥冤〉思想主题辨析》，《戏剧》2008年第3期。

[4]周晓琳：《从〈窦娥冤〉看中国古典悲剧的民族特征》，《西华师范大学学报》（哲学社会科学版）2005年第3期。

[5]［古希腊］亚里士多德：《诗学》，罗念生译，上海人民出版社，2006年版，第30页。

[6]［德］黑格尔：《美学》第3卷（下），朱光潜译，商务印书馆，1981年版，第286页。

[7]《马克思恩格斯选集》（第一卷），人民出版社，1972年版，第5页。

[8]《马克思恩格斯选集》（第四卷），人民出版社，1972年版，第346页。

[9][12]［英］布拉德雷：《黑格尔的悲剧理论》，徐云生译，《古典文艺理论译丛》第8辑，人民文学出版社，1964年版，第195页、第183页。

[10]［德］叔本华：《作为意志与表象的世界》，商务印书馆，1982年版，第352页。

[11]朱志荣：《古近代西方文艺理论》，华东师范大学出版社，2002年版，第319页。

[13]［瑞士］布克哈特：《意大利文艺复兴时期的文化》，何新译，商务印书馆，1979年版，第302页。

[14]［英］约翰·格雷：《伯林》，冯俊峰等译，昆仑出版社，1999年版，第11页。

作者

李映冰，文学博士，兰州城市学院文史学院副教授，主要研究方向：中国古代文论。

小说戏曲论著评介

边界跨越与文本细读
——读蔡九迪《异史氏：蒲松龄与中国文言小说》

王　晨

摘要：蔡九迪《异史氏：蒲松龄与中国文言小说》一书是北美地区乃至英语世界第一部研究《聊斋志异》的专著。此书围绕蒲松龄如何更新"异"这一文学范畴，选取癖好、性别、梦境三个极具特色的角度对《聊斋》中的故事进行文本细读，对主体与客体、男性与女性、真实与虚构之间的边界模糊性进行考察。但随着《聊斋》研究的发展和中国的古典文学研究者对于西方汉学研究的交流和学习，《异史氏》中所采用的方法、选取的视角在今日看起来不再那么新鲜，在文本细读中呈现的对个别《聊斋》故事及中国古代社会传统的理解也存在偏差。

关键词：聊斋志异；异史氏；文本细读；边界性；蒲松龄

蔡九迪《异史氏：蒲松龄与中国文言小说》一书之英文版于1993年由斯坦福大学出版社出版，是北美地区乃至英语世界第一部研究《聊斋志异》的专著。蔡九迪围绕蒲松龄如何更新"异"这一文学范畴，选取癖好、性别、梦境三个极具特色的角度对《聊斋》中的故事进行文本细读，对主体与客体、男性与女性、真实与虚构之间的边界模糊性进行考察。这是出于对西方传统二元对立思维的反思——过于绝对的分割将导致僵化的对立，作者认为在对立的二者之间存在一个边界地带或变动区域。正如邹颖在《美国的明清小说研究》中提及蔡九迪的《聊斋》研究时所论述的：这种边界的模糊性也展示出对既定文化秩序和现有文化规范的质疑，因为它揭示出有些规范、边界的设定只是一种人为的建构[1]。

很长一段时间内，北美关于明清两代文言小说的研究成果质量和数量都乏善可陈，直到20世纪80年代，随着白亚伦发表了几篇有关《聊斋志异》的重要论文，这种情况才有所突破[2]。时隔30年，江苏人民出版社出版了由任增强教授翻译的《异史氏》中文译本。在这30年间，海内外对于《聊斋》不同角度、不同方式的研究都有新的进展，正如王昕教授在《选择经典：清代文言小说七十年研究的线索与方法》一文对《聊斋》研究的总结中评述的，"研究者用几百部的研究专著、几千篇论文的投入，对《聊斋志异》进行考证、分析、品评和鉴赏。这些成果几乎占据清代文言小说研究70%以上的体量"，"不断地被阅读、阐释和评价，是《聊斋志异》保持经典地位的最直观标志"[3]。加之近30年来中国的古典文学研究者对于西方汉学研究的交流和学习越来越重视，一些较为合理的研究方法已被借鉴并运用到古典文学的研究中。这些都使得蔡九迪在《异史氏》中所采用的方法、选取的视角在今日看起来不再那么新鲜，在文本细读的过程中也暴露出一些不到位之处。

《异史氏》作为海外第一部研究《聊斋》之专著，在英语世界必然引起很大反响。一些知名海外汉学家为《异史氏》撰写了书评，指出了书中一些值得进一步探讨的问题，如伊维德发表在《美国东方学会杂志》上的文章指出，《异史氏》只结合了晚明的社会文化背景进行讨论，而蒲松龄生活的时期也包括明清易代和清初，这个时期社会的巨变对蒲松龄心灵的影响是不可忽视的。另外一个问题是《异史氏》的特点在于精细而独到的文本诠释，因此忽视了对文言小说在文体、结构上的解读[4]。马克梦的书评就针对这一点，从白话小说读者视角出发，将《异史氏》中所讨论的话题与同一时期的白话小说进行对比，考察其相似或独特性[5]。或许多少出于《异史氏》的启发和推动，白亚伦后来发表了《〈聊斋志异〉和中国白话小说》一文，细致地探讨了蒲松龄对白话小说的借鉴与创新。高辛勇同样作为聊斋领域的专家，对《异史氏》全书的细节进行了分章节的概述和批评[6]。总体来说，由于《异史氏》的创新地位，书评反馈具有即时性，英语世界对于《异史氏》以赞扬的声音为主。但是从中国古代文学读者的视角出发，蔡九迪对个别《聊斋》故事及其社会传统的理解可能存在偏差。接下来本文主要针对蔡九迪在《异史氏》中对《聊斋》故事的文本细读带来的相关问题做一些反思。

首先，《异史氏》全书分为两编，第一编包括第一、二章的内容。第一章从对"异"的阐释角度梳理了17—19世纪关于《聊斋》的序跋和评点，将其根据时代推进归纳为三种阐释策略：即从蒲松龄的同代人为写作志怪小说的合法性进行辩护，到18世纪的评论者将《聊斋》看作作者自我表达的寓言，再到19世纪的评点者将其视作小说进行评点。第二章则试图解读蒲松龄为《聊斋》所作自序《聊斋·自志》，在这里蔡九迪利用了宇文所安在阅读中国传统诗歌时所提出的自传式阅读方法——在中国的文学传统中，诗歌是作者自传式呈现自我的方式，文人写诗反映了对传统作家和读者来说最迫切的问题，即人如何使自身为人所知或者说使自身成名[7]。蔡九迪将其引入对蒲松龄《自志》的解读，认为《自志》反映了蒲松龄自我建构的想留给当代及后世读者的形象。

第一编的两章各自所讨论的都是独立的话题，与第二编三章对边界性的详细论述难以联结，与作者在引言中提到的主要想探讨的"蒲松龄如何重新建构'异'"[8]关系也不大。因此，无论是对有关"异"的阐释做详细的文本解读，并联系时代背景对出现不同解读的原因进行探索；还是"幽灵作家"部分中对《聊斋》读者所抒写的读后感的分析，都因详尽的文本细读而显得过于发散，离所讨论的主题愈发遥远。尤其是"幽灵作家"一节，作者试图通过读者对《自志》的回应表现蒲松龄在《自志》中建构的自我形象影响深远，但所使用的余集对自己读《聊斋》情形的描述和高凤翰为《聊斋》所题诗两个例证并不足够有力，导致作者在此基础上的分析像是在解答应试教育阶段的文言文赏析题目。

作者既然引入宇文所安的自传式解读方式，却没有真正做到具体结合蒲松龄的生平进行"知人论世"的解读。她对《自志》的文本细读固然重要且精彩，但作为对蒲松龄人生和创作产生重要影响的科举受挫的经历却并未在本书中提及。研究者在对《聊斋》研究史进行回顾时指出，科举主题是蒲松龄在小说史上非常独特的贡献，蒲松龄全面而深刻地传达出寒门子弟在科举中的渴求、绝望与痛苦。在这个研究课题上产生了大量的论著。在《聊斋》的具体篇目中，也有不少与科举相关的故事，如《叶生》《司文郎》《贾奉雉》《王子安》《于去恶》《考弊司》《神女》《罗刹海市》等[9]。这些科举故事或许可以与蒲松龄生平相联系进行解读。

其次，《异史氏》在对个别文本和细节的理解上，有时也会出现些微偏差。高辛勇就指出蔡九迪对《石清虚》文本的解读使得文本原意略有变形。在对"前后九十二窍，孔中五字云：'清虚天石供。'"一句的解读中，传统读者一般将其读为"清虚天/石供"，表明石头来自清虚天的身份；根据蔡九迪在中文版书后所附的《石清虚》全文英译，可以看出她确实将此句读为"清虚/天石供"，将"清""虚"视作石头所具有的美好品质，并将其用作论证石头具有人类品格的论据之一[10]。

最后，《异史氏》中还存在对《聊斋》故事解读的偏差。《齐天大圣》讲述的是山东人许盛跟随自己的兄长来到福建做生意，大圣两次帮助许盛实现愿望，第一次帮助他复活兄长，第二次则在许盛穷困时给予他钱财，在这个过程中，许盛由一开始的完全不相信齐天大圣的权威到成为虔诚的大圣信徒的故事。蔡九迪认为这个故事与传统信仰转变叙事不同的是，《齐天大圣》并未在大圣帮助许盛哥哥还阳后就结束，而是安排了第二次二者的相遇，且在这次相遇中更多的是在展现《西游记》中悟空顽劣的性情[11]。大圣第二次帮助许盛时确实施展法术、腾云驾雾，这个形象固然受到《西游记》的影响，但最主要的目的并非突出大圣的顽劣，而是安排一个与第一次的"梦中相遇"不同的叙事模式让大圣帮助许盛走出困境，更加突出大圣的灵验，这样就导致皈依后的许盛更加虔诚，所以它只能算是程度更深的信仰转变叙事。

蔡九迪对这个民间信仰及故事的解读和相关论述反映出她对中国古代社会民间信仰心理的疏离。异史氏在《齐天大圣》故事最后评论道："天下事固不必实有其人；人灵之，则既灵焉矣。何以故？人心所聚，而物或托焉耳。若盛之方鲠，固宜得神明之佑；岂真耳内绣针、毫毛能变，足下筋斗、碧落可升哉！"[12]熟悉中国古代文学传统的读者会明白蒲松龄在这里表现的是民间信仰心理所重视的实用性，他们往往并不关心所信仰之神是否为真实存在，只要能实现他们的愿望即可。所以这里并不存在蔡九迪所述的由于许盛的愿望被满足后，他认定猴王是真实的；更没有表现出"儒生对民间信仰特有的傲慢"[13]。对实用性的忽视同样导致蔡九迪错误地征引钱宜的话来证明自己的观点："屈歌湘君，宋赋巫女，其初未必非假托也，后成丛祠。丽娘之有无，吾与子又安能定乎？"[14]这并非像作者想证明的那样——虚构人物被创作出来后被读者认为是在现实中独立存在的。

以上问题启示我们对文本细读进行反思，当然小说研究重视文本是非常重要的，也需要有创见地对文本进行多角度解读，这正是蔡九迪在本书中的亮点所在。但是有时过于天马行空地阐释文本会导致与讨论的主题相去较远，一些脱离古代语境的解读也会导致理解偏差或过于空泛。正如李桂奎教授在对《聊斋》研究总结时提到的：只有在占有一定的文学积累基础上，才能真正洞晓《聊斋志异》文本之妙。在基于已有文献的基础上，加强文本发掘，推动小说研究的创新与深化[15]。

参考文献

[1]邹颖：《美国的明清小说研究》，南京大学出版社，2016年版，第329页。

[2]张海惠主编：《北美中国学——研究概述与文献资源》，中华书局，2010年版，第642页。

[3][9]王昕：《选择经典：清代文言小说七十年研究的线索与方法》，《文学遗产》2023年第1期。

[4]Wilt L. Idema, "Review", Journal of the American Oriental Society, Vol. 115, No. 3(Jul. – Sep., 1995), p.511.

[5]Keith McMahon, "Review", Chinese Literature: Essays, Articles, Reviews (CLEAR), Vol. 16 (Dec.,1994), pp. 169-172.

[6][10]Karl S. Y. Kao, "Review", Harvard Journal of Asiatic Studies, Vol. 55, No. 2 (Dec., 1995), pp.540-556, pp.547-548.

[7]Owen, Stephen. "The Self's Perfect Mirror: Poetry as Autobiography." In The Vitality of the Lyric Voice, ed. Shuen-fu Lin and S.Owen. Princeton University Press,1986, pp.71-102.

[8][11][13][14]蔡九迪：《异史氏：蒲松龄与中国文言小说》，江苏人民出版社，2023

年版,第12页、第197页、第198页、第199页。

[12]（清）蒲松龄：《聊斋志异》卷十,吉林文史出版社,2017年版,第449—450页。

[15]李桂奎：《当下〈聊斋志异〉文本研究的几个问题》,《蒲松龄研究》2022年第2期。

作者

王晨,南京大学文学院博士生,主要研究方向：明清小说和西方汉学。

鹍伶声嗽花雅源

——评《传播学视域下的南戏走向》

陈文静

摘要：《传播学视域下的南戏走向》一书，以作者广闻博见的专业储备，扎实厚重的考据功底、客观真实的田野调查、深入析理的阐释论述以及大量稀见的文献稽考，为读者充分展现了南戏在传播过程中的嬗变情况与发展脉络，将宋元明南戏与地方戏中传播的南戏做重点比勘，凸显南戏在传播过程中在形态与内容等方面所发生的变化。同时将宏观研究与微观分析相结合，在对具体剧目、剧情进行深入分析的基础上，将南戏在传播过程中所发生的规律性特征进行阐释与归纳，进而得出结论。

关键词：《传播学视域下的南戏走向》；音乐性；文本性；流布性

作为中国传统戏曲早期形式之一，南戏融合说白、唱腔、音乐、做工于一体，上承百戏说唱，下启昆乱花雅，在中国戏曲发展史上具有极为重要的地位。对于南戏的研究，自王国维著《宋元戏曲考》启其端续：在书中，静安先生专辟《南戏之渊源及时代》《元南戏之文章》两篇论南戏，以史学视角，将南戏的产生、剧目与宫调等进行考据溯源，实为南戏研究之滥觞[1]。之后，赵景深有《宋元戏文本事》又《元明南戏考略》、钱南扬《宋元南戏百一录》又《宋元戏文辑佚》等老一辈学者的重要论著，直至今日徐朔方、孙秋克《南戏与传奇研究》，俞为民《宋元南戏考论》又《南戏大典：资料编（明代卷、清代卷一二）》等对于南戏的研究，可谓是接踵前贤，后出转精。其中，2022年由中国社会科学出版社出版的包建强教授所著《传播学视域下的南戏走向》，便是视角较为独特的南戏研究著作。

该书一改传统南戏发展分期，以传播学视角，将南戏置于其生长的生态环境之中，从内在因素与外部条件双重机制中探寻南戏嬗变的历史，着重考察南戏传播过程中音乐性、文本性与流布性等方面内容。

一、音乐性：传播中的南戏声腔流变与地方戏

作为场上之曲，音乐性是戏曲构成的重要因素。在南戏发展史上，声腔演变是显著的音乐现象，因此，该书首先对南戏在传播过程中，不同阶段的声腔流变进行充分论述。

包著将南戏流变置于戏曲发展内在规律与历史环境外在因素之中进行考察，将之分为四个阶段，即永嘉杂剧阶段、宋元明南戏（古南戏）、雅俗分野并行阶段、流传南戏阶段。在各阶段，南戏传播流经多个地域，形成了不同的声腔——以地域空间转移为经，以历史时间变迁为纬，勾勒出南戏传播走向的立体维度。

书中系统的阐释了南戏在传播过程中，声腔演变与地域方言的密切关系。南戏初步形成于北宋末年，产生于温州，因此在演唱过程中形成了以温州语音为特色的声腔[2]。当时，永嘉与温州在宋代合称"温州永嘉郡"，故而此时的南戏又称"永嘉杂剧"或"温州杂剧"。当以温州腔为载体的南戏向外传播时，为使所到地区的民众能够听懂，于是南戏则被"改调歌之"。改调后的南戏，原声腔发生变化，新的声腔逐渐产生。进入明代以后，南戏声腔演变非常活跃，前后出现了许多声腔，当时影响最大、史载最多者，为"四大声腔"，即海盐腔、余姚腔、弋阳腔与昆山腔。

值得注意的是，书中作者详细论述了在温州南戏的传播影响下，以四大声腔为典型的地方声腔以及地方剧种的形成。南戏传播过程中声腔的演变，不仅促成了一批古老的剧种，还间接影响到地方戏的产生，如晚清之后兴起的花部诸戏。因此，作者明确指出，南戏在传播过程中不断嬗变，最后去向则是各类地方戏，即一方面，以古老南戏的声腔直接演变而来的声腔演唱的剧种，如莆仙戏、川剧等，其声腔以古南戏的四大声腔直接演变而成，在很大程度上传承了南戏的基因；另一方面，由古南戏声腔演变来的声腔为基础，融合其他古老声腔形成的声腔演唱的剧种，如京剧，但由于其声腔融合了多种声腔，故而其对南戏的传承情况较为复杂。

此外，在书中也谈及南戏在传播过程中除受到地域方言影响外，作为社会重要群体，士大夫阶层与庶民阶层喜好的此消彼长，对于声腔传播的兴与衰也有着重要影响，如花雅昆乱的兴与衰。

具体而言南戏的音乐体制，作者以南戏传播演变为中心，分别对南戏的曲牌体、板腔体以及曲板混合体三种类型进行考述。值得一提的是，作者指出，演化为板腔体的地方戏，虽保留着许多曲牌名称，但已发生变化，不再是曲体层面上的唱腔曲牌，而转为乐器曲牌。这些曲牌突破了唱词的"格"与"律"的限制，转为乐器旋律的快慢、节拍。加之，曲文中"滚"的使用，形成"杂白混唱"的效果。在乐器曲牌与"滚"的共同作用下，南戏曲牌体制解体，同时促成板腔体的诞生。

二、文本性：传播中的南戏剧目与剧情的稽考

中国戏剧艺术源远流长，由先秦而明清经历了傩舞、百戏、戏弄、诸宫调、杂剧与南戏、传奇等多种体式。在此过程中，传播方式也随之变化发展：由最初在一定场所进行的表演传播，逐渐发展为在此基础上所形成的文本传播。文本是戏剧艺术的文字载体，而表演是文本内容的表现形式。

南戏自北宋末年形成，历经元、明、清三代发展，演变为各种声腔的同时，其文本介质也在流传[3]。书中，作者在对地方戏中稽考南戏文本进行考察时，从观念上将南戏文本进行"分开"，即从南戏的剧目和剧本两个方面，对南戏文本进行探寻，而非视为一物。作者认为，剧目和剧本是不同的两个概念：剧目是一出戏的名目，剧本是一种剧目的文字载体。一种剧目存在的方式一般有三种：剧本形式、舞台表演形式以及民间艺人口头传承，而剧本仅是剧目存在的形式之一。

书中第二章至第六章，作者分别对南戏在传播过程中的剧目流传情况、剧情演变情况、剧目特征、主题变化以及剧本体制进行充分考察，足见作者的考据功力。

对于宋元明南戏流传剧目稽考，作者主要对南戏在地方戏中的流传剧目进行综录，并以鲜活的舞台表演为依据，结合各个时期的刊本、演出本、抄本以及艺人的口述本加以考据。具体而言，综录范围以古老声腔剧种为主，以新兴地方戏为辅，以钱南扬《戏文概论》胪列宋元南戏剧目238种和刘念兹《南戏新证》胪列明代南戏125种为基础[4]，以各地方戏传播为中心，对宋元明363余种南戏剧目进行系统梳爬，工程量之大，作者功力之深，令人叹为观止。这可谓是包著最为重要的学术价值之所在。除此之外，包著另一大学术成果在于对20种佚失南戏剧情关目稽考。

所谓佚失南戏，作者将其界定为一是有文献记载，但没有剧本保存，剧情不详者，学术界已判断为佚失剧目；二是文献有记载，虽无剧本保存，但有佚曲传存者。虽然这些剧目无剧本流传，但其中一部分被明清文人吸收创作为传奇，故通过明清传奇可了解到南戏剧目的原故事梗概。在剧本之外，舞台传播与民间艺人的口头传播也是南戏剧目流传的重要形式。在地方戏中流传的南戏剧目，历经世代传承，与其最初的面目相比，其情节有所改编，但其基本剧情仍保持不变。因此，作者从地方戏中稽考佚失南戏的剧情与本事，不失为一条新途径。

在南戏剧目与剧本的基础上，作者对南戏的剧本体制进行了深入探讨，主要涉及剧名、演出体例、科诨模式以及剧本类型与结构等方面。为了充分论述南戏文本性，作者又以微观视角，在第八章运用案例研究方法，以《琵琶记》《荆钗记》《白兔记》以及《苏秦衣锦还乡》四本耳熟能详的南戏代表作，对其流变进行考述。

三、流布性：传播中南戏生命力的溯源

作者通过对宋元明南戏传播多维度深入的研究后发现，南戏之所以拥有极强的生命力与传播性，是因为南戏剧目有着三方面特征，即民间性、杂糅性与择向性。从接受者角度来看，由于南戏生于民间，长于民间，传播范围始终在农村和市井，与中国民间乡土风俗密切结合，浸染着浓烈的民间气息，与生俱来有着开放融合与兼容并蓄的特质，深得历代广大民众的喜好。南戏在民间进行广泛传播，因此，南戏多取材于民间故事，其所宣扬的思想情感与审美情趣符合广大民众的期待视野。加之南戏融合诸民俗文化而形成的地域特征，使接受者在接受过程中易如抬芥，唾手可得。

从生产者角度而言，如果说北曲杂剧和明清传奇的发展主要以文人为主导，那么，南戏的发展则以民间艺人为主导。南戏以艺人为主体地位，以娱人为艺术目的。围绕舞台演出，艺人根据观众所需，对剧情关目随时进行改动，尽量满足观众娱乐需求，完全是舞台活动支配编剧行为。流传在地方戏中的南戏，在保持古本南戏特性的基础上，增加净、丑的情节内容，以大量的科诨增强剧情的娱人性。因此，宋元明南戏剧目在传播过程中的传与失、剧情的守与变、情节的增与减，完全在于艺人，艺人决定着南戏剧目的命运。

从传播本体视角来说，作者在梳理南戏传播历史时发现，表面上似乎是南戏剧目不择剧种、不择地域进行传播，深入探析后可知，南戏剧目的流布呈现出选择性特征：南戏传播的活跃程度、传承内容的多寡与南戏声腔、地区经济文化之间有着极为密切的关系。南戏剧目传播路径，具体呈现为：向北传到山西、河北、山东一线，未传至关外，东北与蒙古地区南戏剧目流传极少；向西北传播，止于甘肃、宁夏，新疆、青海未传及；西南方向流传至四川，云、贵、藏流传很少；向东南流传到我国台湾及东南亚地区——形成以苏、浙、赣、闽、粤、川、湘等地区为主的南戏文化圈，并在甘、宁、陕、晋、冀、鲁形成一道缓冲带[5]。之所以形成这种流布格局，作者认为，一方面与宋代以后，中国经济重心南移影响，长江流域成为中国经济大动脉；另一方面，南戏艺人寄身或辗转于大都市，靠卖艺为生，推动南戏剧目的传播。此外，生产与生活方式影响，少数民族多以游牧渔猎为主，加之语言差异较大，阻隔了南戏向民族地区传演。

结　语

包建强教授以其广闻博见的专业储备，扎实厚重的考据功底、客观真实的田野调查、深入析理的阐释论述以及大量稀见的文献稽考，为读者充分呈现了南戏在传播过程中的嬗变情况与发展脉络，将宋元明南戏与地方戏中传播的南戏做重点比勘，凸显南戏在传播过

程中在形态与内容等方面所发生的变化。同时将宏观研究与微观分析相结合，在对具体剧目、剧情进行深入分析的基础上，将南戏在传播过程中所发生的规律性特征进行阐释与归纳，进而得出结论。因此，《传播学视域下的南戏走向》的出版，确然代表着一种学术的高度与严谨的学术态度，同时为后辈学人再研究奠定了坚实的基础。

参考文献

[1]曾永义：《也谈"南戏"的名称、渊源、形成和流播》，《中国文哲研究集刊》1997年第11期。

[2]曾永义：《弋阳腔及其流派考述》，《台大文史哲学报》2006年第65期。

[3]侯淑娟：《宋代乐曲与南戏北剧承传之探讨》，《东吴中文学报》2013年第5期。

[4][5]包建强：《传播学视域下的南戏走向》，中国社会科学出版社，2022年版，第55页、第95页。

作者

陈文静，中国科协创新战略研究院在站博士后，主要研究方向：说唱文学史与明清、近代戏曲。

小说戏剧史档案

《中国戏曲志》编纂出版年表（6）

刘文峰

1994年

1月，《连云港市戏曲志》，由中国戏剧出版社出版。主编刘增国，副主编朱秋华。全书25万字，12面黑白插页。体例按《中国戏曲志》，但没有音乐部分。

4月，《中国戏曲志·辽宁卷》由中国ISBN中心出版。主编刘效炎，副主编任光伟（常务）、项治、王君扬。责任编辑任光伟、张新建、耿再飚，版式设计冯奕。全书73.8万字，16面彩色插页。综述和大事年表记述了辽宁戏曲形成发展的社会、文化背景及各个历史阶段的概貌。记述的剧种有海城喇叭戏、评剧、阜新蒙古戏、二人转等8个剧种，代表性剧目142个，剧种音乐7个，表演身段和特技有31段，剧目表演选例有29个，科班与学校、培训班25个，班社与剧团69个，票房与业余剧团16个，协会、学会与研究机构19个，演出场所58个，演出习俗34种，文物古迹8种，报刊专著36种，轶闻传说19例，人物传记84人。附录收入的历史资料23种。

8月，《中国戏曲志·黑龙江卷》由中国ISBN中心出版。主编张连俊，副主编陈颠、向阳、常连海、隋书今。责任编辑经百君、张新建、耿再镳，版式设计常丹琦。全书69万字，16面彩色插页。综述和大事年表记述了黑龙江戏曲形成发展的社会、文化背景及各个历史阶段的概貌。记述的剧种有龙江戏、评剧、京剧、拉场戏、朱春等10个剧种，代表性剧目111个，剧种音乐5个，表演身段和特技有6段，剧目表演选例有44个，科班与学校、培训班28个，班社与剧团81个，票房与业余剧团25个，协会、学会与研究机构16个，演出场所83个，演出习俗46种，文物古迹4种，报刊专著27种，轶闻传说22例，人物传记93人。附录收入的历史资料38种。

10月，《陕西省戏剧志·渭南地区卷》由三秦出版社出版。主编、副主编师继祖、田建军。全书45.4万字，14面彩色和黑白彩图。框架结构仿照《中国戏曲志》，记述下限到

1989年。

11月,《中国戏曲志·云南卷》由中国ISBN中心出版。主编金重,副主编黎方、郭思九。责任编辑张一凡、傅淑芸、刘文峰,版式设计志文。全书103万字,16面彩色插页。综述和大事年表记述了云南戏曲形成发展的社会、文化背景及各个历史阶段的概貌。记述的剧种有滇剧、云南花灯、傣剧、白剧、彝剧、佤族清戏等19个剧种,代表性剧目173个,剧种音乐16个,表演身段和特技50段,剧目表演选例41个,科班与学校、培训班6个,班社与剧团56个,业余演出社团35个,作坊与工厂1家,协会、学会与研究机构3个,演出场所56个,演出习俗11种,文物古迹22种,报刊专著50种,轶闻传说67段,戏曲诗词18首,戏曲楹联6副,人物传记84人。附录除戏曲会演、评奖、拍摄电影、录音、录像名单外,收入历史资料77种。

11月10—17日,中国戏曲志编委会、编辑部在北京召开《中国戏曲志·北京卷》审稿会。出席会议的中国戏曲志编委会、编辑部领导和成员有张庚、余从、薛若琳、刘文峰、包澄洁、傅淑芸、俞冰、常丹琦、毕玉玲;特约编审员马龙文、刘乃崇、任光伟、李宗白、沈达人、吴同宾、陈义敏、武承仁、贺照、黄菊盛、常静之。《中国戏曲志·北京卷》常务副主编王蕴明汇报了编纂情况。他说,北京卷从1983年就开始筹备,1985年组建编委会和以剧种为单位的编纂组到各区、县调查,在各大图书馆收集资料。1988年在掌握大量翔实材料基础上完成了全书的框架提纲。但由于人事的变化,编纂工作一度停顿。1990年北京市文化局调整和充实了编委会、编辑部的领导,重新启动编纂工作,于1994年夏天完成了全书200多万字的初稿。大家认真审阅了书稿,一致认为北京卷工作细致,资料翔实、内容丰富、结构完整、条理清晰,充分反映了首都戏曲发展的历史和现状。希望在下一步的修改中侧重解决各部类之间的重复问题、文字风格的统一问题、查漏补缺问题等。对于北京的篇幅问题,中国戏曲志主编张庚先生表示,北京是中国戏曲文化的中心,历史悠久、剧种众多、名班荟萃名人会集,需要记述的戏曲人物和事件数不胜数。因此,北京卷是中国戏曲志中的重中之重,根据实事求是的原则,篇幅可以在200万字左右,分上下卷出版。北京市文化局副局长、《中国戏曲志·北京卷》主编金和增,副主编刘有宽、吕瑞明、钮骠、周传家、刘方正等及北京卷编辑部全体成员听取了审稿意见。审稿会结束后,中国戏曲志编辑部和北京卷编辑部举行联席会议,商定了修改方案。

11月,《中国戏曲志·内蒙古卷》由中国ISBN中心出版。主编王世一,副主编何廼强(常务)、欧阳洁。责任编辑何廼强、包澄洁、江达飞,版式设计志文。全书81.9万字,16面彩色插页。综述和大事年表记述了内蒙古戏曲形成发展的社会、文化背景及各个历史阶段的概貌。记述的剧种有蒙古戏、二人台等12个剧种,代表性剧目161个,剧种音乐5个,表演身段和特技有54段,剧目表演选例有24个,科班与学校、培训班19个,班社与剧团105个，票房与业余剧团23个，协会、学会与研究机构8个，演出场所67个，演出习俗17种，文物古迹17种，报刊专著26种，轶闻传说32例，人物传记104人。附录收入的历史资料16种。

12月，《陕西省戏剧志·安康地区卷》由三秦出版社出版。主编陈纪元，副主编束文寿（常务）、余书棋、杨明灿、王林夫、王道中。全书37.8万字，24面彩色和黑白彩图。框架结构仿照《中国戏曲志》，记述下限到1989年。

12月，《陕西省戏剧志·咸阳地区卷》由三秦出版社出版。主编晁克诚、吴来保，常务副主编谭增成，责任副主编王均贵。全书48.4万字，16面彩色和黑白彩图。框架结构仿照《中国戏曲志》，记述下限到1989年。

1995年

2月，《中国戏曲志·广西卷》由中国ISBN中心出版。主编周民震，副主编顾建国（常务）、李寅、赵令善。责任编辑郭秀芝、钮骠、俞冰、江达飞，版式设计姜世璧。全书93万字，16面彩色插页。综述和大事年表记述了广西戏曲形成发展的社会、文化背景及各个历史阶段的概貌。记述的剧种有桂剧、壮剧、彩调剧等18个剧种，代表性剧目168个，剧种音乐18个，表演身段和特技71段，剧目表演选例22个，科班与学校、培训班51个，班社与剧团64个，业余剧团37个，作坊与工厂4家，协会、学会与研究机构、演出公司20个，演出场所64个，演出习俗46种，文物古迹10种，报刊专著53种，轶闻传说29段，戏曲诗词30首，戏曲楹联41副，人物传记168人。附录收入的历史资料27种。

3月，《中国戏曲志·陕西卷》由中国ISBN中心出版。主编鱼讯，副主编焦文彬（常务）、丁明、刘静贤、赵洪（前期）；叶增宽、杨志烈（常务）、杨忠、王治国、曹爽（后期）。责任编辑杨忠、周传家、刘文峰，版式设计李松。全书122.1万字，16面彩色插页。综述和大事年表记述了陕西戏曲形成发展的社会、文化背景及各个历史阶段的概貌。志略记述的剧种有秦腔、汉调桄桄、汉调二黄、眉户等29个剧种，代表性剧目205个，剧种音乐18个，表演身段和特技有42段，剧目表演选例有37个，科班与学校36个，班社与剧团100个，票社与业余剧团14个，作坊与工厂7个，协会、学会与研究机构15个，演出场所63个，演出习俗37种，文物古迹59种，报刊专著71种，轶闻传说24例，人物传记174人。附录除收入戏曲会演、评奖、灌制唱片名单外，还收入历史资料44种。

9月，《中国戏曲志·新疆卷》由中国ISBN中心出版。主编周建国，副主编王鸣秋、努鲁木·沙比尔阿吉、黄永明、吴寿鹏。责任编辑常丹琦、吴寿鹏、俞冰，版式设计尚子。全书111.4万字，16面彩色插页。综述和大事年表记述了新疆戏曲形成发展的社会、文化背景及各个历史阶段的概貌。志略记述的剧种有维吾尔剧、新疆曲子戏、秦腔等9个，代表性剧目180个，剧种音乐6个，表演身段和特技20段，剧目表演选例38个，科班与学校9个，班社与剧团113个，票友、自乐班与业余剧团39个，团体、研究机构7个，演出场所128个，演出习俗16种，文物古迹16种，报刊专著14种，轶闻传说49段，人物传记64人。附录收入吐火罗文《弥勒会见记》、回鹘文《弥勒会见记》、维吾尔剧《艾里甫—赛乃姆》、新疆曲子戏《马寡妇开店》剧本资料4种，历史资料51种。

12月，《中国戏曲志·甘肃卷》由中国ISBN中心出版。主编乔滋、金行键，副主编徐列、扈启贤、李迟。责任编辑扈启贤、俞冰、刘文峰，版式设计刘文峰。全书104.3万字，16面彩色插页。综述和大事年表记述了甘肃戏曲形成发展的社会、文化背景及各个历史阶段的概貌。志略记述的剧种有等秦腔、曲子戏、陇剧、南木特戏等16个剧种，代表性剧目246个及甘肃省文化艺术研究所收藏的175个清代戏曲抄本目录，剧种音乐9个，表演身段和特技有32段，剧目表演选例有32个，科班与学校33个，班社与剧团196个，票房与业余剧团22个，作坊与工厂7个，协会、学会与研究机构16个，演出场所101个，演出习俗71种，文物古迹34种，报刊专著30种，轶闻传说46例，人物传记88人。附录除收入戏曲会演、评奖名单外，还收入历史资料9种，《释迦因缘》《茶酒论》等古代剧本5种。

1996年

1月15日—22日，《中国戏曲志·北京卷》在北京召开复审会，中国戏曲志常务副主编余从，编辑部主任刘文峰，副主任包澄洁，编辑傅淑芸、俞冰、常丹琦参加。大家审阅书稿后认为，北京卷经过一年多的修改，文字稿基本达到了送终审出版的要求，希望抓紧配图工作，做到图文并茂。

1月，《江苏戏曲志·南京卷》，由江苏文艺出版社出版。江苏戏曲志编辑委员会编，主编黄文虎，副主编朱喜、马惠飞。全书35万字，24面彩色和黑白插页。体例与《中国戏曲志》相同，开本为大32开。

《陕西省戏剧志·宝鸡地区卷》由三秦出版社出版。主编白冠勇，副主编吴志勇、毛广魁。张庚为之题词："陕西是古老戏曲的发祥地，又是革命戏剧的摇篮，为它写志十分重要。"全书53.2万字，26面彩色和黑白彩图。框架结构仿照《中国戏曲志》，记述下限到1989年。

5月，《陕西省戏剧志·铜川地区卷》由三秦出版社出版。主编刘焰，副主编刘佑民。全书44.5万字，12面彩色和黑白彩图。框架结构仿照《中国戏曲志》，记述下限到1989年。

10月，《中国戏曲志·宁夏卷》由中国ISBN中心出版，责任编辑李凝祥、常丹琦、包澄洁，版式设计常丹琦。全书61万字，16面彩色插页。综述和大事年表记述了宁夏戏曲形成发展的社会、文化背景及各个历史阶段的概貌。记述的剧种有秦腔、花儿剧、银川曲子等17个剧种，代表性剧目218个，剧种音乐9个，表演身段和特技20段，剧目表演选例有29个，科班与学校21个，班社与剧团68个，票房与业余剧团14个，协会、学会与研究机构5个，演出场所64个，演出习俗35种，文物古迹12种，报刊专著8种，轶闻传说29例，人物传记43人。附录收入戏曲会演、评奖名单。

12月，中国戏曲志编辑部主任刘文峰、副主任包澄洁应邀到海口，对《中国戏曲志·海南卷》初稿进行预审。审阅后认为，书稿达到了初审的要求，可以进行审稿会的准备工作。

12月，《中国戏曲志·上海卷》由中国ISBN中心出版。主编孙滨，副主编章力挥、秦德超、汤草元，常务副主编黄菊盛。责任编辑刘文峰、俞冰、茅林龙、包澄洁、傅淑芸，版式设计志文。全书134.4万字，彩色插页32面。综述和大事年表记述了元代至1982年上海戏曲发展的概貌。志略中记述的有昆剧、京剧、越剧、沪剧等15个剧种，剧目218个，剧种音乐5种，表演身段与特技16种，表演选例49段，科班与学校27个，班社与剧团101个，票社与业余剧团49个，协会、学会与研究机构20个，作坊、工厂与戏箱租赁28家，演出场所60个，演出习俗31种，文物古迹17种，报刊专著126种，轶闻传说25段。传记收录了240位著名戏曲作家、理论家、表演艺术家。附录中收录了中华人民共和国成立后上海颁布的戏曲文件、历次戏曲汇演上海得奖名单、上海所摄戏曲电影一览表，清同治年间至民国年间上海戏曲竹枝词。

1997年

4月，中国戏曲志编委会、编辑部在海南召开《中国戏曲志·海南卷》审稿会。出席会议的有中国戏曲志编委会、编辑部领导和成员余从、薛若琳、刘文峰、包澄洁、傅淑芸、俞冰、毕玉玲，特约编审员谢彬筹、林庆熙、李时成、常丹琦。《中国戏曲志·海南卷》副主编兼编辑部主任符策超汇报编纂情况。他说海南卷是1984年开始编纂工作的，当时海南作为广东省的一部分，组成以原海南区戏曲研究室主任周庆辉为主任的海南琼剧志编写组，进行了深入、细致的调查研究工作，收集到大量的资料。1988年海南建省后，根据全国艺术规划领导小组的规定，海南独立成卷，组成以周庆辉为主编的《中国戏曲志·海南卷》编辑部，指定编纂计划、培训编纂人员。1995年海南省文化厅对编委会、编辑部组成人员做了调整，省文化厅副厅长杨志杰任主编，艺术处处长符策超为副主编兼编辑部主任，谢成驹为副主编兼编辑部副主任，莫茂彬为音乐编辑的编纂班子。在人员少、任务重、经费有限的情况下，克服种种困难，完成全书100多万字的初稿编纂工作。大家审阅书稿后对海南卷编辑部的敬业精神表示敬佩，对编纂工作表示赞赏，对书稿的质量表示满意。同时指出了书稿各部类详略不平衡和配图的不足，希望海南卷编辑部再接再厉，争取早日完成修改工作。审稿会结束后，中国戏曲志编辑部和海南卷编辑部举行联席会议，商讨了修改方案。

7月3日—13日，《中国戏曲志·浙江卷》副主编兼编辑部主任周西，编辑徐宏图、王锦琦、陈坚来京，通读浙江卷校样，处理校对提出的问题。

7月，《陕西省戏剧志·商洛地区卷》由三秦出版社出版。主编屈超耘，副主编武新艾。全书40.1万字，10面彩色和黑白彩图。框架结构仿照《中国戏曲志》，记述下限到1989年。

7月11日—18日，《中国戏曲志·江西卷》编辑部主任万叶、编辑邹丽丽来京处理责任编辑提出的问题。

8月，《陕西省戏剧志·延安地区卷》由三秦出版社出版。主编浏阳河，副主编彭仰林、曹京平。全书22.6万字，22面彩色和黑白彩图。框架结构仿照《中国戏曲志》，记述下限到1989年。

9月，《陕西省戏剧志·汉中地区卷》由三秦出版社出版。主编廖耀中，副主编毕子刚、郭今平。全书39.6万字，18面彩色和黑白彩图。框架结构仿照《中国戏曲志》，记述下限到1989年。

10月，《中国戏曲志·海南卷》完成修改后提交中国戏曲志编委会、编辑部终审。中国戏曲志编辑部主任兼海南卷责任编辑刘文峰接待了送稿的海南卷编辑部副主编符策超、谢成驹。

11月28日—12月5日，中国戏曲志编委会、编辑部在贵阳召开《中国戏曲志·贵州卷》审稿会，出席会议的中国戏曲志编委会、编辑部领导和成员有余从、薛若琳、刘文峰、包澄洁、傅淑芸、俞冰、毕玉玲；特约编审员文忆萱、刘沪生、涂沛、胡度、顾建国、栾冠桦、章怡和。《中国戏曲志·贵州卷》副主编兼编辑部主任皇甫重庆汇报编纂情况，他说《中国戏曲志·贵州卷》是1984年启动的，不仅成立了省卷编辑部，而且在各专（州）、市、县成立了编纂班子，相继在全省范围对贵州戏曲的历史和现状进行了全面的普查，收集、整理、研究有关资料。先后编印出版了《黔剧史话》《黔北花灯》《贵州花灯》《贵州傩戏》《地戏简史》《贵州侗戏》等20多种近千万字的文字和音乐资料。《中国戏曲志·贵州卷》初稿是在此基础上完成编纂的。大家对贵州卷编辑部在经费困难、编纂人员变动较大的情况下坚持工作十几年，完成了近百万字的初稿表示敬佩。认为全书资料丰富、内容充实、结构完善、文字流畅，达到较高的质量，具有较好的基础。希望抓紧完成修改工作，早日复审。《中国戏曲志·贵州卷》主编王恒富及张寿崇、李云飞、马非天等编辑部全体成员及谢振东等戏曲专家听取了审稿意见。审稿会结束后，中国戏曲志编辑部和贵州卷编辑部召开联席会议，讨论了修改方案。

11月，《江苏戏曲志·镇江卷》，由江苏文艺出版社出版。江苏戏曲志编辑委员会编，主编郁亦行，副主编成贻顺。全书35万字，12面黑白插页。

12月，《中国戏曲志·浙江卷》由中国ISBN中心出版。主编史行，副主编陈西斌、吴双连（常务）、周西（常务）、顾锡东、钱法成、谭德慧。责任编辑徐宏图、周育德、常丹琦，版式设计志文。全书121万字，16面彩色插页。综述和大事年表记述了浙江戏曲形成发展的社会、文化背景及各个历史阶段的概貌。志略记述的剧种有越剧、昆剧、绍剧、婺剧、甬剧等24个剧种，代表性剧目190个，剧种音乐19个，表演身段和特技有50段，剧目表演选例有41个，科班与学校48个，班社与剧团108个，票房与业余剧团10个，作坊与工厂7个，协会、学会与研究机构21个，演出场所81个，演出习俗54种，文物古迹37种，报刊专著115种，轶闻传说28例，人物传记246人。附录除收入戏曲会演、评奖、拍摄电影、录像名单外，还收入历史资料24种。

12月，《江苏戏曲志·扬州卷》，由江苏文艺出版社出版。江苏戏曲志编辑委员会编，主编周卫国，副主编汪复昌、王汉华。全书31万字，18面彩色和黑白插页。

1998年

6月28日—7月5日，《中国戏曲志·贵州卷》在贵阳召开复审会，中国戏曲志副主编薛若琳，编辑部主任刘文峰，副主任包澄洁，编辑傅淑芸、俞冰、毕玉玲参加。大家审阅书稿后认为《中国戏曲志·贵州卷》经过半年的修改，基本达到了送终审的质量要求，希望尽快完成目录、索引和图片的编排工作。贵州卷编辑部全体成员听取了审稿意见，各部类责任编辑现场解决了审稿会提出的意见。

7月，《中国戏曲志·青海卷》由中国ISBN中心出版。主编陈秉智，副主编王承喜、刘沛。责任编辑曹娅丽、俞冰、刘文峰，版式设计志文。全书88.3万字，16面彩色插页。综述和大事年表记述了青海戏曲形成发展的社会、文化背景及各个历史阶段的概貌。志略记述的剧种有青海平弦、青海黄南藏戏等6个剧种，代表性剧目186个，剧种音乐6个，表演身段和特技有18段，剧目表演选例有9个，科班与学校3个，班社与剧团24个，业余剧团19个，协会、学会与研究机构4个，演出场所31个，演出习俗18种，文物古迹11种，报刊专著10种，轶闻传说21例，人物传记26人。附录除收入文艺会演、评奖名单外，还收入历史资料15种，青海黄南藏戏剧本《意乐仙女》《苏吉尼玛》《文成公主》《白玛文巴》和《目连僧救母》（节录）。

7月，《陕西省戏剧志·榆林地区卷》由三秦出版社出版。主编姬世新，副主编曹振东、王卫红。全书30.6万字，10面彩色和黑白彩图。框架结构仿照《中国戏曲志》，记述下限到1989年。

8月，《江苏戏曲志·盐城卷》，由江苏文艺出版社出版。江苏戏曲志编辑委员会编，主编张铨，副主编邓小秋、徐伯森。全书51万字，8面彩色和黑白插页。

10月，《中国戏曲志·江西卷》由ISBN中心出版。主编流沙，副主编万叶。责任编辑万叶、傅淑芸、刘文峰，版式设计志文。全书126.9万字，16面彩色插页。综述和大事年表记述了江西戏曲发展的历史及其社会文化背景，各个历史阶段的概貌。收录了现存的赣剧、九江青阳腔、宜黄戏、赣南采茶戏等34个剧种，204个剧目，23个剧种的音乐唱腔，77种表演身段和特技，24个剧目表演选例，18个戏曲科班与学校，163个戏曲班社与剧团，52个戏曲票友社与业余剧团，10个戏曲协会与研究机构，10个戏曲作坊与工厂，90个戏曲演出场所，59种戏曲演出习俗，56处有关戏曲文物古迹，199种有关戏曲的报刊专著，44例有关戏曲的轶闻传说，167个戏曲人物传记。附录除戏曲会演、评奖、拍摄电影、连环画名单外，还收录历史文献资料28种。

10月，《苏州戏曲志》由古吴轩出版社出版。主编钱璎，副主编顾笃璜、程宗骏、程元麟。全书68万字，24面彩色和黑白插页。框架结构仿照《中国戏曲志》，记述下限到1985年。

1999年

5月，《江苏戏曲志·淮阴卷》，由江苏文艺出版社出版。江苏戏曲志编辑委员会编，主编张寿山，副主编王国良、廖寿儒、阮立林、李志宏。全书40万字，8面彩色和黑白插页。

7月，《江苏戏曲志·无锡卷》，由江苏文艺出版社出版。江苏戏曲志编辑委员会编，主编缪维荣，副主编谢枫、钱惠荣、言治平。全书53万字，32面彩色和黑白插页。

9月，《中国戏曲志·北京卷》由ISBN中心出版。主编金和曾，副主编余从、刘有宽、吕瑞明、钮骠、王蕴明、周传家、刘方正。责任编辑包澄洁、傅淑芸、刘文峰、俞冰，版式设计志文。上下两册，215.9万字，24面彩色插页。综述和大事年表记述了北京金元以来戏曲发展的历史及其社会文化背景。收录了现存的京剧等6个剧种，463个剧目，京腔、北方昆曲、京剧等6个剧种的音乐唱腔，96种表演程式和特技、功法，82个剧目表演选例，29个戏曲科班与学校，96个戏曲班社与剧团，27个戏曲票房与业余剧团，24个戏曲行会、协会、学会与研究、出版机构，31个戏曲作坊与工厂，56个戏曲演出场所，41种戏曲演出习俗，56处有关戏曲文物古迹，199种有关戏曲的报刊专著，44例有关戏曲的轶闻传说，350个戏曲人物传记。附录收录的历史文献资料有139种。

9月，《中国戏曲志·贵州卷》由中国ISBN中心出版。主编王恒富，副主编周一良、皇甫重庆。责任编辑皇甫重庆、包澄洁、傅淑芸，版式设计志文。全书88.7万字，12面彩色插页。记述的剧种15个，代表性剧目149个，剧种音乐8个，表演身段和特技31种，表演剧目选例18个，科班学校7个，班社与剧团37个，票房与业余剧团85个，演出场所45个，演出习俗65种，文物古迹7种，报刊专著19种，轶闻传说34例，在"其他"中收录有关戏曲的题词、诗词等67首，人物传记80个，附录中收录历史文献26件。

12月，《中国戏曲志·海南卷》由中国ISBN中心出版。责任编辑谢成驹、刘文峰、俞冰，版式设计志文。全书103.8万字，16面彩色插页。综述和大事年表记述了海南戏剧从宋代到1992年的发展历史。记述的剧种和音乐有琼剧、临高人偶戏、临剧、儋州山歌剧，代表性剧目156个，表演身段和特技有53段，剧目表演选例有12个，科班与学校、培训班24个，班社与剧团60个，票房与业余剧团47个，协会、学会与研究机构16个，演出场所26个，演出习俗31种，报刊专著30种，轶闻传说47例，人物传记188人。附录收入的历史资料19种。至此，《中国戏曲志》大陆的所有省卷全部完成编辑出版工作。

12月6日，文化部、国家民委、中国剧协主办，全国艺术科学规划领导小组办公室承办的《中国戏曲志》（全卷）出版座谈会在北京人民大会堂举行。全国政协副主席万国权、何鲁丽，文化部原常务副部长、全国艺术科学规划领导小组组长周巍峙，文化部副部长李源潮，中国剧协副主席刘厚生，中国艺术研究院院长王文章，中国艺术研究院老领导白鹰、李希凡、曲润海，中国戏曲志常务副主编余从、副主编薛若琳，中国戏曲志编辑部主任刘文峰、副主任包澄洁，全国艺术科学规划领导小组办公室副主任戈宝栋、徐守正、李松，中国艺术研究院戏曲研究所所长王安奎、副所长黄在敏，以及来自中国戏曲志各省卷的代表贺照、林庆熙、于文青、刘志群、刘景亮、张林雨，十大文艺集成志书各总编辑部的代表等近70人出席了会议。

12月，《上海京剧志》由上海文艺出版社出版。该书由上海京剧院史志室历经七年编纂而成，主编徐幸捷、蔡世成。全书74.2万字，32面图片插页。由概述、大事记、机构、剧目、导演、表演、音乐、舞台美术、剧团管理、演出场所、习俗、专记轶闻、书刊与出版物、人物等章节组成。

2000年

7月,《陕西省戏剧志·省直卷》由三秦出版社出版。主编杨兴,副主编黄河(常务)、张秾(常务)、杨忠、江河、史美强、余清泉、傅命甫、田涧菁。全书87.7万字,58面彩色和黑白彩图。框架结构仿照《中国戏曲志》,记述下限到1989年。

2001年

5月,《江苏戏曲志·常州卷》,由江苏文艺出版社出版。江苏戏曲志编辑委员会编,主编夏芦庆,副主编蒋柏连、孙中、史曼倩、陶琴。全书51万字,20面彩色和黑白插页。

12月,《江苏戏曲志·南通卷》,由江苏文艺出版社出版。江苏戏曲志编辑委员会编,主编吴丕能,副主编曹林。全书45万字,20面彩色和黑白插页。

2002年

5月,《江苏戏曲志·徐州卷》,由江苏文艺出版社出版。江苏戏曲志编辑委员会编,主编陈晓棠,副主编管昭林。全书52万字,12面彩色和黑白插页。

2004年

5月,《江苏戏曲志·柳琴戏志》,由江苏文艺出版社出版。江苏戏曲志编辑委员会编,主编陈晓棠,副主编管昭林。全书52万字,6面彩色和黑白插页。

2007年

9月,《蒲州梆子志》由山西教育出版社出版。主编申维辰,常务副主编郭士星,副主编任根心、张峰、赵尚文、黄竹山、车文明、李恩泽、李安华。全书154万字,72面彩色和黑白图片。记述内容下限至2004年,遵循《中国戏曲志》编纂体例,在志略中的"音乐"部分,除文字表述外,收入了各个不同历史时期具有代表性的唱腔选段,展现了蒲州梆子唱腔艺术的历史变化和改革创新成果。志略部分还增加了"导演"条目,体现了蒲州梆子建立和完善导演制的历史过程、人才培养和艺术成就。人物部分除已故人物外，还收入有突出艺术成就的在世人物。各类条目1500余条，配图近千幅，比较全面系统地记述了蒲州梆子的历史、现状和研究成果。

11月，《上党梆子》由山西人民出版社出版。主编栗守田。全书140万字，分上下两卷。上卷包括上党梆子的形成与沿革、机构、音乐、角色行当与表演、舞台美术、剧目等六编内容；下卷包括演出场所与演出习俗、文物古迹、刊物专著、杂记、传记、图表、大事记、附录、上党地区舞台题壁等九编内容。音乐部分不仅有梆子唱腔及谱例，还有二黄、昆曲、罗戏、卷戏唱腔及谱例。传记部分包括在上党梆子发展历史上做出一定贡献的已故人物和在世人物。共有各类条目1200多条，内容详尽，资料丰富。对上党梆子的渊源、发展、流布、现状等，做了客观记述。

作者

刘文峰，博士生导师，浙江音乐学院特聘研究员，主要研究方向：地方戏曲。

湖南民间礼仪文献中的演剧资料汇辑[*]

李跃忠　许小主

摘要： 晚清以来，湖南一些乡村儒者整理、刻印出版或传抄了一批用于民间婚丧嫁娶、寿庆等仪式，或逢年过节庆贺、交往的礼仪文献。其中一些是与当时民间演剧有关的酬神文疏、剧场对联，也有的是仪式中的一些唱词描述了当时的演剧现象。这些是研究清代、民国时期湖南民间演剧，以及研究戏剧与民俗之关系，古代戏曲生态环境的珍贵资料，具有较重要的史料价值。

关键词： 民间礼仪文献；演剧资料；戏曲史料；戏曲民俗

晚清以来，湖南一些乡村儒者整理出版或传抄了一批民间礼仪文献。我们在长年的工作中，收藏了8种湖南民间的礼仪文献：其中刻本有光绪十一年（1885）《精校乡党应酬》、民国四年（1915）《精校礼文备录》等2种，抄本有永兴县黄泥镇埠头村埠上组李永林（1970—）抄本《礼文汇编》、永兴县金龟镇东冲村尽心氏许永忠（1929—2001）编《民间丧礼手册》等2种，电脑排版打印本有浏阳市关口街道周建兵的《礼文汇编》，内部资料本湘潭县文教办公室编的《新编实用婚丧礼仪》[1]，公开出版的有长沙县政协委员会编《长沙民间婚丧礼仪》[2]、鄢光润《湘潭孝文化孝歌选》等2种，此外，郭兆祥《湖湘民间文化与湘潭风土》一书中整理了湘潭九华区吴升平（1937年—）传承的部分礼仪文献。

我们在翻阅这些文献时，发现一些与戏剧有关的文疏、对联等资料。这是研究清代、民国时期湖南民间演剧，以及研究戏剧与民俗之关系的珍贵资料。据了解，这些资料尚未引起学界注意，故将其汇辑出来以供戏剧戏曲领域的学者了解。

---

[*]【基金】湖南省社会科学成果评审委员会项目"湖南古代剧场资料的搜集、整理与研究"（XSP2023YSZ007）；"湖南省语言资源研究基地"（湘社科办〔2023〕7号）资助成果。

一、光绪十一年《精校乡党应酬》

《精校乡党应酬》一书是清代光绪年间"沩宁甯"即今湖南宁乡县人邓炳震、贺润翰,"善邑"即善化县(今长沙县)张惟沅、舒泰等编辑的一套民间应酬的专用书。据"序"可知,该文献最早刊刻于光绪十一年(1885),凡6卷,近50万字。从"序",以及卷六"文疏词引"多处涉及的地名,以及部分神灵流传范围来看,这套书主要汇集的是清代长沙府(含今长沙、湘潭两地市的全部,株洲市的大部,以及益阳、岳阳部分地区)民间应酬用的资料。

该书出版后,不少书坊对其进行了翻印。据笔者搜集,至少有光绪十四年(1888)宝庆(今邵阳市)尚德堂刻本《乡党应酬全集》、光绪十七年(1891)两仪堂刻本《乡党应酬全集》、光绪三十三年(1907)宏道堂刻本《乡党应酬全集》、宣统元年(1909)刻本《精校乡党应酬》等版本。此外,还有一些未署时间、书坊堂号的刻本、抄本。

(一)卷之一"对联"

本卷收婚丧嫁娶、春节、寿庆,以及各行各业等用的对联近600首。此辑与戏剧有关的"戏联"55则,另歌馆(即戏台、剧院、戏院等)处对联5则。按照原书顺序整理如下:

歌馆

素云流管;清风入琴

野云停几席;天籁动笙竽

清尊浮绿醑;急管韵朱弦

三杯淡酒邀明月;一曲清箫凌紫烟

金管曲长人尽醉;老桐音淡世难知

戏联共52首,另有3首戏台上下场处门额处贴的,凡55首。

"观音戏"匾(一首)[①]

声传南海;如睹慈悲

[①] 按:数字统计为笔者加,以免与后面没有特别交代场合的混淆。下同。

西游戏联（二首）

代为说法；如临西竺

是亦教诲；声达西天

对联：此目与上面"观音戏匾""西游戏联"并列。该目下收录了一些演戏酬神的对联，其中有些还特别标明了演出场合，但大多数是可通用的。

七朝凭木偶堂堂皇皇曲奏阳春白雪；
合境托神恩清清吉吉人游化日光天

七日演俳优想当年傀儡初成摆列解围兴汉室；
一团祈福泽愿此际慈悲普救讴歌击壤乐尧天

当场作出傀儡情形看他东走西奔两脚何曾落地；
于此识得慈悲心事任是南腔北调一诚可以回天

观其像听其音谁云是戏；大则贤小则士各宜存诚

傀儡开场自昔白登围可解；慈悲救世至今黔首福无疆

愿众生普度慈航弦歌场中观变化；
欣合境同供活佛笙箫队里显神通

变化何穷不出真经密语；至诚有感惟祈合境清一

降幅孔皆此地化为南海境；式舞且舞凡民渡出再生天

西游（二首）

南无可皈依大士救护善良屡洒瓶中甘露；

西游真爽快悟空扫除妖孽全凭眼内金睛

南无遥遥莫说渺渺茫茫却唱得热热闹闹；
西天隐隐俨然的的确确又看些怪怪奇奇

关帝戏（一首）

北调南腔演出当年吴魏；东征西代（伐）看来此日春秋

人戏篇

神人以和；作如是观

鼓吹休明；千古一时

千秋钧鉴；于是道古

乐奏钧天；风雅宜人

高唱入云；响遏行云

可以观；观止矣

侧（三首）

扬风；扢雅

鉴古；观今

出将；入相

得见古人真面目；何妨今日假衣冠

非幻非真留心结局；或今或古着意排腔

此曲只因（应）天上有；斯人做出世间稀

布武修文宛然经济；嬉笑怒骂皆是妙音

聊将往事为时事；且以今人作古人

有时欢天喜地有时惊天动地；或为君子小人或为才子佳人

做许多子孝臣忠或泣或歌宛见当年情事；
说什么郎才女貌如花如玉空传往日风流

合境谱弦歌听豪竹哀丝做尽千般风雅；
五朝垂炯鉴皆祸淫福善演成一部春秋

于鉴史中半假半真局势；在笙歌里大开大合文章

闻弦歌之声贤者亦乐此；见羽毛之美乡人皆好之

学为父子学为君臣学为长幼汇千古忠孝节义细细看来漫道逢场作戏；
行乎富贵行乎贫贱行乎患难成一时悲欢离合般般演出管教拍案惊奇

夏对联（一首）

一曲春风和上下；八弦妙舞洽神人

酬雨（一首）

已蒙顺雨调风泽；愿效吹龠击鼓心

优衍华园二三子尽相穷形俨然晋代衣冠汉宫粉黛；
里登乐国六七朝歌风扢雅宛尔民愠解释神听和平

秋酬神（九首）

千古英雄千古事；一声箫管一声秋

喜怒哀乐情也；声音笑貌为哉

剧演梨园听许多世态人情浑是一场秋梦；
恩酬部屋看此日吹豳击鼓宛然三代遗风

杖诸神灵爽以凭依克俾此部屋人民食德饮和咸为草野弦歌化；
荐四镜馨香而报赛好藉他梨园子弟铜琶铁板谱出清平尔雅声

且莫说谁奸谁雄看他如何结果；
亦只任或歌或舞劝你不必搬根

见几多世态人情触目惊心莫道戏中无益；
做尽他声音笑貌出风入雅都从空里传神

征于色发于声有同听斯为美；
行其礼奏其乐若是班可以观

宇宙事孰假孰真任尔铺张输输赢赢都是戏；
古今人做好做歹看他结局褒褒贬贬未曾饶

好句欲仙演成白雪元（玄）云①此曲只因（应）天上有；

---

① 玄云：汉代铙歌名。《晋书·乐志下》："汉时有《短箫铙歌》之乐，其曲有……《玄云》《黄爵行》《钓竿》等曲，列于鼓吹，多序战阵之事。"

古人可作愿学忠臣孝子今朝都到眼前来

花鼓（一首）

一重一轻便是催花妙鼓；
或歌或舞无非盛世元音

禾苗戏（一首）

此日乐和金石响；他时庆得黍禾丰

春（一首）

莺歌燕舞蝶肖舞；云想衣裳花想容

夏（一首）

舞着葛衫能仗暑；音同韶乐奏薰风

秋（一首）

长笛数声庚乐只；清歌一曲荷秋成

冬（一首）

歌同白雪谁能和；曲有梅花句亦香

数十人演善恶演武文进退周旋彩舞翩翩留过客；
两三朝奏铜琶奏五弦悲歌离合歌音嘹喨遍行云

于斯不大地方可家可国可天下；

虽是寻常人物能文能武能鬼神

　以上戏联大部分是为以人扮饰的各种演出场合所撰写的，但开头的"七朝凭木偶堂堂皇皇曲奏阳春白雪；合境托神恩清清吉吉人游化日光天"联及以下四联则是专为演出木偶戏时用的。清代民国以来，长沙境内木偶戏颇为盛行，且其演出的功能主要是酬神还愿，祈福纳吉。正如民国时期卓之所言，长沙民间的"傀儡戏亦系酬神之工具"[3]。而这些戏联无疑是卓之所论的一个很好例证。

（二）卷之六"疏文"

"酬愿戏疏"共收演戏用的疏文6则：

贸易酬愿戏疏

　　将本求利，事固在乎人为；以有易无，情实赖乎神助。某贸易生理，利觅蝇头，固恐本之有伤，亦畏利而生害，于某年某月某日发心叩许某神演戏一部，果蒙庇护，本利无伤，择今良宵，敬陈牲醴，聊歌戏曲，当天酬还，伏冀鉴临！恩酬已往，永垂默佑，泽及将来。从此贸易无失损之忧，四时获利；行止有嘉祥之庆，八节生财。谨疏

病愈酬愿戏疏

　　伏以
　　神威广大，赫赫常临。圣德光明，洋洋如在。临危可救，固有感而遂通；遇困能扶，亦无求而不应。兹以某于某年某月某日忽遭重病，命在垂危，发心叩许三界众神演戏一部，果蒙庇佑，得保安康。今不昧恩，当天酬谢。油光灿烂，传成离合悲欢；灯影辉煌，现出飞潜动植。虔诚不昧，敬尽微忱。伏冀鉴临！准纳今宵之愿，永垂福庇，得销昔许之愿。灾眚潜消，吉祥有庆。谨疏

建醮后演戏敬神疏

　　（时有疾痛虫蝗）
　　（各姓名载前）某等叨生盛世，忝列人伦，历年雨顺风调，深叨覆载之泽；时和岁稔，亦沾社稷之灵。然今岁自某月以来，男女多寒暑之疾，禾稼被虫蝗之

伤；阴阳失时，风雨连日；苗则秀而不实，物则一暴十寒。民等虔择良辰，建醮几日，因见虫蝗渐息，民命颇安，由是颁子弟于梨园，歌戏文于月夜。声音嘹亮，演成悲欢离合；灯焰辉煌，现出飞潜动植。虔诚牲醴，聊尽微忱。伏冀鉴临，永垂庇荫（荫），氛侵自退，虫害潜消。从此若茨若梁，岁取十千是望；如墉如栉，廑收三百堪期。园林之萌蘖无伤，闾阎之疾苦不作。合境咸沾骏泽，四序共沐泓庥。无任忻依，曷胜顶祝。谨疏。以闻

茶园戏疏

众等　伏以

庙社之扶持，赖田园之利益。兹则季春欲去，首夏将临，茶既摘于从前，叶当荣于已后，时恐虫蝗有作，全凭捍御之灵。良辰，歌戏文于月下，敬陈薄腆，聊报赛于庭前。伏冀合境社稷尊神同欣鉴纳！雨阳时若，虫孽不生。茶则叶茂枝荣，到处称为瑞草，香拟龙团雀舌。斯民嗜若卢生，善价则东就西成，为商则南通北达，更祈人安物阜，福集灾消。谨疏

庙社禾苗戏疏

信士某纠本境众姓等，伏以

神恩浩荡，血食享于里间；圣泽汪洋，团方兹为保障。兹者祝融司令，正平秩南讹之日；稼穑怀新，寔田祖匡扶之力。当今良夜，叩祷宜伸，颁子弟于梨园，歌戏文于月下。虔陈牲醴，敬尽微忱，伏冀风雨节而寒暑时，氛清自远；阴阳和而螟螣屏，奸宄潜消。仁看若茨若梁，岁取之十千是望；如墉如栉，廑收之三百堪期。此皆民望孔殷，无非神赐之福矣。谨疏

瞽目化缘引

任遂以丸弹，富延后裔；邻贫以金赠，贵显当时。可谓阴骘之有凭，谁谓施与而无报。兹以某邑某人者，年近四旬，兄弟俱无，父母早故，虽营某项之艺，仅作衣食之谋。去岁一病经年，余资用尽；今时双目亦瞽，无术加餐。欲乞丐以全生，扶持亦属无着；欲投江以自尽，蝼蚁尚且贪生。欲列伶人之科，音律难识；欲承星士之训，供体何从？是以代升阀阅之庭，必借亲朋之力。伏冀仁人君

子，慨然解囊。残躯饱其德，余年载其恩。即生前不能衔环以酬之，死后亦当结草而报矣！[4]

二、民国四年《精校礼文备录》

"楚汩愚谷居士"编校的《精校礼文备录》，民国四年（1915）刻印，凡十四卷，文字约80万字。"楚汩愚谷居士"，当为湖南宁乡人，姓名不详。该书内容有的是承袭了光绪年间"汩宁鼐"等人编纂的《精校乡党应酬》，但亦增加或删除了不少内容，如该书中的戏联在类别、数量上均大大减少；此外，书中收录的15首"演戏联"也不同于前者。该书亦为各地书商翻刻，有的题作《精校礼文汇》。

（一）《送方相魌头文》

驱邪辅正，即招（昭）赫濯之灵；扶柩归山，更赖维持之力。兹者行礼已毕，饯射维寅，洞府旋归，共羡干戈之戢，周行指示，信无道路之途。

按：此文见卷七丧礼"杂神"类。揭示了古代丧礼中信奉方相氏在墓中驱逐厉鬼习俗在长沙府的遗留。《周礼》："掌蒙熊皮、黄金四目、玄衣朱裳、执戈扬盾，帅百隶而时难，以索室驱疫。大丧，先柩；及墓，入圹，以戈击四隅，驱方良。"[5]

（二）赈孤词

卷八丧礼"赈孤词"收录有赈乐工、优人的词各1则：

十六、乐工

雅乐最和平、古调新声、薰风一曲听分明、律吕雌雄交唱和、入耳神清；
翁绎乐章成、鼓瑟吹笙、八音齐奏更怡情、此夜曲终人不见、江上风清

五六、俳优

宜面尔搬来、执简徘徊、天官赐福报条开、文武衣冠红黑净、装扮多才；
歌舞管弦该、欢笑悲哀、忠奸报复漫相猜、顷刻兴亡都唱罢、放炮邀台

（三）戏联

卷十二对联"市肆类"中有题在歌馆的对联2首；此外，该卷最后附有"演戏联"15首。

歌馆

举杯邀明月；带曲舞春风

缓歌慢舞凝丝竹；银烛金杯映翠眉

演戏联

发扬风雅；歌舞太平

传神真宝镜；写意大文章

古今真乐府；天地大梨园

此曲只应天上有；斯人莫道世间无

古往今来只如此；淡妆浓抹也相宜

父老归来消白昼；儿童归去话黄昏

逝者如斯未尝在；后之视昔亦犹在

有声画谱描人物；无字文章写古今

优孟传神直见汉唐以上；
贞淫随训依然风雅之遗

沧海桑田顷刻间现古今世界；

君臣父子全部内见天地纲常

闻弦歌之声贤者亦乐此；
见羽旌之美乡人皆好之

莫让良心极恶巨奸终丧胆；
请看好样忠臣孝子总团圆

或为君子小人或为才子佳人出场便见；
有时欢天喜地有时惊天动地转眼皆空

邪正奸良都是现身说法；
悲欢离合无非夙世因缘

乾坤大戏场请君更看戏中戏；
俯仰皆身鉴对影休推身外身[6]

三、浏阳市关口街道周建兵整理的《礼文汇编》

周建兵整理的《礼文汇编》约10万字，电脑排印本，其内容较多的来自"楚沩愚谷居士"《精校礼文备录》。该书为李跃忠2001年10月26日在浏阳市官渡镇街上一地摊购得。据当时售卖者介绍，此册子由浏阳市溪江乡（今为关口街道辖地）周建兵整理，并言周先生时已80多岁了。又据册子编者"前言"可知，册子最后完成时间为"1999年仲春"。

丧礼·丧事用文（一）·赈孤词
十六、乐工

雅乐最和平、古调新声、薰风一曲听分明、律吕雌雄交唱和、入耳神清；
翁绎乐章成、鼓瑟吹笙、八音齐奏更怡情、此夜曲终人不见、江上风清

五六、俳优

宜面尔搬来、执简徘徊、天官赐福报条开、文武衣冠红黑净、装扮多才；
歌舞管弦该、欢笑悲哀、忠奸报复漫相猜、顷刻兴亡都唱罢、放炮邀台[7]

四、鄢光润《湘潭孝文化孝歌选》

该书是研究湘潭孝文化，主要是丧仪习俗的一部资料性文献。书中采录了大量的丧葬时唱孝歌（亦称夜歌子）的唱词。其中一些唱段涉及湘潭的演戏。

（一）《湘潭景》

清无名氏编纂的《湘潭景》，乃湘潭坊刻通俗唱本。《湘潭孝文化孝歌选》辑录的《湘潭景》由阳绍泉（1918—1988）、鄢德云（1934—2011）等人于20世纪80年代演唱，鄢光润、陈肠、袁铁坚等记录整理。该唱本有三千余字，此摘录与戏剧有关的唱段如下：

> 昨日无事街前过，遇着老者盘问我：你是湘潭生长人，湘潭古迹可知情？
> ……
> 侧边有座土地庙，土地公公爱热闹，杀雄鸡，祭神明，木脑壳戏又打廾庭（达街庭）。……大同街进去有好远，有些铺子把牌剪，出街就是行道园，园里唱戏闹喧喧。
> ……
> 油榨巷来把榨开，早年碾子是牛背。生意好来牛得力，年年要唱牛王戏，自从嘉庆丁卯年，打了大架不周全。①江西人来抱狭气，断然不准唱牛王戏，近来时节牛发瘟，碾起子来用人工。……

（二）数戏名

《数戏名》是湘潭民间的传统夜歌，也是民间舞狮子时的赞狮词。原整理者称此为1986年5月，据湘潭本地歌手阳绍泉、赵桂林演唱。

按：本段所唱，有的是剧目名称，有的是戏剧故事。凡出现剧目名称的，本文直接以

---

① 嘉庆丁卯年，打了大架不周全：丁卯年（1807）当作乙卯年（1819）。此句所唱当为清陈嘉榆等修光绪《湘潭县志》卷一一"货殖"所载，嘉庆二十四年（1819），湘潭本地人和江西优伶之间的械斗事："江西优人演戏火神祠，操土音，土人哗笑之，江西人以为大辱。甲子，演于万寿宫，江西会馆也。土人复聚哄之。丁卯，江西商复设剧诱观者，闭门，举械杀数十人，乘墙倾糜粥以拒救者"。

《》标示，戏剧故事的则以注释说明。

  停锣住鼓有一阵，列位听我数戏名。
  《断机教子》秦雪梅，登山《打猎》把书回①。
  《吵嫁回门》蔡驼子，将军落店打渔鼓②。
  《书房调叔》《潘金莲》，过江③对伙《八百钱》。
  庞统用的《连环计》，《五关斩将》关圣帝。
  七进七出赵子龙④，《夜打登州》小罗成。
  《夜战马超》张翼德，山东放火鲁明月⑤。
  《九龙山》收杨再兴，《定军山》战老黄忠。
  《临潼救驾》秦叔宝，鲁肃他把荆州讨⑥。
  宋江《三打祝家庄》，《九打华府》李春芳。
  隔河打虎李存孝⑦，万圣楼台申公豹⑧。
  拦河摆渡王彦章⑨，《武松打虎》景阳岗（冈）。
  《七擒孟获》诸葛亮，张飞三把辕门闯⑩。
  《单枪救主》郭子仪，清河比箭养由基⑪。
  忠心保主王伯当⑫，花荣带箭太平闯⑬。
  《火烧绵山》介子推，校场比武夺金魁⑭。
  《私访东京》包公案，四郎回国把母探⑮。

---

①登山《打猎》把书回：即《打猎》《回书》，乃湘剧高腔《白兔记》中的两个折子戏。
②将军落店打渔鼓：不知为何剧目。
③过江：传统戏剧有《伍子胥过江》《过江招亲》《李存孝过江》等名目，此不知指何剧目。
④七进七出赵子龙：即《长坂坡》。
⑤山东放火鲁明月：《秦琼卖儿》，即《打临洮》故事。
⑥鲁肃他把荆州讨：即《讨荆州》。
⑦隔河打虎李存孝：即《李存孝打虎》。
⑧万圣楼台申公豹：申公豹，《封神演义》中的人物。戏曲中出现申公豹的剧目有《大破诛仙阵》《八仙飘海》。
⑨拦河摆渡王彦章：即《王彦章摆渡》。
⑩张飞三把辕门闯：即《张飞闯辕门》。
⑪清河比箭养由基：敷衍此事的剧目有《清河桥》《清河桥比箭》等。
⑫忠心保主王伯当：王伯当，瓦岗英雄之一。《断密涧》《双投唐》《虹霓关》均有王伯当出场。
⑬花荣带箭太平闯：花荣，《水浒传》英雄之一，擅箭术。
⑭校场比武夺金魁：《杨排风》《杨金花夺印》《穆桂英挂帅》等剧，均有校场比武夺金魁的情节。
⑮四郎回国把母探：即《四郎探母》。

斩将封神姜子牙[①]，诸仙大战李哪吒[②]。

《斩子》《斩广》与《斩信》，《卸甲》《封王》挂双印。

《绑子上殿》打破锅[③]，《百花赠剑》《姻缘错》。

《阳河摘印》斩薛猛，武松三打《蜈蚣岭》。

《法场解子》徐敬尤，胡奎胆大卖人头[④]。

《纪信替死》把忠尽，大《杀四门》[⑤]刘金定。

《潘葛思妻》《一品忠》，《水擒庞德》汉关公。

《盘河大战》公孙瓒，七岁中举唐刘晏[⑥]。

《梨花斩子》薛应龙，《夜访白袍》尉迟恭。

《跨海征东》薛仁贵，假设阴曹八千岁[⑦]。

《宫门挂带》李世民，潼关九战魏文通[⑧]。

秦文赵武打双宝[⑨]，三思夜斩花月狐[⑩]。

《私下三关》杨六郎，怕死削发五和尚[⑪]。

李良篡位《龙凤阁》，《火烧余洪》铁脑壳。

八姐九妹《闯幽州》，子忠行孝《七层楼》。

《西湖借伞》《白蛇传》，麻堂黑手《双嫖院》。

《牧童放牛》《晒绣鞋》，山伯《访友》祝英台。

《讨小》《讨亲》《讨学俸》，乡里拐子把城进。

麻子定计《紫金瓶》，三司大审《玉堂春》。

《打铁》《打店》《打豆腐》，《买酒买肉》《双卖武》。

[①]斩将封神姜子牙：《封神演义》故事。湖南湘剧、祁剧均有《封神榜》剧目。

[②]诸仙大战李哪吒：《诸仙阵》。

[③]打破锅：《打锅》或《打砂锅》。

[④]胡奎胆大卖人头：即《胡奎卖人头》。

[⑤]《杀四门》：又名《刘金定杀四门》《女杀四门》《南城头》等。

[⑥]七岁中举唐刘晏：不明是何剧目。刘晏，相传为唐代神童。

[⑦]假设阴曹八千岁：《清官册》。杨延昭状告潘洪卖国，陷害杨家将共十大罪状。潘洪被拿至京，刘御史因受潘洪女潘妃之贿，被赵德芳（八千岁）用金锏打死，又调霞谷县令寇准升为御史，复审潘洪。潘妃又行贿，寇准告知赵德芳。赵德芳做寇准后盾，二人定计，假设阴曹，夜审潘洪，潘洪才吐露实情，据实定罪。

[⑧]潼关九战魏文通：《隋唐演义》《说唐全传》故事。

[⑨]秦文赵武打双宝：秦文、赵武，《薛刚反唐》中的人物。

[⑩]三思夜斩花月狐：《薛刚反唐》中的故事。湘剧有《薛蛟吞珠》演此事。

[⑪]怕死削发五和尚：杨家将故事。相传杨五郎在金沙滩一战中，因只剩下自己一人单独应战，乃削发假装僧人逃过追兵，往五台山为僧。

《鱼婆打网》《双采莲》，《怀胎》《吃醋》《小姑贤》。

《水漫金山》《雷峰塔》，《高旺进表》《黑风帕》。

南桥《扯笋》接姨娘，《磨房产子》《李三娘》。[8]

五、湘潭吴升平传承的演戏文疏

吴升平，1937年生于湘潭市响塘乡方石村（现属九华区），为湘潭纸影戏传人、民间儒生。郭兆祥《湖湘民间文化与湘潭风土》一书中收录了吴升平提供的与戏曲演出有关的文疏6则。从文疏内容及一些用语来看，这些文献当是传抄于清代。

捐资演戏小引

嘉庆△年△月△日△弟来舍间，叙见四处沟渠盈满，彼黍离离，西成在即，万宝将登。值此丰年盛世，不可不酬天谢地，答圣饭神。意欲邀集同人，演戏讽经，以酬至化，请题小引于簿首，予拒之曰："讽经酬答，固所当然，若夫演戏，不无防业耗钞，殊属不可。"弟即唯唯而退。是夜方寐，梦一神谓予曰："吾命一题，试尔以文。"乃曰："壮者。"以暇日，修其孝弟忠信，予拈笔忽悟觉△弟之欲演戏者，意义深矣！窃思大舜挥弦以化，弟子游鸣琴以治民，是移风易俗，亦在乎风琴雅管，又何妨将古本中全忠全孝者演其数本，使其愚顽顿化，习诈风除，或知孝弟忠信，或可补教化于纤毫，亦以答洪恩于月□，遂代书数语于簿首，以告诸公。听谓振□□□领，撒纲要提纲①，惟冀抽毡上之一毫，慷慨乐助，夫□□平，量无识以好事都为之也！是为引。

观音戏小引

尝谓神也者，备至正之德，布救济之恩者也。吾侪戴高履厚，食德饮和，既乐且康，无灾无害，何莫非神明为之默相矣？然神明之泽甚宏，而古称观世音者，则尤为神之最灵，而普渡斯民之极者也！兹因风秩调和，民安物阜，观此熙

---

①撒纲要提纲：不明何意，疑文字有误。

晕①之乐，顿兴酬答之恩。爰集同人捐资，敬演观音古戏。合比间之忱捆，仰答洪恩；藉鼓吹之休和，且祈介福。敢陈数语，布告同乡，惟慷慨与解囊，共奏薰风之曲，欣然从事，同瞻法像之光，庶甘露被野，品物咸亨矣。

切思我等农民，职司耕种，东作方兴，既尽耕耨之力，西成之望；均深俯仰之资，实芳实苞；待涵濡于惠泽，实颖实粟②。资灌溉于天浆，所赖甘雨如期，祥风应候。沟前屋泽，滋禾黍而油然，川浍皆盈，润桑麻而沃若。然人力不至于此，惟神圣可以为功。用是纠合同人，聊陈不腆之祭，仰祈盛德，普垂广济之恩。五日一风，协太平之雅化；十日一雨，昭盛世之休徵。庶使克岐克□③，蝗不为灾；维苞维糜④，旱不为虐。比间妇子，歌我室之盈宁；草野人民，永斯仓于千万。则众等沾恩无既，而圣泽浩然罔穷矣。尝读《中庸》曰："凡事豫则立，不豫则废。"不禁喟然，叹圣言之至切也矣。盖上下之人，莫不有事，事无大小，悉期于立，要其所以遂心如愿者，则唯此预防之一念耳。然事之在阳明者，利害攸关，人固知而勉为；而事之在幽渺者，祸福之地，人多忽而东察⑤。请得而言之，吾侪戴高履厚，食德饮和。气禀清明者，凭几席而诵经；膂力刚强者，履南亩而力作。或执枝⑥以备需用，或经商以通有无，亦何求不得，何欲不遂，而且疠疾不泽，民不夭礼。总曰人事致然，何莫非祖若宗，豫为祈祷，始得安然无恙也。

牛皇戏小引

盖闻花牛献瑞，王政首自三推；丰水传奇，神灵历□，故礼称大武，历纪春牛。境内牛皇大帝，昭赫濯之声虚，多历年所，倩梨园之子弟，厥省旧章，△等辱承委佑，自愧不才，但念独力难支，众人易举，凡我同人，解囊相助，集腋以成，如染吴律而抽庶⑦，效宁生而扣角矣！是为引。

---

① 熙晕：当作熙皞。熙皞，和乐、怡然自得意。
② 实颖实粟：当作"实颖实栗"，形容禾穗沉沉收成好。
③ 克岐克□：当作"克岐克嶷"。朱熹集传："岐嶷，峻茂之状。"后多以"岐嶷"形容幼年聪慧。
④ 维苞维糜：当作"维糜维芑"。糜、芑，均古代种植的优良农作物品种。
⑤ 东察：不明何意，疑为洞察或失察之误。
⑥ 执枝：疑作执技，即掌握技能。
⑦ 吴律而抽庶：不明何意，疑有文字错误。

募牛皇戏小引

窃维祈禳者，有叩许之仪，被泽者有仰合之意。此亘古一致，到处皆然，并无地异地移之殊也。移至乡内大目寺中，有牛皇大帝，威灵显圣，保障一方，职司逐疫之权，恩深耕家之本。六畜无灾无害，直仗神威；三家无虑无忧，全凭圣力。兹当五月，圣诞期临。凡我同人，正宜庆祝。爰术（述）数语，布告乡村，共助资财，讽经演戏，答洪恩于万一，且祈安泰于将来，见物类咸亨，人心悦豫矣。五月初十日，牛皇大帝圣诞，凡诸科首，集齐大目寺一会，共作商处。

唱观音戏引（缘簿小引）

尝谓丰也者，备至正之德，布济渡之恩者也。吾侪戴高履厚，食德饮和，既乐且安，无灾无害，何莫非神明为之默相矣！然神明之泽甚深，而古称观世音者，则尤为神之最灵，而普渡斯民之极者也。兹因岁序调和，民安物阜。观此熙噑①之乐，顿兴酬答之恩。爰集同人捐资，敬演观音古戏。合闾阎之忱烟，仰答洪恩；藉鼓吹之休和，上祈厚福。敢陈数语，布告同乡，惟慷慨与解囊，共奏薰风之曲，欣然从事，同瞻法像之光。庶甘露被野，而品物咸亨矣。

福主庙王筹讽经演戏捐资文

福主庙王，所以庇荫圆方者。既无所不至，我等正宜酬答既往之恩，更祈将来之福。爰商同会，共助货财，讽经演戏，答圣畋神，庶泽降恩流，民安物阜矣。我等躬逢盛世，雨旸时若。兹值暑灾之际，各宜竭诚，以答神庥。爰商同会人等捐资演戏敬神，并延道讽经忏谢。敢烦解囊相助，是荷。[9]

戏曲，尤其是地方戏和民俗的关系极为密切。李跃忠曾以影戏为例讨论过影戏和民俗的关系，认为"中国影戏和民俗的关系实际上是中国戏曲和民俗关系的一个缩影。探讨影戏和民俗之间关系，在一定程度上也就理清了戏曲和民俗之间的关系"，并指出二者之间密切的关系"不仅体现为民俗活动是影戏起源、形成的源头，是影戏生存发展的文化空间，也体现在民俗对影戏演出内容、过程及仪式的影响，而且影戏及其演出也丰富了相关

---

①熙噑：当作熙皞。熙皞，和乐、怡然自得意。

的民俗活动及民俗类型"[10]。而上述材料的发现，无疑为人们深入认识民间戏剧与民俗文化，尤其是与信仰民俗之间的关系提供了有力论据。此外，礼仪文献中的一些演戏对联，还从不同角度揭示了人们对戏剧表演的本质、艺术特征及其文化功能的认识。因此，这是一批较珍贵的戏曲文献。

参考文献

[1]湘潭县文教办公室：《新编实用婚丧礼仪》，内部资料，1992年版。

[2]长沙县政协委员会编：《长沙民间婚丧礼仪》，湖南人民出版社，2013年版。

[3]卓之：《湖南戏剧概观》，《剧学月刊》1934年第3卷第7期。

[4]（清）邓炳震、贺润翰、张惟沅、舒泰：《精校乡党应酬》，光绪十一年刻本。

[5]陈戍国点校：《周礼·仪礼·礼记》，岳麓书社，2006年版，第70页。

[6]"楚沩愚谷居士"：《精校礼文备录》，民国四年刻本。

[7]周建兵：《礼文汇编》，电脑排版打印本，1999年版，第103页、108页。

[8]鄢光润：《湘潭孝文化孝歌选》，中国文史出版社，2013年版，第567页、第570页、第628—629页。

[9]郭兆祥：《湖湘民间文化与湘潭风土》，新风出版社，2007年版，第373—375页。

[10]李跃忠：《影戏与民俗关系论略》，《文化遗产》2009年第1期。

作者

李跃忠，博士，湖南科技大学中国古代文学与社会文化研究基地教授，主要研究方向：戏剧与民俗文化。

许小主，湖南财政经济学院工商管理学院教授，主要研究方向：城市伦理。

陇南地区所见傩文化

张金生　邱雷生　张　鹏

摘要：陇南傩文化遗存非常丰富，目前发现文县有下坛端公戏、九原装老汉、麻够池、甘昼、麻昼、池哥昼，康县有梅园神舞，武都有大身子舞、坪垭羌姆巴，宕昌有羌傩舞等。类型多、遗存相对完整，有些傩在中外傩文化中是独一无二的，成为独有的傩文化。

关键词：甘肃陇南；傩文化；池哥昼

陇南具有悠久的历史，沉积的傩文化比较丰富，保存也很完整。2008年以来，陇南市政协组织专门人员深入各地，调查各村寨流传的傩文化。兹就调查团队调查所见傩文化做一简要汇报，以期抛砖引玉，引起学界调查、整理、研究陇南傩文化。

一、文县下坛端公戏

明清时期，从四川及湖广（湖北、湖南）一带有一批移民迁徙到陇南，其中有些人是端公，他们带来了供在斗中的宗神——坛神，端公经常"跳坛"爨坛神，形成下坛端公戏。陇南地区原有端公用羊皮扇鼓歌舞爨庙神的祭祀仪式，民间便将爨庙神的祭祀称上坛，将爨坛神的祭祀称下坛。下坛端公戏曾兴起于甘肃文县的碧口和临江、武都县的洛塘以及康县南部，流行于文县、武都、康县和四川的九寨沟县。由于各种原因，下坛传人越来越少。民国以前文县碧口每年必演的《劈山救母》《翻目莲》等剧目佚失。

下坛端公戏在文县流传中，吸收了当地不少文化，形成地方性特色。曲调轻松活泼，音乐多用五声徵调式。演唱节奏明快，气氛热烈，似唱非唱，流动感强，很注意字与音的韵味。歌词重章复沓，配有插科打诨。乐器以马锣（小锣）、中锣、钹、小钗、鼓为主。舞步迅速而多变，常用"左右踏步""大小八字步""丁字步""蹽脚""蹉步""平步""前后点步""半蹲""平步旋转"。表演高潮时有"腾跃""蹦窜""翻滚""旋转"等动作，还有类似戏曲"亮相"的造型和片刻停顿，强调动作的力度。文县下坛端公戏无文本，传人不识字或文化程度不高，全凭记忆，世代口传。拜师、出师有庄严仪式，徒弟毕业举行的仪式叫"奏朝"或"盖卦""抛牌""装包"，并起法号、传技艺，极具神秘色彩。演唱请神歌中要呼叫传艺人姓名。下坛供傩公、傩母，民间因普遍把神敬在斗里，又称"斗斗坛"。

下坛爨神生、旦、净、丑齐备，只是无文乐伴奏。生角有老生、土地和小生开山大将军、二郎神君。旦角有"唐氏太婆""肖氏太婆""白马三娘"等，都是极具戏剧性的人物。净角有杨七郎。庆坛祭品有鸡、鱼、猪。

现存下坛班子有文县桥头、天池、中庙、玉垒的4个班子。

（一）蒋家班

据蒋家班请神歌传唱，该班源于"广东敽教"，由四川移民传入屯寨。唱词唱腔舞姿多变，有问有答，有歌有白，均用四川方言土语，有单唱或双对唱，由锣鼓队帮腔合唱，气氛热烈。庆坛爨神戏目有：《取水》《请神》《立楼》《画梁》《发牒》《搭桥》《坎路》《烧路》《挖路》《扫路》《拆坛》《放兵》《放游司》《打礼请》《参灶》《拆字》《领头生》《买猪》《取土》《盘娘娘》《签上卦》《下卦〈上粮米〉》《奉神上殿》《下殿》《迎白旗先锋》《迎十二花莲姐妹》《合梅山》《合神》《造标》《造枪》《勾愿》《减灾》《送神》《倒傩坛》《安神》等。打保福演出仪式戏目有：《请神》《发牒》《参灶》《搭桥》《祭五猖》《枪魂》《埶符退病》《回赎》《交钱》《造毛代灭》《过关度煞》《合梅山》《送神》《安神》等。勾愿戏目有：《杨七郎》《土地》《跑报》《青马将军》《红马将军》。演出者有一人的，有两人的，也有五人的。演出面具有领兵土地、开山大将、干先生、减灾和尚、行案土地、杨七郎、八蛮傩鲁、扫路郎君。供奉的神有不足5寸高的伏羲兄妹、梅山三兄弟神像和真武祖师神案。法器有牌带（历代师父牌带）、牛角号、印、司刀、剑、开山斧、桥单、五佛冠、土地龙头拐杖。掌坛师傅是蒋玉兴（1937—），文县天池镇王家庄清泉堡人，八岁随祖入法坛学下坛傩戏，出师法名蒋法灵，掌握72个手印、64卦。表演的傩技有过刀桥、立泰山、立娘娘、起油锅、过火坑（背病人走三圈）。授徒7人。宋安邦帮其记录了傩戏唱词，于2018年集齐《巫门敽字歌》。

（二）段家班

清代段家从四川蓬溪县水磨河毛家寨迁徙到文县桥头镇刘家湾村疙瘩地，带来了傩神及下坛端公戏，已历8代。段家至今讲话带四川口音，演出用川腔。供伏羲兄妹、梅山三兄弟神像及真武祖师神案。段家班源于老君教，三十六坛戏目为：《开坛礼请》《清水扎寨》《行法洁净》《申文发牒》《迎宾合会》《搭桥请神》《撒坛放兵》《招兵上殿》

《立楼扎寨》《拆字上香》《关师到殿》《分兵拨马》《开洞放兵》《逢山开路》《遇水搭桥》《领兵出营》《买猪干牲》《回赎了愿》《搬兵上殿》《步呈九州》《南门土地》《祭奠五岳》《领兵参灶》《合梅搬社》《团山合会》《朝阳庆贺》《三朝三庆》《开山祭佛》《造枪造标》《耍笑郎君》《取土筑城》《祭奠神兵》《插枪插标》《安神落坐》《家安落坐》《祭祀圆满》等，须三天三夜才能演完。个别村民家不顺利或久病，便请班子演出，叫打保福，又叫禳改，根据主人意愿表演部分剧目。爨神、许愿、还愿，庆神许下三年或五年、七年、九年一次的演三十六坛戏。演出面具有杨七郎、开山大将、土地、和尚、仙女、杨八郎、杨六郎，据掌坛师傅说，他们的演出面具传了800多年。掌坛师傅为段云炉（1931—），小学文化程度，法名段法显，傩技有上刀山、下油锅、跳火坑、顶鏊、穿铧等，授徒2人。另一掌坛师傅为段云举（1937—），小学文化程度，法名段法雷，傩技会上刀树、抓油锅、跳火坑、立娘娘、合梅搬社等。

（三）吴家班

吴家原是湖广人，15代之前移民文县中庙镇后坝村大湾，带来神像和医术、端公戏等。该班傩技上刀山、顶鏊、穿铧、过火海等失传，面具仅存土地，常演出傅端公戏剧目有：《三霄坛》《傩公坛》《坛神》《地盘业主》《五山》《土主娘娘》等，可演三天三夜，简单的一天一夜。供奉的神为阴司法官、家神、药王爷。演出用中庙方言，掌坛师为吴丕祥（1942—），擅长中医内外科、上坛爨老爷、下坛端公戏，授6个下坛徒弟，常在碧口片及相邻的四川省青川县一带行艺。

（四）胡家班

胡家从四川江油迁至广西，然后迁到文县碧口，再迁至玉垒乡大山村任家沟，在大山居住已8代，带来了坛神和端公戏，供奉千岁公、万岁历娘神像及三清祖师神案。演出面具有龙官大帝、开山大帝、进财土地、唐食太婆、青山土地。胡家下坛爨老爷，斗里安放傩神像。掌坛师为胡正荣（1938—），初中文化程度，授徒6人。表演程式有请神、封境（不惊动别的地方）、参神（去青龙山天妃庙拜神）、回箱（给神汇报回来后把着装脱去）、龙官踩台、合会（由龙官召集各路众神开会安排下一步活动）、取水（去固定取水，求风调雨顺）、祭灶神、出三花、买货（取土地买货开财门之意）、开坛、搭桥会兵、传艺、立娘娘、领兵出阵、放兵、打开山、开红山、上刀山、判官断案、立楼扎寨、收兵揽将、迁坛挪坐、迎花园、造旗枪、安神等。每次表演的项目，根据事主事由及时间长短确定。

文县形态各异的下坛端公戏，具有一定的历史、文学、艺术和观赏价值。其长期处于地下活动，全面掌握技艺的人年事已高，年轻人愿意学习的少且无掌握高难度傩技的，已濒临消亡。

二、九原村"装老汉"

"装老汉"是文县梨坪镇九原村松坪、石界湾、下寨、葡萄架四个白马藏族山寨傩戏的称呼。

据九原寨民传说，远古妖魔在当地作怪，野兽害虫肆虐，洪涝成灾，人民生活在水深火热之中，祈祷上天相救。上天派十万天兵天将降妖除魔，人们过上了幸福生活，众神仙也回天复命。过了很久，上天连续派来了耍猴老汉、流浪老汉、打糖老汉、耍棍年轻人、浪当汉子前来探视民情，了解九原寨人当年承诺每年正月十五进行祭祀的执行情况。

"装老汉"由开场、耍猴、老汉、打糖、德君、玩谝、婚庆等表演环节组成。表演人员需31名：开堂1人，耍猴2人，老汉3人，打糖1人，德君1人，玩谝1人，婚庆10人，乐队6人，传唤6人。"装老汉"佩戴的面具造型及表演服饰风格独特，流传下来的面具有老汉、老汉夫人、打糖人、猴子、德君5个面具，全程用白马藏族语言表演，伴唱歌词有《阿喜咾》《祭祀歌》《婚庆歌》《对歌》等。

"装老汉"没有文本，由头人和端公主持、村民扮演。现该傩戏濒临失传。

三、"麻够池"

"麻够池"是文县石鸡坝镇堡子坪白马藏族寨子于正月十六下午祭祀白马龙王、山神都刚的仪式。

"麻够池"由四位"池哥"和全体男性寨民共同参与。伴奏乐器有鼓、大钵、小钵、锣，另有六位三眼铳炮手。表演场地同时分设在庙前、山上和寨中三处。表演过程有：全体寨民在神庙前集合、四位"池哥"闯关、请神、"贝木"诵经、杀羊献祭、"贝木"吟祷词、"池哥"抓麻够（刀头的白马语）、全体寨民兵分两路跟着麻够从两个山头练兵交锋，冲下山在寨子中间的大场交战。交战共有五大阵，且次序固定：一耍天门阵，二耍九宫八卦阵，三耍长蛇盘龙阵，四耍平安吉祥阵，五耍斩妖除魔阵。从山上向山下和从山下向山上的行进中，表演动作较为随意，以跑、跳为主。但两军交战中舞步较为固定，主要有屈膝、跨步、下蹲、左右甩刀、冲刺、厮杀等动作。进三步祈求保平安，退三步祈求保吉祥，左三圈祈求风调雨顺，右三圈祈求五谷丰登。对阵约一小时左右，神庙前烧烤的羊肉已熟。池哥再次闯人墙，然后上神庙，交赎愿，分羊肉吃。然后，同第一次一样，兵分两路冲向大场进行交战。约半小时左右，池哥走向村头卸装。

"麻够池"仪式的传承人现有班代寿（1975.2—）、尤新民（1969.10—）、毛玉代（1971—）、尚社会（1971.4—）。

"麻够池"再现了白马藏族先祖迁徙、守城、攻伐的历史场面,是白马先民集体回忆征战历史的一种傩舞戏。整个过程原始古朴,场面雄浑,可以使人感受到当年白马人面对社会嬗变的勇气和信心。

四、"甘昼"

"甘昼"是文县石鸡坝镇薛堡寨从古代传承下来的一种傩舞,一般在正月十五、十六表演。

由四个男性寨民头戴女性微笑面具、身着民族短装、外罩花坎肩、双手持牛尾表演,同时还有其他面具佩戴者表演。伴奏乐器主要有锣、鼓、钹。在正月十五这天,各角色在固定的地点装扮穿戴好之后,前往寨旁传统地点请神,然后舞至固定地点,单独舞蹈,驱邪纳吉。

"甘昼"表演的是白马藏族妇女养育孩子、做饭、缝制衣服等操持家务的日常生活内容,舞步规范、动作干练柔美、节奏明快、幅度夸张,形成独具民族特色的傩舞样式,具有一定艺术价值和观赏性。完整的表演需要一小时。"甘昼"源于祖先崇拜,颂扬女性为繁衍人类做出的无私奉献。

"甘昼"在薛堡寨本寨内群体传承,一般由技艺高超的上一代训练寨内选定的下一代。现有市级传承人杨茂清(1927—2020)、杨富平(1962.1—)、薛行神代(1963.5—)三位。

五、坪垭羌姆巴

陇南市武都区坪垭藏族乡所辖铧嘴里、崇山子、凤和、坪垭、旧墩、腰道、赵杨坪、鹿连、蛾儿等村村民信仰佛和山神,丧葬使用火葬。除铧嘴里、崇山子之外的其他7个村子均建有寺庙,并表演傩戏。

凤和村有凤和寺,建在村前山梁一块平地上,已有200多年历史,内有喇嘛13人,穿藏传佛教僧人服饰,其中有3位老师傅,10位徒弟,每年轮流当值。凤和村的山神是一棵三人抱围的古老松树。寺里藏有戏神面具20个,用红、紫、黑、白、黄、靛青等多种颜色彩绘,形象极度夸张,面目有的狰狞,当地人称为"牛头马面"或"十二相"。每年正月十四、十月二十六在寺内跳傩舞。跳前给释迦牟尼、观音菩萨、宗喀巴念两天经。傩舞一般仅在寺内跳,当有多灾多难的村民恳求,在寺内跳完再去村民家跳。

表演过程:寺管领着喇嘛敲打钹、鼓和法器念经。念毕,一位喇嘛吹几声号,两位喇嘛打击鼓、钹伴奏，表演者穿戴各个角色装和面具，从佛殿出来在院内表演。表演由八部分组成：百岁老人与徒弟舞、两小鬼舞、狮子与龙舞、百岁老人与四小鬼舞、鹿舞、地方人士舞、牛舞、11面具围牛面具舞，每折都有具体的故事情节，分别称《尕普尕姆》《阿赞然》《铜格木》《登正英》《巴哈》《贤那》《登巴赢》《祈见》等。在每部分表演之前，喇嘛都要吹号；最后，村民跪拜、放炮、寺管吟祝词并给牛面具献哈达。整个表演历时三个多小时。风和寺傩舞骨干是喇嘛，也有热心的青少年参与。流传至今，表演者已不能清楚地讲述面具舞的故事情节。

坪垭羌姆巴戏，应是当地氐文化吸收藏、羌、汉文化元素形成的一种寺院傩舞戏，承载着他们的先祖、鬼神、动物、图腾、佛教信仰信息，是研究武都历史、民族、文化、民俗演化的活资料。

坪垭羌姆巴市级传承人为曲旦明（1965.4—），赵扬垭村人，从小学习坪垭羌姆巴表演，演出较多；王桑册（1976.3—），赵扬垭村人，15岁开始学经，18岁开始学舞，先后演出六十余场次。

六、文县"麻昼"

"麻昼"是文县石鸡坝镇薛堡寨、堡子坪两个白马藏族山寨正月十五、十六日表演的祭祀傩舞，周边汉族称之为十二相，但只有六个角色。各角色的服饰依据六种动物的颜色，猪面具穿一身黑色衣，虎面具穿条形斑纹衣，狮子着红色衣，牛是棕色衣，龙为绿白相间衣服，鸡上身为红色衣。

表演时，六个角色在锣鼓钹伴奏下行进至寨子旁固定地点或庙前请神，然后舞至固定场地，按照固定套路表演。各角色有固定的站位排序，表演有一定的程式和套路，领头者为狮头面具佩戴者，末尾为猪头面具佩戴者。六个角色跟随打击乐节奏，以逆时针转圈的方式进行表演，民众分男女两组用白马语伴唱特定歌曲。

"麻昼"表演共十二大阵："狭昼"（拜山神舞）、"腰昼"（牛舞）、"搭昼"（虎舞）、"安昼"（兔舞）、"搓昼"（龙舞）、"山尼"（蛇舞）、"报杰兰木"（马舞）、"占昼"（羊舞）、"世昼"（猴舞）、"写昼"（鸡舞）、"雷杰瓦扎"（狗舞）、"帕昼"（猪舞）。每阵各有六小路，共七十二小路，跳一遍需四个多小时。由于各种原因，现今许多动作被遗忘，但流传的套路依然丰富，整场表演动作流畅、舞步复杂多变、造型逼真。

"麻昼"以锣鼓钹为伴奏乐器，以圈舞的点踏步、穿花的蹉跳步为基本表现形式，舞蹈的基本动律以蹉步、小腿划圈蹲步、左右跳转圈为主，结合粗犷、神秘的上肢动作，栩栩如生地表现了所扮动物的形态，体现了白马人独有的审美意识，表达了白马人对大自然的崇拜，对原始拟兽舞的溯源、发展、演变及舞蹈仪轨的形成极具研究价值。

麻昼舞蹈动作复杂，仅在寨内群体传承，一般由技艺高超者训练集体选定的下一代传承人。杨茂清、薛行神代（市级传承人）、杨富平为薛堡寨指导者，班尤明（1936—2011）、尤新民（市级传承人）、班代寿为堡子坪指导者。

七、康县梅园神舞

梅园神舞是移民带到康南的下坛端公戏，在吸收当地羊皮扇鼓歌舞、民间歌舞形成的基础上形成的一种傩戏。当地人称之为"跳经"、祭"梅山爷"，流传于阳坝、太平、两河、三河、白杨、铜钱等乡镇，"梅山爷"是一位高五寸左右倒立的木雕像。民国时期，康南诸乡镇均有自己的艺人班子，后来逐渐失传，今阳坝镇梅园沟流传的比较多。

梅园神舞木雕面具有土地神、灵官、判官、二郎神、小鬼，法器有羊皮扇鼓、法帽、木刀、木剑、牛角号、钹、锣等，另外还有手抄唱本。

梅园神舞共有五个部分：第一部分为请土地神。由五人戴上龇牙咧嘴、青面獠牙的面具，身穿各式长衣，手持刀剑，扮作土地、灵官、判官、二郎神、小鬼等。首先由土地手持龙头拐杖出场，用戏耍逗笑的方式，将其他四位请上场；第二部分为跑公曹。穿红色法衣的土地神，手敲小铜锣，领着神将转圈，边走边唱，每转两圈，相对一拜；第三部分为砍五方路。由土地磨刀、耍刀、耍火棍、砍五方路完成；第四部分为打开山。土地手持金瓜钺斧，朝五个方向挥舞，请出另外两位神将，一用扫帚扫尘，另一手拿牌花[①]和土地相拜说唱；第五部分为伐木。由四五个人手牵手转圈、翻交，或三人抬轿、搭架，再现当地人进山伐木的场景。

梅园神舞主要依赖师徒传承。阳坝镇干江坝村曾经著名的艺人有尹法显（1900—？）、尹法通（1928—？）、石法印，均已离世。现有市级传承人尹世成、韩远银、豆保全、石宝平、郭明兴，县级传承人郭天平。其中韩远银（1947.8—）授徒豆保全、石宝平、郭天平、郭明兴，徒孙韩晓燕、郭富平、郭福军、王爱林、郭明兴、豆金龙、郭明军、尹正军。

[①] 牌花是村里各家各户妇女用五彩线绣织的类似于荷包的丝织物，上绣女人的名字和出生年月日。牌花有祈求平安、求子求福、进山还愿的意思。

八、大身子舞

大身子舞流行于武都区鱼龙、隆兴、佛崖、甘泉等地，当地称"耍大身子"。20世纪90年代以前，武都许多乡镇的社火有"耍大身子"，其中鱼龙镇最为盛行，秋水坪、阳山村、杨坝村、上尹等村都有演出。现仅鱼龙和隆兴的个别村保留着演出。

大身子舞中的大将是鱼龙人心中的大神，人们习惯称为"爷"。比如称关羽为"红爷"或"关爷"，称刘备为"皇爷"或"刘爷"，称曹操为"黑爷"或"曹爷"。鱼龙镇观音村观音庙供有"关帝圣君"牌匾，据牌匾落款"大清光绪癸卯十月初二"可知，庙建于清光绪二十九年（1903），当时就有大身子演出。20世纪80年代后，每隔几年就会连演三年。1995年后近二十年间中断，2016年首演。

据老人回忆，鱼龙镇以前的大身子舞队十二面具齐备。流传到现在，很多村子的面具已不齐全，仅保存周仓、关公、刘备、吕布、张飞、曹操、蔡阳七大身子，有的村子还有秦琼、敬德、小鬼、老爷、老婆、笑和尚。大身子舞面具雕刻非常讲究，选材、雕刻、上彩、装饰、点睛（同开光）均有严格规定。演出服饰主要是武将装扮，仿三国英雄装扮。演出道具主要有铁枪（或斩马刀）、青龙偃月刀、双股剑、丈八蛇矛、方天画戟、倚天剑、大刀。演出场地在村庄四周、田地、院场以及戏台。

大身子舞面具扮演三国武将，演绎三国故事，无完整的剧本和文字记载，演出完全靠演员的记忆。鱼龙大身子舞的剧目比较少，主要有《关公斩蔡阳》《张飞祭枪》《关公斩貂蝉》《桃园结义》《三英战吕布》《刘备坐朝》《打凉伞》《抢营》等。演出以武场和对白为主，没有唱腔。舞步动作原始古朴，以马步、弓步、摆拳、跳跃为主，有时还穿插翻滚、排字等。

大身子舞演出时间在农历正月十一到正月十六，具体时间从上午九点后开始，下午四五点结束。舞队排序：旗头[①]，每户村民家一人持彩旗跟随旗头，之后依次走出竹马子、小鬼、周仓、关羽、刘备、吕布、张飞、曹操、蔡阳、老爷、老婆，最后是跟随的戏把式。

大身子演出程式分台下和台上，台下有出将、过关、走印、圆庄、叫场等程式。在鞭炮锣鼓声中头人们跪地给关公等"化马"[②]祈祷，然后关公等在跪在路上的全体村民不分男女老少的头上"跷尿骚"[③]。"走印"是演员们在"旗头"的带领下在田地里走"字"。他们认为，鼓乐伴奏下唱着、舞着在村子田里走出一个"佛法僧宝"九叠篆字印

[①] 旗头一手持红色大旗和牌位，一手提秦琼和敬德的面具。
[②] 当地人将给神烧纸称为"化马"。
[③] 即用腿从其头上绕一圈，以驱除病魔和晦气，保佑人们在新的一年里身康体健、吉祥平安。

章如同给村庄盖了一个印，可以镇宅、纳福、驱邪。排成一队的演员们在"旗头"的带领下，围绕村庄走一圈，人们叫作圆庄，其意"划地为圈，圈保平安"，外面的妖魔鬼怪便进不来了。接着，叫场演出地戏。地戏程式完后台上表演三英战吕布、斩貂蝉、斩蔡阳、刘备坐朝、打凉伞、抢营等。

武都现在保存大身子舞的村子有鱼龙镇的观音坝村、麻地沟村、羊地里村、阳山村、卯家庄村和隆兴乡的首蓿村，各村的大身子舞都有差异。

耍大身子舞源于明代驻屯军，吸收了地域文化和佛教、道教，成为傩文化。

九、宕昌羌傩舞

羌傩舞是宕昌县城关镇鹿仁、阴坪、立界、拉界、水泉坪，以及新城子藏族乡新坪、牛头山、乔家村、岳藏铺等藏族寨子祭祀山神的傩舞，当地称之为"脑后吼"，有些学者称之为"木家凶猛舞"，列入非遗称为"羌傩舞"。

据学者考证，公元前4世纪前半叶，羌人爱剑之孙卬害怕秦国攻伐，率领同族的部落南下，其中一支来到参狼谷（今宕昌县理川镇）[1]，史称武都羌、参狼羌，称今境内岷江为羌水。西汉时，在今甘肃宕昌县、舟曲县置羌道。汉景帝时（公元前156—公元前141），居住在湟水流域的研种羌豪留何率领他的部民要求入守陇西塞，于是徙至陇西郡的狄道、安故、临洮、氐道、羌道[2]。汉封羌人首领为"羌君"，颁有一方"汉率善羌君"铜印。晋怀帝永嘉元年（公元307）羌人梁勤建宕昌国，东西千里，南北八百里，有人口十万余众。北周武帝天和元年（公元566），北周大将田弘灭宕昌国。唐广德元年（公元763），宕州被吐蕃占领，由吐蕃鲁黎部大酋木令征（《续资治通鉴》番名木琳沁）统治。元朝"以土官管土民"，在哈达川（今哈达铺）设土司管理被称为"木家人"的少数民族[3]。中华人民共和国成立初，他们被登记为藏族。宕昌为古羌语汉字记音。

宕昌"木家人"居住地自然条件恶劣，冰雹成灾，野兽出没，他们敬畏自然、信仰山神、崇尚勇猛，称法师为苯苯，供奉凤凰山神。凤凰山神在当地民众中有至高无上的地位，认为天、地、日、月、星辰、雷电、冰雹、山川、土石、禽兽等都是凤凰山神的将官。凡遇干旱、冰雹、疾病流行，村寨举行集会，"苯苯"主持杀鸡宰羊、念《曲经》或《喜乐山神经》、跳傩舞祈求神灵驱鬼逐疫，护佑寨子平安、风调雨顺和人畜健康。

宕昌藏族苯苯分文武两种，驱鬼逐疫时，武苯头戴面具，挥舞大刀，驱赶恶鬼。当武苯不能降服，就由文苯唱经文，歌颂赞扬鬼神，以期与其和谐相处，为村民带来祥和生活。

羌傩舞舞者10人。在属相与当年属相相同的苯苯带领下，按地下画出的图形路线，走八卦舞步，当地叫甘八路。领舞者5人，老大称"贡巴"，头戴镶锦鸡羽毛、雕翎熊皮帽，穿绸制长衫，项挂"尕欧"、珠珠，一手拿翻天印，一手拿拨浪鼓；老二名"荀巴"，手持拨云剑，与手拿铜制碟铃或牛角喇叭的老三、老四、老五头戴五佛冠，穿绸缎长衫。后跟5人头戴牛头马面面具[①]，反穿皮袄，腰系大铜铃，手持木刀。表演时，舞者上身前俯，双腿屈膝形成半屈蹲状，随皮鼓和牛角号的音乐节奏，屈膝抬脚拧身，忽进乍退。从左开始绕圈，反复进行三次。同时，文苯苯念《喜乐山神经》。

城关镇鹿仁村省级传承人苗赵生义（1965.5—）是现存的一名武苯，是宕昌唯一的第一代经书传承人。宕昌羌傩舞有家传和师承两种方式，传承遵守严格的血缘亲疏关系，并且家族内传男不传女。宕昌羌傩舞县级传承人为苗文平、杨张庆、苗左林代、苗春俊、杨映升。

宕昌羌傩舞源于族群传说，吐蕃统治后又添加了诵念苯教经卷，是融合羌、藏、汉文化，植根民俗的别具一格的傩舞形式。

十、文县池哥昼

"池哥昼"是文县白马藏族语对本民族傩戏的称呼，其中的男角色称为"池哥"，女角色称为"池母"。四川平武的男角色称为"曹盖"，女角色称为"曹母"；九寨沟的称为"酬盖""酬孟"。白马藏族语称面具为"舍俄"，跳为"昼"。"池哥"面具最显著特征是三眼凸目。

文县白马藏族人视"池哥昼"为一年中最大、最神圣的事，期间外出的人都要赶回来参加仪式。每个寨子举行"池哥昼"仪式的日期是从祖上传下来固定的，铁楼藏族乡麦贡山在正月十三、十四日，立志山和阳尕山正月十四日，入贡山和案板地正月十四、十五日，中岭山正月十五日，强曲及薛堡寨（石鸡坝镇）、堡子坪（石鸡坝镇）、寨上（堡子坝镇）正月十五、十六日，寨科桥、迭部寨和朱林坡正月十六日，枕头坝、草坡山正月十六、十七日。所需具体时间，大寨子需两天，小寨子只一天。

文县各白马藏族山寨"池哥昼"的角色及其数量不完全一致。麦贡山、入贡山、阳尕山有4个"池哥"、2个"池母"、3个"知玛"，强曲有3个"池哥"、2个"池母"、1个"知玛"、1个野猪，枕头坝、草河坝有4个"池哥"、2个"池母"、2个"知玛"，朱林坡有3个"池哥"、2个"池母"、3个"知玛"，案板地、迭部寨、中岭山有3个"池哥"、2个"池母"、2个"知玛"，寨科桥有3个"池哥"、2个"池母"、2个"知玛"、1个秦州客，薛堡寨有4个"池哥"、4个"池母"，堡子坪有4个"池哥"、3个"池母"，

---

① 分别代表东、中、北、南、西五方神圣。

寨上有3个"池哥"、2个"池母"。

文县"池哥昼"有固定的队形、舞步。队形多为纵列，宽敞处时有并列。"池哥"依次序排在最前。"池母"跟在"池哥"后面。一男"知玛"在队前带路，其他跟在后面。

文县"池哥昼"的仪程：

首先是筹备。承办人叫会首，由全寨人家轮流产生，小寨子每年一家，大寨子需要二家。会首从每家收集粮食、钱、五色酒，作为活动经费。临近日期，头人主持会议商定扮演者、乐队和炮手。

接着是请神。当天早上八九点钟，"池哥昼"装扮者、会首、炮手、乐手、贝木（类道士）或劳摆（类端公）或傻巴（类阴阳）、头人及威望高的老人一起到寨子固定地点，将所有"池哥昼"面具按顺序自左至右坐北朝南摆放，在场人员面对"池哥""池母"面具跪下，神职人员燃柏香并烧纸，先请"池哥""池母"神到场，再自西向东呼唤松潘、平武、南坪、文县各寨山神名号，巫师颂祝词毕，众人齐声大吼三声"噢喂"。

然后是装扮。"池哥昼"装扮者、炮手、乐手等人先点燃柏香，用烟熏全身，意味着驱邪净身，接着开始穿戴。

随后是绕寨驱傩。表演开始后，先在村内跳一圈驱傩。初始是十多位青年男女跟随，用白马语伴唱，接着几乎全寨男女老少都加入队伍。队伍越来越大，歌声越来越高昂，高潮时竟然圆圈套圆圈、内圈外圈共舞。

随后进入寨民家驱傩。绕寨后驱傩队伍挨家挨户用同样的仪轨驱邪傩。家家备好接五谷酒和肉菜，香炉中点香蜡，主人点燃大把柏枝在门槛处，熏绕数次迎"池哥昼"入户。"池哥昼"进院后踏着锣鼓点子甩动牦牛尾舞三圈，然后进堂屋驱傩。驱傩毕，在堂屋接受主人献祭。接着，炮手鸣放三声炮，队伍又去下一户人家驱傩。

接着是送神。每天入户驱傩至深夜告一段落时，要跳火圈舞并举行送神仪式，把尊神送回宝殿，将瘟魔神送走。有的寨子是将装瘟神的草船放在固定地点，让各家各户自己将瘟神送到草船，然后全寨集体送到固定地点烧掉。

最后是交会首。活动结束后，全寨人聚会，分配"知玛"收来的馍，商定寨子里大事，确定下届会首，将"池哥昼"面具、锣鼓、三眼炮等移交第二年的会首保管。

"池哥昼"传承是在寨内群体传承，各寨子中技艺高超者训练寨内选定的下一代。现国家级传承人有铁楼藏族乡强曲的余杨富（1926—2009）、余林机（1963—），省级传承人是入贡山的班正联（1930—2016）、班运民（1958—）及麦贡山的班杰军（1980，面具雕刻），市级传承人有入贡山的班保林（1967—）。

与中外傩文化比较，陇南傩文化具有以下特点：

第一，陇南傩文化类型比较多。学术界以服务对象、演出对象和演出场所划分为民间傩（乡人傩）、寺院傩、军傩和宫廷傩（官傩）四种。下坛端公戏、康县梅园神舞、宕昌羌傩舞、九原装老汉、麻昼、甘昼为民间傩；坪垭羌姆巴戏为傩院傩；大身子舞、"麻够池"为军傩；"池哥昼"为氐王宫廷傩。甘肃是寺洼文化居民氐人发祥地[4]，陇南是氐人核心分布区，氐人以仇池为祖地。仇池是氐语的汉字记音，氐人以陇南为中心建立的地方政权初以仇池命名。据余杨富、余林机、余流源等一批白马藏族人记忆，"池哥昼"也叫"仇池昼"，"池哥昼"男女角色的名称"池哥""池母"均与仇池有关。"池哥昼"源于氐王宫廷祭祀。氐人从陇南向外迁徙，又不断返乡，在反复迁徙与回迁中得到壮大，从而使他们能够建立前仇池、后仇池、武都、武兴、阴平等地方五政权及前秦、后凉两国。随着氐人政权衰落，不断南迁，以阴平国亡告终。甘川交界的摩天岭南北成了氐人落脚地，他们的后裔将"仇池昼"由宫廷傩传承发展为民间傩。

第二，陇南傩文化遗存相对完整。曲六乙认为，傩"由傩祭、傩礼、傩歌、傩舞、傩戏、傩技、傩俗等构成"[5]。陇南随着经济社会发展以及生产生活方式和思想观念转变，人们对傩文化的需求越来越少，傩文化正在快速消亡。但从遗存现状看，多数傩文化事象构成要素还比较完整。

第三，陇南傩文化中有不少独特品种。宕昌羌傩舞、九原装老汉、麻昼、甘昼、麻够池等均为独有傩。"池哥昼"虽为文县、平武县、九寨沟三县白马藏族共有，但差异性还是巨大的。作为处在汉晋南北朝时期广汉属国、广汉属国都尉、阴平郡、阴平国等行政中心所在地，白马藏族各地区的"池哥昼"又沉积了一些不同的文化成分而形成独特的傩戏品种，极大地丰富了我国傩文化的种类和内涵。

陇南傩文化在中外傩文化中带有鲜明的独特性，具有多方面的研究价值。虽然文县的"池哥昼"列入国家非物质文化遗产名录，宕昌羌傩舞、康南梅园神舞、大身子舞、文县麻昼舞列入省级名录，坪垭羌姆巴、甘昼、麻够池列入市级名录，九原傩舞列入县级名录，但大多数傩文化濒危，有的面目不清晰，有的没有很好保护。期待学术界的关注、研究，使陇南傩文化在中华优秀传统文化中发挥出其应有的价值。

参考文献

[1][2]马长寿：《氐与羌》，广西师范大学出版社，2006年版。

[3]文丕谟：《陇南五千年》，中国文史出版社，2012年版。

[4]甘肃省博物馆：《甘肃省文物考古工作三十年》，文物编辑委员会编：《文物考古工作三十年（1949—1979）》，文物出版社，1979年版。

[5]曲六乙：《由图腾组成的全方位立体防线——傩俗中生命意识的特殊体现》，《北方民族》1979年第4期。

作者

张金生，原陇南市政协副主席，甘肃省民协会员，陇南白马人文化研究会会长，主要研究方向：陇南文史、白马人文化。

邱雷生，原陇南市政协主任，甘肃省民协会员，陇南白马人文化研究会副会长，主要研究方向：陇南文史、白马人文化。

张鹏，陇南市文化广电和旅游局干部，主要研究方向：陇南非物质文化遗产、陇南文史、白马人文化。

清代陇影戏书抄本考

陇东环县文化馆整理口传清代剧目叙考

赵建新

编者按：兰州大学文学院赵建新教授于20世纪80年代开始致力于甘肃陇东南皮影戏的调查研究和搜集整理。在长期的调研中，赵老师搜集到一批珍贵的清代皮影戏书抄本。一部分抄本经他整理收录在《陇影纪略》（中国社会科学出版社2006年版）中，还有一部分抄本仍在继续整理之中。这些抄本对于研究清代甘肃皮影戏、清代甘肃戏剧，乃至中国戏剧都有重要的文献价值。但是，由于《陇影纪略》出版时间较长，研究者寻找此书已不太方便，加之赵老师还有新的补充和订正，因此，在征得赵建新老师同意后，《中国古代小说戏剧研究》从第12辑开始，陆续刊登经赵老师整理修订的甘肃清代皮影戏书抄本内容简介，以沾溉学林。在此，我们对赵建新老师给予本刊的大力支持表示由衷的感谢。

作者按：20世纪50年代，为将环县道情皮影变为舞台大戏，曾有一次大规模的调查搜集。在此基础上，环县文化馆整理五十余个口传清代剧目，蜡板油印，分装十册。

《孝廉卷》

又名《桑林寄子》。马占川演唱本。

剧演：春秋时，鲁国误杀齐国大将田行，齐国大将高僕愤而伐鲁。鲁国大林庄赵杰、赵朗兄弟二人，父母双亡。赵杰娶妻王氏，中年命丧，丢下一子名唤孝哥。赵朗之妻芦氏，生一子名唤庆哥。鲁国抓壮丁抓走赵杰，临行时赵杰将儿子孝哥托付于兄弟赵朗。鲁国太子姬景龙率大将王平赴齐讲和，高僕不听，杀了王平，并追杀太子。赵朗一家也因战乱逃奔到了大贤庄。赵朗身染风寒，芦氏命孝哥守护赵朗，自己带庆哥出门挖野菜充饥，路遇张氏带了大饼从闺女家回来，蒙张氏赠饼，一家人才得活命。继续逃亡的途中，芦氏想起祖先传下来的孝廉卷忘在了大贤庄，便带庆哥回头去找，赵朗带孝哥避兵于亭子内。鲁太子逃亡至此，恳求赵朗相救。赵朗得知太子有难，顾不得睡梦中的孝哥，保了太子逃难而去。芦氏、庆哥回来，不知赵朗去向，只得同孝哥一路前行。孝哥、庆哥年幼力弱，行走不动，芦氏无奈，为保全兄长烟火，把自己亲生儿子庆哥绑在树上，自己背了孝哥逃走。适逢高僕追杀太子至此，芦氏背长绑幼和在乱世中始终身背孝廉卷的行为深深打动了高僕，他深感战争的不义，于是决定息却干戈，与鲁讲和。芦氏手拿高僕所赠令箭一支，流落到了卫国杜家庄，巧遇赠与面饼的张氏，并在他们家暂住下来。鲁国赵杰守城，先王驾崩，朝中无主。恰好赵朗保的太子还朝。兄弟二人共扶太子登基，号为熙公。齐与鲁讲和，天下太平。新主封赵杰为兵部尚书，赵朗为丞相，命人到卫国杜家庄搬来夫人、公子并张氏和其丈夫杜员外。赵朗之妻芦氏，背长绑幼、谨守孝廉卷，感动高僕，息却干戈，救了无数生灵，与国争光，封为安天国母。其余孝哥、庆哥、张氏及杜员外也各有封赏。

此剧略本《史记》《东周列国志》"高奚伐鲁"事，但出入较大。全本十二场，约九千字。秦腔有《桑园寄子》，人物剧情与此剧迥异。秦腔《伐鲁国》与此剧略有同处。其他剧种似无此剧。

《杜十娘》

又名《百宝箱》。耿兆章演唱本。

剧演：万历年间，绍兴人李甲上京赴考，未曾入场，身落烟花院，遇上杜十娘，带来千两白银渐渐消空。老鸨心怀不良，要将李甲赶出，杜十娘说情，老鸨限十天内让李甲拿来白银三百两买走杜十娘。身无分文的李甲不得不四处告借。万历王听说西湖广出美景，一心想奔往西湖游玩，命李三才保驾前行。金陵花克、花彦娘兄妹二人，父母双亡，浪游江湖，闻听万历王驾游西湖，不免前去寻找出头之日。因盘费不足，二人在大街卖艺，杜十娘慷慨赠银，花彦娘与杜十娘结拜姊妹。李甲借银不得，空手而回。杜十娘赠他绣褥一对，内藏银一百五十两，让他再去告借。柳遇春感念十娘一片真心，与李甲凑足了三百两。李甲赎出了杜十娘，两人雇船回家。西湖水寇平秀吉听说万历王游西湖，便前去劫驾。李三才不是对手，皇上危在旦夕，花克、花彦娘杀败平秀吉。因西湖救驾有功，花克被封为西湖水路大将军，花彦娘封为西宫娘娘。李甲、杜十娘行至瓜州，遇上辉州兴安盐商孙实。孙实见十娘美貌便想霸为己有。他请李甲酒馆喝酒，以父命家法来威吓李甲，后以千金相赠，诱李甲转卖十娘，回家也好向父母交代。李甲回去与十娘商量，十娘绝望之极，但冷静地告诉李甲不要错过了千金到手的机会。当孙实送来千金的时候，杜十娘打开了自己价值连城的百宝箱，并怒斥李甲忘恩负义和孙实的仗势欺人。愤怒之余，十娘沉下百宝箱，跳江自尽。李甲追悔莫及，也跳入江中。花克镇守三江口，救上了李甲。问明情况，才知是姐夫，便让他进京考试，然后慢慢寻找杜十娘。柳遇春被钦点为辉州兴安知州，与夫人张氏走马上任，途中救下杜十娘，带往任上。李甲进京，多蒙花彦娘提携，被封为翰林院，回家祭祖。听说十娘被柳兄救去，便前去相认。十娘怒而不认，众人求情，圣旨恰在这时下来，二人和好，众人封官。

此剧事本明人拟话本《杜十娘怒沉百宝箱》《金玉奴棒打薄情郎》。全本十场，约九千字。其他剧种不见如此牵合改编者。

《少华山》

耿兆章演唱本。

剧演：华州太守贺玉春和师爷薛明一向横行乡里，鱼肉百姓。上司发兵攻打少华山史进等人之时，他们便趁火打劫，抽丁、催粮、逼税，使得民不聊生。画匠王义之女王娇枝生得漂亮，贺玉春便派人强行抢走了王娇枝。杨氏一家更为悲惨。老头子被逼身亡，儿子郭长兴和媳妇打算卖儿交纳官税。差役做主卖了五两银子，媳妇前去取银。抓壮丁的人来，踢死了杨氏，抓走了郭长兴。媳妇回来，又遭官媒逼迫，让她改嫁师爷薛明，媳妇料夺不过，便自缢身亡。王义因女儿被抢欲去上司告状，华州义学学长劝他不要到官府告状，以免自投罗网，却指点他到少华山史大郎处申冤。史进恰好下山了解民情，遇上了王义。听了王义的遭遇，史进义愤填膺，便到官衙去刺杀贺玉春，谁知没有得手，反被捉拿。贺玉春因王娇枝至死不从，为了免落不义之名，便诬陷她勾结少华山盗匪，将王娇枝活活打死。义学学长柳运凤率众百姓要求官衙退粮，也被捉进狱中。郭长兴入营后秘密联络新兵，准备起义。史进被囚后，他派心腹到少华山报信。少华山史进夫人吴月英和朱武、杨春、陈达正谋划搭救之事，梁山宋江、鲁智深来到。几股力量联合起来，里应外合，攻进了州衙，活捉了贺玉春和薛明。

此剧事本《水浒传》，但故事差异甚大。有学者考证，《水浒传》之本事系山东宋江起义故事与西北史进起义故事合流演变，此剧或出于当地流传的史进起义故事。全本十三场，约九千字。秦腔及其他剧种似无此剧。

《九华山》

敬廷玺演唱本。

剧演：宋真宗年间，杜云、王元达、司马忝、费龙同朝为臣。费龙有四个儿子，连皇帝都怕他三分。海南王刘冲造反，费龙奏明皇上让王元达前方挂帅，自己押送粮草，却按粮不到，企图谋害忠臣。和王元达有儿女婚姻之约的左班丞相杜云气愤不过，打掉了费龙门牙两颗。费龙强迫皇上逮捕杜云,并查抄他满门家眷。杜云之子杜文家从家乡进京,一为应考,二为完婚,正赶上家遭不幸,无奈之下连夜逃走。亏得通天蛟搭救,才得逃命。通天蛟原是节度使通亢之子,父亲因费龙陷害而死,通天蛟一怒之下反上九华山落草为寇。他听说南京凤阳有一豪杰,名叫飞彦彪,不免下山寻访此人。不料救了杜文家。刘冲围剿王元达,王元达杀出重围杀回京城,质问费龙为何按粮不到。费龙却在皇帝面前诬他贪生怕死,现在回京有里应外合之心。真宗恼怒,把王元达押在六部议罪,议定中秋处决。王元达之女王翠英在奶娘和家人王保的保护下逃走,哪知王保杀死奶娘,逼迫翠英与自己成亲。危难关头,飞彦彪、飞玉娘兄妹救下了王翠英。了解到杜大人、王大人有难,飞彦彪决定前去救援。飞玉娘则女扮男装,冒哥哥之名保护翠英前行。哪知二人投宿一家黑店,玉娘被蒙汗药迷倒。店女苏玉英一身武艺,一向慕飞彦彪之名,这时了解到被迷倒的就是自己心仪已久的英雄时,便救醒了他。知道是冒名的飞玉娘后,三人商定,同到京城去接应飞彦彪。内廉御史奉旨处决杜、玉二位大人,通天蛟、飞彦彪杀死刽子手,劫了法场,在司马忝的暗助下出了城门。玉娘、玉英也恰好来到,老少英雄大聚义,同奔九华山。费龙奸贼领兵十万,驻扎午门,准备杀驾谋位。司马忝前往九华山搬兵。九华山全体英雄下山,王元达挂帅,先灭了番王刘冲,又拿了奸贼费龙,杀了他的四个儿子,息却干戈,重见太平。龙心大喜,封杜云为伴驾王,王元达为保国王,司马忝为左班首相,飞彦彪为九门提督,通天蛟为五岳将军,杜义家为文华殿大学士。苏玉英匹配飞彦彪,飞玉娘匹配通天蛟。

此剧事本《宋书·本纪》,但误把《宋书》作《宋史》,将南朝刘宋武帝误作赵宋真宗。全本二十三场,约一万三千字。秦腔有同名戏,人物剧情稍有差异。

《杨文广征西》

又名《雁翎关》《商旺背鞭》《娥可下穴》。马占川演唱本。

剧演:西地米王造反,打来连环战表,要夺徽宗十万里江山。杨文广挂帅征西,两个儿子杨公清、杨公正为先行。哪料三人全部被擒。御史刘英前往天波帅府搬兵,穆桂英派孙女杨娥可到边关搭救父兄。当初被潘仁美害死的杨彦时在南海观音处求来三枝神箭,暗助娥可。他告诉娥可,此去边关需要搬来恶池府高旺方可成功。高旺先前在宋室为臣,官拜金吾指挥之职,因在武卯变猫玩耍,惊动龙驾,圣上恼怒,拿他开刀,多亏文武相保才得活命。他不愿在朝奉君,背上八旬老母逃到恶池府为民。娥可前来,说动高旺,二人领兵前往,打败番将,救出杨文广等人,搬兵回朝。

此剧事本《杨家府演义》。全本九场,约六千字。秦腔有同名戏,《甘肃传统剧目汇编·秦腔》第四集有校录本。

《黄州降妖》

敬廷玺演唱本。

剧演：当年朱洪武和陈道光两家征战一十九年，火化了无量祖师玄天大帝的茅庵一座，洪武答应还上金殿三间。洪武晏驾，永乐王将此事闭口不提。无量祖师一日讲经说法，乍念一句。被弟子龟陈旗和蛇陈丙二将听到，二人偷了师父的罩刁旗下凡造反，致黄州大乱，永乐王江山不安。御史刘文吉奏明皇上，命驸马穆杰为帅，花克、常彦林马前作先，领兵四十万前去剿灭。穆杰和陈旗交战，因陈旗有邪术而不能取胜，穆杰命花克回京搬兵。刘文吉奉旨前往龙虎山搬天师张道林降妖。天师命天王李靖、二郎神杨戬、齐天大圣孙悟空和三太子哪吒前往黄州，仍不能取胜。孙悟空观见妖怪所用法宝好像无量祖师的七星罩刁旗，乃前去找无量祖师。无量祖师命孙悟空传信于天师，回去报告永乐王，早还先前的心愿，自己带走龟蛇二将，回去定罪。

此剧又名《皂雕旗》《永乐王还愿》。全本十五场，约六千字。秦腔有同名戏。

《蛟龙驹》（三本连台）

第一本

又名《老王晏驾》。敬廷玺演唱本。

剧演：晋孝文皇帝驾崩，晋成王登基，成王之弟怀王专权，黄甫石、聂丞玄是他同党。姜维之元孙姜绍、姜碧莲兄妹因为怀王谋害其父、逼死其母而造反上了牛头山。怀王想谋取皇位，大臣崔合来和王尤是他眼中钉。王尤之子王冕得中武状元，有万夫不当之勇。崔合来之子崔彦彪，善射百步穿杨，又有扑雀之能。崔彦彪之妹崔秋娥貌赛判官，好骑烈马，并开二弓，力能拔山，文武全才，更胜其兄。怀王本想趁姜绍牛头山作乱而诬陷崔王两家暗通匪寇，但又投鼠忌器。无奈之下，心生一计，把自己的女儿许配给崔彦彪。崔合来本不同意，怎奈圣旨压人。不料郡主也知父亲的罪过，嫁到崔家，反与婆家一条心了。为平牛头山之乱，崔合来举荐二人，乃陆逊元孙、探花及第的陆奇陆九安。陆奇与姜绍打斗数百回合，难分胜负。陆奇之妻张氏及婢女林儿前往阵前说降，二人动之以情晓之以理。姜碧莲也劝哥哥投降陆奇，兄妹二人归顺天朝。两兵合一处，姜、陆同上五关驻扎。成王病入膏肓，恰娘娘生下龙子，怕怀王加害，皇帝半夜召王尤及崔合来进宫。崔合来之妻生下一女孩，满地奇香，乃与龙子同年同月同日生。王尤为媒，将此女配与太子。成王托孤二人，让他们连夜抱龙子出宫。在太监程士英和婢女秋鸾的帮助下，二人顺利出宫。太监李缸走漏消息。王尤之妻和儿媳王冕之妻扮作民妇，抱了龙凤二胎打算逃到楚中投奔王冕。黄甫石包围了王府，聂忝玄包围了崔府。郡主抱龙凤藏于自己屋中，痛骂聂忝玄，聂只好退回。怀王亲自带兵前来，郡主把龙凤藏于衣袋之中、花蕊之下，并痛骂自己的父亲。怀王恼羞成怒，押走了崔合来和王尤。王尤婆媳二人连夜抱了太子君妃逃出城去。

第二本

又名《陆奇换子》。敬廷玺演唱本。

剧演：（接第一本）找不到太子君妃，怀王不能称王立业，便命黄甫石、聂忝玄到大街上，不论文武大臣、皇亲国戚、官士商家、庶民百姓，凡有数月的孩子，一律摔死。飞天豹刘熊武艺高强，非常孝顺。刘母为让儿子为国除害，故意到大街上叫骂聂忝玄，被聂一脚踢死。黑水国、红毛国、大立国、托庇国、苗蛮国五国王子进贡，来至王冕镇守的楚中。他们名为进贡，暗藏杀机，被王冕一一识破机关，并获宝马一匹，即蛟龙驹。怀王怒审程士英和秋鸾，秋鸾一力承担，但拒不说出幼主下落，被挖了双眼、打掉门牙，直至丧命。临死前她为保全程士英日后扶主登基，痛骂程士英，使得程士英取得了怀王的信任。怀王拷问王尤、崔合来，若不承认，两人必至一死。在崔合来的暗示下，王尤打死了崔合来，自己装疯了。聂忝玄带兵围剿崔府，崔彦彪、崔秋娥兄妹逃走，郡主保了婆母到怀王处，怀王忍不住自己妻子跪前跪后求情，免了崔氏婆媳一死，命人把郡主和崔夫人一同押往寒宫，和李娘娘一处受罪。刘熊得知消息，奔往楚中与王冕送信，哪知黄甫石已到楚中，命人押王冕进京定罪，自己镇守楚中。王冕母亲和妻子抱了太子君妃来投，恰是自投罗网。黄甫石命人押解进京。刘熊路遇崔氏兄妹，一同劫了王冕，同往龙凤山招兵聚将。解差押王氏婆媳进京，经过陆奇镇守的五关。陆奇之妻张氏一胎生了一对儿女，昼夜啼哭不止。当陆奇得知王氏婆媳所抱的就是太子君妃时，便说服妻子，用自己的一双儿女换下了太子君妃。

第三本

又名《刘熊盗马》。敬廷玺演唱本。

剧演：（接第二本）陆奇的一双儿女被当作太子君妃抱回京城，怀王惨无人道地将二孩童摔死，自己打算登基，约定八月十三处决皇犯。飞天豹刘熊盗回了宝马蛟龙驹，然后悄悄潜入宫中探望李娘娘。李娘娘密诏陆奇进京，刘熊自告奋勇前去送信，半路上正遇姜绍奉陆奇命令进京打探情况，两人不打不相识，同回五关陆奇处汇报京中之事。刘熊、姜氏兄妹、崔氏兄妹同入京城，八月十三日劫法场，救下了王尤及王氏婆媳。大家同回龙凤山，王尤一家这时方知陆奇换子之事。陆奇没有奸王命令不敢私自离关进京，于是龙凤山众英雄一齐下山杀奔五关，陆奇假装战败逃走，奔回洛阳，取得了奸王的信任。陆奇偷进寒宫，探望李娘娘及崔氏婆媳，并告知太子君妃仍活着的真相，而看守宫门的正是秋鸾舍命保全的太监程士英。幼主渐渐长大。王冕挂帅，命刘熊去楚中拿了黄甫石，崔彦彪为正前锋、姜绍为副前锋，秋娥、碧莲为左右羽翼，王尤运粮，兵发洛阳，与陆奇里应外合，捉住了奸贼。怀王被剥皮而死，聂、黄二贼用白布缠身，铸成大蜡一对，点着祭奠忠臣灵魂。幼主登基，是为晋合王。忠臣良将，各有封赏。

此剧事本《晋书·太宗简文帝》。三本四十八场，约三万七千字。甘肃靖远清嘉庆古钟有铸目。秦腔、山西蒲州梆子有同名戏，为连台四本，陇南影戏抄本也为连台四本，所演大致相同。

《昭君和番》

耿兆章演唱本。

剧演：单于使臣参见汉王，用一诗难住了文武大臣。新科状元刘文龙解破番诗，被封为吏部尚书。汉帝要斩番使，苏武建议，两国交兵不斩来使，汉帝将番奴重责四十赶下殿去。番使怀恨在心，回报单于，并言王昭君有闭月羞花之貌、沉鱼落雁之容。单于大怒，发兵攻打中华，并要昭君和亲。元帅李陵率李虎及王月英夫妇出战，不幸李虎夫妇阵亡，李陵被捉。雁门关守将李广告急。番王发兵，不为江山社稷，只要昭君娘娘和番。汉帝不舍，苏武出主意让西宫彩女李凤英代替，苏武送行。毛延寿告密，单于识出破绽，一怒之下命人将苏武禁在牧羊山中牧羊，羊死一只，鞭打一百。还要人绞死李凤英。凤英本是玉女下凡，今遭大难，仙山老母下山救走。李陵身陷番邦三年，拒不投降。单于领御妹前去招亲，李陵拒当驸马，羞辱公主，公主投井而死。李陵南面拜别汉主，撞柱而死。单于将二人合葬一处，立李陵碑，以纪念他的忠良。单于二次发兵，汉帝只好舍了昭君，命状元刘文龙护送娘娘出塞。长亭送别，令人心酸。雁门关昭君徘徊不前，令人心碎。鸿雁捎书，汉帝为了保全江山，狠心不回。昭君来到番邦，巧言单于杀了毛延寿，腰断三十六节。李凤英在仙山修炼，此时与昭君送来了宝衣，穿在身上，可免番王凌辱。新婚之夜，昭君说她路过白洋河，许下神愿，搭起浮桥十九层，还愿已毕才能与单于相配。白洋河宽数十余丈，修浮桥要数十年。单于不愿，但经不起昭君以死相逼，只得同意。刘文龙在单于面前讨来路引，要带苏武同回天朝。苏武与草花仙星娘有百日夫妻之恩，让刘文龙先行一步，自己写辞书辞别星娘。但他想到当年送来李凤英，劳而无功，无颜回见汉主，头撞枯树而死。星娘赶来，运尸回牧羊山，成就了他忠良守节之名。单于为他修庙塑神像，把他的忠名天下扬。昭君来到番邦十六年，浮桥搭成之时，她跳进了白洋河。单于心痛之余，为她建了一座昭君庙。昭君的尸首飘回家乡望江楼，被妹妹赛昭君发现，禀报皇上，满朝文武祭奠。汉帝命赛昭君仍为西宫娘娘。军中为帅，李陵之女李敢为先行，起兵二十万，汉帝御驾亲征，为昭君报仇。此次发兵，所向披靡，活捉了单于，正要处死，昭君驾云而上，为单于求情，单于俯首称臣，汉番和好。

此剧事本《史记》《后汉书》《西京杂记》。全本二十三场，约一万九千字。唐有《王昭君变文》，元明杂剧、明清传奇有多种剧作，清有小说《双凤奇缘》。甘肃靖远清嘉庆古钟有铸目。秦腔、河北梆子等诸多剧种有同名戏，所演有异。

《万全山》

又名《黑驴告状》。作者白仲礼，李景辰收藏本。

剧演：江夏县安善村人范仲禹要进京赶考，顺便带妻子白氏和儿子金哥探望岳母，可惜家贫如洗缺少盘费。他的朋友刘洪义仗义疏财，不但为他凑足了盘费，还送他一头黑驴。但此驴是个骨蹄，俗言伤主，刘洪义嘱他中途转卖，另买好的。范仲禹很爱惜黑驴，并不迷信。宋仁宗开科场，命包文正为主考。范仲禹三场考毕，不等榜文挂出，便带妻儿前去万全山八宝村探亲。山中迷路，范仲禹前去问路，哪料一只老虎叼走了金哥，白氏昏迷在地。独虎庄恶霸威烈侯葛登云打猎至此，见白氏美貌，便抢回家中。白氏之弟白雄打虎为生，此时打虎救下金哥，才知是外甥。范仲禹问路回来，不见了妻儿，一樵夫告知，见一妇人被独虎庄威烈侯抢去了。葛登云抢了白氏回庄，白氏至死不从，悬梁自尽。葛登云用棺装殓，送到家庙，说是管家葛寿之母，交主持经管。范仲禹找妻来到葛家庄门，葛登云不但不承认，反把范仲禹打得绝了气，用一板箱装上，抛至荒野。报子到万金山报喜，路遇二贼抬一箱子，劫了箱子，却见里面是人，已被打得疯疯癫癫。报喜的与新科状元当面错过了。屈申骑一花驴贸易回来，路上见了林子里拴了一头黑驴，为贪便宜，骑走了黑驴，留下了花驴。哪知他投宿到一家黑店，店主李宝谋财害命，把尸首驾在黑驴上赶出。阎王查过生死簿，白玉莲与屈申阳寿未尽，便命小鬼使他二人还阳。哪知小鬼粗心，把白玉莲之魂入了屈申肉身，屈申之魂入了白玉莲体内。白雄寻姐夫不见，却见林中拴了一头花驴，因听外甥说刘洪义赠驴之事，便先牵驴回家，却遇上了前来寻兄的屈良。两人争驴，去见乡约，正碰上了屈申尸首，但此人开口说话全是女腔，不但不认识屈良，反而口口声声叫白雄兄弟。疯子范仲禹一路走来，屈申扯住叫丈夫。乡约、地保弄不清楚，只好送一干人等到祥符县上。包文正寻新科状元不见，打轿回府，一头黑驴吼叫前来，双曲前蹄，将头三点。包公觉得很奇怪，便命赵虎跟随黑驴前行。黑驴一直跑到葛家家庙内，赵虎见一妇人揪住住持，大叫屈申冤枉，赵虎弄不清楚怎么回事，只好把妇人带往开封府。路遇开黑店的李宝，妇人扯住不放，赵虎把李宝也一同带走。祥符县令无法判断此案，只好送至包大人面前。公孙策治好了范仲禹的风痰之症。包大人借游山枕到了阴间，并纠正白玉莲、屈申的错还魂，案情真相大白。葛登云、李宝受到了应有的惩罚，范仲禹一家团圆。刘洪义也来京祝贺。包大人一干人等俱有封赏。

此剧事本《三侠五义》。全本十四场，约一万八千字。作者署名白仲礼，生平事迹不祥。作者署名在民间戏书中少见。秦腔有同名戏，所演有异。

《竹林会》

又名《金彦广带箭》。敬廷玺演唱本。

剧演：后晋王石重贵向燕山王薛丹称臣，为之子皇帝。一日，薛丹派使臣韩儿奔前往后晋催讨贡物。武成王金彦广劝皇帝杀死使臣，左班首相张彦石劝而不听，反被金彦广诬为与番犬同谋而被问斩，张彦石一怒之下撞柱而死。张彦广的儿子张元直随了结拜兄弟韩世雄连夜奔逃。北平王刘高见势不妙，请求告老还乡。金彦广不安好心，劝皇帝让他镇守番兵出入的虎北口。刘高部下郭彦威建议兵分二路，一奔虎北口，一奔河东府。在凤鸣山遇见了桑为汉之女桑梅娘，刘高言明，若有事即前来搬兵。金彦广之五子金天龙，强逼吕瑞云成亲，吕母不同意，便被踢死。吕瑞云之兄吕费英一怒之下，杀了金天龙满门家眷，保了妹妹逃走。消息传到京城，金彦广命二子金天虎、金天豹一路追杀。吕费英杀了金氏二子，却不见了妹妹，原来妹妹不愿拖累哥哥，上吊自尽。张元直与韩世雄一路逃来，遇见猛虎，韩世雄前去打虎，巧遇吕费英，却不见了张元直。张元直救下了吕端云，把她安置在慈悲庵中，自己奔河东投奔刘高。金彦广画影捉拿吕费英，对英雄崇拜已久的桑梅娘女扮男装，下山查访。官兵误认为是吕费英被捉拿，恰好吕费英经过，救下了桑梅娘。燕山王薛丹因石重贵斩了自己的使臣而发兵攻晋，捉住了晋主，金彦广带箭逃走，张元直路遇金彦广，绑倒在地，恰遇仁兄韩世雄，二人把他捆在马上，同奔河东刘高处。刘高发兵，郭彦威前哨开路，韩世雄兵分二队，吕费英、桑梅娘为左右羽翼，张元直军中参谋，杀败了薛丹。刘高登基，分封各位功臣。张元直与吕端云、吕费英与桑梅娘同拜花堂。

此剧事略本《新五代史》《旧五代史》，又采民间传说故事。全本二十场，约一万八千字。京剧有《凤鸣山》，秦腔有《刘智远下河东》，剧情人物有差异。

《忠义贤》

又名《徐成换子》《食盆换子》。敬廷玺演唱本。

剧演：唐明皇在位，北国胡儿造反。兵马元帅马甫同前去征剿，左班首相朱从古运粮。朱从古向来与马甫同不和，便按粮不到，企图陷害忠良。马甫同战败被捉，朱从古便在皇帝面前诬他投降敌国，要夺大唐江山。唐王信以为真，便命朱从古带领人马查抄马家满门家眷。内廉御史劝而无效，只好到马家报信。马甫同二子马继文、马继武和女儿马凤英都要反上殿去，无奈母亲陈氏不允，反倒自绑其身，等待万岁发落。马凤英至死不从，朱从古因她是女流，不足为重，便带回府中与自己儿子完婚。其他人押赴刑场问斩。马继文之子惠郎一岁未满，徐成看一家人哭得可怜，便想保全忠良之后。回家后与夫人商量，用自己刚出生的儿子换下惠郎。二人把儿子装在食盒里，说是与马家人送行祭奠，暗中换下了惠郎。马家一家人被斩，首级悬城示众。马凤英在朱府被迫完婚。新婚之夜，凤英杀死朱从古的儿子，女扮男装逃了出来。城头上她见了亲人首级，忍不住大放悲声，引得贼人追杀。罗国公之子罗英凤浪游江湖，恰遇凤英被人追赶，便救了下来。马凤英自言姓陈，名斌，是马家外甥。二人结拜兄弟，一同奔往虎北口，请求镇殿将军殷彦林杀奔番邦，灭了番贼，救出了马大人。惠郎在徐府长到十三岁，习得文武全才，徐成告知了他的出身来历。消息泄露，朱从古带人前来捉拿，被惠郎打得落荒而逃，在皇帝面前搬弄是非。惠郎直言面君，揭露朱从古的罪行，皇上懊恼，把朱从古午门问斩。马大人一行回京交旨，皆有封赏。徐成保住忠良之后，御赐"忠义贤"三字。

此剧本事未详，言"唐明皇……"，当属假借汉唐名色。全本十五场，约一万二千字。秦腔及其他剧种似无此剧。

《忠义图》

又名《陈兴跑川》。敬廷玺演唱本。

剧演：山东巡按许彦芳，半辈无后，告老还乡。兄弟许彦章为非作歹，不务正业，他便叫出彦章妻和他一双儿女文哥、贵姐一同相劝，哪知彦章不但不听，反而离家出走。许彦芳寻他不着，便告知县官，找几名捕快拿他回来，打上几板，压压他的性子。捕快追去，拿他不着，反被打成重伤，徐彦章远奔他乡。汉帝闻说峨眉山风景迷人，便要前去游玩，因许彦芳颇通西蜀路径，皇上便命他一同前往。许彦芳离家之前，把家事托于妻子的前夫之子陈兴。谁知嫂嫂不贤，百般折磨弟媳。一日让丫鬟端饭给弟媳吃，恰好自己弟弟张华走来，端饭就吃，不料中毒而死。嫂嫂告弟媳告到黄大人处，黄大人乃是许彦芳同年，觉得这里边有些蹊跷，在陈兴的暗示下，暂时将二夫人收监，实为保护她。大夫人变本加厉，不断毒打文哥、贵姐，陈兴只好领了兄妹两人投奔姑妈。周林听说汉帝在峨眉山被番犬围困，想去救驾，又恐独木不成林。陈兴带表弟、表妹前来，二话不说就走。周林安排贵姐居住在家里，自己同文哥追赶陈兴。徐彦章逃奔在外，打死猛虎，遇上知府李生春。李生春收他为将，命他带领人马到峨眉山救驾。陈兴跑四川，正好遇上徐彦章。徐彦章闻说家中妻儿受苦，还以为陈兴也从中作梗，便不由分说，把陈兴痛打一顿。周林同文哥追赶至此，说明原委。徐彦章拨下人马护送陈兴到剑关道养伤。自己同周林、文哥前去救驾。皇上高兴，封许彦章为九门提督，周林为辅朕将军。陈兴封神行太保，赐《忠义图》一张。许彦芳回家，黄大人禀明情况，将二夫人解出。许彦芳恼怒，将妻子乱棍打出，让她自折自磨而死，谁知刚一出门，便被雷击死。

此剧本事未详。全本十五场，约一万二千字。秦腔及其他剧种似无此戏。

《黄龙山》

耿兆章演唱本。

剧演：县官姚相生与乡绅王从义狼狈为奸，灾荒之年仍催逼租子，许多百姓都被扫地出门。贫民王大良母子被赶出家门，幸遇好汉李自成收留在家。黄龙山起义的高迎祥想下山杀官，但不熟悉城中形势，便命二首领赵大志和崔治民下山打探。赵大志混进老百姓的队伍中，被县官抓了壮丁。崔治民遇上李自成，和王大良三人结拜兄弟。李自成上山打柴，其妻韩桂莲出外挖野菜充饥，守城官盖君录见其美貌，便抢回营中。韩桂莲怒斥贼寇，自尽而死。李自成弟兄几人前来寻妻，看见尸首，怒而杀死盖君录。县官差人捉凶，满街拿百姓，李自成不愿别人受累，前去自首，被投入监牢。崔治民动员百姓投奔黄龙山高迎祥。赵大志动员被抓壮丁前去劫狱，救出李自成，放火烧杀，高迎祥率兵前来攻打，里应外合，大获全胜。

此剧本事未详。全本不分场，约一万字。秦腔有同名戏，剧本佚，人物剧情与此本略同。陕西艺术研究所仅有存目。陇东皮影演唱本当为此剧独存剧本。

《火焰山》

耿兆章演唱本。

剧演：唐僧师徒四人西天取经，路经八百里火焰山，不能前行。樵夫告知芭蕉洞铁扇公主有一柄千斤铁扇，一扇起风，二扇起雨，三扇灭火。孙悟空前去借扇，铁扇公主因当年孙悟空曾伤害自己的儿子红孩儿，正要报仇，哪肯借扇？一扇把孙悟空扇到了须弥山上。灵吉菩萨与孙悟空吃了一粒定风丹，悟空二次借扇。铁扇公主喝茶，悟空变作一根茶叶棍，进入铁扇公主肚中，公主疼痛难忍，只好答应借扇。悟空高高兴兴背了扇子回来，却不料火越扇越大。樵夫说这是一把假扇，若想借到真扇，需要到积云山摩云洞去找牛魔王，他和玉面公主相亲相爱，正在得意之时，或许可以借来。悟空三次借扇，去见牛魔王。哪知牛魔王也忌恨当初红孩儿之事，不但不肯借扇，反与悟空交战。孙悟空偷了牛魔王的金睛兽，变作牛魔王的模样前往芭蕉洞。牛魔王自从有了玉面公主，三年都不曾回来，如今到来，铁扇公主喜不自胜，把扇交了夫君，并告知了秘诀。孙悟空变回了本来的模样，拿扇而去。牛魔王不见了金睛兽，赶回芭蕉洞追悟空，听铁扇公主一说，便化作猪八戒的模样，又骗回了扇子。八戒恰好赶来，二人同追牛魔王。孙悟空又变作铁扇公主，再次骗回铁扇，命猪八戒与牛魔王作战，自己回去灭火。灭火后，孙悟空又赶来帮助八戒。孙悟空捉住了牛魔王，猪八戒制服了铁扇公主，一同来到师父面前。唐僧命弟子把扇子还回，放二人归山，师徒仍去西天取经。

此剧事本《西游记》。全本不分场，约六千五百字。秦腔及其他剧种多有同名戏。

《白蛇传》

闫明永演唱本。

剧演：峨眉山白云仙姬，修真养性，已成正果，闻得西湖杭州有美景，便下山游玩。路遇桃花山乌云洞青梅仙姬，收为侍儿，两人一同前往西湖。西方佛祖使者污了真经，被佛祖一掌打下凡世，脱化凡胎，名叫许轩。杭州人许轩，自幼父母双亡，只有一同胞姐姐嫁与快班头役李俊甫。清明时节，许轩到父母坟茔拜扫，西湖船上遇见了二位仙女。白蛇、青蛇化名玉娘、青梅，骗得了许轩的信任。白玉娘与许轩两情相悦，结为婚姻，同往灵王府。法海前来，留下柬帖。玉娘正自担心，许轩买了雄黄酒回来，说是端阳节一定要喝，玉娘推辞不过，喝了几口便醉卧在床上，现了原形。许轩揭起青纱帐，看见一条大蛇，便吓死过去。白蛇醒来，费尽千辛万苦亲往长寿山求来仙草，救活许轩。许轩心有余悸，拿了柬帖，前去金山寺。法海解破机密，许轩才知玉娘乃是金母蟠桃园里一条白蛇。许轩不敢回家，法海留他在金山寺做经堂执事。玉娘前来接许轩，与法海大战，白娘子水漫金山寺，法海命许轩暂回，施他金钵一个，言说等白娘子分娩之后，举起金钵，她即现本相，法海自有收她之法。白蛇白娘子生下儿子许士林，没有乳汁，便把他送给李俊甫夫妇收养。法海度化许轩升空参拜佛祖，唤起雷公建起雷峰塔，压白蛇于塔下。青蛇报仇不得，只得回了桃花山。许士林长大成人，中了状元，回乡祭祖，才知自己的出身。父亲许轩命他雷峰塔前祭奠亲娘。白娘子十八年罪孽完满，玉帝赦条下来，封她为峨眉山莲花洞白云菩萨。

此剧全本不分场，约一万五千字。白蛇故事最早见于唐传奇《白蛇记》，宋人话本、明清杂剧传奇、弹词宝卷均有同题材作品。甘肃靖远清嘉庆古钟有铸目。秦腔、京剧等诸多剧种有同名戏。

《合凤裙》

马占川演唱本。

剧演：天启年间，河南裕州人鲁会文武双全，聘了大司马昌奇之女，尚未完婚。父亲鲁高上京补官，在京娶妾韩楚娘。因鲁高被点林县知县，路途遥远，便把韩楚娘带回家中，与妻石氏和儿子鲁会相处。山戎贼造反，昌奇奉旨征剿。鲁高安排好家事，便带家仆吴中、吴成前去上任。中途吴成染病，为了不误行期，鲁高暂把吴成留在店中养病，只带了吴中前行。因遇战乱，为防不测，稍有武艺的吴中便把老爷的文凭带在身上。哪料老爷被贼冲散，吴中被乱兵扎死。昌奇路经此处，见到文凭，乃是年兄，便埋葬尸首，立碑为纪。吴成病好，追赶鲁高，半路遇见姬大哥，言说昌奇首战胜利，回家去搬家眷，并告知鲁高已死。吴成回家报信，恰好二夫人生下儿子鲁义，大夫人便说此儿妨父。鲁义身染天花，大夫人抱过来观看，故意掉在地上摔死。韩氏伤心之余，拿半幅凤裙包裹了娇儿，命吴成抱去掩埋。同村刘二想混顿吃喝，便自告奋勇替吴成去埋，尚未挖好坑，便觉肚中饥饿，便抱了婴儿尸体，回家问老婆要吃喝。两人吵架，惊醒了鲁义。他们素知石氏不贤，送回去难免一死，便卖给了昌府。韩楚娘因丈夫、儿子都死了，石氏又给气受，便上吊自尽，多亏了公子鲁会发现，救了下来，暗藏至女真庵中。鲁会安排好二娘，便前去寻找父亲，打算搬尸回家。中途遇见岳父大司马昌奇，被收为将军，一同杀敌。一日交战，巧遇自己并未死去的父亲鲁高。兵荒马乱之时，贼人不抢女真庵，石氏到此躲避，幸遇二夫人，两人尽释前嫌。父子相认，喜从天降。吴成奉命回家搬请二位夫人进京。因鲁会与昌女有婚姻之约，鲁高又被昌奇所救，二位夫人便到昌府拜谢。韩氏却看到了自己的半幅凤裙，刘二作证，昌门之子正是鲁义。鲁义认了两个母亲，上京赶考，封为翰林院大学士。忠臣良将灭了贼寇，皆有封赏。

此剧本事未详。全本十八场，约一万二千字。秦腔等诸多剧种有同名戏，故事人物迥异，应为同名两剧。甘肃靖远清嘉庆古钟有铸目。

《对凤裙》

马占川演唱本整理。

剧演：南京凤阳人梅青选，同邱荣肖二人相约上京赶考。中途邱荣肖染病店中，梅青选只好独自前往。梅青选路过太行山，被落草为寇的焦州劫持，焦州之父焦马义与梅青选之父梅德义同朝为官，原是结拜弟兄。焦州赠银为梅青选送行。梅青选爹娘在世时，曾与他聘订梁真之女梁兰英，梅青选来到京城投奔梁府。梁真收在府中念书，等待科考。正月十五放花灯，梁真入朝伴驾，夫人后宫陪伴娘娘。梅青选忍不住脱了新衣，换上旧衣，街上看热闹去了。梁兰英和妹妹凤英玩耍，来到了梅青选的书房，调皮的妹妹穿上了梅青选的衣服，二人玩累了，同在书房歇卧。梁真回家，恰好瞧见，误以为是梅青选行为不轨，愤而赶他出了家门。梁兰英经不住父母喝骂，也逃出府去。梁府原管家韩福如今在城南开了个菜园，卖菜为生。大姑娘来到这里，不料梅青选也到此地，二人对上了订婚时的半片凤裙，夫妻相认。韩福资助梅青选赶考，邱荣肖病好赶来，二人相遇，同赴科考，分别得文武状元。宋徽宗命文状元挂帅，武状元为先行，同往太行山剿寇，焦州归顺天朝。梅青选与梁兰英完婚，邱荣肖匹配梁凤英，邱荣肖之妹匹配焦州。

此剧本事未详。全本不分场，约一万二千字。与秦腔等剧种的《合凤裙》略同，应是同目剧本。

《吴汉杀妻》

闫民永演唱本。

剧演：王莽药死汉平帝，称孤登基。平帝之子刘秀逃亡在外，和马成同行。王莽命大司马苏显率兵二十万普天下搜寻汉室苗裔。马成和刘秀来到潼关，寻求驻守潼关的驸马吴汉的帮助。吴汉打败马成，拿了刘秀，想进京报功。哪料后堂禀知母亲，母亲大怒，原来吴汉之父也是王莽杀死。吴汉愿意杀王扶汉，母亲让他舍了驸马，杀死王莽之女王桂英，不惜以死相逼。吴汉忍痛割爱，取了妻子首级，母子二人痛哭。为了成就儿子的功名大业，母亲不愿拖累吴汉，趁儿子为自己倒水之际，一头撞死。马成搬兵，太行山搬来马武，鬼神庄搬来姚歧，杀奔潼关，要救幼主。刘秀说明情况，三军合为一处，杀败了苏显。

此剧事本《东汉演义》。全剧不分场，约九千字。传奇有《赐绣旗》，杂剧有《聚兽牌》。此剧系杂取秦腔《光武山》《北平关》而成。

《玉山聚将》

敬廷玺演唱本。

剧演：南京凤阳朱奎，因爹爹被诬陷拖欠国家黄金千两，朱奎被逼不过，带妻逃奔南昌，投奔表弟赵得胜，路遇无赖卜成奇。卜成奇仗其父在朝为官，无恶不作，此时看上了朱奎之妻，便设计陷害，把朱奎打进监牢，朱奎妻派到卜府为奴。刘福通玉山聚将，见首领张志明闷闷不乐，问时才知他打伤人命，把妻子寄在妻舅赵得胜家，怕连累亲戚，因而不快。刘福通命他下山访主、访将、访妻。又命首领花荣下山访主、访将、访张志明行踪。张志明来到赵得胜家，适逢朱奎冤案。常玉春受刘伯温指点，为访明主也来到赵得胜家。后来，花荣也到，大家一同计议。迎亲的日子，花荣男扮女装，冒充朱奎之妻嫁到卜府，众英雄送亲。卜成奇陪客人饮酒，命妹妹陪伴新娘，却不料花荣与卜家女儿成亲。花荣放火为号，众英雄一齐动手，杀死了卜家家眷，劫了监牢，救出朱奎，大家齐奔玉山聚义，刘福通让位于朱奎。

此剧中刘福通、花荣（云）、刘伯温等均为元末明初人，《明史》《明英烈传》《花将军歌》等有他们的事迹。全本二十场，约一万一千字。秦腔等剧种的《采石矶》《三通闹登州》《洪武访明》等诸多剧目演他们之事，此剧当系杂取诸本而成。

《八郎盘宫》

马占川演唱本。

剧演：杨大郎当年在金沙滩暗用袖箭射死了天庆王，肖银宗为夫报仇，起兵攻宋。宋朝八贤王领兵攻敌，杨宗保、杨八姐为先行。八贤王被擒，杨宗保直奔三关去搬父亲杨六郎。昔年在宋朝为五马太守的康建王不愿在朝奉君，出家为道。杨八姐逃命至庵中，被康建王扮成小道童，但仍被番兵怀疑，二人被捉。八郎杨彦顺当年失落番邦，肖银宗不忍杀害，招为驸马。八郎日夜思念家乡，不料此时见到了亲人。他设计保全了八贤王，又救下妹妹杨八姐，细细盘问根源。杨宗保搬兵，杨延景领兵前来，百步穿杨救下正要问斩的八贤王，杀败肖银宗。杨家将一家相认。八郎暂不回家，发誓要找到以前失散的四哥，然后回朝。八贤王班师回京。

此剧事本《杨家府演义》，但故事有较大出入。全本十一场，约九千字。秦腔及河北梆子、蒲州梆子等剧种有《杨八姐找刀》，与此剧略同。杨六郎，秦腔作"杨彦景"，陇东皮影作"杨延景"，此出自元人杂剧《清风府》《昊天塔》，其他剧种多作"杨延昭"。

《照城珠》（套本）

马占川演唱本。

剧演：鸡梅县人冯应科，父母双亡，习就文武全才，娶妻仁氏。兄弟冯应选在学读书。冯应科打算下乡讨债，把家事托于弟弟，说自己八月就回来。郑芳云因母亲要上泰山还愿，哥哥习学弓马、游走四方，不得已住到表兄冯应科家，与表嫂仁氏作伴。谁知表嫂的弟弟仁世彪来叫仁氏回家，说母亲病重。冯应选为避嫌疑，到书房中睡下。王侯公子田成也在书房中，闻知冯应选家只有表妹一人，便起了歹意，他推说家中有事，离开了书房。胡成之妻贾氏因衣食无着，又知郑芳云一人在家，便前来偷盗。芳云听见动静害怕而躲到床下，田成前来，误以贾氏为芳云，尽情调戏。冯应科恰好月满回家，以为是妻子仁氏与人通奸，手起刀落，杀死两人，拿了首级在月下细看，大叫杀错了人，不免连夜逃走。冯应选天亮回家，见到两具尸首，表妹也吓死在地，赶忙报官。他料自己脱不掉干系，又不愿让表妹抛头露面为自己作证，更怕表妹受牵连，于是让表妹速快回家。县官刘名理不清此案，又不想冤枉好人，只好将冯应选暂时收监。舅母得知甥儿坐监，连夜领女儿郑芳云前来探望，母亲做主，把郑芳云许配冯应选，叫女儿上告明冤。冯应选随身所带照城珠，黑夜掌在手中能照十里光明，此时赠与表妹作为订礼。郑熊回家，带领妹妹上告明冤，仁世彪打虎，回头不见了妹妹。郑、仁两人同奔齐邦共谋大事。郑芳云行走多时，见到一座城池，身靠城墙而睡，袖子里照城珠闪烁不定，差役把她带到齐王和太后面前，太后收为义女，与她申冤。四国使臣进贡，因其生得五行不同，太后发笑。四国怀恨，发兵攻齐。齐晋公御驾亲征，冯应选跟随左右，齐王战败，危在旦夕，冯应科救驾，与兄弟相认。郑熊、仁世彪正好来到，合伙杀退番贼。齐王高兴，冯应科兄弟二人及郑熊、仁世彪皆封侯，冯应选招为驸马，与御妹郑芳云成婚。

此剧中"四国伐齐"事本《左传》《东周列国志》，与秦腔《四国伐齐》略同。至于冯应选、郑芳云等人的世情故事，似从另一剧中搬来，两剧套而为一。全本二十一场，约一万五千字。

《康熙征北塔》

又名《扫北塔》《李彦从军》。解珍、解志林演唱本。

剧演：康熙三十年间，北国胡儿造反。奸相索进久有篡逆之心，趁机奏本叫康熙王御驾亲征，心想里应外合，弑君谋位。尹相之弟尹胡一劝，康熙不听，御驾亲征；尹胡二劝，康熙又不听，被胡兵围困于北塔。尹胡三劝，康熙修下诏书。尹胡舍命闯出重围，奔往宁夏搬兵。甘州（今张掖）人氏李彦，家道富足，妻子美貌。有恶人诬陷李彦，欲夺其妻。李彦怒杀恶人，弃家从军。恰逢尹胡宁夏搬兵，李彦经神圣指点，随军北塔救驾建功。北塔兵围即解，康熙收李彦为螟蛉，遂破胡班师。

此剧略本康熙征准噶尔史事点滴编撰而成。全本不分场，约八千字。秦腔有此剧，别名《五国围康熙》《游北塔》，所演之差异主要是"游"而非"征""扫"。

《双凤钗》（四本连台）

上册卷一

敬廷玺演唱本。

剧演：清代同治年间，多阿隆率兵攻打双凤山起义的薛秀英、兰二顺。只因兰二顺十分英勇，多阿隆只好回京搬兵。富豪刘永兴之子刘计成因死了妻子，想再觅一房。一天，刘计成出门打猎，经过员外贺宗盛家花园，恰好看见了绣楼上赏花的贺宗盛之女贺玉兰。贺玉兰已许配表弟李久远，但贺宗盛嫌贫爱富，因见李久远死了双亲，便常有退亲之意。刘计成前往贺家送礼求亲，贺宗盛喜出望外，答应三月十五日送女完婚。贺玉兰偷听到了父母的争吵，知道自己已经许配表弟，便暗中偷来了当年双方父母为自己定亲的双凤钗。三月九日贺宗盛生日，李久远前来为舅父拜寿，在妗母的暗示下，他登上了表姐的绣楼。贺玉兰倾诉衷肠，李久远答应五日内想出计策，再来相会。刘计成之妹刘玉水登楼玩耍，偶见邻家书生邵甲，一见钟情，得下了相思病。

上册卷二

敬廷玺演唱本整理。

剧演：李久远回到书馆愁眉不展，老师李作栋问明缘由，大为恼火，决心帮助弟子。他让李久远带路探明贺玉兰的住处，并让自己的另外两个学生、李久远的好朋友贺正昌和邵甲，搭云梯救出了贺玉兰。刘计成前来接亲，贺府找不到小姐。情急之下，玉兰之嫂赵月英代妹出嫁，并与家人定下出逃之计。当晚，贺宗盛同亲翁刘永兴吃酒，故意寻事，双方打斗起来，刘府人都去围观。赵月英趁乱乔装改扮，与事先等在墙外的丈夫贺日昇回合，逃出刘府。

下册卷一

敬廷玺演唱本整理。

剧演：贺员外故作姿态，不依不饶，说刘永兴害死了女儿。刘永兴找不到贺玉兰，情急之下反诬贺宗盛教女私逃。二人扭结到官府，富平县令命人一面寻访死尸，一面寻访贺玉兰的下落。贺正昌因打死人命流落在外，在多阿隆处投军吃粮。他的母亲盼他回家，倚门等待，哭诉中唤出了女儿贺玉莲的名字，官差听见，误以为找到了贺玉兰，便不听解释，把二人解往官府。县令何尚志为平息贺宗盛与刘永兴之争，让贺玉莲认贺宗盛为父，并逼她嫁给刘永兴之子刘计成。邵甲去四川讨债被兰二顺掳往山寨几个月，长发披肩，不像人样，他好不容易逃下山来，连夜赶往妗母何氏家中，恰逢何氏母女愁眉不展。邵甲得知此事，决定男扮女装替表妹玉莲嫁到刘府。何氏作主将玉莲许配邵甲。

下册卷二

邵甲代未婚妻玉莲嫁往刘府，恰好新老师上任，将刘计成提去课文，否则除名。刘计成只好让妹妹刘玉水陪伴新嫂子。哪知玉水一见邵甲便觉面熟，遂知道这便是自己一见钟情为他害相思病的邻家书生。玉水帮助邵甲剪去长发，亲自放他逃走。邵甲回到妗母家中，让玉莲女扮男装，二人同奔好友李久远家中。李久远、邵甲分别得中解元、亚元。二人一同拜见恩师李作栋。李作栋带领二弟子前去拜见县令何尚志。李久远、邵甲、何尚志三人会审，揭穿了贺宗盛嫌贫爱富、一女许配二夫和刘永兴仗财诱婚的丑行。贺宗盛、刘永兴、刘计成俱受到惩罚。李久远与贺玉兰，邵甲与刘玉水、贺玉莲完婚。多阿隆与薛秀英、兰二顺交战，贺正昌擒住薛、兰二人，回京讨封。

此剧本事未详。秦腔有本戏《双凤钗》，陇东皮影将其改编为连台四本。首尾加武场戏，这是甘肃皮影艺人改编移植剧目的常用手法，目的是适应观众需求，文武间演。此剧体例特别，上册卷一、卷二，下册卷一、卷二，甘肃皮影戏仅此一例，其他剧种也未见此等体例的剧本。全剧四本二十三回，每回均有标目，依次为：开场，坐帐，惊艳，盗钗，得病，哭楼，病故，观楼，传信，招亲，盗妻，替换，打架，讼狱，误拿，投充，强婚，扮女，绣阁，脱逃，假惊，明（鸣）冤，破贼。全本约四万五千字。

作者

赵建新，兰州大学文学院教授，主要研究方向：元明清文学、戏剧戏曲学。

投稿须知

《中国古代小说戏剧研究》是兰州城市学院中国古代小说戏剧研究所主办，以刊登中国古代小说、戏剧戏曲研究理论文章为主的学术集刊，现已由中国知网、南京大学中文学术集刊网收录。本刊常设"小说研究""红楼梦研究""戏曲研究""戏剧研究""说唱文学研究"等专题，其他稿件酌量刊发。来稿以6000—10000字左右为宜（必须WORD版），论述重大学术问题的论文及特别约稿可商定再论。本刊不收取任何费用，稿件一经刊用，赠送当期样刊2本，优秀稿件有稿酬。

本辑刊常年征稿，按辑出版。竭诚欢迎国内外专家、学者不吝赐稿！

一、来稿要求与注意事项

1.本辑刊实行双盲审稿，作者信息请另附页写清楚，内容顺序：文章题目、作者姓名、性别、籍贯（具体到县或市）、单位、职称、学位、主要研究方向、基金项目及详细联系方式、通讯电话。

2.基金项目：请在首页底部以脚注形式注明项目名称及编号。

3.中文摘要：200字左右。

4.中文关键词：3—5个最能体现文章主要内容的词语，中间用分号隔开。

5.英文题目：英文题目与中文大致对应。

6.参考文献：不得少于8个，文中参考文献不用脚注，以文字形式标注，按照顺序依次排列，放置于文后。标号用"[1][2][3]……[31][32]"形式，格式为：

作者：著作，出版社，出版年，页码。

例如：[1]（汉）司马迁：《史记》，中华书局，1959年版，第132页。

[2][印]蚁垤：《罗摩衍那》，季羡林译，译林出版社，2002年版，第27—29页。

[3]刘锡诚：《神话昆仑与西王母原相》，《西北民族研究》2002年第4期。

[4]（明）徐渭：《南词叙录》，中国戏曲研究院编：《中国古典戏曲论著集成》（三），中国戏剧出版社，1959年版，第242页。

7.注释：请在当页底部用脚注形式标注，注号用"①、②、③"标示。

二、特别敬告

1.本辑刊坚决反对学术不端行为，来稿务必原创，杜绝抄袭，投稿作者文责自负，如有侵权等行为，与本刊无关。

2.请勿一稿多投，来稿须没有以任何形式在任何媒体（包括互联网）发表过。

3.为确保学术规范，来稿须对所有引文（含间接引文）认真核实，并注明出处。否则，均被视为不规范稿件，不予刊发。

4.来稿3个月内未收到录用或修改通知，作者可自行处理。来稿一般不退，请作者务必自留底稿。也不奉告评审意见，敬请海涵。

5.本辑刊已加入"中国知网"等文献数据库，若作者不同意将文章编入上述数据库，请在投稿时预先声明，本刊将做适当处理。

6.本辑刊对已选用稿件有删减改动的权利，若作者不同意，请在投稿时声明。

投稿邮箱：gdxsxj2010@126.com

联系电话：0931-5170315

本刊地址：甘肃省兰州市安宁区街坊路11号，兰州城市学院中国古代小说戏剧研究所

邮政编码：730070

《中国古代小说戏剧研究》编辑部